【传世经典 文白对照】

太平广记

四

卷一三五至卷一七五

〔宋〕李昉 等 编
高光 王小克 主编

中華書局

目录

第四册

卷第一百七十一　精察一

卷第一百七十二　精察二

卷第一百七十三　俊辩一

卷第一百七十四　俊辩二幼敏附

卷第一百七十五　幼敏

卷第一百三十五

征应一帝王休征

帝　尧

秦始皇时，宛渠国之民乘螺舟而至，云："臣国去轩辕之丘十万里，臣国先圣，见冀州有黑风，应出圣人，果庆都生尧。"出《王子年拾遗记》。

周武王

纣之昏乱，欲杀诸侯，使飞廉、恶来诛戮贤良，取其宝器，埋于琼台之下。使飞廉等于所近之国，侯服之内，使烽燧相续。纣登台以望火之所在，乃兴师往伐其国，杀其君，

帝　尧

秦始皇的时候，宛渠国的一个百姓乘着螺做的船来了，他说："我国距离轩辕之丘有十万多里，我国以前的圣人看见冀州有黑风，他就断定冀州应当出现圣人，果然在庆都出现了尧。"出自《王子年拾遗记》。

周武王

殷纣王昏庸无道，想要杀掉各国的诸侯，于是就派飞廉、恶来去诛杀了许多贤臣忠良，夺取了他们的宝器，埋藏在琼台下面。又派飞廉等人到附近的各国，在各诸侯国建造烽火台，让它们接连相望。纣王登上高台来观望烽火所在的地方，发现哪个诸侯国有情况，就和他的军队前去攻打那个国家，杀掉国君，

囚其民，收其女乐，肆其淫虐，神人愤怨。时有朱鸟衔火，如星之照耀，以乱烽燧之光，纣乃回惑，使诸国灭其烽燧。及武王伐纣，樵夫牧竖，探高鸟之巢，得赤玉玺。文曰："木德将灭，水祚方盛。"文皆大篆，纪殷之世历已尽，而姬之圣德方隆，是以三分天下，而二分归周。乃元元之类，嗟殷亡之晚，恨周来之迟。出《拾遗录》。

越 王

越王入吴国，有丹乌夹王飞。故句践之霸也，起望乌台，言丹乌之瑞也。出《王子年拾遗记》。

临洮长人

秦始皇时，长人十二见于临洮，皆夷服，于是铸铜为十二枚以写之。盖汉十二帝之瑞也。出《小说》。

汉高祖

荥阳南原上有厄井，父老云："汉高祖曾避项羽于此井，为双鸠所救。"故俗语云："汉祖避时难，隐身厄井间。双鸠集其上，谁知下有人。"汉朝每正旦，辄放双鸠，起于此。出《小说》。

陆 贾

樊将军哙问于陆贾曰："自古人君皆云受命于天，云有瑞应，岂有是乎？"陆贾应之曰："有。夫目瞤得酒食，

囚禁百姓，收揽歌妓美女，任意地奸淫虐待，纣王的暴行使神仙和百姓都愤怒怨恨了。当时有一只红色的鸟，嘴里衔着火，如星光般照耀，以混淆烽火的光芒，纣王迷惑不解，令各国熄灭了他们的烽火。等到武王讨伐的时候，有个樵夫和放牧的儿童在树上找鸟窝，发现了一个红色的玉玺。玉玺上面写道："木德将要灭亡，水德将要昌盛。"文字全是用大篆写成的，记载着殷朝的世运已经结束，而姬姓圣明贤德正兴隆，因此三份天下，二份应归于周。老百姓们都叹息殷朝灭亡的晚了，遗憾周朝来的太迟了。出自《拾遗录》。

越　王

越王进入吴国时，有只红色的鸟跟随着他来回地飞。所以越王句践就在灭了吴国称霸后，建起了一个望鸟台，说这红鸟是吉祥之物。出自《王子年拾遗记》。

临洮长人

秦始皇的时候，在临洮发现了十二个身材高大的长人，他们都来自边远的蛮夷之邦，秦始皇于是就按照他们的样子铸了十二座铜像。大概这就是汉朝十二个皇帝的吉祥之兆吧。出自《小说》。

汉高祖

荥阳南面的原野上有一口厄井，当地的老人说："汉高祖曾经在这个井里躲避过项羽，被两只鸠鸟救了。"所以世上都流传着这样的说法："汉高祖当时避灾难，躲藏在厄井里。有两只鸠鸟落在井上面，谁知道井下面还有人呢。"汉朝每年正月的第一天，要放两只鸠鸟的习俗起源于此。出自《小说》。

陆　贾

将军樊哙问陆贾说："自古君王都说受命于天，还说有祥瑞征兆，真有此事吗？"陆贾说："有。眼睛若跳，就有美酒佳肴；

灯火花得钱财，午鹊噪而行人至，蜘蛛集而百事喜。小既有征，大亦宜然。故曰：‘目瞤则咒之，灯火花则拜之，午鹊噪则喂之，蜘蛛集则放之。’况天下之大宝，人君重位，非天命何以得之哉！瑞宝信也，天以宝为信，应人之德，故曰瑞应。天命无信，不可以力取也。”出《小说》。

汉元后

元后在家，尝有白燕衔石，大如指，堕后绩筐中。后取之，石自剖其二。其中有文曰：“母天后地。”乃合之，遂复还合，乃宝录焉。及为皇后，常置之玺笥中，谓为天玺也。出《西京杂记》。

后汉章帝

后汉章帝永宁五年，条支国来献异鸟，名鸩鹊。其高七尺，解人言语，国太平则群翔鸣焉。出《王子年拾遗记》。

吴大帝

吴孙权猎于武昌樊山下，见一老母，问权何获，曰：“只获一豹。”曰：“何不竖其尾？”忽然不见。权称尊号，立庙于山下。出《武昌记》。

灯如果冒火花，就能得到钱财；中午喜鹊如果叫，就要有人来；蜘蛛如果聚集，就会有高兴事。小事都有这样的征兆，大事也应当是这样啊。所以说：‘眼睛跳，就要赶紧祷告；灯冒火花，就要感快拜谢；中午喜鹊叫，就要马上喂它；蜘蛛聚集，就要立刻放了它。’如此说来，更何况是天下最重要的珍宝，君王的重位，如果不是上天的任命，怎么能够得到执掌天下的重任呢！吉祥的宝物就是一种信号，上天用这种宝物作为信号，回应有德之人的德行，所以说是吉祥的征兆。上天如果没有信号，就是凭借着武力也不能得到。”出自《小说》。

汉元后

元后在家时，曾经有只白色的燕子嘴里面含着块手指般大的石头前来，石头掉落在元后盛纱缕的筐子里。元后拣起石头，那石头就自然地分成了两块。上面写有文字说：“母天后地。”然后就又合在一起恢复了原来的样子，于是把它珍藏起来。后来做了皇后，她将这块石头放在装玉玺的盒子里，称它是天玺。出自《西京杂记》。

后汉章帝

后汉章帝永宁五年的时候，条支国献上了一只奇异的鸟，鸟的名字叫鳷鹊。它高有七尺，能听懂人语，国家如果太平，那么群鸟也会鸣叫。出自《王子年拾遗记》。

吴大帝

吴国孙权在武昌樊山下打猎，遇见一个老太太，她问孙权有什么收获，孙权说：“只获得了一只豹。”老太太说：“为什么不把它的尾巴竖起？”说完老太太就不见了。孙权称帝于江东时，在山下立了一座庙。出自《武昌记》。

魏明帝

魏明帝时，泰山下出连理文石。高十二丈，状如柏树，其文色彪发，如人雕镂，自上及下皆合而中开，广五尺。父老云："当秦末，二石相去百余步，芜没无有蹊径。及明帝之始，稍觉相近，如双阙形。"土王阴类，魏为土德，斯为灵征。又沛国有戊己之地，土德之嘉祥也，乃修戊己坛。黄星炳夜，又起毕昴台祭之，言魏之分野。岁时皆修祀焉。出《王子年拾遗记》。

晋司马氏

水星之精，坠于张掖郡柳谷中，化为黑石，广一丈余，高三尺。后汉之末，渐有文彩，未甚分明。魏青龙年，忽如雷震，闻声百余里。其石自立，白色，有牛马仙人及玉镮玉玦文字之像。后司马氏受命，以符金德焉。出《录异记》。

白　燕

魏禅晋之岁，北阙下有一白燕，以为神物，以金笼盛，置于宫中，旬日不知所在，论者以晋金德之瑞。昔师旷时，有白燕来巢，以为瑞应，师旷事晋。古今之议相符矣。出《王子年拾遗记》。

晋武帝

晋武帝为抚军时，府内后堂忽生草三株，茎黄叶绿，若总金

魏明帝

魏明帝时，泰山下出现两块连理石。有十二丈高，形状像柏树，它的花纹和色彩鲜明焕发，好像人工雕刻的一样，上面和下面都连在一起，中间是离开的，有五尺多宽。老人说："在秦朝末年，两块石头相距有一百多步，满地都是荒芜的杂草，连落脚的地方都没有。等魏明帝之初，发现两块石头渐渐地靠近了，就像宫门两侧的高台。"土气旺盛，属于阴性物类，魏为土德，这是神灵显现的征兆。另外沛国有个叫戊己的地方，显示了土德的祥瑞，就在那里修建了一个戊己坛。夜空有黄色的星星大放光芒，又建起了毕昴台祭祀，说这是魏的分界。一年四季都要在这里进行祭祀。出自《王子年拾遗记》。

晋司马氏

水星的精灵落到了张掖郡柳谷里，变成了黑色的大石头，宽一丈多，高三尺。到了后汉末年，石头渐渐有了色彩，却不很分明。到魏青龙年间，忽然像打雷似的震天动地，在百里之外都能听见。那石头自己竖立起来，变成了白色，上面有牛马、仙人，以及玉镮、玉玦、文字的图像。后来司马氏做了皇帝，认为是符合了金德。出自《录异记》。

白　燕

魏禅代晋那年，北面的宫门前有只白色的燕子，人们认为是神物，就用金笼把它装起来放在了宫里，过了十天白燕不知哪里去了，议论的人们都认为是晋金德的祥瑞。从前在师旷的时代，有白燕飞来筑巢，人们认为是吉祥的征兆，后来师旷就在晋做了官。古今的议论是相符合的。出自《王子年拾遗记》。

晋武帝

晋武帝做抚军时，府内后堂忽然长出了三棵奇异的草，那草的茎是黄色的，叶子是绿色的，那黄色的茎好像金灿灿的金子，

抽翠，花条冉弱似金鐙。有羌人姚馥，字世芬，在厩中养马，解阴阳之术，云："此草应金德之瑞。"帝以草赐张华，华作《金鐙赋》云："玩九茎于汉庭，美三珠于兹馆。贵表祥乎金德，比名类而相乱。"出《王子年拾遗记》。

晋惠帝

高堂隆尝刻邺宫柱云："后若干年，当有天子居此。"及晋惠帝幸邺，年历当矣。出《异苑》。

晋元帝

晋中宗为丞相时，有鸡雏者而雀飞集其背，驱而复来，如此再三。占者云："鸡者酉，酉者金，夫雀变而来赴之，即王践祚之象也。"又云："元帝时，三雀共登一雄鸡背，三入安东厅。"占者以为当进三爵为天子。出《洞林记》。

蜀李雄

蜀长老言："宕渠故賨国，今有賨城、卢城。"秦始皇时，有人长二十五丈，见宕渠。秦史胡毋敬曰："是后五百年外，必有异人为大人者。"及李雄之王，其祖出自宕渠，有识者皆以为应焉。出《华阳国志》。

宋高祖

晋安帝时，冀州桑门释法珍告其弟子普严曰："嵩山神告我，江东有刘将军，汉家苗裔，当受天命。吾以璧三十二枚，并镇金一饼与之，刘氏卜代之数也。"严告同学法义。

抽出的绿叶如翡翠一般，枝条柔弱好似金簪。有个羌族人姚覆，字世芬，是个养马的，懂阴阳之术，说："这草是金德的祥瑞。"晋武帝把草赐给张华，张华作《金簪赋》说："玩九茎于汉庭，美三珠于兹馆。贵表祥乎金德，比名类而相乱。"出自《王子年拾遗记》。

晋惠帝

高堂隆曾经在邺的宫殿的柱子上刻字说："以后的若干年，应当有天子住在这里。"等晋惠帝到邺的时候，正好和柱子上所刻年代相同。出自《异苑》。

晋元帝

晋中宗做丞相时，有一只麻雀飞落在了小鸡的背上，将它赶走又回来了，像这样赶走又来有三次。有个会占卜的人说："鸡属酉，酉属金，所以麻雀前来依附，这是做皇帝的象征。"接着又说："元帝时，有三只麻雀一齐登在了一只雄鸡的背上，所以元帝三进安东厅。"占卜的人认为中宗应当三进爵位才能做天子。出自《洞林记》。

蜀李雄

蜀地有个长老说："宕渠从前是赛国，所以现在有赛城、卢城。"秦始皇的时候，有个人高二十五丈，发现了宕渠。秦太史令胡毋敬说："这以后五百年以外，一定有非同一般的人物成为王者。"等到李雄称王，他的祖先就是宕渠人，有见识的人都认为这是应验了胡毋敬的说法。出自《华阳国志》。

宋高祖

晋安帝的时候，冀州桑门有个叫法珍的和尚告诉他的弟子普严说："嵩山的神告诉我，江东有个刘将军，是汉家的后代，他应当接受天命。我把三十二枚璧玉和一块金饼给了神，这是推算的刘氏延绵几代的数目。"普严把这件事告诉了同学法义。

以安帝义熙十三年，于嵩庙石坛下，得宝璧三十二枚。三十二者世，宋有天下，相承八帝，享祚六十年。出《广古今五行记》。

宋孝武帝

宋元嘉七年五月，武陵洪水，善德山崩。两石高丈余，如人，雕刻精奇，形备古制式。占者云："武陵出天子。"其时八月，孝武始诞后宫。十五年，封武陵王，三十年即帝位。出《洽闻记》。

宋明帝

《宋明帝自序》云："予初封湘东王，居侍中卫尉府。孝武皇帝为予置萧惠开宅邸，经营方始，凿池，获赤玉一枚，色如练朱，半圆半方，重五斤，光润如莹。世祖崩，少帝继位，予自姑熟入朝，居西邸。少帝狂暴，恶闻直言，醉为非法。予骤谏之，大怒，乃使仗士防守。左右文武，悉惊怖奔走，西邸遂空。于是百姓悉入邸，适意取物，纤毫毕尽。至夜，少帝醉醒，意颇解释。明日，左右文武方还，予于是不喜居于西邸。历阳太守建平王景素，私起宅于建阳门外，始成，予别觅一宅换之，少帝许焉。予自西邸移新宅，新宅在清溪西，旧邸今湘宫寺。河洛谶曰：'灵曜豫见东南隅。'予二邸皆处宫城之东南，且在巽地，盖天应也。"出《宋明帝自序》。

齐太祖

齐太祖在淮阴，理城堑，掘得古锡九枚，下有篆书，

安帝义熙十三年的时候，法义在嵩山的庙里的一个石坛下面，果然找到了壁玉三十二枚。三十二是汉代世数，刘宋拥有天下，相继共有八个皇帝，共享帝位六十年。出自《广古今五行记》。

宋孝武帝

南朝刘宋元嘉七年的五月，武陵发大水，善德山崩裂。掉下了两块一丈多高的大石头，像人的模样，雕刻的十分精细奇巧，神形具备是古代刻制的式样。有个会卜算的人说："武陵这个地方出天子。"那年的八月，孝武帝在后宫出生了。十五岁被封为武陵王，三十岁做了皇帝。出自《洽闻记》。

宋明帝

《宋明帝自序》说："我当初被封为湘东王，住在侍中卫尉府。孝武皇帝为我置办了现属于萧惠开的宅邸，刚开始建造，挖池，获得了一枚红色的宝玉，颜色就像红色的绢帛，半圆半方，有五斤重，光华润泽闪闪发光。世祖死了，少帝继承了王位，我从姑熟进入朝廷，住在西面的宅院里。少帝性情狂暴，讨厌听到正直之言，喝醉了酒做了非法的事。我急忙劝谏他，他却非常气愤，让人拿着木杖严加防守。左右文武都惊慌恐怖逃走了，西面的住所就空荡无人了。于是老百姓全都进入了西宅，随意地抢夺财物，一丝一毫也没有剩下。到了晚上，少帝酒醒，怒意消解。第二天，左右文武才返回来，我从此不喜欢住在西宅。历阳太守建平王景素，在建阳门外自己建起了一个住宅，刚建成，我就另外找了一个住宅跟他换，少帝允许了。我就从西宅搬进了新的住宅，新宅在清溪的西面，旧宅是现在的湘宫寺。河洛预言说：'上天显现在东南角。'我的两处住宅都处在宫城的东南面，并且在东南方位，这大概是上天的安排吧。"出自《宋明帝自序》。

齐太祖

齐太祖在淮阴疏浚护城河，挖到九枚古锡，下面刻着篆字，

荀伯玉诸人皆不能识。时纪僧贞独言曰："何须辨此久远之物。锡而有九，九锡之征也。"帝喜而赏之。出《谈薮》。

北齐神武

北齐神武，少曾与刘贵、贾智为奔走之友。贵曾得一白鹰，猎于沃野，见一赤兔，每搏辄逸，遂至迥泽。有一茅屋，兔将奔入，犬噬之，鹰兔俱死。神武怒，以鸣镝射犬，犬毙。屋中有二大人出，持神武衣甚急，其母目盲，曳杖呵二子："何故触大家？"因出瓮中酒，烹羊以饭客。自云有知，遍扪诸人，言并当贵，至神武，曰："皆由此人。"饮竟而出，还更访问之，则本无人居，乃知向者非人境也。由是诸人益加敬异。出《三国典略》。

后周太祖

后周太祖时，有李顺兴者，世传汉筑长安城之日，已为北面军王，或隐或见，愚圣莫测。魏自永熙之后，权雄分据。齐神武兴军数十万，次沙苑。太祖地狭兵少，惧不当敌，计尽力穷。须臾兴来，太祖请其策谋。更无余语，直云："黄狗逐黑狗，急走出筋斗。一过出筋斗，黄狗夹尾走。"语讫便去。于时东军旗帜服色尚黄，西兵用黑，太祖悟其言，遂力战，大破神武于沙苑。出《广古今五行记》。

荀伯玉等人都不认识写的是什么字。当时只有纪僧贞说："不需辨认这久远的东西。古锡器有九枚，这是加九锡的征兆。"皇帝听后十分高兴，并奖励了他。出自《谈薮》。

北齐神武

北齐神武帝，少年时曾和刘贵、贾智为彼此尽力相助的挚友。刘贵曾得到一只白鹰，他们一起去沃野上打猎，看见一只红色的兔子，每次捕捉，兔子总是跑掉，于是就直追兔子到了僻远的大泽里。这里有一座茅屋，兔子将要跑进去，却被一条狗咬了，鹰兔一齐都死了。神武帝大怒，就用带响的弓箭把狗给射死了。这时屋里走出了两个巨人，拽着神武帝的衣服非常气恼，他们的母亲是个盲人，拖着拐杖呵斥他的两个儿子说："为什么要触犯贵人？"接着就取出酒烧煮羊肉给客人们吃。她自己说有卜算的本领，于是就用手遍摸来的人，说他们都应当富贵，等抚摸到神武帝时，说："都是因为有这个人。"喝完酒出来，再回去探访询问时，那屋子却没有人住，才知道刚才那小屋并不是凡人居住的地方。从这以后，大家对神武帝更加敬重了。出自《三国典略》。

后周太祖

后周太祖的时候，有个叫李顺兴的人，世上人传说，在汉朝修建长安城的时候，他已做了北面的军王，有时隐蔽有时出现，他是愚蠢还是圣明，人们都不能猜测。北魏从永熙以后，争权夺势的斗争非常激烈。北齐神武帝率领数十万大军，驻扎在沙苑。当时太祖所占的地盘非常小，兵力也非常少，害怕抵挡不了，已经用尽了计策，竭尽了全力。不久李顺兴来了，太祖请他出主意想办法。他没有多余的话，直截了当地说："黄狗逐黑狗，急走出筋斗。一过出筋斗，黄狗夹尾走。"说完就走了。在这时，后周军的旗帜和穿的服装的颜色是黄色，而北齐军则是黑色，太祖明白了李顺兴话的意思，于是就竭尽全力作战，结果在沙苑打败了神武帝的军队。出自《广古今五行记》。

陈高祖

陈高祖武帝受禅之日，其夜，有会稽人史溥，梦朱衣人，戴武冠，自天而下，手持金板，上有文字。溥视之，其文曰："陈氏五主，三十四年。"遂凌空而上。出《谈薮》。

隋文帝

长安朝堂，即旧杨兴村，村门大树今见在。初，周代有异僧，号为枨公，言词恍惚，后多有验。时村人于此树下集言议，枨公忽来逐之曰："此天子坐处，汝等何故居此？"及隋文帝即位，便有迁都意。出《西京记》。

隋炀帝

隋末望气者云："乾门有天子气，连太原甚盛。"故炀帝置离宫，数游汾阳以厌之。后唐高祖起义兵汾阳，遂有天下。出《感定录》。

唐高祖

唐高祖武德三年，老君见于羊角山。秦王令吉善行入奏，善行告老君云："入京甚难，无物为验。"老君曰："汝到京日，有献石似龟者，可为验。"既至朝门，果有邵州献石似龟，下有六字，曰："天下安，千万日。"出《录异记》。

唐太宗

太宗诞之三日也，有书生诣高祖曰："公是贵人，有贵

陈高祖

陈高祖武帝登上帝位的时候，那天晚上，有个会稽人叫史溥，他梦见了一个穿着红色衣服的人，戴着武官的帽子，从天而降，手里拿着金板，上面有文字。史溥看了看，那上面的文字是："陈氏有五代君主，共计三十四年。"之后就升入空中而去了。出自《谈薮》。

隋文帝

长安的朝堂，就是过去的杨兴村，村门前的大树现在还在那里。当初北周有个非同一般的和尚，号叫枨公，他说话模棱两可，让人难以捉摸，但大多数话都得到了验证。当时村人在这棵大树下集会议事，枨公忽然来驱赶他们说："这是天子坐的地方，你们为什么要在这里停留？"等到隋文帝即位，就有了迁都的想法。出自《西京记》。

隋炀帝

隋朝末年有个会看云气的人说："乾门有天子气，一直连到太原，非常旺盛。"所以炀帝就在此建造了离宫，并多次出游汾阳来压这股气。后来唐高祖在汾阳兴起义兵，然后就得到了天下。出自《感定录》。

唐高祖

唐高祖武德三年，老君现身于羊角山。秦王叫吉善行进宫启奏，善行告诉老君说："进京很难，没有用来做凭证的东西。"老君说："你到京城那天，会有人进献像龟的石头，可以作为证据。"等善行到了午门，果然有个邵州人献上一块像龟的石头，石下面有六个字，是："天下安，千万日。"出自《录异记》。

唐太宗

唐太宗刚出生三天时，有书生拜访高祖说："你是贵人，有贵

子。”因目太宗曰：“龙凤之姿，天日之表也。公贵因此儿，二十必能安民矣。”出《感定录》。

唐齐王元吉

唐齐王元吉于晋阳宫获青石，若龟形，文有丹书四字，曰：“李渊万吉。”元吉遣使献之，文字映澈，宛若龟形，见者咸异焉。高祖曰：“不足信也。”乃令水渍磨以验之，数日浸而经宿磨之，其字愈明。于是内外毕贺。高祖曰：“上天明命，贶以万吉，孤陋寡薄，宁堪预此。宜以少牢祀石龟而爵送之。”出《广德神异记》。

唐中宗

唐中宗为天后所废于房陵，仰天而叹，心祝之。因抛一石于空中曰：“我后帝，此石不落。”其石遂为树枝罥挂，至今犹存。又有人渡水，拾得古镜，进之。帝照面，其镜中影人语曰：“即作天子。”未浃旬，复居帝位。出《独异志》。

唐相王

唐安州都督杜鹏举，父子皆知名。中宗在位，韦后方盛，而鹏举暴卒。在冥司，鞫讯未毕，至王殿前，忽闻官曰：“王今当立相王为皇帝。”王起至阶下，见人身皆长二丈，共扶辇者百人。相王被衮冕，在辇中，鬼王见之迎拜，相王下辇答拜，如是礼成而出。鹏举既苏言之，时相王作相矣。

子。”接着又看着太宗说：“这个孩子有龙凤般的姿态，天日般的仪容。你因为有这个儿子，方能富贵，他二十岁的时候就一定能安定人民。”出自《感定录》。

唐齐王元吉

唐朝齐王李元吉在晋阳宫得到了一块青色的石头，形状很像龟，上面有用红色笔写着四个字：“李渊万吉。”元吉派使者献石，文字非常清楚，好像龟的形状，看见的人都感到十分惊异。高祖说：“不足以相信。”就叫人用水浸泡磨擦来验证，浸泡了好几天，整夜的打磨，而石上的文字却更加清楚了。于是宫内外全都庆贺。高祖说：“上天有命，祝赐万吉，我学识浅薄，怎肯受这种安排。应当用猪羊祭祀龟石，洒酒祭奠后再送回。”出自《广德神异记》。

唐中宗

唐中宗被武后废弃在房陵，他望着苍天而叹息，心里默默地祈祷着。他向空中投去了一个石子说：“我以后还能做皇帝，这块石头就不落地。”这块石头扔上去被一个树枝缠挂住，到现在还保存着。另外还有一个人过河，拾到了一面古镜，把它献给了皇帝。皇帝照着镜子，那镜子里的影子说：“就要做天子。”没过十天，中宗又重新登上了皇位。出自《独异志》。

唐相王

唐朝安州都督杜鹏举，父子都有名望。中宗在位时，韦皇后势力正盛，一天鹏举突然死了。在阴司，审讯还没有完毕，他就被带到了阎王殿的前面，忽然听见有官吏说：“大王现在应立相王为皇帝。”阎王起来走到台阶下，他看见那些人全都身长二丈，有一百多人一同推着辇车走来。相王穿着皇帝的礼服，坐在车里，阎王迎上前去礼拜，相王也走下辇车回拜，像这样礼成之后就走了。鹏举苏醒以后说了这件事，这时相王已经做了宰相。

后岁余，韦皇后将危李氏，相王子临淄王兴兵灭之，而尊相王为皇帝。乃召鹏举，迁其官。出《记闻》。

潞州别驾

唐玄宗为潞州别驾，将入朝，有军州韩凝礼，自谓知五兆，因以食箸试之。既而布卦，一箸无故自起，凡三偃三起，观者以为大吉。既而诛韦氏，定天位。因此行也，凝礼起官至五品。出《国史纂异》。

金蜗牛

唐玄宗在藩邸，有蜗牛成天子字，在寝室之壁。上心惧之，以泥涂去。数日复如旧，如是者三。及即位，铸金银蜗牛数百枚，于功德前供养之。又有琢玉为之，后人时有得之者。出《录异记》。

以后一年多，韦皇后将要害李氏，相王的儿子临淄王起兵消灭了韦皇后，并推举相王做了皇帝。于是就召见了鹏举，提升了他的官职。出自《记闻》。

潞州别驾

唐玄宗做潞州别驾时，将要入朝，有个军州叫韩凝礼，自己说懂得五兆，于是拿着吃饭用的筷子试他。接着摆开了筷子占卜吉凶，一根筷子无故自己就站立起来了，被按倒了三次又三次站立起来，观看的人认为是吉祥的象征。不久唐玄宗就灭了韦氏，确定了帝位。因为这件事，韩凝礼被升到了五品官。出自《国史纂异》。

金蜗牛

唐玄宗在藩邸时，寝室的墙壁上有蜗牛形成了“天子”的字样。皇上心里很害怕，用泥把它涂掉了。过了几天又像原来那样，反反复复很多次。等到玄宗即位，就用金银铸造了数百个蜗牛在佛像前供养着。还有用玉石雕刻成的，后来的人时常有得到的。出自《录异记》。

卷第一百三十六

征应二帝王休征

唐玄宗

唐玄宗之在东宫，为太平公主所忌，朝夕伺察，纤微必闻于上。而宫闱左右，亦潜持两端，以附太平之势。时元献皇后方妊，玄宗惧太平，欲令服药除之，而无可以语者。张说以侍读得进见太子宫，玄宗从容谋及说，说亦密赞其事。他日，说又入侍，因怀去胎药三煮剂以献。玄宗得药喜，尽去左右，独构火于殿中，煮未熟，怠而假寐。肸蠁之际，有神人长丈余，马具饰，身被金甲，操戈，绕药鼎三匝，煮尽覆无余焉。玄宗起视异之，复增构火，又投一剂，煮于鼎，因就榻，瞬息以伺之。而神见，复煮如初。凡三煮，

唐玄宗

唐玄宗在东宫的时候，太平公主很忌讳他，早晚都侦察他的行动，只要发现一点点过失就要向皇上禀告。而后宫的人以及他身边的人也都暗暗怀有二心，因太平公主的势力大，所以都靠向了太平公主一边。当时元献皇后刚怀了孕，玄宗害怕太平公主，就想要叫元献皇后吃药除掉胎儿，但却没有可靠的人商量。有个叫张说的人以侍读的名义进见太子宫，玄宗不慌不忙地告诉他这件事，张说也暗中同意。过了几天，张说又入宫侍读，就在怀里偷偷地带了三副打胎的汤药献给了玄宗。玄宗得了药很高兴，就把身边的人都打发走了，亲自点着火在殿中熬药，药还没熬好，就觉得有些疲累，闭着眼睛休息一会儿。灵感通微之际，仿佛看到有个一丈多高的神仙，带着一匹装饰齐备的马，身披金甲，手拿长戈，围着煎药的锅转了三圈，然后把煮的药全都给倒了。玄宗起来察看，十分惊异，药一点也没有了，他又点着了火，放了第二副药，然后躺在床上，很快又起来看那药。神仙又出现将药倒掉了，只能再重煮。就这样玄宗共熬了三回，

皆覆之，乃止。则明日说又至，告之。说降阶肃拜，贺曰："天所命也，不可去之。"厥后元献皇后思食酸，玄宗亦以告说，说每因进讲，辄袖木瓜以献。故开元中，说恩泽莫与为比。肃宗之于说子均、垍，若亲戚昆弟云。出《柳氏史》。

叱金像

初唐有神像，用金而制，传云周隋间有术士镕范而成之。天后朝，因命置于宫中，扃其殿宇甚严。玄宗尝幸其殿，启而观焉。时肃宗在中宫，代宗尚稚，俱侍上。上问内臣力士曰："此神像何所异，亦有说乎？"力士曰："此前代所制，可以占王者在位之几何年耳。其法当厉声而叱之，苟年甚永，则其像摇震亦久。不然，一撼而止。"上即严叱之，其像若有惧，摇震移时，仆于地。上喜笑曰："诚如说，我为天子几何时？"力士因再拜贺。上即命太子叱之，其像微震。又命皇孙叱之，亦动摇久之。上曰："吾孙似我。"其后玄帝在位五十载，肃宗在位凡六年，代宗在位十九年，尽契其占也。出《宣室志》。

天宝符

唐开元末，于弘农古函谷关得宝符，白石赤文，正成桑字。识者解之云："桑（桒）者四十八，所以示圣人御历之数也。"及帝幸蜀之来岁，正四十八年。得宝之时，天下歌之

都被倒了，只好停止。第二天张说又来了，玄宗就把这件事告诉了张说。张说走下台阶很严肃地向玄宗下拜，并祝贺说："这是上天的意思啊，这个胎儿不能打掉。"事后元献皇后想吃酸的东西，玄宗也把这件事告诉了张说，张说就借着给玄宗讲课的机会，在衣袖里揣上木桃献给玄宗。所以开元年间，张说对皇家的恩德没有什么人能够相比。因此肃宗和张说的儿子张均、张垍，就像亲戚家的兄弟。出自《柳氏史》。

叱金像

唐朝初年有座神像，是用金子制作的，传说金像是周隋两朝之间一个术士熔铸而成的。武则天作皇后时，就命人把金像放到了宫中，并把殿门关上，保管得很严密。玄宗曾到过那个殿，打开门看见了金像。这时肃宗在中宫，代宗还很小，都侍奉玄宗。玄宗皇上问内臣和力士说："这神像有什么奇特的地方，有人可以说一下吗？"力士说："这是前朝制作的，可以算出皇帝能在位多少年。方法是用严厉的声音呵斥它，若是在位的时间很长，那么那神像摇动的时间也长。不是这样，那么摇一下就停止了。"玄宗皇上很严厉地呵斥它，那神像好像有些害怕的样子，摇撼震动了多时，仆倒在地上。皇上高兴地笑着说："果真像说的那样，那么我能做多长时间皇上呢？"力士于是拜了两拜表示祝贺。玄宗皇上叫太子呵斥神像，神像略微震动了一下。又叫皇孙呵斥，结果神像也震动摇晃了很长时间。玄宗皇上说："我的孙子像我。"之后玄宗皇帝在位五十年，肃宗在位共六年，代宗在位十九年，完全和那神像算的一样。出自《宣室志》。

天宝符

唐朝开元末年，在弘农古函谷关得到了一个宝符，这是一块有红色字迹的白色石头，上有一个桑字。认识的人释字说："桑（桒）字是四个十一个八，预示着君临天下的年数。"到皇帝亲临蜀地的第二年，正好是四十八年。得到宝符的时候，天下歌唱

曰："得宝耶，弘农耶；弘农耶，得宝耶！"得宝之年，遂改元为天宝。出《开天传信记》。

蜀当归

僧一行将卒，遗物一封，令弟子进于帝。帝发视之，乃蜀当归也。帝初不喻，及幸蜀回，乃知微旨，深叹异之。出《开天传信记》。

万里桥

玄宗幸东都，偶然秋霁，与一行师共登天宫寺阁。临眺久之，上遐顾凄然，发叹数四，谓一行曰："吾甲子得终无患乎？"一行进曰："陛下行幸万里，圣祚无疆。"西狩初至成都，前望大桥，上举鞭问左右："是桥何名？"节度崔圆跃马前进曰："万里桥。"上因追叹曰："一行之言，今果符之，吾无忧矣。"出《松窗录》。

唐肃宗

肃宗在东都，为李林甫所构，势几危者数矣，无何，鬓发斑白。常早朝，上见之愀然曰："汝疾归院，吾当幸汝。"及上至，顾见宫中庭宇不洒扫，乐器屏帏，尘埃积其间，左右使令，无有女妓。上为动容，顾谓力士曰："太子居如此，将军盍使我闻乎？"上在禁中，尝呼力士为将军。力士奏曰："臣尝欲上言，太子不许，云：'无以动上念。'"上即诏力士，下京兆尹，亟选人家子女颀长洁白者五人，将以赐太子。力士

道："得宝耶，弘农耶；弘农耶，得宝耶！"得宝符的那年，就把年号改为了天宝。出自《开天传信记》。

蜀当归

有个叫一行的和尚临死前留下一个物件，他叫弟子献给皇帝。皇帝打开一看，是蜀地的当归。皇帝开始不明白是什么意思，等由蜀地回驾时，才明白隐藏之意，感叹而称异。出自《开天传信记》。

万里桥

玄宗亲临东都洛阳，忽然秋雨停止天气晴朗了，就和一行大师共同登上天宫寺的楼阁。在上面向远处看了很长时间，皇帝望着远处很悲伤的样子，感叹了几声，对一行说："我生命快要终结了，不会再发生什么祸事了吧？"一行上前说："陛下还要出行万里，万寿无疆。"安史乱起，西行刚来到成都，前面有座大桥，皇上举着马鞭子问左右的人："这桥叫什么名字？"节度使崔圆打马上前说："这桥叫万里桥。"皇上追忆慨叹地说："一行的话，今天果然应验了，我没有忧虑了。"出自《松窗录》。

唐肃宗

肃宗在东都洛阳时，被李林甫陷害，情势多次都很危险，没有任何办法，不多久，愁得两鬓斑白。上早朝时，皇上看见他神色骤变，忧心忡忡地说："你有病就回宫院休养吧，我下朝后就去看你。"等皇上到了宫院，仔细环视一周，发现宫中庭院没有打扫，乐器、屏风、帏帐等都积满了尘土，左右使用的人，连一个女子也没有。皇上很感动，回头对力士说："太子住的地方条件这样差，将军为什么不禀告我？"皇上在皇宫内，经常称呼力士为将军。力士回答说："我曾经想要禀告皇上，可是太子不允许，说：'不要惊动皇上，使皇上受累挂念。'"皇上立刻下诏书给力士，让他传达给京兆尹，从民家中赶紧挑选五位细高洁白的女子，赐给太子。力士

趋去，复还奏曰："臣他日尝宣旨京兆，阅致子女，人间嚣嚣，而朝廷好言事者，得以为口实。臣以为掖庭中，故衣冠以事没入其家者，宜可备选。"上大悦，使力士诏掖庭令，按籍阅视，得三人，乃以赐太子，而章敬吴皇后在选中。顷之，后侍寝，厌不寤，吟呼若有痛，气不属者。肃宗呼之不解，窃自计曰："上赐我，卒无状不寤，上安知非吾护视不谨耶？"遽秉烛视之，良久乃寤。肃宗问之，后手掩其左胁曰："妾向梦中，有神人长丈余，介金甲而操剑，顾谓妾曰：'帝命吾与汝为子。'自左胁剑决而入，痛殆不可忍，及今尚未之已也。"肃宗检之于烛下，则若有綖而赤者存焉，遽以状闻，遂生代宗。代宗之载生三日也，上幸东宫，赐之金盆，命以浴。吴皇后年弱，皇孙龙体未舒，负妪惶惑，乃以宫中诸王子同日诞而体貌丰硕者以进。上视之不乐，曰："此儿非吾儿也。"负妪叩头具服。上睨曰："非尔所知，取吾儿来！"于是以太子进见。上大喜，置诸掌内，向日视之，笑曰："此儿福禄远过其父。"上还宫，尽留内乐，谓力士曰："比一殿有三天子，乐乎哉！可与太子饮乎。"出《柳氏史》。

唐武宗

唐会昌末年，武宗忽改御名为火下火。及宣宗以光王龙飞。于古文，光字实从炏焉。噫，先兆之明若是耶！

离开，又返回来说：“我过去曾经到京兆尹处宣旨，挑选标致的女子，却闹得民怨沸腾，而朝中有些好说三道四的人，知道了这件事，也要把这作为借口。我认为宫嫔居住的庭院中，那些过去做官因事被罚没入宫廷的人家的女子适宜备选。”皇上很高兴，就叫力士告诉掖庭令，按人口簿子进行挑选，选出三人，就赐给了太子，章敬吴皇后就是这次被选的一人。过些时候，吴皇后侍寝，她憨睡不醒，还发出呻吟呼喊的声音，好像很痛苦的样子，呼吸很困难。肃宗喊叫她，但仍不醒，肃宗就暗自盘算：“皇上把她赐给了我，可是竟然没有什么原因，怎么也睡不醒，皇上怎么知道不是我照顾得不好呢？”就急忙拿着蜡烛去看她，好长时间才醒过来。肃宗就问她是什么原因，吴皇后用手捂着左肋说：“我之前梦到有个神人有一丈多高，穿着金甲拿着宝剑，看着我，对我说：‘天帝命令我做你的儿子。’就把宝剑从我的左肋刺进去，我痛的实在不能忍受，到现在疼痛还没有停止。”肃宗就在蜡烛下检查了吴皇后的左肋，看到有一块像冠冕上前后垂覆一样的红色印迹印在那上面，急忙把这种情况上奏了皇上，后来吴皇后就生下了代宗。代宗出生的第三天，皇上来到东宫赐给吴皇后一个金盆，并叫她用金盆给代宗洗澡。这时吴皇后身体很弱，而代宗的身体还没有舒展开，负责侍奉的老婆婆十分惊慌，就把宫中同日诞生的，又丰满健康的王子抱来献给皇上。皇上一看就很生气，说：“这个小孩不是我的孙子。”老婆婆连连叩头谢罪。皇上斜着眼睛看着她说：“这不是你所能知道的，快把我的孙子抱来！”于是只好把太子抱来给皇上。皇上一看特别高兴，用手托着太子，面向太阳看他，笑着说：“这个孩子的福禄远远地超过他的父亲。”皇上回到宫里，召来宫廷乐舞，对力士说：“这个殿里有三个天子，真是高兴啊！可以跟太子喝酒了。”出自《柳氏史》。

唐武宗

唐会昌末年，武宗忽改名为炎。等到宣宗从光王即帝位。古文字里光字从炎（意为火儿）而来。唉！先兆竟能如此明显！

出《真陵十七史》。

唐宣宗

唐宣宗在藩时，常从驾回，而误坠马，人不之觉。比二更，方能兴。时天大雪，四顾悄无人声。上寒甚，会巡警者至，大惊。上曰："我光王也，不悟至此，方困且渴，若为我求冰。"警者即于旁近得水以进，遂委而去。上良久起，举瓯将饮，顾瓯中水，尽为芳醪矣。上喜，独自负，举一瓯，已而体微暖有力，步归藩邸。后遂即帝位。出《真陵十七史》。

迎光王

太子宾客卢真，有犹子，曾为沙门。会昌中，沙汰归俗，荫补为光王府参军。一日，梦前师至其家而问讯焉，卢则告："卑官屑屑然，非其愿也，常思落发，再披缁褐。"师曰："汝诚有是志，像教兴复，非晚也。"语未竟，俄四面见日月旌旆，千乘万骑，喧言迎光王即皇帝位。未几，武帝崩，光王果即皇帝位。至是竟符其事焉。出《宣室志》。

唐懿宗

唐懿宗器度沉厚，形貌瑰伟。在藩邸时，疾疹方甚，而郭淑妃见黄龙出于卧内。上疾稍退，妃具以状告，上曰："无泄是言，贵不相忘。"更尝大雪盈尺，而上寝室辄无分寸，诸王见者无不异之。大中末，京城小儿叠布蘸水，

出自《真陵十七史》。

唐宣宗

唐宣宗未登位时，曾跟着皇帝回京城，不慎从马上掉下来，人们都没有发觉。到了二更天，才苏醒过来。这时天正下着大雪，四周静悄悄的一个人也没有。他冷得厉害，恰好巡逻的人到了，非常惊讶。皇上说："我是光王，不明白怎么会摔到这里，现在我又困又渴，你给我找点水。"巡逻的人就在附近弄了些水献给他，然后就离开了。他很久才起来，举起盛水的瓯要喝，看见瓯中的水全都变成了芳香醇厚的美酒。他很高兴，独自一人将一瓯都喝了，不久就觉得身体暖和浑身有劲，之后走回了住所。后来他就做了皇帝。出自《真陵十七史》。

迎光王

太子宾客卢真，有个侄子曾是和尚。会昌年间，被淘汰还俗，靠荫补做了光王府的参军。一天，他梦见以前的师父到他家里询问打听他的情况，他就告诉师父说："做了小小的官，不是我所愿意的，经常想着再落发，希望能再次穿上僧人的衣服。"师傅说："你如果真的有这个志向，要兴复佛教，现在也不晚。"话没说完，忽然看见四面有日月旌旗，还有上千辆车、上万骑着马的人，并大声宣告说，迎接光王做皇帝。没过多久，武帝死了，光王果然做了皇帝。这竟然和梦中的事相符合。出自《宣室志》。

唐懿宗

唐懿宗为人宽宏大量、沉稳厚道，长得也很漂亮高大。他未登位时，得了麻疹，病得很厉害，郭淑妃看见一条黄龙从他的卧室里出来。等皇上的病痛稍微减轻，淑妃就把这件事告诉了他，他说："不要把这些话泄露出去，将来富贵了不会忘记你。"曾经下了一尺多厚的大雪，而他的寝室却一点也没有，各位王见了也都感到奇怪。大中末年，京城里的小孩把布叠起来蘸上水，

向日张之，谓捩晕。及上自郓王即位，捩晕之言应矣。宣宗制《泰边陲曲》，撰其词云“海岳晏咸通”，上垂拱而号咸通。上仁孝之道，出于天性。郑太后厌代，而蔬素悲毁，同士人之礼。公卿奉慰者无不动容。出《杜阳杂编》。

唐僖宗

唐丞相陇西公李蔚建大旆于广陵日，时咸通十二年也。泗州状言：“有女僧二人至普光寺，将祈礼者，睢盱顾视，如病风狂，云：‘后二年，国有变乱，此寺大圣和尚当履宝位。’循廊喧叫，聚人甚众，不迹其来。释徒大恐，且欲拘縻之际，则齐登峻塔，投身而下。其一不救，其一坠伤，狂痛昏迷，诘问不获。”丞相立命焚其状，仍牒州杖杀之。至十四年，果懿皇晏驾。八月，僖宗即位，乃是普王。出《唐史》。

李　郃

唐李郃为贺州刺史，与妓人叶茂莲江行。因撰《骰子选》，谓之叶子。咸通以来，天下尚之，殊不知应本朝年祚。正体书叶（葉）字，廿世木子，自武德至天祐，恰二十世。出《感定录》。

后唐太祖

后唐太祖在妊十三月而生。载诞之夕，母后甚危，令族人市药于雁门。遇神人，教以率部人，被介持旄，击钲鼓，

然后再向着太阳把它打开，说这叫作捩晕。等到他从郓王即位的时候，捩晕的说法就应验了。宣宗作了《泰边陲曲》，写的词说“海岳晏咸通”，懿宗为向宣宗表敬意就改年号为咸通。他的仁慈孝敬，是他的天性决定的。郑太后去世后，他食素悲痛，像士人一样守礼。公卿大臣前去拜慰的看到他的样子都很感动。出自《杜阳杂编》。

唐僖宗

唐丞相陇西公李蔚建，在广陵挂起旌旗时，正是咸通十二年。泗州有状子说：“有两个女尼到普光寺，对祈祷礼拜的人都张目环视，就像得了疯狂病似的说：‘后二年国家将有变乱，这个寺的大圣和尚当登上宝位。’一边说一边沿着走廊喧叫，围观的人聚集了很多，谁也不知道她们是从哪来的。僧徒们非常害怕，正想要拘囚捆绑她们的时候，两个女尼就一齐登上了高塔，从上面跳了下去。其中一个摔死了，另一个摔伤了，疼痛得昏迷了过去，问她话，她什么也不说。”丞相立即命令把那状子烧了，还通牒州里把摔伤的女尼打死。到了咸通十四年，果然懿宗皇帝驾崩。八月，僖宗登上了皇位，就是普王。出自《唐史》。

李　郃

唐朝李郃做贺州刺史，和一个叫叶茂莲的妓女在江上游玩。撰写了《骰子选》，取名叶子。咸通以来，天下太平，谁也不知道这个叶子应验了本朝的年数。正体写“叶（葉）”字，是“廿世木”。从武德到天祐年，正好是二十世。出自《感定录》。

后唐太祖

后唐太祖，母亲怀了他十三个月才生产。在分娩的那一天，他的母亲情况很危险，就叫家族里的人去雁门买药。族人在路上遇见了一个神人，神人告诉他回去后带领部下的人，披上坚固的铠甲，拿上威严的旗帜，敲打指挥进退的乐器和战鼓，

跃马大噪，环所居三周而止，果如所教而生。是时虹光烛室，白气充庭，井水暴溢。及能言，喜道军旅。年十二三，善骑射。曾于新城北，酒酹于毗沙门天王塑像，请与交谈。天王被甲持矛，隐隐出于壁间。所居帐内，时有火聚，或有龙形，人皆异之。尝随火征庞勋，临阵出没如神，号为龙虎子。出《北梦琐言》。

后唐明宗

后唐明宗皇帝微时，随蕃将李存信巡边，宿于雁门逆旅。逆旅媪方妊，帝至，不时具食。腹中儿语谓母曰："天子至，速宜具食。"声闻于外。媪异之，遽起亲奉庖爨，敬事尤谨。帝以媪前倨后恭，诘之，曰："公贵不可言也。"问其故，具道娠子腹语事。帝曰："老妪逊言，惧吾辱耳。"后果如言。出《北梦琐言》。

潞王

清泰之在岐阳也，有马步判官何某，年逾八十，忽暴卒。云有使者拘录，引出，冥间见阴君曰："汝无他过，今放汝还。与吾言于潞王曰：'来年三月，当帝天下。'可速返，达吾之旨。"言讫引出，使者送归。及苏，遂以其事密白王之左右，咸以妖妄而莫之信，由是不得闻于王。月余，又暴卒

骑着马大喊大叫，围着产妇所住的房子跑三圈就停下来，族人果然按照神人的话去做了，接着太祖顺利降生了。降生时虹光照亮了室内，白色的气体充满了庭院，井里的水暴涨外流。等到太祖能说话，喜欢谈论一些军事上的事。十二三岁时，善于骑马射箭。曾经在新城北，把酒倒在毗沙门天王塑像上，请求和他交谈。天王披甲执矛，隐约地出现在墙壁上。他的帐内偶有大火聚拢，有时是龙的形状，人们都非常惊异。他曾随军急速征讨庞勋，临阵时神出鬼没，被称作龙虎子。出自《北梦琐言》。

后唐明宗

后唐明宗皇帝未显贵时，跟随蕃将李存信巡视边防，住在了雁门的旅馆里。旅馆里的女主人正怀孕，明宗到时，女主人没有准备酒饭。腹中的胎儿就对母亲说："天子到了，应赶快准备酒饭。"声音在外面都能听到。女主人感到很奇怪，急忙起来亲自到厨房里做饭，而且还特别恭敬小心的侍奉。明宗因为女主人态度先傲慢而后又谦恭，就追问她是什么原因，女主人说："你是大福大贵的人啊。"又问她是怎么知道的，女主人就把肚子里怀的孩子说话的事全部都说了出来。明宗说："老妇人谦逊恭顺，是怕我屈辱罢了。"后来果然像女主人说的那样，做了皇帝。出自《北梦琐言》。

潞　王

清泰帝在岐阳的时候，有个姓何的马步判官，年龄已超过八十岁了，一天忽然死了。复苏后说有一个使者把他拘系去了，引着他到阴曹地府去见阎王，阎王对他说："你没有什么过错，现在就把你放回去。替我对潞王说：'来年三月，他可当天下的皇帝。'你可以赶快回去，转告我的意思。"说完就把他带出了地府，使者将他送了回去。等苏醒过来，他就把这件事偷偷地告诉了潞王身边的人，大家都认为怪异荒诞，没有人相信他的话，所以也就没有人向潞王说起这件事情。一个多月后，何某又突然死了，

入冥，复见阴君。阴君怒而责之曰："何故受吾教而竟不能达耶？"徐曰："放汝去，可速导吾言，仍请王画吾形及地藏菩萨像。"何惶恐而退。见其庭院廊庑之下，簿书杂乱，吏胥交横。何问之，使者曰："此是朝代将变，升降去留，将来之官爵也。"及再活，托以词讼见王。及见之，且曰："某有密事上白。"王因屏左右问之，备述所见，王未之信。何曰："某年逾八十，死在旦夕，岂敢虚妄也。"王默遣之。来春，果下诏攻岐阳，唯何叟独喜，知其必验。至期，何叟之言，毫发无差矣。清泰即位，擢何叟为天兴县令。固知冥数前定，人力其能遏之乎？出《王氏见闻录》。

晋高祖

清泰中，晋高祖潜龙于并部也。常一日从容谓宾佐云："近因昼寝，忽梦若顷年在洛京时，与天子连镳于路。过旧第，天子请某入其第。其逊让者数四，不得已，即促辔而入。至厅事下马，升自阼阶，西向而坐。天子已驰车去矣。其梦如此。"群僚莫敢有所答。是年冬，果有鼎革之事。出《玉堂闲话》。

伪蜀主舅

伪蜀主之舅，累世富盛，于兴义门造宅。宅内有二十余院，皆雕墙峻宇，高台深池，奇花异卉，丛桂小山，山川珍物，无所不有。秦州董城村院有红牡丹一株，所植年代深远，

到了地府又见到了阎王。阎王很生气并责备他说:“为什么接受了我的教令却最终不能传达呢?”又缓慢地说:“放你回去,可赶快传我的话给潞王,还要请潞王给我和地藏菩萨画像。”何某惶恐不安地退了出来。他看见那庭院廊庑的下面,书簿乱七八糟的堆放着,还有一些小吏纵横交错地站在那里。何某就问是怎么回事,使者告诉他说:“这是朝代要改变了,升降去留,都是将来的官爵啊。”等何某再次活过来,就假借打官司见潞王。等见到了潞王,又说:“我有秘密的事告诉你。”潞王就让左右的人退避,向他寻问,何某就把去地府的事详细地告诉了潞王,潞王不相信。何某说:“我已是八十多岁的人了,死就是眼前的事,怎么敢胡乱说呢。”潞王就默默地把他打发走了。来年春天,朝廷果然下诏命令攻打岐阳,这时只有姓何的老头非常高兴,知道阎王的话一定应验了。到了日期,姓何的老头所说的话丝毫也不差。清泰当了皇帝,就封何老头为天兴县令。因此说人的寿考和显卑都是天意所定,人的力量哪能阻止呢?出自《王氏见闻录》。

晋高祖

清泰年间,晋高祖登位前在并部。曾有一天,他优游地对幕兵佐吏说:“近来白天睡觉,忽然梦见若干年前在洛阳时,我和天子在路上骑马同行。路过他过去的住宅,天子请我进去。他再三再四的谦让,没有办法,我就只好提马进去了。到了厅前下马,我走上了东边的台阶,面向西坐下。这时天子已经赶着车走了。那个梦就是这样。”下属的官吏们没有一个敢回复。这年冬天,果然就发生了政权改变的事。出自《玉堂闲话》。

伪蜀主舅

伪蜀主的舅舅,世代富足昌盛,在兴义门建造了一个深宅大院。宅内有二十多所院落,房屋高大,雕梁画栋,十分华美,高台深池,奇花异草,丛桂小山,山川珍物,无所不包,无所不有。秦州董城村院里有一棵红牡丹,种植的年代已经很久远了,

使人取之，掘土方丈，盛以木柜。自秦州至成都，三千余里，历九折、七盘、望云、九井、大小漫天，隘狭悬险之路，方致焉。乃植于新第，因请少主临幸。少主叹其基构华丽，侔于宫室，遂戏命笔，于柱上大书一“孟”字，时俗谓孟为不堪故也。明年蜀破，孟氏入成都，据其第。忽睹楹间有绛纱笼，迫而视之，乃一“孟”字。孟曰：“吉祥也，吾无易此居。”孟之有蜀，盖先兆也。出《王氏见闻录》。

他叫人把它取回来，挖了几丈多深的土，装在木柜里。从秦州运到成都，有三千多里的路程，经过了九折、七盘、望云、九井、大小漫天等险要狭窄而又极为漫长的路，最后才运到。将它种在新的宅第，便请少主来欣赏。少主感叹宅的建筑结构如此的豪华美丽，就和宫室差不多，于是就提起笔来，在柱子上大大地写了一个“孟”字，当时人们都说“孟”字是不能忍受的意思。第二年蜀被打败，孟氏进入了成都，占据了那个宅第。忽然看见柱子上有红纱笼罩着，走到跟前一看，却是一个“孟”字。孟说：“真是吉祥啊，我不能变换这个住处了。”孟氏得蜀，原来是有先兆的。出自《王氏见闻录》。

卷第一百三十七

征应三人臣休征

吕　望

吕望钓于渭滨，获鲤鱼。剖腹得书曰：吕望封于齐。出《说苑》。

仲　尼

周灵王二十一年，孔子生鲁襄之代。夜有二神女，擎香露，沐浴徵在。天帝下奏钧天乐，空中有言曰："天感生圣子，故降以和乐。"有五老，列徵在之庭中。五老者，盖五星精也。夫子未生之前，麟吐玉书于阙里人家，文云：水精子，继衰周为素王。徵在以绣绂系麟之角，相者云："夫子殷汤之后，水德而为素王。"至定公二十四年，钼商畋于大泽，得麟，示夫子，系绂尚存。夫子见之，抱而解绂，涕下沾襟。

吕望

吕望在渭水边上钓鱼，钓上了一条鲤鱼。剖开鱼的肚子得到一封书信，上面写着：吕望将在齐国受封。出自《说苑》。

仲尼

周灵王二十一年的时候，孔子生在鲁国襄公的时代。夜晚有两位女神，拿着香露给孔子的母亲徵在洗澡。天帝下界演奏钧天广乐，空中还有话说："上天感谢你生了圣人，所以才奏起和乐。"另外还有五个老人在徵在的庭院里排列着。五老大概是五个星宿之精。孔子没出生之前，阙里一户人家得到从麒麟嘴里吐出的一张纸条，纸条上面写着：水精的儿子，承继衰弱的周朝做素王。徵在把丝带绑在了麒麟的角上，有个会相术的先生说："孔子在殷纣王和汤武王之后应水德将成为素王。"定公二十四年，钼商在大泽打猎，得到一只麒麟，拿给孔子看，母亲系的丝绳还在。孔子见后，抱着麒麟把丝绳解了下来，流出泪水沾湿衣襟。

出《王子年拾遗记》。

文 翁

汉文翁当起田，斫柴为陂。夜有百十野猪，鼻载土著柴中，比晓塘成，稻常收。尝欲断一大树，欲断处，去地一丈八尺，翁先咒曰："吾得二千石，斧当著此处。"因掷之，正砍所欲，后果为蜀郡守。出《小说》。

董仲舒

汉董仲舒常梦蛟龙入怀中，乃作《春秋繁露》。出《小说》。

何比干

汉何比干梦有贵客，车骑满门，觉以语妻子。未已，门首有老姥，年可八十余，求避雨，雨甚盛而衣不沾濡。比干延入，礼待之。乃曰："君先出自后稷，佐尧至晋有阴功，今天赐君策。"如简，长九寸，凡九百九十枚，以授之曰："子孙能佩者富贵。"言讫出门，不复见。出《幽明录》。

五鹿充宗

汉五鹿充宗受学于弘成子。成子少时，尝有人过己，授以文石，大如燕卵。成子吞之，遂大明悟，为天下通儒。成子

出自《王子年拾遗记》。

文　翁

汉朝文翁想要开荒为田，砍掉柴草建个小池。夜晚有一百多头野猪用鼻子运土将柴草覆盖，等天亮池塘就建成了，水稻年年丰收。他曾经想砍倒一棵大树，想要砍的地方，离地面有一丈八尺高，砍树前，文翁就祈祷说："我要能做郡守，斧子就应当砍在这个地方。"说完就把斧子扔了出去，正巧斧子就砍在了想要砍的地方，他后来果然就做了蜀地的郡守。出自《小说》。

董仲舒

汉朝有个叫董仲舒的，经常梦见蛟龙投入怀里，于是他就写了《春秋繁露》这部书。出自《小说》。

何比干

汉朝有个叫何比干的人，梦见贵客来临，车马盈门，醒后就把这个梦告诉了他的妻子和孩子。还没等说完，门口就出现个老妇人，有八十多岁了，请求避雨，这时外面雨下得很大，可是老太太的衣服却没有被淋湿。比干就把她请到了屋里，并且以礼相待。老太太就说："你的祖先是后稷的后人，他们辅佐尧帝直到晋侯，有阴功，现在上天赐给你一册书。"这书好像竹简，长九寸，共有九百九十枚，老太太授书给比干并说："子孙谁能携带它，谁就能富贵。"说完就走出了门，从此再也没有见过她。出自《幽明录》。

五鹿充宗

汉朝的五鹿有个叫充宗的人，他跟着弘成子学习。弘成子小时候，曾经有一人路过他家，把一块带有花纹的石头给了他，这块石头像燕子的蛋那样大。弘成子就把它吞了下去，之后就大彻大悟特别聪明，成为通晓古今的儒者。成子

后病，吐出此石，以授充宗，又为名学也。出《西京杂记》。

王溥

后汉永初三年，国用不足，令民吏入钱者得为官。琅琊王溥，其先吉，为昌邑中尉。溥奕世衰凌，及安帝时，家贫无赀，不得仕。乃挟竹简，摇笔洛阳市佣书。为人美形貌，又多文词，僦其书者，丈夫赐其衣冠，妇人遗其金玉。一日之中，衣宝盈车而归。积粟十廪，九族宗亲，莫不仰其衣食。洛阳称为善而富也。溥先时家贫，穿井得铁印，铭曰："佣力得富至亿庾，一土三田军门主。"溥以亿钱输官，得中垒校尉。三田一土垒（壘）字，校尉掌北军垒门，故曰军门主也。出《拾遗录》。

应枢

后汉汝南应枢生四子。见神光照社，枢见光，以问卜人。卜人曰："此天符也，子孙其兴乎！"乃探得黄金。自是诸子官学，并有才名。至玚，七世通显。出《孝子传》。

袁安

汉袁安父亡，母使安以鸡酒诣卜工，问葬地。道逢三书生，问安何之，具以告。书生曰："吾知好葬地。"安以鸡酒

后得病，吐出石头，给充宗，充宗也成为著名学者。出自《西京杂记》。

王溥

后汉永初三年，国家资财不充足，下令百姓官吏向国家输纳钱财就可以做官。琅琊王溥，他的祖先王吉，曾做昌邑中尉。到王溥时一代接一代的家境日渐衰败，等到了安帝时，家里一贫如洗，无法入仕。他只好挟着纸笔，在洛阳市场里靠写书信挣点钱花。王溥这个人，长得漂亮，而且很有才华，文采斐然所以去找他写东西的人，男的就赏给他些衣帽，妇女就给他些金玉。一天时间，他就收了满满一车的衣物和珍宝回家。他积累了十仓粮食，九族的亲戚，没有不依靠他给予衣食的。洛阳的人都称赞他是靠行善事才富起来的。王溥先前家穷时，挖井得到了一个铁印，上面刻着："佣力得富至亿庾，一土三田军门主。"王溥就用亿钱去买了个官，结果做了中垒校尉。"垒（壘）"字是三个"田"字加一个"土"字，校尉是掌管北军垒门的官，所以说是军门主了。出自《拾遗录》。

应枢

后汉汝南有个叫应枢的人，他生了四个儿子。一天出现神光照射土地庙，应枢看见了神光，就去问会卜算的人。卜者说："这是天降瑞符啊，你的后代会兴旺！"应枢还探测得到了黄金。从这以后他的几个孩子都进入官学学习，并且都很有才气和名声。到应玚时，应枢家七代都很显赫通达。出自《孝子传》。

袁安

汉朝有个叫袁安的人，他的父亲去世了，母亲就让袁安准备好鸡酒去拜访会占卜阴阳的人，问一问把父亲埋葬在什么地方比较合适。出门后，他在路上遇到了三个书生，书生们拦住袁安，问他要去做什么，袁安就把实情都告诉了他们。书生们说："我们正好就知道一块风水宝地。"袁安于是把他们请到家中用鸡酒

礼之，毕，告安地处，云："当此世为贵公。"便与别，数步顾视，皆不见。安疑是神人，因葬其地。遂登司徒，子孙昌盛，四世五公焉。出《幽明录》。

陈仲举

陈仲举微时，尝行宿主人黄申家。申家夜产，仲举不知。夜三更，有扣门者，久许，闻应云："门里有贵人，不可前，宜从后门往。"俄闻往者还，门内者问之："见何儿？名何？当几岁？"还者云："是男儿，名阿奴，当十五岁。"又问曰："后当若为死？"答曰："为人作屋，落地死。"仲举闻此，默志之。后十五年，为豫章太守，遣吏往问，昔儿阿奴所在，家云："助东家作屋，堕栋而死矣。"仲举后果大贵。出《幽明录》。

张　承

孙氏怀张承时，乘轻舠于江浦，忽见白蛇长三丈，腾入舟中。咒曰："若为吉祥，勿毒噬我。"萦而将还，置于房中，一宿不复见，母嗟惜之。邻中相谓曰："昨者张家有白鹄，耸翮入云。"以告承母，母使筮之。筮者曰："吉祥。鹄是延年之物，从室入云，自卑升高之象。昔吴阖闾葬其妹，殉以美人宝剑珍物，穷江南之富。未及千年，雕云覆其溪谷，美女游于冢上，白鹄翔乎林中，白虎啸于山侧，皆昔时之精灵。

款待，结束后，他们告诉了袁安地点，并说："你这代就能做贵人。"说完就告别而去，走了几步再回头看，书生都不见了。袁安怀疑他们是神人，就把父亲埋葬在那地方。不久袁安做了司徒，他的子孙也十分昌盛，四代共有五个贵人。出自《幽明录》。

陈仲举

陈仲举未显贵时，曾经出外住宿在主人黄申的家里。正赶上黄申的老婆晚上要临产，仲举却不知道。夜里三更天的时候，有人叩门，过了好久，就听见有人应道："屋里有贵人，不可以上前，应当从后门进去。"一会儿又听见去的那个人返回来，门内的人就问他："是个什么样的孩子？叫什么名字？能活多大岁数？"回来的那个人说："是个男孩，名叫阿奴，能活十五岁。"屋里的人又问他说："以后他会怎么死？"回答说："给人家盖房子，从房子上掉下来摔死。"仲举听到这里，就默默地记在了心里。十五年后，仲举做了豫章太守，他派了一个小吏前去打听，从前叫阿奴的那个小孩在哪里，他家中的人说："帮助东家盖房子，从房子上掉下来摔死了。"仲举后来也果然大富大贵了。出自《幽明录》。

张　承

孙氏身怀张承的时候，乘坐着一艘轻舟在江上，忽然看见一条白蛇，有三丈长，窜进了小船中。她祷告说："如果是吉祥的征兆，就不要毒咬我。"孙氏随后把它带回家，将它放在房中，一宿后再没看见，孙氏十分叹惜。邻居们都互相说："昨天张家有只白天鹅展开翅膀飞上了云天。"有人把这件事告诉了张承的母亲，于是张承的母亲就找人卜算吉凶。占卜的人说："吉祥的征兆。天鹅是长寿之物，从屋里飞到了云中，这是从低往高升的象征。从前吴王阖闾埋葬他的妹妹，用美人、宝剑，以及珍贵的物品作为殉葬品，把江南的好东西几乎都拿尽了。没过一千年，就有美丽的彩云覆盖了溪谷，美貌的女子在古墓上游玩，白色的天鹅在森林中飞翔，白色的猛虎在山间吼叫，这些都是从前的精灵。

今出于世，当使子孙位极人臣，擅名江表。若生子，可以名为白鹄。"后承生昭，位辅吴将军，年九十，蛇鹄之祥也。出《王子年拾遗记》。

张　氏

晋长安有张氏者，昼独处室，有鸠自外入，止于床。张氏恶之，披怀而咒曰："鸠，尔来为我祸耶，飞上承尘，为我福耶，飞入我怀。"鸠飞入怀，乃化为一铜钩。从尔资产巨万。出《法苑编珠》。

司马休之

晋司马休之，安帝族子，遇难出奔。所乘骓，常于床前养之，忽连鸣不食，注目视鞍。休之即试鞴之，则不动。休之还坐，马又惊。因骑马，即骤出，行十里余，慕容超收使已至，奔驰，仅得归晋。出《广古今五行记》。

杜　慈

秦苻生寿光年，每宴集，后入者皆斩之。尚书郎杜慈奔驰疲倦，假寝省中，梦一人乘黑驴曰："宁留而同死，将去而独生。"慈闻惊觉，取马遁走，乃免。余皆斩。出《广古今五行记》。

武士彟

唐武士彟，太原文水县人。微时，与邑人许文宝以鬻

现在又出现在世上，这是预兆你的子孙后代能做高官，位极人臣，名扬四方。因此你如果生个男孩，可以给他起名叫白鹄。”后来张承生下张昭，官位至辅吴将军，活了九十岁，这是蛇鹄带来的吉祥。出自《王子年拾遗记》。

张　氏

晋朝长安有个张氏，白天自己在室内，有一只鸠鸟从外面飞进来，停在他的床上。张氏很厌恶它，就敞开怀祷告说：“鸠鸟，你来如是我的祸事，就飞上天花板，如是我的福事，就飞到我的怀里。”结果鸠鸟真的飞进了他的怀里，而且变成了一块铜钩。从这以后，张氏家资产上万，发了大财。出自《法苑编珠》。

司马休之

晋朝司马休之，是安帝同族的后代，因遇难而外逃。他骑的马常在床前喂养，忽然那马连声嘶叫不吃东西，注视着马鞍一动不动。休之就试着套上马鞍，马不动。休之就又坐了下来，可是那马又惊叫起来。休之于是就骑上了马背，马就突然奔驰了出去，跑了十多里路，这时慕容超的收使已到，休之快马加鞭，才得以回晋。出自《广古今五行记》。

杜　慈

前秦苻生寿光年间，每次聚众宴会，凡是后来的都要被斩首。尚书郎杜慈因奔驰劳累，就迷迷糊糊地在宫禁之中睡着了，他梦见一人骑着一头黑色的毛驴说：“你若留在这里，就要一同死，如离开就可以活下来。”杜慈听了这话就惊恐地醒了，骑着马逃跑了，结果避免了这场灾祸。而剩下的没有走的人都被杀了。出自《广古今五行记》。

武士彟

唐朝武士彟，太原文水县人。未显达候，与同乡许文宝靠卖

材为事。常聚材木数万茎，一旦化为丛林森茂，因致大富。士葽与文宝读书林下，自称为厚材，文宝自称枯木，私言必当大贵。及高祖起义兵，以铠胄从入关，故乡人云："士葽以鬻材之故，果逢构夏之秋。"及士葽贵达，文宝依之，位终刺史。出《太原事迹》。

张文成

唐率更令张文成，枭晨鸣于庭树。其妻以为不祥，连唾之。文成云："急洒扫，吾当改官。"言未毕，贺客已在门矣。出《国史异纂》。

又一说，文成景云二年，为鸿胪寺丞，帽带及绿袍并被鼠啮。有蜘蛛大如栗，当寝门悬丝上。经数日，大赦，加阶，授五品。男不宰，鼠亦啮腰带欲断，寻选授博野尉。出《朝野佥载》。

上官昭容

唐上官昭容者，侍郎仪之孙也。仪子有罪，妇郑氏填宫，遗腹生昭容。其母将诞之夕，梦人与秤曰："持此秤量天下文士。"郑氏冀其男也，及生昭容，母视之曰："秤量天下，岂是汝耶？"口中呕呕，如应曰"是"。出《嘉话录》。

崔行功

唐秘书少监崔行功，未得五品前，忽有鹳鸰，衔一物入

木材为生。他们曾栽植了数万棵小树，期待这些小树有朝一日长成茂盛的森林，他们就可成为大富翁。一天，士彟与文宝在树林下面读书，士彟自称是个厚材，文宝自称是枯木，私下里说一定能富贵。等到高祖发起义兵的时候，士彟也穿着铠甲跟着入关，故乡的人们都说："士彟因为卖木材的缘故，果然遇到了营造大厦建立大业的时机。"等士彟富贵显达了，文宝依附他，官位做到了刺史。出自《太原事迹》。

张文成

唐朝率更令张文成，一天早晨听见一只猫头鹰在庭院的树上叫。他的妻子认为是不吉祥的征兆，就连声唾骂它。张文成说："赶快洒扫干净，我要改官了。"话还没说完，祝贺的人就已在门外等着了。出自《国史异纂》。

还有一个传说，文成在景云二年时，做鸿胪寺丞，帽子、腰带以及绿袍都被老鼠咬了。有一个栗子大小的蜘蛛，悬挂在卧室门前的丝网上。过了几天，遇大赦，他被提升授五品官。他的儿子不窐，也被老鼠咬了腰带，几乎要咬断了，不久被选授博野尉。出自《朝野佥载》。

上官昭容

唐朝的上官昭容，是侍郎仪的孙子。仪的儿子有罪，他的儿媳妇郑氏被没入宫廷，生下遗腹子昭容。昭容的母亲将要生她的一天晚上，梦见有个人给他一杆秤说："拿着这杆秤去衡量天下的文人。"郑氏期望孩子是男孩，等生下了昭容，母亲看着她说："称量天下，难道会是你吗？"幼小的昭容就发出呕呕的声音，好像回答说"是"。出自《嘉话录》。

崔行功

唐朝的秘书少监崔行功，在还没有得到五品官以前，忽然有一天，有一只八哥，口里含着一个神秘的东西急匆匆飞进了

其室，置案上去，乃鱼袋钩铁。不数日，加大夫也。出《国史异纂》。

李正己

唐李正己本名怀玉，侯希逸之内弟也。侯镇淄青，署怀玉为兵马使。寻构飞语，侯怒囚之，将置于法。怀玉抱冤无诉，于狱中叠石像佛，默祈冥助。时近腊月，心慕同侪，叹咤而睡。觉有人在头上语曰："李怀玉，汝富贵时至。"即惊觉，顾不见人，天尚黑，意甚怪之。复睡，又听人谓曰："汝看墙上有青鸟子噪，即是富贵时至。"即惊觉，复不见人。有顷天曙，忽有青鸟数十，大如雀，时集墙上。俄闻三军叫呼，逐出希逸，坏镤，取怀玉，权知留后。出《酉阳杂俎》。

李　揆

唐代宗将临轩送上计郡守，百僚外办，御辇俯及殿之横门，帝忽驻辇，召北省官谓曰："我常记先朝每饯计吏，皆有德音，以申诫励，今独无有，可乎？"宰相匆遽不暇奏对，帝曰："且罢朝撰词，以俟异日。"中书舍人李揆越班伏奏曰："陛下送计吏，敕下已久，远近咸知，今忽临朝改移，或恐四方乍闻，妄生疑惑。今止须制词，臣请立操翰，伏乞陛下稍驻銮辂。"帝俞之，遂命纸笔，即令御前起草。随遣书工

他的住室，把东西放到案上就飞走了，原来是一个鱼袋钩。没过几天，崔行功就被加封大夫。出自《国史异纂》。

李正己

唐朝李正己本名叫李怀玉，是侯希逸妻子的弟弟。侯希逸镇守淄青的时候委任怀玉做兵马使。不久就有了流言蜚语，侯希逸知道后非常恼怒，就把李怀玉囚禁起来，将要以法严惩。怀玉怀着满腹冤屈没有地方申诉，就在狱中用石头堆起了一个佛像，默默地祈祷请求神灵帮助。这时将近腊月，他非常羡慕同辈的人，就叹息怒骂着睡了。这时就感觉有人在头上告诉他说："李怀玉，你富贵的日子到了。"他被吓醒了，环视四周，却不见有人，此时天还没亮，他感到非常奇怪。他又睡着了，这时就又听到有人对他说："你看见墙上有青色的鸟鸣叫，就是富贵的时候到了。"他又惊讶地醒来，仍然没看见有人。过了一会儿，天已放亮，忽然有十多只青色的鸟，像麻雀那样大小，落在墙上。不一会儿就听见军队呼叫的声音，撵走了侯希逸，打碎了牢锁，救出了怀玉，叫他代掌留后。出自《酉阳杂俎》。

李　揆

唐代宗亲临殿前送计吏回郡，百官警卫宫禁，皇帝乘坐着车来到了大殿的横门下，忽然停住了车，召集北省的官员对他们说："我曾记得，先朝时，每当给计吏送行时都要有诏书颁行，用来告诫勉励，而现在却单单没有，这样可以吗?"宰相急得满头大汗，十分仓促，来不及奏对，皇帝说："干脆停止送行，先回去撰写送行的文章，等写好了再饯行吧。"这时中书舍人李揆越级上前，跪伏在地上，上奏说："皇帝送行计吏，诏书已经下达很长时间了，远近的人都知道，现在突然改变了送行的日期，恐怕四方官民得知，要胡乱地猜疑，生出不好的谣言。现在只需要撰写文辞，请让我执笔为文，乞请皇上稍稍等待一下。"皇帝答应了他的要求，就叫人拿来纸笔，命令李揆御前起草。随即派书工

写录，顷刻而毕。及宣诏，每遇要处，帝必目揆于班。中外日俟揆之新命。时方盛暑，揆夜寝于堂之前轩，而空其中堂，为昼日避暑之所。于一夜，忽有巨狐鸣噪于庭，仍人立跳跃，目光迸射，久之，逾垣而去。揆甚恶之，是夜未艾，忽闻中堂动荡喧豗，若有异物，即令执烛开门以视。人辈惊骇返走，皆曰："有物甚异。"揆即就窥，乃有虾蟆，大如三斗釜，两目朱殷，蹲踞嚼沫。揆不令损害，阶前素有渍瓜果大铜盆，可受一斛，遂令家人覆其盆而合之。因扃其门，亦无他变。将晓，揆入朝，其日拜相。及归，亲族列贺，因话诸怪，即遣启户，揭盆视之，已失其物矣。出《异苑》。

贾隐林

唐德宗欲西幸，有知星者奏云："逢林即住。"帝曰："岂敢令朕止于林木间？"姜公辅曰："不然，但地亦应。"乃奉天尉贾隐林谒帝于行在，帝观隐林气色雄杰，兼是忠烈之家，而名叶星者所奏之语。隐林即天宝末贾修之犹子，帝因召于卧内，以探筹略之深浅。隐林于御榻前，以手板画地，陈攻守之策，帝甚异之。隐林奏曰："臣昨梦日堕于地，臣以头戴日上天。"帝曰："朕此来也，乃已前定。"遂拜隐林为侍御史，纠劾行在，寻迁左常侍。出《神异录》。

抄写，不一会儿就写完了。等到宣读诏书，每遇重要的地方，皇帝都要看一看李揆。朝廷内外每天等着李揆被提升。当时正是盛夏，李揆晚上就睡在了堂前的长廊上，中堂是空的，是白天避暑的地方。一天晚上，忽然有只大狐狸在庭院里鸣叫，还像人那样站立起来跳跃，两只眼睛放出光焰，过了很长时间，跳墙走了。李揆非常厌恶，这一夜还没结束，忽然又听见中堂里动荡喧闹，好像有奇怪的动物，就叫人拿着蜡烛打开门看。人们都惊恐害怕地往回跑，都说："有个东西长得特别奇怪。"李揆就靠近前去看，却是只蛤蟆，有三斗锅那么大，两眼通红，蹲在地上，嘴里还咀嚼着沫子。李揆不让人伤害它，就让家人用放在台阶前的，一个可装十斗的，平常用来浸渍瓜果的大铜盆，把蛤蟆扣起来。又插上了门，再没听到什么动静。天刚要亮时，李揆入朝，这天他被拜为宰相。回来后，亲戚族人都排着队来祝贺，于是就谈起夜晚的怪事，马上派人打开房门，揭开铜盆一看，盆下面扣着的蛤蟆已经没有了。出自《异苑》。

贾隐林

唐德宗想要去西边巡视，有个善于观察星相的人启奏说："遇见有林的地方就停下。"皇帝说："怎么敢叫我停在林木中？"姜公辅说："不是这样，可能是地名对应。"有个奉天尉贾隐林到行宫拜见皇帝，皇帝看贾隐林气度非凡，又出身忠臣英烈之家，终于明白了知星者所说的话。隐林是天宝末年贾修的侄子，皇帝把他叫到了卧室里，来试探他的智谋筹略。隐林在皇帝的床前，用笏板在地上画图，并陈述攻守的策略，皇帝感到很惊异。隐林对皇帝说："昨天晚上梦见太阳从天上掉下来，我用脑袋又把太阳顶上了天。"皇帝说："我这次来，乃是之前的定数。"于是就封隐林为侍御史，在皇帝身边负责纠察、弹劾，不久又改任了左常侍。出自《神异录》。

张子良

唐永贞二年，春三月，彩虹入润州大将张子良宅。初入浆瓮，水尽，入井饮之。是月九日，节度使李锜，诏召不赴阙，欲乱。令子良领兵收宣歙，子良翻然反兵围城，李锜就擒，子良拜金吾将军，寻拜方镇。出《祥异集验》。

郑 絪

唐丞相郑絪宅，在昭国坊南门，忽有物来投瓦砾，五六夜不绝。及移于安仁西门宅避之，瓦砾又随而至。久之，复迁昭国。郑公归心释门，宴处常在禅室，及归昭国，入方丈，蟢子满室悬丝，去地一二尺，不知其数。其夕瓦砾亦绝，翌日拜相。出《祥异集验》。

张子良

唐朝永贞二年的阳春三月，彩虹照进了润州大将张子良的住宅。先进到盛水的缸里，水没有了，又到井里去喝。这个月的第九天，节度使李锜，违抗诏命拒绝入宫觐见，想要作乱。皇帝命令张子良领兵收复宣歙，子良很快地回师围城，李锜被捉，子良被拜为金吾将军，不久又出镇方镇。出自《祥异集验》。

郑　絪

唐朝丞相郑絪的住宅在昭国坊南门，一天忽然有人向他的宅里投碎石瓦块，连续五六夜没断。郑絪就搬到了安仁西门的住宅躲避，结果碎石瓦块也跟着来了。过了很长时间，他又搬回了昭国坊。郑絪信奉佛教，吃住常常在禅堂里，等搬回昭国坊，他进到佛堂，蜘蛛满屋结网而挂，离地面有一二尺高，不计其数。就在那天晚上，碎石瓦块也没有了，第二天郑絪就被封了宰相。出自《祥异集验》。

卷第一百三十八

征应四 人臣休征

裴　度

唐中书令晋公裴度微时，羁寓洛中。常乘蹇驴，入皇城，方上天津桥。时淮西不庭，已数年矣。有二老人倚桥柱而立，语云："蔡州用兵日久，征发甚困于人，未知何时平定。"忽睹度，惊愕而退。有仆者携书囊后行，相去稍远，闻老人云："适忧蔡州未平，须待此人为将。"既归，仆者具述其事。度曰："见我龙钟相戏耳！"其秋，果领乡荐，明年及第。洎秉钧衡，朝廷议授吴元济节钺。既而延英候对，宪宗问宰臣，度奏曰："贼臣跋扈四十余年，圣朝姑务含弘，盖虑凋伤一境。不闻归心效顺，乃欲坐据一方，若以旄钺授之，翻恐恣其凶逆。以陛下聪明神武，藩镇皆愿勤王，臣请

裴　度

唐朝中书令晋公裴度未显贵的时候，客居洛中。他曾经骑着一匹跛脚驴，进到皇城里，正走上天津桥。当时淮西不朝于王庭有好几年了。有两位老人倚着桥柱子站着，嘴里说道："蔡州用兵的时间已很长了，官府征发给人们带来了极大的困苦，不知什么时候才能平定。"忽然看见了裴度，吃惊错愕地走开了。裴度的仆人背着书囊走在后面，彼此距离稍远一点，仆人听老人说："刚才忧虑蔡州没有平定，原来是等待这个人做将。"回来以后，仆人就把这件事告诉了裴度。裴度说："他看我这潦倒的样子，特意戏弄我罢了！"那年的秋天，果然得到州县举荐参加了乡试，第二年就科举及第。到执掌重务时，朝廷议定授予吴元济符节和斧钺。不久朝廷邀请英才对答事宜，宪宗问宰相和群臣，裴度上奏说："贼臣飞扬跋扈四十多年了，朝廷圣明暂且含忍，是考虑到怕伤害了一方的生灵。可是却没有听到他们有归顺朝廷的意思，而且还想要独霸一方，如果再授给他们军权，反而会更加助长他们凶恶叛逆的气焰。凭着皇帝的聪明威武，分封的诸镇都愿意尽力于王事，臣请

一诏进兵，可以平荡妖孽。"于是命度为淮西节度使，兴师致讨。时许滑三帅，先于郾城县屯军，度统精甲五万会之，受律鼓行而进，直造蔡州城下。才两月，擒贼以献，淮西遂平。后入朝居廊庙，大拜正司徒，为侍中、中书令。儒生武德，振耀古今，洎留守洛师，每话天津桥老人之事。出征淮西，请韩愈自中书舍人为掌书记。及贼平朝觐，乐和李仆射方为华州刺史，戎服櫜鞬，迎于道左。愈有诗云："荆山行尽华山来，日照潼关四扇开。刺史莫嫌迎候远，相公亲破蔡州回。"出《剧谈录》。

段文昌

唐丞相邹平公段文昌，负才傲俗，落拓荆楚间。常半酣，靸屐于江陵大街往来。雨霁泥甚，街侧有大宅，门枕流渠。公乘醉，于渠上脱屐濯足，旁若无人。自言我作江陵节度使，必买此宅，闻者皆笑。其后果镇荆南，遂买此宅。又尝佐太尉南康王韦皋为成都馆驿巡官，忽失意，皋逐之，使摄灵池尉。羸童劣马，奔迫就县。县去灵池六七里，日已昏黑，路绝行人。忽有两炬前引，更呼曰："太尉来。"既及郭门，两炬皆灭。先时为皋奉使入长安，素与刘禹锡深交。禹锡时为礼部员外，方与日者从容，文昌入谒，日者匿于箔下。既去，日者谓禹锡曰："员外若图省转，事势殊远，须待十年后，此客入相，方转本曹正郎耳。"是时禹锡失意，

一道出兵的诏书，我愿带兵讨伐叛贼，扫除妖孽。”于是皇帝就任命裴度做了淮西节度使，兴师讨伐逆贼。这时许滑统帅三军先在郾城县驻扎了军队，裴度统领五万精锐人马和他会师，擂鼓摇旗，纪律严明，士气大振，一直攻到了蔡州城下。仅仅两个月的时间，就献上了擒获的叛贼，淮西自此平定了。之后回到朝廷，被拜为正司徒，做侍中、中书令。文人而兼武德，威震天下，光耀古今，等到留守洛师时，还常常说起天津桥那两个老人的事。在出征淮西时，奏请将韩愈从中书舍人改为掌书记。等平定了叛贼回朝觐见时，乐和李仆射正做华州刺史，他们穿着军服，佩戴弓箭，在大道上迎接裴度。韩愈还写了一首诗说：“荆山行尽华山来，日照潼关四扇开。刺史莫嫌迎候远，相公亲破蔡州回。”出自《剧谈录》。

段文昌

唐朝丞相邹平公段文昌，依仗自己有才学而傲视世人，没做官以前，流落在荆楚之间。他常常喝酒喝得半醉，趿拉着鞋在江陵大街上来回地走。一次大雨刚停，路上特别泥泞，大街的一侧有个很大的宅院，门下形成水渠。文昌借着酒醉，脱掉了鞋袜在水渠里洗脚，旁若无人。他自言道我做了江陵节度使，一定要买这个宅院，旁边听见的人都感到很可笑。那以后文昌果然镇守荆南，他就买下了这个宅院。他又曾辅佐太尉南康王韦皋，做了成都馆驿的巡官，忽然失去信任，被韦皋给撵走了，叫他去做灵池县尉。他带着一个瘦弱的小童，骑着一匹劣马，急忙往县里赶路。县城离灵池有六七里，天已经黑了，路上已没有了行人。忽然有两盏灯笼在前面引路，并喊着：“太尉来了。”到了城门，两个火把都灭了。文昌以前替韦皋办事去长安，和刘禹锡交情很深。刘禹锡当时为礼部员外，正和会占卜的人闲谈，文昌进去请见，占者隐藏在竹帘子后面。文昌走后，占者出来对刘禹锡说：“员外想探问官职升转，情势还差得远。须等十年以后，刚来的客人当了丞相，才能提升为本曹正郎。”这时刘禹锡很不得志，

连授外官。后十余年，文昌入相，方除禹锡礼部郎中。出《录异记》。

李逢吉

唐丞相凉公李逢吉，始从事振武日，振武有金城佛寺，寺有僧，年七十余。尝一日独处，负壁而坐，忽见一人，介甲持矛，由寺门而入。俄闻报李判官来，僧具以告，自是逢吉与僧善。每造其室，即见其人先逢吉而至，率以为常矣。故逢吉出入将相，二十余年，竟善终于家。出《补录记传》。

牛僧孺

唐河南府伊阙县前大溪，每僚佐有入台者，即水中先有小滩涨出，石砾金沙，澄澈可爱。丞相牛僧孺为县尉，一旦忽报滩出。翌日，邑宰与同僚列筵于亭上观之，因召耆宿备询其事。有老吏云："此必分司御史，非西台之命。若是西台，滩上当有鸂鶒双立，前后邑人以此为验。"僧孺潜揣，县僚无出于己，因举杯曰："既有滩，何惜一双鸂鶒。"宴未终，俄有鸂鶒飞下。不旬日，拜西台监察。出《剧谈录》。

王智兴

唐王智兴始微时，尝为徐州门子。有道士寓居门侧，

连续多次授职都是外官。后十多年，文昌做了丞相，才把刘禹锡提升做了礼部郎中。出自《录异记》。

李逢吉

唐朝丞相凉公李逢吉，在振武军任职的时候，振武有座金城佛寺，寺院里有个和尚，七十多岁了。曾有一天他独自一人靠着墙壁坐着，忽然看见一人，身穿铠甲手拿长矛，从寺院的门口进来。不一会儿就听到有人报告说李判官来了，老和尚就把这件事告诉了李逢吉，从这以后李逢吉和老和尚十分友善。每次到老和尚那里拜访，老和尚就能看见那人在逢吉之前先到了，时间久了也就认为很正常了。所以李逢吉做将相二十多年，最后竟得善终死在家里。出自《补录记传》。

牛僧孺

唐朝河南府伊阙县前面有一条大河，每当官员中有人做了御史，河水中就事先露出小沙滩来，河水清澈，河石沙砾着实可爱。丞相牛僧孺做县尉时，一天忽然有人报告说小滩露出来了。第二天，县官和同僚摆上酒宴在亭子上观看，并召来了年岁大的老人来询问是怎么回事。有个老吏说："这一定是任命东都洛阳的分司御史，而不是长安的西台御史。如果是西台御史，那么沙滩上应当有两只紫鸳鸯对立着，从前和现在的人都把这种现象看作是验证。"僧孺暗暗地揣摩着，县里和我一起做官的人里，没有一个能超过我的，因此举起酒杯说："既然沙滩已露出来，一对紫鸳鸯有什么可惜的。"饮宴还没有结束，不一会儿就有两只紫鸳鸯飞下来了。没过十天，牛僧孺就被提升为西台监察御史。出自《剧谈录》。

王智兴

唐朝时有一个叫王智兴的人，他当初未显达的时候，曾经做过徐州的看门人。当时有个道士就住在大门旁边的房子里，

智兴每旦起持帚，因屏秽于道，必扫其道士之门，道士深感之。后智兴母终，辞焉。道士谓智兴曰："吾善审墓地，若议葬，当为子卜之。"智兴他日引道士出视地，道士以智兴所执竹策，表一处，道士曰："必窆此，君当寿，而两世位至方伯。"及智兴再往理穴，其竹策有枝叶丛生，心甚异之，遂葬焉。智兴又曾自郡赍事赴上都，宿郾城逆旅，遇店妇将产。见二人入智兴所寝之舍，惊曰："徐州王侍中在此。"又曰："所生子后五岁，当以金疮死。"智兴志之。及期，复过店，问妇所生子，云："近因斧伤，已卒矣。"出《唐年补录纪传》。

牛师

唐长庆中，鄂州里巷间人，每语辄以牛字助之。又有一僧，自号牛师，乍愚乍智，人有忤之，必云："我兄即到，岂奈我何！"未几，奇章公牛僧孺以旧相节度武昌军，其语乃绝，而牛师尚存。方知将相之任，岂偶然耶！先是元和初，韩尚书皋镇夏口，就加节度使，自后复为观察使。长庆三年，崔相国植，由刑部尚书除观察使。明年冬，僧孺实来。宰臣建节镇夏口，自僧孺始也。出《因话录》。

杜中立

唐杜皋，字中立，少年时，赡于财产，他无所采取。其与游徒，利于酒炙，其实蔑视之也。一日，同送迎于城外，客有善相者，历观诸宾侣，独指中立曰："此子异日当为将矣。"

智兴每天早晨起来都拿着扫帚清扫，除去道上的脏东西，而每次又一定会把道士的门前扫干净，道士非常感谢他。后来智兴的母亲去世了，他告辞回家。道士对智兴说："我会看墓地，如果商议埋葬的事，我给你卜算找个风水宝地。"智兴改天就领着道士去看墓地，道士用智兴拿着的竹竿在一处做了标记，道士说："一定要把你的母亲落葬在这个地方，这样你可以长寿，而且两代都可以做高官。"智兴再去挖墓穴时，那竹竿上长满了竹叶，他心里感到特别奇怪，之后就把母亲埋葬了。智兴又曾经从郡去京都办事，住在了鄠城的旅馆里，正遇上店主的妻子将要临产。看见两个人进到智兴住的房间里，惊讶地说："徐州王侍中在这。"又说："所生的孩子五岁时当因金疮而死。"智兴记住了这些话。等到第五年时，智兴又路过这个店，就询问妇人所生的孩子，那妇人说："最近因为斧子砍伤而死了。"出自《唐年补录纪传》。

牛　师

唐朝长庆年间，在鄂州里巷间的人，每当说话，就用牛字来做助词。又有一个和尚，自称牛师，他一会儿愚昧，一会儿聪慧，有人说话忤逆了他，他就一定说："我的兄长马上就到了，你们能把我怎么样！"没有多久，奇章公牛僧孺以旧丞相的身份做了武昌的节度使，虽然那些话是听不到了，可是牛师还活着。这才知道，将相的任职哪里是偶然的！之前元和初年，韩皋镇守夏口，就任节度使，以后又做了观察使。长庆三年，崔植，由刑部尚书出任观察使。第二年冬天，牛僧孺才来。以宰相任节度使来镇守夏口，是从牛僧孺开始的。出自《因话录》。

杜中立

唐朝杜皋，字中立，少年时候，家产充足，他什么都不要。他常和游手好闲的人在一起，只为吃喝，其实看不起他们。一天，在城外送迎客人，客人中有个会相面的人，一个个地看着在场的宾客，然后单独指着中立说："这人日后可以做大将军。"

一坐大笑。中立后尚真源公主,竟为沧州节度使。初李琢之出镇,旗竿道折,乃鑁杀其执旗者。中立在道亦然,杖之二十。琢竟无患,而中立卒焉,岂杀之可以应其祸! 出《玉泉子》。

李蠙

唐司空李蠙,始名虬。赴举之秋,偶自题名于屋壁,经宵,忽睹名上为人添一画,乃成虱字矣。蠙曰:"虱者蠙也。"遂改名蠙。明年果登第。出《南楚新闻》。

马植

唐丞相马植,罢安南都护。与时宰不通,又除黔南,殊不得意。维舟峡中古寺,寺前长堤,堤畔林木,夜月甚明。见人白衣,缓步堤上,吟曰:"截竹为筒作笛吹,凤凰池上凤凰飞。劳君更向黔南去,即是陶钧万类时。"历历可听,吟者数四。遣人邀问,即已失之矣。后自黔南入为大理卿,迁刑部侍郎,判盐铁,遂作相。出《本事诗》。

高骈

唐燕公高骈微时,为朱叔明司马,总兵巡按。见双雕,谓众曰:"我若贵,矢当叠双。"乃伺其上下,果一矢贯二雕。众大惊异,因号为落雕公。出《感定录》。

在场的听了都大笑。中立后来娶了真源公主,最终做了沧州节度使。当初李瑑出任地方官,旗杆在上任路上折断了,他就把拿旗的人杀了。中立在路上旗杆也折断了,他只是把拿旗的人打了二十杖。李瑑最终没有灾祸,而中立却死了,杀人哪里可以应验灾祸啊! 出自《玉泉子》。

李 蠙

唐朝司空李蠙,当初名叫虬。在他去赶考的那年,偶然把自己的名字写在屋子的墙壁上,过了一夜,突然看见名字上被人添上了一笔,变成了“虱”字了。李蠙说:“‘虱’是‘蠙’啊。”于是就改名叫李蠙了。第二年,果然就考中了。出自《南楚新闻》。

马 植

唐朝丞相马植,被免除了安南都护的职务。因和当时的宰相不和,被调到了黔南做官,他特别不得志。途中他把船停在了峡谷中的古寺旁,古寺前面有长长的河堤,河堤的两旁有片树林,夜晚,月色特别明亮。他看见一个人穿着白色的衣服,在大堤上慢慢地走,并随口吟诵着:“截竹为筒作笛吹,凤凰池上凤凰飞。劳君更向黔南去,即是陶钧万类时。”他听得清清楚楚,那吟诵的人连续说了四遍。他派人迎上去询问,可是那人却消失不见了。后来马植从黔南升为大理卿,又升为刑部侍郎、判盐铁,然后做了丞相。出自《本事诗》。

高 骈

唐朝燕公高骈没发迹时,做朱叔明的司马,统领军队巡行按察。高骈看见两只大雕,就对大家说:“我如果是贵人,一箭就应当射中双雕。”他等到双雕一上一下飞着的时候,一箭果然射下了双雕。大家都非常吃惊诧异,因此叫他落雕公。出自《感定录》。

孔温裕

唐河南尹孔温裕，任补阙日，谏讨党项事，贬郴州司马。久之，得堂兄尚书温业书，报云："宪府欲尔作侍御史。"日望敕下。忽又得书云："宰相以右史处之。"皆无音耗。一日，有鹊喜于庭，直若语状。孩稚拜且祝云："愿早得官。"鹊既飞去，坠下方寸纸，有"补阙"二字，极异之。无几，却除此官。出《因话录》。

孙偓

长安城有孙家宅，居之数世，堂室甚古。其堂前一柱，忽生槐枝。孙氏初犹障蔽之，不欲人，期年之后，渐渐滋茂，以至柱身通体而变，坏其屋上冲，秘藏不及。衣冠士庶之来观者，车马填咽。不久，偓处岩廊，储居节制。人以为应三槐之朕，亦甚异也。近有孙纬，乃偓之嗣，备言其事。出《玉堂闲话》。

李全忠

唐乾符末，范阳人李全忠，少通《春秋》，好鬼谷子之学。曾为棣州司马，忽有芦一枝，生于所居之室，盈尺三节焉。心以为异，告于别驾张建章。建章博古之士也，乃曰："昔蒲洪以池中蒲生九节为瑞，乃姓蒲，后子孙昌盛。芦茅也，合生陂泽间，而生于室，非其常矣，君后必有分茅之贵。三节者，传节钺三人，公其志之。"全忠后事李可举，为

孔温裕

唐朝河南尹孔温裕，任职补阙的时候，曾因进谏过党项的事，被贬为郴州司马。很久后，得到堂兄温业的书信说："御史台想要让你做侍御史。"他每天都等待着诏书下达。忽然又得到一封书信说："宰相准备叫你做右史。"但都没有音信。一天，有喜鹊愉悦地落在庭院，像有话说的样子。幼小的孩子下拜并且祷告说："希望早日得官。"喜鹊飞走后，空中落下了一张小纸条，上面写着"补阙"二字，非常的奇怪。没过多久，他真的就做了补阙。出自《因话录》。

孙 偓

长安城有个孙家的宅院，孙家在这里已经住了好几代了，这里的堂室特别古老。那堂前的一个大柱子上忽然长出了槐树枝。孙氏开始还用布帷遮挡着不想让人看见，一年以后，槐树的枝叶逐渐茂盛起来，整个柱子都变了形状，把屋子都给顶坏了，这时秘密再也隐藏不住了。来观看的人有当官的也有普通百姓，每天车马行人十分拥挤。不久，孙偓入朝为官，并候缺准备充任节度使。人们都认为是应了"面三槐，三公位焉"的预兆，他自己也特别奇怪。近代有个叫孙炜的人，是孙偓的后代，他详尽地说了这事。出自《玉堂闲话》。

李全忠

唐乾符末年，范阳人李全忠，从小就精通《春秋》，喜欢鬼谷子的学问。曾经做棣州司马，他住的屋里忽然长出一根芦草，有一尺长共三个芦节。他心里觉得奇怪，把这事告诉了别驾张建章。张建章是一位通今博古的人，就说："过去蒲洪把生长在池沼中的长有九个节的蒲草看作是吉祥的征兆，就改姓蒲，后代子孙因此很兴盛。芦草应生长在池塘和沼泽地里，可是长在屋里，非同寻常，你以后一定能做高官。芦草长有三个节，这表明官位可以传递三人，你可记住我的话。"李全忠后来辅佐李可举，做

戎校，诸将逐可举而立全忠，累加至检校太尉，临戎甚有威政。全忠死，子匡威，为三军所逐。弟匡俦，挈家赴阙，至沧州景城，为卢彦盛所害。先是匡威少年好勇，不拘小节，以饮博为事。曾一日与诸游侠辈钓于桑乾赤栏桥之侧，自以酒酹曰："吾若有幽州节制分，则获大鱼。"果钓得鱼长三尺，人甚异焉。出《北梦琐言》。

侯弘实

侯弘实，本蒲坂人也。幼而家贫，长为军外子弟。年方十三四，常寐于檐下，天将大雨，有虹自河饮水，俄贯于弘实之口。其母见，不敢惊焉。良久，虹自天没于弘实之口，不复出焉。及觉，母问有梦否，对曰："适梦入河饮水，饱足而归。"母闻之默喜，知其必贵矣。后数月，忽有蜀僧诣门求食。临去，谓侯母曰："女弟子当有后福，合得儿子力。"侯母呼弘实出，请僧相之。僧视之曰："此蜺龙也。但离去乡井，近江海客宦，方有显荣。"又曰："此子性识惨毒，必有生灵之患。傥敬信三宝，即得善终。"言讫而去。弘实后果自行伍出身，至于将领。同光三年，从兴圣太子收蜀。蜀平之后，无何，与陕府节度使康延孝等作叛。及延孝诛灭，弘实得赦，寻为眉州刺史，节度夔州。复自宁江迁于黔府，一州二镇，皆近大江，官业崇高。敬奉三宝，信心无怠。然于临戎理务，持法御下，伤于严酷，是知蜀僧所云不谬矣。出《鉴戒录》。

戎校，但各位将官把李可举撵走了，而推举了李全忠，这样全忠官位一直做到检校太尉，临阵打仗特别有威严。全忠死后，他的儿子匡威被三军撵走。匡威的弟弟匡俦，带着家眷奔赴京城，到沧州景城时，被卢彦盛杀害了。匡威年少时好跟人斗，又不拘小节，整天饮酒赌博。曾经有一天，和许多游手好闲的人在桑乾赤栏桥的旁边钓鱼，他自己把酒洒在地上说："我如果有幽州节制的缘分，就应钓个大鱼上来。"果然他钓上来一条三尺长的大鱼，人们都感到特别的奇怪。出自《北梦琐言》。

侯弘实

侯弘实，本是蒲坂人。从小家里很贫穷，长期是军外子弟。他十三四岁时，曾在屋檐的下面睡觉，天将要下起大雨，有条彩虹在河中喝水，一会儿就钻进了弘实的口里。他的母亲看见了，不敢惊动他。很长时间，这条虹才全部进入弘实嘴里，没有再出来。等弘实睡醒，母亲就问他做梦了没有，他回答说："刚才梦见到河里喝水，饱饱地喝了一顿才回来。"母亲听了默默地高兴，知道弘实将来一定会富贵。几个月后，忽然有个蜀地的和尚到弘实家要吃的。临走时他对侯母说："你应当有后福，全靠儿子的力量。"侯母把弘实叫出来，让和尚给他相面。和尚看了看弘实说："这个孩子是条蜕龙。但会背井离乡，去靠近江海的地方做官，才能有显耀的机会。"和尚又说："这个孩子性情残忍毒辣，一定会有生灵涂炭的祸患。倘若敬奉信仰佛教，就能得到善终。"说完和尚就走了。弘实后来果然在军队里出人头地，做了将领。同光三年，跟从兴圣太子收复蜀地。蜀地平定以后不久，他和陕府节度使康延孝等叛乱。康延孝被诛杀以后，侯弘实被赦免，不久做了眉州刺史，节度夔州。又从宁江迁到了黔府，一州两镇都靠近大江，官位很高。他敬奉佛教十分虔诚，专心不倦。然而在处理军务时，持法严厉，过于残酷，因此知道蜀地的和尚说的一点儿也不错。出自《鉴戒录》。

戴思远

梁朝将戴思远任浮阳日，有部曲毛璋，为性轻悍。常与数十卒追捕盗贼，还宿于逆旅，毛枕剑而寝。夜分，其剑忽大吼，跃出鞘外。从卒闻者，愕然惊异。毛亦神之，乃持剑咒曰："某若异日有此山河，尔当更鸣跃，否则已。"毛复寝未熟，剑吼跃如初，毛深自负之。其后戴离镇，毛请留，戴从之。未几，毛以州归命于唐庄宗，庄宗以毛为其州刺史。后竟帅沧海。出《玉堂闲话》。

张　籛

密牧张籛少年时，常有一飞鸟，状若尺鷃，衔一青铜钱，堕于张怀袖间。张异之，常系钱于衣冠间。其后累财巨万，至死物力不衰。即飞鸟堕钱，将富之祥也。出《玉堂闲话》。

齐州民

齐州有一富家翁，郡人呼曰刘十郎，以鬻醋油为业。自云：壮年时，穷贱至极，与妻佣舂以自给。忽一宵，舂未竟，其杵忽然有声，视之，已中折矣。夫妇相顾愁叹，久之方寐。凌旦既寤，一新杵在臼旁，不知自何而至。夫妇前视，且惊且喜。自是因穿地，颇得隐伏之货。以碓杵为神鬼所赐，乃宝而藏之。遂弃舂业，渐习商估。数年之内，

戴思远

后梁朝大将戴思远在浮阳任职时，部下有个叫毛璋的人，此人性情轻躁强悍。毛璋曾和数十人一齐追捕盗贼，回来的时候在旅馆住宿，枕着宝剑睡觉。半夜，那宝剑忽然大声吼叫，跳出了剑鞘。跟从的人听到了叫声都惊恐诧异。毛璋也感到神奇，于是他就拿着宝剑祷告说："我如果他日能占据这里的山河，你应当再鸣叫跳跃，如果不能，就请停止。"毛璋祷告完就又睡下了，还没等睡熟，那宝剑又像原来一样吼叫跳跃起来，毛璋自此非常自负。之后有一天戴思远要离开镇里，毛璋请求留下来，被同意了。没有多久，毛璋举州归顺了后唐庄宗，庄宗让毛璋做了这个州的刺史。后来竟统帅了天下。出自《玉堂闲话》。

张 篯

密牧张篯小时候，曾有一只像斥鷃的飞鸟，口中含着一枚青铜钱飞来，铜钱掉在了张篯的怀袖里。张篯感到很奇怪，就把这枚铜钱系在了衣帽上。那以后他积累的财物成千上万，到他死的时候，财物富庶不减。所以飞鸟投钱，是富裕的吉祥征兆。出自《玉堂闲话》。

齐州民

齐州有一家富翁，郡里的人都叫他刘十郎，以卖醋卖油为职业。他自己说：年轻时，家里非常贫穷，只能和妻子通过给人家舂米来维持生活。忽然有一天晚上，正在舂米时，那舂米的棒子突然发出一阵声音，一看，棒子已折断了。夫妻二人互相看着，无可奈何，为失去了维生的物什而忧愁叹息，好长时间才睡下。清早醒来，忽然看到一个新的舂米棒子立在石臼的旁边，不知道是从什么地方来的。夫妻二人上前一看，又惊讶又高兴。从这时开始，在挖地时得了很多隐埋在地下的财物。所以他们就认为舂米的工具碓杵是神鬼恩赐的，把它看成宝贝收藏了起来。接着就放弃了舂米的活计，渐渐地做起了买卖。几年之内，

其息百倍，家累千金。夫妇神其杵，即被以文绣，置于匮匣中，四时致祭焉。自后夫妇富且老，及其死也，物力渐衰，今则儿孙贫乏矣。出《玉堂闲话》。

朱庆源

婺源尉朱庆源，罢任方选，家在豫章之丰城。庭中地甚爽垲，忽生莲一枝，其家骇惧，多方以禳之。莲生不已，乃筑堤汲水以回之，遂成大池，芰荷甚茂。其年，庆源选授南丰令。后三岁，入为大理评事。出《稽神录》。

获得了百倍的利息，家里积累了千金。夫妻把那舂米的棒子看作是神物，用彩色的绣花绸子包了起来放在了柜匣里，一年四季都要祭奠。从这以后夫妻也就富足起来，并且也渐渐地老了，他们死后，财力渐渐匮乏，现在他们的儿孙又都贫穷了。出自《玉堂闲话》。

朱庆源

婺源尉朱庆源，被罢了官在家待选时，住在豫章的丰城。他的庭院高爽干燥，忽然长出了一枝莲花，全家都很震惊而且害怕，千方百计祈祷消灾。莲花不停地生长，就筑起大堤打水来浇灌它们，于是就变成了大池塘，芡和荷花生长得特别茂盛。这一年，朱庆源被选授为南丰令。后三年，又晋升做了大理评事。出自《稽神录》。

卷第一百三十九

征应五 邦国咎征

池阳小人

王莽建国三年，池阳有小人，长一尺余，或乘马，或步行，操持万物，小人皆自相称。三日乃止，莽甚恶之。自后兵盗日盛，而竟被杀。出《广古今五行记》。

背明鸟

黄龙元年，吴始都武昌。时越嶲之南献背明鸟，形如鹤状，止不向明，巢常对北。多肉少毛，其声百变，闻钟磬笙竽之声则奋翅摇头，时人以为吉瑞。是岁迁都建业，殊方多贡珍奇。吴人语讹，呼为背亡鸟。国中以为大妖，不及百年，当有丧乱背叛流亡之事，散逸奔逃，墟无烟火，果如

池阳小人

王莽始建国三年，池阳发现了小人，有一尺多高，有的骑着马，有的步行，所有的东西都能操持料理，他们自己都互相称小人。三天后就消失了，王莽非常厌恶。从这以后兵匪盗匪四起，并且一天比一天厉害，王莽最终被杀死。出自《广古今五行记》。

背明鸟

黄龙元年，吴国开始建都武昌。当时越巂之南献来一只背明鸟，形状好像仙鹤，它不对着亮处待着，朝北筑巢。鸟的肉多而羽毛少，叫声变化多端，如果听到了钟磬笙竽等乐器的声音，它就会展开翅膀摇动着脑袋翩翩起舞，当时的人都认为这是吉祥的征兆。这年吴迁都到建业，各方进奉了很多的珍奇瑰宝。吴人发音有误，叫成背亡鸟。国中的人都认为是大妖，不到百年，会发生丧乱背叛及流亡的事，百姓流离失所，荒无人烟，果然像

斯言。后此鸟不知所在。出《王子年拾遗记》。

王琬

晋武帝太康七年，郊坛下有一白狗，高三尺，光色鲜明，恒卧坛侧，觉见人前则去。骑督王琬，以骏马追之。狗徐行，马不可及，射又逃，琬去复还。郊丘非狗所守，后遂大乱。又武帝时，幽州有狗，鼻行地三百余步。帝不思和峤之言而立惠帝，以致衰乱。出《郭颂世语》。

张聘

晋惠帝太安中，江夏张聘所乘牛言曰："天下乱，乘我。"聘惧而还。犬又言曰："归何早？"寻牛人立而行。聘□□□□曰："天下将乱，非止一家。"其年张昌作乱，先略江夏，众推为帅。于是五州残乱，聘方族灭。出《广古今五行记》。

张林

晋怀帝永嘉中，嘉兴张林有狗名阿永。时天下饥荒，狗行欲倒。林言："阿永汝前得食，故健，今饿不复行耶？"狗忽语云："我道天下人饥死！"狗语不已，闻者怖走。时天下荒乱，帝没于胡。出《广古今五行记》。

东瀛公

晋东瀛公腾，字元迈，以永嘉元年镇邺。时大雪，当其

吴人所说的那样。再后来这只背明鸟不知道飞到哪里去了。出自《王子年拾遗记》。

王琬

晋武帝太康七年，祭祀的土坛下有一条白狗，高三尺，毛色光亮鲜明，常常趴在坛的旁边，发觉有人上前就离开了。骑督王琬，骑着骏马追赶。狗慢慢地走，但是马却追不上，用箭射，可是狗又逃掉了，王琬走了狗又返回来。祭坛不是狗能看守的，后来就发生了战乱。另外，武帝的时候，幽州有狗，能用鼻子在地上走三百多步。武帝不考虑和峤的话而立了惠帝，最后导致衰落混乱。出自《郭颂世语》。

张聘

晋惠帝太安年间，江夏张聘所骑的牛张嘴说话了，牛说："天下要乱，骑上我。"张聘十分害怕，就回到了家里。而狗又说："为什么回来得这样早？"不久牛像人那样直立行走。张聘□□□□说："天下将要大乱，不只是一家。"那年张昌作乱，最先攻略江夏，江夏的百姓推举张聘做帅。之后五州残破凌乱，张聘一家被灭族。出自《广古今五行记》。

张林

晋怀帝永嘉年间，嘉兴有一个人叫张林，他有一条狗，狗名叫阿永。当时天下正闹饥荒，狗一走路就要倾倒，摇摇晃晃的。张林说："阿永，你之前有食物吃，所以健壮，现在饿得不能走路了？"狗忽然说："我说天下的人都因饥饿而死！"狗说个不停，听到的人都被吓跑了。当时天下大乱，怀帝被胡人掳走。出自《广古今五行记》。

东瀛公

晋朝东瀛公腾，字元迈，在永嘉元年镇守邺城。当时下大雪，在他

门前方十数步，独液不积。腾怪而掘之，得玉马，高尺许，齿皆缺。腾以为马者国姓，称吉祥马。或谓马无齿则不食。未几，晋大乱。出《异苑》。

长广人

宋文帝元嘉末，长广人病瘥，便能食而不得卧，一饭辄觉身长。如此数日，头遂出屋。段究为刺史，度之为三丈，复还渐缩如旧，经日而亡。俄而文帝为元凶所害。出《广古今五行记》。

黄丘村

宋江陵黄丘村，有羊生羔，两头一颈，在上者鸣，在下者不鸣。俄而刘毅、司马休之相继作乱，人多兵死。出《渚宫旧事》。

韩僧真

后魏肃宗熙平二年，并州祁县人韩僧真女，从母右肋而出。胡太后令付掖庭养之。太后临朝，为元乂、刘腾幽于永巷，后竟被尔朱荣沉于河。魏室因兹大乱。出《广古今五行记》。

洛阳金像

后魏普泰元年，洛阳金像生毛眉鬓发，悉皆具足。尚书左丞魏季景谓人曰："张天锡有此事，其国遂灭，此亦不祥之征。"至明年，而广陵被废死焉。出《洛阳伽蓝记》。

门前十多步处一点积水都没有。他觉得很奇怪，就用锹挖，结果挖出了一个玉马，有一尺多高，没有牙齿。腾认为马是国姓，称其吉祥马。有人说马没牙齿不能进食。不久，晋大乱。出自《异苑》。

长广人

宋文帝元嘉末年，有个长广人得了病，只能吃东西却躺不下，吃一顿饭就发觉身子长长了。这样很多天后，头就长出了屋子。段究当时是刺史，他估计长广人有三丈高，过了些时候又渐渐地缩短，恢复到原来的样子，过了几天就死了。不久，文帝就被太子杀害了。出自《广古今五行记》。

黄丘村

南朝宋江陵的黄丘村，有羊生下了一只羊羔，羊羔脖子上面长了两个脑袋，长在上面的能鸣叫，长在下面的不能鸣叫。不久刘毅、司马休相继叛乱，许多人在叛乱中战死。出自《渚宫旧事》。

韩僧真

后魏肃宗熙平二年，并州祁县人韩僧真的女儿，从她母亲的右肋下生出来。胡太后让人把她送到宫里抚养。等太后摄政，那个女孩就被元乂、刘腾囚禁在永巷，后来竟然被尔朱荣给扔到了河里淹死了。魏因此大乱。出自《广古今五行记》。

洛阳金像

后魏普泰元年，洛阳的金像忽然长出了眉毛头发，全都齐备长全了。尚书左丞魏季景对人说："张天锡时有过这种事，他的国家就灭亡了，这也是不祥的征兆。"果然到了第二年，广陵王元恭被废而亡。出自《洛阳伽蓝记》。

梁武帝

梁武帝大同元年，幸玄武湖。湖中鱼皆骧首，见于水上，若顾望焉，帝入宫方没。此下人将举兵睥睨乘舆之象。寻有侯景之乱。出《广古今五行记》。

惠炤师

齐末惠炤师者，不知从何许而来。骑一竹枝为马，振策驰驿，盘躄回转。或时厉声云："某处追兵甚急，何不差遣？"遂放杖驰走，不遑宁息。或晨往南殿，暮至北城。如其所言，果有烽檄之急。每遥见黑云飞乌群豕，但是黑之物，必低身恭敬。忽自称云，伏喽罗语。国人见者，莫不怪笑，京内咸识。不知名字者，呼为伏喻调马。齐末动之前，惠炤走杖马，来到殿西骑省，密告诸贵唐邕等："急救东方，吴儿大欲入。"晓夕孜孜，守阙不去。数日，吴明彻自广陵北侵淮楚。国家遣兵将救，始集兵马，惠炤已去城四十里，于白壁南待军，指麾号令。大将至，谓齐安王高敬德曰："努力，好慎浆水！"后吴人纵水淹渍，齐军多有伤没。在京百官朝集，惠炤亦骑杖执策，立于武成之后。敕付天平寺，常令三人守之，勿听浪语。炤狂言如旧，不可止约。后于天平寺宿，与一大德僧共密语，天地开辟，上古无为，下至君臣父子、道德仁义、老经佛法，优劣多少。凡所顾涉幽隐

梁武帝

梁武帝大同元年，武帝到玄武湖游赏。湖中的鱼都仰起头来，露在水面上，好像在向四处张望，等武帝回宫后鱼才进到了水里。这是有人将要举兵侧目窥察皇上的象征。不久就有侯景发动了叛乱。出自《广古今五行记》。

惠炤师

北齐末年有一个叫惠炤师的人，不知是从什么地方来的。他骑着一根竹枝当作马，挥动着鞭子奔跑驰骋，时而一摇一晃地旋转徘徊。有时他会厉声说道："某地方追兵非常急迫，为什么不派遣我？"于是就放下竹杖快速地奔跑，没有时间休息。有时早晨去南殿，晚上又到北城。就像他说的那样，果然有报警的消息特别紧急。每当他远远地看见乌云，飞翔的乌鸦，成群的猪，只要是黑色的东西，一定会低下身子，表现出毕恭毕敬的样子。不知何故，有时忽然说自己是"伏喽罗语"。国内的人看见他的，没有不感到奇怪并讥笑他的，京城里的人全都认识他。但不知道他叫什么名字，都称他为伏喻调马。齐末没发生动乱以前，惠炤骑着竹杖快速奔跑，来到殿西骑省，偷偷告诉诸位贵人及唐邕等人："赶紧救助东方，吴人将要攻进来了。"而他白天晚上都非常勤勉地守着城不肯离开。几天后，吴明彻从广陵北侵入淮楚。朝廷派兵准备救助，刚开始集合兵马，惠炤已经离开城有四十里远了，他在白壁的南面等待着军队，指挥号令。大将军到了，他对齐安王高敬德说："要努力，做好防水的准备！"果然后来吴人放水淹渍，齐军死伤的人很多。在京城的百官进宫朝见，惠炤也骑着竹杖，拿着马鞭，站在武成帝的后面。诏书下达，把惠炤交给天平寺，常常叫三个人看守他，叮嘱他们不要听他的放纵的话。惠炤仍然像原来那样的胡言乱语，没有谁能拦阻限制他。后来惠炤住在天平寺，和一个德高望重的和尚一齐偷偷地议论，从开天辟地、上古无为而治，一直谈到了君臣父子，仁义道德，老经佛法，有多少好的，多少坏的。凡所涉及的隐晦

之事，无所不论。迨至天晓将去，谓曰："慎莫漏我此语！若泄，打杀汝。"去后，此僧语一二老宿名德者云："伏喻乃是大圣人，非寻常，不可轻忽。闻其所说，诸佛得道者，咸经亲事，序述犹如指掌。见语勿道，恐诸不知，怀骄慢心，将来获罪，所以相告。"午后，惠炤密将拳石手巾裹来，语此僧云："戒你莫说，乃不能忍。"以巾打之，一下死。寺家执以奉闻，恕而不问。

齐将破之时，北宫东北角割十步为弘善寺，惠炤曾到寺宿。其夜骞墙往太后宫院，盗入宫人房里，被捉。炤曰："不久人人皆入，何为独自约我？"又以状奏，诏复舍之。时宫校贵人内外戚妃媵出家者，朔望参谒，车马衣服，侍从绮丽。惠炤寻逐车后，眼语挑弄，云："罢道之日，与我作妇。"官者驱逐，且语且前。贵人等以炤狂悖，为后主所容，但笑而不责。每逢见僧众，则恶骂嗔打，手执砖瓦，不避头面，云："无用之时除剪！"僧徒值者亦必避之。于后失经五六日，忽复自来，则厕上而眠，或把杖坐睡，云："官府甚多，军马遍满，昼夜供承，不可周悉，图籍不得不造。"及周兵入晋阳，炤到太后寺浮图前，合掌落泪云："法轮倾！"即伏地不起。武帝平东夏，不收图籍，府库典诰，州县户口，洛京故实，并为军人毁弃。至今大比民贯，创始营造。炤所说造

之事,没有不议论到的。等到天亮将要离开时,惠炤对和尚说:“千万不要泄露我说的这些话!如果泄露出去,就打死你。”惠炤走后,这个和尚对一两个年老资深有名望的人说:“伏喻是个大圣人,非同寻常,不可轻视他。他说的事,许多修行圆满的人,都亲历过,他叙述的了如指掌。你们听见这些话不要说出去,我恐怕你们不了解他,而对他怀有傲慢的想法,将来得罪了他,所以才把这些话告诉你们。”午后,惠炤偷偷地带着用手巾包裹的拳头大小的石头来了,对这个和尚说:“告诫你不要说出去,你却不能忍耐。”说完就用手巾打他,一下就把和尚打死了。寺里将他抓起来送官,而官府却宽恕了他,不予质问。

北齐将要灭亡的时候,在北宫的东北角割舍了十步的地方建弘善寺,惠炤曾在寺里住。有天夜里他跳墙去了太后的宫院,偷着进到宫人的房里,被捉住了。惠炤说:“不久人人都会进来,为什么要单独地约束我?”又有人写了状子上奏,结果诏令又把他放了。当时宫廷显贵和皇亲国戚、诸位嫔妃出家的人,每月的初一和十五那天,都会叩拜皇上,骑着马坐着车来的人很多,都穿着华丽的衣服。惠炤就跟在车后边,眉目传情般挑弄她们说:“等你们停止修道后,给我做媳妇。”官差撵他走,他就一边说一边往前走。贵人们都认为惠炤是个疯子,被后主所宽容,只是讥笑他而不责备他。惠炤每当看见和尚们,就厌恶谩骂并发怒地打他们,手里拿着砖瓦,不管是头还是脸直打过来,说:“没用的时候就全都去掉!”和尚们碰上他的也一定会躲开他。在这以后失踪了五六天,忽然又自己来了,就在茅厕里睡觉,有时手把着竹杖坐着睡,说:“官府这么多,军队马匹遍地是,白天黑夜都承担着供求的任务,不可不周到详尽,所以疆域图和户口册不能不制作。”等到周兵进入晋阳时,惠炤到太后寺佛塔前,合掌落泪说:“佛法倾覆了!”说完就趴在地上起不来了。武帝平定了东夏,没有收缴疆域图和户口册,府库里的经典诰命,州县的户口,京城里的旧事史实,全部被军队毁弃。现在三年一次的人口调查和财物登记的户口册制度,是从这时开始的。惠炤所说的制作

籍，悉符验焉。而炤竟不知所在。出《广古今五行记》。

周靖帝

周靖帝大象元年夏，荥阳汴水北有龙斗。初见白光直属天，自东方而来，有白龙长十许丈，西北向，舐掌而鸣。西北有黑龙，亦乘云而至。风雷相击，乍合乍离，暴雨大注，自午至申。白龙升天，黑龙坠地。复有大鲤鱼三，从小鱼无数，乘空而斗。雷雨又甚，大风发屋，至暝乃止，鱼不复见。明日，有两黑蛇，大者长丈五，小者半之，并伤腰颈，死于窦前。黑蛇者，周天元帝及靖帝之象，大鱼三而斗者，尉迟迥、王谦、司马消难，三方起兵乱之异。出《广古今五行记》。

苏　氏

周靖帝大象中，阳武苏氏，家临河。闻园中有犬声，往视之，见三兽，状如水牛，一黄一赤一黑者。斗久之，黑者死，黄赤者俱入于河。黑者周所尚色也，死者灭亡之象。后数岁，周遂灭。隋有天下，旗牲尚赤，戎服尚黄。出《广古今五行记》。

突厥首领

隋开皇初，突厥阿波未叛之前，有首领数十骑，逐一兔至山。山上有鹿，临崖告人云："你等无事触他南方圣人之国，不久当灭。"俄而国内大乱。出《广古今五行记》。

户口册的事，全都符合应验了。而惠炤最终不知到哪里去了。出自《广古今五行记》。

周靖帝

周靖帝大象元年夏天，荥阳汴水北面，有龙争斗。刚开始看见白光直连天空，一会儿从东方来了一条白龙，有十多丈长，面向西北用舌头舔着脚掌大声地鸣叫。在西北面有条黑龙，也乘着云彩到了。风雷撞击，忽然合拢，忽然分离，一会儿的工夫暴雨倾盆，从午时一直下到申时。这时白龙升上了天空，黑龙坠落到地上。又有三条大鲤鱼，有无数条小鱼跟从着，在空中争斗。这时雷雨又特别的大，大风刮坏了房屋，到了天黑时才停止，鱼再也看不见了。第二天，有两条黑蛇，大的有一丈五尺长，小的有大的一半长，两条蛇的腰和脖子都受了伤，在洞前死了。黑蛇是周天元帝及靖帝的象征，三条大鱼争斗是尉迟迥、王谦、司马消难三方起兵叛乱的异常征象。出自《广古今五行记》。

苏　氏

周靖帝大象年间，阳武有个姓苏的人，家靠近河流。一天听到园子里有狗叫的声音，就去看，看见了三个野兽，形状像水牛，一个黄色的，一个红色的，一个黑色的。三兽争斗了好长时间，结果黑的死了，那黄的和红的都跳入了河里。黑色，是周所崇尚的颜色，死是灭亡的预兆。几年以后，周就灭亡了。隋得到了天下以后，旗帜和祭祀的用品都崇尚红色，战服崇尚黄色。出自《广古今五行记》。

突厥首领

隋朝开皇初年，突厥阿波没有叛乱以前，有十多个骑马的首领，追赶一只兔子追到山上。山上有一只鹿，靠在山崖旁告诉人们说："你们无缘无故触犯南方圣人的国家，不久就要灭亡。"很快国内大乱。出自《广古今五行记》。

陈后主

陈后主时，秣陵有泉，深不可测，产鱼鳖甚众。恒有声如牛，邑人惧之，不敢犯。无何，忽见牛头于岸下，里民牵而出之。于是争捕，其鱼乃尽。江东旧以牛头山为天关，今牛头已获，盖示国将灭而关毁也。后年，隋平陈。出《广古今五行记》。

渭南人

隋时，渭南有人寄宿他家。夜中闻二豕对语，其一曰："岁将尽，阿耶明杀我供岁，何处避之？"其一答曰："可向水北妇家。"因相随而去。天将晓，主人觅豕不得。宿客言状，主人如其言得豕。其后蜀王秀得罪，将杀，乐平公主救之得全。后数岁而帝崩，天下大乱，秀竟被诛。出《广古今五行记》。

猫　鬼

隋大业之季，猫鬼事起。家养老猫为厌魅，颇有神灵，递相诬告。京都及郡县被诛戮者，数千余家。蜀王秀皆坐之。隋室既亡，其事亦寝。出《朝野佥载》。

长　星

唐仪凤年中，有长星半天，出东方，三十余日乃灭。自是吐蕃叛，匈奴反，徐敬业乱，白铁余作逆，博豫骚动，忠万强梁，契丹翻营府，突厥破赵定。麻仁节、张玄遇、王孝杰

陈后主

陈后主时，秣陵有一个大泉，深得不能测量，泉里出产鱼鳖特别多。常常能听到泉里有牛叫的声音，城里的人非常害怕，谁也不敢去冒犯那里。没有多久，忽然在泉的岸边看见了牛头，百姓就把它拉了出来。于是人们就争着捕捞，那泉里的鱼就没有了。江东过去把牛头山作为天关，现在牛头被捕获，这大概预示着国家将要灭亡而天关将要毁坏。后年，隋平定了陈。出自《广古今五行记》。

渭南人

隋朝时，渭南有个人到别人家里借宿。晚上他听到两头猪的对话，其中一头猪说："快要过年了，阿爷明天就要杀了我上供，到什么地方躲避呢？"另一头猪回答说："可以去河水北面的一个农妇家里躲避。"于是两头猪就一起离开了。天刚亮，主人寻找猪却没有找到。借宿的人就把听到的话跟主人讲了，主人按照他说的地方找到了猪。那以后，蜀王杨秀犯了罪，将被处死，被乐平公主救下，得到了保全。几年后，皇帝死了，天下发生了动乱，杨秀最终被杀。出自《广古今五行记》。

猫　鬼

隋朝大业年间，发生了猫闹鬼的事。家里养的老猫变成了令人厌恶的鬼魅，猫很神异，轮流诬陷。所以京城以及郡县里被杀的有好几千家。蜀王杨秀也因此被定了罪。隋朝灭亡以后，猫闹鬼的事也就停止了。出自《朝野佥载》。

长　星

唐朝仪凤年间，天空中有半天长星出现在东方，三十多天才消逝。从这时开始就有吐蕃叛变，匈奴造反，徐敬业作乱，白铁余叛逆，博州豫州动荡不安，李尽忠和孙万荣凶狠蛮横强劲有力，契丹越过了营府，突厥攻破了越定。麻仁节、张玄遇、王孝杰

等，皆没百万众。三十余年，兵革不息。出《朝野佥载》。

大　乌

唐调露之后，有乌大如鸠，色如乌雀，飞若风声，千万为队。时人谓之鵽雀，亦名突厥雀。若来，突厥必至。后则无差。出《朝野佥载》。

虾　蟆

唐高宗尝患头风，召名医于四方，终不能疗。宫人有自陈世业医术，请修药饵者，帝许之。初穿地置药炉，忽有一虾蟆跃出，色如黄金，背有朱书武字。宫人不敢匿，奏之。帝颇惊异，遽命放于苑池。宫人别穿地，得虾蟆如初。帝深以为不祥，命杀之。其夕，宫人暴卒。后武后竟革命。出《潇湘录》。

幽州人

天授中，则天好改新字，又多忌讳。有幽州人寻如意，上封云："国(國)字中或，或乱天象。请口中安武以镇之。"则天大喜，下制即依。月余，有上封者云："武退在口中，与囚字无异，不祥之甚。"则天愕然，遽追制，改令中为八方字。后孝和即位，果幽则天于上阳宫。出《朝野佥载》。

等，百万士兵全部覆灭。三十多年间，战争连续不断，天下大乱。出自《朝野佥载》。

大　乌

唐朝调露年间以后，有乌鸦象鸠鸟那样大，颜色像麻雀，飞起来带着风声，成千上万地排成队。当时的人叫它是鵽雀，又叫它突厥雀。如果这种鸟飞来，那么突厥也一定会到。后来果然没有错。出自《朝野佥载》。

虾　蟆

唐高宗曾经得了头风病，到各地寻找名医，都不能治好。宫中有人自荐说是世代行医，请求炼治药物，皇帝答应了他的请求。开始挖地安置炼药的炉子时，忽然有一个蛤蟆从地里跳了出来，颜色如同黄金，背上写有红色的“武”字。宫人不敢隐瞒，就把这件事向皇帝禀告了。皇帝很是惊讶奇怪，立刻命人把它放到了园林的池子里。宫人又在别的地方挖地，结果又挖得蛤蟆，与开始挖出来的那个一样。皇帝认为这是不吉祥的征兆，就让人把它杀了。那天晚上，宫人突然死了。后来武后竟然居尊夺得帝位。出自《潇湘录》。

幽州人

天授年间，武则天有喜欢改字造新字的习惯，但又多有忌讳。有个幽州人叫寻如意，呈上了一封信说：“‘国(國)’字里面是个‘或’，这是惑乱天下的象征。请在‘口’里写上‘武’字来镇住它。”则天看后非常高兴，就下令按照要求造字。过了一个多月的时间，又有一个人呈上一封书信说：“‘武’退在‘口’里，这和‘囚’字没有什么两样，这是非常不吉祥的。”则天看后，非常惊讶，立刻追回了命令，改令‘口’中为“八方”字。后来孝和皇帝登位，果然在上阳(意照八方)宫囚禁了武则天。出自《朝野佥载》。

默 啜

唐长安二年九月一日，太阳蚀尽，默啜贼到并州。至十五日，夜月蚀尽，贼并退尽。俗谚云：枣子塞鼻孔，悬楼阁却种。又云：蝉鸣蛁蟟唤，黍种糕糜断。又谚云：春雨甲子，赤地千里；夏雨甲子，乘船入市；秋雨甲子，禾头生耳；鹊巢下近地，其年大水。出《朝野佥载》。

张易之

唐长安四年十月，阴雨雪，一百余日不见星。正月诛逆贼张易之、昌宗等，则天废。出《朝野佥载》。

孙 俭

唐幽州都督孙俭之入贼也，薛讷与之书曰："季月不可入贼，大凶也。"俭曰："六月宣王北伐，讷何所知？有敢言兵出不复者斩。"出军之日，有白虹垂头于军门。其夜，大星落于营内，兵将无敢言者。军行后，幽州界内鸦乌鸱鸢等并失，皆随军去。经二旬而军没，乌鸢食其肉焉。出《朝野佥载》。

太白昼见

唐延和秋七月，太白昼见经天。其月，太上皇逊帝位。此易主之应也。至八月九月，太白又昼见，改元先天。至二年七月，太上皇废，诛中书令萧至忠、侍中岑羲，流崔湜，寻诛之。出《朝野佥载》。

默　啜

唐朝长安二年的九月一日，太阳全被遮蔽了，这天默啜贼就到了并州。到了十五日这天晚上月亮也全被遮蔽了，而默啜贼又全都退了出去。流传的谚语说：如果枣子塞进鼻孔，那么种子就要悬挂在楼阁上推迟耕种。又说：如果蝉鸣叫，种植黍米就不能丰收。又有谚语说：春天甲子日下雨，就要千里大旱；夏天甲子日下雨，就能乘船到市场；秋天甲子日下雨，庄稼的头上就会长出枝杈；乌鹊在距离地面很近的地方筑窝，那年就要发大水。出自《朝野佥载》。

张易之

唐朝长安四年十月的时候，天气阴暗，雨雪连绵，一百多天看不见星星。到了正月，杀了逆贼张易之、昌宗等人，废除了武则天。出自《朝野佥载》。

孙　俭

唐朝幽州都督孙俭发兵讨贼，薛讷给他一封信说："月末不可以发兵，这是最不吉利的。"孙俭说："六月宣王北伐，薛讷怎么知道？有敢再说不发兵的就杀了他。"军队出发的那天，有一道白虹在军门前，垂下了头。当天晚上，又有大而亮的星星坠落在军营内，但兵将没有敢说的。军队出发后，幽州境内的乌鸦和鸱鸟全都没有了，都跟着军队去了。过了二十天军队就被消灭了，乌鸦和鸱鸟都来吃他们的肉。出自《朝野佥载》。

太白昼见

唐朝延和年秋七月，太白星在白天显示。那个月，太上皇辞让帝位。这是改换国主的预兆。到了八月九月，太白又在白天看见了，改年号"先天"。第二年七月，太上皇被废除，中书令萧至忠、侍中岑羲被诛杀，崔湜被流放，不久也被杀了。出自《朝野佥载》。

卷第一百四十
征应六

大　星

唐开元二年五月二十九日夜，大流星如瓮，或如盆大者，贯北斗，并西北落，小者随之无数。天星尽摇，至晓乃止。七月，襄王崩，谥殇帝。十月，吐蕃入陇右，掠羊马，杀伤无数。其年六月，大风拔树发屋，长安街中树，连根出者十七八。长安城初建，隋将作大匠高颎所植槐树，殆三百余年，至是拔出。终南山竹，开花结子，绵亘山谷，大小如麦。其岁大饥，其竹并枯死。岭南亦然，人取而食之。醴泉雨面，如米颗，人可食之。后汉襄楷云："国中竹柏枯者，不出三年，主当之。人家竹结实枯死者，家长当之。"终南竹花枯死者，开元四年而太上皇崩。出《朝野佥载》。

火　灾

开元五年，洪潭二州，复有火灾。昼日，人见火精赤燉燉，所诣即火起。东晋时，王弘为吴郡太守，亦有此灾。

大 星

唐朝开元二年五月二十九日的晚上，有大流星像瓮那样大，还有像盆那样大的，贯穿北斗星，都坠落在西北方，小的跟着落下来的有无数个。天上的星星全都摇动了，到天亮时才停止。七月襄王死了，谥号殇帝。十月吐蕃进入了陇右，掠夺羊马，杀伤无数百姓。这年的六月，大风将大树和房屋都给刮倒了，长安街上的树，连根拔出的有十之七八。长安城刚开始建设时，隋将作大匠高颎种植的槐树，大概有三百多年了，到这时也被连根拔出。终南山的竹子，开花结子，布满整个山谷，大小如麦子一样高。那年天下闹饥荒，竹子也都枯萎而死。岭南也是这样，人们都拿它来吃。醴泉下了面粉，像米粒，人可以吃它。后汉襄楷说："国家的竹柏枯萎，不出三年，国主当死。民家的竹子结了子而枯死的，一家之长当死。"终南山的竹子开花并枯死了，果然在开元四年的时候太上皇驾崩了。出自《朝野佥载》。

火 灾

开元五年，洪潭二州都有火灾。白天有人看见火精闪闪发光，所到之处就着火。东晋王弘做吴郡太守时也遇到这样的火灾。

弘挞部人，将为不慎。后坐厅事，见一物赤如信幡，飞向人家舍上，俄而火起。方知变不复由人，遭爇人家，遂免笞罚。出《朝野佥载》。

水　灾

唐开元八年，契丹叛。关中兵救营府，至渑池缺门，营于谷水侧。夜半水涨，漂二万余人。唯行纲夜樗蒲不睡，接高获免。村店并没尽，上阳宫中水溢，宫人死者十七八。其年，京兴道坊一夜陷为池，没五百家。初，邓州三鸦口见二小儿以水相泼。须臾，有大蛇十围已上，张口向天，人或有斫射者，俄而云雨晦冥，雨水漂二百家。小儿及蛇，不知所在。出《朝野佥载》。

僧一行

唐开元十五年，一行禅师临寂灭，遗表云：他时慎勿以宗子为相，蕃臣为将。后李林甫擅权于内，安禄山弄兵于外，东都为贼所陷。天宝中，乐人及闾巷好唱胡《渭州》，以回纥为破。后逆胡兵马，竟被回纥击破。国风兴废，潜见于乐音。时两京小儿，多将钱摊地，于穴中更争胜负，名曰投胡。后士庶果投身于胡庭。两京童谣曰："不怕上兰单，唯愁答辩难。无钱求案典，生死任都官。"及克复，诸旧僚朝士，系于三司狱，鞫问罪状，家产罄尽，骨肉分散，申雪无路，即其兆也。出《广德神异录》。

王弘就用鞭子鞭打家中着火的百姓，认为是他们不谨慎才导致的火灾。后来王弘在大厅处理事务，看见了一个东西红得像指挥用的旗帜，飞到了民家的屋上，不一会儿就起了大火。这才明白了发生的火灾不是由人引起的，遇火的人家于是被免除了鞭打的惩罚。出自《朝野佥载》。

水灾

唐朝开元八年的时候，契丹叛乱。关中派兵救援营府，到了渑池的缺门，驻扎在榖水的旁边。半夜里突然涨水，淹死了两万多人。只有押送官夜里赌博不曾睡，上到高处幸免于难。村店全被淹没，上阳宫里水满外流，宫里的人被淹死的十之七八。那年京城的兴道坊一夜之间陷落为池塘，淹死了五百家。当初在邓州的三鸦口看见两个小孩用水互相泼洒。不一会儿，出现一条十围多粗的大蛇，张着大口向着天，有人砍射它，不久乌云满天大雨倾盆，天昏地暗，大水漂流淹死了二百户人家。那小孩和蛇都不知道哪里去了。出自《朝野佥载》。

僧一行

唐朝开元十五年，一行禅师临死的时候，曾给皇帝留下了一封信说：以后千万不要用皇族子弟做相，蕃臣做将。后来李林甫在朝廷内独揽大权，安禄山在朝廷外发动兵变，东都洛阳被逆贼所攻破。天宝年间，乐人以及里巷歌伎都喜欢唱胡地的《渭州》曲，唱回纥为破音。后来逆胡安禄山的兵马，竟然被回纥所打败。因此说国家形势的好坏，在音乐里可以暗示出来。当时两京的小孩，大多把钱摆在地上，在穴中争夺胜负，并把这种做法叫作投胡。以后士大夫和百姓果然投身到了胡庭。两京有童谣说："不怕上兰单，唯愁答辩难。无钱求案典，生死任都官。"等到夺回了被占领的地方，那些从前的官吏被投入三司的监狱，审讯罪状，最后他们倾家荡产、妻离子散，无处申冤雪耻，这就是那童谣所预兆的啊。出自《广德神异录》。

汪凤

唐苏州吴县氓汪凤，宅在通津，往往怪异起焉。不十数年，凤之妻子洎仆使辈，死丧略尽。凤居不安，因货之同邑盛忠。忠居未五六岁，其亲戚凋陨，又复无几。忠大忧惧，则损其价而摽货焉。吴人皆知其故，久不能售。邑胥张励者，家富于财，群从强大，为邑中之蠹横，居与忠同里。每旦诣曹，路经其门，则遥见二青气，粗如箭竿，而紧锐彻天焉。励谓实玉之藏在下，而精气上腾也。不以告人，日日视之。因诣忠，请以百缗而交关焉。寻徙入，复晨望，其气不衰。于是大具畚锸，发其气之所萌也。掘地不六七尺，遇盘石焉。去其石，则有石柜，雕镌制造，工巧极精，仍以铁索周匝束缚，皆用铁汁固缝，重以石灰密封之。每面各有朱记七窠，文若谬篆，而又屈曲勾连，不可知识。励即加钳锤，极力开拆。石柜既启，有铜釜，可容一斛，釜口铜盘覆焉，用铅锡锢护。仍以紫印九窠，回旋印之，而印文不类前体，而全如古篆，人无解者。励拆去铜盘，而釜口以绯缯三重幂之。励才揭起，忽有大猴跳而出。众各惊骇，无敢近者。久之，超逾而莫如所诣。励因视釜中，乃有石铭云："祯明元年七月十五日，茅山道士鲍知远囚猴神于此。其有发者，发后十二年，胡兵大扰，六合烟尘，而发者俄亦

汪凤

唐朝苏州吴县百姓汪凤，他的住宅建在四通八达的津渡，但在那里常常发生一些奇怪的事情。不到十多年的时间，汪凤的妻子、孩子，以及家里的仆人等，几乎全死了。汪凤感到住在这里很不太平，于是就把它卖给了同城一个叫盛忠的人。盛忠住了不到五六年的时间，他的亲戚又死了不少。盛忠十分忧愁害怕，就想降低价钱便宜卖出。可是吴人都知道是什么原因，所以很长时间没有卖出去。城里有个小吏叫张励，家里很有钱，跟从他的人很多，势力很强大，是城里害民的豪强，和盛忠是同乡。他每天到官署去上班，都要经过盛忠的门前，一天他远远地看见了盛忠的宅院里有两股青气，像箭杆那样粗，而且密接无间直贯长空。张励认为住宅的下面埋藏的全是宝玉，以致精气往上升腾。他没把这种想法告诉别人，而是自己天天偷偷地观察。他因此就到盛忠那里拜访，请求用一百缗买盛忠的住宅。买下后不久他就搬了进去，他又在早晨看见了青气非常的旺盛。于是就准备了簸箕和锹等工具，挖那冒着青气的地方。挖地不到六七尺深，就碰上了一块大磐石。挖掉那磐石，就发现地下有个石柜，上面刻有图案，制造的工艺十分精巧，四周还用铁索链捆绑着，还用铁水坚固地堵住缝隙，又用石灰把它封得很严密。每面各有七个红色的文字标记着，那文字好像是写错了的篆字，而又弯弯曲曲地勾连着，使人难以认识。张励用钳锤用力敲打拆开石柜。等石柜打开以后，里面有一个铜锅，可以盛下十斗的东西，锅口用盘盖着，又用铅锡将它紧锢保护。还用紫印九颗来回地在上面印着，但印文和前面的笔体不一样，全像古篆字，没有人能解释。张励拆掉了铜盘，那锅口用红色的丝织品覆盖了三层。张励刚揭开，忽然有一只大猴从里面跳出来。人们都惊讶害怕，没有敢靠近的。过了很长时间，大猴跳越着不知到哪里去了。张励看了看锅里，石头上刻的字说：“祯明元年七月十五日，茅山道士鲍知远在这里囚禁猴神。之后会有人发现，发现后十二年，胡兵就要大肆扰乱，天下烟尘四起，而发现的人不久也会

族灭。”祯明即陈后主叔宝年号也。励以天宝二年十月发，至十四年冬，禄山起戎，自是周年，励家灭矣。出《集异记》。

僧普满

唐大历中，泽潞有僧，号普满，随意所为，不拘僧相，或歌或笑，莫喻其旨。以言事往往有验，故时人待之为万回。建中初，于潞州佛舍中题诗数篇而亡。所记者云：“此水连泾水，双珠血满川。青牛将赤虎，还号太平年。”题诗后，人莫能知。及贼泚称兵，众方解悟。此水者泚字，泾水者，自泾州兵乱也。双珠者，泚与滔也，青牛者，兴元二年乙丑岁，乙者木也，丑者牛也；明年改元贞元，岁在丙寅，丙者火也，寅者虎也，至是贼已平，故云：“青牛将赤虎，还号太平年。”出《广德神异录》。

秦城芭蕉

天水之地，迩于边陲，土寒，不产芭蕉。戎师使人于兴元求之，植二本于亭台间。每至入冬，即连土掘取之，埋藏于地窟。候春暖，即再植之。庚午辛未之间，有童谣曰：“花开来裹，花谢来裹。”而又节气变而不寒，冬即和煦，夏即暑毒，甚于南中，芭蕉于是花开。秦人不识，远近士女来看者，填咽衢路。寻则蜀人犯我封疆，自尔年年一来，不失芭蕉开谢之候。乙亥岁，岐陇援师不至，自陇之西，竟为蜀人所有。暑湿之候，一如巴邛者。盖剑外节气，先布于秦城。童谣之言，不可不察。出《玉堂闲话》。

灭族。”祯明就是陈后主叔宝的年号。张励在天宝二年十月发现了神猴，到了十四年的冬天，安禄山起兵叛乱，从这时以后一年，张励家族灭。出自《集异记》。

僧普满

唐朝大历年间，泽潞有个和尚，号普满，他随心所欲，不拘泥于自己的僧人身份，有时歌唱，有时大笑，没有能明白他用意的人。他所说的事情，常常都能得到验证，因此当时的人待他为万回（意为多转轮回）。建中初年，他在潞州佛舍里题了好几首诗后就死了。所记下的诗说：“此水连泾水，双珠血满川。青牛将赤虎，还号太平年。”题诗后，人们都不解其意。等到朱泚兴兵，大家才理解醒悟诗的意思。此水就是泚字，泾水是指泾州兵乱。双珠是朱泚和朱滔，青牛是指兴元二年是乙丑年，乙对应木，丑对应牛；第二年改元贞元，那年为丙寅年，而丙对应火，寅对应虎，到这时逆贼已被平定，所以说：“青牛将赤虎，还号太平年。”出自《广德神异录》。

秦城芭蕉

天水这个地方，离边陲很近，这里土凉，不出产芭蕉。戎师让人从兴元带来了二棵种到了亭台中间。每年到了入冬的时候，就把它连土挖出来，埋藏在地窖里。等到春暖花开时再把它栽上。庚午辛未之间，有童谣说：“花开来裹，花谢来裹。”而且节气变化，不寒冷了，冬天和煦，夏天酷热，比南中地区还热，这时芭蕉就开花了。秦人都不认识，远近的男女前来观赏的人很多，以致堵塞了街道。不久蜀国人侵犯我们疆界，从那时开始，年年都要来一次，都在芭蕉开花和花谢的时候。乙亥年，岐陇援救的军队没到，陇山以西，最终被蜀人占领。夏天湿热的时候和巴邛一样。这大概是剑外节气先散布到秦城。童谣的话，不可以不考察。出自《玉堂闲话》。

睿陵僧

睿陵之侧，有贫僧居之。草衣芒屦，不接人事。尝燔木取灰贮之，亦有施其资镪者，得即藏于灰中，无所使用。出入必挽一拖车，谓人曰："此是驷马车，汝知之乎？他日，必有龙舆凤辇，萃于此地。"居人罔测其由。及汉高祖皇帝因山于此，陵寝陶器，所用须灰。僧贮灰甚多，至于毕功，资用不阙。又于灰积中颇获资镪。辇辂之应，不差毫厘。因山既毕，僧亦化灭。睿陵行礼官寮，靡不知者。出《玉堂闲话》。

兴圣观

蜀城旧有兴圣观，废为军营，庭宇堙毁，已数十年。军中生子者，奕世擐甲矣，殊不知此为观基。甲申岁，为蜀少主生日，僚属将率俸金营斋。忽下令，遣将营斋之费，亟修兴圣观。左徒藏事，急如星火，不日而观成。丹雘未晞，兴圣统师而入蜀。嗟乎，国之兴替，运数前定，其可以苟延哉！出《王氏见闻录》。

骆驼杖

蜀地无骆驼，人不识之。蜀将亡，王公大人及近贵权幸出入宫省者，竟执骆驼杖以为礼，自是内外效之。其杖长三尺许，屈一头，傅以桦皮，识者以为不祥。明年，北军至，骆驼塞剑栈而来，般辇珍宝，填满城邑，至是方验。出《王氏见闻录》。

睿陵僧

刘知远的陵墓睿陵的旁边，住着一个贫穷的和尚。他穿着草衣草鞋，不接触人间的事。他曾经把木头烧掉把木灰都贮藏起来，也有施舍给他钱的，他得到了就藏在灰中，不会使用。他出门一定要拉着一辆拖车，对人们说："这是四匹马拉的车，你们知道吗？他日一定会有天子的车驾聚集在这个地方。"住在这里的人都猜不到他说话的意思。等到了汉高祖皇帝时，就把陵墓建在了这里，里边的陶器，需要用木灰处理。和尚贮藏木灰很多，到了工程完毕时，和尚的灰也没用完。又在积灰当中找到了很多的钱。龙辇凤辂的说法应验了，而且丝毫不错。因山建陵完毕，和尚也化灭了。去睿陵顶礼朝拜的官员，没有不知道的。出自《玉堂闲话》。

兴圣观

蜀城里过去有座兴圣观，废后做了军营，这里的庭宇被毁坏淹没，已经有数十年了。军营里生的男孩，已经一代接一代地穿上铠甲成为士兵，很多人不知道，这里原来是道观。甲申年，是蜀少主出生的日子，官僚属将都拿出钱设斋宴。忽然传下命令，让大家用营斋的费用修建兴圣观。左徒藏事，非常急迫，不几天就修建成了。还没等颜料干透，兴圣就率领军队进入了蜀地（应了兴圣来观的意义）。唉，国家的兴衰是先前就定好了的，哪里可以苟且延长！出自《王氏见闻录》。

骆驼杖

蜀地没有骆驼，人们都不知道骆驼长什么样。蜀将要灭亡时，王公大臣、皇亲国戚和权势佞臣入宫觐见的，竟然有人将骆驼杖作为礼物，从这时开始人们纷纷效仿。那骆驼杖有三尺多长，一头弯曲，包着桦树皮，有学识的人都认为这不吉祥。第二年，北军到了，骆驼塞满剑阁栈道，各种车和珍宝填满了城邑，到这时才得到验证。出自《王氏见闻录》。

卷第一百四十一

征应七人臣咎征

孔　子

孔子谓子夏曰："得麟之月，天当有血书鲁端门。"孔圣没，周室亡。子夏往观，逢一郎云："门有血，飞为赤鸟，化而为书"云。出《续题辞》。

萧士义

后汉黄门郎萧士义，和帝永元二年被戮。数日前，家中常所养狗，来向其妇前而语曰："汝极无相禄，汝家寻当破败，当奈此何？"其妇默然，亦不骇。狗少时自去。及士义还内，妇仍学说狗语，未毕，收捕便至。出《续异记》。

王　导

晋丞相王导梦人欲以百万钱买长豫，导甚恶之，潜为祈祷者备矣。后作屋，忽掘得一窖钱，料之百亿。大不

孔　子

孔子对子夏说："西狩获麟，天上会有血书送到鲁国的端门"。孔子死了，周朝也灭亡了。子夏到鲁国去验看，正遇上一个人说："鲁国的端门有血，那血飞起来化为赤鸟，又变化成书。"等等。出自《续题辞》。

萧士义

后汉的黄门郎萧士义，于和帝永元二年被杀。被杀前，他家中养的狗来到萧士义的夫人前面说："你特别没有福禄相，你家很快就要破败，将怎么办呢？"妇人听了狗的话后沉默不语，也不惊怕。狗不一会儿自己走了。等到士义回到家，妇人复述了狗的话，话还没说完，逮捕士义的人便到了。出自《续异记》。

王　导

晋丞相王导梦见有人要用一百万钱买长豫，醒后很厌恶，便悄悄地做祈祷。后来盖房子，挖出一窖钱，约有百亿。他很不

欢，一皆藏闭。俄而长豫亡。长豫名悦，导之次子也。出《世说新书》。

谢安

东晋谢安于后府接宾。妇刘氏，见狗衔安头来。久之，乃失所在。是月安薨。出《异苑》。

庾亮

晋庾亮初镇武昌，出石头，百姓看者于岸上歌曰："庾公上武昌，翩翩如飞鸟；庾公还扬州，白马牵流旐。"又曰："庾公初上时，翩翩如飞鸦；庾公还扬州，白马牵旐车。"后连征不入，寻薨，还都葬之。出《世说新书》。

王仲文

王仲文为河南主簿，居缑氏县。夜归，道经大泽中，顾车后有一白狗，甚可爱，便欲呼取。忽变为人，形长五六尺，状似方相，或前或却，如欲上车。仲文大怖，走至舍，捉火来视，便失所在。月余日，仲文将奴共在路，忽复见，与奴并顿伏，俱死。出《幽明录》。

诸葛侃

诸葛侃，晋孝武大和中于内寝妇高平张氏窗外闻有如鸡雏声，甚畏。惊而视之，见有龟蛇之象，似今画玄武之形。侃位登九棘，而竟被诛。出《广古今五行记》。

高兴，让人把钱都藏起来。不久之后长豫就死了。长豫名叫王悦，是王导的次子。出自《世说新书》。

谢安

东晋的谢安在后府接待宾客。他的妻子刘氏见一只狗叼着谢安的头进来。过了一段时间，那只狗不知到哪里去了。当月，谢安就死了。出自《异苑》。

庾亮

晋庾亮当初镇守武昌时，出石头城以后，看到他的百姓在岸上唱歌说："庾公上武昌，翩翩如飞鸟；庾公还扬州，白马牵流旐。"又唱："庾公初上时，翩翩如飞鸦；庾公还扬州，白马牵旐车。"意思是说他入军不利，必死无疑，然后回扬州。后来果然连连征讨进不了武昌，不久就死了，还尸扬州埋葬。出自《世说新书》。

王仲文

王仲文任河南主簿，住在缑氏县。有一天晚上回家，经过一大片沼泽地，他回头看到车后面有一只白狗，很可爱，就想唤过来。可是那白狗忽然变成了人，身长五六尺，相貌很像险道神方相，有时上前，有时后退，好像要上车。仲文很害怕，回到家，拿灯火来看，一丝踪影也没有了。过了一个多月，有一天，仲文带奴仆一同走在路上，又看见那只狗，他吓得同奴仆一同趴在路上，最后都死了。出自《幽明录》。

诸葛侃

诸葛侃，晋孝武帝大和年间在内寝妇高平张氏窗外听到好像有鸡雏叫的声音，很害怕。因为吃惊就去看看，结果见到了龟和蛇合体之象，很像画的玄武的形貌。诸葛侃那时已位登九卿，之后竟被杀死。出自《广古今五行记》。

刘　波

刘波字道则，晋孝武太元年，移居京口。昼寝，闻屏风外悒咤声。开屏风，见一狗蹲地而语，语毕自去。波，隗孙也，后为前将军，败见杀。出《异苑》。

郑　微

晋时信安郑微，少见一老公，以囊与微，云："此是命，慎勿令零落。若有破碎，便为凶兆。"言讫，失所在。后密开看，是一梃炭。意甚秘之，虽家人不知也。后遭卢龙寇乱，恒保录之。至宋永初三年，微年八十三，疾笃，语弟云："吾齿尽矣，可试启此囊。"见炭悉碎折，于是遂卒。出《广古今五行记》。

周　超

宋初，义兴周超为谢晦司马。在江陵，妻许氏在家，遥见屋里有光，人头在地，血流甚多。大惊怪，即便失去。后超被法。出刘义庆《幽明录》。

谢南康

宋永初三年，谢南康家婢行，逢一黑狗，语婢曰："汝看我背后人。"婢举头，见一人长三尺，有两头。婢惊怖返走，人狗亦随婢后。至家庭中，举家避走。婢问狗："汝来何为？"狗云："欲乞食耳！"于是婢与设食，并食，食讫，两头人出。婢因谓狗曰："人已去。"狗曰："正已复来。"良久没，不知所在。后家人死丧。出《续搜神记》。

刘 波

刘波字道则，晋孝武太元年，迁居到京口住。白天睡觉，听到屏风外有忧愁长叹的声音。打开屏风后，他看见一条狗蹲在地上说话，说完就走了。刘波是刘隗的孙子，后来做了前将军，兵败被杀。出自《异苑》。

郑 微

晋朝信安的郑微，少年时见到一个老头，他把一只口袋送给郑微说："这是你的命，要特别小心不要散失。如果破碎了，就是凶兆。"说完就消失了。他之后秘密地打开偷看，发现里面有一个炭棒。他很谨慎地保守秘密，即使是家人也不知道这件事。后来遭到卢龙作乱，他也始终保护收藏完好。直到宋永初三年，郑微已经八十三岁了，病势沉重，他对弟弟说："我已经老了，可以打开口袋看看了。"看见那块炭全碎了，于是死了。出自《广古今五行记》。

周 超

宋朝初年，义兴人周超任谢晦司马。在江陵，妻许氏在家里，很远地看见屋里有亮光，进屋去看，发现地上有颗人头，流了很多血。她又惊又奇，但马上又没有了。后来周超果然被法办。出自刘义庆《幽明录》。

谢南康

宋朝永初三年，谢南康家的婢女外出，碰到一只黑狗，那狗对婢女说："你看我背后的人。"婢女抬头一看，只见一人身长三尺，有两个头。婢女又惊又怕急忙往回跑，那人和狗也跟在婢女的后面。到了家中，家中人都吓得躲避逃走了。婢女问狗："你来干什么？"狗说："想吃食罢了！"于是她就给狗做了食物，狗和人一起吃，吃完后两头人出去了。婢女就对狗说："人已经走了。"狗说："正已时会再回来。"过了一些时候，狗就不见了，不知去了哪里。后来谢南康家的人都死了。出自《续搜神记》。

傅　亮

宋永初中，北地傅亮为护军。兄子珍，住府西，夜忽见北窗外树有物，面广三尺，眼横竖，状若方相。珍遑遽，以被自蒙。久乃自灭。后亮被诛。出《广古今五行记》。

王徽之

王徽之，宋文帝元嘉四年为交州刺史。在道，有客，命索酒炙。炙至，取自割之，终不入。投地怒，顾视向炙，已变为徽之头，又睹其首在空中。至州便殒。出《异苑》。

刘兴道

零陵太守广陵刘兴道，罢郡住斋中，安床在西壁下。忽见东壁边有一眼，斯须之间，便有四。渐渐见多，遂至满室。久乃消散，不知所在。又见床前有头发，从土中稍稍繁多，见一头而出，乃是方相头，奄忽自灭。刘忧怖，沉疾不起。出《续异记》。

郭仲产

宋郭仲产为南郡王从事，宅有枇杷树。元嘉末，起斋屋，以竹为楯。竹遂渐生枝叶，条长数尺，扶疏蓊翠，郁然如林。仲产以为吉祥。俄而同义宣之谋，被诛焉。出《渚宫故事》。

沈庆之

宋太尉沈庆之求致仕，上不许。庆之曰："张良名贤，汉高犹许其退。臣有何用，为圣朝所须？"乃启颡流涕。

傅 亮

宋永初年间，北地傅亮任护军之职。他的哥哥子珍住在府西，夜间忽见北窗外边的树上有东西，面广三尺，眼睛横立，像险道神方相。子珍惊慌害怕，用被蒙上脸。时间长了就不见了。后来傅亮被诛杀。出自《广古今五行记》。

王徽之

王徽之在宋文帝元嘉四年任交州刺史。有一天在路上遇到了客人，命人找酒肉。一会儿烤肉拿来了，他自己用刀割，可怎么也切不进去。王徽之气得把肉扔在地上，再看那块肉已经变成自己的头了，又看见自己的头飘在空中。王徽之到了交州就死了。出自《异苑》。

刘兴道

零陵太守广陵人刘兴道，罢职住在斋中，在西墙下安了一张床。忽然看见东边墙壁上有一只眼，转眼之间变成四个。渐渐又多，最后满屋都是。时间长了就消失了，不知道去向。一会儿又看见床头前面有头发从土中出来慢慢变多，然后出来一个人头，原来是险道神方相的头，不一会儿又消灭了。刘兴道忧愁恐怖，得了重病卧床不起。出自《续异记》。

郭仲产

南朝宋郭仲产是南郡王从事，他的宅院有枇杷树。元嘉末年，修建斋屋，用竹子作支梁的方木。可是竹子很快就生出枝叶，枝条长几尺，枝叶茂盛，蓊郁苍翠如林。仲产认为这是吉祥之兆。不久同刘义宣谋变，被诛杀。出自《渚宫故事》。

沈庆之

南朝宋太尉沈庆之请辞，皇帝不许。庆之说："张良是名臣，汉高祖还许他辞官。我有何用，您必须留我？"于是哭着叩头。

帝有诏，授开府，便诣廷尉待罪。庆之目不识字，手不知书，而聪悟过人。尝对上为诗，令仆射颜师伯执笔，庆之口占曰："微生值多幸，得逢时运昌。衰朽筋骨尽，徒步还南冈。辞荣此圣代，何愧张子房。"并叹其辞意之美。庆之尝岁旦梦人饷绢两匹，曰："此绢足度！"觉而叹曰："两匹八十尺，足度无盈余，老子今年不免矣。"其年，果为原和所诛。出《谈薮》。

皇帝下诏，将其授予开府处理，并让他去廷尉待罪。庆之目不识丁，手不能书，然而聪慧敏思超过一般人。曾经与皇上对诗，让仆射颜师伯执笔，庆之随口吟出："微生值多幸，得逢时运昌。衰朽筋骨尽，徒步还南冈。辞荣此圣代，何愧张子房。"都慨叹他言词好。庆之曾经在年初的早晨梦到一个人送给他两匹绢，并说："这些绢足够你用了！"庆之醒后感叹说："两匹绢八十尺，够用却没有余，老子今年不免一死了。"当年，果然被皇帝杀了。出自《谈薮》。

卷第一百四十二

征应八 人臣咎征

刘德愿

宋太始中，豫州刺史彭城刘德愿镇寿阳。住内屋，闭户未合，辄有人头进门扉，窥看户内。是丈夫，露髻团面。内人惊告，把火搜觅，了不见人。刘明年被诛。出《异苑》。

李　镇

庐山自南行十余里有鸡山。山上有石鸡，冠距如生。道士李镇于此下住，常宝玩之。鸡一日忽摧毁，镇告人曰："鸡忽如此，吾其终乎！"因与知故诀别，后月余遂卒。出《幽明录》。

柳元景

宋骠骑大将军河东柳元景，大明八年，少帝即位。

刘德愿

南朝宋太始年间，豫州刺史彭城人刘德愿镇守寿阳。有一次他住在里屋，门没关严，有个人头从门扇进来，窥看门里。这是一个成年男子的头，露发发不冠，圆脸。他的妻子惊慌地把这事告诉他，他拿灯火到处找，根本看不见人。刘德愿第二年被诛杀。出自《异苑》。

李　镇

庐山往南走十多里的地方有座鸡山。山上有个石鸡，鸡冠和爪趾栩栩如生。道士李镇就在鸡山下住着，常常像对宝物一样赏玩这个石鸡。有一天，石鸡忽然毁碎了，李镇就告诉别人说："石鸡突然这样，我的死期到了！"于是与知己故旧作别，后来仅一个多月李镇就死了。出自《幽明录》。

柳元景

南朝宋时骠骑大将军是河东人柳元景。大明八年，少帝即位。

元景乘车行还。使人于中庭洗车，卸辕晒之。有飘风中门而入，直来冲车。明年而阖门被诛。出《神鬼传》。

向玄季

宋河南向玄季为南郡太守。其妻煮练，忽烂如粥，汁赤如血。夜有人扣阁而呼曰："府君今可去矣！"俄而刺史南郡王义宣作逆，玄季力弱，不能自固，以附于逆，父子并伏法。出《渚宫故事》。

滕景直

宋滕景直家在广州。元徽中，使婢炊，釜中有声如雷。婢惊白，景直及家人走视，釜声更壮。釜上花数十，渐长如莲花而大，赤色，俄顷萎绝。旬日，景直病死。出《广古今五行记》。

王　晏

齐王晏字休默，位势隆极，而骄盈怨望，伏诛焉。其将及祸也，见屋桷悉是大蛇，就视之则灭焉。晏恶之，乃令以纸裹桷，犹纸内动摇，簌簌有声。出《广古今五行记》。

留　宠

东阳留宠字道弘，居于湖熟。每夜，门庭自有血数升，不知所从来，如此三四。后宠为折冲将军，受命北征，将行而炊饭尽变为虫。其家人蒸麨，亦变为虫。其火逾猛，其虫逾

元景乘车远行回来，命人在庭院中洗车，然后卸下车辕晾晒。忽然有一阵风从中门吹过来，直接向车身席卷过去。第二年柳元景全家都被杀了。出自《神鬼传》。

向玄季

南朝宋时河南人向玄季任南郡太守。他的妻子煮白绢，忽然绢烂得像粥一样，煮白绢的水红得像血。夜晚有人敲门招呼说："太守现在可以走了！"不久，刺史南郡王刘义宣谋反，玄季力量薄弱，不能始终坚持正义，随附反叛，最终玄季父子全都被正法。出自《渚宫故事》。

滕景直

南朝宋人滕景直家在广州。元徽年间，他让婢女做饭，锅里发出雷一样的声音。婢女惊慌地告诉了滕景直，景直和家人跑来看，锅中的声音更大。随即锅上开出几十朵花，长得像莲花，又渐渐变大，红色，不一会儿就枯萎不见了。十天后，景直病死。出自《广古今五行记》。

王　晏

齐国的王晏字休默，地位高势力大，骄傲自满，盛气凌人并满腹怨恨，最后伏法被诛杀。他将有杀身之祸的时候，曾看见房屋的椽子上都是大蛇，到近处看则没有踪迹了。王晏很讨厌这事，就让人用纸裹起椽子，但裹住之后大蛇好像还在纸里摇动，并发出簌簌的声响。出自《广古今五行记》。

留　宠

东阳人留宠字道弘，家住湖熟。每到夜晚，他家门前就会有几升血，不知道是从哪里来的，像这种情况有三四次。后来留宠任折冲将军，接受了北征的命令，即将出发时军营所做的饭都变成了虫子。他的家人蒸麦米，也变成虫子。灶火愈猛，虫子逾

壮。宠遂北征,军败于坛丘,为徐龙所杀。出《法苑珠林》。

尔朱世隆

后魏仆射尔朱世隆,昼寝。妻奚氏,忽见有一人,携世隆头出。奚氏遽往视之,隆寝如故。及隆觉,谓妻曰:"向梦见有人,断我头将去。"数日被诛。出《广古今五行记》。

刘敏

梁侯景乱。支江人刘敏于江中接得一豫章木,大数十围。敏求以施入寺。陆法和曰:"此木正可与君家自用。"敏不悟此语。后十余日,敏妇亡,即解用此木为棺。法和曰:"犹未了。"更一月,敏弟亡,用此木仅足。出《广古今五行记》。

李广

北齐文宣天保年,御史李广勤学博物,拜侍御史。夜梦见一人,出于其身中,谓广曰:"君用心过苦,非精神所堪,今辞君去。"因而惚恍,数日便遇疾,积年而终。出《广古今五行记》。

王氏

北齐后主武平初,平邑王氏与同邑人李家为婚,载羊酒,欲就亲家宴会。行不过三里,日没渐暗,见东南五十步外,有赤物大如升,若流星曳影,直来著车轮。牛即不动,见者并怖。其妻遂下车,向而再拜,张裙引之,便入裙下。

壮实。留宠北征后，在坛丘兵败，被徐龙杀了。出自《法苑珠林》。

尔朱世隆

后魏的仆射尔朱世隆，有一天在白天睡觉。他的妻子奚氏忽然看见一个人携带着世隆的头走了。奚氏立刻跑到世隆那里去看，见世隆照常睡觉。世隆睡醒了，对妻子说："刚才梦见有一人砍掉我的头拿走了。"几天以后世隆被杀。出自《广古今五行记》。

刘　敏

梁时侯景作乱。支江人刘敏在江里得到一块豫章木，粗有几十围。刘敏请求把这块木头施舍给寺庙用。陆法和说："这块木头正好可以给你自家用。"刘敏没有领悟这句话的意思。过了十多天，刘敏的妻子死了，就把这块木头锯开做了棺材。法和说："还没有结束。"又过了一个月，刘敏的弟弟死了，用这块木头刚好够。出自《广古今五行记》。

李　广

北齐文宣天保年间，御史李广勤学博闻，见多识广，被任命为侍御史。有一天晚上梦见一个人从他身子里出来，对他说："你使用心力太勤劳了，不是你的精力能承受得了的，我现在要跟你告别了。"李广因此精神不振，神志不清，几天以后得了病，几年后就死了。出自《广古今五行记》。

王　氏

北齐后主武平初年，平邑的王家与同邑的李家结为亲家，王家用牛车装载着羊和酒等，想到亲家去宴会。走了不到三里多路，太阳忽然被遮住天渐渐暗下来，这时只见东南方向约五十步开外，有个像升那么大的红色东西，像流星闪影，径直落在车轮上。牛立刻就拉不动了，见此情景的人都很害怕。王家妻就下了车，朝那里拜了两拜，张开裙子引导那物，那个东西便进入裙下。

升车还家，照看乃真金，遂盛于库柜。每至良晨，恒以香火祈恩。后四方异货，毕集其家，田蚕每年百倍。至春，其庭生一桑树，枝叶异于众木。数年之间，遍满一院。奇禽异鸟，莫不栖集。其家大富，将三十年。王氏妻以老病终。后凌朝有白鸟似鹭，飞至桑树侧，吐血久之，堕地而死。日午后，西北大旋风，涨天而来，绕旋此树，竦上其枝柯，如扫帚形。不经十日，奴婢逃走，首尾相继，家资略尽。及开柜取金，唯见萤火蛐蜓腐草之余耳。出《广古今五行记》。

张雕虎

北齐末，监吏待诏张雕虎，未死一日前，骑马在路，有人望，不见其头。俄而见杀。出《广古今五行记》。

强 练

后周武帝时，有强练者，岐山人，佯狂，号曰强练。家宰晋国公宇文护未败之日，强练执一瓠，到其门前，扑破之，云："瓠破，怜你子苦。"护被杀，护之诸子皆楚毒而卒。时皋公侯龙思兄弟被家宰宠遇，熏灼当时。强练度其门，思妻妪等遣婢呼入，为设饮食，察其言语。练谓思等云："与我作婢。"众妪大笑。练又云："作婢会不免。他人将去，安能胜我？"未几家宰诛，思兄弟亦同被戮。出《广古今五行记》。

李 密

隋李密既会众，屯洛口，设坛，大张旌旗，告天即公位。

上车回家，点灯照看，原来是块真金，于是就装到库房的柜子里。每到良辰吉日，经常供上香火祈祷谢恩。从此以后，四方奇珍异宝全集聚在他家里，种田养蚕等收入每年都比过去增长百倍。到春天，王家的庭院中生出一棵桑树，枝叶和别的桑树不同。几年之间，枝叶遍布庭院。奇禽异鸟都来聚集休息。他们家大富起来，将近三十年。王氏妻子因年老而病死。后来有一天凌晨，有只像白鹭的鸟飞到桑树边上，吐了好长时间血，坠下地死了。当天午后，西北面刮起大旋风，铺天盖地而来，绕着这棵桑树旋转，一会儿又上到枝茎上，形状像扫帚。不到十天，王家的奴婢相继逃走，家财将尽。等到开柜拿那块金子，发现柜子里只有萤火虫钱串子烂草等东西罢了。出自《广古今五行记》。

张雕虎

北齐末年，监吏待诏张雕虎，在未死的前一天，骑着马在路上走，有人望见他没有头。不久就被杀了。出自《广古今五行记》。

强　练

后周武帝时，有个叫强练的，是岐山人，装疯，自称大号叫强练。宰相晋国公宇文护家没破败时，强练曾拿着一个瓠子，到宇文护的门前，敲破了那个瓠子，说：“瓠破，可怜你儿子太苦。”后来宇文护被杀，宇文护的几个儿子都受酷刑而死。当时皋公侯龙思兄弟得到宰相的宠幸，权势熏天。强练在他家门前来回踱步，龙思的妻子等人派奴婢招呼他进来，给他准备饭吃，观察他的言语。强练对龙思等说：“给我做奴婢吧。”众人大笑。强练又说：“做奴婢不可避免。其他的人将走，怎么能比我好？”不长时间宰相被杀，龙思兄弟也一同被杀。出自《广古今五行记》。

李　密

隋朝末年，李密招收了众多士卒，屯扎在洛口，还设立了一个祭坛，在祭坛上竖起很多大旗，以此来上告苍天即魏公位。

其夜，狐狸鸣于坛侧。翌日，临行事，大风四起，飞沙拔木，旗竿有折者。其后果败。出《感定录》。

张　鹜

唐永徽年中，张鹜筑马槽厂，宅正北掘一坑丈余。时阴阳书云："子地穿，必有人堕井死。"鹜有奴名永进，淘井土崩，压死。又鹜故宅有一桑，高四五丈，无故枯死。寻而祖亡。没后，有明阴阳云："乔木先枯，众子必孤。"此其验也。出《朝野佥载》。

唐望之

唐咸亨四年，洛州司户唐望之，冬选科五品，进止未出。闻有一僧来觅，初不相识，延之共坐。少顷云："贫道出家人，得饮食亦少。以公名人，故暗相托，能设一顿鲙否？"司户欣然，即处置买鱼。此僧云："看有蒜否？"司户家人云："蒜尽。"此僧云："既蒜尽，去也。"即起。司户留之，云："蒜尽，遣买即得。"僧云："蒜尽，不可更住者，留不得。"司户无疾，至夜暴亡。蒜者算也，年尽，所以异僧告之。

那天夜间，有狐狸在坛的侧边叫。第二天，就要起事的时候，四面刮起大风，飞沙走石，力拔树木，旗杆也有被吹折的。以后果然失败了。出自《感定录》。

张鷟

唐永徽年间。张鷟修筑马槽厂，在住宅的正北挖了一个一丈多深的大坑。当时的阴阳书上说："地如果挖开，一定会有人掉到井里死去。"张鷟一个家奴名叫永进，在取出井中污水泥浆时土方崩塌，被压死。还有，张鷟的旧宅有一棵桑树，高有四五丈，无缘无故枯死了。不久后鷟的父亲就死了。死后，有善解阴阳的人说："乔木先枯死，众子一定会成孤儿。"这就是验证。出自《朝野佥载》。

唐望之

唐朝咸亨四年，洛州司户唐望之，在那年冬被选升为五品官，还没有派什么职务。听说有一个和尚来找他，他们之前并不相识，但还是请和尚同坐。过一会儿和尚说："我是出家人，吃过的东西很少。因你是当今名人，所以我想偷偷拜托你一件事，能让我吃顿鱼汤吗？"司户高兴地同意了，立即买鱼做菜。那个和尚又说："看看有没有蒜？"司户的家人说："没有蒜了。"和尚又说："既然蒜尽，我走了。"说着就站起身。司户挽留他，说："蒜尽，派人去买就有了。"和尚说："蒜尽，更不能住，留不得。"当天晚上，司户无病突然死亡。蒜，就是算，算尽即年尽，所以奇异的和尚告诉他。

卷第一百四十三

征应九人臣咎征

徐庆

唐高宗时，徐庆为征辽判官。有一典，不得姓名。庆在军，忽梦已化为羊，为典所杀。觉后悸惧流汗。至晓，此典诣庆，庆问夜来有所梦否。典云："梦公为羊，手加屠割。意甚不愿，为官所使制不自由。"庆自此不食羊肉矣。至则天时，庆累加至司农少卿、雍州司马，时典已任大理狱丞。后庆被诬与内史令裴炎通谋，应接英公徐敬业扬州反，被执送大理。忽见此丞押狱，庆便流涕谓之曰："征辽之梦，今当应之。"及被杀戮之日，竟是此丞引出。出《广古今五行记》。

徐 庆

唐高宗时，徐庆做征辽判官。有一个主管，不知道姓名。徐庆在军营中，忽然梦见自己变成一只羊，被主管杀了。醒后惊悸恐惧流出一身冷汗。到了晚上，这个主管来徐庆处拜访，徐庆就问主管昨天晚上做梦没有。主管说："梦到您变成羊，我亲手杀割。本来我不愿这样做，但被人指使控制我不能选择。"徐庆从此不吃羊肉了。到了武则天当政时期，徐庆多次被提升，官至司农少卿、雍州司马，那时那个主管也已任大理寺狱丞。后来徐庆被诬陷与内史令裴炎有阴谋，响应在扬州谋反的英公徐敬业，被抓住送到大理寺。徐庆忽然看见曾经的主管是狱卒，便痛哭流涕地对他说："征辽那时做的梦，现在该应验了。"徐庆被杀那天，竟然是那个狱丞拉他出来的。出自《广古今五行记》。

周仁轨

唐周仁轨，京兆万年人也，孝和皇后韦氏母党，累迁金吾大将军，除并州长史，性残酷好杀。在州，忽于堂阶下见一人臂，如新断来，血流沥沥。仁轨令人送去州二十余里外。数日令看，其臂尚在。时盛暑毒，肉色无变，人咸怪之。其月，孝和崩，仁轨以韦氏党伏诛。介士抽刀斫之，仁轨举臂，承刃所中，其臂堕地，与比见者无异。又驰骑往于先送处看之，至彼一无所见。出《广古今五行记》。

徐敬业

唐徐敬业举兵，有大星蓬蓬如筐笼，经三宿而失。俄而敬业败。出《朝野佥载》。

杜景佺

唐司刑卿杜景佺授并州长史，驰驿赴任。其夜，有大星如斗，落于庭前，至地而没。佺至并州祁县界而卒。群官迎祭，回所上食为祭盘。出《朝野佥载》。

黑齿常之

唐将军黑齿常之镇河源军，城极严峻。有三口狼入营，绕官舍，不知从何而至，军士射杀。黑齿恶之，移之外。奏讨三曲党项，奉敕许。遂差将军李谨行充替。谨行到军，旬日病卒。出《朝野佥载》。

周仁轨

唐朝的周仁轨，京兆万年人，他是孝和皇后韦氏娘家的亲信，多次升迁，官至金吾大将军，任并州长史，性情残忍酷毒好杀戮。在州时，忽然在大堂阶下看见一条人的手臂，好像刚砍下来的还在不停地流血。仁轨令人扔到离州衙二十多里以外。过了几天让人去看，那条手臂还在。当时正是盛夏酷暑，但肉色没有变，人们都感到奇怪。也就在那个月，孝和皇后死了，周仁轨因为是韦氏同党伏法被杀。武士抽刀砍他，他举臂一迎，正被刀砍中，他的一条手臂掉在地上，与以前看见的那一条没有什么不同。又有人骑马到之前扔手臂的地方去看，那里什么也没有了。出自《广古今五行记》。

徐敬业

唐朝徐敬业兴兵反叛朝廷，天上出现一颗如筐笼般的大星，经过三夜就消失了。不久敬业失败了。出自《朝野佥载》。

杜景佺

唐朝司刑卿杜景佺被授予并州长史之职，他驾着驿马急行前去赴任。当天夜晚，有颗星像斗那么大，落在庭院前，到地上就不见了。景佺到了并州祁县县界就死了。群官迎接祭奠，用准备拿来给他吃的食品作祭品。出自《朝野佥载》。

黑齿常之

唐朝黑齿常之将军奉命镇守河源军，城池森严险峻。有三只狼进入军营，绕着官舍走，不知道是从什么地方来的，军士把它们射死了。黑齿将军很讨厌它们，命人扔到城外。黑齿将军上奏讨伐三曲党项，皇上下诏准许。于是就派将军李谨行接替黑齿之任。李谨行到军营后，十天就病死了。出自《朝野佥载》。

顾　琮

唐天官侍郎顾琮新得三品。有子婿来谒。时大门造成，琮乘马至门，鼓鼻踣地不进。鞭之，跳跃而入，从骑亦如之。有顷，门无故自倒。琮不悦，遂病。郎中员外已下来问疾，琮云："未合入三品，为诸公成就至此。自知不起矣。"旬日而薨。出《朝野佥载》。

路敬淳

唐则天如意中，著作郎路敬淳庄在济源。有水碾，碾上柱去水五六尺，一柱将坏，已易之，家人取充樵。柱中有一鲇鱼尺余，尚活。至数年，敬淳坐罪被杀。出《广古今五行记》。

张易之

唐张易之初造一大堂，甚壮丽，计用数百万。红粉泥壁，文柏帖柱，琉璃沉香为饰。夜有鬼书其壁曰："能得几时？"易之令削去，明日复书之。前后六七削，易之乃题其下曰："一月即令足。"自是不复更书。经半年，易之籍没，入官。出《朝野佥载》。

郑蜀宾

唐长寿中，有荥阳郑蜀宾颇善五言，竟不闻达。年老，方授江左一尉。亲朋饯别于上东门，蜀宾赋诗留别曰："畏途方万里，生涯近百年。不知将白首，何处入黄泉。"酒酣

顾 琮

唐朝天官侍郎顾琮刚被提升为三品官。有女婿前来拜见。当时大门刚刚建成，琮骑马到了门前，但他的马喷鼻倒地不进门。顾琮用马鞭抽打，那马跳跃着进了门，顾琮的随从们也都是这样。不一会儿，那大门无故倒塌。顾琮很不高兴，于是病倒了。郎中员外以下的官员前来探病，顾琮说："不应该升为三品，承蒙你们这些人抬举。我自己知道不会好了。"十天后就死了。

出自《朝野佥载》。

路敬淳

唐朝武则天如意年间，著作郎路敬淳的庄园在济源。庄园里有个水碾，碾上的柱子距离水有五六尺，其中有个柱子要坏了，已经换了下来，路敬淳的家人要拿来作柴烧。劈开后发现里面有一条一尺多长的鲇鱼，还活着。几年后，路敬淳犯罪被杀。

出自《广古今五行记》。

张易之

唐朝的张易之刚建起一座大堂，很是宏伟壮丽，共计用钱几百万。用红粉刷墙，用有花纹的柏树做柱子，还用琉璃、沉香做装饰。夜间有鬼在墙上写了几个字说："能拥有多久？"易之让人把字削去，第二天又写上了。如此前后写削六七次，易之就在那题字的下面又写了几个字说："一个月就满足了。"从这以后再也没有发现写什么。半年以后，易之所有财产被没收，收为官有。

出自《朝野佥载》。

郑蜀宾

唐朝长寿年间，有个荥阳人郑蜀宾，很擅长五言诗，但一直没有出仕做官。到年老时，才被任命为江左的一个县尉。上任前亲朋好友都来到上东门为他饯行，蜀宾即席赋诗留别，说："畏途方万里，生涯近百年。不知将白首，何处入黄泉。"酒意正浓，

自咏，声调哀感，满座为之流涕。竟卒于官。出《大唐新语》。

刘希夷

唐刘希夷一名庭芝，汝州人，少有文华，好为宫体诗。词旨悲苦，不为时人所重。善弹琵琶。尝为《白头翁咏》云："今年花落颜色改，明年花开复谁在？"既而自悔曰："我此诗谶，与石崇白首同所归何异也？"乃更作一联云："年年岁岁花相似，岁岁年年人不同。"既而叹曰："此句复似向谶矣，然死生由命，岂复由此？"乃两存之。诗成未周岁，为奸人所杀。或云："宋之问害之。"后孙昱撰《正声集》，以希夷诗为集中之最，由是大为时人所称。出《大唐新语》。

崔玄時

唐崔玄時初封博陵王，身为益府长史。受封，令所司造辂初成，有大风吹其盖倾折，识者以为不祥。无何，弟翬为云阳令，部人杀之雍州衙内。時三从以上，长流岭南。斯亦咎征之先见也。出《朝野佥载》。

宋善威

唐瀛州饶阳人宋善威曾任一县尉。尝昼坐，忽然取靴衫笏，走出门迎接，拜伏引入。诸人不见，但闻语声。威命酒馔乐饮，仍作诗曰："月落三株树，日映九重天。良夜欢宴罢，暂别庚申年。"后威果至申年而卒。出《朝野佥载》。

自己咏叹，声调很哀伤，满座的人都被感动得流了泪。后来最终死在官任上。出自《大唐新语》。

刘希夷

唐朝的刘希夷又名庭芝，汝州人，少年时就文采斐然，有才华，好写宫体诗。但诗词的主题悲苦，不被当时的人所重视。他还擅长弹琵琶。曾经作《白头老翁咏》词说："今年花落颜色改，明年花开复谁在？"说完又后悔地说："我的这首诗可能是个预兆，和当年石崇白头归家有什么不同呢？"于是又作一个对联说："年年岁岁花相似，岁岁年年人不同。"然后又长叹一声说："这句也像之前的预兆，然而生死都是命里注定的，怎么能因为这些预兆呢？"就都保留下来。作这诗还不到一年的时间，刘希夷就被奸人杀害。有人说："是宋之问害了他。"后来孙昱撰写《正声集》，认为刘希夷的诗为这本诗集中最好的诗，因此刘希夷被当时的人称赞。出自《大唐新语》。

崔玄晧

唐朝崔玄晧刚被封为博陵王时，正任职益府长史。受封后，之前命人制作的一辆车刚刚完成，有一阵大风把车盖吹翻摔折，明白的人认为这是不祥的征兆。不多时，崔玄晧的弟弟晕任云阳县令，被手下的人在雍州府衙内杀害。玄晧的曾祖、从祖、祖父以上的亲戚家属长期流落在岭南。这也是预兆的先见吧。出自《朝野佥载》。

宋善威

唐朝时瀛州饶阳人宋善威曾任一个县的县尉。有一天白天正坐着，忽然取过鞋穿上衫拿着笏板，走出门外迎接，拜伏后引人进来。别的人都看不见，只听到说话声。善威命人摆酒设宴，弹奏乐曲助兴，还作诗说："月落三株树，日映九重天，良夜欢宴罢，暂别庚申年。"后来善威果然死于申年。出自《朝野佥载》。

李处鉴

唐开元三年，有熊昼日入广府城内，经都督门前过。军人逐十余里，射杀之。后月余，都督李处鉴死。自后长史朱思贤被告反，禁身半年，才出即卒。司马宋庆宾、长史窦崇嘉相继而卒。出《朝野佥载》。

麴先冲

唐开元四年，尚书考功院厅前一双桐树，忽然枯死。旬日，考功员外郎邵某卒。寻而麴先冲为郎中，判邵旧案。月余，西边树又枯死。省中忧之，未几而先冲又卒。出《朝野佥载》。

吕崇粹

唐开元中，谏议大夫吕崇粹，东平人，美秀魁梧，薄有词彩。宅在京永崇坊。于家忽见数个小儿脚胫，自膝下自踝已上，流血淋沥，如新截来。旬日，粹遇疾而卒。出《广古今五行记》。

源乾曜

唐源乾曜为宰相，移政事床。时姚元崇归休，及假满来，见床移，忿之。曜惧下拜。玄宗闻之，而停曜。宰相讳移床，移则改动。曜停后，元崇罢，此其应也。出《朝野佥载》。

毋　旻

唐右补阙毋旻，博学有著述才。上表请修古史，先撰目录以进。玄宗称善，赐绢一百匹。性不饮茶，著《代饮茶序》。

李处鉴

唐玄宗开元三年，有一只熊白天进入广府城里，从都督府门前经过。军人追赶了十多里才把它射死。后来约一个多月的时间，都督李处鉴就死了。从那以后长史朱思贤被告发谋反，囚禁半年，才出狱就死了。司马宋庆宾、长史窦崇嘉也相继死去。出自《朝野佥载》。

麴先冲

唐朝开元四年，尚书省考功院厅堂前的两棵桐树，忽然枯死。十天后，考功员外郎邵某死了。不久就任命麴先冲为郎中，审理批阅邵某留下的旧案卷。一个多月后，西边的桐树又枯死了。尚书省很忧虑，没过几天先冲又死了。出自《朝野佥载》。

吕崇粹

唐开元年间，谏议大夫吕崇粹，东平人，长相俊美，身材高大，略有文采。他住在京城的永崇坊。有一天在家里忽然发现几个小孩的小腿，从膝盖以下到脚踝以上，淋淋沥沥流着血，好像刚截下来的。十天后，吕崇粹得病身亡。出自《广古今五行记》。

源乾曜

唐朝时源乾曜任宰相，移动了政事厅的床。当时姚元崇请假归家休养了，假满回来后，看见床被移动了，很气愤。源乾曜恐惧地下拜。玄宗听说了这件事，让源乾曜停职。原来宰相讳忌移床，移就是改动。乾曜停职后，元崇也被罢免，这就是应验。出自《朝野佥载》。

毋　旻

唐朝右补阙毋旻，博学广识，学识渊博，擅写文章。他上表请求修撰古史，先撰写了目录进献给皇上。玄宗看后很是称赞，赐给了他一百匹绢。他生性不好饮茶，却写了《代饮茶序》。

其略曰："释滞消壅，一日之利暂佳；瘠气侵精，终身之累斯大。获益则归功茶力，贻患则不谓茶灾。岂非福近易知，祸远难见云？"后直集贤，无何以热疾暴终。初尝梦著衣冠上北邙山，亲友相送。及至山顶，回顾不见一人，意甚恶之。及卒，僚友送葬北邙，果如初梦。玄宗闻而悼之，赠朝散大夫。出《大唐新语》。

杨慎矜

唐杨慎矜，隋室之后。其父崇礼，太府卿，葬少陵原。封域之内，草木皆流血。守者以告，慎矜大惧，问史敬忠。忠有术，谓慎矜，可以禳之免祸。乃于慎矜后园大陈法事。罢朝归，则裸袒桎梏，坐于丛棘。如是者数旬，而流血亦止。敬忠曰："可以免祸。"慎矜愧之，遗侍婢明珠，明珠有美色。路由八姨门，贵妃妹也。姨方登楼，临大道。姨与敬忠相识，使人谓曰："何得从车乎？"敬忠未答。使人去帘观之，姨于是固留，邀敬忠坐楼，乃曰："后车美人，请以见遗。"因驾其车以入，敬忠不敢拒。姨明日入宫，以侍婢从。帝见而异之，问其所来。明珠曰："杨慎矜家人也，近赠史敬忠。"帝曰："敬忠何人，而慎矜辄遗其婢？"明珠乃具言厌胜之事。上大怒，以告林甫。林甫素忌慎矜才，必为相。以吉温阴害，有憾于慎矜，遂构成其事，下温案之。温求得敬忠于汝州，诬慎矜以自谓亡隋遗裔，潜谋大逆，将复宗祖

大概意思是:“解停滞消壅肿,一天的暂时利益很好;等到瘠气侵入精髓,终身的害处很大。获得益处就归功于茶力,遇到祸患则不说是茶带来的灾难。难道不是福临近容易知道,灾祸远离很难看见吗?”后来他入直集贤院,不多久因热疾突然死了。当初他曾梦到自己穿上衣服戴上帽子去北邙山,亲友们都来相送。等到了山顶,回头看竟没有一人,心里厌恶这件事。等他死了,亲朋好友送葬到北邙山,果然同当初的梦相同。玄宗听说后也为他悼念,赠官朝散大夫。出自《大唐新语》。

杨慎矜

唐朝的杨慎矜,是隋朝皇室的后代。他的父亲崇礼,曾任太府卿,死后葬在少陵原。在他的领地内,草木都流血。守墓的人把这件事报告给杨慎矜,慎矜很恐惧,问史敬忠怎么回事。史敬忠会法术,对慎矜说,可以祈祷免祸。于是就在慎矜的后花园大摆法事。慎矜上朝回来,就光着身子戴上脚镣和手铐,坐在荆棘丛里。像这样过了几十天,草木也不流血了。敬忠说:“可以免祸了。”慎矜觉得惭愧,就把奴婢明珠赠送给了敬忠,明珠很有姿色。敬忠他们经过八姨门,八姨是贵妃的妹妹。八姨正好登楼,那楼又临近大道。八姨认识敬忠,派人对敬忠说:“为什么身后还跟着车?”敬忠没有回答。八姨就让人去掉车帘看里面,八姨于是坚决让他们留下,邀请敬忠上楼坐一会儿,然后说:“后面车里的美人,请送给我。”因此叫人赶那辆车进来,敬忠不敢抗拒。八姨第二天进宫,让明珠以侍婢的身份随从。皇帝见到很奇怪,问明珠是哪里来的。明珠说:“我是杨慎矜家里的人,最近赠送给史敬忠了。”皇帝说:“敬忠是什么人,杨慎矜为什么赠给他奴婢?”于是明珠就把杨慎矜信巫术的事全都告诉了皇帝。皇帝很生气,把这事告诉了李林甫。林甫平常就忌妒慎矜的才能,认为他以后一定会成为宰相。便让吉温暗害慎矜,因为林甫对慎矜很怨恨,马上就罗织罪名,下令吉温审理此案。吉温到汝州捕到敬忠,又诬陷慎矜因是亡隋的后代,暗中密谋反叛,想要恢复祖宗

之业，于是赐自尽，皆不全其族。出《明皇杂录》。

王儦

唐太子仆通事舍人王儦，肃宗克复后降官。为人所告，系御史台。儦未系之前年九月，儦与嬖姬夜坐堂下，有流星大如盎，光明照耀，坠于井中，在井久犹光明。使人求之，无所得。儦惧出宅。竟徙播州，儦殊不意，行至凤州，疽背裂死。出《纪闻》。

崔曙

唐崔曙举进士，作《明堂火珠诗》赎帖，曰："夜来双月满，曙后一星孤。"当时以为警句。及来年曙卒，唯一女名星星。人始悟其自谶也。出《本事诗》。

元载

唐元载为相时，正昼有书生诣焉。既见，拜语曰："闻公高义好士。"辄献诗一篇，以寄其意。词曰："城南路长无宿处，荻花纷纷如柳絮。海燕衔泥欲作窠，空屋无人却飞去。"载亦不晓其意。既出门而没。后岁余，载被法家破矣。出《通幽录》。

彭偃

唐大历中，彭偃未仕时，尝有人谓曰："君当得珠而贵，后且有祸。"寻为官得罪，谪为澧州司马。既至，以江中多蚌，偃喜，以为珠可取，即命人采之，获蚌甚多。而卒无有应。

的事业，于是杨慎矜、史敬忠全部被赐死，他们的家族也未幸免。出自《明皇杂录》。

王儦

唐朝太子仆通事舍人王儦，肃宗重登皇位后被降官。因为被人告发，囚禁在御史台。王儦未被囚禁的前一年九月，一天夜晚他与宠爱的姬妾在堂下坐着，有一颗像盘那么大的流星，光明耀眼，坠到井里，在井里很长时间还很亮。派人到井里寻求，什么也没有。王儦害怕出了宅院。最终被流徙到播州，但他却没有想到，走到凤州时，背上毒疮崩裂而死。出自《纪闻》。

崔曙

唐朝崔曙考中进士，作《明堂火珠诗》赎帖，诗曰："夜来双月满，曙后一星孤。"当时认为是警句。等到来年崔曙死了，只剩下他的一个名叫星星的女儿。人们才领悟他自己的预言。出自《本事诗》。

元载

唐朝元载做宰相时，大白天有一个书生来求见。接见后，那书生参拜后说："听说你品格高尚、仁德，且喜欢有才能的人。"就献诗一篇，用来表达他的心意。诗是这样的："城南路长无宿处，荻花纷纷如柳絮。海燕衔泥欲作窠，空屋无人却飞去。"元载不明白他的用意。书生出了门就不见踪影了。后来过了一年多，元载被法办，其家也破败了。出自《通幽录》。

彭偃

唐朝大历年间，彭偃未做官时，曾有人对他说："您会因得到珠而富贵，之后就会有灾祸。"不久他在官职上获罪，被贬为澧州司马。到了澧州，因江里的蚌很多，他很高兴，认为可以取珠了，立即命人采蚌，采到很多蚌。然而以前那句话并没有应验。

及朱泚反，召偃为伪中书舍人，偃方悟得珠乃朱泚也。后诛死。出《宣室志》。

刘沔

唐贞元中，淮西用兵。时刘沔为小将，每捉生踢伏，沔必在数，前后重创，将死数四。后因月黑风甚，又令捉生。沔愤激深入，意必死。行十余里，因坐将睡，忽有人觉之，授以双烛，曰："君方大贵，但心存此烛在，即无忧也。"沔后拜将，常见烛影在双旌上。后不复见烛，乃舆疾归京卒。出《酉阳杂俎》。

韩滉

唐丞相韩滉自金陵入朝。岁余后，于扬子江中，有龟鳖满江浮下，而悉无头。当此时，滉在城中薨。人莫知其故。出《戎幕闲谈》。

严震

唐司空严震，梓州盐亭县人。所居枕釜戴山，但有鹿鸣，即严氏一人必殒。或一日，有亲表对坐，闻鹿鸣，其表曰："釜戴山中鹿又鸣。"严曰："此际多应到表兄。"其表兄遽对曰："表兄不是严家子，合是三兄与四兄。"不日，严氏子一人果亡。是何异也！出《北梦琐言》。

李德裕

唐卫公李德裕，初为太原从事。睹公牍中文水县解牒称："武士彟文水县墓前有碑。元和中，忽失龟头所在。碑上有武字十一处，皆镌去之。其碑大高于华岳者，非人力

等到朱泚造反，召彭偃担任伪中书舍人，他才领悟得珠是朱泚。后被杀死。出自《宣室志》。

刘沔

唐朝贞元年间，淮西有战事。当时刘沔仅是一名小将，每次搜索敌兵捉俘虏，沔必定在里面，前后多次受重伤，有四次将近死亡。后来又一次因为月黑风大，又命令他去捉俘虏。沔很气愤激动，心想这次必死无疑。走了十多里，因为疲乏坐着休息，刚要睡，忽然有人叫醒他，给他两支蜡烛，说："你将有大富贵，心里只要有这两支烛在，就没有什么忧患。"刘沔后来提升为大将，常常见到烛的影子在仪仗上。后来再也见不到烛了，抱病登车，回到京城就死了。出自《酉阳杂俎》。

韩滉

唐朝的丞相韩滉从金陵入朝。一年多后，在扬子江中，有龟鳖满江飘浮流下，并且都没有头。正在这时，韩滉在城中死了。人们都不知道原因。出自《戎幕闲谈》。

严震

唐朝司空严震，梓州盐亭县人。居所靠釜戴山，只要有鹿鸣叫，严家必定有一个人死。有一天，有一个表兄与严震对面坐着，又听到鹿叫，他的表兄说："釜戴山中鹿又叫。"严震说："这回多半要应验到表兄身上。"他的表兄立刻说："我不是严家子弟呀，该是三兄与四兄吧。"没过几天，严家子弟果然有一人死亡。这是多么奇怪啊！出自《北梦琐言》。

李德裕

唐朝卫公李德裕起初任太原从事。看公文中文水县的呈文称："文水县武士彟墓的前面有石碑。元和年间，龟头不知去向。碑上有十一处武字，都被刻掉。石碑高大如华山，不是人力

攀削所及。”不经半年，武相遇害。出《戎幕闲谈》。

李师道

唐李师道既以青齐叛，章武帝将讨之，凡数年而王师不胜，师道益骄。尝一日坐于堂，其榻前有银鼎，忽相鼓，其一鼎耳足尽坠。后月余，刘悟手刃师道，青齐遂平。盖银鼎相鼓之兆也。出《宣室志》。

韦　温

唐韦温为宣州，病疮于首，因托后事于女婿，且曰：“予年二十九，为校书郎，梦渡浐水，中流见二吏，赍牒相召。一吏言：‘彼坟至大，功须万日，今未也。’今正万日，予岂免乎？”累日而卒。出《酉阳杂俎》。

能够攀上刻削掉的。”没过半年，武丞相被人害死。出自《戎幕闲谈》。

李师道

唐朝李师道凭借青州齐州反叛，章武帝讨伐他，经几年时间王师不能得胜，师道更骄傲了。曾有一天，师道在厅堂坐着，他床前的银鼎，忽然互相撞击，其中一个鼎的耳、足都掉了。一个多月后，刘悟亲手杀了师道，青齐之乱立刻平息。大概银鼎相撞是此事的预兆吧。出自《宣室志》。

韦 温

唐朝韦温治理宣州，在头上生了疮，因此托付后事给女婿，并且说：“我二十九岁那年，当校书郎，做梦渡浐水，在江中间见到两个官吏，抱着官牒召我。一吏说：‘他的坟太大，须万日的功夫，今天还不到。’现在正好万日，我难道能避免吗？”几日后就死了。出自《酉阳杂俎》。

卷第一百四十四

征应十 人臣咎征

吕　群

唐进士吕群，元和十一年下第游蜀。性粗褊不容物，仆使者未尝不切齿恨之。时过褒斜未半，所使多逃去，唯有一厮养。群意凄凄。行次一山岭，复歇鞍放马，策杖寻径，不觉数里。见杉松甚茂，临溪架水。有一草堂，境颇幽邃，似道士所居，但不见人。复入后斋，有新穿土坑，长可容身，其深数尺，中植一长刀，傍置二刀。又于坑傍壁上，大书云：两口加一口，即成兽（獸）矣。群意谓术士厌胜之所，亦不为异。即去一二里，问樵人，向之所见者，谁氏所处。樵人曰："近并无此处。"因复窥之，则不见矣。后所到众会之所，必先访其事。或解曰："两口君之姓也，加一口品字也。三刀州字，亦象也。君后位至刺史二千石矣。"群

吕群

唐朝进士吕群，元和十一年科举落第后去蜀地游览。他粗暴偏执，心胸狭窄不能容人，仆从没有不切齿痛恨他的。褒斜道还未走完一半，仆从大多都逃走了，只有一男仆还侍奉他。吕群心里很是凄凉。他走到一座山岭前，又歇马放鞍，拿一根拐杖去探路，不知不觉走出几里地。只见杉松茂盛，靠着小河有一个小桥。桥对岸有一个草堂，环境幽雅深邃，好像道士居住的地方，但没发现有人。又进入后房，发现一个新挖的土坑，坑长可以容纳一人，有几尺深，坑中插着一柄长刀，旁边放着两把刀。又发现在坑旁边的墙上写着几个大字：两口加一口，即成兽（獸）矣。吕群心里想这大概是术士诅咒祈祷的场所，所以也不觉得奇怪。又走了一二里，问一个砍柴的人，之前看见的地方是谁家的住处。砍柴人说："这附近并没有这么个地方。"吕群就回来再看，结果却什么也不见了。后来他每到了人多的地方，一定要问一下这件事。有人向他解释说："两口，就是你的姓，加一口是品字。三刀是州字，也是征象。你以后可以做到刺史。"吕群

心然之。行至剑南界,计州郡所获百千,遂于成都买奴马服用,行李复泰矣。成都人有曰南竖者,凶猾无状,货久不售。群则以二十缗易之,既而鞭挞毁骂。奴不堪命,遂与其佣保潜有戕杀之心,而伺便未发耳。

群至汉州,县令为群致酒宴。时群新制一绿绫裘,甚华洁。县令方燃蜡炬,将上于台,蜡泪数滴,污群裘上。县令戏曰:"仆且拉君此裘。"群曰:"拉则为盗矣。"复至眉州,留十余日。冬至之夕,逗宿眉西之正见寺。其下且欲害之,适遇院僧有老病将终,侍烛不绝,其计不行。群此夜忽不乐,乃于东壁题诗二篇。其一曰:"路行三蜀尽,身及一阳生。赖有残灯火,相依坐到明。"其二曰:"社后辞巢燕,霜前别蒂蓬。愿为蝴蝶梦,飞去觅关中。"题讫,吟讽久之,数行泪下。明日冬至,抵彭山县。县令访群,群形貌索然,谓县令曰:"某殆将死乎?意绪不堪,寥落之甚。"县令曰:"闻君有刺史三品之说,足得自宽也。"县令即为置酒,极欢。至三更,群大醉,舁归馆中。凶奴等已于群所寝床下,穿一坑,如群之大,深数尺。群至,则舁置坑中,断其首,又以群所携剑,当心钉之,覆以土讫,各乘服所有衣装鞍马而去。后月余日,奴党至成都,货鬻衣物略尽。有一人分得绿裘,径将北归,却至汉州街中鬻之。适遇县令偶出见之,识其烛泪所污,擒而问焉,即皆承伏。时丞相李夷简镇西蜀,尽捕得其贼。乃发群死处,于褒中所见,如影响焉。出《河东记》。

心里也认同。走到剑南地界，统计了一下到各州郡所得到的钱，达百千，就在成都买了奴仆、马匹和衣物等，他们的行李又宽裕了。成都有个叫竖南的人，凶狠狡猾没个人样，他有些货很长时间也没卖出去。吕群就用二十缗钱买下来，买下后觉得吃亏反而打骂奴仆。奴仆不能忍受，就和其他的佣人暗藏着杀吕群的心，一直在寻找时机还没有实行。

吕群到汉州，县令给吕群准备了酒宴。当时吕群新做了一件绿色的绫裘衣，很是华丽干净。县令正点上蜡烛，要放在烛台上时，有几滴蜡滴掉到吕群的衣服上了。县令开玩笑说："我先拉一下你的这件衣服。"吕群说："拉就是盗窃啊。"又到眉州，住了十多天。冬至前一天，留住在眉州西面的正见寺。他的手下人就想害他，正赶上院里有一个老僧病重，处在弥留之际，人们往来照料，灯火不熄，手下人的计谋不能实行。吕群这天晚上忽然不痛快，就在东墙上题诗两篇。第一首是："路行三蜀尽，身及一阳生。赖有残灯火，相依坐到明。"第二首是："社后辞巢燕，霜前别蒂蓬。愿为蝴蝶梦，飞去觅关中。"题完了，还吟诵了很长时间，落下几行热泪。第二天冬至，到彭山县。县令拜访吕群，吕群衣帽不整，也没什么兴趣，对县令说："我大概是要死了吗？思绪繁乱，心情冷落得很。"县令说："听说你可以当刺史三品官，完全可以自我宽慰。"县令为他置办酒席，他很高兴。到了三更天，吕群喝得大醉，被抬回客馆里。他手下那些凶恶的奴仆们已经在他的床下挖了一个坑，像吕群的身体那么大，有几尺深。等吕群来了，就把他抬到坑里，割掉了他的头，又用吕群所带的剑，照心口钉上，把土盖上，之后他们载着吕群鞍马、服装等离去。一个多月后，奴仆们到了成都，把吕群的衣服物品都卖光了。有一个人分到吕群的那件绿裘，想要直接往北走，却到了汉州就在街上想卖掉。恰好遇到县令偶然出门看见了，认识那蜡滴污染的地方，就把那人抓起来审问，那人立刻招供了。当时丞相李夷简镇守西蜀，把贼人全部抓到。然后挖吕群死的地方，同在褒地见到的一模一样。出自《河东记》。

朱克融

唐宝历二年春，范阳节度使朱克融猎鹿。鹿胆中得珠，如弹丸，黑色，初软后硬，如石光明。或问麻安石曰："是何祥也？"安石曰："此事自古未有，请以意推之。鹿胆得珠，克融以为己瑞。鹿者禄也，鹿死是禄尽也。珠初软后硬，是珠变也。禄尽珠变，必有变易之事，衰亡之兆也。"自此克融言辞轻发。是年五月，果帐下军乱，而全家被杀。出《祥验集》。

王　涯

唐丞相王涯，大和九年掌邦赋，又主簿盐铁。其子仲翔尝一日避暑于山亭，忽见家僮数十皆无首，被血来仲翔前。仅食顷，方不见。仲翔惊异且甚，即具白之，愿解去权位，涯不听。是岁冬十一月，果有郑注之祸。出《宣室志》。

温　造

新昌里尚书温造宅，桑道茂尝居之。庭有二柏树甚高。桑生曰："夫人之所居，古木蕃茂者，皆宜去之。且木盛则土衰，由是居人有病者，乃土衰之致也。"于是以铁数十钧镇于柏树下。既而告人曰："后有居，发吾所镇之地者，其家长当死。"唐大和九年，温造居其宅。因修建堂宇，遂发地，得桑生所镇之铁。后数日，造果卒。出《宣室志》。

李宗闵

唐丞相李宗闵，大和七年夏出镇汉中。明年冬，再

朱克融

唐朝宝历二年春天，范阳节度使朱克融猎到一只鹿。在鹿胆中得到一个珠子，像弹丸那样大小，黑色，起初软后来变硬，还像石头一样明亮。有人问麻安石说："这是什么祥瑞？"安石说："这种事自古以来没有出现过，请让我推测一下。鹿胆里得到珠子，克融认为是祥瑞的征兆。鹿就是禄，鹿死是禄尽。珠开始软后来硬，是珠变。禄尽珠变，一定有变易的事，这是衰亡的征兆。"自此以后克融言辞轻傲。这一年五月，果然部下兵变作乱，克融全家被杀。出自《祥验集》。

王　涯

唐朝丞相王涯，在大和九年掌国家税收，又主管盐铁。他的儿子仲翔曾有一天在山亭上避暑，忽然看见数十个没头的僮仆，他们浑身是血来到仲翔跟前。仅一顿饭工夫，就不见了。仲翔非常奇怪惊惧，马上告诉了父亲，希望他解职回家，但王涯不听。这一年的冬十一月，果然郑注"甘露之变"失败，王涯受到牵连。出自《宣室志》。

温　造

新昌里尚书温造的宅院，桑道茂曾经住过。庭院里有两棵很高的柏树。桑道茂说："人的住所里，有茂盛的古木，都应该除去。况且木茂盛就会使土衰败，因此住的人就会有生病的，这都是土衰导致的。"于是将数十钧铁镇压在柏树下。然后告诉别人说："以后不管谁来住，如果挖我镇铁的地方，他们的一家之主就会死。"唐朝大和九年，温造住到这所宅院里。因为修建房子，就挖了地，挖出了桑道茂所镇压的铁。后来没过几天，温造果然死了。出自《宣室志》。

李宗闵

唐丞相李宗闵，大和七年夏外出镇汉中。第二年冬，再次

入相。又明年夏中，尝退朝于靖安里第。其榻前有熨斗，忽跳掷久之，宗闵异且恶。是时李训、郑注以奸诈得幸，数言于帝。训知之，遂奏以致其罪。后旬日，有诏贬为明州刺史，连贬潮州司户。盖其兆也。出《宣室志》。

柳公济

柳公济尚书，唐大和中奉诏讨李同捷。既出师，无何，麾枪忽折。客有见者叹曰："夫大将军出师，其门旗及麾枪折者，军必败。不然，上将死。"后数月，公济果薨。凡军出征，有乌鸢随其后者，皆败亡之征。有曾敬云者，尝为北都裨将。李师道叛时，曾将行营兵士数千人，每出军，有乌鸢随其后，即军必败，率以为常。后舍家为僧，住于太原凝定寺。大和九年，罗立言为京兆尹，尝因入朝，既冠带，引镜自视，不见其首，遂语于季弟约言。后果为李训连坐，诛死。出《宣室志》。

王　涯

唐永宁王相涯三怪。淅米作人苏闰，本是王家炊人，至荆州方知，因问王家咎征。言宅南有一井，每夜常沸涌有声。昼窥之，或见铜叵罗，或见银熨斗者，水腐不可饮。又王相内斋有禅床，柘材丝绳，工极精巧，无故解散，各聚一处。王甚恶之，命焚于灶下。又长子孟博晨兴，见堂地上有凝血数沥，踪至大门方绝，孟博遽令铲去。王相初不知也，未数月及难。出《酉阳杂俎》。

入朝为相。又一年夏天，退朝回到靖安里宅第。他的床前有个熨斗，忽然跳跃很长时间，宗闵既惊奇又厌恶这件事。当时李训、郑注因为奸诈得到皇帝的宠幸，宗闵多次向皇帝进言揭露他们。李训知道后，就上奏皇帝给宗闵治罪。十天后，皇帝下诏书贬李宗闵为明州刺史，又再贬为潮州司户。这都是那件事的兆应吧。出自《宣室志》。

柳公济

尚书柳公济，唐朝大和年间奉旨讨伐李同捷。已经发兵了，不长时间，指挥作战的旗子忽然折断了。外人有看见的感叹说："大将军发兵，他的门旗以及帅旗折断的，军队一定会失败。不然的话，上将军也得死。"几个月以后，公济果然死了。凡是军队出征，如果有乌鸦和老鹰跟随在他们后面，都是失败灭亡的征兆。有个叫曾敬云的，曾经为北都裨将。李师道反叛时，曾率领军队数千人，每次出兵，都有乌鸦和老鹰跟随在他们后面，因此他的军队必败无疑，大家习以为常。后来他舍家去当和尚，住在太原凝定寺。大和九年，罗立言任京兆尹，有一次因要入朝，穿好衣服戴上帽子，拿来镜子照了照，却看不见自己的头，于是告诉了二弟罗约言。后来他果然被李训的事株连，被处死。出自《宣室志》。

王　涯

唐朝永宁丞相王涯家中有三件怪事。淘米的佣人苏闰，原来是王家做饭的厨师，到了荆州才知道，因此向他问王家的凶兆。他说王家宅院南边有一个井，每天晚上常常有沸腾奔涌的声音。白天看那井，有时发现铜酒卮，有时发现银熨斗，井水腐臭不能饮用。又一件是，王丞相内房有个禅床，用贵重的木料精心制作，做工非常精巧，有一天无故散了架，各自集聚一处。王涯很讨厌，命人在灶房烧毁。还有一件是长子孟博早晨醒了，看见厅堂地上有很多血迹，踪迹直到大门才消失，孟博马上叫人铲去。王丞相起初不知道，没过几个月就遭到大难。出自《酉阳杂俎》。

王潜

唐大和，王潜为荆南节度使。无故有白马驰入府门而毙，僵卧塞途。是岁而潜卒。此近马祸也。出《因话录》。

韩约

韩约，唐大和中为安南都护。时土产有玉龙膏，南人用之，能化银液。耆旧相传，其膏不可赍往，犯者则为祸耳。约不之信，及受代还阙，贮之以归。时为执金吾，果首罹甘露之祸，乃贪利冒货之所致也。出《补录记传》。

王氏

唐河阳城南百姓王氏庄，有小池，池边巨柳数栽。开成末，叶落池中，旋化为鱼，大小如叶，食之无味。至冬，其家有官事。出《酉阳杂俎》。

王哲

唐虔州刺史王哲在平康里治第西偏。家人掘地，拾得一石子，朱书其上曰："修此不吉。"家人揩拭，转分明。乃呈哲，哲意家人惰于畚锸，自磨，朱深若石脉。哲甚恶之。其月哲卒。出《酉阳杂俎》。

杜牧

唐杜牧自宣城幕除官入京，有诗留别云："同来不得同归去，故国逢春一寂寥。"其后二十余年，连典四郡。后自湖州刺史拜中书舍人，题汴河云："自怜流落西归疾，不见

王潜

唐朝大和年间，王潜任荆南节度使。有一天，有一匹白马无缘无故跑到府门前倒毙而死，僵卧在路上挡住通道。这一年王潜就死了。这大概就是灾祸之兆的马祸。出自《因话录》。

韩约

韩约在唐朝大和年间任安南都护。当时有一种土产叫玉龙膏，安南人用它，能化解银液。祖祖辈辈世代相传，但这种膏不可带走，违犯的人就会招来祸患。韩约不信这种事，等到期满回京，带着玉龙膏。当时任执金吾，后果然遭遇甘露之祸，这就是贪图小利导致的。出自《补录记传》。

王氏

唐朝河阳城南的百姓王氏庄，家里有一个小水池，池边种了几棵大柳树。开成末年，树叶落到水池里，立刻变成鱼，大小和树叶差不多，吃起来没什么滋味。到了冬天，他们家就有了官司。出自《酉阳杂俎》。

王哲

唐朝虔州刺史王哲在平康里修建家里的西偏房。他家的奴仆们挖地时，拾到一粒石子，上面有用红笔写着："修这座房屋不吉利。"仆人擦了擦，那字更加清楚了。于是就呈送给王哲看，王哲认为是奴仆们不愿干活，自己研磨了那颗石子，但那红笔的字迹就像石纹一样怎么也磨不掉。王哲很讨厌它。当月王哲就死了。出自《酉阳杂俎》。

杜牧

唐朝杜牧从宣城幕任新职入京，写诗留别说："同来不得同归去，故国逢春一寂寥。"这以后二十多年，连续主管四郡。后来从湖州刺史再为中书舍人，题诗汴河说："自怜流落西归疾，不见

春风二月时。”自郡守入为舍人,未为流落,至京果卒。出《感定录》。

卢献卿

范阳卢献卿,唐大中中举进士,词藻为同流所推。作《愍征赋》数千言,时人以为庾子山《哀江南》之亚。连年不中第,荡游衡湘,至郴而病。梦人赠诗云:“卜筑郊原古,青山唯四邻。扶疏绕屋树,寂寞独归人。”献卿旬日而殁。郴守为葬之近郊。果以夏初,皆符所梦者。出《本事诗》。

卢　骈

唐卢骈员外,才俊之士。忽一日晏抵青龙精舍,休僧院,词气凄惨,如蓄甚忧,其呼嗟往复于轩槛间。僧问不对。逮夜将整归骑,徘徊四顾,促命毫砚,题于南楣曰:“寿夭虽云命,荣枯亦太偏。不知雷氏剑,何处更冲天。”题毕,草草而去。涉旬出官,未逾月卒。其诗至今在院,僧逢其人,辄话其异。出《唐阙史》。

封望卿

唐封望卿,仆射敖之子。杜邠公悰镇岐下,自省中请为判官。其所常居室壁,有笔洒墨迹者。望卿一日,忽以指爪尽掐去之,其色如丧。洎侍儿或问其故,望卿默不应。无何病甚,谓侍儿曰:“记吾前日以指爪掐墨迹否?吾其时恶之,不能语汝,每点乃一鬼字。”数日而卒。出《玉泉子》。

春风二月时。”从郡守升为舍人，虽然没有流落，但到了京城果然死了。出自《感定录》。

卢献卿

范阳人卢献卿，唐大中年间参加进士科考试，诗文被同辈人所推举。作的《愍征赋》有几千字，当时的人都认为仅次于庾子山的《哀江南》。他数年科举落第，在衡湘一带荡游，到了郴州就病倒了。他梦见有人赠给他一首诗说：“卜筑郊原古，青山唯四邻。扶疏绕屋树，寂寞独归人。”献卿十天后就死了。郴州太守在近郊埋葬了他。时间果然是夏初，与所梦到的都相符。出自《本事诗》。

卢　骈

唐朝有个员外叫卢骈，是个俊美有才能的士人。忽然有一天到青龙精舍赴宴，后在僧院里休息，说话言谈的语气凄惨，好像有忧愁积压了很久似的，长吁短叹往返在门窗间。僧人问他他也不回答。到夜晚就要整鞍备马回去，徘徊着四下看，急忙让人拿来笔砚，在南门框上面题一首诗：“寿夭虽云命，荣枯亦太偏。不知雷氏剑，何处更冲天。”题完后，急忙走了。十天后当了官，但未过一个月就死了。他的诗到现在还在寺院里，僧人碰到人就说这件怪事。出自《唐阙史》。

封望卿

唐朝的封望卿，是仆射敖的儿子。杜悰镇守岐下，从宫廷中把他请来作判官。他经常居住的屋室的墙壁上有笔洒的墨迹。有一天，望卿忽然用指甲把墨迹全都掐去了，他的脸色像死人一样。侍童来了就问他这是什么原因，望卿沉默不语。不长时间就病得很厉害，对侍童说：“你记得我前些天用指甲掐去墨迹的事吗？我那时特别讨厌它，不能告诉你，那每一点都是一个鬼字。”几天后就病死了。出自《玉泉子》。

崔彦曾

荥阳郡城西有永福湖，引郑水以涨之。平时环岸皆台树花木，乃太守郊劳班饯之所。西南壖多修竹乔林，则故徐帅崔常侍彦曾之别业也。唐咸通中，庞勋作乱。彦曾为贼执，湖水赤如凝血者三日，未几而凶问至。昔河间王之征辅公祏也，江行，舟中宴群帅，命左右以金碗酌江水。将饮之，水至忽化为血，合座失色。王徐曰："碗中之血，公祏授首之征。"果破之。则祸福之难明也如是。出《三水小牍》。

崔　雍

崔雍起居，誉望清美，尤嗜古书图画，故锺王韩展之迹，萃于其家。常宝《太真上马图》一轴，以为画品之上者。唐咸通戊子岁，授禄二千石于和州。值庞勋构逆，丰沛间贼锋四掠，历阳麽郡。右史儒生，非枝拒所及矣。乃命小将赍持牛酒犒贼师，且以全雉堞活黎庶为请，由是境亡剽戮之患。虽矫为款谕，而密表自陈。时宰有不协者，因置之以法，士君子相吊。后有得崔君所宝画者，轴杪题云："上蔡之犬堪嗟，人生到此；华亭之鹤虚唳，天命如何？"字虽真迹，不书时日。识者云："闻命之后，无暇及此。"其预知耶？复偶然耶？出《唐阙史》。

庞　从

唐昭宗乾宁丙辰岁，朱梁太祖诛不附己者。兖师朱瑾

崔彦曾

荥阳郡城西有个永福湖，引入郑水使它充满。平时环绕岸边都修台栽树种上多种花木，这是太守在郊外慰劳饯别用的场所。西南面沿河边地多栽竹植树，这以前是已故徐州观察使、常侍崔彦曾的别墅。唐朝咸通年间，庞勋作乱。彦曾被贼人抓获，湖水红得像血长达三天，不长时间凶信就到了。过去河间王征讨辅公祏，在江中行船，于船中宴请众帅，命令左右的人用金碗取江水。将要饮用，水忽然变成了血，满座的人都变了脸色。河间王慢慢地说："碗中的血，是公祏被砍头的征兆。"果然打败了公祏。像这样祸福很难断定。出自《三水小牍》。

崔　雍

崔雍行为举止、名誉声望清雅美妙，特别爱好古书古画，所以锺繇、王羲之、韩幹、展子虔的墨迹，都荟萃在他家里。常以《太真上马图》一轴为宝，认为这是绘画的上品。唐朝咸通戊子年，任和州刺史。正值庞勋反叛，丰沛之间贼寇四处抢掠，到达阳麽郡。一个右史儒生，不是他的能力所能抗拒的。于是就命令小将带着酒肉犒劳贼军，并且请求他们保全城镇，免除百姓性命之危，因此境内没有遭到抢掠杀戮的祸患。虽然假托是皇帝的命令，但还是上密表陈述自己当时这样做的理由。当时的宰相有和他不对付的，最后还是以法处置了，当时的仁士君子们都来吊唁。后来有人得到崔雍所收藏的宝画，看见轴底下题了几行字说："上蔡的犬叫得很厉害，人生到了这种地步；华亭的鹤也只能空鸣，天命啊，又能怎么样呢？"字虽然是崔雍的真迹，但没有写时间。有明白此事的人说："知道自己的命运后，没有闲暇顾及这些了。"这是自己预知呢？还是偶然呢？出自《唐阙史》。

庞　从

唐昭宗乾宁丙辰年，后梁太祖朱温野心勃勃，实力雄厚，排除异己，诛杀那些不依附顺从他的人。兖州军队的统帅朱瑾

亡命淮海，梁祖命徐师庞从，旧名“师古”。会军五万于青口。东晋命谢安伐青州，堰吕梁水，树栅，立七埭为沠，拥其流以利运漕，故谓之青州沠，其实泗水也。浮磬石在下邳。所屯之地，盖兵书谓之绝地。人不驾肩，行一舍，方至夷坦之处。时梁祖命腹心者监护之，统师莫之能御。未信宿，朱瑾果自督数万而至。从闻瑾亲至，一军丧魄。及战，无敢萌斗志，或溺或浮，唯一二获免。先是瑾军未至前，部伍虚惊，尤多怪异，刁斗架自行于军帐之前。家属在徐州，亦凶怪屡见。使宅之后，素有妖狐之穴，或府主有灾即见。时命僧于雕堂建道场。盖多狐妖，故画雕于中。统未亡之前，家人望见燕子楼上有妇人衣红，白昼凭栏而立。见人窥之，渐移身退后而没。时登楼之门，皆扃镝之。不数日，凶问至。出《玉堂闲话》。

逃命到淮海，梁祖命令徐州统帅庞从，旧名“师古”。在青口会合五万军队讨伐朱瑾。东晋时命令谢安讨伐青州，他在吕梁水上筑坝，树立栅栏，修了七个堤岸，想要堵塞水流以便利漕运，所以被称为青州泒，其实是泗水。浮磬石在下邳。但他驻扎军队的地方，都是兵书上所说的绝境。山高路窄，人不能并肩而行，行军三十多里，才到了平坦的地方。当时梁祖又命令一个自己信任的人在庞从的身边监视他，虽然他统帅军队，但不能自作主张。不到两夜，朱谨果然亲自率领几万大军到来。庞从听说朱瑾亲自到来，全军都丧魂落魄。等到战斗开始，庞从的军队都丧失了斗志，有的淹死，有的被俘虏，只有一两个人逃跑了。在朱瑾的军队没有到来以前，部下的兵士们就常闹虚惊，出了很多怪异的事，刁斗架自己就跑到军帐前面。家属在徐州，也是多次见到奇异怪象。住宅后面，有妖狐的洞穴，有时主人有灾它就出现。当时让和尚在雕堂前面摆了道场。大概因为狐妖多，就在屋里画了很多雕。庞从的军队没有失败以前，他的家人就看见燕子楼上有一个穿红衣服的妇人，大白天就靠着栏杆站着。见到人看她，才渐渐后退而消失。当时登楼的门都上了锁。没过几天，坏消息就来了。出《玉堂闲话》。

卷第一百四十五

征应十一人臣咎征

李　钧

唐李钧之莅临汝也，郡当王仙芝大兵之后，民间多警。李钧以兵力单寡，抗疏闻奏。诏以昭义军三千五百人镇焉。乾符戊戌岁也，兵至，营于郡西郭。明年春，钧节制上党杂报到，于是镇兵部将，排队于州前通衢，率其属入衙，展君臣之礼。忽有暴风扬尘，起自军门而南，蟠折行伍，拔大旆十余以登。州人愕眙而顾，没于天际。明日，州北二十里大牛谷野人，得旆以献，帛无完幅，枝干皆摺拉矣。钧至上党，统众出雁门，兵既不戢，暴残居民，遂为猛虎军所杀矣。出《三水小牍》。

高　骈

唐光启三年，中书令高骈镇淮海。有蝗行而不飞，自

李 钧

唐朝李钧来到临汝，临汝郡刚经历王仙芝的大军到来，百姓很警惕。李钧因为兵力太少势单力薄，上疏奏闻皇上。皇上下诏让他用昭义军三千五百人镇守。乾符戊戌年，昭义兵到，驻扎在郡西城外。第二年春天，李钧要求上党的人都来报到，于是上党军队的各将领，在州府前面的大道上排队，率领他们的属下进入州衙门，行君臣的礼节。忽然有一阵大风扬起尘土，起自军门向南折去，盘旋在军营中，拔起十多面大旗直上天空。州里的人都惊愕地瞪着眼睛看着，直到天边没影了。第二天，州北二十里大牛谷的村人，找到大旗来献上，那些旗没有完好的了，都被树枝拉扯坏得不成样子。李钧到上党，统率大兵出了雁门，但兵卒不能严格约束自己，军纪不严，残害百姓，于是很快就被猛虎军杀了。出《二水小牍》。

高 骈

唐僖宗光启三年，中书令高骈镇守淮海。当时发生了一件十分怪异的事，人们发现蝗虫只在地上爬，却不飞上天空，从

郭西浮濠，缘城入子城，聚于道院，驱除不止。松竹之属，一宿如剪。幡橙画像，皆啮去其头。数日之后，又相啖食。九月中，暴雨方霁，沟渎间忽有小鱼，其大如指，盖雨鱼也。占有兵丧。至十月，有大星夜堕于延和阁前，声若奔雷，迸光碎响，洞照一庭。自十一月至明年二月，昏雾不解。或曰："下谋上之兆。"是时粒食腾贵，殆逾十倍。寒僵雨仆，日辇数千口，弃之郭外。及霁而达坊静巷，为之一空。是时浙西军变，周宝奔毗陵。骈闻之大喜，遽遣使致书于周曰："伏承走马，已及奔牛。"奔牛"堰名，在常州西。今附齑一瓶，葛粉十斤，以充道途所要。"盖讽其齑粉也。三月，使院致看花宴，骈有《与诸从事》诗。其末句云："人间无限伤心事，不得樽前折一枝。"盖亡灭之谶也。及为秦彦幽辱，计口给食。自五月至八月，外围益急，遂及于难。出《妖乱志》。

钜鹿守

唐文德戊申岁，钜鹿郡南和县街北有纸坊，长垣悉曝纸。忽有旋风自西来，卷壁纸略尽，直上穿云，望之如飞雪焉。此兵家大忌也。夏五月，郡守死。出《三水小牍》。

陕 师

唐乾宁末，分陕有蛇鼠斗于南门之内，观者如堵，蛇死而鼠亡去。未旬而陕师遇祸。则知内蛇死而郑厉入，群鼠奔向蒲山亡。妖由人兴，可为戒惧。出《三水小牍》。

城西浮过护城河，攀缘着城墙进入内城，聚集在道路上和庭院中，驱除不尽。松竹之类的树木，一宿之间像剪过一样。布幅上的画像，都被它们咬去了头。几天以后，它们又互相咬食。九月中旬，暴雨刚晴，沟渠里忽然发现小鱼，大小如手指，大概是雨鱼。卜算说有战事。到十月，有颗大星在晚上坠落在延和阁前面，声音好像滚雷，迸发出光亮和破碎的响声，光亮照满庭院。从十一月到第二年二月，大雾昏沉，长期不散。有人说："这是以下犯上的征兆。"当时米价昂贵，是过去的十多倍。因寒冷和大雨而僵卧倒地的人，每天用车拉出几千口，都扔到城外。等到天晴再到里巷和街道里看，全都空了。这时浙西军队叛变，周宝逃奔毗陵。高骈听说后非常高兴，立刻派使者送信给周宝说："你依靠着走马将要到达奔牛。"奔牛"水坝名，在常州西。现在附送一瓶齑粉和十斤葛粉，用来解决路途上的需要。"这是讽刺他将要成为齑粉。三月，使院请他看花赴宴，写了《给诸从事》的诗。诗的末句是："人间无限伤心事，不得樽前折一枝。"大概是灭亡的预言吧。到了被秦彦幽禁羞辱时，算着人口供给食物。从五月到八月，外面围困更加紧急，接着就遭到死难。出自《妖乱志》。

钜鹿守

唐朝文德戊申年，钜鹿郡南和县街北有个造纸作坊，长长的围墙上都晒着纸。忽然有股从西面吹来的旋风，几乎把墙上的纸都卷走了，那股旋风直上云霄，远望那被卷的纸像飞雪一样。这是军事上最忌讳的事情啊。到了夏五月，郡守就死了。出自《三水小牍》。

陕 师

唐朝乾宁末年，分陕地区有蛇和鼠在南门内决斗，观看的人很多，最后蛇死了鼠逃奔而去。还不到十天陕军便遭遇灾祸。这时人们才知道城内蛇死郑厉公进来，群鼠奔逃造成蒲山公灭亡的道理。妖魔是由人兴起的，可以作为警戒。出自《三水小牍》。

严遵美

唐左军容使严遵美，阉官中仁人也。尝言北司为供奉官，胯衫给事，无秉简之仪。又云：枢密使廨署，三间屋书柜而已，亦无视事之厅。堂状后帖黄，指挥公事，乃杨复泰，夺宰相权也。遵美尝发狂，手足舞蹈之。傍有一猫一犬，猫谓犬曰："军容改常也。"犬曰："何用管。"俄而舞定，且异猫犬之言。遇昭宗播迁凤翔，乃求致仕汉中，寻徙于剑南青城山下，卜别墅以居之。年过八十而终。其忠正谦约，与西门李玄为季孟。于时诛宦官，唯西川不奉诏，由是脱祸。家有《北司治乱记》八卷，备载阉官忠佞好恶，盖巷伯之流也，未必俱为邪僻。良由南班轻忌大过，以致怨怒，盖邦国不幸也。先是路岩自成都移镇渚宫，所乘马忽作人语，且曰："芦荻花，此花开后路无家。"不久及祸。然畜类之语，岂有物凭之乎？石言于晋，殆斯比也。出《北梦琐言》。

成　汭

荆州成汭，唐天复中准诏统军救援江夏，帅次公安县。寺有二金刚神，土人号曰二圣，颇有灵验。舣舟而谒之，且以胜负为祷。汭兆皆不吉。汭惑之，孔目官杨师厚曰："公业已行，安可疑阻？"于是不得已而进，竟有覆军之败。身死家亡，非偶然也。出《北梦琐言》。

刘知俊

梁彭城王刘知俊镇同州日，因筑营墙，掘得一物，重八

严遵美

唐朝的左军容使严遵美，是宦官中仁爱端方正直的人。曾说北司宦官是负责供奉的，本来只是管皇帝的衣食住行等私活，虽与皇帝亲近，仅是仆役而已，不参加上朝。又说：枢密使的官衙，三间屋只是书柜而已，也没有办公的大厅。宰相办公的正堂里，负责拟奏、处理文书，办理公事的是杨复泰，夺取了宰相的权力。遵美曾经发疯，手舞足蹈。这时旁边有一只猫和一只狗，猫对狗说："严军容改变常态了。"狗说："不用管。"不一会儿停止发狂，对猫狗的话很惊异。遇上昭宗流离凤翔，严遵美请求辞官回到汉中，不久又搬到剑南青城山下，择一处别墅住下。年过八十而终。他忠诚正直、谦虚俭约，与西门李玄结为兄弟。当时追捕诛杀宦官，只有西川不执行命令，因此免除了灾祸。他有《北司治乱记》八卷，详细记载了宦官官员的忠奸好恶，所以说太监那一类人，也未必都是品行不端的人。南班朝官太过轻视忌恨他们，以致怨怒加深，都是国家的不幸啊。这以前路岩从成都改镇渚宫，他乘坐的马忽然说了人话，说："芦荻花，此花开后路无家。"不久便遭到灾祸。然而畜类的话，难道有什么凭证吗？春秋时晋国有石块开口说话，大概与此一样。出自《北梦琐言》。

成　汭

荆州的成汭，唐朝天复年间皇帝下诏批准他统率军队去救援江夏，他率军到达公安县。寺中有两个金刚神，当地百姓称他们为二圣，很灵验。成汭停舟靠岸去拜谒二神，并且祷告希望此次出兵得胜而归。但求得的征兆都是不吉利的。成汭感到很疑惑，孔目官杨师厚说："您已经发兵了，怎么能因疑而受阻碍呢？"于是，不得不勉强进军，最后全军覆没。身死家亡这并不是偶然的事。出自《北梦琐言》。

刘知俊

后梁彭城王刘知俊镇守同州时，因修营墙，挖出一物，重八

十余斤，状若油囊。召宾幕将校问之，或曰地囊，或曰飞廉，或曰金神七杀。独留源曰："此是冤气所结也，古来囹圄之地或有焉。昔王充据洛阳，修河南府狱，亦获此物，而远祖记之。乃冤死囚人，精爽入地，聚为此物。经百千年，凝结不散。源闻酒能忘忧，请奠以醇醪，或可消释耳。然此物之出，亦非吉征也。"知俊命具酒馔祝酹，复瘗之。寻有扳城背主奔秦之事，乃验之矣。出《鉴戒录》。

田　頵

宣州节度田頵将作乱。一日向暮，有鸟赤色，如雉而大，尾有火光，如散星之状，自外飞入，止戟门而不见。翌日，府中大火，曹局皆尽，唯甲兵存焉。頵资以起事，明年遂败。出《稽神录》。

桑维翰

魏公桑维翰尹开封。一日，尝中夜于正寝独坐，忽大惊悸，如有所见，向空厉声云："汝焉敢此来！"如是者数四。旬日愤懑不已，虽齐体亦不敢有所发问。未几，梦已整衣冠，严车骑，将有所诣。就乘之次，忽所乘马亡去，追寻莫之所在。既寤，甚恶之，不数日及难。出《玉堂闲话》。

十多斤，形状很像装油的口袋。刘知俊召集宾客幕僚和将校寻问，有人说是地囊，有人说是飞廉，有人说是金神七杀。只有留源说："这是冤气凝结成的，自古以来作监狱的地方或许有这种东西。过去王充据守洛阳，修建河南府的监狱，也曾得到过这样的东西，我太祖的父亲记载了这件事。这是含冤而死的囚犯，他们的冤魂不散进入地下，凝聚在一起变成这种东西。经历百千多年，仍然凝结不散。我听说酒能使人忘掉忧愁，请用好酒来祭奠一下，或许可以使它解散消失。然而出现这种东西，也并不是吉祥的征兆。"知俊就命人准备酒菜祝祷，之后又把那东西埋了。不久，就发生了刘知俊背叛原主投降凤翔的事，这就是验证啊。出自《鉴戒录》。

田 颙

宣州节度使田颙将要发动叛乱。一天傍晚，有红色的鸟，像雉鸡却比雉鸡大，鸟尾有火光，像无数零散的星星，从外面飞进来，落在兵器库门上就不见踪影了。第二天，府里燃起大火，官署都烧光了，只有兵器保存下来。田颙凭着这些兵器发动叛乱，第二年就被打败了。出自《稽神录》。

桑维翰

魏公桑维翰任开封府尹。一天，半夜在正室里一个人坐着，突然间很惊慌恐惧的样子，好像看见了什么，向空中大声喊："你怎么敢到这里来！"像这样重复了四次。十天愤懑不停，即使是妻子也不敢问他。不多时，他梦到自己穿好衣服，戴好帽子，车骑严整，好像将要到什么地方去拜访。上车坐上去，忽然间所乘车的马又不见了，到处寻找也不知在什么地方。醒了以后，很讨厌这个梦，不到几天的时间就遭到灾祸。出自《玉堂闲话》。

锺 傅

南平王锺傅在江西，有衙门吏孔知让，新治第。昼有一星陨于庭中。知让甚恶之，求典外戎，以空其地。岁余，御史中丞薛绍纬贬官至豫章，傅取此地第以居之，遂卒于此。出《稽神录》。

顿 金

袁州刺史顿金，罢郡还都。有人以紫褛包一物，诣门遗之。开视，则白襕衫也。遽追其人，则亡矣。其年金卒。出《稽神录》。

湖南马氏

湖南武穆王巡边，回舟至洞庭宜春江口，暴风忽至，波如连山。乃见波中，恢诡谲怪，蛟螭出没，云雾昏蒙，有如武夫执戈戟者，有文吏具襕简者，有如捧盘盂者。或绯或绿，倏闪睢盱，莫知何物。左右大骇，衣服器皿悉投之。舟人欲以姬妾为请，王不听。移时风定，仅获存焉。后数年，武穆王薨于位。出《北梦琐言》。

王慎辞

江南通事舍人王慎辞，有别墅在广陵城西，慎辞常与亲友游其上。一日，忽自爱其冈阜之势，叹曰："我死必葬于此。"是夜，村中闻犬吠，或起视之，见慎辞独骑徘徊于此。逼之，遂不见。自是夜夜恒至。月余，慎辞卒，竟葬其地。出《稽神录》。

锺　傅

南平王锺傅在江西，他的部下有个衙门吏叫孔知让，新建了一座宅院。白天有一颗星坠落在庭院里。知让很讨厌这件事，请求到外地掌军，这样就会使这所宅院空出来。一年多以后，御史中丞薛绍纬被贬官到了豫章，锺傅就搬到孔知让新建的宅院里住下来了，然后就死在这里。出自《稽神录》。

顿　金

袁州刺史顿金，解除郡中职务回京城去。有人用紫包袱皮包了一件东西，扔到了其门前，打开一看，原来是白色的士人之服。马上去追那个人，但已经不见了。这一年顿金就死了。出自《稽神录》。

湖南马氏

湖南武穆王巡视边境，回船行到洞庭湖宜春江口，忽然刮起暴风，波涛像相连的山峰。只见波涛中发出奸诈嘲笑的怪声，水族相继出没，云遮雾罩，有的像武士拿刀持枪，有的像文官穿着长衫抱着笏板，还有的好像捧盘端盂。有红有绿，只一眨眼的工夫，就变化了，不知道是什么东西。武穆王左右的人都很害怕，把衣服器皿都投到江里。船上有人提议把姬妾也投到江里，武穆王没采纳。过了些时候风停了，只有人保住了性命。几年后，武穆王死在位上。出自《北梦琐言》。

王慎辞

江南通事舍人王慎辞，在广陵城西有座别墅，慎辞经常同亲友在这里游玩。有一天，慎辞忽然喜爱上山丘的形势，就长叹说："我死后一定要埋葬在这里。"当天晚上，村里听到狗叫，有人起来看，看见慎辞独自骑马在这里徘徊。走近就看不见了。从这以后天天晚上都来。一个多月以后，王慎辞就死了，最终埋葬在这里。出自《稽神录》。

安守范

伪蜀彭州刺史安思谦，男守范，尝与宾客游天台禅院，作联句诗。守范云："偶到天台院，因逢物外僧。"定戎军推官杨鼎夫云："忘机同一祖，出语离三乘。"前怀远军巡官周述云："树老中庭寂，窗虚外境澄。"前眉州判官李仁肇云："片时松柏下，联续百千灯。"因纪于僧壁而去。翌日，有贫子乞食见之，朗言曰："人道有初无尾，此则有尾无初。却后五年，首颔俱碎，洎不如尾句者。"抚掌大笑。院僧驱迩之，贫子走且告曰："此后主人，不远千里，即欲到来。"众以为狂，莫测其由。后数年，守范伏法，鼎夫暴亡，此首颔俱碎之义。周与李，累授官资，此不如尾句之义也。院主僧寻亦卒。相承住持者，来自兴元，则主不远千里也。贫子之说，一无谬焉。出《野人闲话》。

安守范

伪蜀的彭州刺史安思谦，儿子叫守范，曾同宾客到天台禅院游览，作联句诗。守范说："偶到天台院，因逢物外僧。"定戎军推官杨鼎夫说："忘机同一组，出语离三乘。"前怀远军巡官周述说："树老中庭寂，窗虚外境澄。"前眉州判官李仁肇说："片时松柏下，联续百千灯。"吟完就记在僧院的墙上走了。第二天，有个来讨饭的穷孩子见到墙上诗，大声说："人们都说有开始没有结尾，这里却有结尾没有开始。往后五年，首领两联全碎，反而不如尾句。"说完拍着手大笑。院里的僧人赶他走，那穷孩子边跑边告诉僧人说："这里以后的主人，不远千里，马上就要到来了。"众人都认为他发疯了，没有人能猜测出他这样说的缘由。过了几年，守范被法办，鼎夫暴病身亡，这就是首领两联全碎的意思。周述与李仁肇，多次升官，这就是不如尾句的意思。寺院的住持不久也死了。继承的住持来自兴元，这就是不远千里的含义。穷孩子的说法，没有一点错误。出自《野人闲话》。

卷第一百四十六

定数一

宝　志

梁简文之生，志公谓武帝："此子与冤家同年生。"其年侯景生于雁门。乱梁，诛萧氏略尽。出《朝野佥载》。

史　溥

陈霸先未贵时，有直阁吏史溥。梦有人朱衣执玉简，自天而降。简上金字书曰："陈氏五世，三十四年。"及后主降隋，史溥尚在。出《独异志》。

耿　询

隋大业中，耿询造浑仪成，进之。帝召太史令袁克、少府监何稠等检验。三辰度数，昼夜运转，毫厘不差。帝甚嘉之，赐物一百段，欲用为太史令。询闻之，笑曰："询故未得此官，

宝 志

梁简文帝萧纲出生时，志公和尚对梁武帝萧衍说："这个孩子和冤家同年出生。"这一年侯景也出生在雁门。侯景后来在梁朝叛乱，差不多灭掉了整个萧氏。出自《朝野佥载》。

史 溥

陈霸先未显贵时，有一个直阁吏叫史溥。他做梦梦见有个朱衣人，手拿玉制的简札，从天而降。玉简上用金字写着："陈氏五世，三十四年。"一直到后主陈叔宝投降了隋朝，史溥还活着。出自《独异志》。

耿 询

隋朝大业年间，耿询制成浑天仪，进献给隋帝。隋帝召太史令袁克、少府监何稠等人检验浑天仪。结果日月星三辰度数，昼夜不停地运转，竟毫厘不差。隋帝特别嘉奖耿询，赐给他财物一百段，想用他为太史令。耿询听说后笑着说："我原本不做这个官，

六十四五，所不论耳。然得太史令即命终。"后宇文化及篡逆，询为太史令。询知化及不识，谋欲归唐，事觉被害，时年六十五。观询之艺能数术，盖亦张衡、郭璞之流。出《大业拾遗记》。

尉迟敬德

隋末，有书生居太原，苦于家贫，以教授为业。所居抵官库，因穴而入，其内有钱数万贯，遂欲携挈。有金甲人持戈曰："汝要钱，可索取尉迟公帖来，此是尉迟敬德钱也。"书生访求不见。至铁冶处，有煅铁尉迟敬德者，方袒露蓬首。煅炼之次，书生伺其歇，乃前拜之。尉迟公问曰："何故？"曰："某贫困，足下富贵，欲乞钱五百贯，得否？"尉迟公怒曰："某打铁人，安有富贵？乃侮我耳！"生曰："若能哀悯，但赐一帖，他日自知。"尉迟不得已，令书生执笔，曰："钱付某乙五百贯。"具月日，署名于后。书生拜谢持去。尉迟公与其徒拊掌大笑，以为妄也。书生既得帖，却至库中，复见金甲人呈之，笑曰："是也。"令系于梁上高处，遣书生取钱，止于五百贯。

后敬德佐神尧，立殊功，请归乡里。敕赐钱，并一库物未曾开者，遂得此钱。阅簿，欠五百贯，将罪主者，忽于梁上得帖子。敬德视之，乃打铁时书帖。累日惊叹，使人密求书生，得之，具陈所见。公厚遗之，仍以库物分惠故旧。出《逸史》。

能活到六十四五岁，无所谓了。然而做了这个官，我的命就没了。"后来宇文化及谋反篡权，耿询做了太史令。耿询知道宇文化及不能识人，打算归顺唐朝，事发遇害。当时年龄是六十五岁。考察耿询的技艺才能及术数，大概也是张衡、郭璞那一类的人吧。出自《大业拾遗记》。

尉迟敬德

隋朝末年，有个书生居住在太原，苦于家贫，只好以教书养家糊口。一次，他从家里出来，抵达一个官库，就从一个洞孔钻了进去，那官库内有几万贯钱，于是想拿些钱。这时出来一个手里拿着戈的金甲人对他说："你要钱，可以到尉迟公那里要个公帖来，这些是尉迟敬德的钱。"书生到处访求尉迟敬德，可一直也没有找到。寻到打铁的地方，有个打铁的尉迟敬德，正裸着上身、蓬着头发打铁。在铁匠铺里，书生等他休息了，就上前拜见。尉迟敬德问他："为什么拜我？"书生说："我家很贫困，您又很富贵，想向您借五百贯钱，不知能不能给？"尉迟敬德发怒地说："我是个打铁的，怎么会富贵？你是在侮辱我吧！"书生说："如果您能可怜我，只要给我写个字条就可以，以后您会知道怎么回事。"尉迟敬德没办法，只好让书生自己拿着笔，写道："付某某五百贯钱。"又署上了时间，在最后签上了名字。书生得到字条拜谢后拿着走了。尉迟敬德和他的徒弟拍着手大笑，认为这书生太荒谬了。书生得到字条后回到官库，又见到了金甲人，把字条呈给他，金甲人看后笑着说："对。"让书生把字条系在房梁上边，拿钱，只限五百贯。

后来尉迟敬德辅佐英明的君主，立下不同寻常的功绩，请求返归乡里。唐皇赏赐给他钱物，另加一未曾启封的财库，于是就得到了那一库钱。等开库对账查点，发现少了五百贯，正要处罚守库人，忽然发现在房梁上的字条。尉迟敬德一看，原来是自己打铁时写的字条。他一连几天惊叹不已，派人暗暗寻找书生，找到后，书生将所经历的事都告诉了他。尉迟敬德重重赏了书生，又把库中的财物分给了以前的朋友们。出自《逸史》。

魏徵

唐魏徵为仆射，有二典事之长参。时徵方寝，二人窗下平章。一人曰："我等官职，总由此老翁。"一人曰："总由天上。"徵闻之，遂作一书，遣"由此老翁"人者，送至侍郎处。云："与此人一员好官。"其人不知，出门心痛，凭"由天"人者送书。明日引注，"由老人"者被放，"由天"者得留。徵怪之，问焉，具以实对，乃叹曰："官职禄料由天者，盖不虚也！"出《朝野佥载》。

娄师德

唐娄师德为扬州江都尉，冯元常亦为尉，共见张冏藏。冏藏曰："二君俱贵，冯位不如娄。冯唯取钱多，官益进。娄若取一钱，官即败。"后冯为浚仪尉，多肆惨虐。巡察以为强，奏授云阳尉。又缘取钱事雪，以为清强监察。娄竟不敢取一钱，位至台辅，家极贫匮。冯位至尚书左丞，后得罪，赐自尽。娄至纳言卒。出《朝野佥载》。

王显

唐王显，与文武皇帝有严子陵之旧，每掣裈为戏，将帽为欢。帝微时，常戏曰："王显抵老不作茧。"及帝登极而显谒，因奏曰："臣今日得作茧耶？"帝笑曰："未可知也。"召其三子，皆授五品，显独不及。谓曰："卿无贵相，朕非为卿惜也！"曰："朝贵而夕死足矣。"时仆射房玄龄曰："陛下既

魏　徵

唐朝魏徵任仆射时，有两个小吏做他的长参。有一次，魏徵刚刚躺下，两个人就在窗前议论。一个人说："我们的官职，是由这个老翁定的。"另一个说："是由上天定的。"魏徵听到后，就写了一封信，派那个说"由老翁定的"的人送到侍郎府。信上说："请给此人一个好官职。"这个人不知信的内容，不巧，他出了门就心口痛，不能去，只好靠那个说"由上天定"的人送去。第二天下来签署"由老翁定"的那人被流放，"由上天定"的那人被留下。魏徵很奇怪，问到他们，他们就把实情全告诉了魏徵，魏徵于是长叹说："官职俸禄是由天定，大概不假啊！"出自《朝野佥载》。

娄师德

唐朝娄师德任扬州江都县尉，冯元常也是县尉，二人一同去谒见张冏藏。张冏藏说："你们两个人以后都会大贵，但冯元常不如娄师德。冯元常只要敛钱越多，官职就会更高；娄师德如果收取一文钱，就会丢掉官职。"后来，冯元常任浚仪县尉，行为放肆暴虐残忍，巡察却认为他办事能力强，上奏皇上任命为云阳尉。又因为他搜刮钱财的事得到洗白，任命他做了清强监察。娄师德始终也不敢收取一文钱，官位一直做到台辅，但家境极其贫困。冯元常的官职一直做到尚书左丞，后来获罪被处以自尽死。娄师德做到纳言才死。出自《朝野佥载》。

王　显

唐朝的王显，与文武皇帝有像严子陵与光武帝那样的布衣交情，经常扯裤子玩，拿帽子取乐。皇上还没有显达时，常开玩笑说："王显到老也不会作茧。"等到皇帝登上皇位，王显前去拜见，趁机上奏说："我现在能作茧了吗？"皇上笑道："还不能知道。"招来王显的三个儿子，都授予五品官职，唯独没给王显，王显请皇上也授给他官职。皇上说："你没有贵相，我并不是为你吝惜！"王显说："哪怕早晨当官晚上死，也满足了。"当时仆射房玄龄说："陛下既然

有龙潜之旧，何不试与之？”帝与之三品，取紫袍金带赐之。其夜卒。出《朝野佥载》。

张宝藏

贞观中，张宝藏为金吾长史。常因下直，归栎阳。路逢少年畋猎，割鲜野食，倚树叹曰：“张宝藏身年七十，未尝得一食酒肉如此者，可悲哉！”傍有一僧指曰：“六十日内，官登三品，何足叹也！”言讫不见。宝藏异之，即时还京。时太宗苦于气痢，众医不效，即下诏问殿庭左右，有能治此疾者，当重赏之。时宝藏曾困其疾，即具疏以乳煎荜拨方。上服之立瘥，宣下宰臣，与五品官。魏徵难之，逾月不进拟。上疾复发，问左右曰：“吾前饮乳煎荜拨有效。”复命进之，一啜又平。因思曰：“尝令与进方人五品官，不见除授，何也？”徵惧曰：“奉诏之际，未知文武二吏。”上怒曰：“治得宰相，不妨已授三品官；我天子也，岂不及汝耶？”乃厉声曰：“与三品文官，授鸿胪卿。”时正六十日矣。出《独异志》。

授判冥人官

唐太宗极康豫，太史令李淳风见上，流泪无言。上问之，对曰：“陛下夕当晏驾。”太宗曰：“人生有命，亦何忧也！”留淳风宿。太宗至夜半，上奄然入定，见一人云：“陛下暂合来，还即去也。”帝问：“君是何人？”对曰：“臣是生人判冥事。”太宗入见，判官问六月四日事，即令还，向见

同他有龙潜之交，为什么不试试给他官做？”于是皇帝授予王显三品官，又叫人拿来紫袍金带赏赐给他。当天夜里王显就死了。出自《朝野佥载》。

张宝藏

唐太宗贞观年间，张宝藏任金吾长史。曾因当班完毕，返回栎阳。路上碰到一个少年打猎，割下新鲜猎物的肉野餐，张宝藏靠着树长叹说：“我张宝藏年已七十，未曾吃过一次像这样的酒肉，可悲呀！”旁边有个和尚指着他说：“六十日之内，您的官职会升到三品，有什么可叹息的呢！”说完就不见了。张宝藏感到奇怪，立刻回到京城。当时太宗得了气痢很痛苦，很多医生医治都不见效，就下诏书寻求殿庭左右大臣中有能治这种病的，定当重赏。当时张宝藏也曾被这种病困扰过，就写了一份奏疏献出乳煎荜拨的药方。皇上服了以后立刻就好了，下诏给宰相，授予张宝藏五品官。魏徵觉得为难，过了一个多月也没拟文授官。皇上的病又发作了，询问左右侍臣道：“我先前吃了乳煎荜拨的药很有效。”于是又下令进献此药，一吃又好了。于是想起进药的人，说：“我曾下令授予进方人五品官，到现在不见提升授官，什么原因呢？”魏徵害了怕，说：“奉诏的时候，不知是文还是武的。”皇上生气地说：“治好了宰相的病，可以授给他三品官；我是天子，难道不如你吗？”就厉声地说：“给他三品文官，再授鸿胪卿官号。”当时正好六十天。出自《独异志》。

授判冥人官

唐太宗极其健康，太史令李淳风拜见他，流着泪不说话。唐太宗询问他怎么回事，李淳风回答说：“陛下你晚上要归天。”唐太宗说：“人生有命，有什么忧愁！”留李淳风住在宫里。到半夜，唐太宗忽然入定，见一人来说：“陛下暂时去，马上回来。”唐太宗问他：“你是什么人？”那人说：“臣下是活人办阴间的事。”唐太宗就随那人进入冥府，判官问他六月四日的事，就让他回去了，先前见到

者又迎送引导出。淳风即观玄象，不许哭泣，须臾乃寤。至曙，求昨所见者，令所司与一官，遂注蜀道一丞。上怪问之，选司奏："奉进止与此官。"上亦不记，旁人悉闻，方知官皆由天也。出《朝野佥载》。

王无𢰵

唐王无𢰵，好博戏，善鹰鹞。文武圣皇帝微时，与无𢰵蒱戏争彩，有李阳之宿憾焉。帝登极，𢰵藏匿不出。帝令给使，将一鹞子于市卖之，索钱二十千。𢰵不之知也，酬钱十八贯。给使以闻，帝曰："必王无𢰵也。"遂召至，惶惧请罪。帝笑而赏之，令于春明门，待诸州庸车三日，并与之。𢰵坐三日，属灞桥破，唯得麻三车，更无所有。帝知其命薄，更不复赏。频请五品，帝曰："非不与卿，惜卿不胜也。"固请，乃许之。其夜遂卒。出《朝野佥载》。

宇文融

刘禹锡曰："官不前定，何名真宰乎？"永徽中，卢齐卿卒亡，及苏，说见其舅李某，为冥司判官，有吏押案曰："宇文融合为宰相。"舅曰："宇文融岂堪为宰相？"吏曰："天曹符已下，数日多少，即由判官。"舅乃判一百日。既而拜宰相，果百日而罢。出《嘉话录》。

的那个人又迎送他出了冥府。李淳风即观天象，不许左右的人哭泣，不一会儿唐太宗醒了。到天亮时，寻找昨晚所见的那个人，令主管的官员授给他一个官职，吏部于是给那人登记了蜀道上一个县丞。唐太宗很奇怪，问这件事，选司回奏说：“奉圣旨授给他这个官职。”唐太宗已经不记得了，别人却都听说过，这才知道官职都是由天定的。出自《朝野佥载》。

王无导

唐朝的王无导，好赌博，擅长养鹰鹞。唐太宗没登位时，与王无导赌博争输赢，有像李阳那样结下的旧怨。唐太宗登位时，王无导藏了起来。唐太宗就命给使拿一只小鹞到集市上去卖，要价二十千。王无导不知道这件事，给价十八贯。给使把这件事报告给唐太宗，唐太宗说：“一定是王无导。”于是就召到皇宫，王无导惶恐惊惧地请罪。唐太宗笑了，并赏赐他，让他到春明门等待各州装载纳绢的车三天，等来了都一起送给他。王无导坐等了三天，恰巧灞桥坏了，只得到三车麻，再也没得到别的东西。唐太宗知道他命薄，再也没有赏给他什么。但王无导多次请求要做五品官，唐太宗说：“我并不是不想给你，可惜的是你受用不了。”王无导坚决请求，唐太宗于是同意了。那天夜里王无导就死了。出自《朝野佥载》。

宇文融

刘禹锡曾说：“官职不是前生注定的，怎么叫真宰呢？”唐高宗永徽年间，卢齐卿暴死，复活后，说见到他的舅父李某，做了冥府的判官，有个府吏查阅案卷说：“宇文融应该当宰相。”舅父说：“宇文融怎么能胜任宰相？”府吏说：“天府的命令已经下来了，当多少天由判官决定。”舅父就判了一百天。不久宇文融就拜为宰相，果然到了一百天又被罢免了。出自《嘉话录》。

路潜

怀州录事参军路敬潜遭綦连辉事，于新开推鞫，免死配流。后诉雪，授睦州遂安县令。前邑宰皆卒于官，潜欲不赴，其妻曰："君若合死，新开之难，早已无身。今得县令，岂非命乎？"遂至州，去县水路数百里上。寝堂西间有三殡坑，皆埋旧县令，潜命坊夫填之。有枭鸣于屏风，又鸣于承尘上，并不以为事。每与妻对食，有鼠数十头，或黄或白，或青或黑，以杖驱之，则抱杖而叫。自余妖怪，不可具言。至一考满，一无损失。选授卫令，除卫州司马，入为郎中，位至中书舍人。出《朝野佥载》。

甘子布

周甘子布，博学有才，年十七，为左卫长史，不入五品。登封年病，以驴轝强至岳下，天恩加两阶，合入五品，竟不能起。乡里亲戚来贺，衣冠不得，遂以绯袍覆其上，帖然而终。出《朝野佥载》。

李迥秀

李迥秀为兵部尚书，有疾，朝士问之。秀曰："仆自知当得侍中，有命固不忧也。"朝士退，未出巷而薨。有司奏，有诏赠侍中。出《定命录》。

狄仁杰

唐狄仁杰之贬也，路经汴州，欲留半日医疾。开封县令

路　潜

怀州录事参军路敬潜遭綦连辉的事牵连，在新开受审，判免死流放。后来申诉昭雪，授予他睦州遂安县令的官职。路敬潜之前的几任县宰都死在任内，他想不去上任。他的妻子说："您若该死，新开那次遭难，早就死了。现在得到县令的职务，难道不是命吗?"路敬潜认为有理，就到了睦州，由睦州到遂安县水路有数百里以上。遂安县衙寝堂西边，有三个殡葬的坑，都埋着以前的县令，路敬潜令坊夫填上了。又发现在屏风上有枭鸟叫，一会儿又在天花板上叫，路敬潜并不认为是什么事。每次与妻子对坐着吃饭，有几十只老鼠出来，有黄色的有白色的，有青色的有黑色的，用木杖驱赶，那些老鼠就抱着木杖叫唤。其余的怪事，不能一一都说出来。路敬潜到一考任满，没有一点儿损失。后来选授予卫令，任命为卫州司马，又任为郎中，直至做了中书舍人。出自《朝野佥载》。

甘子布

武周朝时的甘子布，博学广识才智出众，十七岁任左卫长史，但官不入五品。登山封禅那年得了病，用驴辇勉强拉到中岳嵩山下，皇天恩赐加两阶，该入五品，但身体虚弱竟起不来。乡邻亲戚前来祝贺，但又不能穿戴衣冠，只得把红袍覆盖在他身上，安静静地死了。出自《朝野佥载》。

李迥秀

李迥秀任兵部尚书，有病，朝中官员来慰问他。他说："我自己知道应该当侍中，有命在就不用忧虑。"朝中官员退出，还没走出街巷，李迥秀就死了。有司上奏皇上，皇上下诏赠予李迥秀侍中之职。出自《定命录》。

狄仁杰

唐朝狄仁杰被贬官，路经汴州，想留住半天治病。开封县令

霍献可追逐当日出界，狄公甚衔之。及回为宰相，霍已为郎中，狄欲中伤之而未果。则天命择御史中丞，凡两度承旨，皆忘。后则天又问之，狄公卒对，无以应命，唯记得霍献可，遂奏之。恩制除御史中丞。后狄公谓霍曰："某初恨公，今却荐公，乃知命也，岂由于人耶？"出《定命录》。

崔元综

崔元综，则天朝为宰相。令史奚三儿云："公从今六十日内，当流南海。六年三度合死，然竟不死。从此后发初，更作官职。后还于旧处坐，寿将百岁，终以馁死。"经六十日，果得罪，流于南海之南。经数年，血痢百日，至困而不死。会赦得归，乘船渡海，遇浪漂没，同船人并死，崔公独抱一板，随波上下。漂泊至一海渚，入丛苇中。板上一长钉，刺脊上，深入数寸，其钉板压之。在泥水中，昼夜忍痛呻吟而已。忽遇一船人来此渚中，闻其呻吟，哀而救之，扶引上船，与踏血拔钉，良久乃活。问其姓名，云是旧宰相。众人哀之，济以粮食。随路求乞。于船上卧，见一官人著碧，是其宰相时令史。唤与语，又济以粮食，得至京师。六年之后，收录乃还。选曹以旧相奏上，则天令超资与官。及过谢之日，引于殿庭对。崔公著碧，则天见而识之，问得何官，具以状对。乃诏吏部，令与赤尉。及引谢之日，

霍献可赶他当日离开县城，狄仁杰含恨很深。等狄仁杰回朝当了宰相，霍献可已经做了郎中，狄仁杰想中伤霍献可但没成功。武则天命狄仁杰择选御史中丞，共两次承旨，都忘记了。后来武则天又问他这件事，狄仁杰仓促应对，回答不出来，心中只记得霍献可，就上奏说霍献可这个人可以。武则天下旨提升霍献可为御史中丞。后来狄仁杰对霍献可说："我当初恨你，现在却推荐你，这才知道天命，怎么能由人呢？"出自《定命录》。

崔元综

崔元综，武周朝时任宰相。令史奚三儿说："你从现在开始六十天以内，会被流放到南海。六年之中有三次当死，然而最终竟没有死。从这以后，你将更换官职。最后还会官复原职，寿数是一百岁，最终因饥饿而死。"过了六十天，崔元综果然获罪，被流放到南海以南。过了几年，他得了一场血痢，病了百日，到了最重的时候非常危险，然而并没有死。遇大赦才得到回京的机会，乘船过海时遇到大风浪，船覆没，一同乘船的人都死了，只有他一个人抱住一块木板，随波上下漂荡。漂泊到一个海岛上，被风浪推到芦苇丛里。他抱的那木板上有个长钉子，正好刺到脊背上，扎进身体有几寸深，那钉板在上面压着他。他只好在泥水中昼夜忍痛呻吟罢了。这时忽然遇到一船人来到这个岛上，听到他的呻吟声，同情他，把他救起来扶着上了船，并给他止血拔钉，很长时间才苏醒过来。询问他的姓名，他说是原来的宰相。众人同情他，给了他些粮食。他一路讨饭往回返。一天他正在船上躺着，看见一个穿青绿色衣服的官员，是他当宰相时的令史。便招呼和他说话，那官员又周济给他了一些粮食，这样他才能够回到京城。六年以后，收录选官，返回了朝廷。选曹司以原宰相情况上报，武则天下令破格授他官职。等到进宫拜谢那天，他被带到殿堂上问对。他穿着青绿色的衣服，武则天见到后认出了他，问他得了什么官职，他就讲了自己的详细情况。武则天于是下诏给吏部，让他们任命他为赤尉。又等到进宫拜谢那天，

又敕与御史。自御史得郎官，累迁至中书侍郎，九十九矣。子侄并死，唯独一身，病卧在床。顾令奴婢取饭粥，奴婢欺之，皆笑而不动。崔公既不能责罚，奴婢皆不受处分，乃感愤不食，数日而死矣。出《定命录》。

苏味道

苏味道三度合得三品，并辞之。则天问其故，对曰："臣自知不合得三品。"则天遣行步，视之曰："卿实不得合三品。"十三年中书侍郎平章事，不登三品。其后出为眉州刺史，改为益州长史，敕赐紫绶。至州日，衣紫毕，其夜暴卒。出《定命录》。

卢崇道

唐太常卿卢崇道，坐女婿中书令崔湜反，羽林郎将张仙坐与薛介然口陈欲反之状，俱流岭南。经年，无日不悲号，两目皆肿，不胜凄恋，遂并逃归。崇道至都宅藏隐，为男娶崔氏女，未成。有内给使来，取克贵人，崇道乃赂给使，别取一崔家女去。入内事败，给使具承，掩崇道，并男三人，亦被纠捉。敕杖各决一百，俱至丧命。出《朝野佥载》。

刘仁轨

唐青州刺史刘仁轨，知海运，失船极多，除名为民，遂辽东效力。遇病，卧平襄城下。褰幕看兵士攻城，有一卒

武则天又特敕给他御史职务。自此以后,他从御史做到郎官,多次升迁直到当了中书侍郎,这年已经九十九岁了。他的子侄都死了,只有他独身一人,有病卧倒在床上。唤奴婢给他拿饭粥,奴婢们欺他年老病重,都笑而不动。他既不能责罚她们,她们也都不听他的吩咐,气愤之下吃不下东西,几天后饿死了。出自《定命录》。

苏味道

苏味道三次当做到三品官,他都拒绝了。武则天问他是什么原因,他回答:“我自己知道不应当得到三品官职。”武则天让他走几步,看了之后说:“你确实不应该当这个三品官。”苏味道做了十三年中书侍郎平章事,不登三品官。后来出任为眉州刺史,又改任为益州长史,皇上赏赐他紫袍绶带。到了益州,穿上紫袍那天晚上就暴病身亡了。出自《定命录》。

卢崇道

唐朝太常卿卢崇道,因受女婿中书令崔湜谋反的事牵连,羽林郎将张仙因为与薛介然谈论想要谋反的情状,都被流放到岭南。流放的几年,他们无日不悲伤哭号,两眼都哭肿了,不能忍受这凄惨悲凉和眷恋之情,就一起逃了回来。卢崇道回到京城的家里,躲藏起来,为儿子准备娶崔家的女儿,但这件事没成。有个内给使前来,说要崔氏女入宫为贵人,卢崇道就贿赂内给使,让他另找一家姓崔的女儿进了宫。进宫后事情败露,内给使承担了全部责任,掩护了卢崇道,连同内给使的三个男孩也被收捉。各判杖刑一百,结果全都被打得丧了命。出自《朝野佥载》。

刘仁轨

唐朝的青州刺史刘仁轨,管理海运,损失船舶很多,被免除官职贬做了老百姓,后来到辽东去效力。正赶上生病,在平襄城下卧床不起。一次卷起营帐的帘幕看外面的士兵们攻城,有个兵卒

直来前头背坐，叱之不去。仍恶骂曰："你欲看，我亦欲看！何预汝事？"不肯去。须臾，城头放箭，正中心而死。微此兵，仁轨几为流矢所中。出《朝野佥载》。

任之选

唐任之选，与张说同时应举。后说为中书令，之选竟不及第。来谒张公，公遗绢一束，以充粮用。之选将归至舍，不经一两日，疾大作，将绢市药，绢尽，疾自损。非但此度，余处亦然，何薄命之甚也！出《朝野佥载》。

直冲冲跑到刘仁轨的前头背对着他坐下了，刘仁轨大声呵斥他他也不走。反而恶狠狠地回骂刘仁轨说：“你想看，我也想看！碍着你什么事？”还是不肯离开。不一会儿，城墙上放箭，有一箭正中那士兵的心窝而死。如果没有这个士兵，刘仁轨几乎被流箭射中。出自《朝野佥载》。

任之选

唐朝的任之选和张说同时应考。后来张说当了中书令，任之选竟没有考中。任之选来拜见张说，张说赠给他一束绢，用来填补他的家用。任之选拿绢回到家里，没过一两天，得了一场大病，于是卖绢买药，绢卖光了，病自然也好了。不但这件事是这样，其他的事也是这样，多么命薄啊！出自《朝野佥载》。

卷第一百四十七

定数二

田　预

唐奉御田预，自云：少时见奚三儿患气疾，寝食不安。田乃请与诊候，出一饮子方剂愈。三儿大悦云："公既与某尽心治病，某亦当与公尽心，以定贵贱。"可住宿，既至晓，命纸录一生官禄，至第四政，云："作桥陵丞。"时未有此官，田诘之，对云："但至时，自有此官出。"又云："当二十四年任奉御。"及大帝崩，田果任桥陵丞，后为奉御，二十四年而改。出《定命录》。

王　晙

王晙任渭南已数载。自云："久厌此县，但得蒲州司马可矣。"时奚三儿从北来，见一鬼云："送牒向渭南，报明府改官。"问何官，云改蒲州司马。便与相随来渭南，

田　预

唐朝的奉御田预自己说：年轻时看到奚三儿得了气管的疾病，吃不好饭，睡不好觉。田预就请求给他诊断，出了一个饮剂的方子病就好了。奚三儿很高兴，说："你既然给我尽心治病，我也应该尽心为你定一生的贵贱。"留田预住宿，天亮后，让他拿纸记录一生的官禄，写到第四任官职，奚三儿说："做桥陵丞。"当时根本没有桥陵丞这个官职，田预就追问他，他回答说："只要到那个时候，自然就会有这个官职。"又说："你当做二十四年奉御。"等到皇帝驾崩，田预果然任桥陵丞，后任奉御，二十四年后改任其他的官职了。出自《定命录》。

王　畯

王畯任渭南县令已有几年了。他自己说："早就厌烦在这个县当县令了，只要能做蒲州司马就行。"当时奚三儿从北面来，碰见一个鬼说："送公文去渭南，报告明天县府改官。"奚三儿问改什么官，鬼说改蒲州司马。说完奚三儿便跟着他一块儿来到渭南，

见晙云："公即改官为蒲州司马。"当时鬼在厅阶下曲躬立。三儿言讫，走出。果三数日改蒲州司马。改后二十余日，敕不到。问三儿，三儿后见前鬼，问故。鬼云："缘王在任剩请官钱，所以折除，今折欲尽，至某时，当得上。"后验如其言。出《定命录》。

高智周

高智周，义兴人也。少与安陆郝处俊、广陵来济、富阳孙处约同寓于石仲览。仲览宣城人，而家于广陵。破产以待此四人，其相遇甚厚。尝夜卧，因各言其志。处俊先曰："愿秉衡轴一日足矣。"智周、来济愿亦当然。处约于被中遽起曰："丈夫枢轴或不可冀，愿且为通事舍人，殿庭周旋吐纳足矣。"仲览素重四人，尝引相工视之，皆言贵及人臣，顾视仲览曰："公因四人而达。"后各从官州郡。来济已领吏部，处约以瀛州书佐。因选引时，随铨而注，济见约，遽命笔曰："如志如志。"乃注通事舍人。注毕下阶，叙平生之言，亦一时之美也。智周尝出家为沙门，乡里惜其才学，勉以进士充赋，擢第，授越王府参军，累迁费县令，与佐官均分俸钱，迁秘书郎，累迁中书侍郎，知政事，拜银青光禄大夫。智周聪慧，举朝无比，日诵数万言，能背碑覆局。淡泊于冠冕，每辞职辄迁，赠越州都督，谥曰定。出《御史台记》。

见到王畯，说："您马上就要改任为蒲州司马了。"当时鬼在厅阶下面曲身躬立。奚三儿说完走了出来。果然三天后王畯改任为蒲州司马。但改官后二十多天，皇帝的敕令还不到。王畯问奚三儿，奚三儿又去见前次那个鬼，问他是什么原因。鬼说："因为王畯在任上剩有官钱，所以得折算掉，现在快折算完了，等到以后某时才能当上蒲州司马。"后来果然像他说的那样。出自《定命录》。

高智周

高智周是义兴人。少年时同安陆的郝处俊、广陵的来济、富阳的孙处约同住在石仲览家里。石仲览是宣城人，而在广陵安了家。为招待他们四个人几乎使家庭破产，他们几个人交情很深。四人曾夜卧床上，各自谈论自己的志向。郝处俊先说："我希望掌权一天就满足了。"高智周、来济的愿望也是如此。孙处约在被中突然坐起来说："大丈夫做一个重臣或许做不到，希望能做一个通事舍人，在皇宫内跑腿学舌、发号施令就满足了。"石仲览一向很看重这四个人，曾经请相面先生为他们看相，相面先生说这四个人都是贵人可当大官，又看了看石仲览说："你会因为他们四人而发达。"后来大家都各自到州郡里当了官。来济做了吏部长官，孙处约任瀛州书佐。有一次选拔推荐官员时，随选官批注，来济见到了孙处约的名字，立刻拿起笔来说："可以满足他的志向了，可以满足他的志向了。"就批注为通事舍人。批注完走下台阶，与孙处约同叙当年的志向，也是一时的美谈。高智周曾经出家做了和尚，同乡的人都爱惜他的才学，勉励他考进士，考中了，被授予越王府参军，多次升迁做了费县县令，与佐官均分俸禄，又升为秘书郎，累官迁升为中书侍郎，知政事，拜为银青光禄大夫。高智周聪慧，满朝大臣无人可比，可以一天背诵几万字，能背诵碑文，复盘棋局。但他对官职的事看得很淡泊，经常要求辞职回乡，每辞职就升迁。死后赠给他越州都督的官爵，谥号为"定"。出自《御史台记》。

王儦

唐太子通事舍人王儦曰：人遭遇皆系之命，缘业先定，吉凶乃来，岂必诫慎？昔天后诛戮皇宗，宗子系大理当死。宗子叹曰：“既不免刑，焉用污刀锯！”夜中，以衣领自缢死。晓而苏，遂言笑饮食，不异在家。数日被戮，神色不变。初苏言曰：“始死，冥官怒之曰：‘尔合戮死，何为自来？速还受刑！’宗子问故，官示以冥簿，及前世杀人，今偿对乃毕报。”宗子既知，故受害无难色。出《纪闻》。

裴伷先

工部尚书裴伷先，年十七，为太仆寺丞。伯父相国炎遇害，伷先废为民，迁岭外。伷先素刚，痛伯父无罪，乃于朝廷封事请见，面陈得失。天后大怒，召见，盛气以待之，谓伷先曰：“汝伯父反，干国之宪，自贻伊戚，尔欲何言？”伷先对曰：“臣今请为陛下计，安敢诉冤？且陛下先帝皇后，李家新妇。先帝弃世，陛下临朝，为妇道者，理当委任大臣，保其宗社。东宫年长，复子明辟，以塞天人之望。今先帝登遐未几，遽自封崇私室，立诸武为王，诛斥李宗，自称皇帝。海内愤惋，苍生失望。臣伯父至忠于李氏，反诬其罪，戮及子孙。陛下为计若斯，臣深痛惜。臣望陛下复立李家社稷，迎太子东宫，陛下高枕，诸武获全。如不纳臣

王儦

唐朝的太子通事舍人王儦说：人生的遭遇都和你的命运有联系，因果报应早就定好了，所以不是吉就是凶，该什么时候来也是注定的，难道一定守诫谨慎吗？过去天后诛杀皇帝的宗族，宗子被送到大理寺审判应当死刑。宗子长叹说："我既然免不了一死，何必污染了刀锯！"半夜，用自己的衣服领子上吊而死。到天亮时又复活过来，就又说又笑，又吃又喝，同在家里一样。几天以后被杀，脸色神气一点也没有改变。当他刚复活的时候说："我刚死，冥府的官就生气对我说：'你当被杀死，为什么自己就来了？快回去受刑！'我问什么缘故，冥官把生死簿给我看，因为前世杀了人，今世偿还了才能结束报应。"宗子知道是怎么回事了，所以受害时面无一点难色。出自《纪闻》。

裴伷先

工部尚书裴伷先，十七岁任太仆寺丞。他的伯父是相国，叫裴炎，被杀害，裴伷先也被废官为平民，流放到岭外。裴伷先的性格向来刚直，痛惜伯父无罪被害，就呈上密封的奏章在朝廷前请求接见，以便当着武后的面陈述得失利害。武后大怒，召见了裴伷先，以凌人盛气对待他，对裴伷先说："你的伯父谋反叛逆，触犯国法，自然贻祸给你们这些亲戚，你有什么话说？"裴伷先回答说："我今天请求为陛下您着想，怎么敢申诉冤情呢？再说陛下您是先帝的皇后，李家的媳妇。先帝去世，陛下您临朝主持朝政，作为妇道人家，从道理上讲应该把国家大事委任给大臣们，保护好李家的宗庙社稷。太子年长，应恢复他掌管朝政，来满足在天上先帝的愿望。现在先帝仙逝没多久，您就自作主张册封了自己的私党，立了很多姓武的为王，诛杀排斥李家宗室，自称为皇帝。这样全国都为您气愤叹惜，百姓深感失望。我的伯父最忠于李家，反被您诬陷有罪，杀戮延及他的子孙。陛下您这样打算，我深感痛惜。我希望您重建李家的社稷，迎立东宫太子，您就可以高枕无忧，各位姓武的也就安全了。如果不采纳我的

言，天下一动，大事去矣。产、禄之诫，可不惧哉？臣今为陛下用臣言未晚。"天后怒曰："何物小子，敢发此言！"命牵出。仙先犹反顾曰："陛下采臣言实未晚。"如是者三。天后令集朝臣于朝堂，杖仙先至百，长隶瀼州。仙先解衣受杖，笞至十而仙先死，数至九十八而苏，更二笞而毕。仙先疮甚，卧驴舆中，至流所，卒不死。

在南中数岁，娶流人卢氏，生男愿。卢氏卒，仙先携愿，潜归乡。岁余事发，又杖一百，徙北庭。货殖五年，致资财数千万。仙先贤相之侄，往来河西，所在交二千石。北庭都护府城下，有夷落万帐，则降胡也，其可汗礼仙先，以女妻之。可汗唯一女，念之甚，赠仙先黄金马牛羊甚众。仙先因而致门下食客，常数千人。自北庭至东京，累道致客，以取东京息耗。朝廷动静，数日仙先必知之。

时补阙李秦授寓直中书，封事曰："陛下自登极，诛斥李氏及诸大臣，其家人亲族，流放在外者，以臣所料，且数万人。如一旦同心招集为逆，出陛下不意，臣恐社稷必危。谶曰：'代武者刘。'夫刘者流也。陛下不杀此辈，臣恐为祸深焉。"天后纳之，夜中召入，谓曰："卿名秦授，天以卿授朕也，何启予心。"即拜考功员外郎，仍知制诰，敕赐朱绂，女妓十人，金帛称是。与谋发敕使十人于十道，安慰流者。其实赐墨敕与牧守，有流放者杀之。敕既下，仙先知之，会宾客

话，全国都行动起来，您就会大事垂败。吕产、吕禄二人的教训，您能不害怕吗？我认为您现在采纳我的话还不晚。”武后气愤地说：“你是什么东西，敢说这种话！”命人将他拉出去。裴伷先仍回头说：“陛下您采纳我的话实际还不晚。”像这样几次。武后下令把朝中大臣召集在朝堂，杖刑裴伷先一百，发配到瀼州做奴隶。裴伷先解开衣服受刑，打到十杖昏死过去，数到九十八下时却又苏醒过来，又打了两下才结束。裴伷先满身创伤，躺在驴车里，到了流放的地点，但最后没有死。

裴伷先在南中几年，娶了一个流放的卢家的女儿为妻，生下一个男孩取名叫愿。卢氏死后，裴伷先带着裴愿，偷偷地回到家乡。几年后被发现，又杖刑一百，流放到北庭。在北庭做了五年买卖，获取资财几千万。裴伷先是贤明的宰相的侄儿，往来在河西地界，每年都向当地官府上缴二千石。北庭都护府城下，有少数民族的部落达到上万帐，裴伷先就投降了这个部落，部落可汗对裴伷先以礼相待，并把自己的女儿嫁给裴伷先。可汗只有这一个女儿，特别疼爱，就赠给裴伷先很多黄金和马牛羊。裴伷先因此门下招致的食客常常达到几千人。从北庭到东京洛阳，每条道路上都安排了食客，用来探听洛阳的消息。朝廷里有什么动静，几天以后裴伷先一定会知道。

当时补阙李秦授任寓直中书，上呈的封事中说：“陛下自从登上皇位，诛杀排斥李家的人以及各大臣，他们的家人和亲戚们被流放在外的，依我估计，将近几万人。如果一旦他们召集在一起同心造反，出于你的意料之外，我怕社稷一定很危险。谶语说：‘代武者刘。’‘刘’就是‘流’。陛下不杀这些人，我怕祸患太大了。”武后采纳了他的意见，半夜时召他入宫，对他说：“你的名叫秦授，是上天把你授给我，亏你启发了我。”立刻授他为考功员外郎，仍然掌管传达皇帝的命令，并赏赐给他朱袍和十个美女，金银财宝更多。他与武后秘密派出十个特使到十个道，安慰被流放的人，其实是向州郡的长官直接下达武后的命令，杀掉那些被流放的人。命令下达后，裴伷先就知道了，他聚集宾客们

计议，皆劝仙先入胡。仙先从之。日晚，舍于城外，因装。时有铁骑果毅二人，勇而有力，以罪流，仙先善待之。及行，使将马装橐驼八十头，尽金帛，宾客家僮从之者三百余人。甲兵备，曳犀超乘者半。有千里足马二，仙先与妻乘之。装毕遽发，料天晓人觉之，已入虏境矣。即而迷失道，迟明，唯进一舍，乃驰。

既明，候者言仙先走，都护令八百骑追之，妻父可汗又令五百骑追焉，诫追者曰："舍仙先与妻，同行者尽杀之，货财为赏。"追者及仙先于塞，仙先勒兵与战，麾下皆殊死。日昏，二将战死，杀追骑八百人，而仙先败。缚仙先及妻于橐驼，将至都护所。既至，械系阱中，具以状闻。待报而使者至，召流人数百，皆害之。仙先以未报故免。天后度流人已死，又使使者安抚流人曰："吾前使十道使安慰流人，何使者不晓吾意，擅加杀害，深为酷暴。其辄杀流人使，并所在镣项，将至害流人处斩之，以快亡魂。诸流人未死，或他事系者，兼家口放还。"由是仙先得免，乃归乡里。

及唐室再造，宥裴炎，赠以益州大都督，求其后，仙先乃出焉。授詹事丞，岁中四迁，遂至秦州都督，再节制桂、广。一任幽州帅，四为执金吾，一兼御史大夫，太原、京兆尹、太府卿，凡任三品官向四十政。所在有声绩，号曰唐臣，后为工部尚书、东京留守，薨，寿八十六。出《纪闻》。

商量，大家都劝裴伷先到胡地去。裴伷先听从了。当天晚上住在城外，化了装。当时有两个铁骑果毅，勇猛而又有武力，因犯罪被流放，裴伷先对他们很好。要出发时，让他们牵着八十头驮着财物的骆驼，口袋箱子里全是金银玉帛，随从的宾客家僮等也有三百多人，备有铁甲兵车，拿着锐利的兵器追随的勇士有一半。有两匹千里马，裴伷先与妻子各骑一匹。整装完毕立刻出发，计划天亮被人发觉时就已进入胡地了。但他们走了不久却迷了路，天快亮时只前进了三十多里，只好夺路乱跑。

天亮了，侦察的人说裴伷先跑了，都护派了八百名骑兵追赶，裴伷先的妻父可汗又派五百骑兵追来，并告诫追兵说："放过伷先和他的妻子，其他同行的人都杀了，缴获的钱财就赏给你们。"追兵在边塞赶上裴伷先，裴伷先停下队伍与他们交战，部下都与追兵进行了殊死力战。傍晚，两个铁骑果毅战死，杀了追赶的骑兵八百人，然而裴伷先还是失败了。裴伷先和妻子被绑在骆驼上，带到都护府。到了都护府，被戴上手铐脚镣关到一个地牢里，都护把情况上报了。等回报时使者到了，招来几百个流放的人，将他们都杀害了。裴伷先因为奏报没有批回而幸免。武后考虑被流放的人已经死得差不多了，又派使臣安抚被流放的人说："我以前派了十个特使分十道安抚被流放的人，不知道为什么使臣不明白我的用意，擅加杀害，太残暴了，现在追究杀害流放人的使臣，并就地逮捕，把他们带到杀害流放人的地方处斩，以快慰亡魂。那些没死的流放人，或者因为别的事受牵连的，连同他们的家属一律放回。"因此裴伷先才得免死，回到了家乡。

等到唐朝平复，洗雪了裴炎的冤情，赠给他益州大都督的名号，寻找他的后人，裴伷先才出头露面。授给他詹事丞的官职，一年中四次升迁，直到做了秦州都督，又统管桂、广两地。做了一任幽州帅，四任执金吾，一次兼御史大夫，太原、京兆尹、太府卿，共任三品官近四十个职务。他任官期间都有政绩，号为"唐臣"，后来在任工部尚书、东京留守时死去，享年八十六岁。出自《纪闻》。

张文瓘

张文瓘少时，曾有人相云："当为相，然不得堂饭食吃。"及在此位，每升堂欲食，即腹胀痛霍乱，每日唯吃一碗浆水粥。后数年，因犯堂食一顿，其夜便卒。出《定命录》。

袁嘉祚

袁嘉祚为滑州别驾。在任得清状，出官未迁。接萧、岑二相自言，二相叱之曰："知公好踪迹，何乃躁求！"袁惭退，因于路旁树下休息，有二黄衣人见而笑之。袁问何笑，二人曰："非笑公，笑彼二相耳！三数月间并家破，公当断其罪耳。"袁惊而问之，忽而不见。数日，敕除袁刑部郎中。经旬月，二相被收，果为袁公所断。出《定命录》。

齐　瀚

东京玩敲师，与侍郎齐瀚游往。齐自吏部侍郎而贬端州高安县尉。僧云："从今十年，当却回，亦有权要。"后如期，入为陈留采访使。师尝云："侍郎前身曾经打杀两人，今被谪罪，所以十年左降。"出《定命录》。

张守珪

张守珪，曾有人录其官禄十八政，皆如其言。及任括州刺史，疾甚，犹谓人曰："某当为凉州都督，必应未死。"既而脑发疡，疮甚，乃曰："某兄弟皆有此疮而死，必是死。后赠凉州都督。"遂与官吏设酒而别，并作遗书，病五六日

张文瓘

张文瓘年轻时，曾经有人给他相面说："能做宰相，然而不能在堂上吃饭。"等到他真的做了宰相，每次升堂要吃饭，就会肚子发胀甚至闹霍乱，只好每天吃一碗浆水粥。以后过了几年，因为犯忌讳在堂上吃了顿饭，当天晚上就死了。出自《定命录》。

袁嘉祚

袁嘉祚任滑州别驾。在任期间清廉公正，任满未能升迁。有一次迎接萧、岑二宰相时说了希望升迁的意思，二相都呵斥他说："知道你有好的履历，何必这么急呢！"袁嘉祚惭愧只好退下，靠在路旁的树下休息，这时有两个穿黄衣服的人看见他就笑了。袁嘉祚问为什么笑，二人回答说："我们笑那两个宰相罢了！三个月以内他们连家都会破败，你将审判他们的案子。"袁嘉祚惊奇地问怎么回事，但那二人忽然间就不见了。几天后，特敕袁嘉祚为刑部郎中。又过了一个多月，二相被收监，果然由袁嘉祚审断。出自《定命录》。

齐　瀚

东京的玩敲大师与侍郎齐瀚交游往来。齐瀚从吏部侍郎贬官到端州任高安县县尉。有个和尚说："从现在起十年以后，你还会回去，也会任重要官职。"后来真的如期实现了，被提升为陈留采访使。玩敲大师曾说："侍郎前世曾经打死过两个人，现在被贬官抵罪，所以要十年被贬。"出自《定命录》。

张守珪

张守珪，曾有人记录他的官禄十八任，后来都如记录的实现了。等他当了括州刺史，得了重病，还对别人说："我该做凉州都督，一定应验不会死。"后来头部溃烂，生疮很重，他又说："我的兄弟都是得这种病死的，我一定死在这个病上。死后赠凉州都督。"于是与众官吏设酒宴告别，并写了遗书，病了五六天以后

卒。后果赐凉府都督。出《定命录》。

裴有敞

唐杭州刺史裴有敞疾甚，令钱塘县主簿夏荣看之。荣曰："使君百无一虑，夫人早须崇福禳之。"而崔夫人曰："禳须何物？"荣曰："使君娶二姬以压之，出三年则危过矣。"夫人怒曰："此獠狂语，儿在身无病。"荣退曰："夫人不信，荣不敢言。使君合有三妇，若不更娶，于夫人不祥。"夫人曰："乍可死，此事不相当也。"其年夫人暴亡，敞更取二姬。荣言信矣。出《朝野佥载》。

王　超

王超者，尝为汜水县令。严损之曰："公从此为京官讫，即为河北二太守。"后果入为著作郎，出为真定太守，又改为京城守。超又谓汜水令严迥云："公宜修福。"严不信。果被人诉，解官除名，配流而身亡也。出《定命录》。

张齐丘

张齐丘妻怀妊，过期数月不产。谓是病，方欲合药疗之。吴郡尼宝珠见之曰："慎勿服药，后必生一卫佐。"既而果生男。齐丘贵后，恩敕令与一子奉御官。齐丘奏云："两侄早孤，愿与侄。"帝嘉之，令别与两侄六品已下官，齐丘之子，仍与东宫卫佐，年始十岁。出《定命录》。

死了。后来果然赐为凉府都督。出自《定命录》。

裴有敞

唐朝的杭州刺史裴有敞得了重病，他请钱塘县主簿夏荣前来看病。夏荣说："刺史大人任何担心都没有，但夫人早就应该祈福禳灾了。"崔夫人说："消除灾祸须用什么东西？"夏荣说："刺史大人应再娶两房姬妾压祸，过了三年你就没有什么危险了。"夫人气愤地说："这是那老东西胡说八道的话，在我身上没什么病。"夏荣边后退边说："夫人不信，我就不敢说了。刺史大人命中该有三妇，若不再娶，对夫人不好。"夫人说："宁可死，这件事也不该做。"这一年夫人暴病身亡，裴有敞又娶了二妾。夏荣的话是可信的。出自《朝野佥载》。

王　超

王超，曾当过汜水县县令。严迥贬损他说："你从这里当到京官就终止了，此后还可做河北的两个太守。"后来果然入京做了著作郎，又出任真定太守，又改任为京城太守。王超又对汜水县令严迥说："你应该修福。"严迥不信，果然被人所告，解除官名，刺配流放身亡。出自《定命录》。

张齐丘

张齐丘的妻子怀孕，过了产期几个月也没有生产。说是病，正要配药治病。吴郡有个尼姑叫宝珠的看了以后说："千万不要吃药，以后一定会生一个卫佐。"不久果然生了个男孩。张齐丘显贵后，皇帝恩敕命给他一子为奉御官。张齐丘上奏说："有两个侄儿早孤，希望授侄儿官职。"皇帝很赞赏他，令人另外授予两个侄子六品以下的官职，张齐丘的儿子仍然授予东宫卫佐的官职，那年才十岁。出自《定命录》。

冯七言事

陈留郡有冯七者，能饮酒，每饮五斗，言事无不中者。无何，语郡佐云："城中有白气，郡守当死。"太守裴敦复闻而召问。冯七云："其气未全，急应至半年已来。"裴公即经营求改。改后韦恒为太守，未到而卒。人问得应否，曰："未！"寻又张利贞主郡，卒于城中。杜华尝见陈留僧法晃云："开封县令沈庠合改畿令，十五月作御史中丞。"华信之。又遇冯七问焉，冯七云："沈君不逾十日。"皆不之信。经数日，沈公以病告，杜华省之。沈云："但苦头痛，忍不堪。"数日而卒。出《定命录》。

桓臣范

汝州刺史桓臣范自说：前任刺史入考，行至常州，有暨生者，善占事。三日，饮之以酒，醉，至四日，乃将拌米并火炷来，暨生以口衔火炷，忽似神言。其时有东京缑氏庄，奴婢初到，桓问以庄上有事。暨生云："此庄姓卢，不姓桓。"见一奴，又云："此奴即走，仍偷两贯钱。"见一婢，复云："此婢即打头破血流。"桓问今去改得何官，暨生曰："东北一千里外作刺史，须慎马厄。"及行至扬府，其奴果偷两千而去。至徐州界，其婢与夫相打，头破血流。至东京，改瀛州刺史。方始信之。常慎马厄。及至郡，因拜跪，左脚忽痛，遂行不得。有一人云解针，针讫，其肿转剧，连膝焮痛。遂请告，经一百日停官。其针人乃姓马，被上佐械系责之，言马厄者，即此人也。归至东都，于伊阙住，其缑氏

冯七言事

陈留郡有个叫冯七的，能喝酒，每次能喝五斗，他说的事没有不说中的。不多时，他对郡佐说："城中有白气，郡守要死。"太守裴敦复听说这件事以后召见他询问为何。冯七说："那白气还不全，快的话半年就会到来。"裴敦复马上想办法要求改任。改后韦恒任太守，但韦恒还没到郡就死了。有人问冯七是否应验了，冯七说："没有！"随即张利贞主持郡事，死在城中。杜华曾见到陈留的一个叫法晃的和尚说："开封县令沈庠命中应改为京畿令，十五月以后任御史中丞。"杜华相信了。又遇到冯七就问冯七对不对，冯七说："沈君不超过十天就会死。"大家都不信他的话。过了几天，沈庠告病，杜华去探望他。沈庠说："只是头痛得很，实在忍受不了。"几天以后死了。出自《定命录》。

桓臣范

汝州刺史桓臣范自己说：前任刺史进京考核，走到常州，有个双生人很会占卜。一连喝了三天酒，醉了，到第四天，拿来拌米和火炷，双生人口含火炷，忽然间像神仙一样说话。那时东京有缑氏庄，一奴一婢刚从缑氏庄来，桓臣范就问他们庄上的事。双生人说："这个庄姓卢，不姓桓。"见到那个奴仆，又说："这个人要走，还要偷两贯钱。"见到那个奴婢，又说："这个人即将被打得头破血流。"桓臣范问现在去东京将改为什么官职，双生人说："到东北方向一千里以外做刺史，但一定要小心马给你带来的厄运。"走到扬州，那个奴仆果然偷了两贯钱逃跑了。到了徐州地界，那奴婢与别人打架，被打得头破血流。到了东京，改任为瀛州刺史。这才相信了双生人的话。于是便常常提防马给他带来的厄运。等到了郡里，因为拜跪，左脚忽然痛起来，然后就走不了路。有个人说他会用针刺治疗，用针扎完，他的脚肿得更厉害了，连膝盖以下也发烧肿胀，疼痛难忍。于是请病假，过了一百天被停了官。那个用针给治病的人姓马，被上了刑具责问，所说的"马厄"，就是指这个人啊。回到东京，在伊阙暂住，那个缑氏

庄卖与卢从愿。方知诸事无不应者。桓公自此信命，不复营求。出《定命录》。

张嘉贞

张嘉贞未遇，方贫困时，曾于城东路，见一老人卖卜。嘉贞访焉。老人乃粘纸两卷，具录官禄，从始至末，仍封令勿开。每官满，即开看之，果皆相当。后至宰相某州刺史，及定州刺史，病重将死，乃云："吾犹有一卷官禄未开，岂能即死？今既困矣，试令开视。"乃一卷内并书"空"字，张果卒也。出《定命录》。

僧金师

睢阳有新罗僧，号金师，谓录事参军房琬云："太守裴宽当改。"琬问何时，曰："明日日午，敕书必至。当与公相见于郡西南角。"琬专候之。午前有驿使，而封牒到不是，琬以为谬也。至午，又一驿使送牒来，云："裴公改为安陆别驾。"房遽命驾迎僧，身又自去，果于郡西南角相遇。裴召问之，僧云："官虽改，其服不改。然公甥侄各当分散。"及后敕至，除别驾，紫绂犹存，甥侄之徒，各分散矣。出《定命录》。

庄卖给了卢从愿。这才知道那双生人说的话没有不和事实相符的。桓臣范从此相信命运,不再为名利而奔波劳累了。出自《定命录》。

张嘉贞

张嘉贞还没有当官,正贫困的时候,曾经在城东的路上看见一个老人给人算卦。张嘉贞就请他给算算命。那算命老人粘纸两卷,从开始到结束,详细地记下了他的官禄,仍然封好,让他不要打开。张嘉贞每次当官任满,就打开看看,果然都和那纸卷里的记录相符。以后官至宰相,到某州任刺史,直到定州刺史,这时他病重就要死了,便说:“我还有一卷官禄没有打开看,怎么能死了?现在被疾病所困,不妨让人打开看看。”打开一看,卷内写着两个“空”字,张嘉贞果然死了。出自《定命录》。

僧金师

睢阳有个新罗僧,号金师,他对录事参军房琬说:“太守裴宽合当改官。”房琬问什么时候,金师说:“明天中午,皇上的敕令一定会到。我将与你在郡城西南角相见。”房琬第二天专门等候。午前有一个驿使到,而那个公文不是,房琬认为金师说得不对。到了中午,又一个驿使送公文来,说:“裴公改官任安陆别驾。”房琬马上命人迎接金师,自己又亲自去,果然在郡城的西南角相遇了。裴宽召见金师问这件事,金师说:“官职虽然改了,服饰不改。但你的甥侄将各自分散。”到后来皇上的敕令到了,任命为别驾,紫色的官服和品级还保留,甥侄那些人,各自分散了。出自《定命录》。

卷第一百四十八

定数三

韦　氏

唐平王诛逆韦。崔日用将兵杜曲，诛诸韦略尽，绷子中婴孩，亦捏杀之。诸杜滥及者非一。浮休子曰："此逆韦之罪，疏族何辜？亦如冉闵杀胡，高鼻者横死；董卓诛阉人，无须者枉戮。死生命也。"出《朝野佥载》。

张嘉福

唐逆韦之变，吏部尚书张嘉福河北道存抚使，至怀州武陟驿，有敕所至处斩之。寻有敕放。使人马上昏睡，迟行一驿，比至，已斩讫。命非天乎？天非命乎？出《朝野佥载》。

宋　恽

明皇在府之日，与绛州刺史宋宣远兄恽有旧。及登极之后，常忆之，欲用为官。恽自知命薄，乃隐匿外州，缘亲老

韦 氏

唐平王追杀叛逆的韦氏。崔日用率兵到杜曲，把姓韦的几乎都杀光了，就连襁褓里的婴孩也都被掐死。在杜曲被滥杀的人不止一个。浮休子说："这是姓韦的罪过，疏房远族有什么罪？就好像冉闵杀胡人，高鼻子的人也遭惨死；董卓杀阉党，没长胡子的也被枉杀。死生真是命里注定。"出自《朝野佥载》。

张嘉福

唐朝韦氏叛乱，吏部尚书张嘉福兼河北道存抚使，到了怀州武陟馆驿，有敕令要将张嘉福在所到之处斩首。不一会儿又下敕令释放。使臣在马上睡了一觉，晚行了一个驿站的路，等到了，张嘉福已经被斩首。命是天定呢？还是天不定命呢？出自《朝野佥载》。

宋 恽

唐明皇还在王府的时候，曾经和绛州刺史宋宣远的哥哥宋恽有老交情。等到他登上皇位后，经常想念宋恽，想要用宋恽为官。宋恽知道自己命薄，就隐藏在外州，后来因为双亲年迈，

归侍。至定鼎门外，逢一近臣。其人入奏云："适见宋恽。"上喜，遂召入。经十数年，每欲与官，即自知无禄，奏云："若与恽官，是速微命。"后因国子监丞杜幼奇除左赞善大夫，诏令随例与一五品官，遂除右赞善大夫。至夜卒。出《定命录》。

房琯

开元中，房琯之宰卢氏也，邢真人和璞自太山来。房琯虚心礼敬，因与携手闲步，不觉行数十里，至夏谷村。遇一废佛堂，松竹森映。和璞坐松下，以杖叩地，令侍者掘深数尺。得一瓶，瓶中皆是娄师德与永公书。和璞笑谓曰："省此乎？"房遂洒然，方记其为僧时，永公即房之前身也。和璞谓房曰："君殁之时，必因食鱼鲙。既殁之后，当以梓木为棺。然不得殁于君之私第，不处公馆，不处玄坛佛寺，不处亲友之家。"其后谴于阆州，寄居州之紫极宫。卧疾数日，使君忽具鲙，邀房于郡斋。房亦欣然命驾。食竟而归，暴卒。州主命攒椟于宫中，棺得梓木为之。出《明皇杂录》。

孙生

开元末，杭州有孙生者，善相人。因至睦州，郡守令遍相僚吏。时房琯为司户，崔涣自万年县尉贬桐庐丞。孙生曰："二君位皆至台辅。然房神器大宝，合在掌握中；崔后合为杭州刺史。某虽不见，亦合蒙其恩惠。"既而房以宰辅赍册书自蜀往灵武授肃宗，崔后果为杭州刺史。下车访

回家奉养。有一天他在定鼎门外，遇到了唐明皇的一个近臣。那人就进宫奏明说："我刚才见到宋恽了。"唐明皇很高兴，立刻召见。过了十多年，常常想给宋恽个官做，宋恽自知自己没有禄相，回奏说："如果让我当官，就是加速要我的小命。"后来因为国子监丞杜幼奇升为左赞善大夫，唐明皇下诏随惯例授予宋恽五品官，就升为右赞善大夫。到了晚上宋恽就死了。出自《定命录》。

房琯

唐玄宗开元年间，房琯任卢氏县令，邢真人和璞从太山来。房琯虚心相待，以礼相迎，并与和璞携手并肩散步，不知不觉走了几十里，到了一个夏谷村。他们遇到一个废弃的佛堂，这佛堂内松竹茂密，交相掩映。和璞坐在松树下，用手杖敲着地，让侍从挖地深达几尺。挖到一个瓶子，瓶里都是娄师德写给永公的信。和璞笑着对房琯说："你明白吗？"房琯露出惊讶的神情，这才记起自己当和尚时，永公就是自己的前身。和璞对房琯说："你死的时候，一定是因为吃鱼肉而死。死了以后，应该用梓木做棺材。然而不会死在你的家里，也不会死在你的府衙里；还不会死在寺院佛堂中，不会死在亲友的家里。"以后房琯被派到阆州，寄住在阆州的紫极宫。卧病在床几天了，阆州刺史忽然做了鱼肉，邀请房琯到郡斋赴宴。房琯也很愉快地前往赴宴。吃完回来，突然死了。州主下令在紫极宫做了棺材，棺材是用梓木做的。出自《明皇杂录》。

孙生

唐玄宗开元末年，杭州有个孙生，很会给人相面。有一次到了睦州，郡太守让他给部下的僚吏们都相相面。当时房琯为司户，崔涣从万年县的县尉贬到桐庐县做县丞。孙生说："两位的官职都可做到台辅。然而房琯是栋梁之材，应该在皇帝的左右；崔涣以后该当杭州刺史。我虽然见不到，但也能领受到他的好处。"不久，房琯以宰辅的身份带着册书从蜀地前往灵武向肃宗传授旨意，崔涣后来果然当上杭州刺史。他上任访寻

孙生，即已亡旬日矣。署其子为牙将，以粟帛赈恤其家。出《明皇杂录》。

张嘉贞

开元中，上急于为理，尤注意于宰辅，常欲用张嘉贞为相，而忘其名。夜令中人持烛，于省中访其直宿者谁。还奏中书侍郎韦抗。上即令召入寝殿。上曰："朕欲命一相，常记得风标为当时重臣，姓张而重名，今为北方侯伯。不欲访左右，旬日念之，终忘其名。卿试言之。"抗奏曰："张齐丘今为朔方节度。"上即令草诏，仍令宫人持烛，抗跪于御前，援笔而成。上甚称其敏捷典丽，因促命写诏，敕抗归宿省中。上不解衣以待旦，将降其诏书。夜漏未半，忽有中人复促抗入见。上迎谓曰："非张齐丘，乃太原节度张嘉贞。"别命草诏。上谓抗曰："维朕志先定，可以言命矣。适朕因阅近日大臣章疏，首举一通，乃嘉贞表也。因此洒然，方记得其名。此亦天启，非人事也。"上嘉其得人，复叹用舍如有人主张。出《明皇杂录》。

杜暹

杜暹幼时，曾自蒲津济河。河流湍急，时入舟者众，舟人已解缆，岸上有一老人，呼"杜秀才可暂下"，其言极苦。暹不得已往见，与语久之。船人待暹不至，弃襆于岸便发。暹与老人交言未尽，顾视船去，意甚恨恨。是日风急浪粗，忽见水中有数十手攀船没，徒侣皆死，唯暹获存。老人谓

孙生，但孙生已经死了十多天了。就安排孙生的儿子当牙将，并拿了很多粮食布匹赈济抚恤他的家属。出自《明皇杂录》。

张嘉贞

唐玄宗开元年间，皇上急于治理朝政，尤其注意宰相的人选，曾想用张嘉贞为宰相，但忘了他的名字。夜里让宫人持着蜡烛，在各省里寻找当天值宿的是谁。回奏说是中书侍郎韦抗值班。皇上马上召韦抗进寝殿。皇上说：“我想任命一个宰相，常记得他举止风采是今日重臣，这个人姓张名是两个字，现在是北方的侯伯。我不想访问左右文武大臣，这十多天用心想，但还是忘记了他的名字。你说说看是谁。”韦抗回奏说：“张齐丘现在是朔方节度使。”皇上就让他草拟诏书，仍然让宫人拿着蜡烛，韦抗跪在皇帝面前，提笔而成。皇上很称赞他才思敏捷，写得规范漂亮，催着让他写诏书，写就令他回到省中歇息。皇上不解衣睡觉只等天亮就将下达诏书。还不到一个时辰，忽然又有宫人催促韦抗入见皇上。皇上迎着他说：“不是张齐丘，是太原节度使张嘉贞。”又令韦抗另写了份草诏。皇上对韦抗说：“我心里考虑先定下来的，可以说是命啊。刚才我翻阅近几天大臣们的奏疏，拿起来的第一卷，就是张嘉贞的上表。因此惊讶，才记得他的名字。这也是上天启发我，并不是人为。”皇上很称赞他得到了人才，又感叹任用和舍弃好像鬼使神差似的。出自《明皇杂录》。

杜　暹

杜暹年幼时，曾从蒲津渡河。河流水势湍急，当时上船的人很多，撑船的人已经解开缆绳，这时岸上有一个老人招呼“杜秀才可暂时下来”，老人苦苦要求。杜暹没办法只好下船见他，同老人说了很长时间。船上的人等杜暹等得不耐烦，把他的包袱扔到岸上便开船了。杜暹和老人交谈没完没了，回头看船已经开走了，心里挺怨恨这个老人。那天风急浪大，忽然发现水中有几十只手攀在沉没的船上，同伴们都死了，只有杜暹幸存下来。老人对

暹曰："子卿业贵极，故来相救。"言终不见。暹后累迁至公卿。出《广异记》。

郑虔

开元二十五年，郑虔为广文博士。有郑相如者，年五十余，自陇右来应明经，以从子谒虔。虔待之无异礼。他日复谒，礼亦如之。相如因谓虔曰："叔父颇知某之能否？夫子云：'其或继周者，虽百世可知也。'某亦庶几于此。若存孔门，未敢邻于颜子，如言偃、子夏之徒，固无所让。"虔大异之，因诘所验，其应如响。虔乃杜门，累日与言狎。因谓之曰："若然，君何不早为进取，而迟暮如是？"相如曰："某来岁方合成名，所以不预来者，时未至耳。"虔曰："君当为何官？"曰："后七年，选授衢州信安县尉，秩满当卒。"虔曰："吾之后事，可得闻乎？"曰："自此五年，国家当改年号。又十五年，大盗起幽蓟，叔父此时当被玷污。如能赤诚向国，即可以迁谪；不尔，非所料矣。"明年春，相如果明经及第。后七年，调改衢州信安尉。将之官，告以永诀，涕泣为别。后三年，有考使来，虔问相如存否，曰："替后数月，暴终于佛寺。"至二十九年，改天宝。天宝十五年，安禄山乱东都，遣伪署西京留守张通儒至长安，驱朝官就东洛。虔至东都，伪署水部郎中。乃思相如之言，佯中风疾，求摄市令以自污，而亦潜有章疏上。肃宗即位灵武，其年东京平，令三司以按受逆命者罪。虔以心不附贼，贬温州司户而卒。出《前定录》。

杜暹说："你的业根贵重得很，所以才来相救。"说完就不见了。杜暹后来多次升官做到了公卿。出自《广异记》。

郑虔

唐玄宗开元二十五年，郑虔为广文博士。有个叫郑相如的，五十多岁了，从陇右来应明经科考，以侄子的身份拜谒郑虔。郑虔待他也没有特殊的礼节。过些天再拜谒，礼节也同前次相同。郑相如因此对郑虔说："叔父知道我能考中吗？孔夫子说：'那能继承周朝的朝代，即使百代也是可以预见的。'我也差不多这样。若是孔门还在，不敢和颜渊比，但要说言偃、子夏那些人，我还是不比他们差。"郑虔非常惊异，就询问他有什么证明，他反应迅捷，如声回响。郑虔于是闭门谢客，整天和他交谈很投机。趁机对他说："若像你说的那样，你为什么不早点科考而求进取，到这么晚了才参加科考？"郑相如说："我来年才该成名，之所以不早来，是因为时间没有到。"郑虔说："你该当什么官呢？"郑相如说："再过七年，将被选授衢州信安县尉，任期到了就该死了。"郑虔说："我今后的事，可以说给我听听吗？"郑相如说："从这以后五年，国家当改年号，再过十五年，在幽蓟一带将起大盗，叔父您这时也会被玷污。如果能对国家忠心赤诚，还可以迁谪；不然，就不是我所预料的了。"第二年春天，郑相如果然明经科考中。以后七年，调动改任为衢州信安县尉。即将去赴任时，来告诉郑虔将永远诀别了，然后就流泪告别了。三年以后，有个考察使来，郑虔问郑相如还在不在，那人说："上任后几个月，得急病死在佛寺。"到开元二十九年，唐玄宗改年号为天宝。天宝十五载，安禄山在东都洛阳叛乱，派伪署官西京留守张通儒到长安，驱逐唐朝的官员到东都洛阳。郑虔到了东都，作了伪署水部郎中。他想到郑相如的话，假装疯癫，要求把他拉到街市上让他自己弄污自己，但又偷偷上奏疏给皇上。肃宗在灵武即位，那年东京也已平息叛乱，令三司审理叛乱的人的罪行。郑虔因为身在敌营而心不附和叛贼，被贬职做了温州司户而后死在任上。出自《前定录》。

崔圆

崔相国圆，少贫贱落拓，家于江淮间。表丈人李彦允为刑部尚书。崔公自南方至京，候谒，将求小职。李公处于学院，与子弟肄业，然待之蔑如也。一夜，李公梦身被桎梏，其辈三二百人，为兵杖所拥，入大府署，至厅所，皆以姓名唱入，见一紫衣人据案，彦允视之，乃崔公也，遂于阶下哀叫请命。紫衣笑曰："且收禁。"惊觉甚骇异，语于夫人。夫人曰："宜厚待之，安知无应乎！"

自此优礼日加，置于别院，会食中堂。数月，崔公请出，将求职于江南。李公及夫人因具盛馔，儿女悉坐。食罢，崔公拜谢曰："恩慈如此，不如何以报效？某每度过分，未测其故，愿丈人示之。"李公笑而不为答。夫人曰："亲表侄与子无异，但虑不足，亦何有恩慈之事！"李公起，夫人因谓曰："贤丈人昨有异梦，郎君必贵。他日丈人迍难，事在郎君，能特达免之乎？"崔公曰："安有是也？"李公至，复重言之。崔公踧踖而已，不复致词。李公云："江淮路远，非求进之所。某素熟杨司空，以奉托。"

时国忠以宰相领西川节度。崔既谒见，甚为杨所礼，乃奏崔公为节度巡官，知留后事。发日，李公厚以金帛赠送。至西川，未一岁，遇安禄山反乱，玄宗播迁，遂为节度使，

崔圆

相国崔圆，少年时家境贫寒、穷困落拓，家住在江淮一带。他的表丈人李彦允任刑部尚书。崔圆从南方来到京城，等候拜见李彦允，要让他给谋求个小职务。李彦允当时在学院里，正与学生们研习学业，对待崔圆很轻视。一天晚上，李彦允做了一个梦，梦到自己身上戴着刑具，有二三百个人，被执杖的士兵簇拥着来到一个大官府里，到了大厅前面，都被高声念着姓名传呼进去，只见一个穿紫袍的人坐在案前，李彦允一看，原来是崔圆，于是就在台阶下哀声大叫饶命。穿紫袍的人笑着说："暂且关押起来。"李彦允惊醒后又奇怪又害怕，告诉了夫人。夫人说："应该好好招待他，怎么知道不应验呢！"

从此以后对待崔圆一天比一天好起来，让他住到另一个院落里，每天都在中堂请他吃饭。住了几个月，崔圆请求离开，说要到江南一带找个职务。李彦允和夫人趁这个机会准备了丰盛的菜肴，儿女也都围坐在桌边一起吃饭。吃完饭，崔圆拜谢说："您对我恩重如此，不知道将来怎么报答呢？我常想，对我优待有点过分了，不知道什么原因，请丈人明白地说出来。"李彦允只是笑不回答。夫人说："亲表侄和自己的儿子一样，只怕考虑不周，有什么恩惠、慈爱的事！"李彦允这时起来上厕所，夫人趁机说："你的好丈人昨天做了一个怪梦，说你将来一定会当大官。以后说不定什么时候你丈人受困遭难，事情在你的管辖范围内，能不能网开一面，特别给予减免呢？"崔圆说："哪能有那样的事？"李彦允回来，重复说了夫人的话。崔圆惶恐不安，手足无措，不知道说什么才好。李彦允说："江淮离这里太远，并且也不是谋求上进的地方。我平常和杨司空较熟，我已经托付他了，到他那里谋个职务吧。"

当时杨国忠以宰相衔领西川节度使。崔圆前去拜见，杨国忠非常礼待他，就奏明皇上任命崔圆为节度巡官，并掌管留后事。崔圆临上任那天，李彦允又送给他很多钱财玉帛。到西川还不到一年，正赶上安禄山造反，玄宗迁徙，就让崔圆当了节度使。

旬日拜相。时京城初克复，胁从伪官陈希烈等并为诛夷。彦允在数中，既议罪。崔公为中书令，详决之，果尽以兵仗围入，具姓名唱过，判云准法。至李公，乃呼曰："相公记昔年之梦否？"崔公颔之，遂判收禁。既罢，具表其事，因请以官赎彦允之罪。肃宗许之，特诏免死，流岭外。出《逸史》。

又过了十来天，拜为宰相。当时京城刚刚收复，胁从安禄山的官员陈希烈等人都要一并诛杀，李彦允也在其中，已经定罪。崔圆那时是中书令，详细审定，果都派兵包围捉了起来，全都点过了姓名，宣判依法治罪。轮到李彦允，李彦允高呼："宰相记得当年说的那个梦吗？"崔圆点了点头，然后就判他先关押起来。事过之后，崔圆上表奏明其事，并请求拿自己的官职赎李彦允的罪过。肃宗批准了表奏，特别下了诏书免除李彦允的死罪，流放到岭外。出自《逸史》。

卷第一百四十九
定数四

麴思明

赵冬曦任吏部尚书。吏部参选事例,每年铨曹人吏,旧例各合得一员外。及论荐亲族,众人皆悉论请。有令史麴思明一人,二年之内,未尝有言。冬曦谓曰:“铨曹往例,各合得一官,或荐他人亦得。”思明又不言,但唯而退。冬曦益怪之。一日又召而谓曰:“以某今日之势,三千余人选客,某下笔,即能自贫而富,舍贱而贵,饥之饱之,皆自吾笔。人人皆有所请,而子独不言,何也?”思明曰:“夫人生死有命,富贵关天。官职是当来之分,未遇何以怅然?三千之人,一官一名,皆是分定,只假尚书之笔。思明自知命未亨通,不敢以闲事挠于尚书。”冬曦曰:“如子之言,当贤人也,兼能自知休咎耶?”思明曰:“贤不敢当。思明来年,始合于尚书下授一官,所以未能有请也。”冬曦曰:“来年自授何官?”思明曰:“此乃忘之矣!”冬曦曰:“如何?”思明曰:

麹思明

赵冬曦担任吏部尚书。吏部参选成例，每年选拔官员，按照惯例应该各选拔一个员外。等到议论推荐自己的亲族，大家都请求推荐。有个叫麹思明的令史，两年之内，未曾听说他推荐自己或别人。赵冬曦对他说："选拔官员的惯例，各府署应该得到一个官位，或者推荐别人也可以。"麹思明还是不提出请求，只唯唯答应着就退出了。赵冬曦更加觉得奇怪。一天又召他来对他说："凭我现在的权势，在三千多人的选客中，只要我动动笔，就能从贫到富，丢弃贫贱得到富贵，或饥或饱，都决定在我这支笔上。每个人都有所请求，然而唯独你不说话，是什么原因呢？"麹思明说："人的生死自有命运，富贵关乎天定。官职应该来就来了，没有当上何必惆怅呢？三千多人，一官一名，这都是命中注定了的，只是借了尚书您的笔。我自己知道我的命运还没亨通，所以不敢拿闲事来打扰您。"赵冬曦说："如果像你说的那样，你当是个贤人，能自己知道祸福呢？"麹思明说："贤人不敢当。我来年，才应当在尚书下被授予一官，所以还不能有请求。"赵冬曦说："来年将当什么官？"麹思明说："这个事我忘了！"赵冬曦说："为什么这样？"麹思明说：

“今请于阶下书来年于尚书下授官月日，及请授俸料多少，亦请尚书同封记。请坏厅上壁，内书记，却泥封之。若来年授官日，一字参差，请死于阶下。”乃再拜而去。冬曦虽不言，心常怪之妄诞，常拟与注别异一官。

忽一日，上幸温泉，见白鹿升天，遂改会昌县为昭应，敕下吏部，令注其官。冬曦遂与思明注其县焉。及事毕，乃召而问之曰：“昨上幸温泉，白鹿升天，改其县为昭应，其县与长安万年不殊，今为注其官。子且妄语，岂能先知此乎？”思明拜谢曰：“请尚书坏壁验之。”遂乃拆壁开封，看题云：来年某月日，上幸温泉，改其县为昭应，蒙注授其官。及所请俸料，一无差谬。冬曦甚惊异之。自后凡有事，皆发使问之，莫不神验。冬曦罢吏部，差人问思明，当更得何官。思明报云：“向西得一大郡。”且却后旬日，上召冬曦，问江西风土。冬曦奏对称旨，乃曰：“冬曦真豫章父母。”遂除江南观察使。到郡之后，有事发使问之，无不克应。却后二年，疾病危笃。差人问之，思明报云：“可部署家事。”冬曦知其不免，其疾危困而卒。出《会昌解颐》。

马游秦

吏部令史马游秦，开元中，以年满当选。时侍郎裴光庭，以本铨旧吏，问其所欲，游秦不对。固问之，曰：“某官已知矣，不敢复有所闻。”光庭曰：“当在我，安得之？”游秦不

"现在请让我在阶下写下来年在尚书手下授官的月日，以及授俸禄多少，再请尚书一同封存。请在您的客厅的墙上挖开一小块，在里面藏上这些字记，再找泥封上。假如来年授官的日期有一字之差，我就请求死在这阶下。"然后再拜离开了。赵冬曦嘴上没说什么，可心里却怪他太狂妄荒诞了，常常想另外签署别人做官。

忽然有一天，皇上临幸温泉，看见白鹿升天，于是改会昌县为昭应县，敕令下达到吏部，令批注那里的官。赵冬曦马上就给麹思明批注到那个县去了。等到这事完结，就召麹思明来问他说："昨天皇上去温泉，白鹿升天，改那里的县名叫昭应，那个县和长安万年县不同，现在我已经为你登记到那里当官了。你说的话是瞎话吧，怎么能预先知道呢？"麹思明拜谢说："请尚书您把墙挖开检验一下吧。"赵冬曦于是拆了墙壁打开封记验看，只见麹思明写道：来年某月日，皇上到温泉，改其县为昭应，蒙签授其官。还有所授的俸禄，没有一点儿差错。赵冬曦非常惊异。从这以后有什么事，都派人去问麹思明，没有不像神灵那样应验的。赵冬曦被免去吏部尚书的职务，派人去问麹思明，该再改做什么官。麹思明回报说："向西将在一个大郡做官。"过了十多天，皇上召见赵冬曦，问他江西地方的风土人情。赵冬曦回答很符合皇上的心意，就说："冬曦真是豫章的父母啊。"于是提升他做江南观察使。到郡府之后，有事还要派使臣去问麹思明，没有一次不应验的。又过了两年，赵冬曦得病很重。派人问麹思明，麹思明回报说："可以安排家事了。"赵冬曦知道自己不会好了，直到病重而死。出自《会昌解颐》。

马游秦

吏部令史马游秦，唐玄宗开元年间，因任期年满应当另选派官。当时的侍郎裴光庭，按老规矩从旧官吏中选拔，问马游秦想做什么官职，马游秦不回答。裴光庭一再追问，马游秦才说："我已经知道自己要当什么官了，不敢再说什么了。"裴光庭说："你担当什么官应该由我决定，你怎么会知道呢？"马游秦不

答，亦无惧色。光庭怒曰："既知可以言乎？"游秦曰："此可志之，未可言之。"乃命疏其目，藏于楹栋之间，期注唱后而发之。后老君见于骊山，銮舆亲幸其地，因改会昌县为昭应县。光庭以旧无昭应之名，谓游秦莫得而知也，遂补其县录事。及唱官之日，发栋间所志之书，则如其言尔。出《前定录》。

萧华

萧华虽陷贼中，李泌尝荐之。后泌归山，肃宗终相之。唯举薛胜掌纶诰，终不行。或问于泌，泌云："胜官卑，难于发端。"乃置其《拔河赋》于案，冀肃宗览之，遂更荐。肃宗至，果读之，不称旨，曰："天子者君父，而以'天子玉齿'对'金钱荧煌'乎？"他日复荐，终不得，信命也。出《感定录》。

一行

沙门一行，开元中尝奏玄宗云："陛下行幸万里，圣祚无疆。"故天宝中幸东都，庶盈万数。及上幸蜀，至万里桥，方悟焉。出《传载》。

术士

玄宗时有术士，云："判人食物，一一先知。"公卿竞延接。唯李大夫栖筠不信，召至谓曰："审看某明日餐何物？"术者良久曰："食两盘糕糜，二十碗橘皮汤。"李笑，乃遣厨司具馔，明日会诸朝客。平明，有敕召对。上谓曰："今日

回答，脸上也没害怕的神色。裴光庭气愤地说：“既然知道，可以说说吗？”马游秦说：“这事可以记下来，不能说出来。”就让他写出做什么官，收藏在楹栋之间，等到批注宣布之后再拿出来。后来太上皇到骊山，亲自乘着銮驾到了那个地方，就改会昌县为昭应县。裴光庭认为以前没有昭应县的名称，马游秦没有办法知道，就补马游秦为昭应县录事。等到公布任命官职敕令那天，把藏在楹栋里所记下来的文书打开一看，则与马游秦所说的一样。出自《前定录》。

萧　华

萧华虽然身陷贼中，但李泌曾经推荐过他到朝廷做官。后来李泌上山归隐，肃宗最终请萧华做了宰相。萧华推举薛胜掌皇上的文书诏令，却始终不被任用。有一次萧华去问李泌，李泌说：“薛胜官运太低，很难做大官。”后来萧华就把他写的《拔河赋》放在书案上，希望肃宗看到，能再一次推荐。肃宗来了，果然读了《拔河赋》，可是不合自己的心意，说：“天子好比你们的父亲，怎么能以‘天子玉齿’对‘金钱荧煌’呢？”以后又推荐，终不得任用，于是信命了。出自《感定录》。

一　行

一行和尚，开元年间曾上奏玄宗说：“陛下行万里路，就会圣福无疆。”所以在天宝年间，玄宗到了东都，百姓达到上万。等他到了蜀地，走到万里桥，才领悟了一行的话。出自《传载》。

术　士

唐玄宗时，有一个术士说：“判断别人吃什么东西，全都能预先知道。”宫中的公卿大人们都争着请他。只有大夫李栖筠不信他的话，把术士招来问他说：“你仔细判断下，看看我明天吃什么东西？”术士思考了半天才说：“吃两盘黏糕，喝二十碗橘皮汤。”李栖筠笑了，便让厨师准备饭菜，第二天宴请朝中大臣们。第二天天一亮，有诏书下来让李栖筠进宫。皇上对他说：“今天

京兆尹进新糯米，得糕糜，卿且唯吃。”良久，以金盘盛来，李拜而餐，对御强食。上喜曰：“卿吃甚美，更赐一盘。”又尽。既罢归，腹疾大作，诸物绝口，唯吃橘皮汤，至夜半方愈。忽记术士之言，谓左右曰：“我吃多少橘皮汤？”曰：“二十碗矣。”嗟叹久之，遽邀术士，厚与钱帛。出《逸史》。

杜鹏举

杜相鸿渐之父名鹏举，父子而似兄弟之名，盖有由也。鹏举父尝梦有所之，见一大碑，云是宰相碑，已作者金填其字，未者刊名于柱上。“有杜家儿否？”曰：“有。”任自看之。视之，记得姓下有鸟偏旁曳脚，而忘其字，乃名子为鹏举。而谓之曰：“汝不为相，即世世名字，当鸟旁而曳脚也。”鹏举生鸿渐，而名字亦前定矣，况其官与寿乎？出《集话录》。

李栖筠

李大夫栖筠未达，将赴选。时扬州田山人，烟霞之士也，颇有前知。往见之，问所得官。答曰：“宣州溧阳尉。”李公曰：“某朝列之内，亦有亲故，所望之官，实不至此。”良久曰：“胜则不可。某亦未审，将一书与楚州白鹤观张尊师，师当知矣。”李公至，寻得观院，蒿蓁塞径，若无人居。扣门良久，方有应者，乃引入，见张生甚古。叟曰：“田子无端，

京兆尹刚进献了新糯米，做了黏糕，你只管吃吧。”好半天，用金盘盛了过来，李栖筠拜谢后就吃，面对皇上勉强吃下去。玄宗皇帝很高兴，说：“我看你吃得挺香，再给你一盘。”又吃光了。吃完回府，肚子痛得很厉害，什么东西也吃不下去，只有喝橘皮汤才行，直到半夜肚子才好。他突然想起术士的话，对左右侍奉的人说：“我喝了多少橘皮汤？”左右的人回答说：“二十碗了。”李栖筠长吁短叹了很长时间，马上邀请术士前来，送给了他很多财物。出自《逸史》。

杜鹏举

宰相杜鸿渐的父亲名叫杜鹏举，父子的名像兄弟的名，这是有缘由的。杜鹏举的父亲曾做过一个梦，在梦中他到过一个地方，看见一座大碑，说是宰相碑，已经当了宰相的用金字填写在碑上，还未做宰相的，把名字刻在柱子上。他问：“有杜家的子弟吗？”回答说：“有。”让他自己随便看。他看下去，只记得姓的下面有鸟，偏旁拽脚，但忘了是什么字，于是给儿子取名叫鹏举。对他说：“你不是宰相，就代代所起名字，当鸟字旁边有拽脚。”鹏举生下鸿渐，连名字也是以前定好的，况且官职和寿命呢？出自《集话录》。

李栖筠

大夫李栖筠还没有显达时，将要进京参加选官。当时扬州有个姓田的山人，是出名的隐士，很有预见的能力。李栖筠就前往去拜访他，问自己将得到什么官职。田山人回答他说：“可做宣州溧阳县县尉。”李栖筠说：“我在朝廷的大臣里面也有亲戚和朋友，所希望得到的官职，实在不仅仅是这么个小官。”田山人好半天才说：“官太大不行。不过我也不能清楚地知道，我将写一封信给楚州白鹤观的张尊师，张尊师能知道。”李栖筠到了楚州，找到白鹤观，那里蒿草和榛木塞满了道路，好像没有人住似的。敲门敲了半天，才有人应答，开门人把李栖筠领进去，看到了张尊师，是个年岁很大的老人。老人说：“姓田的无缘无故，

妄相告郎君语。郎君岂不要知官否,彼云何?”曰:“宣州溧阳尉。”曰:“否,魏州馆陶主簿。然已后任贵,声华烜赫,无介意于此也。”及到京,授溧阳尉,李公惊异,以为张道士之言不中。数日,敕破铨注,改馆陶主簿,乃知田张相为发明。后两人皆不知所之。田生弟作江州司马,名士颙。出《逸史》。

杜思温

贞元初,有太学生杜思温,善鼓琴。多游于公侯门馆。每登临宴,往往得与。尝从宾客夜宿城苟家觜。中夜山月如画,而游客皆醉,思温独携琴临水闲泛。忽有一叟支颐来听。思温谓是座客,殊不回顾。及曲罢,乃知非向者同游之人,遽置琴而起。老人曰:“少年勿怖,余是秦时河南太守梁陟也,遭难,身没于此中。平生好鼓琴,向来闻君抚琴,弦轸清越,故来听耳。知音难遇,无辞更为我弹之。”思温奏为《沉湘》。老人曰:“此弄初成,吾尝寻之,其间音指稍异此。”思温因求其异。随而正之,声韵涵古,又多怨切,时人莫之闻也。叟因谓思温曰:“君非太学诸生乎?”曰:“然。”叟曰:“君何不求于名誉,而常为王门之伶人乎?”思温竦然曰:“受教。”且问穷达之事。叟曰:“余之少子,主管人间禄籍,当为君问之。此后二日,当再会于此。”至期而思温往见,叟亦至焉。乃告曰:“惜哉!君终不成名,亦无正官。然有假禄在巴蜀,一十九年,俸入不绝。然慎勿为

对你胡乱讲了一些话。你不是要知道是否当什么官,他怎么说的?”李栖筠说:“他说我将做宣州溧阳县尉。”老人说:“不对,将做魏州馆陶主簿。但是以后就会任显贵的官,声名显赫,不要介意现在的小官。”等到了京城,被授予溧阳县尉,李栖筠感到惊异,以为张道士的话不准。过了几天,皇上下敕令废除前面的选官批注,改为馆陶主簿,这才明白田、张两个说的都得到了印证。后来两个人都不知道去向。田山人的弟弟做江州司马,名叫士颙。出自《逸史》。

杜思温

唐德宗贞元初年,有个太学生杜思温,擅长弹琴。多半时间都在公侯门馆里游乐。每次赴宴弹奏,常常得到大家赞赏。曾随宾客们在城外的苟家觜夜宿。半夜,山林幽静月光如银,真是美丽如画,游客们都醉了,唯独杜思温带着琴在水边弹奏。忽然有个老人手支面颊来听。杜思温以为是座上客,没特意回头看。等曲子弹完,才知道那老人并不是以前的游客,马上放下琴站起来。老人说:“少年不要慌,我是秦朝时的河南太守梁陟,遭遇祸患,死在这里。我平生喜欢弹琴,以前听你弹琴,声音清新悦耳,所以来听听。人这一生很难遇到知音,请不要推辞再给我弹奏一曲吧。”杜思温又给他弹了一首《沉湘》。老人说:“这支曲子刚写成时,我也曾试着弹过,其中有些音符指法和你弹的稍有不同。”杜思温就请他指出不同的地方。接着就纠正了,声韵古朴典雅,又含有凄怨的情调,是当时的人没有听到过的。老人就问杜思温说:“你不是太学生吗?”回答说:“是。”老人说:“你为什么不求点功名,反而常常做王侯们的伶人呢?”杜思温恭敬地问:“请指教。”然后又问有关穷富官运等事。老人说:“我的小儿子主管人间俸禄名册,我会给你问问。这以后两天,再在这儿相会。”到了那天,杜思温前往见面的地点,老人也到了。老人告诉他说:“太可惜了! 你最终不能成名,也当不上真正的官。但会在巴蜀有俸禄无官职,共十九年,收入不断。但要小心不要做

武职，当有大祸，非禳所免。志之志之！”言讫，遂不见。

思温明年又下第，遂罢举，西游抵成都，以所艺谒韦令公。公甚重之，累署要籍，随军十七八年，所请杂俸，月不下二万。又娶大将军女，车马第宅甚盛。而妻父尝欲思温在辕门，思温记老人之言，辄辞不就。后二日，密请韦令公，遂补讨击使，牒出方告，不敢复辞。而常惧祸至，求为远使，竟不果。及刘辟反叛时，思温在鹿头城。城陷，为官军所杀，家族不知所在也。出《前定录》。

柳及

柳及，河南人，贞元中进士登科殊之子也。家于澧阳，尝客游至南海。元帅以其父有名于搢绅士林间，俾假掾于广。未几，娶会长岑氏之女。生一男，名甑甑。及以亲老家远，不克迎候，乃携妻子归宁于澧阳。未再岁后，以家给不足，单车重游南中。至则假邑于蒙，于武仙再娶沈氏。

会公事之郡，独沈氏与母孙氏在县廨。时当秋，夜分之后，天晴月皎。忽于牖中见一小儿，手招沈氏曰：“无惧无惧，某儿郎子也。”告说事状，历然可听。沈氏以告其母。母乃问是何人，有何所请。答曰：“某甑甑也，以去年七月身死，故来辞别。凡人夭逝，未满七岁者，以生时未有罪状，不受业报。纵使未即托生，多为天曹权禄驱使。

武官，做了武官，就当有大祸，并不是祈福就能免除的。记住记住！”说完，就不见了。

杜思温第二年又没考中，于是不考了，往西游历到成都，凭他弹琴的技艺拜见了韦令公。韦令公很看重他，多次把他的名字写在重要官员的名册上，随军十七八年，所得到的各种俸禄，每月都不少于二万。又娶了大将军的女儿，车马宅第都很多。但他的岳父常想让杜思温在军营里谋个职务，杜思温牢记老人的话，坚决推辞不干。过了两天，大将军偷偷地请求韦令公，于是就给杜思温补了个讨击使的职务，公文已经发出了才告诉杜思温，杜思温也不敢再推辞了。但他还是常常害怕大祸到来，要求做远方的讨击使，竟不答应。等到刘闢反叛朝廷时，杜思温正好在鹿头城。城被攻陷，杜思温也被官军所杀，家属也不知道在什么地方了。出自《前定录》。

柳　及

柳及是河南人，唐德宗贞元年间登科的进士柳殊的儿子。家在澧阳，曾经客游到南海。元帅因为他父亲在官僚士绅中很有名望，就让他在广州做了个代理署员。不久，娶了会长岑家的女儿。生了一个男孩，取名甑甑。柳及因为双亲离家太远，不能接来一起住，便带着妻和子回到澧阳安居。还没过第二年，又因为家里供给不足，自己乘了辆车重游南海。到了以后在蒙山做了代理县长，在武仙又娶了沈氏。

一次，柳及赶上公事去了郡城，独有沈氏和她的母亲在县里的官舍里住着。当时正是秋天，夜半之后，晴空月明。忽然在窗口看见一个小孩，用手招呼沈氏说：“不要怕，不要怕，我是你丈夫的孩子。”他先说事情的原委，都清清楚楚听得明白。沈氏把这事告诉了她的母亲。她母亲就问那小孩是什么人，有什么要求。小孩回答说：“我叫甑甑，去年七月死的，所以来辞别。凡是夭折的，没有满七岁，因为活着的时候没有什么罪过，就不受什么报应。即使不能马上托生，大多数被天曹有权势的人所驱使。

某使当职役，但送文书来往地府耳。天曹记人善恶，每月一送地府，其间有暇，亦得闲行。”沈氏因告曰：“汝父之郡会计，亦当即至。”俄尔及归，沈氏具告。及固不信，曰：“荒徼之地，当有妖怪，假托人事，殆非山精木魅之所为乎？”其夕，即又于牖间以手招及。及初疑，尚正辞诘之，乃闻说本末，知非他鬼，乃歔欷涕泗，因询其夭横之由。答曰：“去年七月中，戏弄得痢疾，医药不救，以至于此，亦命也。今为天曹收役，亦未有托生之期。”及曰：“汝既属冥司，即人生先定之事可知也。试为吾检穷达性命，一来相告。”答云：“诺。”后夕乃至，曰：“冥官有一大城，贵贱等级，咸有本位，若棋布焉。世人将死，或半年，或数月内，即先于城中呼其名。”时甑甑已闻呼父名也，辄绐而对。既而私谓沈氏曰：“阿爷之名，已被呼矣，非久在人间。他日有人求娶沈氏者，慎勿许之。若有姓周，职在军门者，即可许之，必当偕老，衣食盈羡。”其余所述近事，无不征验。后一夕又来曰：“某以拘役有限，不得到人间，从此永诀矣。”言词凄怆，歔欷而去。

后四月，及果卒。沈氏寻亦萍泊南海。或有求纳者，辄不就。后有长沙小将姓周者，部本郡钱帛，货殖于广州，求娶沈氏。一言而许之，至今在焉。平昌孟弘微与及相识，具录其事。出《前定录》。

我也当了差役，只送文书来往于地府间。天曹记录人间的善和恶，每月都送给地府一次，这其间有空暇的时间，也可以闲溜一会儿。”沈氏就告诉他说：“你父亲去郡城处理事务，应当马上就回来了。”不久柳及回来，沈氏就把事情全都告诉了柳及。柳及坚决不信，说：“荒远之地，该是有妖怪假托人事，怎么知道不是山精木魅干的事呢？”这天晚上，又在窗户间看见那小孩用手招呼柳及。柳及开始怀疑，还义正词严地盘问他，等那小孩把来龙去脉都说出来，才知道他不是别的鬼，就哽咽涕泣，又问他夭折横死的原因。小孩回答说：“去年七月中，我玩耍得了痢疾，医药都救治不了，就死了，这也是命啊。现在被天曹收我做差役，也不知道什么时候能托生。”柳及说：“你既然属于冥司，那么人生先定的事是会知道的。能不能给我查一下穷富命运生死的事，知道了就来告诉我。”小孩回答说：“好。”第二天晚上小孩来了，说：“冥府有一座大城，贵贱等级，都有自己的位置，好像棋子那样分布。世间的人将要死时，或者半年，或者几个月内，就先在城中招呼他的名字。”当时小孩已经听到呼叫父亲的名字了，就编了个谎话回复了父亲。然后小孩偷偷地对沈氏说：“我父亲的名字已经在冥府里被呼叫过了，不能在人间活多长时间。以后有人求娶你，要谨慎小心不能随意答应。如果有姓周的，职务在军队里，就可以答应了，一定会白头偕老，衣食充足。”小孩所说的最近发生的事，没有不应验的。后来有一天晚上又来说：“我因为拘役有限，不能再到人间来了，从此永别了。”言语凄惋悲怆，哽咽着走了。

过了四个月以后，柳及果然死了。沈氏也在不久后漂泊在南海一带。有向她求婚的，都没有答应。后来有个长沙小将姓周，拿本郡的钱财，在广州做买卖，求娶沈氏。一说就同意了，到现在他们还在。平昌的孟弘微与柳及认识，把他的事都记录了下来。出自《前定录》。

韦　泛

韦泛者，不知其所来。大历初，罢润州金坛县尉，客游吴兴，维舟于兴国佛寺之水岸。时正月望夜，士女繁会。泛方寓目，忽然暴卒。县吏捕验，其事未已，再宿而苏。云："见一吏持牒来，云：'府司追。'遂与之同行。约数十里，忽至一城，兵卫甚严，入见多是亲旧往还。泛惊问吏曰：'此何许也？'吏曰：'此非人间也。'泛方悟死矣。俄见数骑呵道而来，中有一人，衣服鲜华，容貌甚伟。泛前视之，乃故人也。惊曰：'君何为来此？'曰：'为吏所追。'其人曰：'某职主召魂，未省追子。'因思之曰：'嘻，误矣！所追者非追君也，乃兖州金乡县尉韦泛也！'遽叱吏送之归。泛既喜得返，且恃其故人，因求其禄寿。其人不得已，密谓一吏，引于别院，立泛于门。吏入，持一丹笔来，书其左手曰：'前杨复后杨，后杨年年强。七月之节归玄乡。'泛既出，前所追吏亦送之。"既醒，具述其事。沙门法宝好异事，尽得其实，因传之。后六年，以调授太原杨曲县主簿，秩满至京师。适遇所亲与盐铁使有旧，遂荐为杨子县巡官，在职五年。建中元年六月二十八日，将赴选，以暴疾终于广陵旅舍，其日乃立秋日也。出《前定录》。

韦泛

韦泛，不知道他从哪里来。唐代宗大历初年，被撤去润州金坛县尉的职务，游历到吴兴，在兴国佛寺水边停了船。当时正是正月十五，众多善男信女们聚会在寺庙里。韦泛刚要游览一番，忽然死去。县吏和捕快来验尸，但还有气息，过了一宿苏醒了。他说："看见一个小吏拿着公文过来，说：'府司让你去问话。'于是就和他同行。估计走了十多里地，忽然来到一座城市，兵卫森严，进城以后见到的大多是亲朋旧友来来往往着。韦泛吃惊地问那小吏说："这是什么地方啊？"小吏说：'这不是人间。'韦泛才明白自己已经死了。不一会儿见到几个骑马的人喝令路人开道跑过来，其中有个人衣服光鲜华丽，容貌伟岸。韦泛走上前一看，原来是老朋友。那人吃惊不小，说：'你为何到这里来了？'韦泛说：'被小吏抓来的。'那人说："我的职能是主管招魂，不知道追了你的魂。'就思考了一会儿说："哈！错了！要追的人并不是你，是兖州金乡县尉韦泛！'马上呵斥小吏赶快送韦泛回去。韦泛既高兴能返回，又倚仗他是老朋友，就趁机求他说说自己的官禄和寿命怎样。那人没办法，就私下让小吏把韦泛带到另一个院落，让韦泛站在门边。小吏进来，拿着一枝红笔，在韦泛的左手上写道："前杨复后杨，后杨年年强。七月之节归玄乡。"写完后韦泛就出去了，前面追捕韦泛的那个小吏又送他回来。"醒了以后，韦泛就把他经历的事一一讲述出来。一个叫法宝的和尚很喜欢听怪事，听闻了整个事件，就传了开来。六年后，韦泛被调授太原杨曲县做主簿，十年任满回到京城。正好遇到自己的亲戚同盐铁使有交情，就推荐他做了杨子县巡官，任职五年。唐德宗建中元年六月二十八日，准备赴京选官，因为得了急病死在广陵旅舍，那天正好是立秋。出自《前定录》。

卷第一百五十

定数五

玄　宗

唐德宗降诞三日，玄宗视之。肃宗、代宗以次立。保母襁褓德宗来呈。德宗色不白皙，龙身仆前，肃宗、代宗皆不悦。二帝以手自下递传，呈上玄宗。玄宗一顾之曰："真我儿也！"谓肃宗曰："汝不及他。"又谓代宗曰："汝亦不及他。仿佛似我。"德宗在位二十七年，六十三崩。肃宗登位五年，代宗登位十五年，是不及也。后明皇幸蜀，至中路曰："岧郎亦一遍到此来里。"及德宗幸梁，是验也。乃知圣人应天授命，享国年深，岂是徒然！出《嘉话录》。

乔　琳

乔琳以天宝元年冬自太原赴举。至大梁，舍于逆旅。时天寒雪甚，琳马死，佣仆皆去。闻浚仪尉刘彦庄喜宾客，遂往告之。彦庄客申屠生者，善鉴人，自云八十已上，颇箕踞傲物，来客虽知名之士，未尝与之揖让。

玄宗

唐德宗生下来三天，玄宗去看他。肃宗和代宗依次站在旁边。保姆用儿衣裹着德宗抱给他们看。德宗肤色不白，身体向前倾，肃宗和代宗看了都不喜欢。他俩依次捧着德宗自下传递，呈给玄宗看。玄宗一看说道："真是我的儿子呀！"然后对肃宗说："你不如他。"又对代宗说："你也不如他。他像我。"德宗做了二十七年皇帝，六十三岁死去。肃宗做了五年皇帝，代宗做了十五年皇帝，的确不如德宗。后来唐明皇避难四川，走到途中说："岧郎也要到这里走一趟。"以后德宗果然到过陕西韩城，也就是玄宗路过的地方，就是证验。因此可以知道，天子顺应上天接受天命，统治国家时间久长，哪里没有原因呢！出自《嘉话录》。

乔琳

乔琳在唐玄宗天宝元年冬天，从太原出发赴京城应试。走到大梁，住在旅店里。当时天寒雪大，他的马死了，奴仆也都离他而去。乔琳听说浚仪尉刘彦庄喜欢结交朋友，便前往求助。刘彦庄的朋友中有个叫申屠生的，善于品鉴人，自称八十多岁了，待人颇轻慢，刘彦庄的宾客中即使是达官名流，他都不曾与人礼让。

及琳至，则言款甚狎，彦庄异之。琳既出，彦庄谓生曰："他宾客贤与不肖，未尝见先生之一言。向者乔生一布衣耳，何词之密欤？"生笑曰："此固非常人也。且当为君之长吏，宜善视之，必获其报。向与之言，盖为君结欢耳。然惜其情反于气，心不称质，若处极位，不至百日。年过七十，当主非命。子其志之。"彦庄遂馆之数日，厚与车马，遂至长安。而申屠生亦告去，且曰："吾辱君之惠，今有以报矣，请从此辞。"竟不知所在。

琳后擢进士第，累佐大府。大历中，除怀州刺史。时彦庄任修武令，误断狱有死者，为其家讼冤，诏下御史劾其事。及琳至，竟获免。建中初，征拜中书侍郎、平章事，在位八十七日，以疾罢。后朱泚构逆，琳方削发为僧。泚知之，竟逼受逆命。及收复，亦陈其状。太尉李晟，欲免其死，上不可，遂诛之。时年七十一。出《前定录》。

张去逸

肃宗张皇后祖母窦氏，玄宗之姨母也。玄宗先后早薨，窦有鞠养之恩。景云中，封邓国夫人，帝甚重之。其子去惑、去盈、去奢、去逸，依倚恩宠，颇极豪华。

一日，弟兄同猎渭曲。忽有巨蛇长二丈，腾赶草上，迅捷如飞。去逸因踪彎弯弧，一发而中，则命从骑挂之而行。俄顷雾起于渭上，咫尺昏晦，骤雨惊电，无所遁逃。偶得

等乔琳来了，他态度却非常亲热，刘彦庄感到奇怪。乔琳出去后，刘彦庄对申屠生说："我的宾客中，无论是有才能或是无才能的人，都未曾见过你同他们说一句话。刚才的那乔琳只是个布衣，你为何跟他说话异常客气？"申屠生笑着回答："此人不是平常的人。日后会成为你的上司，你应该好好地对待他，必能得到他的报答。我刚才同他交谈，也完全是为了你与他结交。可惜观察他的面相，他的情气相违，心质不合，若处高位，待不了百日。且过了七十岁，必然死于非命。你要记住我今天说过的话。"刘彦庄便款待乔琳数日，并厚赠他车马，乔琳于是安全到达长安。而申屠生也要告辞离去，临行前对刘彦庄说："我得到你的恩惠，今天已经有了报答，请让我从此告辞吧。"申屠生走后，竟不知他的去向。

乔琳后来擢升进士第，累官做到了大府的幕僚。唐代宗大历年间，被任命为怀州刺史。那时刘彦庄任修武县令，因断案误判致人屈死，家属上诉申冤，皇上下诏命御史调查。等乔琳到了怀州，竟使刘彦庄获免。唐德宗建中初年，乔琳升迁为中书侍郎、平章事，上任八十七天，就因病辞官。后来朱泚谋反时，乔琳已削发为僧。朱泚知道了，竟逼迫他接受任命，参与了反叛。待叛乱被平息，乔琳也陈述了被逼参与叛乱的经过。太尉李晟想免他死罪，皇上不准，于是乔琳被诛杀。死时七十一岁。出自《前定录》。

张去逸

唐肃宗的张皇后的祖母窦氏，是玄宗的姨母。玄宗的母后死的比较早，窦氏对玄宗有养育之恩。景云年间被封为邓国夫人，玄宗对她很敬重。她的儿子去惑、去盈、去奢、去逸，依恃皇帝的恩宠，享尽了荣华富贵。

有一天，弟兄们一同在渭水畔打猎。忽然有条两丈长的大蛇在草上穿行，迅捷如飞。去逸于是策马弯弓，一箭射中巨蛇，便叫随从将蛇挂在马上继续行猎。一会儿，渭水上大雾弥漫，咫尺间看不清景物，随后暴雨惊雷，荒野上无处遮蔽。偶然间遇到

野寺，去逸即弃马，径依佛庙。烈火震霆，随而大集。方霆火交下之际，则闻空中曰："勿惊仆射！"霆火遽散，俄而复臻。又闻空中曰："勿惊司空！"霆火登止，俄复蘩集。又闻空中曰："勿惊太尉！"既而阴翳廓然，终无所损。然死蛇从马，则已失矣。去逸自负坐须富贵，不数年，染疾而卒，官至太仆卿。

天宝中，其女选东宫，充良媛。及肃宗收复两京，良媛颇有辅佐之力，至德二载，册为淑妃。乾元元年，诏中书令崔圆持节册为皇后。而去逸以后父，前后三赠官，皆如空中之告耳。出《纪闻》。

李泌

天宝十四载，李泌三月三日自洛乘驴归别墅。从者未至，路旁有车门，而驴径入，不可制。遇其家人，各将乘驴马群出之次。泌因相问，遂并入宅。邀泌入。既坐，又见妻子出罗拜。泌莫测之，疑是妖魅。问姓窦，潜令仆者问邻人，知实姓窦。泌问其由，答曰窦廷芬。且请宿。续言之，势不可免，泌遂宿，然甚惧。

廷芬乃言曰："中桥有筮者胡芦生，神之久矣。昨因筮告某曰，不出三年，当有赤族之祸，须觅黄中君方免。问如何觅黄中君，曰问鬼谷子。又问安得鬼谷子，言公姓名是也。宜三月三日，全家出城觅之。不见，必籍死无疑；

一座寺庙，去逸立即弃马，直接躲进寺庙。谁知烈火霹雳也随着聚集到庙上。正当雷电交加之时，忽然听到空中有声音说："不要惊吓了仆射！"雷电随即散去，顷刻又至。又听到空中有声音说："不要惊吓了司空！"雷电立刻停止，随后又重新聚集。又听到空中有声音说："不要惊吓了太尉！"不久阴云全都散去，去逸丝毫也没有损伤。但是射死的巨蛇以及随从和马匹却不见了。去逸对坐享富贵非常自负，过了不几年，患病而死，死时所做的官是太仆卿。

唐玄宗天宝年间，去逸的女儿被选送到东宫做良媛。后来肃宗收复两京时，良媛多有辅佐的功劳，唐肃宗至德二载，被册封为淑妃。唐肃宗乾元元年，肃宗下诏中书令崔圆持符节册封淑妃为皇后。而去逸则以皇后父亲的身份，前后三次被追封官职，其职衔全都同当日天空中所说的一致。出自《纪闻》。

李泌

唐玄宗天宝十四载，李泌于三月三日自洛阳骑驴回别墅。随行的仆人落在后面，路旁有个大门，毛驴竟自行走了进去，李泌无法制止。遇到了这家的人，各自骑着驴和马要一起出门。李泌问起来，便一起走进屋去。主人请李泌进屋里坐下。李泌坐下后，又见主人的妻子儿女出来同他行拜见礼。李泌不清楚他们是些什么人，怀疑自己遇见了妖怪鬼魅。李泌问其姓氏，主人回答说姓窦，李泌暗中派仆人去附近的人家证实，知道主人确实姓窦。李泌又详细询问，主人回答说叫窦廷芬。并请李泌留下住宿。继续交谈，其态度诚恳得叫人无法推辞，于是李泌便住了下来，但心中非常害怕。

窦廷芬于是对李泌说道："中桥有个算卦的人叫胡芦生，算得极准，久有盛名。昨天他为我算卦，告诉我说，不出三年，我们家会有灭门之祸，必须找到黄中君才能够幸免。我问他如何才能找到黄中君，他回答说去问鬼谷子。我又问怎样才能找到鬼谷子，他说的就是您的姓名。他又告诉我，让我全家应该在三月三日，出城寻找。如果找不到您，我们全家到时必死无疑；

若见，但举家悉出哀祈，则必免矣。适全家方出访觅，而卒遇公，乃天济其举族命也！”供待备至。明日请去，且言归颍阳庄。廷芬坚留之，使人往颍阳，为致所切。取季父报而还，如此住十余日，方得归。自此献遗不绝。

及禄山乱，肃宗收西京，将还秦，收陕府，获刺史窦廷芬。肃宗令诛之而籍其家。又以玄宗外家而事贼，固因诛戮。泌因具其事，且请使人问之，令其手疏验之。肃宗乃遣使。使回，具如泌说。肃宗大惊，遽命赦之。因问黄中君、鬼谷子何也，廷芬亦云不知，而胡芦生已卒。肃宗深感其事，因曰：“天下之事，皆前定矣！”出《感定录》。

刘邈之

刘邈之，天宝中调授岐州陈仓尉。邈之从母弟吴郡陆康，自江南同官来。有主簿杨豫、尉张颖者，闻康至，皆来贺邈之。时冬寒，因饮酒。方酣适，有魏山人琮来。邈之命下帘帷，迎于庭，且问其所欲。琮曰：“某将入关，请一食而去。”邈之顾左右，命具刍米于馆。琮曰：“馆则虑不及，请于此食而过。”邈之以方饮，有难色。琮曰：“某能知人。若果从容，亦有所献。”邈之闻之而喜，遽命褰帷，而坐客亦乐闻其说，咸与揖让而坐。时康以醉卧于东榻。

邈之乃具馔。既食之，有所请。琮曰：“自此当再名闻，官止二邑宰而不主务，二十五年而终。”言讫将去，

如果找到了您，一定要全家人出来哀求，则一定能免除灾祸。刚才我们全族人正要出门寻找，而终于遇见了您，这真是苍天解救我们全族的性命啊！”窦廷芬对李泌招待得十分周到。第二天，李泌告辞，并说要回颍阳庄。窦廷芬坚持挽留，并派人去颍阳为李泌送信，代其拿取他关切的东西。李泌接到叔父的回信后，如此又住了十多天才告辞回家。从这以后，窦廷芬不断地给李泌赠送礼物。

后来安禄山叛乱，肃宗收复长安后，回师秦中，收复陕府，抓获了刺史窦廷芬。肃宗下令诛杀他全家，并将家产没收入官。又因为他是玄宗的外家亲戚反而替反贼做事，坚持要杀他们。李泌于是详细陈述了事情的始末，并请肃宗派人去询问，让窦廷芬自己手疏验证。肃宗派人去调查，回奏同李泌说的一样。肃宗非常惊奇，随即下令赦免窦廷芬的死罪。并问黄中君和鬼谷子是什么，窦廷芬也说不知道，而此时胡芦生已死。肃宗感叹说：“天下的事，都是早已设定好了的呀！”出自《感定录》。

刘邈之

刘邈之在唐玄宗天宝年间调任岐州陈仓尉。刘邈之姨母家的表弟吴郡陆康由江南来到官府，主簿杨豫、县尉张颖听说陆康来了，都来向刘邈之祝贺。当时正是寒冬，他们就喝起来酒。正喝得热闹畅快时，有个叫魏琮的山人求见。刘邈之叫人放下门帘，起身迎到院子里，并问魏琮想要什么。魏琮说：“我要入关，请安排一顿饭，我吃完就走。”刘邈之招呼左右，让他们安排饭菜于客房。魏琮说：“安排到客房我等不及了，请让我就在这里吃吧。”刘邈之因为大家在饮酒，面有难色。魏琮说：“我能给人看相。如果吃得舒服自在，我也会有所贡献。”刘邈之听了很高兴，便叫人撩起帷帘，而座上的几位客人也高兴听听他能说些什么，全都揖让着落了座。这时陆康因为喝醉了躺在东边的床上。

刘邈之便准备了饭菜。吃完饭，请魏琮看相。魏琮说：“你以后还有功名，能做两任邑宰，不主持政务，二十五年而终。”说完要走，

豫、颍固止之，皆有所问。谓豫曰："君后八月，勿食驴肉，食之遇疾，当不可救。"次谓颍曰："君后政官，宜与同僚善。如或不叶，必为所害。"豫、颍不悦。琮知其意，乃曰："某先知者，非能为君祸福也。"因指康曰："如醉卧者，不知为谁，明年当成名，历官十余政，寿考禄位，诸君子不及也。"言讫遂去，亦不知所往。

明年，逆胡陷两京，玄宗幸蜀，陈仓当路。时豫主邮务，常念琮之言，记之于手板。及驿骑交至，或有与豫旧者，因召与食，误啖驴肠数脔，至暮，胀腹而卒。颍后为临濮丞，时有寇至，郡守不能制，为贼所陷。临濮令薛景元率吏及武士持兵与贼战，贼退郡平。节度使以闻，即拜景为长史，领郡务。而颍果常与不叶，及此因事陷之，遂阴污而卒。邈之后某下登科，拜汝州临汝县令，转润州上元县令。在任无政，皆假掾以终考。明年，康明经及第，授秘书省正字，充陇右巡官。府罢，调授咸阳尉，迁监察御史、盩厔令、比部员外郎。连典大郡，历官二十二考。出《前定录》。

张仁祎

唐沈君亮，见冥道事。上元年中，吏部员外张仁祎延坐问曰："明公看祎何当迁？"亮曰："台郎坐不暖席，何虑不迁？"俄而祎如厕，亮谓诸人曰："张员外总十余日活，何暇忧官职乎？"后七日而祎卒。出《朝野佥载》。

杨豫和张颖坚决挽留他，都向他问各自的前程。魏琮对杨豫说："你从现在起八个月内，不能吃驴肉，如果吃了必然得病，就会无法医治。"又对张颖说道："你以后当官为政，应当与同僚们搞好关系。如果关系不和谐，否则必受其害。"杨豫和张颖听了不高兴。魏琮知道他们的心意，便说："我虽然能够事先知道以后的事，但却不能决定你们的祸福。"于是指着陆康说："比如醉酒躺着的这个人，不知道他是谁，但我却知道，他明年定会成就功名，当官十多任，官大寿高，诸位都赶不上他。"说完便离开了，不知去向。

第二年，安禄山叛乱，两京陷落，玄宗逃亡蜀郡，陈仓是必经之路。这时杨豫管理驿站，他常常想起魏琮说过的话，并将其记在自己的手板上。一次，一个骑马传送公文的人与杨豫有旧交，请杨豫一同吃饭，杨豫误吃了几小片驴肠，到晚上，胀肚而死。张颖后来做了临濮丞，一次贼兵攻城，郡守无力抵抗，被围困。临濮县令薛景元率官吏及武士拿起兵器抗击贼寇，击退了贼寇，平定了郡县。节度使接到报告后，就任命薛景元为长史，主持郡务。而张颖果然常常与薛景元不和，等薛景元借事构陷他，于是受到陷害蒙冤而死。刘邈之后来考中进士，官拜汝州临汝县令，又转任润州上元县令。在职期间没有主持政务，均以代理结束任职。第二年，陆康考明经入榜，先后做了秘书省正字，又任陇右巡官。任期结束后调任咸阳尉，后又改任监察御史、盩厔令、比部员外郎。接连主持大郡政务，历任二十二年。出自《前定录》。

张仁祎

唐朝的沈君亮，能看见阴间之事。唐肃宗上元年间，吏部员外郎张仁祎将他请到上座，问他道："明公看我什么时候能够升迁？"沈君亮回答说："您不会等到把席位坐热，为何考虑不升官呢？"过了一会儿，张仁祎上厕所去了，沈君亮对大家说："张员外最多还能活十几天了，怎么还有时间考虑升不升官呢？"果然七天后张仁祎死了。出自《朝野佥载》。

裴谞

宝应二年，户部郎中裴谞出为庐州刺史。郡有二迁客。其一曰武彻，自殿中侍御史贬为长史；其一曰于仲卿，自刑部员外郎贬为别驾。谞至郡三日，二人来候谒。谞方与坐，俄而吏持一刺云："寄客前巢县主簿房观请谒。"谞方与二客话旧，不欲见观，语吏云："谢房主簿相访，方对二客，请俟他日。"吏以告观，观曰："某以使君有旧，宜以今日谒，固不受命。"吏又入白谞，谞曰："吾中外无有房氏为旧者。"乃令疏其父祖官讳，观具以对。又于怀中探一纸旧书，以受吏。

谞览之愀然，遽命素服，引于东庑而吊之，甚哀。既出，未及易服，顾左右问曰："此有府职月请七八千者乎？"左右曰："有名逐要者是也。"遽命吏出牒以署观。

时二客相顾，甚异之，而莫敢发问。谞既就榻叹息，因谓二客曰："君无为复患迁谪，事固已前定。某开元七年罢河南府文学，时至大梁，有陆仕佳为浚仪尉。某往候之，仕佳座客有陈留尉李揆、开封主簿崔器方食，有前襄州功曹参军房安禹继来。时坐客闻其善相人，皆请。安禹无所让，先谓仕佳曰：'官当再易，后十三年而终。'次谓器曰：'君此去二十年，当为府寺官长，有权位而不见曹局，亦有寿考。'次谓揆曰：'君今岁名闻至尊，十三年间，位极人臣。后十二年，废弃失志，不知其所以然也。'次谓某曰：'此后历践清要，然无将相。年至八十。'言讫将去，私谓某曰：

裴谞

唐代宗宝应二年，户部郎中裴谞出任庐州刺史。庐州有两个被贬谪来的官员。一个叫武彻，从殿中侍御史贬为长史；一个叫于仲卿，从刑部员外郎贬为别驾。裴谞到庐州郡三天，二人前来拜见。裴谞刚同二人坐下，不久衙役呈上一张名帖禀报："寄居在这里的前巢县主簿房观请见。"裴谞正与二人叙谈往事，不想接见房观，便对衙役说："你去对房主簿说感谢他来访，我正在接待两位客人，请等他日再来。"衙役把这些话回复给房观，房观对衙役说："我与刺史有老交情，应当今日拜见，所以不能从命。"衙役又进去禀告裴谞，裴谞说："我家族内外没有与姓房的人为故交的。"传话叫房观写出他父亲和祖父的名字，房观全都写上来了。又从怀中拿出一封旧信，请衙役转交裴谞。

裴谞看了信后脸色大变，立即令仆人取来白色的便服换上，将房观带到东厢房里一起凭吊，神情非常悲哀。出来后没来得及换下衣服，便对左右的人说："此处还有没有月薪为七八千的空缺职位？"左右的人说："拿出花名册一查就知道了。"裴谞立即叫人取来花名册查阅，并登录上房观的名字。

当时两位客人在旁边看着，心中非常惊奇，但没敢发问。裴谞坐在榻上叹息后，对两位客人说："两位不必再为遭贬的事烦恼，事情本来已是命中注定的。我在开元七年被免除河南府文学的职务，当时来到大梁，因为陆仕佳正在那里任浚仪尉。我顺路前往探望。当时陆仕佳的座上客有陈留尉李揆、开封主簿崔器正在吃饭，原襄州功曹参军房安禹也来了。在座的客人听说他很会相面，都请他入座。房安禹毫不推让，他对陆仕佳说：'您的官职还会变动，还可做十三年官。'又对崔器说：'您二十年后，当为府寺高官，有权位却不见官署，并且高寿。'再对李揆说：'您今年声名能为皇帝所闻，十三年里，可做到最高一级的官。以后的十二年，会失意丢官，不知道是为了什么。'然后又对我说：'您以后能历任地位显要而政务不多的官职，但做不到将相那样的高位，可以活到八十岁。'说完要走，并私下对我说：

‘少间有以奉托，幸一至逆旅。’安禹既归，某即继往。至则言款甚密。曰：‘君后二十八年，当从正郎为江南郡守。某明年当有一子，后合为所守郡一官。君至三日，当令奉谒。然此子命薄，不可厚禄，顾假俸十千已下。’此即安禹子也。”

彻等咸异其事，仕佳后再受监察御史卒，器后为司农丞。肃宗在灵武，以策称旨，骤拜大司农。及归长安，累奉使。后十余年，竟不至本曹局。揆其年授右拾遗，累至宰相。后与时不叶，放逐南中二十年。除国子祭酒，充吐蕃会盟使，既将行而终。皆如其言。安禹开元二十一年进士及第，官止南阳令。出《前定录》。

李　揆

李相国揆以进士调集在京师，闻宣平坊王生善易筮，往问之。王生每以五百文决一局，而来者云集，自辰及酉，不次而有空反者。揆时持一缣晨往，生为之开卦曰：“君非文章之选乎？当得河南道一尉。”揆负才华，不宜为此，色悒忿而去。王生曰：“君无怏怏，自此数月，当为左拾遗，前事固不可涯也。”揆怒未解。生曰：“若果然，幸一枉驾。”

揆以书判不中第，补汴州陈留尉。始以王生之言有征。后诣之，生于几下取一缄书，可十数纸，以授之曰：“君除拾遗，可发此缄，不尔当大咎。”揆藏之，既至陈留。

‘一会儿我有事相托，请您到我住的旅馆去一下。’房安禹回去后，我立即跟着去了。到了那里，我二人相谈非常亲密。房安禹对我说：‘您以后二十八年，能从正郎调任江南郡守。我明年能有一个儿子，长大后当会成为您所管辖的郡里的一名官员。您到任后三天，我会叫他去拜访。但是我这个儿子命薄，不能给他太高的待遇，只给他十千以下的俸禄。’方才我去会见的就是房安禹的儿子。”

武彻等人都觉得这些事很奇怪，陆仕佳后来调任监察御史就死了，崔器后来当了司农丞。肃宗在灵武时，他的策对很合皇帝的旨意，破格任命为大司农。等到肃宗回到长安，崔器多次奉命出使。后来十多年，竟不至本官署。李揆当年被授予右拾遗，逐渐升到宰相。后来他与皇帝当时的意见不一致，被贬流放到南中二十年。又起用为国子监祭酒，任出使吐蕃的使臣，即将出发时死了。这些人的命运全都和房安禹所说的一样。房安禹于唐玄宗开元二十一年考中进士，最后做的官是南阳令。出自《前定录》。

李　揆

相国李揆当年考中进士，被调集在京城，听说宣平坊有个王生善于《周易》算卦，便前去询问自己的前程。王生每算一卦，就要收取五百文钱，但前去算卦的人仍然很多，每天都从辰时算到酉时，仍然有挨不上号而白跑一趟的。李揆带着一匹细纱作为礼物，大早上就赶去了，王生为他算过卦后说：“您莫不是问您的文章能选授什么官职？我算您能得河南道的一个县尉。”李揆自负有才华，不应当做这样一个小官，神色郁愤要离开。王生又说：“您不要不高兴，几个月以后，您应当任左拾遗，前途正是不可限量的。”李揆余怒仍未消。王生又说：“若同我说的一样，希望您能来一趟。”

果然李揆考书判未中，补缺被派到汴州做陈留县尉。才认为王生的话有了验证。又赶到王生那里求教，王生从书案下取出封好的信，大约有十几张纸，交给李揆说：“您官拜左拾遗时，可拆开此信，不然会有大灾祸。”李揆收藏好信，就赶往陈留。

时采访使倪若冰以撰才华族望，留假府职。会郡有事须上请，择与中朝通者，无如撰，乃请行。

开元中，郡府上书姓李者，皆先谒宗正。时李璆为宗长，适遇上尊号。撰既谒璆，璆素闻其才，请为表三通，以次上之。上召璆曰：“百官上表，无如卿者，朕甚嘉之。”璆顿首谢曰：“此非臣所为，是臣从子陈留尉撰所为。”

乃下诏召撰，时撰寓宿于怀远坊卢氏姑之舍，子弟闻召，且未敢出。及知上意欲以推择，遂出。既见，乃宣命宰臣试文词。时陈黄门为题目三篇，其一曰《紫丝盛露囊赋》，二曰《答吐蕃书》，三曰《代南越献白孔雀表》。撰自午及酉而成，既封，请曰：“前二首无所遗限，后一首或有所疑，愿得详之。”乃许拆其缄，涂八字，旁注两句。既进，翌日授左拾遗。旬余，乃发王生之缄视之，三篇皆在其中，而涂注者亦如之。遽命驾往宣平坊访王生，则竟不复见矣。出《前定录》。

道　昭

永泰中，有沙门道昭，自云兰州人，俗姓康氏。少时因得疾不救，忽寤云：“冥司见善恶报应之事。”遂出家。住太行山四十年，戒行精苦，往往言人将来之事。初若隐晦，后皆明验。

尝有二客来，一曰姚邈，举明经，其二曰张氏，以资荫，不记名。僧谓张曰：“君授官四政，慎不可食禄范阳。

当时采访使倪若冰因为李揆有才华，又出身名门望族，留他在府中帮忙。正赶上郡府有事需要向朝廷请示，想找一个和朝中有交往的人，没有比李揆更合适的，于是就派他去了。

唐玄宗开元年间，各郡府姓李的官员向上呈报文书，都先拜见宗正。当时李璆是宗长，正逢朝廷百官为皇帝上尊号。李揆拜见李璆后，李璆向来听说李揆有才华，就请他代为起草三篇上报给皇帝的文书，写就一篇一篇地呈报上去。皇帝召见李璆说："百官上报的文章，没有能赶上你的，我非常欣赏。"李璆磕头谢罪说："这三篇文章不是我写的，而是我的侄子陈留尉李揆所写的。"

皇帝下令召见李揆，当时李揆正寄居在怀远坊姑姑卢氏家里，听说皇帝召见，不敢出来。直到知道皇帝是要选拔重用他，才出来。皇帝召见之后命令大臣考其文章诗词。当时陈黄门出了三个题目，一个是《紫丝盛露囊赋》，一个是《答吐蕃书》，一个是《代南越献白孔雀表》。李揆自午时做到酉时完成，封好后又请示说："前两篇没有什么遗漏，后一篇或者还有遗漏和疑问之处，我想写得再详细明白一点。"于是允许他拆封，他又涂改了八个字，在旁边加了两句注释。呈报给皇帝后，第二天被授予左拾遗。十天后，他拆开王生给他的信一看，自己写的三篇应试文章都在里面，并且连涂改加注的地方也完全一致。立即驱车赶往宣平坊访王生，最后竟再没有见到王生了。出自《前定录》。

道　昭

唐代宗永泰年间，有个和尚叫道昭，自称是兰州人，俗家姓康。少年时得病无法医治，一天睡醒后说："我在阴间看见了善恶报应之事。"于是出家做了和尚。他在太行山修行四十年，持守戒律，精勤刻苦，经常讲述别人将来的事情。所说的开始隐晦，但过后都一一得到了验证。

曾经有两位客人来访，一个叫姚邈，有明经的功名；一个是张氏，靠先辈的官资荫得官职，不记得叫什么名字。道昭和尚对张氏说："您能做四任官，但千万不要去范阳做官。如果在范阳做官，

四月八日得疾，当不可救。”次谓邈曰：“君不利簪笏，如能从戎，亦当三十年无乏。有疾勿令胡人疗之。”

其年，张授官于襄、邓间，后累选，常求南州，亦皆得之。后又赴选，果授虢州卢氏县令。到任两日而卒。卒之日，果四月八日也。后方悟范阳即卢氏望也。邈后举不第，从所知于容州，假军守之名，三十年累转右职。后因别娶妇，求为傧者，因得疾，服妪黄氏之药而终。后访黄氏本末，乃洞主所放出婢，是胡女也。出《前定录》。

四月八日得病，将无法医治。”又对姚邈说：“您不适合做文官，如果能够从军，也有三十年事情做。有病不要找胡人医治。”

这一年，张氏被安排到襄、邓一带任职，后来吏部多次铨选官员，他要求到南方做官，也都如愿了。后来又前往吏部听候铨选，最后授予了虢州卢氏县令。到任两天就死了。死的日子果然是四月八日。后来才明白范阳就是卢氏的一个望。姚邈后来科举考试不中，跟着他的一个熟人到容州代理官职，三十年间不断升任重要官职。后来因为娶新妇，要找一个傧相，于是得了病，吃了一个黄氏老太太的药而死。后来有人查访黄氏的来历，原来是外族洞主所放逐的婢女，是个胡女。出自《前定录》。

卷第一百五十一

定数六

李　稜

故殿中侍御史李稜，贞元二年擢第。有别业在江宁，其家居焉。是岁浑太师瑊镇蒲津，请稜为管记从事。稜乃曰："公所欲稜者，然奈某不闲检束。夙好蓝田山水，据使衔合得畿尉。虽考秩浅，如公勋望崇重，特为某奏请，必谐矣。某得此官，江南迎老亲，以及寸禄，即某之愿毕矣。"浑遂表荐之，德宗令中书商量，当从浑之奏。稜闻桑道茂先生言事神中，因往诣焉，问所求成败。茂曰："公求何官？"稜具以本末言之。

对曰："从此二十年，方合授此官，如今则不得。"稜未甚信。经月余，稜诣执政，谓曰："足下资历浅，未合入畿尉。如何凭浑之功高，求侥幸耳？"遂检吏部格上。时帝方留意万机，所奏遂寝。稜归江南，果丁家艰，已近

李　稜

曾经担任过殿中侍御史的李稜，唐德宗贞元二年科举考试中榜。他有别墅在江宁，将家安在了那里。这一年，太师浑瑊镇守蒲津关，请李稜担任管记从事。李稜却对浑瑊说："你要求我做得很清楚，但是无奈我不善于检点约束自己。平常喜好的只是蓝田的山水，只想靠官衔在京城附近做个县尉。尽管我的资历不够，你德高望重，如果肯特意为我向皇帝推荐，必然能使我如愿。我如果当了这个官，从江南把双亲接来，加上不多的俸禄，我平生的愿望也就满足了。"于是浑瑊向皇帝上表推荐了他，德宗令中书研究怎么办，当准了浑瑊的奏表。李稜听说桑道茂先生料事如神，便前往请教，问推荐能否成功。桑道茂问他："您想当什么官？"李稜便把事情的来龙去脉讲了。

桑道茂回答说："从现在算起二十年，您才能被授予这个官职，现在得不到。"李稜不太相信。过了一个多月，李稜去询问，主管官员回答说："你资历浅，不适合担任京城附近的县尉。怎么可以凭借浑瑊的功高来求得侥幸呢？"遂即把他的名字写在吏部的表格上。这时皇帝正留意很多军国大事，浑瑊推荐李稜的奏章就放下了没有批。李稜回到江南，先是老人死了守孝，已近

七八年，又忽得躄疾，殆将一纪。元和元年冬，始入选，吏曹果注得蓝田县尉。一唱，忻而授之。乃具说于交友。出《续定命录》。

豆卢署

豆卢署，本名辅真。贞元六年，举进士下第。将游信安，以文谒郡守郑武瞻。瞻甚礼之，馆给数日，稍狎，因谓署曰："子复姓，不宜两字为名。将改之，何如？"署因起谢，且求其所改。武瞻书数字，若著者、助者、署者，曰："吾虑子宗从中有同者，故书数字，当自择之。"其夕宿于馆，梦一老人谓署曰："闻使君与子更名，子当四举成名，四者甚佳。后二十年，为此郡守。"因指郡隙地曰："此可以建亭台。"既寤思之，四者，署字也，遂以为名。

既二年，又下第，以为梦无征，知者或诮之。后二年，果登第。盖自更名后四举也。大和九年，署自秘书少监为衢州刺史。既至，周览郡内，得梦中所指隙地，遂构一亭，因名之曰"征梦亭"矣。出《前定录》。

孟君

贞元中，有孟员外者，少时应进士举，久不中第。将罢举，又无所归，托于亲丈人省郎殷君宅，为殷氏贱厌，近至不容。染瘴疟日甚。乃白于丈人曰："某贫薄，疾病必不可救。恐污丈人华宇，愿委运，乞待尽他所。"殷氏亦不与语，赠三百文。

七八年，又忽然得了脚疾，瘸了差不多十二年。一直到唐宪宗元和元年冬天，才开始被选中任职，吏部果然签署的是蓝田县尉。唱名后，李稜欣然接受了此衔。李稜将这件事的前后经过详细讲给了朋友。出自《续定命录》。

豆卢署

豆卢署，原名辅真。唐德宗贞元六年，考进士落榜。随即游学信安，拿着自己的诗文拜见郡守郑武瞻。郑武瞻对他很客气，留他住了数日，稍熟悉以后对他说："你是复姓，不适合起两个字的名字。将它改了，怎么样？"豆卢署起身致谢，并请郑武瞻为他改名。郑武瞻写了几个字，有著、助、署字，然后说："我考虑为了避免同你的亲属重名，所以写了好几个字，你当自己选择。"当晚豆卢署睡在客舍，梦见一个老人对他说："听说郡守为你改名，你再考四次才能中榜，四者最好。再过二十年，你是这里的郡守。"老人又指着一块空地说："此地可以建一座亭台。"醒了以后豆卢署想，"四者"就是"署"字，于是将自己的名字改为"署"字。

考了两年，豆卢署仍未中榜，以为所做梦不准，知道这件事的人也讥笑他。接着又考了两年，终于中榜登第。算起来正是改名后的第四次考试。唐文宗太和九年，豆卢署从秘书少监调任衢州刺史。上任后，巡视郡府内外，发现了梦中所说的那块空地，便命人造了一座亭子，并命名为"征梦亭"。出自《前定录》。

孟　君

唐德宗贞元年间，有个孟员外，年轻时应考进士，考了很长时间也未考中。想要不考了，又无处可归，寄居在他的一个姓殷的省郎长辈家里，为姓殷的所轻视厌烦，差不多到了不能相容的程度。这时孟君又得了瘴疟，并且一天天严重。他对姓殷的长辈说："我命薄，这病必然不可救治。恐怕弄脏您老人家的豪华住宅，我愿意听从命运的安排，请让我离开您家到别的地方等死吧。"殷君也不说话，只给了他三百文钱。

出门不知所适。街西有善卜者，每以清旦决卦，昼后则闭肆下帘。孟君乃谒之，具陈羁蹇，将填沟壑，尽以所得三镮为卜资。卜人遂留宿，及时为决一卦。卦成惊曰："郎君更十日，合处重职，俸入七十千钱，何得言贫贱？"卜人遂留厚供给。已至九日，并无消息。又却往殷君宅，殷氏见，甚薄之，亦不留连，寄宿马厩。

至明，有敕以禁兵将为贼境观察使，其人与殷友善，驰扣殷氏之门。武人都不知书，云："便须一谢表，兼镇抚寇孽。事故颇多，公有亲故文士，颇能相助否？"殷良久思之，无可应者，忽记得孟君久曾应举，可以充事，遽引见之。令草一表，词甚精敏。因请为军中职事，知表奏。数日授官，月俸正七十千。乃卜后十日也。出《逸史》。

卢常师

秘书少监卢常师，进士擢第。性淡薄，不乐轩冕。于世利蔑然，弃官之东洛。谓所亲曰："某浙西鱼尚书故旧，旬日看去。"又曰："某前生是僧，座禅处犹在会稽，亦拟自访遗迹。"家人亦怪其欲远行而不备舟楫，不逾旬遂殁矣。出《逸史》。

韩滉

韩晋公滉在中书，尝召一吏。不时而至，公怒将挞。吏曰："某有所属，不得遽至，乞宽其罪。"晋公曰："宰相

孟君出门之后不知道该去什么地方。街西有个善于算命的，每天清晨给人算卦，天大亮后就关门放下帘子。孟君便去拜会他，将自己的困顿和就要病死的状况详细叙述一遍，并将仅有的三百文钱做了卦钱。算卦的便留他住下，到了时间为他算了一卦。算完后惊讶地说："您再过十天，会身居重要职位，每月俸禄就有七十千钱，为什么还说自己贫贱呢？"算卦的便留他居住，并提供给他丰厚的供给。已经到了第九天，仍没有消息。孟君又回到姓殷的家里，姓殷的见了他，更加瞧不起他，也不挽留接待，晚上他就睡在马厩里。

等到天明，有皇帝任命的一名禁军将领到贼境当观察使，这个人与姓殷的是朋友，骑马来敲殷家的大门。武将不通文墨，对姓殷的说："需要给皇帝写一个表示感谢的文书，同时写一个安抚边境敌寇的信函。需要处理的事务很多，您的亲戚故旧中有没有文士，帮助我推荐一个？"姓殷的想了很久，没有想到可以推荐的人，忽然想起孟君很久前曾应过举，可以担当这个差事，立刻引见了他。武将命孟君草拟一篇向皇帝报送的表，孟君的文笔很精美准确。于是聘请孟君到军中任职，负责表奏之事。几天后被授予官职，每月的俸禄正好七十千文钱。孟君命运的转机正是算卦后第十天开始的。出自《逸史》。

卢常师

秘书少监卢常师，进士出身。但他却生性淡泊，不喜欢官位爵禄。蔑视世俗名利，辞了官来到东洛。他对亲属说："我是浙西鱼尚书的老朋友，过几天去看看他。"又说："我前生是个僧人，修行的地方还在会稽，也打算去寻找遗迹。"家里的人奇怪他要出远门为什么不准备船只，不过十天，他就死了。出自《逸史》。

韩　滉

晋公韩滉在中书，曾召见一吏。没按时赶到，韩滉生气要鞭打他。那人说："我有归属，不能立刻到，请求宽恕。"韩滉说："宰相

之吏，更属何人？”吏曰：“某不幸兼属阴司。”晋公以为不诚，乃曰：“既属阴司，有何所主？”吏曰：“某主三品已上食料。”晋公曰：“若然，某明日当以何食？”吏曰：“此非细事，不可显之，请疏于纸，过后为验。”乃恕之而系其吏。

明旦，遽有诏命。既对，适遇太官进食，有糕糜一器，上以一半赐晋公。食之美，又赐之。既退而腹胀，归私第，召医者，视之曰：“食物所壅，宜服少橘皮汤。至夜，可啖浆水粥。”明旦疾愈。思前夕吏言，召之，视其书，则皆如其说云。因复问：“人间之食，皆有籍耶？”答曰：“三品已上日支，五品已上而有权位者旬支，凡六品至于九品者季支，其有不食禄者岁支。”出《前定录》。

李 頔

贞元中，有举人李頔，方就举，声价极振。忽梦一人紫衣云：“当礼部侍郎顾少连下及第。”寐觉，省中朝并无姓顾者。及顷，有人通刺，称进士顾少连谒。頔惊而见之，具述当为门生。顾曰：“某才到场中，必无此事。”来年，頔果落第。自此不入试，罢归。

至贞元九年，顾少连自户部侍郎权知贡举，頔犹未第，因潜往造焉。临放榜，时相特嘱一人，頔又落，但泣而已。来年秋，少连拜礼部侍郎，頔乃登第。出《感定录》。

手下的人,还能归谁管?”那人说:“我不得已还归阴间管。”韩滉认为他的话不诚实,就对他说:“既然归阴间管,你有什么职责?”那人说:“我负责管理三品以上官员的饮食。”韩滉说:“既然如此,我明天应该吃什么?”那人说:“这可不是小事,不可随便说出来,请让我写在纸上,过后再验证。”于是韩滉饶恕了他没有鞭打他,而是将他关了起来。

第二天,突然皇帝召见韩滉。见到皇帝后,正遇见太官给皇帝送饮食,其中有一盘糕点,皇帝将一半赏给韩滉吃。味道很美,随后又将另一半也赏给他吃了。韩滉退下去后感到腹胀,回到家里后找医生来看病,医生说:“是食物堵塞,可以喝少量的橘子皮汤。到晚上,便可以喝粥了。”天亮后病就好了。韩滉想起前夜那人说的话,便将他招来,看他写的内容,吃的东西全都跟他写的一样。便又问那人道:“人间的饮食,都有人预先安排吗?”回答说:“三品以上的官员,其饮食每天一安排;五品以上有权位的官员,一旬一安排;凡六品至九品的官员,每季安排一次;如果是不领俸禄的老百姓,则是每年安排一次。”出自《前定录》。

李 顾

唐德宗贞元年间,有个举人叫李顾,正应试,声望和身价很高。一天他忽然梦见一个穿紫衣服的人对他说:“你只能在礼部侍郎顾少连的主考下考试中榜。”醒后,想想朝中并没有姓顾的侍郎。不一会儿,有人通报他说进士顾少连来访。李顾非常惊讶,见面后,李顾向顾少连说自己应当是他的门生。顾少连说:“我刚到考场,绝不可能有你说的事。”第二年,李顾果然落第。从此他不再参加考试,回到家乡去了。

一直到贞元九年,顾少连以户部侍郎暂时代理贡举,李顾仍未考中,于是他暗中去拜见顾少连进行疏通。临到发榜时,当朝宰相又特别嘱咐要照顾一个人,所以李顾又落榜了,他只能偷偷哭泣。第二年秋天,顾少连调任礼部侍郎,李顾这才中榜登第。出自《感定录》。

崔 造

崔丞相造，布衣时，江左士人号为白衣夔。时有四人，一是卢东美，其余亡姓字。崔左迁在洪州，州帅曹王将辟为倅。时德宗在兴元，以曹王有功且亲，奏无不允。

时有赵山人言事多中。崔问之曰："地主奏某为副使，且得过无？"对曰："不过。"崔诘曰："以时以事，必合得时。"山人曰："却得一刺史，不久敕到，更远于此。"崔不信，再问："必定耳，州名某亦知之，不可先言。"且曰今月某日敕到，必先吊而后贺。崔心惧久之，盖言其日，即崔之忌日也。即便呼赵生谓曰："山人言中，奉百千；不中则轻挞五下，可乎？"山人哂曰："且某不合得崔员外百千，只合得崔员外起一间竹屋。"其语益奇。崔乃问之："且我有宰相分否？"曰："有。"即远近，曰："只隔一两政官，不致三矣。"

又某日私忌，同僚诸公皆知其说，其日夕矣，悉至江亭，将慰崔忌，众皆北望人信。至酉时，见一人从北岸入舟，袒而招舟甚急。使人遥问之，乃曰州之脚力。将及岸，问曰："有何除政？且有崔员外奏副使过否？"曰："不过。却得虔州刺史敕牒在兹。"诸公惊笑，其暮果先慰而后贺焉。

崔明日说于曹王，曹王与赵山人镪百千，不受。崔与起竹屋一间，欣然徙居之。又谓崔曰："到虔州后，须经大段

崔造

丞相崔造，还是平民的时候，江左一带的人都称他为“白衣夔”。当时有四个人，一个叫卢东美，其余的记不清姓名了。后来崔造做官被降职调到洪州，洪州的主帅曹王想要聘任他为副使。当时德宗在兴元府，因为曹王有功劳并且是皇亲，所请示的事情没有不批准的。

当时有个姓赵的山人，所预测的事情很准。崔造问他：“曹王上报我为副使，能通过吗？”回答说：“不能。”崔造又问：“时、事，应当事合于时。”赵山人回答说：“能得到一个刺史，不久敕令就会到，地方比这里还要远。”崔造不信，又问了一次，回答说：“必定如此，你要去的州名我也知道，但不能先说。”又告诉崔造这个月的哪一天敕令能到，并且要他先吊唁，然后再庆贺。崔造心中害怕了很长时间，赵山人所说的日子，正是他亲人死亡的忌日。于是他就对赵山人说：“你如果言中了，我给你一百千钱；说得不对，则要用鞭子轻打五下，可以吗？”赵山人微笑着说：“我不该要崔员外的一百千钱，只想要崔员外您给我造一间竹屋。”话说得越来越奇怪。崔造又问：“你再看看我有没有当宰相的命？”回答说：“有。”又问需要多长时间，回答说：“只隔您做官一任或两任的时间，不会超过三任。”

到了崔造家里忌日这一天，同僚们都知道赵山人的说法，傍晚，全来到江边的亭子里，慰问崔造的祭祀，然后一齐注视着江北，等待消息。到酉时，见一人从北岸上船，裸露着上身催促渡船很是急迫。崔造等人叫人远远地向那人发问，那人回答说是州里来送信的。船快靠岸了，他们又问：“有什么人事任免之事？可有崔员外做副使的奏章通过了吗？”回答说：“没有通过。却有任命虔州刺史的公文在此。”大家惊奇地笑了，整个过程真是和赵山人说的一样，果然先祭奠悲伤而后欣喜庆贺。

第二天，崔造将这件事告诉了曹王，曹王给赵山人一百千串钱，赵山人不要。崔造为他建造了一间竹屋，他很高兴地搬进去住了。并且又对崔造说：“到虔州以后，你必须经过很长时间的

惊惧，即必得入京也。”既而崔舅源休与朱泚为宰相，忧闷，堂帖追入，甚忧惕。时故人窦参作相，拜兵部郎中，俄迁给事中、平章事，与齐映相公同制。出《嘉话录》。

薛 邕

薛邕侍郎，有宰相望。时有张山人善相。崔造方为兵部郎中，与前进士姜公辅同在薛侍郎坐中。薛问张山人："且坐中有宰相否？"心在己身多矣。张答云："有。"薛曰："几人？"曰："有两人。"薛意其一人即己也。曰："何人？"曰："崔、姜二公必宰相也，同时耳。"薛讶忿之，默然不悦。既而崔郎中徐问张曰："何以同时？"意谓姜公今披褐，我已正郎，势不相近也。张曰："命合如此，事须同时，仍郎中在姜之后。"

后姜为京兆功曹，充翰林学士。时众知泾将姚令言入城取朱泚，泚曾帅泾，得军人心。姜乃上疏请察之。疏入十日，德宗幸奉天，悔不纳姜言，遂于行在擢姜为给事中平章事。崔后姜半年，以夕郎拜相，果同时而在姜后。薛竟终于列曹，始知前辈不可忽后辈。出《嘉话录》。

惊惧之事，就一定可以进京城做官了。”后来由于崔造的舅舅源休给叛逆朱泚做宰相，他怕受牵连，心情忧闷，宰相府的公文到了，他更加惊忧。这时崔造的老朋友窦参做宰相，授崔造兵部郎中，不久又升任事中、平章事，与齐映相公同时任命。出自《嘉话录》。

薛邕

侍郎薛邕，有当宰相的愿望。当时有个张山人很会给人看相。一天，兵部郎中崔造和前进士姜公辅一同在薛邕那里做客。薛邕问张山人说：“座上这几个人有没有能当宰相的？”心里想自己的可能性大。张山人回答说：“有。”薛邕问：“几人？”回答说：“有两人。”薛邕心想其中一个就是自己。又问：“哪两个人？”回答说：“崔、姜两位必然当宰相，并且是同时。”薛邕即惊讶又气愤，沉默着不高兴。随后崔造慢慢地问张山人道：“为什么是同时？”意思是说，姜公辅现在出来做官，我已是正郎，形势相差的很远。张山人说：“命该如此，事须同时，并且是郎中在姜公辅之后。”

后来姜公辅做了京兆功曹，并且充任翰林学士。这时人们知道泾阳的将军姚令言要进城捉朱泚，朱泚曾在泾阳为帅，很得军心。姜公辅上书请皇上派人去调查。上书十天后，德宗逃往奉天，后悔没有采纳姜公辅的意见，于是在行宫下令提升姜公辅为给事中平章事。崔造在半年后，从郎中升任丞相，果然是同一时期而在姜公辅之后。薛邕后来竟一直没能当上丞相。从这件事可以知道前辈不可忽视后辈啊。出自《嘉话录》。

卷第一百五十二

定数七

郑德璘

贞元中，湘潭尉郑德璘家居长沙。有亲表居江夏，每岁一往省焉。中间涉洞庭，历湘潭，多遇老叟棹舟而鬻菱芡，虽白发而有少容。德璘与语，多及玄解。诘曰："舟无糗粮，何以为食？"叟曰："菱芡耳。"德璘好酒，长挈松醪春过江夏，遇叟无不饮之，叟饮亦不甚愧荷。

德璘抵江夏，将返长沙，驻舟于黄鹤楼下。傍有鹾贾韦生者，乘巨舟，亦抵于湘潭，其夜与邻舟告别饮酒。韦生有女，居于舟之柁橹。邻女亦来访别，二女同处笑语。夜将半，闻江中有秀才吟诗曰："物触轻舟心自知，风恬浪静月光微。夜深江上解愁思，拾得红蕖香惹衣。"邻舟女善笔札，因睹韦氏妆奁中，有红笺一幅，取而题所闻之句。亦吟哦良久，然莫晓谁人所制也。及时，东西而去。德璘舟与

郑德璘

唐德宗贞元年间，湘潭县尉郑德璘家住在长沙。有表亲住在江夏，每年去探望一次。中途须渡过洞庭湖，经过湘潭，经常遇见一个老头，划船卖菱角和芡实，虽然老头的头发已经白了，可脸上的皮肤仍像年轻人一样。郑德璘与他交谈，内容多涉及玄学。郑德璘问老头："船上没有粮食，您吃什么？"老头说："菱角和芡实。"郑德璘喜欢喝酒，经常携带好酒松醪春去江夏，每次遇到老头，都邀请他一同喝酒，老人没有一次不喝，受惠却也不觉得很愧疚。

有一次，郑德璘抵达江夏，准备返回长沙，将船停泊在黄鹤楼下。有个盐商韦生，乘坐一条大船也要前往湘潭，当晚与邻船的人饮酒话别。韦生有个女儿待在大船的后舱。邻船的女儿也前来告别，二人待在一起说笑。快到半夜时分，听到江上有个秀才高声朗诵一首诗道："物触轻舟心自知，风恬浪静月光微。夜深江上解愁思，拾得红蕖香惹衣。"邻船女儿字写得很好，看见韦生女儿的妆镜匣里有一幅红笺纸，便取来将所听到的诗句抄录在上面。并且轻声念了很久，但是不晓得作诗的人是谁。等到第二天早上，大家乘着各自的船各奔东西。郑德璘的船和

韦氏舟，同离鄂渚信宿，及暮又同宿。

至洞庭之畔，与韦生舟楫颇以相近。韦氏美而艳，琼英腻云，莲蕊莹波，露濯蕣姿，月鲜珠彩，于水窗中垂钩。德璘因窥见之，甚悦。遂以红绡一尺，上题诗曰："纤手垂钩对水窗，红蕖秋色艳长江。既能解佩投交甫，更有明珠乞一双。"强以红绡惹其钩，女因收得，吟玩久之，然虽讽读，即不能晓其义。女不工刀札，又耻无所报，遂以钩丝而投夜来邻舟女所题红笺者。德璘谓女所制，凝思颇悦，喜畅可知。然莫晓诗之意义，亦无计遂其款曲。由是女以所得红绡系臂，自爱惜之。明月清风，韦舟遽张帆而去。风势将紧，波涛恐人。德璘小舟，不敢同越，然意殊恨恨。

将暮，有渔人语德璘曰："向者贾客巨舟，已全家殁于洞庭耳。"德璘大骇，神思恍惚，悲婉久之，不能排抑。将夜，为《吊江姝》诗二首曰："湖面狂风且莫吹，浪花初绽月光微。沉潜暗想横波泪，得共鲛人相对垂。"又曰："洞庭风软荻花秋，新没青蛾细浪愁。泪滴白蘋君不见，月明江上有轻鸥。"诗成，酹而投之。精贯神祇，至诚感应，遂感水神，持诣水府。府君览之，召溺者数辈曰："谁是郑生所爱？"而韦氏亦不能晓其来由。有主者搜臂，见红绡而语府君，曰："德璘异日是吾邑之明宰，况曩有义相及，不可不曲活尔命。"因召主者，携韦氏送郑生。

韦生的船同时离开鄂渚，两夜之后，到了日暮两条船又都停泊在了一起。

到了洞庭湖畔，郑德璘所乘的船与韦生的船停靠得很近。韦生的女儿容貌美而艳丽，琼花插在光泽的云鬟上，就如莲花漂浮在莹澈的碧波上，就如沾露欲滴的木槿花，就如新月和闪烁光彩的明珠，在船的水窗旁垂钓。郑德璘偷偷看到了，心里很喜欢。他便在一尺红绡上题了一首诗："纤手垂钩对水窗，红蕖秋色艳长江。既能解佩投交甫，更有明珠乞一双。"然后将红绡挂在韦生女儿的钓钩上，韦生的女儿收到红绡和题诗，反复吟咏玩赏，但尽管诵读，却无法理解诗中的含义。韦生女儿不精通书写，又耻于拿不出什么东西来回报郑德璘，便将那天晚上邻船女抄录诗句的红笺挂在钩上，抛给郑德璘。郑德璘以为红笺上所题的诗句是韦生的女儿所作，细琢磨很喜欢，心里高兴就可想而知了。然而不能理解诗中的意思，也无法与韦生的女儿倾诉衷情。从此，韦生的女儿将收到的红绡系在胳膊上，非常珍惜。湖面上月白风清，韦生的大船突然扬帆离了岸。这时风势增大，波涛涌起，骇浪惊人。郑德璘的小船不敢追赶，心中非常焦急怨恨。

到了傍晚，打鱼的人告诉郑德璘说："刚才漂走的那个客商的大船，已经全家沉没在洞庭湖里了。"郑德璘听了大惊，不觉精神恍惚，悲伤的心情长时间难以抑制和排除。当天晚上，做了两首题为《吊江姝》的诗来祭奠。一首是："湖面狂风且莫吹，浪花初绽月光微。沉潜暗想横波泪，得共鲛人相对垂。"另一首是："洞庭风软荻花秋，新没青蛾细浪愁。泪滴白蘋君不见，月明江上有轻鸥。"诗写成然后酹酒将诗笺投入水中，对天地祈祷。非常虔诚，于是感动了水神，派人送信给水府。府君看了信后，将溺水者数人召集起来，问："谁是郑德璘所爱的人？"而韦生的女儿也不知道怎么回事。有主事的上前挨个检查溺水者的胳膊，见到韦生女儿胳膊上的红绡后告诉府君说："郑德璘以后是我们这里的地方官，况且以前我和他有交好之谊，我们不可不设法让她活着。"于是府君叫主事者领着韦生的女儿送给郑德璘。

韦氏视府君，乃一老叟也。逐主者疾趋而无所碍。道将尽，睹一大池，碧水汪然。遂为主者推堕其中，或沉或浮，亦甚困苦。时已三更，德璘未寝，但吟红笺之诗，悲而益苦。忽觉有物触舟，然舟人已寝，德璘遂秉炬照之，见衣服彩绣，似是人物。惊而拯之，乃韦氏也，系臂红绡尚在。德璘喜骤。良久，女苏息，及晓，方能言。乃说："府君感君而活我命。"德璘曰："府君何人也？"终不省悟。遂纳为室，感其异也，将归长沙。

后三年，德璘常调选，欲谋醴陵令。韦氏曰："不过作巴陵耳。"德璘曰："子何以知？"韦氏曰："向者水府君言是吾邑之明宰，洞庭乃属巴陵，此可验矣。"德璘志之，选果得巴陵令。及至巴陵县，使人迎韦氏。舟楫至洞庭侧，值逆风不进。德璘使佣篙工者五人而迎之，内一老叟，挽舟若不为意，韦氏怒而唾之。叟回顾曰："我昔水府活汝性命，不以为德，今反生怒。"韦氏乃悟，恐悸，召叟登舟，拜而进酒果，叩头曰："吾之父母，当在水府，可省觐否？"曰："可。"

须臾，舟楫似没于波，然无所苦。俄到往时之水府，大小倚舟号恸。访其父母，父母居止俨然，第舍与人世无异。韦氏询其所须，父母曰："所溺之物，皆能至此，但无火化，所食唯菱芡耳。"持白金器数事而遗女曰："吾此无用处，可以赠尔。不得久停。"促其相别。韦氏遂哀恸别其父母。

韦生的女儿看到府君，是一个老头。她跟着主事者快步走了出去，没有碰到什么障碍。这条路走到头看见一个大水池，池中碧水荡漾。便被主事者推落池中，半沉半浮，非常难受。这时已是三更时分，郑德璘未睡，仍在阅读红笺上的诗句，更是悲伤不已。忽然感觉有什么东西碰到了船上，然而船上的人都睡着了，郑德璘就手持着蜡烛到船边一照，看见有彩色绣花的衣服，似乎是个人。惊慌地救了上来，一看竟是韦生的女儿，系在胳膊上的红绡还在。郑德璘惊喜异常。过了许久，韦生的女儿苏醒过来，直到天亮，才能说话。她述说："是府君感激你，才救了我的性命。"郑德璘问："府君是什么人？"但一直没能搞清楚。于是郑德璘娶韦生的女儿为妻，感到她的经历很奇异，然后带着她回到了长沙。

三年后，郑德璘经常调任新的官职，他想谋求醴陵县令。韦生的女儿说："不过只能去巴陵。"郑德璘问："你怎么知道？"韦生的女儿说："当时水府君说你是我们这里的地方官，洞庭属于巴陵县，这可以验证。"郑德璘记在心里，选派任命的果然是巴陵县令。等到了巴陵后，他派人去接韦生的女儿。船行到洞庭湖畔，赶上逆风，无法前进。郑德璘派去迎接韦生女儿的五个船夫、纤夫当中，有一个老头，驾船似乎漫不经心，韦生的女儿生气地斥责他。老头回头说："我过去在水府救活你的性命，你不记着我的恩德，现在反而对我发怒。"韦生的女儿明白过来，非常害怕，她请老头上船，拜见后摆上酒菜，磕头说："我的父母，应该还在水府，可以去探望吗？"老头回答说："可以。"

不一会儿，他们所乘的船只似乎沉入水中，然而却没有痛苦的感觉。很快到了往日所见的水府，大大小小一群人围着船大哭。韦生的女儿找到了父母，她的父母行为举止像活着时一样，居住的房屋与人世间也没什么不同。韦生的女儿问父母需要什么，她的父母说："掉到水里的东西都能到达这里，但是没有火来蒸煮加工，所吃的只有菱角和芡实。"又拿出数件白金器具递给女儿说："这些东西在我们这里没有用处，可以送给你。你不能在这里久留。"催促女儿回去。韦生的女儿便悲恸地告别父母。

叟以笔大书韦氏巾曰："昔日江头菱芡人，蒙君数饮松醪春。活君家室以为报，珍重长沙郑德璘。"书讫，叟遂为仆侍数百辈，自舟迎归府舍。俄顷，舟却出于湖畔。一舟之人，咸有所睹。

德璘详诗意，方悟水府老叟，乃昔日鬻菱芡者。岁余，有秀才崔希周投诗卷于德璘，内有《江上夜拾得芙蓉》诗，即韦氏所投德璘红笺诗也。德璘疑诗，乃诘希周。对曰："数年前，泊轻舟于鄂渚，江上月明，时当未寝，有微物触舟，芳馨袭鼻。取而视之，乃一束芙蓉也。因而制诗既成，讽咏良久，敢以实对。"德璘叹曰："命也！"然后更不敢越洞庭。德璘官至刺史。出《德璘传》。

赵璟　卢迈

赵璟、卢迈二相国皆吉州人，旅众呼为赵七、卢三。赵相自微而著，盖为是姚旷女婿。姚与独孤问俗善，因托之，得湖南判官，累奏官至监察。萧相复代问俗为潭州，有人又荐于萧，萧留为判官，至侍御史。萧入，主留务。有美声，闻于德宗，遂兼中丞，为湖南廉使。及李泌入相，不知之，俄而以李元素知璟湖南留务事，而诏璟归阙。

璟居京，慕静，深巷杜门不出。元素访之甚频。元素乃泌相之从弟。璟因访别元素于青龙寺，谓之曰："赵璟亦自合有官职，誓不敢怨人。诚非偶然耳，盖得于日者。"仍密问元素年命。曰："据此年命，亦合富贵人也。"元素因自

那个老头拿笔在韦生女儿的头巾上写道："昔日江头菱芡人，蒙君数饮松醪春。活君家室以为报，珍重长沙郑德璘。"写完，老头便率领奴仆和侍从数百人，用船送归府舍。一会儿，船又浮出水面。一船上的人，都目睹这了件事。

郑德璘详审诗意，方才明白水府的老头，就是以前在小船上卖菱角和芡实的那个老头。一年多以后，有个叫崔希周的秀才拿着自己所写的诗卷请教于郑德璘，其中有《江上夜拾得芙蓉》诗，就是韦生女儿投送给他的红笺上的那首诗。郑德璘疑怪，询问崔希周。崔希周回答说："几年前，我的小船停泊在鄂渚，江上月明，我那时睡不着觉，感到有小东西碰到小船上，芳香扑鼻。捞上来一看，是一束芙蓉花。因此我作了这首诗，并且高声朗诵很久，这全都是实话。"郑德璘感叹说："这就是命啊！"从这以后，他不再敢经过洞庭湖。郑德璘做官做到刺史。出自《德璘传》。

赵璟　卢迈

赵璟和卢迈两位相国都是吉州人，大家称他们为赵七和卢三。赵璟从平民升为高官，大概靠着他是姚旷的女婿。姚旷与独孤问俗关系很好，于是拜托了他，安排赵璟做了湖南判官，又多次向上推荐，使赵璟提升为监察。后代丞相萧复接替独孤问俗担任潭州刺史，又有人将赵璟推荐给他，萧复将赵璟留任为判官，后又升任为侍御史。萧复入朝为相，赵璟主持留守事务。由于赵璟政绩突出，名声很好，为德宗所知道，便让他兼任中丞，为湖南观察使。等到李泌做了丞相，不知道这些情况，不久用李元素代替赵璟主持湖南留守事务，皇上下诏将赵璟调回京城。

赵璟居住在京城，喜欢安静，整天待在家中闭门不出。李元素来访很频繁。李元素是丞相李泌的堂弟。一次赵璟拜访李元素后在青龙寺分手，对李元素说："我赵璟也应该有个职位，虽然闲居在家，但我不敢埋怨别人。目前这种状况不是偶然的，大概全由命运。"并悄悄问李元素自己今年的运势怎么样。李元素说："根据你今年的命相，也应该是个大富大贵的人。"李元素因为自

负，亦不言泌相兄也。顷之，德宗忽记得璟，赐对，拜给事中。泌相不测其由。会有和戎使事，出新相关播为大使，张荐、张或为判官。泌因判奏璟为副使。未至蕃，右丞有缺，宰相上名。德宗曰："赵璟堪为此官。"追赴拜右丞。不数月，迁尚书左丞平章事。作相五年，薨于位。出《嘉话录》。

赵璟

赵相璟之为入蕃副使，谓二张判官曰："前几里合有河，河之边有柳树，树下合有一官人，着惨服立。"既而悉然，官人置顿官也。二张问之，赵曰："某年三十前，已梦此行，所以不怨他时相。"赵相将薨之时，长安诸城门金吾家，见一小儿，豹犊鼻，携五色绳子，觅赵相其人。见者知异。不经数日，赵薨。出《嘉话录》。

包谊

唐包谊者，江东人也，有文词。初与计偕，至京师，赴试期不及。宗人祭酒佶怜之，馆于私第。谊多游佛寺，无何，搪突中书舍人刘太真。太真睹其色目，即举人也，命一价询之。谊勃然曰："进士包谊，素不相识，何劳致问！"太真甚衔之，以至专访其人于佶。佶闻谊所为，大怒，因诘责，遣徙他舍。谊亦无作色。

负，也没有告诉赵璟自己是李泌丞相的堂弟。一天，德宗忽然想起赵璟仍闲居在家，召他来问对，起用他为给事中。李泌不知道其中的缘由。恰巧有派遣和戎使者的事，新相关播为大使，张荐和张彧为判官。李泌便奏请赵璟为副使。没等到达出使的国家，右丞相的位置出现空缺，宰相提出候选人名单。德宗说："赵璟可以担任这个官职。"于是派人追上赵璟任命他为右丞相。过了几个月，又改任尚书左丞平章事。赵璟担任丞相五年，死在位上。出自《嘉话录》。

赵　璟

丞相赵璟任出使邻国的副使时，对两个姓张的判官说："前面几里地远应该有一条河，河边有一棵柳树，树下应该有一名官员，穿着丧服站着。"走了一会儿，果然见到的同赵璟所说的一样，官员是个虚设的顿官。两位张姓判官问赵璟是如何知道的，赵璟说："我三十年前，就已经梦到了有这次行动，所以不埋怨那时的丞相。"丞相赵璟临死之前，长安各个城门的守护兵丁都看见一个小孩，穿着豹皮犊鼻裤，拿着一根五色绳子，寻找丞相赵璟。看见的人都觉得这事奇怪。过了不几天，赵璟就死了。出自《嘉话录》。

包　谊

唐朝有个叫包谊的，是江东人，很有文才。当初他赶考来到京城，但是误了考期。同宗人祭酒包佶很替他惋惜，让他住在自己家里。包谊经常去佛寺游玩，无意中冒犯了中书舍人刘太真。刘太真见他的穿戴举止是个参加科举的人，便叫一个仆役去打听。包谊发怒说："进士包谊，与你素不相识，何必辛劳你打听！"刘太真心里很憎恨他，以至于专门派人去向包佶查访他。包佶听说包谊的无礼行为，非常生气，训斥他一番后，将他赶到别处住了。包谊一点也没有惭愧之色。

明年，太真主文，志在致其永弃，故过杂文，俟终场明遣之。既而自悔曰："此子既忤我，从而报之，是我为浅丈夫也。但能永废其人，何必在此。"于是放入策。太真将放榜，先呈宰相。榜中有姓朱人及第。时宰以泚近为大逆，未欲以此姓及第，亟遣易之。太真错谔趋出，不记他人，唯记谊。及谊谢恩，方悟己所恶也。因明言，乃知得丧非人力也，盖假手而已。出《摭言》。

薛少殷

河东薛少殷举进士。忽一日，暴卒于长安崇义里。有一使持牒，云："大使追。"引入府门。既入，见官府，即鲜于叔明也。少殷欲有所诉，叔明曰："寒食将至，何为镂鸡子食也？"东面有一僧，手持宝塔。扇双开，少殷已在其中。叔明曰："日某方欲上事，和尚何为救此人？"乃迫而出，令引少殷见判官。

及出门之西院，阍者入白，逡巡，闻命素服乃入。所见乃亡兄也。叙泣良久，曰："吾以汝未成名，欲荐汝于此，分主公事。故假追来，非他也。"少殷时新婚，恳不愿住。兄曰："吾同院有王判官，职居西曹。汝既来此，可以一谒而去。"乃命少殷于西院见之，接待甚厚。俄闻备馔，海陆毕备。未食，王判官忽起，顾见向者持塔僧。僧曰："不可食，食之则无由归矣。"少殷曰："饥甚，奈何？"

第二年，刘太真主考，想要让包谊永远放弃科举，所以在他考杂文时，等到考终场，将包谊贬低一番后公开赶出去。不久，他又后悔了，心里想："此人得罪了我之后，我便报复他，不是大丈夫所为。只要能永远阻挡他的前程，何必在此一时了！"于是放过包谊，使他的试卷合格。刘太真在将要张榜公布考中举子的名单之前，先将名单送给宰相审阅。榜中有个姓朱的人考中了。当时宰相认为朱泚近为大逆不道的人，不想让姓朱的中榜，急令换一个人。刘太真慌忙去找人，记不清其他人的名字，只记住了包谊的名字，便将包谊换上。等包谊进来谢恩，这时他才想起来，包谊正是他所厌恶的人。所以："功名得失不由人，全都是假借人来完成而已。"出自《摭言》。

薛少殷

河东薛少殷去考进士。突然有一天暴死在长安崇义里。有一差人持公文说："大使拘捕你。"将他带进一座官府的大门。进去以后，见到的官员原来是鲜于叔明。薛少殷刚想要说话，鲜于叔明说："寒食节就要到了，为什么吃画上花纹的鸡蛋呢？"东边有一个和尚，手中拿着宝塔。塔门打开，将薛少殷装了进去。鲜于叔明说："今天我刚要处理公务，和尚为什么解救此人？"然后逼迫薛少殷走出宝塔，叫人领他去见判官。

出门进了西院，看门的人进去通报，一会儿，叫他穿上丧服进去。薛少殷见到的竟是他死去的哥哥。交谈痛哭了很长时间，他哥哥说："我因为你到现在还没有功名，想要推荐来这里，帮助我分担公务。所以派人将你抓捕来，没有别的意思。"薛少殷那时刚新婚，恳求不要让他留下来。他哥哥说："我同院有个王判官，职掌西曹。你既然到此，可以拜见他以后再走。"便让薛少殷在西院拜见了王判官，王判官款待薛少殷很丰厚。一会儿，就准备好了酒菜，山珍海味都有。还没吃，王判官忽然站起来离开了，薛少殷扭头看那个手里托着宝塔的和尚，和尚对薛少殷说："不能吃，吃了就没有办法回去了。"薛少殷说："饿得厉害，怎么办？"

僧曰："唯蜜煎姜可食。"乃取食之。而王判官竟不至。僧曰："可去矣。"少殷复出，诣兄泣，且请去。兄知不可留，乃入白官府，许之。少殷曰："既得归人间，愿知当为何官？"兄曰："此甚难言，亦何用知之？"恳请，乃召一吏，取籍寻阅，不令见之。曰："汝后年方成名，初任当极西得之，次历畿赤簿尉，又一官极南。此外吾不得知。"临别，兄曰："吾旧使祇承人李俊，令随汝去。有危急，即可念之。"既去，每遇危际，皆见其僧前引。少殷曰："弟子素不相识，和尚何乃见护如此？"僧曰："吾为汝持《金刚经》，故相护尔。"

既醒，具述其事。后年春，果及第。未几，授秘书省正字，充和蕃判官。及回，改同官主簿，秩满，遇赵昌为安南节度。少殷与之有旧，求为从事，欲厌极南之官。昌许之，曰："乘递之镇，未暇有表，至江陵，当以表请。"及表至，少殷寻以丁母忧。服除，选授万年县尉。时青淄卒吏与驸马家僮斗死，京兆府不时奏，德宗赫怒。时少殷主贼曹一日，乃贬高州雷泽县尉。十余年备历艰苦，而李俊常有所护。及顺宗嗣位，有诏收录贬官，少殷移至桂阳，与贬官李定同行，过水勒马，与一从人言，即李俊也。云："某月日已足。"拜别而去。少殷曰："吾兄言官止于此，李俊复去，将不久矣。"李定惊惨其事，因问，具以告之。数日而卒。出《前定录》。

和尚说："只有蜂蜜煎姜片可以吃。"于是薛少殷拿过来吃了。王判官始终没有回来。和尚说："可以走了。"薛少殷又出了西院，到哥哥那里，哭着请求哥哥让他回去。他哥哥知道无法挽留，便带他进去禀告了官府，同意他回去。薛少殷说："既然能回人间，我希望知道我将来能当什么官？"他哥哥说："这个很难说，你知道又有什么用？"薛少殷一再恳求，他哥哥便叫来一个差人，取来名册翻寻，却不让他看。然后对他说："你后年才能考中功名，一开始当的官在很远的西方，以后在京城任赤簿尉，然后又去很远的南方当官。此外我就不知道了。"临分手时，他哥哥又说："我原来的差役叫李俊，叫他跟你去。有危急的时候需要保护，你就招呼他的名字。"薛少殷离开后，每当遇到危难之时，都看见那个和尚在前面引路。薛少殷说："我与你素不相识，你为什么能这样保护我？"和尚说："我因为你持诵《金刚经》，所以保护了你。"

随即薛少殷醒了，对别人讲了所经历的事。后年春天，他果然考中登第。不长时间，被任命为秘书省正字，被派做出使西边邻国的判官。回来后改任同官县主簿，任期满了，遇到赵昌被任命为安南节度使。薛少殷与他有老交情，求做他的从事，想不去很远的南方做官。赵昌答应了，说："办理交接的时候，没有时间上表报告，到了江陵，我一定为你上表请示。"等到奏表批复的时候，薛少殷因母亲去世而服丧。服丧期满，被授予万年县尉。当时青淄卒吏与驸马家的僮仆打斗，将僮仆打死，京兆府不断将此事报告皇帝，德宗发怒。这时恰巧薛少殷刚刚主持贼曹一天，就被贬到南方的高州雷泽当县尉。十多年受尽艰难困苦，而李俊常常守护在他身边。等到顺宗继位下诏书登记录用被贬的官员，薛少殷被调往桂阳，与贬官李定同行，在过一条河时，勒住马同一个随从说话，就是李俊。李俊说："我跟随您的日期已满。"然后拜别而去。薛少殷说："我哥哥讲，我做官到此为止，李俊已经走了，我没有多长时间了。"李定觉得非常惊讶，问他什么原因。薛少殷将事情全对他讲了。几天后，薛少殷就死了。出自《前定录》。

袁孝叔

袁孝叔者，陈郡人也。少孤，事母以孝闻。母尝得疾恍惚，逾日不痊。孝叔忽梦一老父谓曰："子母疾可治。"孝叔问其名居，不告，曰："明旦迎吾于石坛之上，当有药授子。"及觉，乃周览四境，所居之十里，有废观古石坛，而见老父在焉。孝叔喜，拜迎至于家。即于囊中取九灵丹一丸，以新汲水服之，即日而瘳。

孝叔德之，欲有所答，皆不受。或累月一来，然不详其所止。孝叔意其能历算爵禄，常欲发问，而未敢言。后一旦来而谓孝叔曰："吾将有他适，当与子别。"于怀中出一编书以遗之，曰："君之寿与位，尽具于此。事以前定，非智力所及也。今之躁求者，适足徒劳耳。君藏吾此书，慎勿预视。但受一命，即开一幅。不尔，当有所损。"孝叔跪受而别。

后孝叔寝疾，殆将不救。其家或问后事，孝叔曰："吾为神人授书一编，未曾开卷，何遽以后事问乎？"旬余，其疾果愈。后孝叔以门荫调授密州诸城县尉，五转蒲州临晋县令。每之任，辄视神人之书，时日无差谬。后秩满，归阌乡别墅。因晨起，欲就巾栉，忽有物坠于镜中，类蛇而有四足。孝叔惊仆于地，因不语，数日而卒。后逾月，其妻因阅

袁孝叔

袁孝叔是陈郡人。幼年丧父，侍奉母亲尽心，孝顺远近闻名。他的母亲曾经得了一种病，神志恍惚，很多天也不好。袁孝叔忽然梦见一个老头对他说：“你母亲的病能治好。”袁孝叔问他叫什么名字，住在哪里，老头不告诉他，只对他说：“明天在石坛之上迎接我，我有药给你。”睡醒后，袁孝叔找遍了四周，在离家十里的地方，发现一座废道观，里面有座古石坛，看见真有个老头在石坛上。袁孝叔大喜，恭恭敬敬地将老头迎回家。老头从口袋里拿出一丸九灵丹，用刚打回来的水给袁孝叔的母亲服下，当天母亲的病就好了。

袁孝叔对老头非常感激，想要送钱物来答谢老头，老头全都不要。以后老头每个月来一次，然而不知道他住在什么地方。袁孝叔认为他能推算人的爵禄，常常想问他，但是一直没敢开口。后来一天早上老头来了对袁孝叔说：“我要到别的地方去了，从此与你分别。”然后从怀里取出一卷书递给袁孝叔，说：“你的寿命和功名，全写在里面。事情都是先前定好的，不是靠智力能做到的。现在世上那些急于求成的人，注定是徒劳的。你收藏好我这本书，小心不要事先翻看。每得到一次任命，便打开一幅。不然，对你不利。”袁孝叔跪下接受赠书后，就和老头分别了。

后来袁孝叔得病卧床，似乎无法医治了。家里人问他如何安排后事，袁孝叔说：“我有神仙传授的一卷书，未曾打开，何必着急问死后的事呢？”十多天以后病果然好了。后来，袁孝叔靠家族的福荫，当上了密州诸城县尉，经过五次调动，辗转做了蒲州临晋县令。每次接受新的任命，就看下神仙留下的书，书中所写的时日和实际毫无差错。后来任期满了，袁孝叔回归阌乡别墅居住。一天早晨起床，刚要梳头，忽然有一个东西掉到镜子上，像是一条蛇却有四只脚。袁孝叔受惊吓摔倒在地上，之后他便不会说话，没有几天就死了。过了一个月，袁孝叔的妻子整理

其筒，得老父所留之书，犹余半轴，因叹曰："神人之言，亦有诬矣。书尚未尽，而人已亡。"乃开视之，其后唯有空纸数幅，画一蛇盘镜中。出《前定录》。

他的书箱，发现了老头留下的书，似乎还有半卷没有翻看过，于是感叹地说：“神仙说的话，也有不准的时候。书还没翻完，而人就死了。”于是翻开书看，见到后半部只有几幅空白纸，上面画着一条盘在镜子上的蛇。出自《前定录》。

卷第一百五十三

定数八

李　公

唐贞元中，万年县捕贼官李公，春月与所知街西官亭子置鲙。一客偶至，淹然不去，气色甚傲。众问所能，曰：“某善知人食料。”李公曰：“且看今日鲙，坐中有人不得吃者否？”客微笑曰：“唯足下不得吃。”李公怒曰：“某为主人，故置此鲙，安有不得吃之理！此事若中，奉五千；若是妄语，当遭契阔。请坐中为证。”因促吃。将就，有一人走马来云：“京兆尹召。”李公奔马去，适会有公事，李公惧晚，使报诸客但餐，恐鲙不可停。语庖人：“但留我两楪。”欲破术人之言。诸客甚讶。

良久，走马来，诸人已餐毕，独所留鲙在焉。李公脱衫就座，执箸而骂。术士颜色不动，曰：“某所见不错，未知何故？”李公曰：“鲙见在此，尚敢大言。前约已定，安知某不能忽忽酬酢？”言未了，官亭子仰泥土壤，方数尺，堕落，食器粉碎，

李　公

唐德宗贞元年间，万年县的捕贼官李公，春天的一个月夜准备和朋友在街西边的官亭子里吃鱼。偶然间来了一个人，停留在亭子里不走，并且神色很傲慢。大家问他有什么能耐，他说："我能知道人们每天吃什么饭。"李公说："你看今天的鱼，坐席中有吃不着的人吗？"那人微笑着说："唯独您吃不着。"李公生气地说："我是主人，我安排的鱼宴，哪有吃不着的道理！你如果说对了，送给你五千文钱；如果是胡说，当心吃苦头。请在座的各位作证。"于是催促快做鱼。快做好的时候，这时忽然有人骑着马跑来说："京兆尹召见。"李公只好上马离去，碰上有公事，李公怕回来得晚，便告诉客人们只管吃，否则鱼肉就凉了。又告诉厨师："只给我留两碟。"以便破了那个人的预言。大家非常惊讶。

过了很长一段时间，李公才骑马回来，大家已经吃完了，只剩下所留下的两碟鱼。李公脱去外衣坐下，拿起筷子就骂。可那术士脸色不改，说："我所见的不应该错，不知道什么原因？"李公说："鱼现在就在我面前，你还敢说大话。先前已经约定好了的，你怎么知道我不能惩罚你？"话没说完，官亭子顶上抹的一大片泥土，足有好几尺见方，忽然掉下来，吃饭的器皿被砸得粉碎，

鲙并杂于粪埃。李公惊异,问厨者更有鲙否,曰:“尽矣。”乃厚谢术士,以钱五千与之。出《逸史》。

李宗回

李宗回者,有文词,应进士举,曾与一客自洛至关。客云:“吾能先知人饮馔,毫厘不失。”临正旦,一日将往华阴县。县令与李公旧知,先遣书报。李公谓客曰:“岁节人家皆有异馔,况县令与我旧知,看明日到,何物吃?”客抚掌曰:“大哥与公各饮一盏椒葱酒,食五般馄饨,不得饭吃。”李公亦未信。

及到华阴县,县令传语,遣鞍马驮乘,店中安下,请二人就县。相见喜曰:“二贤冲寒,且速暖两大盏酒来,着椒葱。”良久台盘到,有一小奴与县令耳语。令曰:“总煮来。”谓二客曰:“某有一女子,年七八岁,常言‘何不令我勾当家事。’某昨恼渠,遣检校作岁饭食。适来云,有五般馄饨,问煮那般,某云,总煮来。”逡巡,以大碗盛,二客食尽。忽有佐吏从外走云:“敕使到。”旧例合迎。县令惊,忙揖二客,鞭马而去。客遂出,欲就店终餐,其仆者已归,结束先发,已行数里,二人大笑,相与登途,竟不得饮吃。异哉!饮啄之分也。出《逸史》。

崔朴

唐渭北节判崔朴,故荥阳太守祝之兄也。常会客

剩下的两碟鱼已混杂在尘土中。李公很惊异,问厨师还有鱼吗,回答说:“没有了。”于是李公向那术士重重道歉,给了他五千文钱。出自《逸史》。

李宗回

李宗回这个人,很有文才,应考进士,他与另一个人一同从洛阳前往关中。同行的人说:“我能预先知道人每天吃什么喝什么,不会出丝毫差错。”快到正月初一的一天,他们将往华阴县。华阴县令和李宗回是老朋友,李宗回又事先捎去了书信。李宗回问同行的那个人:“过年的时候,人家都有不同寻常的菜肴,况且县令和我是老朋友,你看我们明天到了能吃什么?”同行的人拍着手说:“大哥与您各饮一杯椒葱酒,吃五种馄饨,但是吃不着饭。”李宗回不相信。

到了华阴县,县令传话,让他们一行先在客店中安顿住下,然后请二人到县衙去。见面后县令高兴地说:“两位冒寒而来,快热两大杯酒来,加胡椒和葱籽。”一会儿就端了上来,这时有个仆人在县令的耳边悄悄说了几句话。县令说:“一块煮上来。”然后对两位客人说:“我有一个女儿,七八岁,经常对我说‘为什么不让我做家里的事情’。昨天我被她缠得恼了,便叫她检校准备过年的食物。刚才她叫人来问,有五种馅的馄饨,问煮哪一种,我告诉她每样都煮一点送来。”不一会儿,用大碗将馄饨盛了上来,两个人很快把馄饨吃光了。这时忽然有佐吏从外面进来,宣说:“皇帝的使者到了。”按照惯例应该去迎接。县令一惊,急忙向二人拱一拱手,出门骑马而去。二人出了县衙,想回到客店再吃点饭,做饭的仆人已经回家去了。他俩结了账就上路了,走了几里地后,二人大笑,一同行走,竟吃不着饭。太奇怪了!吃喝的事,也是前定的。出自《逸史》。

崔　朴

唐朝渭北节判崔朴,是前荥阳太守崔祝的哥哥。曾有一次会客,

夜宿，有言及宦途通塞，则曰："崔琯及第后，五任不离释褐。令狐相七考河东廷评，六年太常博士。尝自赋诗，嗟其蹇滞曰：'何日肩三署，终年尾百僚。'其后出入清要。张宿遭遇，除谏议大夫，宣慰山东。宪宗面许，回日与相，至东洛都亭驿暴卒。崔元章在举场无成，为执权者所叹。主司要约，必与及第。入试日中风，不得一名如此。

朴因话家世曾经之事：朴父清，故平阳太守。建中初，任蓝田尉。时德宗初即位，用法严峻。是月，三日之内，大臣出贬者七，中途赐死者三，刘晏、黎幹，皆是其数。户部侍郎杨炎贬道州司户参军，自朝受责，驰驿出城，不得归第。炎妻先病，至是炎虑耗达，妻闻惊，必至不起。其日，炎夕次蓝田，清方主邮务。炎才下马，屈崔少府相见。便曰："某出城时，妻病绵惙。闻某得罪，事情可知。欲奉烦为申辞疾，请假一日，发一急脚附书，宽两处相忧，以候其来耗，便当首路，可乎？"清许之。邮知事吕华进而言曰："此故不可，敕命严迅。"清谓吕华："杨侍郎迫切，不然，申府以阙马，可乎？"华久而对曰："此即可矣。"清于是以此闻于京府，又自出俸钱二十千，买细毡，令选毡舁，顾夫直诣炎宅，取炎夫人。夫人扶病登舁，仍戒其丁勤夜行。旦日达蓝田，时炎行李简约，妻亦病稍愈，便与炎偕往。炎执清之手，问第行，清对曰："某第十八。"清又率俸钱数千，具商于已来山程之费。至韩公驿，执清之袂，令妻出见

与客人夜宿，与人谈到做官之路的通达或壅塞，崔朴说道：“崔琯考中进士后，连续做了五任官。令狐相国七考河东大理寺评事，六年太常博士。曾经自己给自己做了两句诗，感叹仕途的不顺说：‘何日肩三署，终年尾百僚。’到了最后他才进入达官显贵的行列。张宿的经历是，被任命为谏议大夫去安抚山东。宪宗当面许诺，回来后任命他为丞相，可是他走到东洛都亭驿站突然死了。崔元章在考场上失败，为当权的官员们所惋惜。主考官同他在考试前约定，一定让他考中。结果考试当天患中风，就这样还是没有得一丝功名。”

崔朴又讲了他们家曾经历的事情：崔朴父亲崔清，原来是平阳太守。建中初年，任蓝田县尉。当时德宗皇帝刚刚即位，用法极其严厉。那个月的三天之内，有七个大臣被降职调离，中途有三个大臣又被皇帝赐死，刘晏、黎幹都在其中。户部侍郎杨炎被贬到道州做司户参军，从他在朝中受到责难，到骑马离开皇城，中间没让他回家看一下。杨炎的妻子先前就有病，杨炎考虑如果自己获罪被贬官的消息让妻子知道了，妻子惊闻，必然病重不起。当天晚上，杨炎到达蓝田，崔清正在这里主持驿站上的公务。杨炎刚下马，就请崔少府屈尊相见。杨炎对崔清说：“我出京城时，妻子病得很严重。如果听闻我获罪，其后果可想而知。想要麻烦您申报生病，为我请假一天，我好写一封信派个急脚送去，以解除两处的忧虑，等到妻子的消息，便会出发，可以吗？”崔清同意了。邮知事吕华进言说：“此事一定不行，皇命严急。”崔清对吕华说：“杨侍郎事情紧急，要求迫切，要不，向上报告这里没有马匹，可以吗？”吕华考虑了一段时间，回答说：“这样可以。”于是崔清同京城通报了情况，又拿出自己的俸禄二十千文，买来细毛毡，令人制成毡轿，雇人直接赶到杨炎家，去接杨炎的妻子。杨炎的妻子带病登上轿子，崔清仍叫车夫连夜赶路。第二天，到了蓝田，杨炎的行李简单，他妻子的病也稍好了一点，便与杨炎一起上路了。杨炎握着崔清的手问他排行老几，崔清回答说：“我排行十八。”崔清又资助杨炎俸禄钱数千文，全部算作补贴杨炎出京以来的费用。到了韩公驿站，杨炎扯着崔清的衣袖，让妻子出来相见，

曰："此崔十八，死生不相忘，无复多言矣。"炎至商於洛源驿，马乏，驿仆王新送骡一头。又逢道州司仓参军李全方挽运入奏，全方辄倾囊以济炎行李。

后二年秋，炎自江华除中书侍郎，入相。还至京兆界，问驿使："崔十八郎在否？"驿吏答曰："在。"炎喜甚。顷之，清迎谒于前。炎便止之曰："崔十八郎，不合如此相待。今日生还，乃是子之恩也！"仍连镳而行，话湘楚气候。因曰："足下之才，何适不可？老夫今日可以力致。柏台谏署，唯所选择。"清因逊让，无敢希侥幸意。炎又曰："勿疑，但言之。"清曰："小谏闲且贵，敢怀是望？"炎曰："吾闻命矣，无虑参差。"及炎之发蓝田，谓清曰："前言当一月有期。"

炎居相位十日，追洛源驿王新为中书主事，仍奏授鄂州唐年县尉李全方监察御史，仍知商州洛源监。清之所约沉然。清罢职，特就炎第谒之。初见则甚喜，留坐久之，但饮数杯而已，并不及前事。逾旬，清又往焉，炎则已有怠色。清从此退居，不复措意。后二年，再贬崖州，至蓝田，喟然太息若负者，使人召清，清辞疾不往。乃自咎曰："杨炎可以死矣，竟不还他崔清官。"出《续定命录》。

李藩

李相藩，尝寓东洛，年近三十，未有宦名。夫人即崔构

说："这就是崔十八郎，我们生死也不能忘了他，不需要多说了。"杨炎走到商於的洛源驿站，马匹困乏跑不动了，驿站的仆人王新送给他一头骡子。正巧还碰上了道州司仓参军李全方押运贡品去京城，李全方将身上带的钱，全都送给了杨炎，以周济杨炎的行程。

两年后的秋天，杨炎在江华被重新起用，任命为中书侍郎，当了丞相。他返回途中，到了京城边界的驿站，问驿使："崔十八郎在吗?"驿使回答："在。"杨炎非常高兴。不一会儿，崔清前来迎接拜见杨炎。杨炎便制止他说："崔十八郎，您不该这样待我。我今天能活着回来，全是因为您的恩惠啊!"仍旧和他骑马并行，他们谈论湘楚一带的气候。杨炎趁机说："您的才华，干什么不行？我现在可以极力推荐您。御史或是谏议大夫，随您选择。"崔清谦虚退让，没有想侥幸升官的意思。杨炎又说："不要有顾虑，有什么想法尽管说。"崔清说："当个小小的谏官很清闲且高贵，我怎敢抱这个希望呢?"杨炎说："我知道您的意思了，一定能满足您，不要顾虑会有什么差错。"等到杨炎从蓝田出发，又对崔清说："我说的事，一个月就会有消息。"

杨炎当丞相十天，提拔洛源驿站王新为中书主事，请示皇帝授予鄂州唐年县尉李全方为监察御史，仍然主管商州洛源监。只有与崔清所约定的事没有消息。崔清去职后，特意到杨炎家里去拜见他。杨炎第一次见到崔清很高兴，留他坐了很久，只是喝了几杯茶罢了，却不提及推荐他的事。过了十几天，崔清又去他家，杨炎则已显露出冷淡的神色。崔清从此再也不去了，不再把杨炎的话放在心里。两年后，杨炎又被贬到崖州，路过蓝田的时候，叹息自己对不住崔清，叫人去请崔清，崔清托病不去。杨炎惭愧地自责说："杨炎可以死，但竟没有偿给崔清一个官职。"

出自《续定命录》。

李藩

丞相李藩，曾居东洛，年近三十岁，还没当官。夫人是崔构

庶子之女。李公寄托崔氏,待之不甚厚。时中桥胡芦生者善卜,闻人声,即知贵贱。李公患脑疮,又欲挈家居扬州,甚愁闷。及与崔氏弟兄访胡芦生,芦生好饮酒,人诣之,必携一壶,故谓为胡芦生。李公与崔氏各携钱三百。生倚蒲团,已半酣。崔氏弟兄先至,胡芦生不为之起,但伸手请坐。李公以疾后至,胡芦生曰:“有贵人来。”乃命侍者扫地,既毕,李公已到。未下驴,胡芦生笑迎执手曰:“郎君贵人也!”李公曰:“某贫且病,又欲以家往数千里外,何有贵哉?”胡芦生曰:“纱笼中人,岂畏迍厄?”李公请问纱笼之事,终不说。

遂往扬州,居于参佐桥。使院中有一高员外,与藩往还甚熟。一旦来诣藩,既去,际晚又至,李公甚讶之。既相见,高曰:“朝来拜候却归,困甚,昼寝,梦有一人,召出城外,于荆棘中行。见旧使庄户,卒已十年,谓某曰:‘员外不合至此,为物所诱,且便须回,某送员外去。’却引至城门。某谓之曰:‘汝安得在此?’云:‘我为小吏,差与李三郎当直。’某曰:‘何处李三郎?’曰:‘住参佐桥之员外。与李三郎往还,故此祗候。’某曰:‘三郎安得如此?’曰:‘是纱笼中人。’诘之不肯言。因曰:‘某饥,员外能与少酒饭钱财否?子城不敢入,请与城外置之。’某谓曰:‘就三郎宅中得否?’曰:‘若如此,是杀某也。’遂觉。已令于城外与置酒食,且奉报好消息。”李公微笑。

数年,张建封仆射镇扬州,奏李公为巡官校书郎。会有新罗僧,能相人,且言张公不得为宰相。甚怀怏,因令于

庶子的女儿。李藩寄住在岳丈崔家，崔家并不很厚待他。当时，中桥有个算命的叫胡芦生，只要听到人说话的声音，就能知道贵贱。李藩患脑疮，又想携带家眷搬到扬州去住，心里很愁闷。便和崔家的弟兄去拜访胡芦生，胡芦生好喝酒，别人找他算命，必须拿一壶酒，所以被称做胡芦生。李藩和崔家兄弟各带了三百文钱。胡芦生靠在蒲团上，已经半醉。崔家兄弟先到了，胡芦生也不站起来，只打个手势，请他们坐下。李藩有病，走在后面，胡芦生说："有贵人来了。"于是叫侍者扫地，刚扫完地，李藩就到了。还没等他下驴，胡芦生就笑着迎接，握着他的手说："您是贵人啊！"李藩说："我很穷又有病，又想把全家搬到几千里之外去，有什么富贵呢？"胡芦生说："纱笼中人，怎么能怕挫折呢？"李藩请教他什么是"纱笼"，胡芦生一直不肯说明。

李藩于是搬到扬州，住在参佐桥。节度使的官署里有个高员外，与李藩来往密切。一天早上他来看望李藩，离开后，当天晚上又来了，李藩感觉很奇怪。相见之后，高员外说："早晨看望你回去，觉得很困，就在白天睡了一觉，梦中有人将我领到城外，在荆棘中行走。忽然看见了过去的佃户，这人已经死了十多年了，他对我说：'员外不该来这里，是受了诱惑，应该马上回去，我送员外回去。'将我领到城门外。我对他说：'你怎么在这里。'他回答说：'我是衙役，被分配到李三郎处当差。'我说：'什么地方的李三郎？'他回答说：'住在参佐桥。我知道员外和李三郎来往密切，所以在这里恭敬地等候。'我说：'三郎怎么能够这样？'他回答说：'因为是纱笼中人。'再问，他就不肯说了。他又对我说：'我饿了，员外能不能给我点酒菜钱财？你们的城里我不敢进，我就在城外等着。'我对他说：'就到李三郎家里取，行不行？'他说：'要是那样，就同杀我一样。'然后我就醒了。我已派人去城外摆一桌酒席，又来向你报告这个好消息。"李藩笑了笑。

几年之后，张建封被任命为仆射，镇守扬州，他请示朝廷聘任李藩为巡官校书郎。恰巧有个新罗僧来到扬州，他很会看相。他说张建封不能当宰相，张建封听了心里很不高兴，便叫新罗僧

使院中，看郎官有得为宰相者否。遍视良久，曰："并无。"张公尤不乐，曰："莫有郎官未入院否?"报云："李巡官未入。"便令促召，逡巡至，僧降阶迎，谓张公曰："巡官是纱笼中人，仆射且不及。"张公大喜，因问纱笼中之事。僧曰："宰相冥司必潜纱笼护之，恐为异物所扰，余官即不得也。"方悟胡芦生及高所说，李公竟为宰相也。信哉！人之贵贱分定矣。出《逸史》。

韦执谊

韦执谊自相座贬太子宾客，又贬崖州司马。执谊前为职方员外，所司呈诸州图。每至岭南州图，必速令将去，未尝省之。及为相，北壁有图，经数日，试往阅焉，乃崖州图矣，意甚恶之。至是，果贬崖州，二年死于海上。出《感定录》。

袁　滋

复州清溪山，焕丽无比。袁相公滋未达时，复、郢间居止。因晴日，登临此山。行数里，幽小，渐奇险，阻绝无踪。有儒生以卖药为业，宇于山下。袁公与语，甚相狎，因留宿。袁公曰："此处合有灵仙隐士。"儒生曰："有道者五六人，每三两日即一来，不知居处。与其虽熟，即不肯细言。"袁公曰："求修谒得否?"曰："彼甚恶人，然颇好酒。足下但得美酒一榼，可相见也。"袁公辞归。

后携酒再往，经数宿，五人果来。或鹿巾纱帽，

看一看使院中，有没有能当宰相的郎官。新罗僧看了半天，说："都没有。"张建封更加不高兴了，说："有没有郎官没在院子里？"差官报告说："李巡官没来。"张建封叫人快点把他招来，不一会儿李藩来了，新罗僧走下台阶去迎接，对张建封说："李巡官是纱笼中人，仆射您也赶不上他。"张建封非常高兴，便问什么是纱笼中人。新罗僧说："如果是宰相，阴间必然暗中派人以纱笼守护着，恐怕被异物所伤害，其余的官员都没有这种待遇。"这时才知道胡芦生所说的是指李藩能当宰相。不能不相信，人的贵贱是早由天定的！出自《逸史》。

韦执谊

韦执谊从丞相被贬为太子宾客，又从太子宾客被贬为崖州司马。韦执谊从前是职方员外，手下的官员向他报送各州的地图。每当送上岭南州的地图时，都必然叫人赶紧拿走，一次也没有看过。等到他当了宰相，北墙上有张挂图，过了几天，他姑且走过去看看，正是崖州地图，心中非常反感。最后，他果然被贬到崖州，两年后死在了海上。出自《感定录》。

袁 滋

复州有座青溪山，风景秀丽无比。丞相袁滋在没有发达当官时，在复州、郢州一带居住。因为天晴，便登上了青溪山。走了几里地以后，道路越来越窄，越来越奇险，山路阻隔，慢慢地便找不到路了。有个书生在这里以卖药为生，家就住在山脚下。袁滋与他交谈，非常投机，所以晚上就住在书生家里。袁滋说："此处应该有隐士和神仙。"书生说："有五六个道士，每隔三两天就来一次，不知道他们住在什么地方。我与他们虽然很熟，可他们不肯详细介绍他们的情况。"袁滋说："能不能让我拜见他们？"书生说："他们非常厌恶俗人，但是很喜欢喝酒。您如果能准备一坛美酒，就可以与他们见面。"袁滋告辞回家。

后来带了酒又去，过了几晚上，五人果然来了。戴着鹿巾纱帽，

杖藜草履，遥相与通寒温，大笑，乃临涧濯足，戏弄儒生。儒生为列席致酒。五人睹甚喜，曰："何处得此物？且各三五盏。"儒生曰："非某所能致，有客携来，愿谒先生。"乃引袁公出，历拜。五人相顾失色，悔饮其酒，并怒儒生曰："不合以外人相扰！"儒生曰："此人志诚可赏，且是道流。稍从容，亦何伤也？"意遂渐解。见袁公谦恭甚，乃时与笑语，目袁生曰："座。"袁公再拜就席。少顷酒酣，乃注视袁公，谓曰："此人大似西华坐禅和尚。"良久云："直是。"便屈指数，此僧亡来四十七年。问袁公之岁，正四十七。抚掌曰："须求官职，福禄已至。"遂与袁公握手言别。前过洞，上山头，扪萝跳跃，翩翻如鸟飞去，逡巡不见。袁公果拜相，为西川节度使。出《逸史》。

裴度

故中书令晋国公裴度，自进士及第，博学宏词制策三科，官途二十余载。从事浙右，为河南掾，至宪宗朝，声闻隆赫，历官三署，拜御史中丞。上意推重，人情翕然。明年夏六月，东平帅李师道包藏不轨，畏朝廷忠臣，有贼杀宰辅意。密遣人由京师靖安东门禁街，候相国武元衡，仍暗中传声大呼云："往驿坊，取中丞裴某头！"

是时京师始重扬州毡帽。前一日，广陵师献公新样者一枚，公玩而服之。将朝，烛下既栉，乃取其盖张焉，导马

拿着藜杖，穿着草鞋，很远就互相打招呼，问冷暖，大声说笑，到山涧的溪水里洗脚，同书生开玩笑。书生为他们摆酒席，斟上酒。五人见了非常高兴，问他："什么地方弄来的这东西？每个人各喝它三五杯。"书生说："不是我所能敬献的，是有个客人拿来的，他要拜见先生们。"于是将袁滋领出来，与五人一一见面。五个道士相顾失色，后悔喝了袁滋的酒，并且生气地对书生说："不该让外人来打扰！"书生说："这个人心意真诚，可嘉赏，并且也信奉道教。稍稍大方热情一点，又有什么坏处？"五个道士不满的神色逐渐缓和。他们见袁滋对他们很谦虚恭敬，便不时同他笑着说几句话，后来看着袁滋说："坐吧。"袁滋拜了两拜后入座。一会儿，酒喝得高兴畅快，一个道士注视袁滋说："此人很像西华坐禅和尚。"过了很久又说："真是。"便屈指计算，算出那和尚死了有四十七年了。然后又问袁滋的年龄，回答正是四十七岁。道士拍手说："你应该去求功名，福禄已经降临了。"然后他们与袁滋握手告别。一个个经过山洞，攀上山头，扯着藤萝跳跃，像飞鸟一样翩翩飞去，一会儿就不见了踪影。后来袁滋果然当了上丞相，并成为西川节度使。出自《逸史》。

裴度

原中书令晋国公裴度，博学多才，文采出众，自从考中进士，通过博学宏词、制、策三科考试，做官二十多年。任浙右从事，当河南掾史，到宪宗朝，声望显赫，换了三个官署以后，又当上了御史中丞。皇帝非常器重，人缘也很好。第二年夏六月，东平帅李师道心怀不轨暗中谋反，他害怕朝廷里的忠臣，有杀害皇帝的辅政大臣的阴谋。秘密派人在京城的靖安东门禁街，等候丞相武元衡，同时暗中派兵前往驿坊，大喊："去驿坊，取中丞裴度的头！"

当时京城里开始流行扬州的毡帽。前一天，广陵师送给裴度一顶新式样的毡帽，裴度把玩后就戴在了头上。他准备入朝拜见皇帝，在灯下梳完头之后，又将毡帽取过来戴在头上，骑马

出坊之东门。贼奄至，唱杀甚厉。贼遂挥刀中帽，坠马。贼为公已丧元矣，掠地求其坠颇急。骖乘王义遽回鞚，以身蔽公。贼知公全，再以刀击义，断臂且死。度赖帽子顶厚，经刀处，微伤如线数寸，旬余如平常。及升台衮，讨淮西，立大勋，出入六朝，登庸授钺，门馆僚吏，云布四方，其始终遐永也如此。出《续定命录》。

张　辕

吴郡张辕，自奉天尉将调集，时李庶人锜在浙西，兼榷管。辕与之有旧，将往谒，具求资粮。未至，梦一人将官诰至，云："张辕可知袁州新喻县令。"辕梦中已曾为赤尉，不宜为此，固不肯受。其人曰："两季之俸，支牒已行，不受何为?"遂委之而去。辕觉，甚恶之。及见锜，具言将选，告以乏困。锜留之数日，将辞去。锜因谓曰："足下选限犹远，且能为一职乎？亦可资桂玉之费。"辕不敢让，因署毗陵郡盐铁场官。辕以职虽卑而利厚，遂受之。

既至所职，及视其簿书所用印，乃袁州新喻废印也。辕以四月领务，九月而罢，两季之俸，皆如其言。出《前定录》。

赵昌时

元和十二年，宪宗平淮西。赵昌时为吴元济裨将，属张伯良。于青陵城与李愬九月二十七日战，项后中刀，

出了驿坊的东门。这时李师道派来的贼兵突然杀了过来,喊杀声很响。一名贼兵挥刀砍中了裴度的毡帽,裴度落马。贼将以为裴度已掉了脑袋,急忙驱马掠过来寻找裴度的头颅。跟随裴度的王义立刻回马,以身体挡住裴度。贼兵知道裴度没死,再用刀砍王义,王义断臂几乎死去。裴度倚仗帽子顶部厚,被刀砍的地方只伤了几寸像一条线一样的小口子,十几天就好了。等到他升任宰相,领兵征讨淮西,立了大功,成为六朝名臣,被选拔重用,授以兵权,学生、下属和同僚遍布全国各地,从始至终都这样福禄长远。出自《续定命录》。

张　辕

吴郡的张辕,从奉天县尉的职位上调到京城待选,当时庶人李锜在浙西任观察使兼管理盐铁等专卖事务的榷管。张辕同他有老交情,将要去拜访他,以便求得他粮食上的资助。没等到李锜处,他梦见一个人,拿着任命官员的公文来找他,说:“张辕可以担任袁州新喻县县令。”他在梦中曾当过赤尉,不应当县令,所以不肯接受。来人说:“有两季的俸禄,支出俸禄的公文已经发出,你不接受想干什么?”便把公文塞给他就走了。张辕醒来,非常不高兴。等到见到了李锜,告诉他自己将要调任新职,并说很穷困。李锜留他住了几天,他要走。李锜于是对他说:“您重新任命的期限还很远,能不能暂且在这里担任一个职务?还可以补充柴米的费用。”张辕不敢推辞,代理的是毗陵郡盐铁场的官。张辕认为职位虽低,但油水很厚,所以接受了。

张辕任职以后,看到账簿文书所用的印鉴,竟是袁州新喻县作废的印鉴。张辕四月代理职务,九月结束,得到两个月的俸禄,正如梦中所说的一样。出自《前定录》。

赵昌时

唐宪宗元和十二年,平定淮西。赵昌时为吴元济副将,属张伯良部。九月二十七日在青陵城与李愬部激战,脖子后面中刀,

堕马死。至夜四更，忽如睡觉，闻将家点阅兵姓名声，呼某乙，即闻唱唯应声。如是可点千余人。赵生专听之，将谓点名姓。及点竟，不闻呼之。俄而天明，赵生渐醒，乃强起，视左右死者，皆是夜来闻呼名字者也，乃知冥中点阅耳。赵生方知身不死。行归，月余疮愈。方知战死者亦有宿命耳。出《博异志》。

掉下马昏死过去了。夜里四更天，他忽然觉得像睡觉刚醒一样，听到将军检阅军队点名的声音，叫某一个人，就听到这个人的应答声。就这样点了一千多人。赵昌时专心听着将军什么时候点自己的名字。等到点完，没听着叫他。一会儿天亮了，赵昌时渐渐苏醒，尽力站起身来，见左右的死者，全是夜里听到点了名字的人，才明白原来听到的是阴间点名。赵昌时才知道自己没死。回去一个多月，刀伤痊愈。这时候才明白，打仗死的人也是命中注定的。出自《博异志》。

卷第一百五十四
定数九

李顾言

唐监察御史李顾言，贞元末，应进士举，甚有名称。岁暮，自京西客游回，诣南省，访知己郎官。适至，日已晚，省吏告郎官尽出。顾言竦辔而东，见省东南北街中，有一人挈小囊，以乌纱蒙首北去。徐吟诗曰："放榜只应三月暮，登科又校一年迟。"又稍朗吟，若令顾言闻。顾言策马逼之，于省北有惊尘起，遂失其人所在。

明年，京师自冬雨雪甚，畿内不稔，停举。贞元二十一年春，德宗皇帝晏驾，果三月下旬放进士榜，顾言元和元年及第。出《续定命录》。

元和二相

元和中，宰相武元衡与李吉甫齐年，又同日为相。及出镇，又分领扬、益。至吉甫再入，元衡亦还。吉甫

李顾言

唐朝有个监察御史李顾言，唐德宗贞元末年应考进士科举，很有名声。年末，李顾言从京西游历回来后，又前往南省，看望一个做郎官的知己。刚到达南省，天色已晚，省署的差官告诉他郎官们都出去了。李顾言骑马向东走去，看到省署东南北街上有一个人提着个小口袋，用乌纱蒙着头，向北走去。一边走，一边缓慢地朗诵两句诗："放榜只应三月暮，登科又校一年迟。"稍停顿一下，又继续朗诵，似乎就是要让李顾言听到。李顾言驱马追了上去，这时省署北边突然扬起一片尘土，随后失去了这个人的踪影。

第二年，京城入冬以来雨雪很大，京城附近庄稼歉收，朝廷停止了科举考试。贞元二十一年春天，德宗皇帝死了，果然在三月下旬才公布了考中进士举子的名单，李顾言在唐宪宗元和元年中榜登进士第。出自《续定命录》。

元和二相

元和年间，武元衡和李吉甫同岁，又是同日任宰相。及出任镇守，又分领扬州和益州。李吉甫返京时，武元衡也回朝了。李吉甫

前一年,以元衡生月卒,元衡以吉甫生月遇害,年五十八。先长安忽有童谣云:“打麦,麦打,三三三。”既而旋其袖曰:“舞了也。”解者曰:“以为‘打麦’刈麦时也。‘麦打’谓暗中突击也。‘三三三’谓六月三日也。‘舞了’谓元衡卒也。”至元和六月,盗杀元衡,批其颅骨而去。元衡初从蜀归,荧惑犯上相星,云:“三相皆不利,始轻末重。”月余,李绛以足疾免,明年十月,李吉甫暴卒,又一年,元衡遇害。出《感定录》。

李　源

李源,洛城北惠林寺住。以其父憕为禄山所害,誓不履人事,不婚,不役僮仆。暮春之际,荫树独处,有一少年,挟弹而至。源爱其风秀,与之驯狎。问其氏行,但曰武十三。甚依阿,不甚显扬。讯其所居,或东、或西、或南、或北不定。源叔父为福建观察使,源修觐礼,武生亦云有事东去,同舟共载。行及宋之谷熟桥,携手登岸。武曰:“与子诀矣。”源惊讯之,即曰:“某非世人也。为国掌阴兵百有余年,凝结此形。今夕,托质于张氏为男子。十五得明经,后终邑令。”又云:“子之禄亦薄。年登八十,朝廷当以谏议大夫征,后二年当卒矣。我后七年,复与君相见。”言讫,抵村户,执手分袂。既而张氏举家惊喜,新妇诞一男。

源累载放迹闽南,及还,省前事,复诣村户。见一童儿形貌类武者,乃呼曰:“武十三相识耶?”答曰:“李七健乎?”

在前一年武元衡出生的那个月份死亡，武元衡在第二年李吉甫出生的那个月份遇害，死时五十八岁。在这之前，长安忽然孩童们传唱一首歌谣："打麦，麦打，三三三。"然后旋起她们的衣袖说："舞完了。"有人解释："'打麦'就是割麦子的时候。'麦打'是暗中袭击的意思。'三三三'是说六月三日。'舞完了'是说武元衡完了。"到元和十年六月，反贼刺杀武元衡，割下他的头颅而去。武元衡刚从蜀郡回来，火星侵犯相星，相士说："对三个宰相都不利。开始的轻，后面的重。"一个月后，李绛因为患了脚病免了官，第二年十月李吉甫突然死了，又过了一年，武元衡遇害。出自《感定录》。

李源

李源在洛城北边的惠林寺居住。因为父亲李憕被安禄山所杀害，发誓不走仕途，不结婚，不雇用童仆。暮春之时，他独自待在树荫下面，看见一个少年，手拿弹弓跑来。李源喜欢少年的风流俊秀，便主动和少年套近乎。问少年的姓名和排行，少年只说自己叫武十三。性情很随和，不很显露张狂。李源又问他住在什么地方，少年回答说或东、或西、或南、或北，没有固定的住处。李源的叔叔任福建观察使，李源准备去探望叔叔，武十三郎也说有事要往东去，和李源同乘一条船出发。船行到宋州的谷熟桥，两个人携手一同上岸。武十三郎说："我要和你分手了。"李源吃惊地问他为什么，他就说："我本不是世间的人。已经为我们国家管理阴间军队一百多年了，所以修炼凝结成人形。今晚，托生到张家为男子。十五岁考中明经，以后当县令一直到死。"又说："你的禄位也不大。到八十岁的时候，朝廷将征聘你当谏议大夫，再过两年去世。我七年以后，还会与你相见。"说完，已到达村庄，两人握手分别。随后，姓张的人家全家非常惊喜，新妇生下一个男孩。

李源游历闽南几年，等到返回，想起武十三郎的事，又找到那个村户。看到一个小孩的体形相貌很像武十三郎，便叫道："武十三郎还认识我吗？"那个小孩回答说："李七身体还好吗？"

其后宪宗读国史，感叹李憕、卢奕之事，有荐源名，遂以谏议大夫征。不起，明年，源卒于惠林寺。张终于宣州广德县令。出《独异志》。

郑权

初有日者，梦沧州衙门署榜，皆作“权”字。以告程执恭，遂奏请改名。未几，朝命郑权代之。时人深异其事。出《广德神异录》。

樊阳源

唐山南节判、殿中侍御史樊阳源，元和中入奏。岐下诸公携乐，于岐郊漆方亭饯饮。从事中有监察陈庶、独孤乾礼皆在幕中六七年，各叹淹滞。阳源乃曰：“人之出处，无非命也。某初名源阳，及第年，有人言至西府与取事。某时闲居洛下，约八月间，至其年七月，有表兄任密县令，使人招某骤到密县。某不得已遂出去。

“永通门宿，夜梦见一高冢，上一着麻衣人，似欲乡饮之礼。顾视左右，又有四人。冢上其人，乃以手招阳源，阳源不乐去。次一人从阳源前而上，又一人蹑后而上，左右四人皆上，阳源意忽亦愿去，遂继陟之。比及五人，见冢上袖一文书，是河南府送举解，第六人有樊阳源。时无樊源阳矣。及觉，甚异之。

“不日到密县，便患痢疾，联绵一月，困惫甚。稍间，径归洛中，谓表兄曰：‘两府取解，旧例先须申。某或恐西府不

后来宪宗读本朝历史,感叹李憕和卢奕之事,有人推荐李源,便以谏议大夫征用李源。李源重病卧床,第二年死在惠林寺。武十三郎托生的那个张姓男子死时任宣州广德县令。出自《独异志》。

郑权

当初一个卜筮的人梦见沧州衙门张贴榜文,上面写的全是"权"字。把这件事告诉了程执恭,于是奏请改名。没过几天,朝廷任命郑权代替程执恭做沧州太守。当时人们都感到这件事非常奇怪。出自《广德神异录》。

樊阳源

唐山南节判、殿中侍御史樊阳源在唐宪宗元和年间,有事要去京城向朝廷请示。岐下官员们带着乐班子在岐下城外的漆方亭设宴为他饯行。一起参加饯行宴会的有都已经在州署中干了六七年的监察陈庶、独孤乾礼两个人,他们各自感叹升官的艰难。樊阳源说:"人能否当官,不过是命运罢了。我当初的名字叫源阳。考中进士那年,有人说应该到西府中找个事做。我当时闲居在洛下,大概八个月了。到那一年的七月,我表哥在密县当县令,他派人叫我立刻去密县。我不得已便赶往密县。

"一天住在永通门,夜里梦见一座很高的坟墓,坟墓上有一个穿麻衣的人,似乎想要行乡饮之礼,我看看左右还有四个。坟上那人用手招呼樊阳源上去,樊阳源不愿意上去。身旁一人从樊阳源前面往坟上走去,又有一个人也悄悄地跟了上去,左右的四个人都上去了,樊阳源忽然也想上去,于是跟在他们的后面。等到五个人登上坟头,见坟上那人从袖子里取出一张公文,是河南府报送推荐举子的名单,第六人是樊阳源。名单里没有樊源阳。等到睡醒了,自己觉得很奇怪。

"不久到了密县,我便得了痢疾,持续了一个月才好,感到非常困乏疲惫。我稍休息几天后,要直接回洛中,对表哥说:'两府选送士子应试,按照惯例要事先申请。我恐怕不能被西府

得，兄当与首送密宰矣。’曰：‘不可处。’但令密县海送，固不在托。及到洛中，已九月半。洛中还往，乃劝不如东府取解，已与西府所期违矣。阳源心初未决，忽见密县解申府，阳源作第六人，不得名阳。处士石洪曰：‘阳源实胜源阳。’遂话梦于洪，洪曰：‘此梦固佳。冢者丘也，岂非登冢为丘徒哉！于此大振，亦未可知。况县申名第，一如梦中，未必不为祥也。’是岁许孟容为川守，又谑阳源‘密县第六人’，某‘已处分试官，更升三两路’。比府榜出，阳源依县申第六人。孟容怒责试官，阳源具以梦告。明年，权侍郎下及第。”出《续定命录》。

吴少诚

吴少诚，贫贱时为官健，逃去，至上蔡，冻馁，求丐于侪辈。上蔡县猎师数人，于中山得鹿。本法获巨兽者，先取其腑脏祭山神，祭毕，猎人方欲聚食。忽闻空中有言曰：“待吴尚书！”众人惊骇，遂止。良久欲食，又闻曰：“尚书即到，何不且住！”逡巡，又一人是脚力，携小襆过，见猎者，揖而坐。问之姓吴，众皆惊。食毕，猎人起贺曰：“公即当贵，幸记某等姓名。”具述本末。少诚曰：“某辈军健儿，苟免擒获，效一卒之用则足矣，安有富贵之事？”大笑执别而去。后数年为节度使，兼工部尚书，使人求猎者，皆厚以钱帛赍之。出《续定命录》。

选上。兄长应当首送密县县宰。'表哥回答说:'这个办法不可取。'只令密县海送,本不在托付。等我回到洛中,已经是九月中旬了。从洛中再往回传递消息,所以劝我不如到东府找事做,因为与去西府的时间已经错过。我最初下不了决心,忽然知道密县推荐名单已经报到府里,阳源是第六名,没有源阳的名字。处士石洪说:'阳源这名字确实比源阳好。'我便将那天晚上所做的梦告诉了他,他说:'这梦很好。梦中的坟墓就是土丘,那么登土丘难道不就是登高啊!从此升官也说不定呢。况且由县申报名第,都和梦中一样,未必不是吉祥的。'这一年,许孟容当川守,他开玩笑称阳源是'密县第六人',并说他'已经吩咐试官,让他将你的名字提二三位'。等到府里录用的名单贴出,我按照县里申报的顺序仍然是第六名。许孟容大怒,责问试官,我便将自己所做的梦告诉了他。第二年,在权侍郎的主考下考中进士。"出自《续定命录》。

吴少诚

吴少诚在贫贱时被征去当兵,逃跑后去了上蔡,饥寒交迫,只好向同辈求助。上蔡县有几个猎人在山中打了一头鹿。当地的风俗凡是打到大野兽,要将内脏取出祭山神,祭过山神后,猎人们刚要聚在一起吃鹿肉。突然听到空中有声音说说:"等吴尚书!"众人惊异惧怕,便不吃了。过了很长时间,猎人们又要吃,又听到空中的声音说:"尚书马上就到,为什么不再等等!"一会儿,一个像是脚力的人,带着个小包袱路过这里,看到猎人,拱拱手坐下来。猎人们问他姓名,他说姓吴,众人都很吃惊。吃完鹿肉,猎人们起身祝贺他说:"您很快就要富贵了,希望能记住我们的姓名。"然后向他讲述了刚才的事情。吴少诚说:"我是个逃兵,只要侥幸没有被抓回去,贡献一个吃官饷的兵丁的用处就满足了,哪能有什么富贵之事?"大笑着同猎人们握手告别。几年以后,吴少诚果然成为节度使兼兵部尚书,他派人寻找当初请他吃鹿肉的猎人,送给每个人不少钱财。出自《续定命录》。

陈彦博

陈彦博与谢楚同为大学广文生。彦博将取解，忽梦至都堂，见陈设甚盛，若行大礼然。庭中帏幄，饰以锦绣。中设一榻，陈列几案。上有尺牍，望之照耀如金字。彦博私问主事曰："此何礼也？"答曰："明年进士人名，将送上界官司阅视之所。"彦博惊喜，因求一见。其人引至案榜，有一紫衣，执象简。彦博见之，敛衽而退。紫衣曰："公有名矣，可以视之。"遂前，见有三十二，彦博名在焉。从上二人皆姓李，而无谢楚。既悟独喜，不以告人。

及与楚同策试，有自中书见名者，密以告楚，而不言彦博。彦博闻之，不食而泣。楚乃谕曰："君之能岂后于我？设使一年未利，何若是乎！"彦博方言其梦，且曰："若果无验，吾恐终无成矣。"大学诸生曰："诚如说，事未可知！"明旦视榜，即果如梦中焉。彦博以元和五年崔枢侍郎及第，上二人李顾行、李仍叔。谢楚明年于尹躬下擢第。出《前定录》。

陆宾虞

陆宾虞举进士，在京师。常有一僧曰惟瑛者，善声色，兼知术数。宾虞与之往来。每言小事，无不必验。至宝历二年春，宾虞欲罢举归吴，告惟瑛以行计。瑛留止一宿。

陈彦博

陈彦博和谢楚都是大学广文馆的门生。陈彦博即将被选送去应考，忽然梦到自己到了一座大厅，所见厅内的陈设很有排场，好像要举行盛大仪式的样子。大厅中央设有帐幕，上面装饰着锦绣。里面放着一张床，陈列着一张几案。几案上有一封书信，远远望去光芒闪耀，似乎是金字。陈彦博暗中问主持人："这要举行什么礼仪呀？"回答说："明年进士的名单，将要送到上界官司去审阅的地方。"陈彦博又惊又喜，于是要求看一眼名单。主持人领他走到几案旁，有一个穿紫衣服的人，手里拿着象牙笏。陈彦博见了，便恭恭敬敬地退了下来。紫衣人说："上面有您的名字，可以去看一看。"于是陈彦博上前察看，见上面有三十二人的名字，自己的名字也在其中。排在自己上面的两个人都姓李，然而没有谢楚。明白自己能中榜以后心里非常高兴，对谁也没说。

等到和谢楚一同考完试，有个在中书那里看见名单的，回来后偷偷告诉谢楚，但是没说有陈彦博。陈彦博知道后，不吃饭，总是哭。谢楚开导他说："你怎么会落在我的后面呢？假如今年没考中，也不必这个样子啊！"陈彦博这才将自己所做的梦告诉谢楚，还说："如果没有应验，我恐怕这一生都不会考中了。"大学的诸生说："假若真像你说的，那事情还不知道结果呢！"第二天早上看榜，就果然像梦中的一样。陈彦博唐宪宗元和五年考中主考崔枢侍郎的进士，排在他上面的两个人是李顾行、李仍叔。谢楚第二年在尹躬主考下中榜。出自《前定录》。

陆宾虞

陆宾虞应考进士来到京城。有一个叫惟瑛的和尚精通音律，擅长相面，还懂算卦。陆宾虞与他交往。他每说小事，没有不应验的。到唐敬宗宝历二年春天，陆宾虞想放弃考试回归吴地，将自己要走的打算告诉惟瑛。惟瑛留陆宾虞住了一宿。

明旦，谓宾虞曰："若来岁成名，不必归矣。但取京兆荐送，必在高等。"宾虞曰："某曾三就京兆，未始得事。今岁之事，尤觉甚难。"瑛曰："不然，君之成名，不以京兆荐送，他处不可也。至七月六日，若食水族，则殊等与及第必矣。"宾虞乃书于晋昌里之牖，日省之。

数月后，因于靖恭北门候一郎官。适遇朝客，遂回憩于从孙闻礼之舍。既入，闻礼喜迎曰："向有人惠双鲤鱼，方欲候翁而烹之。"宾虞素嗜鱼，便令作羹，至者辄尽。后日因视牖间所书字，则七月六日也。遽命驾诣惟瑛，且绐之曰："将游蒲关，故以访别。"瑛笑曰："水族已食矣，游蒲关何为？"宾虞深信之，因取荐京兆府，果得殊等。

明年入省试毕，又访惟瑛。瑛曰："君已登第，名籍不甚高，当在十五人之外。状元姓李，名合曳脚。"时有广文生朱俅者，时议当及第，监司所送之名未登科。宾虞因问："其非姓朱乎？"瑛曰："三十三人无姓朱者。"时正月二十四日，宾虞言于从弟符，符与石贺书壁。后月余放榜，状头李郃，宾虞名在十六，即三十人也。惟瑛又谓宾虞曰："君成名后，当食禄于吴越之分，有一事甚速疾。"宾虞后从事于越，半年而暴终。出《前定录》。

王　璠

王璠以元和五年登科，梦为河南尹。平旦视事，有二客来谒，一衣紫而东坐，一衣绯而西坐。绯者谓紫者曰："仑邦

第二天早晨，对陆宾虞说："如果明年能够考中成名，就不必回去了。只要请京兆府推荐，必然高中。"陆宾虞说："我曾经三次去求京兆府，都没办成。今年这件事，尤其觉得很难。"惟瑛说："不然，您要成名，不经京兆府推荐，别的路走不通。到七月六日，您如果能吃到鱼虾之类的水产，等级、考中都是肯定的了。"陆宾虞便把这件事写在他所住的晋昌里的窗子上，每天提醒自己。

几个月以后，陆宾虞在靖恭堂北门等候一名官员。刚好遇上朝中官员，于是便到自己侄孙闻礼家休息。进门，闻礼高兴地迎出来说："头两天有人送来两条鲤鱼，正要等着您来做着吃呢。"陆宾虞向来喜欢吃鱼，便叫做成鱼羹，大家把鱼吃光了。回去后陆宾虞看见窗子上写的字，则正是七月六日。立即命令驾车去见惟瑛，见面后他哄骗惟瑛说："我将要去蒲关走走，所以前来告别。"惟瑛笑着说："水产已经吃完了，还去蒲关干什么？"这下陆宾虞对惟瑛深信不疑，因而请了京兆府推荐，果然获得了不同的地位。

第二年，参加尚书省主持的考试结束，陆宾虞又去拜访惟瑛。惟瑛说："你已经中榜，但名次不算太好，应当在十五名之后。状元姓李，名叫合曳脚。"当时还有个广文馆姓朱的学生，都说他能中榜，但监司所初选的名单上没有他。陆宾虞趁机问："中榜者有没有姓朱的？"惟瑛说："三十三个人里没有姓朱的。"这天正是正月二十四日，陆宾虞将好消息告诉堂弟陆符，陆符与石贺书写在石壁上。一个多月后发榜，状元叫李郃，陆宾虞排在第十六名，一共三十名。惟瑛对陆宾虞说："你考中功名以后，将在吴越一带做官，还有一事就是很快会得一场急病。"后来陆宾虞在越地做官，半年后突然死亡。出自《前定录》。

王　璠

王璠在唐宪宗元和五年考中进士，做梦当了河南尹。天刚亮处理政务，有两个客人来访，一个身穿紫衣服的坐在东面，一个身穿红衣服的坐在西面。穿红衣服的问穿紫衣服的说："仓邦

如何处置?"曰:"已决二十,递出界讫。"觉,乃书于告牒之后别纸上。

后二十年,果除河南尹。既上,洛阳令与分司郎官皆故人,从容宴语。郎官谓令曰:"仑邦如何处置?"令曰:"已决二十,递出界。"璠闻之,遽起还内,良久不出。二客甚讶曰:"吾等向者对答率易,王尹得非怒耶?"顷之,璠持告牒所记,出示二客。徐征其人,乃郎官家奴,窃财而遁,擒获送县,县为断之如此。出《续定命录》。

崔玄亮

元和十一年,监察御史段文昌,与崔植同前入台。先是御史崔玄亮,察院之长。每以二监察后至,不由科名,接待间多所脱略。段与崔深衔之。元和十五年春,穆宗皇帝龙飞,命二公入相。段自翰长中书舍人拜,植自御史中丞拜,同在中书。时玄亮罢密州刺史,谒宰相。二相相顾,掏玄亮名曰:"此人不久往他役,而有心求官。"时门下侍郎萧俛亦在长安,因问二相。二相具以事对,萧相曰:"若如此,且令此汉闲三五年可矣。"

不数日,宣州奏歙州刺史阙。其日印在段相宅,便除歙州刺史。明日,段入朝,都忘前事,到中书大怒,责吏房主事阳述云:"威权在君,更须致宰相!必是此贼纳贿除官,若不是人吏取钱,崔玄亮何由得歙州刺史?"述惶怖谢罪云:"文书都不到本房,昨日是相公手书拟名进黄。"及检勘,

如何处置?”穿紫衣服的人回答说:“已经打了二十大板,赶出洛阳地界。”睡醒后,王播将梦到的事情记录在记公事的公文背面的纸上。

二十年以后,他果然当上了河南府尹。上任之后,洛阳县令和分司郎官都是以前的朋友,在酒席上大家闲聊。郎官问县令:“仑邦如何处置?”县令回答:“已经打了二十大板,赶出洛阳地界。”王播听了,立即站起走进内屋,半天没有出来。两位客人惊讶地问:“我们刚才说话太随便了,王府尹不高兴了吗?”一会儿,王播拿着公文背面所记录的文字,给二人看。慢慢询问那个仑邦是什么人,原来是郎官家的家奴,偷了郎官家的东西逃跑,被抓住后送到县衙,县令做出如此判决。出自《续定命录》。

崔玄亮

唐宪宗元和十一年,监察御史段文昌和崔植同时进入御史台。先前御史崔玄亮是监察院的长官。他常因为段文昌和崔植是后来的,不是科举出身,接待时多露出轻慢的神色。段文昌和崔植非常反感。元和十五年春天,穆宗皇帝即位,让二人入朝为相。段文昌从翰长中书舍人提升,崔植从御史中丞提升,同入中书省。当时崔玄亮被解除了密州刺史职务,来京城拜见宰相。两位宰相互相看看,指着崔玄亮的名字说:“这个人不久就要前往别处服差役了,却还有心求当京官。”当时门下侍郎萧俛也在长安,便问两位宰相。两位宰相将事情讲给他听,萧俛说:“既然这样,就让这汉闲个三年五载。”

没几日,宣州奏报歙州刺史出缺。当天相印在段文昌的家里,段文昌便随手任命了崔玄亮为歙州刺史。第二天,段文昌上朝,将昨天的事全忘了,回到中书省大发雷霆,责问吏房主事阳述说:“权威在你手中,你还是需要让宰相知晓!必然是这个贼子给你行贿才被任命,要不是人事官员收了钱,崔玄亮怎么当上了歙州刺史?”阳述胆战心惊地请罪说:“公文都不传到本房,昨天是宰相亲笔写的推荐公文报送给皇帝的。”等到段文昌检查核对,

翻省述忘，实是自书。植欲改拟覆奏。段曰："安知不是天与假吾手耳。"遂放敕下。出《续定命录》。

韦贯之

武元衡与韦贯之同年及第。武拜门下侍郎，韦罢长安尉，赴选，元衡以为万年丞。过堂日，元衡谢曰："某与先辈同年及第，元衡遭逢，滥居此地。使先辈未离尘土，元衡之罪也！"贯之呜咽流涕而退。后数月，除补阙。是年，元衡帅西川，三年后入相，与贯之同日宣制。出《续定命录》。

才忽然想起来，确实是自己写的批文。崔植想要改变人选重新请示皇帝，段文昌说："怎么知道不是上天假借我的手呢？"就把任命发下去了。出自《续定命录》。

韦贯之

武元衡和韦贯之同一年考中进士。武元衡被任命为门下侍郎，韦贯之被免除长安尉，等候重新任命，武元衡任命韦贯之为万年县县丞。官员们由主司带着拜见丞相的那天，武元衡对韦贯之道歉说："我与前辈同年考中进士，元衡多遭受苦难，滥竽充数做了官。使先辈仍然没有职务，这都是元衡的罪过呀！"韦贯之痛哭流涕退了出去。几个月以后，韦贯之补缺得到了任命。当年，武元衡统率镇守西川，三年后入朝当了宰相，与韦贯之同一天到任。出自《续定命录》。

卷第一百五十五

定数十

卫次公

唐吏部侍郎卫次公，早负耿介清直之誉。宪宗皇帝将欲相之久矣。忽夜召翰林学士王涯草麻，内两句褒美云："鸡树之徒老风烟，凤池之空淹岁月。"诘旦，将宣麻，案出，忽有飘风坠地，左右收之未竟。上意中辍，令中使止其事。仍云："麻已出，即放下，未出即止。"由此遂不拜，终于淮南节度。出《续定命录》。

李固言

相国李固言，元和六年下第游蜀。遇一姥，言："郎君明年芙蓉镜下及第，后二纪拜相，当镇蜀土，某此不复见郎君出将之荣也，愿以季女为托。"明年，果状头及第。诗赋有"人镜芙蓉"之目。

卫次公

唐朝吏部侍郎卫次公，很早就有耿直清廉的好声誉。宪宗皇帝想任命他为宰相很长时间了。一天晚上忽然招来翰林学士王涯起草任命卫次公为宰相的诏书，其中有两句褒奖的话是："鸡树之徒老风烟，凤池之空淹岁月。"第二天早上，刚要宣布诏书，打开的案卷忽然被风吹到了地上，左右的人想接但没有接住。于是宪宗皇帝打消了主意，令太监停止办理这件事。并且说："如果诏书已经发下去了，就继续办理执行，如果还没有发出，就停止办理。"由于这个原因，一直没有任命卫次公为宰相，卫次公死的时候官职是淮南节度使。出自《续定命录》。

李固言

丞相李固言在唐宪宗元和六年，科举考试未中，游历蜀郡。路上遇到一个老妇对他说："郎君明年芙蓉镜下及第，二十四年后当宰相，会镇守蜀郡，我此生不再看到你当官的荣耀了，我想将小女儿托付给你。"第二年，李固言果然考中头名状元。考试中有诗赋"人镜芙蓉"的题目。

后二十年，李公登庸。其姥来谒，李公忘之。姥通曰：“蜀民老姥，尝嘱李氏者。”李公省前事，具公服谢之，延入中堂，见其女。坐定又曰：“出将入相定矣。”李公为设盛馔，不食，唯饮酒数杯，便请别。李固留不得，但言“乞庇我女”。因赠金皂襦帼，并不受，唯取其妻牙梳一枚，题字记之。李公从至门，不复见。

及李公镇蜀日，卢氏外孙子，九龄不语，忽弄笔砚。李戏曰：“尔竟不语，何用笔砚为？”忽曰：“但庇成都老姥爱女，何愁笔砚无用耶？”李公惊悟，即遣使分访之。有巫董氏者，事金天神，即姥之女。言“能语此儿，请祈华岳三郎”。李公如巫所说，是儿忽能言。因是蜀人敬董如神，祈无不应。富积数百金，怙势用事，莫敢言者。洎相国崔郸来镇蜀，遽毁其庙，投土偶于江，仍判事金天王董氏杖背，递出西界。寻在贝州，李公婿卢生舍于家，其灵歇矣。出《酉阳杂俎》。

又

李固言初未第时，过洛，有胡卢先生者，知神灵间事，曾诣而问命。先生曰：“纱笼中人，勿复相问。”及在长安，寓归德里。人言圣寿寺中有僧，善术数，乃往诣之。僧又谓曰：“子纱笼中人。”是岁元和七年，许孟容以兵部侍郎知

二十年后，李固言受到皇帝重用。那个老妇前来见他，李固言忘记了她是谁。老妇通报他说：“蜀郡老妇，曾经嘱托过李大人的。”李固言想起了当年的事情，穿着官服拜谢了老妇，将她请到中堂，见了她的女儿。坐下后老妇又说：“当将军做宰相是一定的了。”李固言为她摆设了丰盛的酒宴，但她不吃，只喝了几杯酒，便要告辞。李固言执意留她，留不住她，她只是说“求你一定要照顾我女儿”。李固言送给她金银衣物，都不要，只是拿了李固言妻子的一枚象牙梳子，请李固言题字留作纪念。李固言随她走到大门口，她便不见了。

等到李固言去镇守蜀郡，他的一个卢姓外孙，九岁了还不会说话，一天忽然摆弄毛笔和砚台玩。李固言逗他说：“你还不会说话，拿笔砚有什么用？”小孩忽然开口说：“只要照顾好成都老妇的宝贝女儿，还愁什么笔墨砚台没用？”李固言突然想起从前的事，随即派人分头寻找老妇的女儿。有个姓董的女巫，自称奉侍金天神，就是老妇的女儿。她说“要叫小孩说话，应祈求华岳三郎”。李固言按女巫所说的去做，这个孩子忽然能说话了。从这以后蜀郡人敬畏姓董的女巫如敬天神，祈求她的事情，没有不应验的。董氏富足得积存了几百两黄金，倚仗李固言的势力，肆行无忌，没有人敢于举报她。等到丞相崔郸来镇守蜀郡，立即拆毁了金天神的祠庙，将泥像扔到江里，并且将自称奉侍金天王的姓董的女巫打了一顿板子，押送出蜀郡地界。不久她来到贝州，被李固言的女婿卢生收留在家中，她的道行神灵全都没有了。

出自《酉阳杂俎》。

又

李固言当初科举考试未中榜时，经过洛阳，有个胡卢先生，知道鬼神之间的事，曾经找这个人算过命。先生说：“纱笼中人，不再相问。”等到回到长安，住在归德里。有人说圣寿寺中有个和尚，善于算命，便前往去请教。和尚又对他说：“你是纱笼中人。”当年，也就是元和七年，许孟容以兵部尚书的身份主持

举。固言访中表间人在场屋之近事者，问以求知游谒之所。斯人且以固言文章甚有声称，必取甲科，因绐之曰："吾子须首谒主文，仍要求见。"

固言不知其误之，则以所业径谒孟容。孟容见其著述甚丽，乃密令从者延之，谓曰："举人不合相见，必有嫉才者。"使诘之，固言遂以实对。孟容许第固言于榜首，而落其教者姓名。乃遣秘焉。既第，再谒圣寿寺，问纱笼中之事。僧曰："吾常于阴府往来，有为相者，皆以形貌，用碧纱笼于庑下，故所以知。"固言竟出入将相，皆验焉。出《蒲录记传》。

又

元和初，进士李固言就举，忽梦去看榜，见李固言第二人上第。及放榜，自是顾言，亦第二人。固言其年又落。至七年，许孟容下状头登第。出《感定录》。

杨收

唐国相杨收，江州人。祖为本州都押衙，父维直，兰溪县主簿，生四子：发、假、收、严，皆登进士第。收即大拜，发已下皆至丞郎。发以春为义，其房子以柷、以乘为名；假以夏为义，其房子以照为名；收以秋为义，其房子以钜、鏻、鑑为名；严以冬为义，其房子以注、涉、洞为名。尽有文学，登高第，号曰修行杨家。与静恭诸杨，比于华盛。

科举考试。李固言找到表亲中与科场有关系的人，打听自荐的门路。这个人知道李固言的文章非常有声誉，必然能考中进士，便哄骗他说："你须要先去拜见主考官，一再地要见他。"

李固言不知道这个人是欺骗他，便拿着自己所写的文章去拜见请教许孟容。许孟容见他所写的文章很漂亮，便暗中派人延请他，并对他说："举子考试之前，是不该和主考官见面的，一定是有嫉妒人才的人唆使。"便盘问他，李固言将实情告诉了他。许孟容许诺，只要李固言考中第一名，就把教唆他的人的名字勾掉。让他不要把这事说出去。李固言考中以后，又去圣寿寺，找和尚请教什么是纱笼中人。和尚说："我常常在阴间冥府来往，看见凡是能当宰相的人，冥府都以他的身体和形状，用碧纱笼罩在廊屋下，所以知道。"李固言后来果然出将入相，全都应验了。出自《蒲录记传》。

又

唐宪宗元和初年，进士李固言参加科考，忽然梦见去看榜，见李固言是第二名上榜。等到发榜，却是李顾言中榜，并且也是第二名。这一年李固言又是落了榜。直到元和七年，李固言才在许孟容主持的科举考试中考中了头名状元登第。出自《感定录》。

杨 收

唐朝国相杨收是江州人。祖父是江州府的都押衙，父亲叫杨维直，是兰溪县主簿，生了四个儿子，名字分别叫杨发、杨嘏、杨收、杨严，全都考中进士。杨收还做了大官，杨发和另两个弟弟都做到丞郎的官职。杨发的名字取义于春天，他那房的儿子分别起名叫柷和乘；杨嘏的名字取义于夏天，他那房的儿子起名叫照；杨收的名字取义于秋天，他那房的儿子分别起名叫钜、鏻、鉴；杨严的名字取义于冬天，他那房的儿子分别起名叫注、涉、洞。全都有文才，考取了很高的功名，被称作"修行杨家"。与静恭等几家姓杨的都是繁盛的家族。

收少年，于庐山修业。一日，寻幽至深隐之地，遇一道者谓曰："子若学道，即有仙分；若必作官，位至三公，终焉有祸。能从我学道乎？"收持疑，坚进取之心，忽其道人之语，他日虽登廊庙，竟罹南荒之殛。出《北梦琐言》。

郑朗

长庆中，青龙寺僧善知人之术，知名之士，靡不造焉。进士郑朗特谒，了不与语。及放榜，朗首登第焉。朗未之信也。累日，内索重试，朗果落。后却谒青龙僧，怡然相接，礼过前时。朗诘之，僧曰："前时以朗君无名，若中第，却不嘉。自此位极人臣。"其后果历台铉。出《感定录》。

段文昌

故西川节帅段文昌，字景初。父锷，为支江宰，后任江陵令。文昌少好蜀文。长自渚宫，困于尘土，客游成都，谒韦南康皋，皋与奏释褐。道不甚行，每以事业自负，与游皆高士之名。遂去南康之府，金吾将军裴邠之镇梁川，辟为从事，转假廷评。裴公府罢，因抵兴元之西四十里，有驿曰鹄鸣，滨汉江，前倚巴山。有清僧依其隈，不知何许人也，常嘿其词，忽复一言，未尝不中。

公自府游，闻清僧之异，径诣清公求宿，愿知前去之事。自夕达旦，曾无词。忽问"蜀中闻极盛旌旆而至者谁？"

杨收在少年时，在庐山读书。一天他寻访幽丽的风景来到一个游人到不了的隐蔽之处，遇到一个道士对他说："你如果学道，就有成仙的天分；如果一定要当官，能够做到三公，但是最终有祸。能跟我学道吗？"杨收迟疑了一下，但还是坚定了进取做官的决心，他忽视了道人的话，后来虽然在朝廷里当了宰相，但是最后获罪死在南荒。出自《北梦琐言》。

郑　朗

唐穆宗长庆年间，青龙寺的和尚精通预测人命运的法术，有名的人物没有不去拜访的。进士郑朗特意去拜会，和尚不同他说话。等到发榜，郑朗名列第一。郑朗不太相信。过了几天，朝廷组织复试，郑朗果然没有考中。郑朗又去拜见青龙寺和尚，和尚热情接待，礼节超过上次。郑朗询问原因，和尚说："上一次因为你没有名气，如果真的中了榜，反而不好。从此以后你可以位极人臣。"后来果然成为支撑国家社稷的朝廷重臣。出自《感定录》。

段文昌

原来的西川节度使段文昌，字景初。他父亲叫段锷，是支江县宰，后来任江陵县令。段文昌少年时喜爱蜀地文化。他出生在湖北江陵，生活在平民百姓之中，后来游历到成都，拜见韦南的康皋，康皋为他谋求官职，没有成功。学业推行不了，他很为自己的才学而自负，与他交往的都是有才学的名士。后来他又去了南康府，金吾将军裴郃之镇守梁川，聘任他为从事，后转为代理大理寺评事。裴郃之调离后，他到兴元以西四十里，有个叫鹄鸣的驿站，这里濒临汉江，前面是巴山。有个清僧依傍山水弯曲处而居，不知道是什么地方的人，他常常沉默不语，忽然说出一句预言，没有不应验的。

段文昌在南康府里时，就曾经听说过清僧的异事，直接到他那里住宿，想请教以后的事情。他们从晚上到早晨，不曾说一句话。清僧忽然问段文昌说："蜀中声名极盛、旌旗招展而来的人是谁？"

公曰："岂非高崇文乎？"对曰："非也，更言之。"公曰："代崇文者，武黄门也。"清曰："十九郎不日即为此人，更盛更盛。"公寻征之，便曰："害风妄语，阿师不知。"因大笑而已。由是颇亦自负。户部员外韦处厚，出开州刺史，段公时任都官员外，判盐铁案，公送出都门。处厚素深于释氏，洎到鹄鸣，先访之，清喜而迎处厚。处厚因问还期，曰："一年半岁，一年半岁。"又问终止何官，对曰："宰相，须江边得。"又问终止何处，僧遂不答。又问段十九郎何如，答曰："已说矣，近也！近也！"及处厚之归朝，正三岁，重言一年半岁之验。

长庆初，段公自相位节制西川，果符清师之言。处厚唯不喻江边得宰相，广求智者解焉。或有旁征义者，谓处厚必除浙西、夏口，从是而入拜相。及文宗皇帝践祚自江邸，首命处厚为相。至是方验。与邹平公同发师修清公塔，因刻石记其事焉。又赵宗儒节制兴元日，问其移勤。遂命纸作两句诗云："梨花初发杏花初，甸邑南来庆有余。"宗儒遂考之。清公但云："害风阿师取次语。"明年二月，除检校右仆射，郑余庆代其位。出《定命录》。

崔从

宝历二年，崔从镇淮南。五月三日，瓜步镇申浙右试竞渡船十艘，其三船平没于金山下，一百五十人俱溺死。从见申纸叹愤。时军司马皇甫曙入启事，与从同异之。座

段文昌说:“难道不是高崇文吗?”清僧说:“不是,你再说一个。”段文昌说:“代替高崇文的是武黄门。”清僧说:“十九郎你过不了几天就和此人一样,比他更为显赫。”段文昌询问原因,清僧却说:“疯癫胡说罢了,和尚我不知道啊。”于是两个人大笑。从此段文昌非常自负。户部员外郎韦处厚出任开州刺史,此时段文昌任都官员外,在审理私贩盐铁的案件时,特意将韦处厚送出官署大门。韦处厚向来精通佛学,来到鹄鸣驿,先拜访清僧,清僧高兴地迎接韦处厚。韦处厚趁机问自己回来的时间,清僧回答说:“一年半载,一年半载。”韦处厚又问自己最后做到什么官,清僧说:“宰相,必须在江边得到。”韦处厚又问自己死在什么地方,清僧就不回答了。韦处厚问段十九郎段文昌以后怎么样,清僧回答说:“已经同他说过了,快了!快了!”等到韦处厚调回来,正好三年时间,应验了清僧的一年半载加一年半载的说法。

唐穆宗长庆初年,段文昌以宰相的身份管辖西川,果然符合清僧的说法。韦处厚只是弄不明白在江边得到宰相这句话的意思,从而到处请智慧的人解释。有个喜欢征集引证的人说韦处厚必定是先在浙西或夏口任职,从这儿入朝做宰相。等到文宗皇帝在江邸即位,第一个任命的就是韦处厚为宰相,到这时清僧的话才完全得到验证。韦处厚与邹平公段文昌共同修建清公塔,并刻石记录了上述事情。还有,赵宗儒管理兴元的时候,曾向清僧谒问他今后的动向。清僧就在纸上写了两句诗:“梨花初发杏花初,甸邑南来庆有余。”赵宗儒问这诗句的含义,清僧还是说:“疯癫和尚轻率之语。”第二年二月,赵宗儒任检校右仆射,郑余庆代替他管理兴元。出自《定命录》。

崔从

唐敬宗宝历二年,崔从镇守淮南。五月三日,瓜步镇报告浙西正在竞渡的十艘船,有三艘沉没在金山脚下,船上的一百五十人全都淹死。崔从看到报告这件事的申告后既感叹又悲愤。这时军司马皇甫曙进来禀报,与崔从一样都感到很惊奇。在座

有宋生归儒者语曰："彼之祸不及怪也。此亦有之，人数相类，但其死不同耳。"浃日，有大宴，陈于广场，百戏俱呈。俄暴风雨，庭前戏者并马数百匹，系在庑下。迅雷一震，马皆惊奔，大庑数十间平塌，凡居其下者俱压死。公令较其数，与浙右无一人差焉。出《独异志》。

郭八郎

河中少尹郑复礼始应进士举，十上不第，困厄且甚。千福寺僧弘道者，人言昼闭关以寐，夕则视事于阴府。十祈叩者，八九拒之。复礼方蹇踬愤惋，乃择日斋沐候焉。道颇温容之，且曰："某未尝妄泄于人。今茂才抱积薪之叹且久，不能忍耳。勉旃进取，终成美名。然其事类异，不可言也！"郑拜请其期，道曰："唯君期，须四事相就，然后遂志。四缺其一，则复负冤。如是者骨肉相继三榜。三榜之前，犹梯天之难；三榜之后，则反掌之易也。"郑愕视不可喻，则又拜请四事之目。道持疑良久，则曰："慎勿言于人，君之成名，其事有四，亦可以为异矣。其一，须国家改元之第二年；其二，须是礼部侍郎再知贡举；其三，须是第二人姓张；其四，同年须有郭八郎。四者阙一，则功亏一篑矣。如是者贤弟侄三榜，率须依此。"郑虽大疑其说，郁郁不乐，以为无复望也，敬谢而退。

的有个书生叫宋归儒的说："那里的灾祸不算奇怪。这里也有灾祸，死的人数差不多，只是死亡的原因不同罢了。"十天以后，在广场上举行盛大的宴会，并且表演各种杂耍。忽然下了一场暴风雨，庭前表演的人和数百匹马都挤在旁边的廊屋下。迅雷一响，马匹全都受惊狂奔起来，撞倒了屋廊数十间房子，凡是待在廊屋下的人都压死了。崔从叫人清点死亡人数，竟与浙西死亡的人数一样，一个都不差。出自《独异志》。

郭八郎

河中少尹郑复礼在刚参加科举考试的时候，十次都没有考中，艰难困窘之极。千福寺有个弘道和尚，人们说他白天关门睡觉，晚上去阴间办事。十个人找他算命，会有八九个被他拒绝的。郑复礼正在困顿愤恨的时候，便选择了一个吉日，吃斋沐浴去千福寺拜访弘道和尚向他请教。弘道的态度很温和，并且对他说："我未曾随意将天机泄漏给别人。今天秀才你怀着屡试不中的感叹，已经很久了，不能忍了。你只要努力进取，就一定能考中成就美名。但是你的事情很特殊，不能随便说啊！"郑复礼问自己考中成名的时间，弘道说："考中的日期，必须有四件事作为条件，然后才可以实现你的心愿。四件事，缺少一件就又会施展不了。像这样，你们骨肉至亲相继考中三榜。三榜之前，要想中榜难如登天；三榜之后，要想中榜就容易得如翻手掌。"郑复礼惊呆了，不能明晓，就又恭敬地请教是哪四件事。弘道迟疑了很久才说："千万不能对别人说，你要成名，条件有四个，也可以说是很特殊的。第一件，必须是国家改年号的第二年；第二件，必须是礼部侍郎再次主持科举考试；第三件，考中第二名的必须姓张；第四件，同年参加考试的必须有排行第八的姓郭的举子。四件事少了一件，便功亏一篑，不能成功。像这样，你的弟弟、侄子依次中榜，顺序都必须如此。"郑复礼虽然很怀疑他的说法，但是仍然心情苦闷，快乐不起来，以为再没有希望了，便很礼貌地表示感谢之后回去了。

长庆二年，人有导其名姓于主文者，郑以且非再知贡举，意甚疑之，果不中第。直至改元宝历二年，新昌杨公再司文柄，乃私喜其事，未敢泄言。来春果登第。第二人姓张，名知实，同年郭八郎，名言扬。郑奇叹且久，因纪于小书之抄。私自谓曰："道言三榜率须如此，一之已异，其可至于再乎？至于三乎？"次至故尚书右丞韩宪应举。大和二年，颇有籍甚之誉，以主文非再知举，试日果有期周之恤。尔后应大和九年举，败于垂成。直至改元开成二年，高锴再司文柄，右辖私异事，明年果登上第。二人姓张，名棠；同年郭八郎，名植。因又附于小书之末。三榜虽欠其一，两榜且无小差。闺门之内，私相谓曰："岂其然乎？"时僧弘道已不知所往矣。次至故驸马都尉颢应举，时誉转洽。至改元会昌之二年，礼部柳侍郎璟再司文柄，都尉以状头及第。第二人姓张，名潜；同年郭八郎，名京。弘道所说无差焉。出《野史》。

张宣

杭州临安县令张宣，宝历中，自越府户曹掾调授本官。以家在浙东，意求萧山宰。去唱已前三日，忽梦一女子年二十余，修刺来谒。宣素真介，梦中不与女子见。女子云："某是明年邑中之客，安得不相见耶？"宣遂见之，礼貌甚肃。曰："妾有十一口，依在贵境，有年数矣。今闻明府将至，故来拜谒。"宣因问县名，竟不对。宣告其族人曰："且志

唐穆宗长庆二年，有人将他的名字推荐给主考官，郑复礼因为主考官不是第二次主持考试，心里很怀疑，果然没有考中。直至唐敬宗改国号为宝历的第二年，杨嗣复再次担任主考官，郑复礼暗自高兴，没敢对别人说。第二年春天果然中榜。第二名果然姓张，叫张知实，同时参加考试的有个郭八郎，叫郭言扬。郑复礼感叹很久，于是将此事记录下来。自己对自己说："弘道说三榜的顺序都必须这样，一榜已经够奇怪的了，怎么能再有一次？并且还有第三次呢？"下一轮该轮到已故的尚书右丞韩宪参加科举考试了。唐文宗太和二年，他已颇有盛名，因为主考官不是第二次主持考试，考试当日果然有亲人去世之虑。后来又参加太和九年的考试，也只差一点没有考中。直到唐文宗改国号为开成的第二年，高锴再次担任主考官，韩宪私下感到奇怪，第二年韩宪果然高中。第二名姓张，叫张棠，同时参加考试的有个郭八郎叫郭植。郑复礼于是又将这件事记录下来。三榜虽然还差一榜，但两榜都与弘道说的没什么差谬。郑复礼在家里私下里说："难道真像弘道说的一样？"这时僧人弘道已不知道上哪里去了。下次该轮到已故的驸马都尉郑颢参加科举考试了，他当时声誉、时机非常巧合，等到唐武宗改国号为会昌的第二年，礼部侍郎柳璟再次主持科举考试，郑颢考中了头名状元。第二名姓张，叫张潜，同时参加考试的有个郭八郎叫郭京。弘道所说的一点不差。出自《野史》。

张宣

杭州临安县令张宣在唐敬宗宝历年间，从越府户曹掾调任现职。因为他的家在浙东，所以想当萧山县令。公布任命的前三天，他忽然梦见一个二十多岁的女子，拿着拜帖通报姓名来见他。张宣历来率真耿介，梦里不接见这个女子。女子说："我是您明年管辖之地的人，怎么能不见呢？"于是，张宣接见了她，礼貌很端正。女子说："我们家有十一口人，住在贵县已经许多年了。今天听说大人您要来，所以前来拜见。"张宣于是问她所说的是什么县，女子竟没有回答。张宣醒来后，告诉家里的人："暂且记住

之。”及后补湖州安吉县令，宣以家事不便，将退之。其族人曰：“不然，前夕所梦女子，非‘安’字乎？十一口非吉字乎？此阴骘已定，退亦何益？”宣悟且笑曰：“若然，固应有定。”遂受之。

及秩满，数年又将选。时江淮水歉，宣移家河南，固求宋亳一官，将引家往。又梦前时女子，颜貌如旧，曰：“明府又当宰邑，妾之邑也。”宣曰：“某前已为夫人之邑，今岂再授乎？”女子曰：“妾自明府罢秩，当即迁之居。今之所止，非旧地。然往者家属，凋丧略尽，今唯三口为累耳。明府到后数月，亦当辞去。”言讫，似若凄怆，宣亦未谕。及唱官，乃得杭州临安县令。宣叹曰：“三口临（臨）字也。数月而去，吾其忧乎？”到任半年而卒。出《前定录》。

韩皋

昌黎韩皋，故晋公滉之支孙。博通经史。太和五年，自大理丞调选，平判入第。名第既不绝高，又非驰逐而致，为后辈所谑。时太常丞冯芫除岳州刺史，因说人事固有前定。德皇之末，芫任太常寺奉礼，于时与皋同官。其年前进士时元佐，任协律郎。三人同约上丁日释奠武成王庙行事。芫住常乐，皋任亲仁，元佐任安邑。芫鼓动，拉二官同之太平兴道西南角，元佐忽云：“某适马上与二贤作一善梦，足下二人皆判入等，何也？请记之。”芫固书之，纪于箧中。

女子所说的。”后来他补缺被任命为湖州安吉县令，他因为离家乡太远不方便，想辞掉这个职务。他家里的人说：“不可以，以前你梦到的那个女子，不是个‘安’字吗？‘十一口’不就是个‘吉’字吗？这是冥冥之中已定的，辞掉又有什么好处？”张宣明白过来笑着说：“确实，本来该是命中注定的。”于是接受了任命。

数年之后，等到任期满了，又将被重新任命。这时江淮一带发生旱灾，张宣将家迁到了河南，所以想就近在宋亳谋求一个官职，将带着家眷前往赴任。这时他又梦见了先前那个女子，女子的容颜面貌同过去一样，说：“您又要当宰邑了，又是到我所住的县。”张宣说：“我以前已经当了一任夫人家乡的县令，这次怎么能再去呢？”女子说：“我自从您任职期满，就立即把家搬了。现在住的已经不是老地方了。但是，现在我们家已经衰败凋零得差不多了，只剩下三口人。您去后几个月，也当辞官而去。”说完，显出很悲伤的样子，张宣也没有弄清是什么意思。等到公布任命，他当上了杭州临安县令。张宣感叹地说：“‘三口’是个‘临（臨）’字，‘数月而去’是我所忧虑的吗？”结果他上任半年就死了。出自《前定录》。

韩皋

昌黎韩皋是已故晋公韩滉的非嫡系孙子。博学多才，精通经史。唐文宗太和五年，从大理寺丞的职位上被调离，在朝廷考查录用官员中被选中。名次既不是很高，也不是科举考试得来，成为后辈们的笑谈。当时太常丞冯芫被任命为岳州刺史，他说人世的事情本来是命中注定的。德宗皇帝末年，冯芫任太常寺奉礼，当时与韩皋一同做官。同年前进士时元佐任协律郎。三个人约定在月初的丁日，一同去武成王庙祭祀。冯芫住常乐，韩皋在亲仁任职，时元佐在安邑任职。冯芫再三鼓动拉着两个人走到太平兴道西南角，时元佐忽然说：“我刚才在马上为你们两个人做了一个好梦，你们二位都被朝廷录用做了官，怎么这样？请你们记住这个梦。”冯芫将这件事记录在纸上，放到箱子里。

宪宗六年，芫判入等，授兴平县尉。皋实无心望于科第，此后二十七八年，皋方判入等，皆不差忒。芫临发岳阳，召皋，特说当时之事，并取箧中所记以示之，曰："诸公何足为谑，命使之然。"皋亦云："未尝暂忘，则仆与公，何前后相悬如此？"皋其年授大理正。出《续定命录》。

唐宪宗元和六年，冯芫被朝廷录用，授官兴平县尉。韩皋没有心思做官，直到二十七八年后，才被录用，冯芫所做的梦全都应验了，都没有差错。冯芫要去岳阳之前把韩皋找来，特意讲了当年的事情，并将箱子里的记录拿给韩皋看，并且说："大家不要以为是笑谈，这是命运决定的。"于是韩皋也说："我也不曾暂时忘记此事，然而我和你为什么前后相差如此悬殊？"韩皋在那一年被任命为大理正。出自《续定命录》。

卷第一百五十六

定数十一

庞　严

唐京兆尹庞严为衢州刺史，到郡数月，忽梦二僧入寝门。严不信释氏，梦中呵之。僧曰："使君莫怒，余有先知，故来相告耳。"严喜闻之，乃问曰："余为相乎？"曰："无。""有节制乎？"曰："无。""然则当为何官？"曰："类廉察而无兵权，有土地而不出畿内。过此已往，非吾所知也。"曰："然寿几何？"曰："惜哉！所乏者寿。向使有寿，则何求不可。"曰："何日当去此？"曰："来年五月二十二日。"及明年春有除替，先以状请于廉使，愿得使下相待。时廉使元稹素与严善，必就谓得请，行有日矣。其月晦日，因宴。元公复书云："请俟交割。"严发书曰："吾固知未可以去。"具言其梦于座中。竟以五月二十二日发。其后为京兆尹而卒。出《前定录》。

庞　严

唐朝京兆尹庞严是衢州刺史，到任几个月后，有一天，他忽然梦见两个和尚走进寝室的门。庞严不信佛教，在梦里呵斥和尚。和尚说："使君你不要发怒，我有先知先觉的本领，所以前来指点你的前程。"庞严听了高兴，问："我能当宰相吗？"和尚回答说："不能。"庞严问："我能当节度使吗？"和尚回答说："不能。"庞严问："那么我能当什么官呢？"和尚说："类似于观察使但没有兵权，有土地但不出京城之内。从这往后，我就不知道了。"庞严又问："我的寿命是多少呢？"和尚说："可惜！你缺乏的就是寿命。假使有寿命，那你求什么就没有不可以的了。"庞严又问："什么时候能离开这里？"和尚回答说："明年五月二十二日。"等到明年春天官员调动的时候，庞严先给廉使写了申请，希望能在廉使下做事。当时的廉使元稹一向与庞严的关系很好，就答应了庞严的请求，这件事也就指日可待了。这个月的最后一天，庞严高兴地摆了酒宴，元稹来信说："你要等着办交接。"庞严写信说："我已经知道现在不可以去了。"并在宴席上说了他所做的梦。果然他在五月二十二日才被调任新职，后来在任京兆尹的期间死去。出自《前定录》。

张正矩

秘书监刘禹锡，其子咸允，久在举场无成。禹锡愤惋宦途，又爱咸允甚切，比归阙，以情诉于朝贤。太和四年，故吏部崔群与禹锡深于素分。见禹锡蹭蹬如此，尤欲推挽咸允。其秋，群门生张正謩充京兆府试官，群特为禹锡召正謩，面以咸允托之，觊首选焉。及榜出，咸允名甚居下。群怒之，戒门人曰："张正謩来，更不要通。"

正謩兄正矩，前河中参军，应书判拔萃。其时群总科目人，考官糊名考讫，群读正矩判，心窃推许。又谓是故工部尚书正甫之弟，断意便与奏。及敕下，正矩与科目人谢主司。独正矩启叙，前致词曰："某杀身无地以报相公深恩。一门之内，兄弟二人，俱受科名拔擢。粉骨脔肉，无以上答。"方泣下，语未终，群忽悟是正謩之兄弟，勃然曰："公是张正謩之兄，尔贤弟大无良，把群贩名，岂有如此事？与贼何异？公之登科命也，非某本意，更谢何为！"出《续命定录》。

刘遵古

故刑部尚书沛国刘遵古，大和四年，节度东蜀军。先是蜀人有富蓄群书。刘既至，尝假其数百篇，然未尽详阅。明年夏，涪江大泛，突入壁垒，溃里中庐舍。历数日，水势始平，而刘之图书器玩，尽为暴水濡污。刘始命列于庭以曝之。后数日，刘于群书中，得《周易正义》一轴，笔势奇妙，

张正矩

秘书监刘禹锡的儿子刘咸允，长期参加科举考试都未考中。刘禹锡怅恨做官的道路，然而他又太疼爱儿子，等到归朝的时候，就将自己心情讲给大臣们听。唐文宗太和四年，原吏部侍郎崔群与刘禹锡向来交情很深。他见刘禹锡困顿挫折如此，非常想推荐帮助刘咸允。这年秋天，崔群的学生张正謩担任京兆府考官，崔群为了刘禹锡的事特意召见了张正謩，当面将刘咸允的功名托付给他，希望能将刘咸允选拔上。等到公布考试录取的名单及名次时，刘咸允的名次排得很靠后面。崔群大怒，告诫把门的人说："张正謩来了，不要给他通报。"

张正謩的哥哥张正矩以前是河中参军，应书判拔萃的考试。当时崔群是这一科目考试的主持人，考官将考卷糊名封好，交给主考官，崔群在批阅张正矩的试卷时，心里暗自赞许，又以为张正矩是原兵部尚书张正甫的弟弟，所以便决心选拔上报。等到正式批准的公文传下来以后，张正矩和考官前来拜谢主考官崔群。唯独张正矩首先开口，上前致辞说："我真是无法报答您的大恩。我们一家兄弟两个人，都得到您推荐选拔。粉身碎骨切成碎肉，也无法报答。"他正痛哭流涕，话还没有说完，崔群忽然想到张正矩乃是张正謩的哥哥，勃然变色说："你是张正謩的哥哥吧，你的弟弟没有良心，把持考试，贩卖功名，怎么能做出这样的事呢？和贼有什么两样？你考中成名是你的命决定的，这并不是我的本意，为什么谢我！"出自《续命定录》。

刘遵古

原刑部尚书沛国刘遵古在唐文宗太和四年，管理东蜀军队。先前有个蜀人收藏了很多图书。刘遵古到这里后，曾借过几百本，但未能详细阅读。第二年夏天，涪江发大水，江水突然漫过堤岸，冲毁了里中房屋。过了几日，水势平缓，而刘遵古的图书和器玩全都让洪水浸湿和弄脏。刘遵古命人将图书摆在院子里曝晒。几天后，刘遵古在图书里发现一本《周易正义》，笔势奇妙，

字体稍古，盖非近代之书也。其卷末有题云："上元二年三月十一日，因读《周易》，著此正义。从兹易号十二三，岁至一人八千口，当有大水漂溺，因得舒转晒曝。衡阳道士李德初。"

刘阅其题，叹且久，穷其所自，乃蜀人所蓄之书也。于是召宾掾以视之，所谓"易号十二三，岁至一人八千口"者。"一人八千口"，盖"大和"字也。自上元历宝应、广德、永泰、大历、建中、兴元、贞元、永贞、元和、长庆、宝历至大和，凡更号十有三矣，与其记果相契。然不知李德初何人耳，抑非假其名以示于后乎！出《宣室志》。

舒元舆

李太尉在中书，舒元舆自侍御史辞归东都迁奉。太尉言："近有僧自东来，云有一地，葬之必至极位。何妨取此。"元舆辞以家贫，不办别觅，遂归启护。他日，僧又经过，复谓太尉曰："前时地，已有人用之矣。"询之，乃元舆也。元舆自刑部侍郎平章事。出《感定录》。

李德裕

李德裕自润州，年五十四除扬州，五十八再入相，皆及吉甫之年。缙绅荣之。出《感定录》。

德裕为太子少傅，分司东都时，尝闻一僧，善知人祸福，因召之。僧曰："公灾未已，当南行万里。"德裕甚不乐。明日，复召之。僧且曰："虑言之未审，请结坛三日。"又曰："公南行之期定矣。"德裕曰："师言以何为验？"僧即指

字体稍有古意，绝不是近代的书。书的末尾有题记，内容是："上元二年三月十一日，因为阅读《周易》，撰写此《正义》。从此更改名号十二三，年代到一人八千口时，当有洪水淹溺，因而此书得以舒展曝晒。衡阳道士李德初。"

刘遵古看完题字，感叹了很久，清点以后，知道这本书还是蜀人所收藏的。于是召集手下官员，共同来研究所谓的"更改名号十二三，年代到一人八千口时"。大家认为"一人八千口"是"大（太）和"两个字。自上元开始，经过宝应、广德、永泰、大历、建中、兴元、贞元、永贞、元和、长庆、宝历到大（太）和，总共更改年号十三个，与题记所说的果然相符合。然而不知道李德初是什么人，也许是起的假名来启示后人吧！出自《宣室志》。

舒元舆

李太尉主持中书省，侍御史舒元舆辞掉御史的职务返回东都迁坟。李太尉说："近来有个和尚从东方来，说有块地，用做坟地必然能做到最高的官职。你不妨就用了。"舒元舆推辞说家贫，不想另外寻找新的坟地，于是回家办理迁坟的事去了。有一天，和尚又经过这里，对李太尉说："上一次我说过的坟地，已经有人用了。"李太尉询问，知道原来是舒元舆用了。后来舒元舆果然当上了刑部侍郎平章事。出自《感定录》。

李德裕

李德裕五十四岁时从润州调到扬州，五十八岁又当了宰相，都赶上了他父亲李吉甫的地位。真是做官的人少有的荣耀。出自《感定录》。

李德裕任太子少傅，分管东都时，曾经听说一个和尚能预测人的祸福，便将和尚请来。和尚说："你的灾祸未除，当往南走很远。"李德裕很不高兴。第二天又将和尚请来。和尚又说："我担心说得不清楚，请结坛三天。"又说："你南行的日期已定。"李德裕说："怎能验证师傅所说的话是准确的呢？"和尚就指着

其地，“此下有石函。”即命发之，果得焉，然启无所睹。德裕重之，且问：“南行还乎？”曰：“公食羊万口，有五百未满，必当还矣。”德裕叹曰：“师实至人。我于元和中，为北都从事，尝梦行至晋山，尽目皆羊，有牧者数十。谓我曰：‘此侍御食羊也。’尝志此梦，不泄于人，今知冥数，固不诬矣！”

后旬余，灵武帅送米暨馈羊五百。大惊，召僧告其事，且欲还之。僧曰：“羊至此，是已为相国有矣，还之无益。南行其不返乎？”俄相次贬降，至崖州掾，竟终于贬所，时年六十三。出《补录记传》。

李言

有进士李岳（嶽），连举不第。夜梦人谓曰：“头上有山，何以得上第？”及觉，不可名“狱”，遂更名“言”。果中第。出《感定录》。

王沐

王沐者，涯之再从弟也。家于江南，老且穷。以涯执相权，遂跨蹇驴而至京师，索米僦舍。住三十日，始得一见涯于门屏，所望不过一簿一尉耳。而涯见沐潦倒，无雁序情。大和九年秋，沐方说涯之嬖奴，以导所欲。涯始一召，拟许以微官处焉。自是旦夕造涯之门，以俟其命。及涯就诛，仇士良收捕家人，时沐方在涯私第，谓其王氏之党，遂不免于腰领。出《杜阳杂编》。

脚下的土地说:“这块地底下有块石碑。”李德裕命人挖掘,果然找到一块石碑,但是打开看上面看不到什么。李德裕相信了和尚,又问:“我去南方还能回来吗?”和尚回答:“你应该吃一万只羊,现在还差五百只没吃完,所以一定能够回来。”李德裕感叹道:“大师真是神人。我在元和年间,在北方任职,曾经做梦走到晋山,满眼看到的都是羊,有几十个牧羊人。他们对我说:‘这是给侍御吃的羊。’我一直记着这个梦,没有告诉过别人,今天才知道命运这句话本不是瞎说呀!”

十多天以后,驻守灵武的主帅送来粮食和五百只羊。李德裕非常吃惊,把和尚找来告诉他这件事,并且想把羊送回去。和尚说:“羊送到这儿,已是归你所有了,送回去没有什么好处。你到南方可能再也回不来了吧?”不久,李德裕连着遭到贬谪,一直降到崖州掾,最后死在贬所,死的时候六十三岁。出自《补录记传》。

李言

有个进士李岳(嶽),当初连续参加科举考试都未被录取。夜里梦见有个人对他说:“头上有山,怎么能够考上呢?”醒了以后,觉得自己的名字不能改为李狱,于是改名叫李言。再参加科举考试,果然被录取了。出自《感定录》。

王沐

王沐是王涯的远房堂弟。家住在江南,又老又穷。因为王涯执掌宰相的大权,便骑上瘸脚驴来到京城,租了一间小房每天要饭。一直住了三十天,才在大门口见了王涯一面,所要求的只是簿或尉一类的小官职罢了。但王涯见他贫困潦倒而没有兄弟之情。唐文宗太和九年的秋天,王沐才说动王涯宠爱的仆人,替他说话。王涯这才召见他一次,答应给他找一个小官做。从这以后,王沐早晚两次到王涯家门口等候消息。等到王涯获罪被诛杀,仇士良前来收捕王涯家里人,这时王沐恰巧在王涯的家里,被说成是王涯的死党,于是免不了也被杀了。出自《杜阳杂编》。

舒元谦

舒元谦，元舆之族。聪敏慧悟，富有春秋，元舆礼遇颇至。十年，元舆处之犹子，荐取明经第，官历校书郎。及持相印，许为曹郎命之。

无何，忽以非过怒谦，至朔旦伏谒，顿不能见。由是日加谴责，为僮仆轻易。谦既不自安，遂置书于门下，辞往江表，而元舆亦不问。翌日，办装出长安，咨嗟蹇分，惆怅自失。即驻马回望，涕泗涟如。及昭应，闻元舆之祸，方始释然。是时于宰相宅收捕家口，不问亲疏，并皆诛戮之。当时论者，以王、舒祸福之异，定分焉。出《杜阳杂编》。

杜悰外生

杜悰与李德裕同在中书。他日，德裕谓悰曰："公家有异人，何不遣一相访？"悰曰："无。"德裕曰："试思之。"曰："但有外生，自远来求官尔。"德裕曰："此是也。"及归，遣谒德裕。德裕问之，对曰："太尉位极人臣，何须问也。凡人细微尚有定分，况功勋爵禄乎？且明日午时，有白兽自南逾屋而来，有小童丱角衣紫，年七岁，执竹竿，长五尺九节，驱兽，兽复南往。小童非宅内人也，试伺之。"翌日及午，果有白猫，自南逾屋而来，有丱角小童衣紫，逐之，猫复南去。乃召问之，曰："年七岁。"

舒元谦

舒元谦是舒元舆的同族。聪慧伶俐，正当盛年，舒元舆颇礼遇他。十年里，舒元舆对待他像对待自己的儿子一样，推荐他考取了明经，做官做到校书郎。等到舒元舆执掌相印，答应让他当个曹郎。

可过了不久，舒元舆忽然没有什么缘由地恼怒起舒元谦来。甚至大年初一的早上拜见长辈的时候，也决然拒绝不见他。从此舒元舆日加责备他，以至于仆人都敢轻视他。舒元谦心中自不安宁，便写了一封信放在大门下面，告辞前往江表，而舒元舆也不过问。第二天，舒元谦收拾好行装骑马出了长安城，感叹命运不佳，恼恨伤感好像丢失了什么。他勒住马回头看，眼泪鼻涕流了满脸。等到了昭应县听说舒元舆遭到灾祸，心情才平定下来。此时在宰相宅里收捕家人，不管远近亲疏，都一并杀戮了。当时人们议论，都说王沐和舒元谦的祸福不同，是两个人的命所决定的。出自《杜阳杂编》。

杜悰外生

杜悰和李德裕都在中书省任职。一天，李德裕对杜悰说："你们家有个不寻常的人，为什么不请来让我见见？"杜悰说："没有。"李德裕说："你再好好想想。"杜悰说："只有外甥，从远处来谋求官职。"李德裕说："就是他了。"等到回家，杜悰叫外甥去拜见李德裕。李德裕向他询问自己的前程，杜悰的外甥说："您当了太尉，位居很高的官位了，还须问什么了。凡是人很细小的事情都是有定分的，何况功勋爵禄这样的大事呢？明天午时有只白兽从南面爬越房屋过来，有个七岁的小孩，头发束成两角，穿着紫色衣服，手拿一根竹竿，长五尺，一共有九节，驱赶白兽，白兽又回到南面去了。小孩不是你们家里的人，您等着看我说的对不对？"第二天到中午，果然有一只白猫从南面爬越房屋过来，有个穿着紫衣，将头发束成两角的小孩，追赶白猫，白猫又跑向南面去了。李德裕将小孩叫过来询问年龄，小孩说："今年七岁。"

数其所执竹，长五尺而九节。童乃宅外元从之子也。略无毫发差谬。事无大小，皆前定矣。出《闻奇录》。

石　雄

石雄初与康诜同为徐州帅王智兴首校。王公忌二人骁勇，奏守本官，雄则许州司马也，寻授石州刺史。有李弘约者，以石使君许下之日，曾负弘约资货。累自窘索，后诣石州，求其本物。既入石州境，弘约迟疑，恐石怒。遇里有神祠，祈享皆谓其灵。弘约乃虔启于神。神祝父子俱称神下，索纸笔，命弘约书之。又不识文字，求得村童。口占之曰："石使君此去，当有重臣抽擢，而立武功。合为河阳凤翔节度，复有一官失望。所以此事须秘密，不得异耳闻之。"弘约以巫祝之言，先白石君。石君相见甚悦。

寻以潞州刘从谏背叛，朝廷议欲讨伐。李德裕为宰相，而亟用雄。雄奋武力，夺得天井关。后共刘振又破黑山诸蕃部落，走南单于，迎公主归国。皆雄之效也。然是鹰犬之功，非良宰不能驱驰者。及李公以太子少保分洛，石仆射诣中书论官曰："雄立天井关及黑山之功，以两地之劳，更希一镇养老。"相府曰："仆射潞州之功，国家已酬河阳节度使，西塞之绩，又拜凤翔。在两镇之重，岂不为酬赏也？"

数了数小孩手里拿的竹竿，正是五尺长的竹竿上一共有九节。小孩是宅子外面元从的儿子。杜悰的外甥所说的丝毫不差。真是事情无论大小，都是事先确定好了的。出自《闻奇录》。

石雄

石雄当初和康诜都是徐州大帅王智兴手下的重要将领。王智兴忌妒他们二人的骁勇，奏请康诜守本官，石雄则任许州司马，不久又授予石州刺史。有个叫李弘约的，在石雄任职许州期间，曾欠了他一些财货。他多次索要，后来前往石州，要向石雄要回自己的东西。进入石州地界后，李弘约有些迟疑，害怕石雄发怒。正好遇见一座神庙，人们都说祈祷许愿灵验。李弘约便虔诚地进庙去祈求神灵保佑。神祝父子，都自称是神下界来了，拿来纸和笔，让李弘约记录下来。李弘约不认识文字，便求助于村子里的小孩代替他写。神灵说："石使君这一去，一定会有大官推荐提拔，建立战功。所以能当上河阳和凤翔节度使，但他的更高愿望得不到满足。这件事必须保密，不能让别人听见。"李弘约将所记录的巫祝的话先告诉了石雄。石雄看了很高兴。

不久因为潞州的刘从谏背叛谋反，朝廷商议要进行讨伐。这时李德裕为宰相，极力推荐任用石雄带兵出征。石雄奋勇拼杀，夺下了天井关。后来又和刘振共同攻破平定了黑山诸蕃部落，并且赶跑了南单于，迎接公主回国。这些都是石雄的功劳。然而这一切武将的功劳，如果不是贤相会用人，就不能驱驰他。等到李德裕以太子少保的身份管辖洛阳的时候，已经是仆射的石雄向中书省递交了一份公文为自己争官说："我石雄立下了攻破天井关和平定黑山各蕃落的大功，凭借这两地的功劳，更希望能得到一镇养老。"丞相李德裕回复他说："仆射攻破天井关、收复潞州的功劳，国家已经酬谢你，让你当了河阳节度使；打败各个蕃部，平定西部边塞的功劳，又任命你为凤翔节度使。这镇守两个地区的重要职务，难道不是对你的酬谢和奖赏吗？"

石乃复为左右统军，不惬其望。悉如巫者之言。德裕谪潮州，有客复陈石雄神祇之验，明其盛衰有数，稍抑其一郁矣。出《云溪友议》。

又

会昌四年，刘稹败。当从谏时，有一人称："石雄七千人至。"从谏戮之。至是石雄果七千人入潞州。出《感定录》。

贾岛

贾岛字浪仙，元和中，元、白尚轻浅，岛独变格入僻，以矫艳。虽行坐寝食，吟咏不辍。尝跨驴张盖，横截天街。时秋风正厉，黄叶可扫，岛忽吟曰："落叶满长安。"求联句不可得，因搪突大京兆刘栖楚，被系一夕而释之。

又尝遇武宗皇帝于定水精舍，岛尤肆侮慢，上讶之。他日有中旨，令与一官谪去，特授长江县尉，稍迁普州司仓而终。出《摭言》。

崔洁

太府卿崔公名洁在长安，与进士陈彤同往街西寻亲故。陈君有他见知，崔公不信。将出，陈君曰："当与足下于裴令公亭飧鲙。"崔公不信之，笑不应。过天门街，偶逢卖鱼甚鲜。崔公都忘陈君之言，曰："此去亦是闲人事，何如吃鲙。"遂令从者取钱买鱼，得十斤。曰："何处去得？"左右曰："裴令公亭子甚近。"乃先遣人计会，及升亭下马，方悟陈君之说，

于是石雄仍为两个地区军队的统帅，没有满足他更高的愿望。这些都和巫祝当初说的一样。后来李德裕贬官到潮州，有人对他讲了石雄应验神灵的事，李德裕明白一个人的兴盛和衰败都是命中注定的，便稍稍减轻了自己抑郁的心情。出自《云溪友议》。

又

唐武宗会昌四年，刘稹叛乱失败。他叔叔刘从谏还活着时，有一个人说："石雄带领七千人杀过来了。"刘从谏将这个人杀了。以后石雄果然率领七千人杀进潞州。出自《感定录》。

贾岛

贾岛，字浪仙，唐宪宗元和年间，元稹和白居易的诗崇尚浅淡诗风，贾岛则独独将诗的格调入冷僻，以矫正浮艳的诗风。不论是行走坐卧还是吃饭，他都吟咏不停。曾经有一次，他骑着驴、打着伞横穿京城的街道。当时秋风劲吹，黄叶铺地，贾岛忽然吟出一句诗来："落叶满长安。"因为急切中想不出相对应的下一句来，于是冲撞了大京兆尹刘栖楚，被抓起来关了一宿才放出来。

还有一次，他在定水精舍碰到了武宗皇帝，贾岛十分放纵轻慢，武宗皇帝非常惊讶。不久宫中下旨，令与他一官降职，特任他为长江县尉，随后改任普州司仓，死在任上。出自《摭言》。

崔洁

太府卿崔洁在长安和进士陈彤一起去街西寻访亲友。陈彤有预知事物的本领，崔洁不相信。临出发的时候，陈彤说："我和您将在裴令公亭吃鱼。"崔洁不信，笑着不说话。走到天门街的时候，偶然碰到一个卖鱼的，所卖的鱼非常新鲜。崔洁忘了陈彤说过的话，对陈彤说："咱们去街西边也是闲人闲事，不如吃鱼吧。"于是就叫随从拿钱买了十斤鱼。然后说："去什么地方吃鱼？"随行的人说："裴令公亭离这儿很近。"于是先派人去安排，等到了裴令公亭前下马的时候，崔洁才想起陈彤所说过的话，

崔公大惊曰:“何处得人斫鲙?”陈君曰:“但假刀砧之类。当有第一部乐人来。”

俄顷,紫衣三四人,至亭子游看。一人见鱼曰:“极是珍鲜!二君莫欲作鲙否?某善此艺,与郎君设手。”诘之,乃梨园第一部乐徒也。余者悉去,此人遂解衣操刀,极能敏妙。鲙将办,陈君曰:“此鲙与崔兄飧,紫衣不得鲙也。”既毕,忽有使人呼曰:“驾幸龙首池,唤第一部音声。”切者携衫带,望门而走,亦不暇言别。崔公甚叹异之。

两人既飧,陈君又曰:“少顷,有东南三千里外九品官来此,得半碗清羹吃。”语未讫,延陵县尉李耿至。将赴任,与崔公中外亲旧,探知在裴令公亭子,故来告辞,方吃食羹次。崔公曰:“有鲙否?”左右报已尽,只有清羹少许。公大笑曰:“令取来,与少府啜。”乃吃清羹半碗而去。延陵尉乃九品官也。食物之微,冥路已定,况大者乎?出《逸史》。

大吃一惊说:“上哪儿去找人杀鱼啊?”陈彤说:“只要借来菜刀和砧板就行。当有几个歌舞艺人来。”

不一会儿,有三四个身穿紫色衣服的人来到裴令公亭游览。一个人看到鱼说:“真是新鲜极了!您二位莫不是想做鱼吃吗?我精通这门技艺,替你们动手吧。”经过询问,知道他们是梨园第一部乐器演奏人。其他的几个人全部走了以后,这个人便脱了衣衫操起刀来,极其敏捷熟练。快要做好的时候,陈彤说:“这鱼我和崔兄吃,这个紫衣人吃不着。”鱼刚做好,忽然有个送信的人喊:“皇帝到龙首池了,要叫第一部演奏!”做鱼的那个紫衣人拿起衣服,望门而跑,连告别也顾不上。崔洁深感惊异。

两个人吃完鱼,陈彤又说:“一会儿,有一个东南方向三千里地以外的九品官来这里,能喝上半碗鱼汤。”话还没说完,延陵县的县尉李耿来了。他要去赴任,因为和崔洁是姑表亲戚,打听到崔洁在裴令公亭,特意赶来辞行,刚赶上他们喝鱼汤。崔洁问:“还有鱼肉吗?”左右的人报告说已经吃完了,只剩下一点鱼汤。崔洁哈哈大笑着说:“快拿来,给县尉喝。”于是李耿喝了半碗鱼汤走了。延陵县尉只是个九品官。吃东西这点小事,都是命中注定的,更何况比他大的事呢!出自《逸史》。

卷第一百五十七
定数十二

李景让

唐宣宗将命相，必采中外人情合为相者三两人姓名，撚之致案上，以碗覆之。宰相阙，必添香虔祝，探丸以命草麻，上切于命。故李孝公景让，竟探名不著，有以见其命也。出《卢氏杂记》。

李敏求

李敏求应进士举，凡十有余上，不得第。海内无家，终鲜兄弟姻属，栖栖丐食，殆无生意。大和初，长安旅舍中，因暮夜，愁惋而坐，忽觉形魂相离，其身飘飘，如云气而游。渐涉丘墟，荒野之外，山川草木，无异人间，但不知是何处。良久，望见一城壁，即趋就之，复见人物甚众，呵呼往来，车马繁闹。俄有白衣人走来，拜敏求。敏求曰："尔非我旧佣保耶？"其人曰："小人即二郎十年前所使张岸也。是时随从二郎泾州岸，不幸身先犬马耳。"又问曰：

李景让

唐宣宗将要任命宰相之前，必须把朝廷内外普遍认为可以胜任宰相的三两个人的姓名写在纸上团成团，放到书案上，用碗盖上。宰相职位有空缺，必点燃香虔诚地祈祷，然后伸手从碗下抓阄决定宰相的名字，令人拟定诏书，以顺应天命。已故的李孝公李景让竟没有被抓中，由此可见他的命怎么样了。出自《卢氏杂记》。

李敏求

李敏求参加科举考试，一共考了十多次，始终没有考中。他海内无家，兄弟亲戚又少，生活不定，乞讨度日，几乎不想活下去了。唐文宗太和初年，一天夜晚，他一个人坐在长安旅店的床上发愁，忽然感觉到自己的灵魂和身体分离，全身轻飘飘的，像云气一样飘荡。渐渐来到一片山丘，荒郊野外，那里山川草木和人间的一个样，只是不知道是什么地方。过了很久，望见一座城墙，便快步走过去，又看见街道上人很多，呵呼往来，车马喧阗。忽然有一个白衣人走过来给李敏求行了一个礼。李敏求问："你莫非是我以前的仆人吗？"那个人说："小人就是二郎您十年前所使唤的张岸，那时我跟随您去泾州河边，不幸淹死了。"李敏又问：

“尔何所事?”岸对曰:“自到此来,便事柳十八郎,甚蒙驱使。柳十八郎今见在太山府君判官,非常贵盛。每日判决繁多,造次不可得见。二郎岂不共柳十八郎是往来?今事须见他,岸请先入启白。”

须臾,张岸复出,引敏求入大衙门。正北有大厅屋,丹楹粉壁,壮丽穷极。又过西庑下一横门,门外多是著黄衫惨绿衫人。又见著绯紫端简而伫立者;披白衫露髻而倚墙者;有被枷锁,牵制于人而俟命者;有抱持文案,窥觑门中而将入者。如丛约数百人。敏求将入门,张岸挥手于其众曰:“官客来!”其人一时俯首开路。俄然谒者揖敏求入见,著紫衣官人具公服,立于阶下。敏求趋拜讫,仰视之,即故柳澥秀才也。

澥熟顾敏求,大惊:“未合与足下相见。”乃揖登席,绸缪叙话,不异平生。澥曰:“幽显殊途,今日吾人此来,大是非意事,莫有所由妄相追摄否?仆幸居此处,当为吾人理之。”敏求曰:“所以至此者,非有人呼也。”澥沉吟良久曰:“此固有定分,然宜速返。”敏求曰:“受生苦穷薄,故人当要路,不能相发挥乎?”澥曰:“假使公在世间作官职,岂可将他公事,从其私欲乎?苟有此图,谪罚无容逃逭矣。然要知禄命,乍可施力。”因命左右一黄衫吏曰:“引二郎至曹司,略示三数年行止之事。”

敏求即随吏却出。过大厅东,别入一院。院有四合大屋,约六七间,窗户尽启,满屋唯是大书架,置黄白纸书簿,

"你现在干什么呢?"张岸回答:"自从来到这里,我就跟随柳十八郎了,一直受他驱使。柳十八郎现在任太山府君判官,非常尊贵显赫。每天审理判决十分繁忙,轻易见不着他。您和柳十八郎不是往日有交往吗?今天的事必须见他,我请先进去通报。"

一会儿,张岸又走了出来,带着李敏求进了官署大门。李敏求看见院子正北有座大厅,红柱子,白粉墙,极为壮丽。又穿过西廊屋的一扇门,门外有许多穿黄衫和浅绿衫的人。又看见还有一些穿着紫红色的衣服,手里拿着申诉状纸,揣度着站立的人;还有一些穿着白衫,露鬓,倚着墙站着的人;还有戴着木枷和锁链,被人牵着等候提审的人;还有怀抱着公文案卷窥视门里准备进去的人。大约有几百人聚集着。李敏求就要进去,张岸挥手对其他人说:"官客来了!"那些人立刻低头给他们让开条路。不一会儿有个谒者走过来向李敏求作揖,引他进去,李敏求看到一个身穿紫衣官服的官员站在台阶下。李敏求快步上前行礼,行完礼,抬头一看,却是已故的秀才柳澥。

柳澥仔细一看是李敏求,不由得大吃一惊,说:"不应该在这里和你见面。"恭敬地请他在席上坐下,亲热地同他谈论往事,和活着时没什么不一样。柳澥说:"阴间和阳世不是一条路,今天你来这里,真不是意料之中的事,是不是有人错误地把你追摄来了?幸好我在这里,必当替你做出处理。"李敏求说:"我到这里,并没有人传呼。"柳澥沉吟一会儿说:"这必然是你命中有定数,但是应该快点回去。"李敏求说:"我贫困潦倒,你在这里执掌大权,不能推荐下我吗?"柳澥说:"假若你在阳间当官,难道可以用功事来放纵自己的私欲吗?如果有这样的企图,被处罚贬官是不能逃避的。但是你如果想要知道自己的命运,我倒可以帮忙。"于是命令旁边一个穿黄衫的小吏说:"带着李二郎去曹司,简单给他看一下三年的行踪。"

李敏求便跟随穿黄衫的小吏退了出去。经过大厅的东面,进入另一个院子里。院子四合大屋,约六七间,窗户全都开着,满屋摆着的都是大书架,放满黄纸或白纸的书册和登记簿,

各题签榜，行列不知纪极。其吏止于一架，抽出一卷文，以手叶却数十纸，即反卷十余行，命敏求读之。其文曰："李敏求至大和二年罢举。其年五月，得钱二百四十贯。"侧注朱字："其钱以伊宰卖庄钱充。又至三年得官，食禄张平子。"读至此，吏复掩之。敏求恳请见其余，吏固不许，即被引出。又过一门，门扇斜开，敏求倾首窥之，见四合大屋，屋内尽有床榻，上各有铜印数百颗，杂以赤斑蛇，大小数百余，更无他物。敏求问吏："用此何为？"吏笑而不答。

遂却至柳判官处。柳谓敏求曰："非故人莫能致此，更欲奉留，恐误足下归计。"握手叙别。又谓敏求曰："此间甚难得扬州毡帽子，他日请致一枚。"即顾谓张岸："可将一两个了事手力，兼所乘鞍马，送二郎归。不得妄引经过，恐动他生人。"敏求出至府署外，即乘所借马。马疾如风，二人引头，张岸控辔，须臾到一处，天地漆黑。张岸曰："二郎珍重。"似被推落大坑中，即如梦觉。于时向曙，身乃在昨宵愁坐之所。敏求从此遂不复有举心。

后数月，穷饥益不堪。敏求数年前，曾被伊慎诸子求为妹婿，时方以修进为己任，不然纳之。至是有人复语敏求，敏求即欣然欲之，不旬，遂成姻娶。伊氏有五女，其四皆已适人，敏求妻其小者。其兄宰，方货城南一庄，得钱一千贯，悉将分给五妹为资装。敏求既成婚，即时领二百千。其姊四人曰："某娘最小，李郎又贫，盍各率十千以助焉？"由是敏求获钱二百四十贯无差矣。敏求先有别色身名，

上面都有标签，也不知道有多少列书架。穿黄衫的小吏停在一个书架前，抽出一卷文簿，用手翻到数十页，反折过去，漏出十几行字让李敏求看。上面写的是："李敏求到太和二年，不再参加科举考试。这一年的五月，得钱二百四十贯。"旁边还注着红字，内容是："这笔钱从伊宰卖庄院所得钱中支付。又过三年得官，食禄张平子。"看到这里，穿黄衫的小吏又将文簿合上。李敏求恳求把其余的部分看完，穿黄衫的小吏不同意，就将他领了出来。他们经过一个大门，门扇半开，李敏求伸头往里看，见也是四合大屋，屋子里都有床榻，上面各有铜印数百颗，并且夹杂着长着红色斑点的蛇，大大小小有几百条，再没有别的东西了。李敏求问穿黄衫的小吏："这些东西是干什么用的？"穿黄衫的小吏笑笑没有回答。

于是回到柳澥那里。柳澥对李敏求说："不是好朋友，我是不能让你看到这些的，我真想留你多待一会儿，又怕耽误了你回去的计划。"同他握手告别。又对他说："这里很难得到扬州的毡帽，回去后请你给我弄一顶。"然后回头对张岸说："你带一两个精明能干的人，连同所乘的鞍马，送李二郎回去。不许随便带着乱走，以免惊动其他人。"李敏求走出官署，骑上借来的马。马快如风，两个人在前引路，张岸指引方向，一会儿到了一个地方，天地一片漆黑。张岸说："二郎保重。"李敏求觉得像是被推落到大坑里面，随即便梦醒了。天渐渐亮了，自己仍然在昨天晚上坐着发愁的旅店里。李敏求从此便不再有考取功名的想法。

几个月以后，贫穷饥饿更加不能忍受。几年前，李敏求曾被伊慎的几个儿子相中做他们的妹夫，当时他正以修业进取为自己的任务，所以没有同意。这时又有人对他提出这件事，李敏求就痛快地答应了，不出十天，就结婚了。伊家有五个女儿，四个都已嫁人，李敏求的妻子是最小的一个。她的哥哥伊宰刚刚把城南的一个宅院卖了，得了一千贯钱，全都分给了五个妹妹做嫁妆。李敏求已经结婚，便领了二百贯。四个姐姐说："妹妹最小，李郎又穷，我们何不每人再拿十贯资助他们。"于是李敏求正好得到了二百四十贯钱，与冥间所记不差了。李敏求原有低级官员的职务，

久不得调，其年，乃用此钱参选。三年春，授邓州向城尉。任官数月，间步县城外，坏垣蓁莽之中，见一古碑，文字磨灭不可识。敏求偶令涤去苔藓，细辨其题篆，云："晋张衡碑。"因悟"食禄张平子"，何其昭昭欤！出《河东记》。

又一说：李敏求暴卒，见二黄衣人追去。至大府署，求窥之，见马植在内，披一短褐，于地铺坐吃饭，四隅尽是文书架。马公早登科名，与敏求情善。遽入曰："公安得在此？"马公惊甚，且不欲与之相见，回面向壁。敏求曰："必无事。"乃坐从容。敏求曰："此主何事？"曰："人所得钱物，遂岁支足。"敏求曰："今既得见，乃是天意，切要知一年所得如何？"马公乃为检一大叶子簿，黄纸签标，书曰："卢弘宣年支二千贯。"开数幅，至敏求，以朱书曰："年支三百贯，以伊宰卖宅钱充。"敏求曰："某乙之钱簿已多矣，幸逢君子，窃欲侥求。"马公曰："三二十千即可，多即不得。"以笔注之曰："更三十千，以某甲等四人钱充。"

复见老姥年六十余，乃敏求姨氏之乳母，家在江淮。见敏求喜曰："某亦得回，知郎君与判官故旧，必为李奶看年支。"敏求婴儿时，为李乳养，不得已却入，具言于马公。令左右曰："速检来。"大帖文书曰："阿李年支七百。"敏求趋出，见老奶告知，嗟怨垂泪。使者促李公去，行数十里，却至壕城，见一坑深黑，使者自后推之，遂觉。妻子家人，围绕啼泣，云卒已两日。少顷方言，乃索纸笔细纪。

长时间得不到升迁，这一年，就用这笔钱来参加选拔。第三年春天，被任命为邓州向城县尉。到任几个月后，一天他散步到县城外，在一片残垣废墟和荆棘丛生的地方，发现了一座古代的石碑，文字磨损得不可辨识。李敏求叫人把上面的青苔除掉，仔细辨认，看出上面刻的篆字是："晋张衡碑。"因此明白了"食禄张平子"这句话，是多么准确啊！出自《河东记》。

还有一种说法是：李敏求突然死了，被两个黄衣人摄去。来到一座很大的官署，他悄悄往里面一看，马植在里面，穿着一件粗布短衣，坐在地上吃饭，屋子四周全是书架。马植早就考中进士，同李敏求的关系很好。李敏求就进去说："你怎么在这里？"马植非常惊讶，不愿和他相见，回过头面向墙壁。李敏求说："一定没什么事。"马植才坐得自然了。李敏求问："你这里是管什么事的？"马植说："人们应得的钱物，按年支付。"李敏求说："今天既然能见到你，就是天意，我要知道一年收入多少钱？"马植便翻检到一大本账簿，黄色标签，上面写着："卢弘宣每年支两千贯。"翻过几张到李敏求，上面用朱笔写着："年支三百贯，以伊宰卖宅院的钱支付。"李敏求说："刚才那个人的钱够多的了，幸好碰到你，私下里想侥幸求你多添一点。"马植说："三二十千还可以，再多了就办不到了。"于是便用笔署上："加三十千，以某某四个人的钱充数。"

李敏求又碰到一个六十多岁的老太太，正是李敏求姨妈家的奶妈，家住在江淮。她看见李敏求高兴地说："我也要回去了，知道你和判官有旧交情，必须替李奶我看一看一年的收入。"李敏求小时候，为她喂养，没办法又走进屋，把情况讲给马植。马植令左右的人说："快翻检来。"管理大账簿的文书说："李奶每年支七百贯。"李敏求快步出去，见到李奶告诉了她，李奶叹息流泪。这时差人催促李敏求回去，走了几十里地，回到城外的壕城边上，看到一个漆黑的坑，差人在后面往前一推，李敏求醒了。他看见妻子和家里的人正围着他哭泣，说他已经死了两天了。过了一会儿，李敏求才能说话，便叫人拿来纸和笔将梦中的情节详细记录下来。

敏求即伊慎之婿也。妻兄伊宰为军使，卖伊公宅，得钱二百千。至岁尽，望可益三十千，亦无望焉。偶于街中，遇亲丈人赴选，自江南至。相见大喜，邀食。与乡里三人，皆以敏求情厚者，同赠钱三十千，一如簿中之数。卢弘宣在城，有人知者，为卢公话之。卢公计其俸禄，并知留后使所得钱，毕二千贯无余。李奶已流落，不在姨母之家，乞食于路。七百之数，故当箕敛，方可致焉。出《逸史》。

李 君

江陵副使李君尝自洛赴进士举，至华阴，见白衣人在店。李君与语，围炉饮啜甚洽。同行至昭应，曰："某隐居，饮西岳，甚荷郎君相厚之意。有故，明旦先径往城中，不得奉陪也。莫要知向后事否？"君再拜恳请，乃命纸笔，于月下凡书三封，次第缄题之："甚急则开之。"乃去。

五六举下第，欲归无粮食；将住，求容足之地不得。曰："此为穷矣，仙兄书可以开也。"遂沐浴，清旦焚香启之，曰："某年月日，以困迫无资用，开一封。可青龙寺门前坐。"见讫遂往。到已晚矣，望至昏时，不敢归，心自笑曰："此处坐，可得钱乎？"少顷，寺主僧领行者至，将闭门，见李君曰："何人？"曰："某驴弱居远，前去不得，将寄宿于此。"僧曰："门外风寒不可，且向院中。"遂邀入，牵驴随之。

李敏求就是伊慎的女婿。妻子的兄长伊宰是个军使，卖伊家的一处宅院得了二百千钱。到了年底，李敏求指望增加的三十千钱也没有着落。偶然在街上碰到了一个亲丈人从江南前来等候任职。见了面非常高兴，邀请他去酒楼吃饭。一同来的另外三个乡里人，都因与李敏求情义深厚，他们一共凑了三十千钱送给李敏求，同账簿上所写的数额完全一样。卢弘宣也住在城里，有人将李敏求做梦的事告诉他。卢弘宣计算自己已经收入的钱，和任留后所能得多少钱，总共不会超过两千贯。李奶已经流落街头，不在李敏求的姨妈家里，在街上乞讨。七百贯的收入，所以当靠人的施舍，一点一点地积攒才能达到。出自《逸史》。

李　君

江陵副使李君曾从洛阳赴京城考取进士，走到华阴，在旅店里碰到一个白衣人。李君与他围坐在炉子旁边喝茶，交谈得非常融洽。他们一路同行到了昭应，白衣人说："我隐居在西岳华山，非常感谢你厚待我的情意。因为有事，我明天早上要先直接前往城里去，不能奉陪你了。你不想知道自己今后的事吗？"李君拜了两拜，恳请他告知，于是白衣人让他拿过纸笔，在月光下总共写了三封书信，并按顺序封好，然后在每一封信皮上写上："在非常急迫的时候才可以打开。"写完告辞走了。

李君参加了五六次科举都落第了，想要回家没有粮食；想要住下，找不到立足之处。说："这是贫困之时了，神仙兄的信可以打开了。"于是沐浴，在清晨点燃香，将第一封信拆开，信上写道："某年某月某日，遇到困难没有钱用，拆开第一封信。可以到青龙寺门前坐等。"李君看完信后立即赶往青龙寺。到那里已晚了点，在庙门口等到黄昏时也不敢离开，心中暗自发笑说："在这儿坐着，能得到钱吗？"一会儿，庙里的主持和尚领着行者来了，要关门，看见李君问："什么人？"李君说："我的驴瘦弱，住的地方又远，无法走了，想在这里寄宿。"和尚说："门外风大寒冷，请到院里来吧。"于是邀请他进来，李君牵着驴跟着和尚走了进去。

具馔烹茶。夜艾，熟视李君，低头不语者良久，乃曰："郎君何姓？"曰："姓李。"僧惊曰："松滋李长官识否？"李君起嚬蹙曰："某先人也。"僧垂泣曰："某久故旧，适觉郎君酷似长官。然奉求已多日矣，今乃遇。"李君涕流被面。因曰："郎君甚贫，长官比将钱物到求官，至此狼狈，有钱二千贯，寄在某处。自是以来，如有重负。今得郎君分付，老僧此生无事矣。明日留一文书，便可挈去。"李君悲喜。及旦，遂载镪而去。鬻宅安居，遽为富室。

又三数年不第，尘土困悴，欲罢去，思曰："乃一生之事，仙兄第二缄可以发也。"又沐浴，清旦启之，曰："某年月日，以将罢举，可开第二封。可西市秋辔行头坐。"见讫复往。至即登楼饮酒，闻其下有人言："交他郎君平明即到此，无钱。"即道："元是不要钱及第。"李君惊而问之，客曰："侍郎郎君有切故，要钱一千贯，致及第。昨有共某期不至者，今欲去耳。"李君问曰："此事虚实？"客曰："郎君见在楼上房内。"李君曰："某是举人，亦有钱，郎君可一谒否？"曰："实如此，何故不可。"乃却上，果见之。话言饮酒。曰："侍郎郎君也。"云："主司是亲叔父。"乃面定约束，明年果及第。

后官至殿中江陵副使，患心痛，少顷数绝，危迫颇甚。

和尚给李君备了饭食，煮了茶。夜深，和尚端详李君，又低头不语很久，于是问道："郎君姓什么？"李君回答："姓李。"和尚惊讶地又问："松滋李大人你认识吗？"李君皱着眉忧伤地说："那是我去世的父亲。"和尚流着泪说："他是我的老朋友，我刚才感觉郎君长得很像李大人。我找你已经很长时间了，今天才碰到你。"李君泪流满面。和尚又说："你现在十分贫穷，李大人那时拿钱谋求官职，到这里时困顿窘迫，将两千贯钱寄存在我这里。从那以后，我感到像背负着很重的担子。今天能够将钱交付给你，老僧这一生再没有什么牵挂的事了。明天你只要写个收条留下，便可以将钱取走。"李君悲喜交加。第二天早晨就带着钱回去了。回去后他买了住宅住了下来，很快变成了一个富户。

从那以后，他又考了三年，仍然没有考中，感到尘俗疲惫，不想再考下去了，这时他想："考取功名是一个人一辈子的大事，神仙兄的第二封信也可以打开了。"于是他又沐浴，在清晨把信拆开，上面写着："某年某月某日，想不再参加科举考试，可以拆开第二封。可去西市马鞍具行旁边的酒楼坐坐。"看完后，他又赶到西市。到了就登上酒楼喝酒，听到楼下有人说："叫他明天早晨就来这里，没有钱不行。"又一人说道："原先考取进士是不要钱的。"李君惊奇地问旁边的人，旁边的客人说："侍郎的公子做了笔买卖，给他一千贯钱，保证考中进士。昨天有个到约定时间没来的，今天要将他的名字勾去。"李君问道："这件事是真的还是假的？"那人说："侍郎的公子现在就在楼上房间内。"李君说："我是举子，也有钱，我能见一见这位公子吗？"那人说："真是这样，有什么不可以。"于是带着他上楼，果然见到了侍郎的公子。见面后他们坐下来一边喝酒一边交谈。李君问："你是侍郎的公子吗？"公子说："主考官是我的亲叔父。"于是他们当面说定，做了这笔交易，第二年，李君果然考中进士。

后来，李君做官一直做到殿中江陵副使，一天，他突然心口痛，一会儿工夫就昏迷过去好几次，病情危险、紧迫，情况很严重。

谓妻曰："仙师第三封可以开矣。"妻遂灌洗，开视之云："某年月日，江陵副使忽患心痛，可处置家事。"更两日卒。出《逸史》。

马 举

淮南节度使马举讨庞勋，为诸道行营都虞候。遇大阵，有将在皂旗下，望之不入贼，使二骑斩之。骑回云："大郎君也！"举曰："但斩其慢将，岂顾吾子！"再遣斩之，传首阵上，不移时而败贼。后大军小衄，举落马，坠桥下而死。夜深复苏，见百余人至，云："马仆射在此。"一人云："仆射左胁一骨折。"又一人云："速换之。"又曰："无以换之。"又令取柳木换，遂换之。须臾便晓，所损乃痊，并无所苦。及镇扬州，检校左仆射。出《闻奇录》。

郑延济

宰相堂饭，常人多不敢食。郑延昌在相位，一日，本厅欲食次，其弟延济来，遂与之同食。延济手秉馎饦，餐及数口，碗自手中坠地。遂中风痹，一夕而卒。出《中朝故事》。

李 生

契贞先生李义范，住北邙山玄元观。咸通末，已数年矣，每入洛城徽安门内，必改服歇憯焉。有李生者，不知何许人，年貌可五十余，与先生叙宗从之礼，揖诣其所居。

他对妻子说："神仙兄的第三封信可以拆开了。"妻子立即洗澡洁身，然后拆开第三封信看，见上面写着："某年某月某日，江陵副使忽然患心痛病，可以交代家事了。"过了两天李君就死了。出自《逸史》。

马　举

淮南节度使马举讨伐庞勋，被朝廷封为诸道行营都虞候。一天遇到一场大仗，有一名将官立马在对面的黑旗下面，看到他一直不向前进攻贼兵，马举命令两员骑兵去杀了他。那两员骑兵去了后又返了回来，对马举说："那是大公子呀！"马举说："只是叫你们斩杀慢将，哪管他是不是我的儿子！"又派他们去杀了进军不力的军官，然后将头颅在阵前传示，不多时就将贼兵打败了。后来大军遇到了小的挫折，马举落马，掉到桥下摔死了。半夜时又复活过来，看见来了一百多人，其中一个人说："马仆射在这里。"又一人说："马仆射左胁下断了一根肋骨。"另一人说："快换了。"回答说："没有可以替换的。"那人令取柳树枝换上，于是这些人给他换上了柳枝肋骨。一会儿天亮了，马举的伤已经痊愈了，并且丝毫不感到疼痛。等到他镇守扬州时，被朝廷加官检校左仆射。出自《闻奇录》。

郑延济

宰相的堂饭，一般人大多不敢跟着吃。郑延昌居相位，一天，在办公地点刚要吃中午饭，他的弟弟郑延济来了，于是便跟他一块吃饭。郑延济手拿着汤饼没吃几口，手中的碗从手中掉到地上。于是得了中风病，一晚上就死了。出自《中朝故事》。

李　生

道士李义范的道号叫契贞，住在北邙山的玄云观。唐懿宗咸通末年，每次进入洛阳城的徽安门内，都必须下马改换衣服，已经有许多年了。有个李生，不知道是什么地方的人，看相貌年龄大约在五十多岁，与李义范认定了本家的关系，请李义范到他的家里。

有学童十数辈，生有一女一男。其居甚贫窭，日不暇给。自此先生往来，多止其学中，异常款狎。

忽一夕，诣邙山，与先生为别。拥炉夜话，问其将何适也，生曰："某此别辞世矣，非远适也。某受命于冥曹，主给一城内户口逐日所用之水。今月限既毕，不可久住，后三日死矣。五日，妻男葬某于此山之下，所阙者顾送终之人。比少一千钱，托道兄贷之，故此相嘱，兼告别矣。"因曰："人世用水，不过日用三五升，过此必有减福折算，切宜慎之。"问其身后生计，生曰："妻聘执丧役夫姓王，某男后当为僧。然其僧在江南，二年外方至，名行成。未至间，且寄食观中也。"先生曰："便令入道可乎？"生曰："伊是僧材，不可为道。非人力所能遣，此并阴骘品定。"言讫，及晓告去。自是累阻寒雪，不入洛城。

且五日矣，初霁，李生之妻与数辈诣先生，云："李生谢世，今早葬于山下，欠一千钱，云尝托先生助之，故来取耳。仍将男寄先生院。"后江南僧行成果至，宿于先生室，因以李生之男委之，行成欣然携去，云："既承有约，当教以事业，度之为僧。"二岁余，行成复至，已为僧矣，诵《法华经》甚精熟焉。初先生以道经授之，经年不能记一纸。人之定分，信有之焉。出《录异记》。

他那里有十多个年幼的学生，李生自己生有一男一女两个孩子。所住的房子非常简陋，事情多，时间不够用。从此李义范经常来做客，大多数待在他开的学堂里，关系处得非常融洽。

忽然一天晚上，李生来到邙山，与李义范告别。夜里围坐在炉子旁边聊天，李义范问李生要去什么地方，李生说："我这次告别是离开人间，并不是出远门。我受命于阴曹地府，负责供应城里每户人家每天所用的水。这个月任期就满了，不能久住人间，三天后就会死了。五日，妻儿将我葬在这座山下。所缺的只是送终的人。到时少一千钱，拜托道兄借给她们，所以来嘱咐你，顺便来告别。"又说："人间用水，一天使用不应超过三五升，超过了必然减福折寿，一定要注意。"李义范又问他死以后，家里的生活怎么办，李生说："妻子再嫁的人家是执丧役夫，姓王，儿子长大以后会出家为僧。然而他的师傅在江南，两年后才能来到这里，名字叫行成。行成没来的这段时间，暂且寄居在观里。"李义范说："便叫他学道可以吗？"李生说："他是当和尚的材料，不可学道。这不是人力所能决定的，这都是阴间安排的。"说完，等到早上告辞走了。从这天起，李义范被风雪所阻挡，没有去洛阳城。

雪下了将近五日刚放晴，李生的妻子和几个学生来找李义范说："李生辞世，今天早晨葬在山下，他生前欠了一千文钱，说是曾经拜托先生帮助偿还，所以前来取钱。然后将儿子寄养在先生的道观里。"后来江南的和尚行成果然来了，同李义范住在一起，李义范便将李生的儿子托付给他，行成很高兴地带着他走了，说："既然承他父亲生前的约定，我一定教他学习经文佛法，剃度他为僧人。"两年以后，行成又来了，李生的儿子已经成为一名和尚，诵《法华经》非常精通熟练。当初李义范教他道家经文时，一年也记不住一页。人是有定数的，确实这样。出自《录异记》。

卷第一百五十八

定数十三

成汭

唐天祐中，淮师围武昌，杜洪中令乞师于梁王。梁与荆方睦，乃讽成中令汭帅兵援之。汭欲往亲征，乃力造巨舰一艘，三年而成，号曰和州载。舰上列厅宇洎司局，有若衙府之制。又有“齐山截海”之名。其余华壮，即可知也。饰非拒谏，断自其意。幕寮俯仰，不措一辞。唯孔目吏杨厚赞成之。舟次破军山下，为吴师纵燎而焚之，汭竟溺死，兵士溃散。先是改名曰“汭”，字即“水内”也。水内之死，岂前兆乎？湖南及朗州军入江陵，俘载军民、职掌伎巧、僧道伶官并归长沙，改汭之名，和州之说，前定矣。出《北梦琐言》。

成 汭

唐朝天祐年间，淮师围困武昌，杜洪中令派人向梁王借兵。梁王和荆州方面的关系正和睦着，便示意让成汭中令率领军队去救援。成汭想要亲自出战，于是尽力造了一艘巨大的战船，三年才造完，起名叫做“和州载号”。船上列厅堂，设立各种官职和组织，实行类似于官署衙门里那样的建制。又有“船高与山齐，船大截断海”之名。其余部分的华丽和壮观也可想而知了。成汭掩饰错误，拒绝劝告，都按自己的意思决定。幕僚由于惧怕成汭的威严和独断专行，也只能唯唯诺诺，不敢提一句意见。只有孔目吏杨厚表示赞成修造大船。大船出征驶到破军山下，被吴师放火烧毁，成汭最后落入水里淹死，兵士溃散。先前成汭改名叫“汭”，“汭”字分开念是“水内”，死在水里，岂不是应了前兆吗？后来湖南和朗州的军队乘虚进入江陵，将抓到的士兵百姓、江湖艺人、能工巧匠，甚至和尚、道士全都带回长沙，改名为“汭”以及“和州”的说法，真是事先确定的。出自《北梦琐言》。

杨 蔚

唐杨蔚使君典洋源。道者陈休复每到州，多止于紫极宫。弘农甚思一见，而颍川辄便他适。乃谓诸道士曰："此度更来，便须申报。"或一日再至，遽令申白。俄而州将拥旆而至，遂披揖。杨公曰："向风久矣，幸获祗奉。敢以将来禄算为请，勿讶造次。"颍川呼人为卿，乃谓州牧曰："卿三为刺史。"了更无言。杨不怿，以其曾典两郡，至此三也。自是常以见任为终焉之所。迩后秩满无恙，不谕其言。无何又授此州，亦终考限。罢后又除是郡，凡三任，竟殒于是邦。即三为刺史之说，果在于此乎？杨公季弟玭，为愚话之。出《北梦琐言》。

欧阳澥

欧阳澥者，四门之孙也。薄善词赋，出入场中，近二十年。善和韦中令在阁下，澥则行卷及门。凡十余载，未尝一面，而澥庆吊不亏。韦公虽不言，而意甚怜之。中和初，公随驾至西川，命相。时澥寓居汉南，公访知行止，以私书令襄帅刘巨容俾澥计偕。巨容得书大喜，待以厚礼，首荐之外，资以千余缗，复大宴于府幕。既而撰日遵路。无何，一夕心病而卒。巨容因籍澥答书，呈于公，公览之怃然，因曰："十年不见，灼然不错。"出《摭言》。

杨蔚

唐朝刺史杨蔚主管洋源。道士陈休复每次到洋州，多住在紫极宫。杨蔚很想与他一见，而陈休复却又到别处去了。杨蔚对众道士说："下次再来，就要告诉我。"一天陈休复又来了，道士们立即禀告给杨蔚。不一会儿，州将举着旗帜护着杨蔚来到观外，杨蔚和道士见面互相行礼问候。杨蔚说："向往已久，有幸获得敬奉的机会。想请您将我以后还能当什么官为我算算，不要惊讶我的轻率。"陈休复呼人为"卿"，对杨蔚说："卿将任三次刺史。"其他的就没再说什么了。杨蔚不太高兴，因为他已经当了两个郡的刺史，现在加上洋州已经是第三次了。从此他常常认为现任洋州是他终老的地方。后来任期满了，他也没有什么病，便不明白陈休复说的是什么意思。过了不久，朝廷又续任他为本州刺史，也完成了考核的期限。期满后又任命一次，连续三任，竟命终于此地。"任三次刺史"的说法，果真说的是这个吗？以上这些事情是杨蔚最小的弟弟杨玭告诉我的。出自《北梦琐言》。

欧阳澥

欧阳澥，是欧阳四门的孙子。稍长于辞赋，出入科举考场近二十年，仍未及第。善和的韦中令在官署中，欧阳澥拿着自己的文章登门求教。十余年，也没有见到韦中令一面，然而他不论韦家喜事丧事都上门请安送礼，从来不曾有缺漏。韦中令虽然没说什么，但心中对他很是怜悯惋惜。唐僖宗中和初年，韦中令跟随皇帝去西川，被皇帝任命为宰相。当时欧阳澥寄居在汉南，韦宰相访到他的居处，写了一封信给襄阳帅刘巨容，让他推荐欧阳澥前去京城赶考。刘巨容收到信后非常高兴，用优厚的礼仪对待欧阳澥，首荐他之外，又资助他上千贯钱，并在官署中为他大设宴席。然后择日送他上路。可是没多久，一天晚上，他突然发作心脏病死了。刘巨容将欧阳澥写的感谢信送给韦宰相看，韦宰相看完，神伤地说："十年没有见到我的面，这次也没赶考成，命运安排得明显不会有错。"出自《摭言》。

伊　璠

黄巢污践宫阙，与安、朱之乱不侔。其间尤异，各为好事传记。轩裳农贾，挈妻孥潜迹而出者，不可胜记。至有积月陷寇，终日逃避，竟不睹贼锋者。独前泾阳令伊璠，为戎所得，屡脱命于刃下。其后血属相失，村服晦行，及蓝关，为猛兽搏而食之。患祸之来，其可苟免？出《唐阙史》。

顾彦朗

东川顾彦朗，以蔡叔向为副使，感微时之恩，惟为戎倅而尝加敬。其弟彦晖嗣袭，酷好洁净，尝嫌人臭，左右薰香而备给使。幕寮皆中朝子弟，亦涉轻薄。韦太尉昭度，收复蜀城，以彦晖为招讨副使。在军中，每旦率幕官同谒掌武，而蜀先主预焉，共轻忽之，虽昭度亦嫌其不恭。彦晖袭兄位，尔后为蜀主所破，手刃一家，郎官温术等毙焉。先是蔡叔向职居元寮，乃顾氏之心膂，与所辟朝士，优游樽俎，不相侔矣。小顾既是尊崇，嫌其掣肘。王先生因其隙，宣言以间之，且曰："拈却蔡中丞，看尔得否？"由是叔向辞职闲居，王乃举军而伐之。

在蜀，有术士朱洽者，常谓人曰："二顾虽位尊方镇，生无第宅，死无坟墓。"人莫谕之。或曰："二顾自天德军小

伊　璠

黄巢攻入京城，踏脏了宫阙，与安禄山和朱泚的叛乱有所不同。特别是这期间发生的事情尤其不一样，各被一些好事的人流传记录下来。当时的官员、手工艺人、农民、商人，带着妻子儿女偷偷外逃的，多得没法计算。甚至有的人陷入贼兵好几个月，终日逃避，竟幸运得没有和贼兵正面遭遇。只有前泾阳县县令伊璠被贼兵抓获，却屡次在锋刃之下逃脱性命。后来他和家人走散，换上村民的衣服，偷偷逃出，走到蓝关，竟被猛兽捉住吃了。真是灾祸来了，怎么能够随意逃脱呢？出自《唐阙史》。

顾彦朗

东川的顾彦郎任蔡叔向为副使，是为了报答在未发达时蔡叔向对他的照顾之恩，虽然是戎卒，却常加以礼敬。后来顾彦郎的弟弟顾彦晖继承了他哥哥的官职，很爱洁净，总是嫌弃别人身上有臭味，他左右的人每天都洗澡薰香以准备他的使唤。他所任用的幕僚也大都是朝中贵族的子弟，轻薄腐化没什么真本领。太尉韦昭度带兵收复成都，任用顾彦晖为招讨副使。在行军作战中，顾彦晖每天早晨率领幕僚参拜太尉的时候，蜀先主王建在场，他们都对他很轻视。就连太尉韦昭度也觉得他太狂妄。顾彦晖是世袭兄长得来的爵位，后来被蜀先主王建打败，亲手杀了他的全家，郎官温术等也都全部毙命。先前蔡叔向职居重臣，是顾家的亲信得力之人，和顾彦晖偏爱的那些贵族子弟的吃喝玩乐、不问军务不同。顾彦晖位置尊崇之后，嫌他掣肘碍事。蜀主王建知道他们的关系出现了裂痕，便放出话去，挑拨他们之间的关系，散布流言说蔡叔向讲过："不用蔡叔向，看他顾彦晖还能干成什么事？"结果逼迫得蔡叔向只好辞职回家闲居，蜀主王建乘机出兵攻打顾彦晖。

蜀郡，有个叫朱洽的江湖术士，曾经对人说："顾彦郎和顾彦晖虽然官高位尊，镇守一方，但都活着没有房宅，死了没有坟墓。"人们都不能理解。他还说："顾彦郎和顾彦晖从天德军中的小

将，际会立功，便除东川，弟兄迭据。大顾相薨，遗命焚骸，归葬丰州，会多事未果。至小顾狼狈之日，送终之礼又阙焉。”即朱氏言，于斯验矣。出《北梦琐言》。

李甲

唐天祐初，有李甲，本常山人。逢岁饥馑，徙家邢台西南山谷中。樵采鬻薪，以给朝夕。曾夜至大明山下，值风雨暴至，遂入神祠以避之。俄及中宵，雷雨方息。甲即寝于庙宇之间，松柏之下。须臾有呵殿之音，自远而至。见旌旗闪闪，车马阗阗，或擐甲胄者，或执矛戟者，或危冠大履者，或朝衣端简者，揖让升阶，列坐于堂上者十数辈，方且命酒进食。欢语良久。

其东榻之长，即大明山神也。体貌魁梧，气岸高迈。其西榻之首，即黄泽之神也。其状疏而瘦，其音清而朗。更其次者，云是漳河之伯。余即不知其名。坐谈论，商榷幽明之事。其一曰：“禀命玉皇，受符金阙。太行之面，清漳之湄，数百里间，幸为人主，不敢逸豫怠惰也，不敢曲法而徇私也，不敢恃尊而害下也。兢兢惕惕，以承上帝，用治一方。故岁有丰登之报，民无扎瘥之疾。我之所治，今兹若是。”其一曰：“清泠之域，泱漭之区，西聚大巅，东渐巨浸，连陂凑泽，千里而遥。余奉帝符，宅兹民庶，虽雷电之作由己也，风波之起由己也，鼓怒驰骤，人罔能制予。予亦非其

将遇到机会立了战功，便得到了镇守东川的官职，兄弟二人交迭拥有。顾彦郎临死的时候，留下遗命，嘱咐将他火化，以使将来将他的骨灰带回家乡丰州安葬，但是因为当时事情太多没办成。等到顾彦晖死时更加狼狈，连送终的葬礼都没有了。朱洽所说的话，在这里全应验了。出自《北梦琐言》。

李甲

唐昭宗天祐初年，有个叫李甲的，本是常山人。因为遇到了灾荒年景，将全家搬到邢台西南的山谷中居住。每天打柴卖柴，维持生活。有一次他夜间来到大明山下，正赶上风雨突至，便躲进神庙里面避雨。一直到半夜，雷雨才停止。李甲只好睡在庙里的松柏树下。过了一会儿，他忽然听到有官员出行时前呼后拥的喝道声，由远而近。随即又看见旌旗招展，听到车马行进的声音，来的人中有的身披武将的盔甲，有的拿着矛戟，有的戴着高高的帽子，穿着宽大的鞋子，还有的穿着官服，拿着象简，他们互相谦让着登上台阶，按顺序坐在堂上，大约有十多个人，坐下之后，才让人摆上了酒菜，端上饭食。他们笑谈畅饮了很久。

坐在东榻之首的是大明山神。他体貌魁梧，气宇飘逸。坐在西榻之首的是黄泽水神。他瘦小干枯，说话的声音清晰洪亮。他旁边坐的是漳河河伯。其余的就不知道是谁了。他们坐在一起谈论着阴间和人世的事。其中的一个说："我接受玉皇大帝的旨意，在天宫里接受符命。管理太行山一侧到清河漳水岸边，方圆数百里，有幸做了此地的君主，但不敢贪图安乐，懒惰懈怠；不敢贪赃枉法，徇私舞弊；不敢倚仗尊位，欺压下民。小心谨慎勤勤勉勉，顺承上帝，治理一方。所以年年有丰收的喜报，百姓安居乐业，没有瘟疫流行。我所治理的这个地方，如今就达到了这个程度。"另一人接着说："我治理的地方清凉寒冷，区域辽阔，西靠大山，东临大海，湖泊连着沼泽，有千里之遥。我秉承上帝的符命，顺应当地的民心，尽管打雷闪电由我做主，刮风掀浪由我指挥，鼓荡怒号，驰骤汹涌，人是不能干涉我的行动的。但我若不是

诏命，不敢有为也；非其时会，不敢沿溯也。正而御之，静而守之，遂致草木茂焉，鱼鳖蕃焉，咸卤磊块而滋殖，萑蒲蓊郁而发生。上天降鉴，亦幸无横沴尔。”又一曰：“岑崟之地，岞崿之都。分坱圠之一隅，总飞驰之众类。熊罴虎豹，乌鹊雕鹗。动止咸若，罔敢害民。此故予之所职耳，何假乎备言。”座上佥曰：“唯唯。”

大明之神，忽扬目盱衡，咄嗟长叹而谓众宾曰：“诸公镇抚方隅，公理疆野，或水或陆，各有所长。然而天地运行之数，生灵厄会之期，巨盗将兴，大难方作，虽群公之善理，其奈之何？”众咸问：“言何谓也？”大明曰：“余昨上朝帝所，窃闻众圣论将来之事，三十年间，兵戎大起。黄河之北，沧海之右，合屠害人民六十余万人。当是时也，若非积善累仁，忠孝纯至者，莫能免焉。兼西北方有华胥、遮毗二国，待兹人众，用实彼土焉。岂此生民寡祐，当其杀戮乎？”众皆嚬蹙相视曰：“非所知也。”食既毕，天亦将曙，诸客各登车而去。大明之神，亦不知所在。

及平旦，李甲神思恍然，有若梦中所遇。既归，具以始末书而志之。言于邻里之贤者，自后三十余载，庄皇与梁朝对垒河岸，战阵相寻。及晋宋，戎虏乱华，干戈不息，被其涂炭者，何啻乎六十万焉！今详李生所说，殆天意乎？非人事乎？出《刘氏耳目记》。

奉了上天的命令，也不敢随意有所作为。不是季节应该变化的时候，我不敢违反常规随便安排。因势治理，安分坚守，致使这里的草木茂盛，鱼鳖繁衍，盐碱石块之地水土滋润，芦苇蒲草生长得郁郁葱葱。更加幸运的是上天派来巡视检查，也没有意外的灾害。”又一人说：“崇山峻岭之地，沟壑纵横之都。分浩莽无边的一角，管理飞禽走兽众类。熊罴虎豹，乌鹊雕鹗。我的一动一止顺性应时，不敢伤害万物。这本来是我的职责，不用我来一一陈述和表白，来应付上天的审查。”在座的人都点头说：“是是。”

这时大明山神忽然举目扬眉，咄嗟长叹，对众人说：“大家镇守一方，管理疆野，或是在湖泊，或是在陆地，各有所长。然而天地运行的法则，生灵厄运的来临，盗贼就要兴起，巨大的灾难正在降临，虽然大家善于治理，又能怎么办呢！”大家一齐问他：“您说什么呢？”大明山神说：“我昨天去朝拜帝所，偷偷听到了众位上仙在议论将来的事情，他们说以后三十年里，战乱爆发。黄河之北，沧海之右，当死伤人民六十余万人。到时候，如果不是积累仁义善行，忠孝两全的至诚君子，都不能幸免。再加上西北方向的华胥和遮毗两个国家，待用它们众多的人力，乘机填充那片领土。难道老百姓就无法保护，就应该遭受屠杀吗？”大家听了，都皱着眉头，互相看着说：“这些我们都不知道。”大家吃喝完了，天也将要破晓，便各自登车而去。大明山神也不知道上哪里去了。

等到天亮以后，李甲神思恍惚，好像是在梦中所遇。回到家里以后，他将遇到的事情经过记录下来。并告诉了邻居中有知识、有威望的人，从这以后三十多年，庄皇与梁朝两军相持在黄河岸边，战争不断。等到后晋和宋，西边的戎虏侵犯中原，刀兵四起，干戈不息，百姓涂炭，遭战争杀害的何止六十万人！今天详察李甲所记录下来的事情，想问一问，这是上天的意思吗？没有人为的因素吗？出自《刘氏耳目记》。

房知温

故青帅房公知温，少年与外弟徐裀为盗于兖郓之境，昼则匿于古冢。一夕遇雨未出间，二鬼至。一鬼曰："此有节度上主，宜缓之。"与外弟俱闻之。二人相问曰："适闻外面语否？"徐曰："然。"房曰："吾与汝未知孰是，来宵汝当宿于他所，吾独在此以验之。"迨夕，二鬼又至。一鬼复曰："昨夜贵人尚在矣。"房闻之喜。后果节制数镇，官至太师、中书令、东平王。则知《晋书》说魏阳元闻鬼以三公呼之，为不谬矣。出《玉堂闲话》。

窦梦徵

朱梁翰林窦学士梦徵，以文学称于世。时两浙钱尚父有元帅之命。窦以钱公无功于本朝，僻在一方，坐邀渥泽，不称是命，乃抱麻哭于朝。翌日，窦谪掾于东州。及失意被谴，尝郁郁不乐。曾梦有人谓曰："君无自苦，不久当复故职，然将来慎勿为丞相。苟有是命，当万计避之。"其后窦复居禁职。有顷，迁工部侍郎。窦忽忆梦中所言，深恶其事，然已受命，不能逊避，未几果卒。出《玉堂闲话》。

许　生

汴州都押衙朱仁忠家有门客许生，暴卒，随使者入冥。经历之处，皆如郡城。忽见地堆粟千石，中植一牌曰："金

房知温

原青州节度使房知温，年轻的时候和表弟徐裀在兖州和郓城一带当盗贼，白天就藏身在古墓里面。一天晚上下雨，他们没有出去，有两个鬼来了。一个鬼说："这有节度使大人，我们应该等一会儿。"房知温和他的表弟都听到了。他们互相问对方说："刚才外面说的话你听到了吗？"徐裀说："听到了。"房知温说："我和你不知道谁是节度使，明天晚上你到别的地方去睡，我自己在这里验证一下。"等到第二天晚上，两个鬼又来了。一个鬼又说："昨天晚上的贵人还在。"房知温听了很高兴。后来他果然当官管理许多地方，最后当上了太师兼中书令，封东平王。由此可知《晋书》上所说的魏阳元听到鬼称他为三公的记载，是不错的。出自《玉堂闲话》。

窦梦徵

后梁翰林学士窦梦徵，以很高的文学修养而著称于世。当时朝廷将授予两浙的钱尚父为元帅。窦梦徵认为钱尚父没为朝廷立下什么功劳，却独自镇守一方，坐享朝廷丰厚的恩泽，很不称职，便在上朝的时候手捧奏章哭着对此事加以评论。第二天，窦梦徵被贬官到东州。从他遭谴责被贬官开始，心中一直郁郁不乐。有一天他梦到一个人对他说："你不要自寻苦恼，不久就会官复原职，但是将来注意不要当丞相。如果皇帝想任命你为丞相，你一定要想尽办法推辞。"后来窦梦徵果然官复原职。不久又升任工部侍郎。窦梦徵忽然想起梦中那人所说过的话，所以非常厌恶这个官职，可是已经接受了任命，没有办法退避，果然没过多久他就死了。出自《玉堂闲话》。

许　生

汴州都押衙朱仁忠家有个门下食客许生突然死去，跟随着阴间派来的使者进了冥府。经过的地方和人间的郡城一样。许生忽然看到地上堆着上千石粟米，中间插着一个木牌，上面写着："金

吾将军朱仁忠食禄。”生极讶之。洎至公署，使者引入一曹司。主吏按其簿曰：“此人乃误追之矣。”谓生曰：“汝可止此，吾将白于阴君。然慎勿窥吾簿。”吏既出，生潜目架上有签牌曰：“人间食料簿。”生潜忆主人朱仁忠不食酱，可知其由，遂披簿求之，多不晓其文。

逡巡，主吏大怒，已知其不慎，瞋目责之。生恐惧谢过，告吏曰：“某乙平生受朱仁忠恩，知其人性不食酱，是敢窃食簿验之。愿恕其罪。”吏怒稍解，自取食簿，于仁忠名下，注：“大豆三合。”吏遂遣前使者引出放还。其径路微细，随使者而行。

忽见一妇女，形容顦顇，衣服襤褛，抱一孩子，拜于道傍。谓生曰：“妾是朱仁忠亡妻，顷年因产而死，竟未得受生。饥寒尤甚，希君济以资缗数千贯。”生以无钱辞之。妇曰：“所求者楮货也。君还魂后，可致而焚之。兼望仁忠与写《金光明经》一部忏之，可指生路也。”既而先行，直抵相国寺。将逾其阈，为使者所推，踣地而寤。

仁忠既悲喜，问其冥间之事。生曰：“君非久，必任金吾将军。”言其牌粟之事，又话见君亡妻，言其形实无差。后与仁忠同食，乃言：“自君亡后，忽觉酱香，今嗜之颇甚，乃是注‘大豆三合’之验也。”自尔朱写经毕，许生燔纸数千，其妇于寐中辞谢而去。朱果为金吾将军。显晦之事，不差毫厘矣。出《玉堂闲话》。

吾将军朱仁忠享受的俸禄。”许生非常惊讶。等来到官署，使者将他领到一间公堂之上。主事官吏按着簿册说：“这个人抓错了。”又对许生说：“你可以待在这里，我去跟阴君说明情况。但是你要注意，不要翻看我的簿册。”官吏出去后，许生抬头看架上有一个签牌写着：“人间食物簿。”许生想起主人朱仁忠不吃酱，想到可以知道原因，便将那本簿册拿下来翻阅，但是看不懂上面的大多数文字。

一会儿，主管官吏回来了，发现许生已经偷看簿册，非常生气，瞪着眼睛责备他。许生恐惧，为自己的过错道歉，对官吏说：“我平生受到朱仁忠的恩惠，知道他天生不吃酱，所以斗胆偷看食簿加以验证。请你原谅我的罪过。”官吏的怒气消了一点，拿过食簿，在朱仁忠的名字下批注：“加大豆三合。”然后令先前那个使者带着朱仁忠放还回去。他们走的小路很窄，许生跟着使者前行。

忽然遇到一个妇女，面容憔悴，衣衫褴褛，还抱着一个孩子，在道旁对他们行礼。对许生说：“我是朱仁忠死去的妻子，那年因为难产而死，竟没有能投生。现在饥寒得很厉害，希望你能资助我几千贯钱。”许生以没钱为理由，没答应她的要求。妇女说：“我所要的是纸钱。你还魂后，只要将纸钱焚烧就可以送来了。另外还希望告诉朱仁忠，让他为我抄写部《金光明经》表示忏悔，可为我求得一条超生的路。”他们继续往前走，直接来到相国寺。许生刚要跨过门槛，被使者在后面一推，他跌倒在地上就醒了。

朱仁忠又悲又喜，询问他阴间的事情。许生说：“您不久一定能当金吾将军。”又将看到他的俸禄牌的事说了，又说见到了他死去的妻子，所说的形貌与实际一点不差。后来和朱仁忠一起吃饭，朱仁忠说：“自从你死以后，我忽然觉得吃酱很香，现在很喜欢吃他，这就是批注‘加大豆三合’的验证吧。”从朱仁忠写完《金光明经》，许生烧了几千贯纸钱，朱仁忠的妻子在梦中感谢告辞而去。后来朱仁忠果然当上了金吾将军。阴间所得到的预示，同事物的真实情况分毫不差。出自《玉堂闲话》。

杨鼎夫

进士杨鼎夫富于词学，为时所称。顷岁，会游青城山，过皂江，同舟者约五十余人。至于中流，遇暴风漂荡，其船抵巨石，倾覆于洪涛间。同济之流，尽沉没底，独鼎夫似有物扶助。既达岸，亦困顿矣。遽有老人以杖接引，且笑云："元是盐里人，本非水中物。"鼎夫未及致谢，旋失老人所之。因作诗以记。后归成都，话与知己，终莫究盐里人之义。

后为权臣安思谦幕吏，判榷盐院事，遇疾暴亡。男文则，以属分料盐百余斤裹束，将上蜀郊营葬。至是"盐里"之词方验。鼎夫旧记诗曰："青城山峭皂江寒，欲度当时作等闲。棹逆狂风趋近岸，舟逢怪石碎前湾。手携弱杖仓皇处，命出洪涛顷刻间。今日深恩无以报，令人羞记雀衔环。"出《北梦琐言》。

牛希济

蜀御史中丞牛希济，文学繁赡，超于时辈。自云："早年未出学院，以词科可以俯拾。"或梦一人介金曰："郎君分无科名，四十五已上，方有官禄。"觉而异之。旋遇丧乱，流寓于蜀，依季父也。仍以气直嗜酒，为季父所责。旅寄巴南，旋聆开国，不预劝进。又以时辈所排，十年不调。为先主所知，召对，除起居郎，累加至宪长。是知向者之梦，何其神也。出《北梦琐言》。

杨鼎夫

进士杨鼎夫善于吟诗作词，为时人所称赞。过去，他与别人一同去青城山游玩，一同横渡皂江，同船的约五十多人。船到江心，突然遇到大风漂荡，撞到巨石上，在洪涛巨浪里翻了。同船上的人都沉到江底淹死了，唯独杨鼎夫似乎有什么东西托着他。送到岸边，这时他也没有力气了。突然来了个老人，用手杖将他拉到岸上来，并且笑着对他说："你应该是盐里的人，本来就不是水中的东西。"杨鼎夫上岸后没来得及致谢，很快失去了老人的踪影。他作了首诗记录这件事。回到成都后，他将这段经历告诉知心朋友，但始终不明白"盐里人"的意思。

后来他当上了权臣安思谦的幕府小吏，管理榷盐院事务，突然得病死了。天热有味，儿子杨文则用他所料理的粗盐一百多斤将他裹束起来，运到蜀城的郊外埋葬。到这时，"盐里人"一词才得以验证。杨鼎夫当时作的诗是："青城山峭皂江寒，欲度当时作等闲。棹逆狂风趋近岸，舟逢怪石碎前湾。手携弱杖仓皇处，命出洪涛顷刻间。今日深恩无以报，令人羞记雀衔环。"出自《北梦琐言》。

牛希济

蜀国的御史中丞牛希济，文章写得很好，远远超过了同时的人。他自己说："早几年我还在学院里学习，考文章诗词我可以轻易地通过。"有一天他做了一个梦，梦中有一个披着金甲的人对他说："郎君您命中没有考取功名的运气，到四十五岁以上才能当官。"他醒了以后感到非常奇怪。随后他便遇上了战乱，流落寄居到蜀郡，投靠小叔父家里。又因为使气好饮酒，被叔父斥责。不久他又旅居到巴南，正碰上开邦立国，他未参加劝勉进取，又被同辈所排挤，十年的时间没有得到升迁。被先主王建知道了，将他找来问对，任命为起居郎，累加官至宪长。这时候他才知道，当时做的梦是多么的灵验。出自《北梦琐言》。

阴君文字

顷岁有一士人，尝于寝寐间若被官司追摄，因随使者而去。行经一城，云是镇州，其间人物稀少。又经一城，云是幽州，其间人物众广。士人乃询使者曰："镇州萧疏，幽州繁盛，何其异乎？"使者曰："镇州虽然少人，不日亦当似幽州矣。"有顷至一处，有若公府。中有一大官，见士人至前，即曰："误追此人来，宜速放去。"士人知是阴司，乃前启阴官曰："某虽蒙放还，愿知平生官爵所至。"阴官命取纸一幅，以笔墨画纸，作九个围子。别取青笔，于第一个围子中，点一点而与之。士人置诸怀袖，拜谢而退。

及寤，其阴君所赐文字，则宛然在怀袖间，士人收藏甚秘。其后镇州兵士，相继杀伤甚众，故知阴间镇州，即日人众，当不谬耳。其士人官至冀州录事参军，褴褛而卒。阴官画九围子者，乃九州也，冀州为九州之第一，故点之；其点青者，言士人只止于录事参军，绿袍也。出《玉堂闲话》。

贫　妇

谚云："一饮一啄，系之于分。"斯言虽小，亦不徒然。常见前张宾客澄言，顷任镇州判官日，部内有一民家妇，贫且老，平生未尝获一完全衣。或有哀其穷贱，形体袒露，遗一单衣。其妇得之，披展之际，而未及体，若有人自后掣之者，举手已不知衣所在。此盖为鬼所夺也。出《玉堂闲话》。

阴君文字

过去有个男子，曾经在睡觉做梦的时候被官司追捕，便尾随使者而去。经过一座城池，官差说是镇州，城里人物稀少。又经过一座城池，说是幽州，城里人物众多热闹。男子于是问使者说："镇州萧条稀疏，而幽州繁盛，为什么相差悬殊呢？"使者说："镇州虽然人少，但不久也会像幽州一样。"一会儿，到了一个地方，有点像官府。里面有个大官，看到男子走过来，大官就说："这个人是抓错的，应该立刻放回去。"男子知道这是阴间，便走上前去向大官请求说："我虽然被放回去，但是还希望知道一生能做到什么官。"大官叫人拿来一张纸，拿起笔在纸上画了九个圆圈。又拿起一支绿笔，在第一个圆圈里点了一笔，然后把它交给男子。男子小心地放在袖中，拜谢后退了出去。

男子睡醒后，阴间大官赐给他的纸张文字，还真切地放在袖子里，他小心秘密地收藏了起来。后来镇州军队相继残杀，伤亡很多，这才知道了阴间官差所说阴间镇州不久人多的话，当是不错的了。后来男子当上了冀州录事参军，最后在贫困中死去。阴间大官所画的九个圆圈，就是指九州，冀州是九州第一州，所以加点；点是绿色的，是说男子最终只能做到录事参军，穿绿色袍子。出自《玉堂闲话》。

贫　妇

民间谚语说："人们的饮食日常，都是命运所注定的。"话虽然轻微，但也不是白说的。曾经听从前的客人张澄说过，他前几年任镇州判官的时候，街上一个民妇，又穷又老，一辈子没曾穿过一件完整的衣服。有的人哀怜她太穷了，破衣服露出了身体，便给她一件单衣服。那妇人得到衣服，正往身上披时，衣服还没等碰到身体，好像有人从后面拽衣服，举手之间衣服就不知道哪里去了。这大概是鬼给夺去了。出自《玉堂闲话》。

支戬

江左有支戬者，余干人，世为小吏，至戬，独好学为文，窃自称秀才。会正月望夜，时俗取饭箕，衣之衣服，插箸为嘴，使画盘粉以卜。戬见家人为之，即戏祝曰："请卜支秀才他日至何官？"乃画粉宛成"司空"字。又戬尝梦至地府，尽阅名簿，至己籍云："至司空，年五十余。"他人籍不可记，唯记其友人郑元枢云："贫贱无官，年四十八。"元枢后居浙西，廉使徐知谏宾礼之，将荐于执政，行有日矣，暴疾而卒，实年四十八。戬后为金陵观察判官、检校司空，恒以此事话于亲友，竟卒于任，年五十一。出《稽神录》。

支 戬

江左有个余干人叫支戬，世代都是当小吏的，到他，他独独喜欢学做文章，私下里自称为秀才。每当正月十五晚上，当地的风俗是取一个簸箕，盖一件衣服，上面插一根筷子作嘴，使筷子在簸箕里的面粉上勾画来占卜预测。支戬见家里人都在忙着占卜自己的吉凶，他也走过去开玩笑地祷告说："请占卜支秀才将来能当什么官？"只见筷子在面粉上写了两个字，好像是"司空"。支戬还曾经做梦到阴曹地府，将花名册都翻遍了，看到自己的那一页上写着："官到司空，寿命五十多。"别人的都记不得了，只记得朋友郑元枢是："贫贱不能当官，寿命四十八。"郑元枢后来搬迁到浙西，廉使徐知谏以宾客之礼待他，推荐他给执政，请示的公文已经发出好几天了，他忽然得病死了，死时实年四十八岁。支戬后来做了金陵观察判官、检校司空，他常把这些事说给亲戚朋友听，最后他死在任上，死的时候五十一岁。出自《稽神录》。

卷第一百五十九

定数十四婚姻

定婚店

杜陵韦固，少孤，思早娶妇，多歧，求婚不成。贞观二年，将游清河，旅次宋城南店。客有以前清河司马潘昉女为议者，来旦期于店西龙兴寺门。固以求之意切，旦往焉。

斜月尚明，有老人倚巾囊，坐于阶上，向月检书。觇之，不识其字。固问曰："老父所寻者何书？固少小苦学，字书无不识者。西国梵字，亦能读之。唯此书目所未觌，如何？"老人笑曰："此非世间书，君因得见？"固曰："然则何书也？"曰："幽冥之书。"固曰："幽冥之人，何以到此？"曰："君行自早，非某不当来也。凡幽吏皆主人生之事，主人可不行其中乎？今道途之行，人鬼各半，自不辨耳。"固曰："然则君何主？"曰："天下之婚牍耳。"固喜曰："固少孤，尝愿早娶，以广后嗣。尔来十年，多方求之，竟不遂意。

定婚店

杜陵的韦固，从小失去父亲，想要早点结婚，但是多方求亲都没有成功。唐太宗贞观二年，他要去游历清河，中途住在宋城南面的旅店。旅客中有个人为他提亲，女方是前清河司马潘昉的女儿，并约定第二天清早在店西的龙兴寺门前同潘家的人见面。韦固求亲急切，第二天很早就赶去了。

到了庙门前，月亮还在天上斜斜地挂着，他看见有个老人倚着一个口袋，坐在台阶上，借着月光看书。韦固在旁边偷看，却不认识书上的字。便问老人说："老先生看的是什么书啊？我从小苦学，没有不认识的字书。就是西国的梵文，我也能看懂。只是这本书上的字从来没见过，这是怎么回事？"老人笑着说："这不是人间的书，你怎么会见过？"韦固又问："那么那是什么书啊？"老人说："阴间的书。"韦固问："阴间的人，怎么到了这里？"老人说："你来得太早，不是我不应该来。凡是阴间的官吏都管阳间的事，管理人间的事，怎么能不在人间行走呢？现在行在路途上的，人鬼各占一半，是你自己不能分辨出来。"韦固问："那么您管什么事啊？"老人说："天下所有人的婚姻大事。"韦固心中暗喜，说："我从小失去父亲，常想早一点结婚，以便多生儿女，传宗接代。这十多年来，我多方求亲，竟不能如愿。

今者人有期此，与议潘司马女，可以成乎？”曰：“未也，君之妇适三岁矣。年十七，当入君门。”因问囊中何物，曰：“赤绳子耳！以系夫妇之足，及其坐则潜用相系。虽仇敌之家，贵贱悬隔，天涯从宦，吴楚异乡，此绳一系，终不可逭。君之脚已系于彼矣，他求何益？”曰：“固妻安在？其家何为？”曰：“此店北卖菜家妪女耳。”固曰：“可见乎？”曰：“陈尝抱之来，卖菜于是。能随我行，当示君。”

及明，所期不至，老人卷书揭囊而行，固逐之入菜市。有眇妪，抱三岁女来，弊陋亦甚。老人指曰：“此君之妻也。”固怒曰：“杀之可乎？”老人曰：“此人命当食大禄，因子而食邑，庸可杀乎？”老人遂隐。固磨一小刀，付其奴曰：“汝素干事，能为我杀彼女，赐汝万钱。”奴曰：“诺。”明日，袖刀入菜肆中，于众中刺之而走。一市纷扰，奔走获免。问奴曰：“所刺中否？”曰：“初刺其心，不幸才中眉间。”尔后求婚，终不遂。

又十四年，以父荫参相州军，刺史王泰俾摄司户掾，专鞫狱。以为能，因妻以女。可年十六七，容色华丽，固称惬之极。然其眉间常贴一花钿，虽沐浴闲处，未尝暂去。岁余，固逼问之，妻潸然曰：“妾郡守之犹子也，非其女也。畴昔父曾宰宋城，终其官。时妾在襁褓，母兄次殁。唯一庄在宋城南，与乳母陈氏居，去店近，鬻蔬以给朝夕。陈氏怜

今天有人约我到这里来，给我撮合潘司马的女儿，这件婚事能够成功吗？”老人回答：“不能成功，你的媳妇刚刚三岁。等到十七岁才能进你们家的门。”韦固问口袋里装的什么东西，老人回答：“红绳子啊！用来系夫妻二人脚的。等到冥间为他们定下了婚姻，我就偷偷地把红绳系在他们的脚上。不管这两家是仇敌，还是贵贱相差悬殊，或者是相隔千山万水为官，吴楚异乡，只要这条红绳一系，最终也逃不掉了。你的脚已经和她的脚系在一起了，你再找别的人有什么好处呢？”韦固问：“我的媳妇在哪？她们家是做什么的？”老人回答：“旅店北面卖菜那个老太太家的女孩。”韦固问：“能去看一看吗？”老人说：“陈老太太经常抱着她在那卖菜。你跟着我走，我指给你看。”

等到天亮了，韦固等的人没有来，老人卷起书、背着口袋就走，韦固跟着老人来到菜市场，看见一个盲了一只眼的老太太，抱着一个三岁的女孩，女孩看起来非常肮脏丑陋。老人指着女孩对韦固说：“那就是你的妻子。”韦固生气地问：“我杀了她行不行？”老人说：“这女孩命中注定享大富贵，还要跟着你享福呢，怎么杀得了呢？”说完老人就不见了。韦固回去后磨了一把小刀，交给仆人说：“你历来很能办事，如果能为我杀了那个女孩，我给你一万钱。”仆人说：“好。”第二天，仆人将刀藏到袖子里来到菜市场，趁着人多混乱的时候，刺了女孩一刀就跑。整个市场大乱，仆人逃脱掉了。韦固问仆人：“刺没刺中？”仆人说：“一开始我想刺她的心脏，可是没刺准，不幸才刺到了眉间。”韦固以后求婚，一直没有成功。

又过了十四年，韦固靠父亲的老关系，到相州做参军，刺史王泰让他代理司户掾，专门负责审讯囚犯。王泰因为他能干，便将女儿许配给他。新妇大约十六七岁，容貌美丽，韦固非常称心满意。但是他发现妻子的眉间总是贴着一花钿，即使沐浴闲处未曾暂时摘掉。过了一年多，他逼问妻子，妻子流泪说：“我是郡守的侄女，不是他的女儿。过去我父亲曾任宋城县令，死在任上。当时我还在襁褓中，母亲和哥哥也相继死了。家里唯一的宅院在城南，乳母陈氏带着我居住，靠近旅店，每天卖菜度日。陈氏可怜

小,不忍暂弃。三岁时,抱行市中,为狂贼所刺。刀痕尚在,故以花子覆之。七八年间,叔从事卢龙,遂得在左右,以为女嫁君耳。"固曰:"陈氏眇乎?"曰:"然,何以知之?"固曰:"所刺者固也。"乃曰奇也!因尽言之,相敬愈极。后生男鲲,为雁门太守,封太原郡太夫人。知阴骘之定,不可变也。宋城宰闻之,题其店曰"定婚店"。出《续幽怪录》。

崔元综

崔元综任益州参军日,欲娶妇,吉日已定。忽假寐,见人云:"此家女非君之妇,君妇今日始生。"乃梦中相随,向东京履信坊十字街西道北有一家,入宅内东行屋下,正见一妇人生一女子,云:"此是君妇。"崔公惊寤,殊不信之。俄而所平章女,忽然暴亡。自此后官至四品,年五十八,乃婚侍郎韦陟堂妹,年始十九。虽嫌崔公之年,竟嫁之。乃于履信坊韦家宅上成亲,果在东行屋下居住。寻勘岁月,正是所梦之日,其妻适生。崔公至三品,年九十。韦夫人与之偕老,向四十年,食其贵禄也。出《定命录》。

卢承业女

户部尚书范阳卢承庆,有兄子,将笄而嫁之,谓弟尚书左丞承业曰:"吾为此女择得一婿,乃曰裴居道。其相

我太小，不忍心总把我带在身边。三岁时，陈氏抱着我走在菜市场里，被一个狂徒用刀刺中眉心，留下了伤疤。刀痕还在，所以用纸花盖上。七八年前，叔叔来到卢龙办事，我便跟在叔叔旁边了，并以他女儿的名义嫁给你。"韦固问："陈氏是不是盲了一只眼？"妻子说："对，你怎么知道的？"韦固说："刺你的人就是我派去的。"这真是一件奇事！韦固便将事情的经过都跟妻子说了，从此夫妻更加互敬互爱。后来生了个男孩叫韦鲲，当了雁门太宗，母亲被封为太原郡太夫人。才知道命中注定的事，是不会因人力而改变的。宋城县官听说了这件事，为那家旅店题名为"定婚店"。出自《续幽怪录》。

崔元综

崔元综任益州参军期间，想要娶妇，好日子已经定了下来。忽然打了个盹儿，梦见有个人对他说："这家的女子不是你的媳妇，你的媳妇今天才出生。"他便在梦中跟着这个人来到东京履信坊十字街西道北的一户人家，进到宅子在东边的屋子里，正好看到一个妇人生下了一个女儿，领他来的那个人对他说："这才是你的媳妇。"崔元综从梦中惊醒，但他根本就不相信梦中的事。不一会儿传来消息，他议定要娶的那个女子突然死了。从这以后他做官一直做到四品官，年纪五十八岁了，才同侍郎韦陟的堂妹结婚，新娘子才十九岁。虽然觉得崔元综的年龄大了一些，但还是嫁给了他。婚礼是在履信坊韦家宅院举办的，新娘子果然住在东边的屋子里。推算日子，正是崔元综做梦的那一天，他的妻子才刚刚出生。崔元综后来官至三品，活到九十岁。韦夫人与他白头偕老，共同生活四十年，享尽了他的富贵俸禄。出自《定命录》。

卢承业女

户部尚书范阳卢承庆，他哥哥有个女儿，快成年了，想嫁出去，对弟弟尚书左丞卢承业说："我为此女找了女婿，叫裴居道。面相

位极人臣，然恐其非命破家，不可嫁也。”承业曰：“不知此女相命，终他富贵否？”因呼其侄女出，兄弟熟视之。承业又曰：“裴即位至郎官，其女即合丧逝，纵后遭事，不相及也。”卒嫁与之。居道官至郎中，其妻果殁。后居道竟拜中书令，被诛籍没，久而方雪。出《定命录》。

琴台子

赵郡李希仲，天宝初，宰偃师。有女曰闲仪，生九岁。嬉戏于廨署之花栏内，忽有人遽招闲仪曰：“鄙有恳诚，愿托贤淑，幸毕词，勿甚惊骇。”乃曰：“鄙为崔氏妻，有二男一女。男名琴台子，鄙尤钟念。生六十日，鄙则谢去。夫人当为崔之继室，敢以念子为托，实仁愍之。”因悲恸怨咽，俄失所在。闲仪亦沉迷无所觉知矣。家人善养之，旬日无恙。希仲秩满，因家洛京。

天宝末，幽蓟起戎，希仲则挈家东迈，以避兵乱。行至临淮，谒县尹崔祈。既相见，情款依然。各叙祖姻，崔乃内外三从之昆仲也。时崔丧妻半岁，中馈无主，幼稚零丁，因求娶于希仲。希仲家贫时危，方为远适，女况成立，遂许成亲。女既有归，将谋南度。偃师故事，初不省记。一日，忽闻崔氏中堂，沉痛大哭，即令询问，乃闲仪耳。希仲遇自询问，则出一年孤孩曰：“此花栏所谓琴台子者也。”因是

上能当丞相，然而担心他后来遭厄运破产，不能嫁给他。”卢承业说：“不知道这个姑娘的面相能否同他享受富贵到底吗？”于是将侄女叫出来，兄弟二人仔细端详了一番。卢承业又说：“裴居道当上郎官，这个姑娘就会死了，纵然裴居道以后运气逆转出事，也和侄女没有关系了。”于是他们将侄女嫁给了裴居道。裴居道官做到郎官时，妻子果然死了。后来裴居道又当上中书令，被诛杀抄家，很长时间才平反昭雪。出自《定命录》。

琴台子

赵郡的李希仲在唐玄宗天宝初年当上了偃师县令。他有个女儿叫闲仪，刚刚九岁。一天，闲仪在官署的花栏里玩耍，忽然有个人急切地招呼她，对她说：“我有一个诚恳的请求，想要托付给你一件事，希望你能让我把话说完，你听了我说的话不要太惊慌害怕。”然后又说：“我是崔家的媳妇，生有两个男孩，一个女孩。有个男孩名叫琴台子，我尤其挂念。他刚生下来六十天，我就死了。你以后会成为崔家的续弦，我冒昧地把孩子托付给你，请你以仁义慈悯的心肠好好对待他们。”说完悲伤地哽咽着，一转身就消失了。闲仪也陷入昏迷，没了知觉。家里人妥善地照顾她，十天以后就好了。李希仲任期满了之后，将家搬到洛京。

天宝末年，幽州和蓟州兴起战事，李希仲带领全家往东迁移，以躲避战乱。走到临淮，拜见县尹崔祈。见面后，情谊依旧。各自叙述自己的祖上姻亲，知道了崔祈还是李希仲的内外三从的兄弟辈。此时崔祈丧妻才半年，没有妻室在家料理饮食家务，孩子年幼无人照顾，崔祈便恳求李希仲将女儿嫁给他。李希仲正赶上家贫、时运危险，全家正要远行，女儿已经长大，就同意了这门亲事。女儿有了归宿之后，他们一家谋划继续往南走。闲仪幼时在偃师所遇到的事情，一开始已经毫无记忆了。有一天忽然听到崔祈的中堂里有人悲痛地大哭，就派人过去询问，原来闲仪在哭。李希仲赶忙过去询问女儿，闲仪领出来一个一岁的男孩说：“这就是当年花栏中我遇到的那个人所说的琴台子。”从这以后，

倍加抚育,名之灵遇。及长,官至陈郡太守。出《续玄怪录》。

武殷

武殷者,邺郡人也。尝欲娶同郡郑氏,则殷从母之女。姿色绝世,雅有令德,殷甚悦慕,女意亦愿从之。因求为婿,有诚约矣。无何,迫于知己所荐,将举进士,期以三年,从母许之。

至洛阳,闻勾龙生善相人,兼好饮酒,时特造焉。生极喜,与之竟夕。因为殷曰:“子之禄与寿甚厚,然而晚遇,未至七十而有小厄。”殷曰:“今日之虑,未暇于此,请以近事言之。”生曰:“君言近事,非名与婚乎?”殷曰:“然。”生曰:“自此三年,必成大名;如婚娶,殊未有兆。”殷曰:“约有所娶,何言无兆?”生笑曰:“君之娶郑氏乎?”曰:“然。”生曰:“此固非君之妻也。君当娶韦氏,后二年始生,生十七年而君娶之。时当官,未逾年而韦氏卒。”殷异其言,固问郑氏之夫。曰:“即同郡郭子元也,子元娶五年而卒。然将嫁之夕,君其梦之。”

既二年,殷下第,有内黄人郭绍,家富于财,闻郑氏美,纳赂以求其婚。郑氏之母聚族谋曰:“女年既笄,殷未成事。吾老矣,且愿见有所适。今有郭绍者求娶,吾欲许之,何如?”诸子曰:“唯命。”郑氏闻之泣恚,将断发为尼者数四。及嫁之夕,忽得疾昏眩,若将不救。时殷在京师,其夕梦

闲仪对琴台子倍加爱护，为他起了个名字叫“灵遇”。灵遇长大以后，做了陈郡太守。出自《续玄怪录》。

武殷

武殷，是邺郡人。曾想要娶同郡的郑氏做妻子，郑氏是他姨母的女儿。长得异常美丽，并且有美好的品德，武殷对她非常爱慕，她也愿意嫁给武殷。武殷便向她求婚，两家订了婚约。不久，由于知心朋友的推荐，武殷准备考取进士的功名，约定以三年为期，姨母同意了。

武殷来到洛阳，听说勾龙生擅长给人看相算命，并喜欢喝酒，便带了好酒专门去拜访。勾龙生非常高兴，与他谈了整个晚上。趁机对他说：“你的禄位和寿命都很好，然而结婚很晚，快到七十岁的时候有一点小的灾难。”武殷说：“我现在考虑的不是那么远的事情，请你说一说近期的事。”勾龙生说：“你要知道近期的事，莫非是指功名和婚姻吗？”武殷说：“对。”勾龙生说：“从现在起三年之内，你必然取得功名；但如果说婚姻，却一点也没有先兆。”武殷说：“我有婚约，怎么能说没有先兆？”勾龙生笑着说：“你要娶的是郑氏吗？”武殷说：“对。”勾龙生说：“她不是你的妻子。你应该娶韦氏，两年后她才出生，出生以后十七年你才能娶她。那时你做官，娶韦氏不到一年她就会死去。”武殷对勾龙生的话感到惊异，坚持问郑氏的丈夫是谁。勾龙生说：“就是你们同郡的郭子元，郭子元结婚五年就会死去。郑氏将要嫁给他的那个晚上，你会梦到她。”

两年后，武殷落第，有个内黄人叫郭绍，家里非常有钱，听说郑氏长得美丽，便送财物到她家求婚。郑氏的母亲召集家里人商量说：“女儿已经成年，武殷还没有功名。我老了，但又想看到女儿嫁人。现在有个叫郭绍的前来求婚，我打算将女儿嫁给他，怎么样？”大家说：“就按您的意思办。”郑氏知道以后非常气愤，整天哭泣，几次想要断发去当尼姑。她在出嫁的那天晚上，忽然得病昏迷过去，似乎无法救治了。这时武殷正在京城，这天晚上他梦到

一女，呜咽流涕，似有所诉。视之即郑氏也，乃惊问。久之言曰："某尝慕君子之德，亦知君之意，且曾许事君矣。今不幸为尊长所逼，将适他氏。没身之叹，知复何言！"言讫，相对而泣。因惊觉悲惋，且异其事。乃发使验之，则果适人。问其姓氏，则郭绍也。殷数日，思勾龙生言颇验，然疑其名之异耳。及肃宗在储名绍，遂改为子元也。

殷明年擢第。更二年而子元卒。后十余年，历位清显，每求娶，辄不应。后自尚书郎谪官韶阳，郡守韦安贞固以女妻之。殷念勾龙生之言，恳辞不免，娶数月而韦氏亡矣。其后皆验，如勾龙生之言尔。出《前定录》。

卢生

弘农令之女既笄，适卢生。卜吉之日，女巫有来者。李氏之母问曰："小女今夕适人，卢郎常来，巫当屡见，其人官禄厚薄？"巫者曰："所言卢郎，非长髯者乎？"曰："然。""然则非夫人之子婿也。夫人之婿，中形而白，且无须也。"夫人惊曰："吾之女今夕适人，得乎？"巫曰："得。"夫人曰："既得适人，又何以云非卢郎乎？"曰："不知其由，则卢终非夫人之子婿也。"俄而卢纳采，夫人怒巫而示之。巫曰："事在今夕，安敢妄言？"其家大怒，共唾而逐之。

及卢乘轩车来，展亲迎之礼。宾主礼具，解佩约花，

一个女子呜咽哭泣似乎要对他说什么。他一看是郑氏，吃惊地问她有什么事。过了一段时间，郑氏说："我曾爱慕公子的品德，也知道公子对我的情义，并且曾与公子订下婚约。可是现在不幸被长辈逼迫，就要嫁给别人了。终身的遗憾，无法表达！"说完，二人相对而泣。武殷惊醒以后非常悲伤，又感到这事很奇怪。便派人回去验证，郑氏果然已经嫁人。武殷问郑氏的丈夫叫什么名字，回答说叫郭绍。几天，武殷想起勾龙生的话，觉得他说得很准，可是又觉得郑氏丈夫的名字和勾龙生说的不一样。等到肃宗当上太子，名字也是一个"绍"字，郭绍只好将自己的名字改为"子元"。

武殷第二年考中进士。又过了两年，郭子元死了。以后的十多年里，武殷做到清要的官位，但多次想要结婚，都没有成功。后来他从尚书郎被贬官到韶阳，郡守韦安贞坚持要将女儿嫁给他。他想起勾龙生的话，恳切地想要推辞，但没能推辞掉，结婚几个月以后，妻子韦氏就死了。以后发生的事都准确地验证了勾龙生所说的话。出自《前定录》。

卢　生

弘农县令的女儿行笄礼后，嫁给了卢生。占卜吉日的那天，来了一个女巫。李氏母亲问女巫说："我女儿今晚嫁人，女婿卢生常来，你应当见过多次，他的官禄是薄还是厚？"女巫说："你说的卢生，是不是长着长胡子？"李氏回答说："对。"女巫说："可是他不是夫人的女婿。夫人的女婿，中等身材，面孔白皙，并且没有胡子。"李氏的母亲吃惊地说："我女儿今晚嫁人，能办成吗？"女巫说："能够办成。"李氏的母亲说："既然今天嫁人，怎么又说女婿不是卢生呢？"女巫说："不知道什么原因，但是卢生终究不是夫人的女婿。"一会儿，卢生来送求亲的聘礼，李氏的母亲生气地将卢生指给女巫看。女巫说："事情就发生在今晚，我怎么敢胡说呢？"李氏的全家都非常生气，一起唾弃，将女巫赶走了。

等卢生乘轩车前来，举行迎亲仪式。宾主礼毕，解佩戴花，

卢生忽惊而奔出，乘马而遁，众宾追之不返。主人素负气，不胜其愤，且恃其女之容，邀客皆入，呼女出拜。其貌之丽，天下罕敌。指之曰："此女岂惊人者耶？今而不出，人其以为兽形也！"众人莫不愤叹。主人曰："此女已奉见，宾客中有能聘者，愿赴今夕。"时郑某官某，为卢之傧，在坐起拜曰："愿事门馆。"于是奉书择相，登车成礼。巫言之貌宛然，乃知巫之有知也。

后数年，郑任于京，逢卢问其事。卢曰："两眼赤，且大如朱盏，牙长数寸，出口之两角，得无惊奔乎？"郑素与卢相善，骤出其妻以示之，卢大惭而退。乃知结缡之亲，命固前定，不可苟而求之也。出《续玄怪录》。

郑还古

太学博士郑还古，婚刑部尚书刘公之女。纳吉礼后，与道士寇璋宿昭应县。夜梦乘车过小三桥，至一寺后人家，就与婚姻，主人姓房。惊觉，与寇君细言，以纸笔记其事。寇君曰："新婚偶为此梦，不足怪也。"刘氏寻卒。后数年，向东洛，再娶李氏。于昭城寺后假宅拜席日，正三桥，宅主姓韩。时房直温为东洛少尹，是妻家旧，筵馔之类，皆房公所主。还古乃悟昔年之梦，话于宾客，无不叹焉。出《逸史》。

卢生忽然受到惊吓，跑了出去，骑上一匹马就逃了。参加庆贺的客人们去追赶，也没把他追回来。李氏的父母向来重视脸面，非常愤怒，她又仗恃着女儿的容貌，将客人们都请进屋里，然后将女儿叫出来，拜见大家。李氏的容貌非常美丽，天下少有人能比。李氏的母亲指着女儿说："我的女儿长得哪里吓人呢？今天如果不让她出来，大家还以为她长得像个怪兽呢！"大家都非常气愤而又叹息。李氏的母亲又说："我的女儿大家都看见了，客人中间如果有能聘娶的，希望今晚就可以成婚。"当时客人中有一个姓郑的官员，是卢生请来的男傧，他在座位上站起来行了拜礼说："我愿意做您的女婿。"于是填写聘书选择傧相，将李氏接上车去，完成了迎亲仪式。这些同女巫说得完全一样，这时候才知道女巫有先见之明。

几年后，姓郑的官员调到京城任职，碰到卢生，询问当时的情景。卢生说："那李氏的两只眼睛通红，大得像两盏灯笼，牙长数寸，从嘴角中伸出两个角，你能不惊慌得逃跑吗？"姓郑的官员历来和卢生的关系很好，便突然将妻子叫出来让卢生看看，卢生非常惭愧地走了。这才知道，挑选结婚的对象，都是命中预先确定的，不是强求能够成功的。出自《续玄怪录》。

郑还古

太学博士郑还古，与刑部尚书刘公的女儿定亲。选定婚期之后，他与道士寇璋夜晚投宿在昭应县。晚上梦见乘车经过三座小桥，来到庙后面的一户人家，和一个姑娘结婚，主持人姓房。他惊醒后，将梦中的情节详细地讲给寇璋听，并拿出纸笔将这件事记录下来。寇璋说："要结婚的时候偶然做这样的梦，没什么可奇怪的。"妻子刘氏很快死了。几年之后，他又娶了东洛的李氏。在昭应县城庙后面借了一户宅院举行婚礼的那天，正是路过了三座桥，房屋的主人姓韩。当时房直温担任东洛少尹，他是李氏家里的老朋友，宴席酒馔之类，都由他主持。郑还古这时才明白，当年所做的梦就是预示着今天的婚姻，他将这件事讲给大家听，客人们没有不感叹的。出自《逸史》。

卷第一百六十

定数十五婚姻

秀师言记

唐崔晤、李仁钧二人中外弟兄，崔年长于李。在建中末，偕来京师调集。时荐福寺有僧神秀，晓阴阳术，得供奉禁中。会一日，崔、李同诣秀师。师泛叙寒温而已，更不开一语。别揖李于门扇后曰："九郎能惠然独赐一宿否？小僧有情曲欲陈露左右。"李曰："唯唯。"后李特赴宿约。馔且丰洁，礼甚谨敬。及夜半，师曰："九郎今合选得江南县令，甚称意。从此后更六年，摄本府纠曹。斯乃小僧就刑之日，监刑官人即九郎耳。小僧是吴儿，酷好瓦官寺后松林中一段地，最高敞处。上元佳境，尽在其间。死后乞九郎作窣堵坡梵语"浮图"。于此，为小师藏骸骨之所。"李徐曰："斯言不谬，违之如皎日。"秀泫然流涕者良久，又谓李曰："为余寄谢崔家郎君，且崔只有此一政官，家事零落，飘寓江徼。崔之孤，终得九郎殊力，九郎终为崔家女婿。秘之秘之。"

秀师言记

唐朝的崔晤和李仁钧二人是表兄弟，崔晤年长于李仁钧。唐德宗建中末年，兄弟二人一同来到京城等候调选官职。当时荐福寺有个和尚叫神秀，精通阴阳术，所以能够供奉宫廷里。有一天，崔晤和李仁钧一同来拜见神秀。神秀只和他们泛泛说一些天气冷暖之类的话，并不涉及开示的内容。分别时，神秀在门后偷偷地向李仁钧拱手说："九郎你能惠然同我单独谈一宿话吗？我有心里事想同你说。"李仁钧说："行，行！"后来李仁钧特意来赴神秀的约会。神秀准备的晚餐非常丰盛净洁，对他的礼节非常谨慎恭敬。谈到半夜，神秀说："九郎你现在当被任命江南一带的县令，很称你的心。现在算再有六年你会摄理本府的纠曹。那时候正是小僧受刑的日期，而监刑官就是九郎你。小僧是吴儿，很看好瓦官寺后面松树林中的一块地，在最高最宽敞之处。上元县的佳境全都在那里了。我死后乞求九郎你在那里建一座塔，梵语"浮图"。作为小僧的藏骨之处。"李仁钧慢慢地说："如果你说的是真的，我一定照办。"神秀哭泣了好长时间，又对李仁钧说："你替我致歉崔家郎君，他只能当一任官职，他的家庭会衰败，漂泊流落江边。崔晤留下的孤女，最终还得你特别用力，你最终会成为崔家的女婿，注意保密不要对别人说。"

李诘旦归旅舍，见崔，唯说："秀师云，某说终为兄之女婿。"崔曰："我女纵薄命死，且何能嫁与田舍老翁作妇？"李曰："比昭君出降单于，犹是生活。"二人相顾大笑。

后李补南昌令，到官有能称，罢摄本府纠曹。有驿递流人至州，坐泄宫内密事者，迟明宣诏书，宜付府笞死。流人解衣就刑次，熟视监刑官，果李纠也，流人即神秀也。大呼曰："瓦官松林之请，子勿食言。"秀既死，乃掩泣请告，捐俸赁扁舟，择干事小吏，送尸柩于上元县。买瓦官寺松林中地，垒浮图以葬之。

时崔令即弃世已数年矣。崔之异母弟晔，携孤幼来于高安。晔落拓者，好远游，惟小妻殷氏独在。殷氏号太乘，又号九天仙也。殷学秦筝于常守坚，尽传其妙。护食孤女，甚有恩意。会南昌军伶能筝者，求丐高安，亦守坚之弟子，故殷得见之。谓军伶曰："崔家小娘子，容德无比。年已及笄，供奉与他取家状，到府日，求秦晋之匹可乎？"军伶依其请，至府，以家状历抵士人门，曾无影响。后因谒盐铁李侍御，即李仁钧也。出家状于怀袖中，铺张几案上。李悯然曰："余有妻丧，已大期矣。侍余饥饱寒燠者，顽童老媪而已。徒增余孤生半死之根，蚤夜往来于心。矧崔之孤女，实余之表侄女也。余视之，等于女弟矣，彼亦视余犹兄焉。"征曩秀师之言，信如符契。纳为继室，余固崔兄之夙眷也。遂定婚崔氏。出《异闻录》。

李仁钧清晨回到旅店，见到崔晤，只对他说："神秀师说我最终会成为兄长的女婿。"崔晤说："我的女儿纵使命薄死了，又怎么会嫁给种田的老农做媳妇呢？"李仁钧说："比起王昭君出嫁给匈奴单于，也还是能够生活的。"两个人相视大笑。

后来李仁钧补缺当了南昌县令，到任后以能干著称，任期满了又被任命为代理本府纠曹。有官差押着一名罪犯来到州府，犯的是泄漏皇宫里秘密的大罪，待到黎明，宣皇上的诏书，交付州府将罪犯用棍子打死。罪犯在脱衣受刑之前，仔细辨认监刑官，见果然是李仁钧，而罪犯就是神秀。神秀大喊："瓦官寺松林中的事，你不要食言。"神秀死了以后，李仁钧偷偷哭了一场，请了假，拿出自己的薪俸雇了一条小船，带着能干的差人，将神秀的尸体送到上元县。买下了瓦官寺后面松树林中的那块地，将神秀的尸体葬了，并在上面垒了一座藏骨塔。

这时崔晤已经死了好几年了。崔晤的同父异母弟弟崔晔带着崔晤留下的女儿来到高安。崔晔穷困落拓，喜欢出门远游，只留小妻殷氏独自在家。殷氏号太乘，又号九天仙。殷氏曾经跟着常守坚学习秦筝，尽得常守坚的真传。抚育崔晤的女儿很尽恩义。这时有个从南昌军队中流落出来的演奏筝的艺人，乞讨到了高安，他也是常守坚的弟子，所以殷氏能与他相见。殷氏对他说："崔家的小姑娘容貌和品德都无人能比。已经长大成人，你把她家状拿着，等进了府城，给这女儿找一个好人家，可以吗？"艺人答应了她的请求，到了府城，拿着家状遍访士大夫之门，都全无反响。后来艺人拜见盐铁李侍御，即李仁钧。从袖中拿出家状放到几案上。李仁钧怜悯地说："我妻子去世，已过了服丧的周年，侍候我饥饱寒暖的，只是书童和老妇而已。只增加我后半生的孤独凄凉之恨，早晚往来于心。何况崔家的孤女，实际上是我的表侄女。我把她等同于妹妹看待，她对待我就像对待哥哥一样。"这时印证了神秀的话，相信神秀的话就像符契一样准了。于是同意娶崔女为续弦，并说，我正是崔兄的女婿呀。于是李仁钧便娶了崔晤的女儿做了继室夫人。出自《异闻录》。

李行脩

故谏议大夫李行脩娶江西廉使王仲舒女。贞懿贤淑，行脩敬之如宾。王氏有幼妹，尝挈以自随。行脩亦深所鞠爱，如己之同气。元和中，有名公与淮南节度李公鄘论亲，诸族人在洛下。时行脩罢宣州从事，寓居东洛。李家吉期有日，固请行脩为傧。是夜礼竟，行脩昏然而寐。梦己之再娶，其妇即王氏之幼妹。行脩惊觉，甚恶之，遽命驾而归。入门，见王氏晨兴，拥膝而泣。行脩家有旧使苍头，性颇凶横，往往忤王氏意。其时行脩意王氏为苍头所忤，乃骂曰："还是此老奴！"欲杖之，寻究其由，家人皆曰："老奴于厨中自说，五更作梦，梦阿郎再娶王家小娘子。"行脩以符己之梦，尤恶其事，乃强喻王氏曰："此老奴梦，安足信？"无何，王氏果以疾终。

时仲舒出牧吴兴，及凶问至，王公悲恸且极。遂有书疏，意托行脩续亲。行脩伤悼未忘，固阻王公之请。有秘书卫随者，即故江陵尹伯玉之子，有知人之鉴，言事屡中。忽谓行脩曰："侍御何怀亡夫人之深乎？如侍御要见夫人，奚不问稠桑王老？"

后二三年，王公屡讽行脩，托以小女，行脩坚不纳。及行脩除东台御史，是岁，汴人李介逐其帅，诏征徐泗兵讨之。道路使者星驰，又大掠马。行脩缓辔出关，程次稠桑驿。已闻敕使数人先至，遂取稠桑店宿。至是日追曛暝，

李行脩

原谏议大夫李行脩娶了江西廉使王仲舒的女儿。王氏贞懿贤淑，李行脩敬待她有如宾客。王氏有个小妹妹，经常把她带在身边。李行脩也很宠爱她，对待她就像自己的亲妹妹一样。唐宪宗元和年间，有个官宦人家与淮南节度使李鄘商议筹备两家结亲的事情，两个家族的亲属都住在洛下。这时李行脩刚刚解除宣州从事的职务，也住在东洛。李鄘家婚期已经确定，便请李行脩为男傧。当夜婚礼举行完毕，李行脩昏沉沉地睡着了。他梦见自己又结婚了，新娶的妻子就是王氏的小妹妹。李行脩立刻惊醒，心中非常厌恶这个梦，急忙令人驾车回家。一进门，看见王氏已经起床，正抱着双膝哭泣。李行脩家有个雇佣多年的奴仆，性格非常凶横，办事常常违逆王氏的意思。这时李行脩以为王氏又是被老仆人顶撞，便骂道："又是这个老奴！"要叫人用棍子打这个老仆人，询问原因，家里的人都说："老仆人在厨房中说，他五更天做梦，梦见阿郎又娶了王家的小姑娘。"李行脩一听和自己做的梦一样，更加讨厌这件事，便努力让王氏明白："这个老奴做的梦，怎么能够相信呢？"然而过了不久，王氏果然得病死了。

当时王舒仲出任吴兴刺史，噩耗传来，他非常悲伤。于是写了信来，意思是要李行脩续亲。李行脩悲伤的心情还未平复，坚决地拒绝了王仲舒的请托。李行脩有个叫卫随的秘书，是原江陵尹卫伯玉的儿子，能品鉴人，所预言的事情多次应验。一天他忽然对李行脩说："侍御不是非常怀念死去的夫人吗？如果侍御想要见夫人，为什么不去问稠桑的王老？"

从这以后的两三年里，王仲舒多次劝说李行脩，想把小女儿托付给他，李行脩坚决不同意。等到李行脩担任东台御史，这一年，汴人李介将军帅赶走，篡夺了军权，朝廷诏令徐州、泗州诸州军队出征讨伐。道路上有很多传递军情的使者像流星一样骑马飞奔，又大量地征用马匹。李行脩骑着马缓行出了关，准备当晚赶到稠桑驿站休息。但是听说已经有一些送信的使者在他们前面赶到驿站了，便决定投宿在稠桑旅店。到这天日近黄昏，

往逆旅间，有老人自东而过。店之南北，争牵衣请驻。行脩讯其由，店人曰："王老善《录命书》，为乡里所敬。"行脩忽悟卫秘书之言，密令召之，遂说所怀之事。老人曰："十一郎欲见亡夫人，今夜可也。"乃引行脩，使去左右，屣屩，由一径入土山中。又陟一坡，近数仞，坡侧隐隐若见丛林。老人止于路隅，谓行脩曰："十一郎但于林下呼妙子，必有人应。应即答云：'传语九娘子，今夜暂将妙子同看亡妻。'"

行脩如王老教，呼于林间，果有人应，仍以老人语传入。有顷，一女子出，行年十五，便云："九娘子遣随十一郎去。"其女子言讫，便折竹一枝跨焉。行脩观之，迅疾如马。须臾，与行脩折一竹枝，亦令行脩跨。与女子并驰，依依如抵。西南行约数十里，忽到一处。城阙壮丽，前经一大宫，宫有门。仍云："但循西廊直北，从南第二院，则贤夫人所居。内有所睹，必趋而过，慎勿怪。"行脩心记之。循西廊，见朱里缇幕下灯明，其内有横眸寸余数百。行脩一如女子之言，趋至北廊。及院，果见行脩十数年前亡者一青衣出焉，迎行脩前拜，乃赍一榻云："十一郎且坐，娘子续出。"行脩比苦肺疾，王氏尝与行脩备治疾皂荚子汤。自王氏之亡也，此汤少得。至是青衣持汤，令行脩啜焉，即宛是王氏手煎之味。言未竟，夫人遽出，涕泣相见。行脩方欲申

他们前往旅店的路上,看见有一个老人从东面走过去。旅店附近有很多人走上前去扯着老人的衣服请他停下来。李行脩询问原因,旅店的伙计说:“王老精通《禄命书》,被乡里的人们所尊敬。”李行脩忽然想起卫秘书的话,私下派人将王老请来,向他诉说了自己怀念死去的夫人的心情。王老说:“李十一郎你想要见死去的夫人,今天晚上就可以。”他于是带着李行脩,屏退了左右的随从,穿上草鞋,快步从一条小路走到一座小土山里。又登上一个坡,几仞高,坡的一侧可以隐隐约约地看见一片树林。老人停在路旁,对李行脩说:“十一郎你只要去树林旁边喊妙子,一定会有人答应。有人应答你再说:‘传话给九娘子,今夜我要同妙子一同去看死去的妻子。’”

李行脩按照王老说的去树林旁呼喊,果然有人应答,他照着老人教的传话过去。一会儿,走出一个十五岁左右的女子,对李行脩道:“九娘子叫十一郎随我去。”女子说完便折了一根竹枝当马跨上。李行脩在旁边观看,见她骑着竹枝行驶得和奔马一样迅速。一会儿,她给李行脩又折了一根竹枝,也让李行脩骑上。李行脩与女子二人并驾奔驰,一起向西南方向飞行。飞了大约数十里地,忽然到了一处。城阙壮丽,进去以后前面有一座很大的宫殿,宫殿有门。叫妙子的女子对李行脩说:“你只要沿着西廊直着向北走,从南数第二个院子,就是你夫人居住的地方。不论你里面看到什么,你必须快步走过,千万不要吃惊。”李行脩将她的话记在心里。沿着西廊往前走,见旁边是红里橘红色的帐幕,下面亮着灯,里面有几百只横着一寸多长的大眼睛向外看。李行脩按照妙子的话,急步走到北廊。进到院子里,果然看见十多年前死去的一个女仆走出来,迎接李行脩,上前给李行脩行礼,递给李行脩一个坐榻说:“十一郎且坐,娘子跟着就出来。”李行脩过去患有肺病,王氏经常给他煎皂荚子汤治病。自从王氏死了以后,李行脩很少喝过这种汤。这时女仆端出一碗皂荚子汤,让李行脩喝,就像是王氏煎出来的味道。话未说完,这时夫人王氏突然走了出来,二人相见眼泪涟涟。李行脩刚要向她讲述

离恨之久，王氏固止之曰："今与君幽显异途，深不愿如此，贻某之患。苟不忘平生，但得纳小妹鞠养，即于某之道尽矣。所要相见，奉托如此。"言讫，已闻门外女子叫："李十一郎速出！"声甚切，行脩食卒而出。其女子且怒且责："措大不别头脑，宜速返。"依前跨竹枝同行。

有顷，却至旧所，老人枕块而寐。闻行脩至，遽起云："岂不如意乎？"行脩答曰："然。"老人曰："须谢九娘子，遣人相送。"行脩亦如其教。行脩困惫甚，因问老人曰："此等何哉？"老人曰："此原上有灵应九子母祠耳。"老人行，引行脩却至逆旅，壁釭荧荧，枥马啖刍如故，仆夫等昏惫熟寐。老人因辞而去。行脩心愦然一呕，所饮皂荚子汤出焉。时王公亡，移镇江西矣。从是行脩续王氏之婚，后官至谏议大夫。出《续定命录》。

灌园婴女

顷有一秀才，年及弱冠，切于婚娶。经数十处，托媒氏求间，竟未谐偶。乃诣善《易》者以决之，卜人曰："伉俪之道，亦系宿缘。君之室，始生二岁矣。"又问："当在何州县？是何姓氏？"卜人曰："在滑州郭之南，其姓某氏。父母见灌园为业，只生一女，当为君嘉偶。"其秀才自以门第才望，方求华族，闻卜人之言，怀抱郁快，然未甚信也。

遂诣滑质其事，至则于滑郭之南寻访，果有一蔬圃。

长久的离别之后的悲伤怀念心情，王氏坚决地阻止他说：“如今我和你分别在阴间和阳世，走的不再是一条路，我内心深处很不希望你总是这样，让我担心。如果忘不了我平生之好，就请你娶了小妹照顾她一生，就算对我尽了心了。所以要和你见面，就是为了托付这件事。”刚说完，就听到门外妙子喊：“李十一郎快出来！”声调显得非常急切，李行脩喝完皂荚子汤走出去。妙子生气地责备他说：“你个穷酸，这么不懂道理，应该赶快回去了。”李行脩又和来的时候一样，跨着竹枝一同往回走。

不一会儿，又返回到原来的地方，王老正枕着土块睡觉。听到李行脩回来了，立刻起来说：“难道没见到吗？”李行脩回答说：“见到了。”王老说：“你应该谢谢九娘子，是她让妙子将你送回来。”李行脩也按照他的话做了。李行脩感到非常疲劳困倦，于是问王老说：“这是什么地方？”王老说：“这里有个灵应九子母庙。”王老走在前面，领着李行脩回到旅店，见墙上挂的油灯还亮着，马槽里的马匹还依旧吃着草，仆人役夫等都在熟睡，王老告辞走了。李行脩神志混乱，往上一呕，所喝的皂荚子汤都吐了出来。这时候王仲舒已经死了，家也搬到了江西。李行脩娶了王氏的小妹作为继室夫人，后来他做官一直到谏议大夫。出自《续定命录》。

灌园婴女

近来有一个秀才，年龄长到二十岁的时候，急着要婚配。托媒人找了几十个对象，竟没有匹配的。于是他就去找精通《易经》的来算一下，算命的说：“寻找配偶，也必须是命中有这个缘分。你的妻子才两岁。”秀才又问：“她在什么地方？姓什么？”算命的说：“在滑州城南，某姓某氏。父母是种菜的，只生了这一个女儿，应当是你的佳偶。”秀才认为自己的门第和才学都不低，正要找一个大户人家的姑娘，听了算命的话，心里很不高兴，并且不太相信。

他便前往滑州打听，在城南一带寻访，果然找到一个菜园。

问老圃姓氏，与卜人同。又问有息否，则曰："生一女，始二岁矣。"秀才愈不乐。一日，伺其女婴父母出外，遂就其家，诱引女婴使前，即以细针内于囟中而去。寻离滑台，谓其女婴之死矣。是时，女婴虽遇其酷，竟至无恙。生五六岁，父母俱丧。本乡县以孤女无主，申报廉使，廉使即养育之。一二年间，廉使怜其黠慧，育为己女，恩爱备至。

廉使移镇他州，女亦成长。其间卜秀才，已登科第，兼历簿官。与廉使素不相接，因行李经由，投刺谒廉使。一见慕其风采，甚加礼遇。问及婚娶，答以未婚。廉使知其衣冠子弟，且慕其为人，乃以幼女妻之。潜令道达其意，秀才欣然许之。未几成婚，廉使资送甚厚，其女亦有殊色，秀才深过所望，且忆卜者之言，颇有责其谬妄耳。其后每因天气阴晦，其妻辄患头痛，数年不止。为访名医，医者曰："病在顶脑间。"即以药封脑上，有顷，内溃出一针，其疾遂愈。因潜访廉使之亲旧，问女子之所出，方知圃者之女，信卜人之不谬也。襄州从事陆宪尝话此事。出《玉堂闲话》。

朱显

射洪簿朱显，顷欲婚郫县令杜集女。甄定后，值前蜀选入宫中。后咸康归命，显作掾彭州，散求婚媾，得王氏之孙，亦宫中旧人。朱因与话："昔欲婚杜氏，尝记得有通婚回书云：'但惭南阮之贫，曷称东床之美？'"王氏孙乃长叹

问种菜人的姓氏，和算命的说的一样。又问有没有孩子，回答说："有一个女儿，刚刚两岁。"秀才更加不高兴。一天，他趁女孩的父母外出的机会，进入女孩的家里，将女孩引诱到跟前，就将一根细针插入女孩的脑袋里，然后逃跑了。很快离开滑台，以为女孩一定死了。当时女孩虽然遭到他残酷的迫害，竟然没有死。长到五六岁，父母都死去了。当地的官员将她作为孤女无主申报给廉使，廉使便收养了她。一二年以后，廉使喜爱她聪明懂事，就把她当作自己的亲女儿来抚育，对她恩爱备至。

等到廉使调到别的州里，女孩也已经长大。这时当年算命的秀才也参加科举考试被录取，当了一个管理文书的小官。和廉使向来没有接触，一次因出外旅行经过，秀才递上名片拜见廉使。廉使一见他，很欣赏秀才的风度气质，更加礼遇。询问他的婚娶状况，他回答说还没有婚娶。廉使了解到他出身士族，又很欣赏他的为人，便有意把女儿许配给他。暗中派人去讲明想法，秀才高兴地答应了。不久，他们就成了婚，廉使送的嫁妆很丰厚，他的女儿长得也很好看，这些都远远超过了秀才所希望的，这秀才想起了算命的说过的话，颇责备他胡说八道。结婚以后一到阴晦的天气，妻子就头疼发作，好几年也没治好。秀才为她找来一位名医，医生说："病在脑袋里。"然后拿药敷在秀才妻子的脑袋上，过了一会儿，从脑袋里取出一根针来，于是病就好了。秀才暗中查访廉使的亲朋旧友，问廉使女儿的来历，这才知道正是种菜人的女儿，相信了算命人所说过的话是不错的。襄州从事陆宪曾讲过这件事。出自《玉堂闲话》。

朱显

射洪县的主簿朱显曾想娶郫县令杜集的女儿。定亲以后，杜氏被前蜀国选入宫中。后来王衍归顺了朝廷，这时朱显任彭州掾，求大家帮忙婚配，娶了王氏的孙女，也是宫中旧人。朱显对她说："我当初想娶杜氏，还记得在婚书上写了：'只惭愧南阮之贫，怎么担得起东床快婿的美称呢？'"王氏的孙女长长地叹了口气

曰："某即杜氏，王氏冒称。自宫中出后，无所托，遂得王氏收某。"朱显悲喜，夫妻情义转重也。出《玉溪编事》。

侯继图

侯继图尚书本儒素之家，手不释卷，口不停吟。秋风四起，方倚槛于大慈寺楼，忽有木叶飘然而坠，上有诗曰："拭翠敛双蛾，为郁心中事。搦管下庭除，书成相思字。此字不书石，此字不书纸。书向秋叶上，愿逐秋风起。天下负心人，尽解相思死。"后贮巾箧，凡五六年。旋与任氏为婚，尝念此诗，任氏曰："此是书叶诗。时在左绵书，争得至此？"侯以今书辨验，与叶上无异也。出《玉溪编事》。

说:“我就是杜氏,王氏是我假冒的。我从宫中出来后,无处托身,于是得王氏收留。”朱显悲喜交加,夫妻感情变得更加深厚。出自《玉溪编事》。

侯继图

尚书侯继图出身于书香门第,整天手不离书卷,口中不停地吟诵。秋风四起,他正倚着大慈寺楼上的栏杆,忽然有一片树叶飘落下来,上面题着一首诗:“拭翠敛双蛾,为郁心中事。搦管下庭除,书成相思字。此字不书石,此字不书纸。书向秋叶上,愿逐秋风起。天下负心人,尽解相思死。”侯继图将这片树叶收藏在书箱里,收藏了总共五六年。不久,他和任氏成婚。一天他吟咏这首诗,任氏说:“这是书叶诗。当初在左绵写的,怎么到了你这里?”侯继图让妻子当场默写辨验,结果和他保存的树叶上的诗句完全一样。出自《玉溪编事》。

卷第一百六十一

感应一

张　宽

张宽字叔文,汉时为侍中,从祀于甘泉。至渭桥,有女子浴于渭水,乳长七尺。上怪其异,遣问之。女曰:“帝后第七车,知我所来。”时宽在第七车,对曰:“天星主祭祀者,斋戒不严,即女人星见。”出《汉武故事》。

汉武帝

汉武帝尝微行造主人家,家有婢国色,帝悦之,仍留宿。夜与主婢卧。有一书生,亦寄宿,善天文,忽见客星将掩帝座,甚逼。书生大惊惧,连呼咄咄,不觉声高。仍又见

张　宽

张宽，字叔文，汉武帝时为侍中，一次跟随皇帝去甘泉山祭祀。车队行驶到渭河桥上，看见有个女子在渭水里沐浴，两只乳房竟有七尺长。皇帝觉得她太奇怪了，派人去询问那个女子。女子说："皇帝后面的第七辆车，知道我从哪里来。"当时张宽坐在第七辆车上，他说："天上主持祭祀的星宿，吃斋的戒律遵守不严格，就会出现女人星。"出自《汉武故事》。

汉武帝

汉武帝曾微服来到一户人家，这家有个婢女长得国色天香，汉武帝很喜欢她，便住下来。晚上和这个婢女一起睡觉。有个书生也寄宿在这户人家，他会看星相，忽然发现客星将要遮盖帝星，越逼越近。书生心中非常害怕，大声惊呼，不由得抬高声音。又出现

一男子，操刀将入户。闻书生声急，谓为己故，遂缩走。客星应时而退。如此者数过，帝闻其声，异而问之，书生具说所见。帝乃悟曰："必此人婿也，将欲肆凶恶于朕。"仍召集期门羽林，语主人曰："朕，天子也。"于是擒奴，问而款服，乃诛之。帝叹曰："斯盖天启书生之心，以扶祐朕躬！"乃厚赐书生焉。原缺出处，陈校本作出《幽明录》。

醴　泉

太山之东有醴泉，其形如井，本体是石也。欲取饮者，皆洗心跪而挹之，则泉出如流，多少足用。若或污慢，则泉缩焉。盖神明之常志者也！出《法苑珠林》。

淮南子

《淮南子》曰："东风至而酒泛溢。"许慎云："东风，震方也。酒泛，清酒也，木味酸，相感故也。"高诱云："酒泛为米面曲之泛者，风至而沸动。"李淳风又按："今酒初熟，瓮上澄清时，恒随日转。在旦则清者在东畔，午时在南，日落在西，夜半在子。恒清者随日所在。又春夏间，于地荫下停春酒者，瓮上蚁泛，皆逐风而移。虽居深密，非风所至，而感召动也。"出《感应经》。

一个男子，手中拿着一把刀子正要进屋行凶。听到书生叫喊，声音急迫，以为发现了自己的缘故，便退了回去。天上的客星也相应地离开帝星。就这样反复了好几次，汉武帝也听到了书生的喊叫声，觉得奇怪，询问发生了什么事，书生详细地说了所看到的。汉武帝才明白："这必然是婢女的丈夫，想要对我行凶。"便召集期门羽林，对这家的主人说："我是天子。"于是将那个男子抓来，一审讯全都招认了，于是将这个男子杀了。汉武帝感叹说："这大概是上天启发了书生的心，以扶助和保佑我啊！"于是重重地赏赐了书生。原缺出处，陈校本作出自《幽明录》。

醴泉

太行山的东部有眼甘泉，形状像一口井，井体是石头的。想要喝水的人，都必须去掉邪恶之心，跪着舀水，则泉水像溪流一样涌出，喝多少就有多少。但是如果心存邪念，态度傲慢，则泉水便缩回去，不再涌出。这大概是体现了神灵的意志！出自《法苑珠林》。

淮南子

《淮南子》记载说："春风吹来酒就会漫溢。"许慎说："春风从东方吹来。酒沸动就会变清，味道就会变酸，这是相互感应的结果。"高诱说："酒的沸动和米面曲子的发酵，都是因为春风吹来而发生的变化。"李淳风又注解说："酒刚刚酿造出来，放入酒瓮里澄清时，酒的清浊常随着太阳而变化。早晨时，靠近东方的酒比较清澈；中午时，南侧的酒比较清澈；日落的时候，西侧的酒比较清澈；半夜时，中间的酒比较清澈。清澈的部位总是靠着太阳的位置。还有在春夏之交，在庇荫处放置新酿造出来的酒时，酒瓮里酒液漂浮的杂质总是随着风向而移动。即使酒在瓮内很深的地方，不是风吹动了酒滓，而是感应才发生的变化。"出自《感应经》。

扬雄

扬雄读书，有人语云："无为自苦，玄故难传。"忽然不见。雄著《玄》，梦吐白凤皇集上，顷之而灭。出《西京杂记》。

刘向

汉刘向，于成、哀之际，校书于天禄阁，专精覃思。夜有老人，着黄衣，藜杖扣阁而进。见向暗中独坐诵书，老人乃吹杖端，烂然火明，因以照向。说开辟已前事，乃授《洪范》五行之文。向裂衣及绅，以记其言。至曙而去，请问姓名，云："我是太乙之精，闻金卯之姓，有博学者，下而观之焉。"乃出怀中竹榜，有天文地图之事。子歆，从向授此术。出《王子年拾遗记》。

袁安

袁安为阴平长，有惠化。县先有雹渊，冬夏未尝消释。岁中辄出，飞布十数里，大为民害。安乃推诚洁斋，引愆贬己。至诚感神，雹遂为之沉沦，伏而不起，乃无苦雨凄风焉。出《小说》。

扬　雄

扬雄读书，听到有个人在旁边说："不要自讨苦吃了，深奥的道理难以传承的。"忽然就不见了。扬雄撰写《太玄》，做梦梦见自己的嘴里吐出一只白凤凰到书上，顷刻之间就不见了。出自《西京杂记》。

刘　向

汉朝的刘向，在成帝、哀帝时期，校点书籍于天禄阁，精神专一思考深入。夜晚有个老人，身穿黄色的长袍，拄着用藜草的老茎制成的手杖敲门走进天禄阁。看见刘向正独自在昏暗的灯光下读书，老人向手杖的顶端吹了一口气，手杖的顶端立刻放射出光芒，照向刘向。老人同刘向谈论天地开辟前的情景，并传授他《尚书·洪范篇》中可阐述的天地感应以及五行相互影响的思想。刘向撕下袍子上的布，并取下腰带，记录老人讲授的内容。天边露出曙光的时候，老人要走，刘向问老人的姓名，老人回答说："我是天上的太乙精，听说人间刘姓里面，出了一个博学广识的人，所以到下界来看看。"说着又从怀里拿出竹简，上面记载着有关天文地理方面的内容。刘向的儿子刘歆又跟着他传授了这些知识。出自《王子年拾遗记》。

袁　安

袁安为阴平县令，有很多惠民的政绩和教化。阴平县原先有一个表面结冰的深潭，无论是冬天还是夏天都不曾融化。每年的六七月份潭里的冰块外溢，覆盖方圆十多里，成为当地百姓的一大灾害。袁安于是虔诚地沐浴吃斋，祭祀神灵，将出现灾害归罪自己。他的至诚感动了神灵，深潭里的冰块竟沉到水底，不再浮起，并且再也没有发生暴雨狂风等灾害。出自《小说》。

樊英

汉樊英善图纬，洞达幽微。永泰中，见天子，因西向南唾。诏问其故，对曰："成都今日火。"后蜀郡上言火灾，如英所道，云："时有雨从东北来，故火不为大害。"英尝忽被发拔刀，斫击舍中，妻怪问其故，英曰："郗生遇贼。"郗生者名巡，是英弟子，时远行。后还说，于道中逢贼，赖一被发老人来相救，故得免。永建时，殿上钟自鸣，帝忧之，公卿莫能解，乃问英，英曰："蜀岷山崩，母崩子故鸣，非圣朝灾也。"寻上蜀山崩事。出《英列传》。

五石精

《论衡》曰："阳燧取火，方诸取水，二物皆当以形势得。阳燧若偃月，方诸若圬杯。若二器如板状，安能得水火也？铸阳燧，用五月丙午日午时，炼五色石为之，形如圆镜，向日即得火。方诸，以十一月壬子夜半时，炼五色石为之，状如圬杯，向月即得津水。今取大蚌蛤向月，亦有津润。"《淮南子》云："阳燧见日，熯而为火；方诸见月，津而为水。"注云："皆五石之精。阳燧圆以仰日，得火；方诸圬而向月，得水。"又云："阳燧之取火于日，方诸之取露于月，天地之间，玄微忽恍，巧历所不能推其数。然以掌握之中，引类于

樊 英

汉朝的樊英懂得图谶和纬书，洞达幽微。汉安帝永泰（宁）年间，樊英朝见皇帝，站在西边朝南吐了一口唾沫。皇帝问他为什么，他回答说："成都今天有火灾。"事后果然接到了蜀郡上报火灾的公文，情况如同樊英所说："当时有雨从东北方向来，所以火灾没有造成大的损失。"樊英有一次突然披发拔刀向屋里砍了一刀，妻子奇怪地询问他是什么原因，樊英说："郗生遇到贼了。"郗生的名字叫郗巡，是樊英的学生，当时正远行在外。郗巡回来后说，他在路上碰到了强盗，依靠一披发老人来相救，所以得以幸免。汉顺帝永建时期，皇宫大殿上的铜钟没有人去敲自己就响了起来，皇帝心中很忧虑，大臣们都无法解释，便去问樊英，樊英说："蜀郡的岷山发生山崩，母亲崩塌，儿子便鸣叫起来，并不是圣朝要发生灾祸。"过了不久，四川上奏岷山山崩的事。出自《英列传》。

五石精

《论衡》上记载："用阳燧取火，用方诸取水，是因为两种器物都靠它们有特殊的形状，并在特殊的条件下才能够取到火水。阳燧像个横卧的半弦月，方诸像个泥抹子形杯子。如果这两种器物的形状像块木板，又怎么能够取到水和火呢？制造阳燧，要在五月丙午日中午十一点到下午一点之间，冶炼五色石来铸造，制成的阳燧形状像一面圆圆的镜子，把它朝向太阳，就可以取得火。制造方诸，要在十一月壬子日半夜时分，冶炼五色石来铸造，制造出来的方诸形状像个泥抹子形的杯子，把它朝向月亮，就可以承接到露水。如果用大蚌壳朝向月亮，也可以取到露水。"《淮南子》记载："阳燧朝向太阳，干燥形成火；方诸朝向月亮，润泽形成水。"注释说："这都是五色石精的精灵所发挥的作用。阳燧圆形的凸面朝向太阳，可以取得火种；方诸以泥抹子的形状朝向月亮，所以承接到露水。"又说："阳燧能够从太阳采集火种，方诸能够从月亮取得露水，天地之间的关系，非常玄妙恍惚，高深的历法也无法推算出来其中的历数。然而掌握了其中的东西，就可以连引同类于

太极之上，而水火可立致者，阴阳相感动然之也。”出《感应经》。

律　吕

《物理论》云：“十二律吕候气。先于平地为室三重，重有三重壁，扬子所谓‘九闭之巾’也。外室南户，以布为幔；次室北户；内室南户，并以布为幔。皆上圆下方，闭密无风。人居其中，三日观之。十二律各以木为桉，每律各内庳外高。以律加其上，依位安置之，以河内葭莩灰实其端，若气至，吹灰去管首，小动为和，大动为臣强。”李淳风云：“自古言乐声律吕者，皆本于十二管，以气应灰飞为验。”后魏末，孙僧化造《六甲一周历》，其序云：“以管律候某月某时律气应，推校前后五六事。”皆不与算历家术数相符。此外诸书，无言候气得应验者。以理推寻，恐无实录。后魏信都芳，自云：“造风扇候二十四气，每一气至，其扇辄举。斯又验矣。”出《感应经》。

陈　业

陈业字文理。业兄渡海倾命，时同依止者五六十人，骨肉消烂，而不可辨别。业仰皇天誓后土曰：“闻亲戚者，必有异焉。”因割臂流血，以洒骨上。应时歃血，余皆流去。出《会稽先贤传》。

太极之上，然而就能够立刻取到水和火了，还是阴阳之间的相互感应的结果。”出自《感应经》。

律　吕

《物理论》上载：“以十二律吕来观察节气。先在平地上建造三层房子，而每一层又有三层墙壁，正如扬子所说的‘封闭覆盖一共九层帷幕’。外面一层房屋的门朝南开，并用布做的帐幔挡上；中间一层房屋的门朝北开；内室的门朝南开，并且都用布做的帐幔挡上。三层房屋都是上圆下方的形状，封挡得密不透风。人居其中，观察三天。十二律管各以木为案，每个律管都是内部低沉，外部高亢。如果将这十二支律管按照十二个声调的顺序排列起来，用河里的芦苇里面的薄膜烧成的灰塞实管的一端，如果气到了，则相对应声调的管的顶端的灰就会被‘吹’掉，动的轻微叫做‘和气’，动的大叫做‘臣强’。”李淳风说：“自古以来谈乐声律吕，都本于十二种音调的管，以气‘吹’掉管上的灰作为音调准确与否的检验依据。”后来北魏末年，孙僧化将音律和历法相附会，撰写了《六甲周天历》，他在序言里说：“以管的音调和某月某时的节气相对应，可以推算和校验前后五六事。”但是实际上总是和算历家术数不一致。此外其他各书没有提到音调和气候相对应的。按照道理推断，恐怕没有实际测验的记录。北魏信都芳自己说：“造一种比较灵敏的代表二十四节气的风扇，每一个节气到了，相对应的风扇就会自动地抬起来。这又验证了它们之间的相互感应。”出自《感应经》。

陈　业

陈业，字文理。他的哥哥渡海时死了，同时死亡的有五六十人，尸体腐烂，无法辨认。陈业对着皇天后土发誓说：“我听说亲戚之间，必然有与别人不同的某种联系。”然后割破胳膊，将流出的血洒在尸骨上。他哥哥的骨头染上并吸入他的血，其他人骨头上的血都流下去了。出自《会稽先贤传》。

陈寔

颍川陈寔有子元方，次曰仲方，并以名德称。兄弟孝养，闺门雍睦，海内慕其风。四府并命，无所屈就。兄弟尝过同郡荀爽，夜会饮宴，太史奏："德星聚。"出《汝南先贤传》。

三州人

晋三州人，约为父子。父令二人作舍于大泽中，欲成，父曰："不如河边。"乃徙焉，又几成，父曰："不如河中。"二人乃负土填河，三旬不立。有书生过，为缚两土豚投河中。父乃止二人曰："何尝见江河填耶？吾观汝行耳！"明回至河边，河中土为高丈余，袤广十余里，因居其上。出《孝子传》。

魏任城王

魏任城王章薨，如汉东平王礼葬。及丧出，闻空中数百人泣声。送者言："昔乱军杀伤者皆无棺椁，王之仁惠，收其朽骨，死者欢于地下。精灵以之怀感焉。"出《王子年拾遗记》。

吕虔

魏长沙郡久雨，太守吕虔令户曹掾斋戒，在社三日三夜，祈晴。梦见白头翁曰："汝来迟，明日当霁。"果然。出《长沙传》。

陈　寔

颍川陈寔的大儿子叫元方，二儿子叫仲方，哥俩都以品德高尚而为人称道。兄弟二人孝顺，家庭和睦，天下的人都倾慕他们的风格和品德。大将军府、太尉府、司徒府、司空府四个官府都要选拔任用他们，二人都不肯屈就。二人曾去拜访同郡的学者荀爽，夜晚三人在一起喝酒，太史向皇帝报告说："天上的德星聚到一块了。"出自《汝南先贤传》。

三州人

晋朝时三个州人，相约为父子。父亲叫两个儿子在大泽里修建房屋，快要完工了，父亲说："不如在河边建好。"于是两个儿子又移到河边修建房屋，又要完工了，父亲说："不如在河里建好。"两个儿子又运土填河，三十多天也没有填完。有个书生路过这里，为他们捆了两个土猪扔进河里。父亲制止两个儿子说："什么时候见过将江河填平的？我只是为了观察你们的品行罢了！"第二天他们来到河边，发现河里的土已经高出河面一丈多，方圆有十多里地，于是他们就将房子盖在了上面。出自《孝子传》。

魏任城王

魏任城王曹章死了，比照汉朝东平王的规格办理丧事。出殡这一天，听到空中有数百人哭泣的声音。送葬的人说："当年被乱军杀死的人都没有棺木收殓，任城王仁义善良，收集埋葬了这些死者的骸骨，使死者的灵魂在地下欣慰。这哭声，就是那些死者的灵魂出于感激和怀念的心情在为他送葬。"出自《王子年拾遗记》。

吕　虔

魏国的长沙郡连日下雨，太守吕虔令掌管民户、祀祠、农桑的官署户曹掾吃斋，遵守戒律，祭祀神灵三天三夜，祈祷晴天。当天晚上吕虔梦见一个白头发的老翁对他说："你来晚了，明天可以晴天。"果然第二天雨过天晴。出自《长沙传》。

管　宁

管宁死辽东三十七年，归柩而阻海风，同行数十船俱没，惟宁船望见火光，投之得岛屿。及上岸，无火亦无人。玄晏先生以为积善之感。出《独异志》。

河间男子

晋武帝世，河间郡有男女相悦，许相配适。既而男从军积年，父母以女别适人，无几而忧死。男还悲痛，乃至冢所，始欲哭之，不胜其情，遂发冢开棺，即时苏活。因负还家，将养数日平复。其夫乃往求之，其人不还，曰："卿妇已死。天下岂闻死人可复活耶！此天赐我，非卿妇也。"于是相讼，郡县不能决，谳于廷尉。廷尉奏以精诚之至，感于天地，故死而更生，在常理之外，非理之所处，刑之所裁。断以还开冢者。出《法苑珠林》。

宜阳女子

晋永嘉之乱，郡县无定主，强弱相暴。宜阳县有女子，姓彭名娥。父母昆弟十余口，为长沙贼所杀。时娥负器出汲于溪间，贼至走还，正见墙壁已破，不胜其哀，与贼相格。贼缚娥，驱出溪边，将杀之。溪际有大山，石壁高数十丈。仰呼曰："皇天宁有神否？我为何罪，而当如此！"因奔走向

管　宁

管宁死在辽东已经三十七年了，装运他棺材的船在海上遇到风暴，同行的几十条船全都沉没了，只有装着管宁尸骨的船看见前面有火光，朝着火光驶去停靠到一个小岛上。等到船上的人上了岸，发现岛上既没有火也没有人。玄晏先生认为，这是管宁生前行善所得到的回报。出自《独异志》。

河间男子

晋武帝的时候，河间郡有一对男女相爱，并且以嫁娶相许。不久男子当兵走了好几年，女子的父母把她嫁给了别人，没多久她忧郁过度死了。男子当兵回来非常悲痛，来到女子的坟前，开始想要大哭一场，但是由于悲愤难忍，便将坟挖开，将棺材打开了，女子竟当即复活过来。男子就将她背回家里，调养几天以后恢复了体力。女子的丈夫知道以后赶去，要把媳妇要回，男子不给，并且对他说："你的媳妇已经死了。天下哪有听过死人还能复活的！这个媳妇是天赐给我的，不是你原来的媳妇。"二人争执不下去打官司，县官和郡守都无法判决，便将案宗上报给廷尉审理。廷尉上奏说，这都是男子的精诚所至，感动了天地，所以才使女子死而复生，这件事在常理之外，所以也不能用常理来进行推断和量刑。于是将这个死而复活的女子判给了挖开坟墓的男子。出自《法苑珠林》。

宜阳女子

晋怀帝永嘉之乱时，郡县没有固定的官员进行管理，盗贼四起，恃强凌弱。宜阳县有个少女，姓彭名娥。家里的父母兄弟姐妹十多口，都被长沙的强盗给杀了。当时彭娥正背着取水器到溪边取水，强盗来了，她赶紧跑回到家，见房屋被强盗已毁，悲伤无法忍受，便与强盗搏斗起来。彭娥被强盗抓住了，将她带到溪边，准备杀害她。溪边有大山，山崖的石壁有数十丈高。彭娥抬头喊道："皇天有没有感应呀！我有什么罪，却要被杀害！"喊完就奔向

山，山立开广数丈，平路如砥，群贼亦逐娥入山，山遂崩合，泯然如初。贼皆压死，娥遂隐不复出。娥所舍汲器，化为石，形似鸡，土人因号曰石鸡山、女娥潭。出《幽冥录》。

张应

晋历阳郡张应，先奉魔，娶佛家女为妇。咸和八年，移居芜湖。妻病，因为魔事，家财略尽，而病不瘥。妻曰："我本佛家女，为我作佛事。"应即往精舍中，见竺昙镜。镜曰："普济众生，但君当一心受持耳。昙镜期明，当向其家。"应夕梦一人，长五六尺，趋步入门曰："此家寂寂，乃尔不净。"见镜随此人后，白曰："此家始欲发意，未可责之。"应眠觉，便把火作高座及鬼子母座。镜食时往，高座之属，具足已成。应具向说梦，遂夫妻受五戒，病亦得瘥。出《辩正论》。

南郡掾

晋南郡议曹掾姓欧，得病经年，骨消肉尽，巫医备至，无复方计。其子夜如得睡眠，梦见数沙门来视其父。明旦，便往诣佛图。见诸沙门，问："佛为何神？"沙门为说事状。便将诸道人归，请读经。再宿，病人自觉病如轻。

石壁，山崖立刻裂开几丈宽，出现了一条平坦如磨刀石的路，强盗们也追赶彭娥跑进了山中，山崖突然合拢，变得跟当初一样。强盗们都被挤压死了，彭娥也隐没在山崖里再也没有出来。彭娥丢下的取水器变成了石头，形状像是一只鸡，当地人便将这座山叫做“石鸡山”，将这条溪流的水潭叫做“女娥潭”。出自《幽冥录》。

张应

晋朝历阳郡的张应，一开始信奉魔教，娶的媳妇却是信奉佛教人家的女儿。晋成帝咸和八年，他搬到芜湖居住。妻子生病，于是为妻子请求魔神消灾治病，家里的钱财几乎花光了，可是妻子的病仍然不见好转。妻子说：“我本是信奉佛教人家的女儿，为我求神治病，应该做佛事。”张应立即前往佛寺，见到了竺昙镜和尚。竺昙镜对他说：“佛教拯救一切生灵，但是你必须一心一意地受持佛法。我跟你约定明天当到你家去。”张应回到家里，当天晚上梦见一个人，身高有五六尺，快步走进门来对他说：“这户人家冷落寂寞，就是因为你的心灵不干净。”看见竺昙镜跟在这个人的身后，于是又说：“这户人家就要走上正路并恢复兴旺，不应该再受到责备了。”张应睡醒了以后，便点燃火把连夜赶制高座及鬼子母座。竺昙镜在吃早饭时来了，高座一类已经做成。张应将所做的梦说了出来，于是夫妻二人开始受持佛教的五种戒律，诚心拜佛，妻子的病也就好了。出自《辩正论》。

南郡掾

晋朝南郡的议曹掾姓欧，得病一年了，被疾病折磨得骨瘦肉尽，医士、神巫都请了个遍，再也想不出别的办法了。他的儿子夜如睡觉，梦见许多和尚来看望他。第二天早上，他儿子便前往寺庙。见到和尚，问和尚说：“佛是什么神？”和尚便把佛教的简单知识讲给他儿子听，他儿子便将几个和尚们请回家中，让他们为他诵经消灾。又过了一个晚上，他自己就感觉病症好像减轻了。

昼得小眠，如举头，见门中有数十小儿，皆五彩衣，手中有持幡杖者，持刀矛者，于门走入。有两小儿在前，径至帘前。忽便还走，语后众小人云："住居中总是道人，遂不复来前。"自此后病渐渐得差。出《灵鬼志》。

蒲坂精舍

宋元嘉八年，河东蒲坂城大失火，不可救。惟精舍大小俨然，及白衣家经像，皆不损坠。百姓惊异，倍共发心。出《辩正论》。

吴兴经堂

宋元嘉中，吴兴郡内尝失火，烧数百家荡尽。惟有经堂草舍，俨然不烧。时以为神。出《宣验记》。

南徐士人

宋少帝时，南徐有一士子，从华山往云阳。见客舍中有一女子，年可十八九。悦之无因，遂成心疾。母问其故，具以启母。母往至华山云阳，寻见女子，具说之。女闻感之，因脱蔽膝，令母密藏于席下，卧之当愈。数日果瘥。忽举席，见蔽膝，持而泣之，气欲绝，谓母曰："葬时从华山过。"母从其意。比至女门，牛打不行。且待须臾，女妆点沐浴竟而出，歌曰："华山畿，君既为侬死，独活为谁施？

第二天白天睡了一会儿，夜如一抬头，看见门外有几十个小孩，全都穿着五彩衣，手中有的拿着幡，有的拿着杖，有的拿着刀，有的拿着矛，从大门进来。有两个小孩走在前面，直接走到门帘前面。忽然又往回走，并对后面的小孩们说：“住的都是和尚，就不要再来了。”从这以后议曹掾的病逐渐好了。出自《灵鬼志》。

蒲坂精舍

南朝宋文帝元嘉八年，河东郡蒲坂城发生特大火灾，无法扑灭。只有大小寺庙完好无损，和俗家的佛像都没有烧毁。老百姓都非常惊奇，更加从心里信奉佛教。出自《辩正论》。

吴兴经堂

宋文帝元嘉年间，吴兴郡曾发生火灾，将几百户的房屋烧成平地，只有寺庙的经堂草房，完好无损，没有烧毁。当时的人们都认为是有神灵保佑。出自《宣验记》。

南徐士人

南朝宋少帝时期，南徐有一个青年男子，从华山去云阳。在旅店中看到一个女子，年龄大约十八九岁。男子对这女子非常爱慕但没有办法相互交往，于是得了心病。他母亲问他，他将生病的原因告诉了母亲。他母亲前往华山云阳找到了那个女子，将男子的相思和病情告诉了女子。女子听了很受感动，就将自己的蔽膝解下来交给男子的母亲，叫她偷偷地放在男子睡觉的席子底下，可以医治男子的病。男子的母亲回家后按照女子所说的做了，过了一些日子，男子的病果然好了。一次男子偶然掀开席子，看到了女子的蔽膝，捧在手里哭泣，哭得就要昏死过去，他对母亲说：“葬我的时候，要从华山经过。”他死后，他的母亲按照他的意愿办理丧事。等走到女子的门前，拉车的牛怎么打也不往前走了。等了一会儿，女子沐浴梳妆完毕走了出来，哀婉地唱道：“华山连绵千里，你既然为我而死，我还活着是为了谁呢？

君若见怜时,棺木为侬开。"言讫,棺木开,女遂透棺中。因合葬,呼曰神士冢。出《系蒙》。

徐祖

嘉兴徐祖,幼孤,叔隗养之如所生。隗病,祖营侍甚勤。是夜,梦一神人告云:"汝叔应合死也。"祖扣头祈请哀悯,二神人云:"念汝如此,为汝活。"祖觉,叔乃瘥。出《搜神记》。

刘京

临江郡民刘京,孝行乡里推敬。时江水暴溢,居者皆漂溺。京负其母号泣,忽有大龟至其前,举家七口,俱上龟背,然行十许里,及一高岸,龟遂失之。出《九江记》。

何敬叔

何敬叔少奉佛法。作一檀像,未有木。先梦一沙门,衲衣杖锡来云:"县后何家桐甚惜,苦求庶可得。"如梦求之,果获。出《梦隽》。

萧子懋

齐晋安王萧子懋,字云昌,武帝之子也。始年七岁,阮淑媛尝病危笃,请僧行道。有献莲华供佛者,众僧以铜罂盛水浸之,如此三日而花不萎。子懋流涕礼佛,誓曰:

如果你真的怜爱我，请为我打开棺材。”唱完，棺材果然开了，女子就跳进了棺材。于是便将两个人合葬在一起，人们称之“神士冢”。出自《系蒙》。

徐祖

嘉兴的徐祖，幼年丧父，叔叔徐隗抚养他就像自己的亲生儿子一样。一天徐隗病了，徐祖非常殷勤周到地侍候叔叔。当天晚上，他梦见个神人对他说：“你叔叔当死。”徐祖叩头祈求不让叔叔死，甚是哀怜，二神人说：“看你如此孝顺，让他继续为你活着吧。”徐祖睡醒了，叔叔的病就好了。出自《搜神记》。

刘京

临江郡的百姓刘京，孝顺老人被乡里的乡亲们所称赞。一次江水暴涨，不少居民都淹死在水里。刘京背着母亲大哭起来，忽然有一只巨大的乌龟来到面前，他们全家七口人都爬到乌龟的背上，这样游了十多里地，到了一个高地上，乌龟就消失了。出自《九江记》。

何敬叔

何敬叔年少时信奉佛教。想要刻一尊檀木佛像，但是没有木头。他睡觉梦见一个和尚，披着袈裟，拄着锡杖来了，对他说：“县衙后面的老何家有桐木但非常珍惜，你如果苦苦去哀求或许能够要到手。”何敬叔按照梦中和尚的指点去求，果然要到了桐木。出自《梦隽》。

萧子懋

南齐的晋安王萧子懋，字云昌，是齐武帝的儿子。刚刚七岁时，阮淑媛曾病得非常重，请来和尚诵经。有人献来莲花供佛，众和尚用一种小口大肚子的铜缶装上水，然后将莲花插在铜缶里，这样三天以后花仍不枯萎。萧子懋哭着礼敬佛像，发誓说：

“若使阿姨因此胜缘，遂获冥祐，愿华竟斋如故。”七日斋毕，色更鲜红。看视罂中，稍有根须。淑媛病寻瘥，当世称其孝感。出《法苑珠林》。

萧叡明

齐松滋令兰陵萧叡明，母患积年，叡明昼夜祈祷。时寒冻，叡明下泪，凝结如箸，额上扣血，成水不溜。忽有一人，以石函授之曰：“此能治太夫人病。”叡明跪而受之，忽然不见。以函奉母，中惟三寸绢，丹书为“日月”字，母病即愈。出《谈薮》。

解叔谦

齐雁门解叔谦，征为朝请，不赴。母疾，叔谦夜于庭中，稽颡祈福。闻空中云：“得丁公藤为酒便差。”访医及《本草》，无识者。乃崎岖求访。至宜都境，遥见山中老翁伐木。问其所用，答曰：“此丁公藤，治风尤验。”叔谦再拜流涕，具款行求之意。此翁怆然，以藤与之，并示其渍酒之法。叔谦受领，此人不复知处。依法为酒，母疾便愈。出《谈薮》。

宗元卿

齐南阳宗元卿有至行，早孤，为母所养。母病，元卿

“如果能够让生病的阿姨凭此善缘获得诸佛保佑，我希望莲花整个斋会期间鲜艳如故。”七天诵经结束，莲花的颜色更加鲜艳了。观察铜缶里，已稍微生出了一点根须。阮淑媛的病不久也好了。大家都称赞是萧子懋的孝顺感动了佛祖。出自《法苑珠林》。

萧叡明

南齐的松滋县令兰陵人萧叡明，他的母亲患病多年，萧叡明日夜向神灵祈祷，以保佑母亲早日康复。当时天寒地冻，萧叡明流下的眼泪在脸颊上结成的冰像筷子一样长，磕头把前额碰出了血，流出的血水冻成一个小冰柱。一天忽然来了一个人，给了他一个石匣，对他说：“这个石匣可以治太夫人的病。”萧叡明跪着接了过来，来人忽然不见了。他将石匣拿给母亲，见里面只有一块三寸长的丝绢，上面写着两个红色的字“日月”，从此他母亲的病就好了。出自《谈薮》。

解叔谦

南齐雁门郡的解叔谦，朝廷要聘任他为奉朝请，他因为母亲有病没有去。母亲生病，夜晚他在院子里磕头，祈求神灵医治他母亲的病。忽然听到天空有声音说：“用丁公藤泡酒喝便可以治好。”他向医生请教，查阅《本草》，都不知道什么是丁公藤。没有办法，他只好出门到各地去打听寻找。一天他来到宜都境内，远远看见一个老头在山上砍树。他去问老头砍树有什么用，老人说：“这是丁公藤，治疗风症非常有效。”解叔谦哭着拜了两拜，详细说了要请求老人将丁公藤给他的用意。老人很同情他，将丁公藤送给他，并传授他泡酒的具体方法。解叔谦记在心里，说完老人就不知道哪里去了。解叔谦回家以后按照老头讲述的方法用丁公藤泡制药酒，为母亲治病，母亲的病便好了。出自《谈薮》。

宗元卿

南齐南阳宗元卿，品行高尚，早孤，由母亲抚养。母病，元卿

在远，辄心痛。大病则大痛，小病则小痛。以此为常则。乡里宗敬，率号宗曾子。出《谈薮》。

匡昕

齐庐陵匡昕隐金华山，服食不与俗人交。母亡已经数日，昕奔还号叫，母便苏。孝感致也。出《谈薮》。

曾康祖

齐扶风曾康祖，母患乳痈，诸医不能疗。康祖乃跪，以两手捧乳，大悲泣，母痈即瘥。出《谈薮》。

在很远的地方就会感到心痛。母亲病得严重，他疼得便厉害；母亲病得轻，他疼得也轻。从此成了规律。乡亲们非常尊敬他孝敬母亲的行为，认为他就像孔夫子的弟子曾子一样有孝行，都称他为“宗曾子”。出自《谈薮》。

匡　昕

南齐庐陵的匡昕隐居在金华山中，生活饮食都不同常人交往。他母亲死了已经有好几天了，他奔跑哭叫着回到母亲身边，他母亲便复活过来。这是他孝敬母亲，母子间心灵互相感应导致的。出自《谈薮》。

曾康祖

南齐扶风的曾康祖，他的母亲乳房上长了毒疮，请了很多医士都治不了。曾康祖跪在地上，两手捧着他母亲的乳房大哭，他母亲乳房上的毒疮就好了。出自《谈薮》。

卷第一百六十二

感应二

崔　恕

谯郡有功曹峒。天统中，济南来府君，出除谯郡。功曹清河崔恕，弱冠有令德于人。时春夏积旱，送别者千余人。至此峒上，众渴甚，来公有思水之色。恕独见一青鸟，于峒中乍飞乍止。怪而就焉，鸟起，见一石，方五六寸。以鞭拨之，清泉涌注。盛以银瓶，瓶满，水立竭，惟来公与恕供饮而已。议者以为德感所致焉。时人异之，故以为目。出《酉阳杂俎》。

崔 恕

谯郡有个地方叫功曹峒。北齐后主天统年间，济南来太守出任谯郡。清河的崔恕是济南府功曹，从年轻时就有美好的品德。时值春夏之交，连续干旱了很长时间，前来为来太守送行的有上千人，他们走到这个山涧边，众人很口渴，来公也露出想喝水的神情。崔恕独自看见一只青鸟在山涧中一会飞起，一会落下。他感到奇怪便追了过去，在青鸟飞起的地方发现一块直径有五六寸的石头。他用鞭子拨弄，石头底下冒出一股清泉。他立刻用银瓶接水，刚将银瓶装满，泉水立即就没有了，接到的一瓶水，刚好够来公和崔恕饮用的。有人议论说这是由于崔恕的品德感动了天地神灵的结果。当地人对这件事都感到奇怪，所以称这个山涧为“功曹峒”。出自《酉阳杂俎》。

何　瑚

梁何瑚字重宝，为北征谘议。博问强学，幼有令名。性淳深，事亲恭谨。母病求医，不乘车马。忽感圣僧，体质殊异，手执香炉，来求斋食，而至无早晚，故疑其非常。如此十余日，母病有瘳，僧便辞去，留素书《般若经》一卷。因执手曰："贫道是二十七贤圣，不近相人。感檀越至心，故来看。病者已瘥，贫道宜还。"言讫前行，忽不见，而炉烟香气，一旬方歇。精诚所感，朝野叹嗟。因舍别宅为目爱寺也。出《辩正论》。

陈　遗

吴人陈遗少为郡吏，母好食焦饭。遗在役，恒带囊，每煮食，漉其焦以献母。孙恩作乱，遗随例奔逃。母忆遗，昼夜哭泣，遂失明。遗脱难还家，入门见母，再拜号泣，母目忽然开朗。出《孝子传》。

王虚之

王虚之，庐陵西昌人。年十三，丧父母，二十年盐酢不入口。后得重病，忽有一人来诣，谓之曰："君病寻瘥。"俄而不见。又所住屋室，夜有异光，庭中橘树，隆冬三实。病果寻愈。咸以至孝所感。出《孝子传》。

何　瑚

梁朝何瑚，字重宝，任北征谘议。何瑚见闻广，学习勤勉，少有美名。性格淳朴敦厚，侍奉双亲恭敬严谨。他的母亲病了，他亲自去请医生，不乘车马。他的行为忽然感动了一位形貌与气质都不同寻常的高僧，他手持香炉来到何瑚家要斋饭吃，每天来都不分早晚，何瑚已经感觉到他不是一个普通的僧人。像这样连续来了十多天，何瑚母亲的病好了，这个僧人向何瑚告辞，并送给他一卷道书《般若经》。他握着何瑚的手说："贫僧我是二十七位贤圣中的一个，平时不接近普通人。被施主的至诚的心所感动，所以前来为你母亲治病。现在你母亲的病已经好了，贫僧应当回去了。"说完往前走，突然就不见了，但是从僧人炉烟散出的香气，十天以后才飘散。何瑚的精诚感动圣僧的事，引发朝廷内外的感叹。何瑚于是施舍出一所住宅为寺庙，称为"目爱寺"。出自《辩正论》。

陈　遗

吴人陈遗年轻的时候在郡署当属吏，他的母亲喜欢吃焦饭。陈遗当差时总随身带着一个口袋，做饭的时候捞出焦饭装进口袋，奉献给母亲吃。孙恩作乱的时候，陈遗随着官署人员一齐撤退。他母亲在家想念他，昼夜哭泣，便把眼睛哭瞎了。陈遗躲过灾难回家，一进门看见母亲，拜过之后就哭，他母亲的眼睛忽然复明了。出自《孝子传》。

王虚之

王虚之，是庐陵西昌人。他十三岁的时候，父母去世，从那以后二十年的时间，他就一口食盐和醋都没有吃过。后来他得了重病，忽然来了个人对他说："你的病很快就会好。"说完那人就不见了。他住的屋子夜里发出奇异的光芒，庭院里的橘子树在严冬季节竟结了三个果实。他的病果然不久就好了。这些都是由他至诚的孝心所感应出来的结果。出自《孝子传》。

河南妇人

隋大业中，河南妇人养姑不孝。姑两目盲，妇以蚯蚓为羹以食之。姑怪其味，窃藏其一脔，留示儿。儿见之号泣，将录妇送县。俄而雷雨暴作，失妇所在。寻见妇自空堕地，身及服玩如故，而首变为白狗，言语如恒。自云："不孝于姑，为天神所罚。"夫乃斥去之。后乞食于道，不知所在。出《冥报记》。

岑文本

唐中书令岑文本，江陵人。少信佛，常念诵《法华经·普门品》。曾乘船于巨江中，船坏，人尽死，文本没在水中，闻有人言："但念佛，必不死也。"如是三言之。既而随波涌出，已着北岸，遂免死。后于江陵设斋，僧徒集其家。有一客僧独后去，谓文本曰："天下方乱，君幸不预其灾，终逢太平，致富贵也。"言讫，趋出外不见。既而文本就斋，于自食碗中得舍利二枚。后果如其言。出《法苑珠林》。

郑鲜

唐郑鲜字道子，善相法。自知命短，念无以可延。梦见沙门问之："须延命耶？可大斋日，放生念善，持斋奉戒，可以延龄得福。"鲜因奉法，遂获长年。出《宣验记》。

河南妇人

隋炀帝大业年间，河南有个媳妇奉养婆母不孝顺。婆母双目失明，她就将蚯蚓做成羹给她婆母吃。她婆母感到味道奇怪，就偷偷地藏起来一小块，留着给儿子看。儿子看到后大声哭泣，气愤地扭送媳妇去县衙。走在路上一会儿突然下起大雷雨，失去了媳妇的踪迹。紧接着看见媳妇从空中掉在地上，身体和穿的衣服和以前一样，但是脑袋却变成了一只白狗的头，说话声音也和从前一样。她自己说："不孝顺婆母，遭到了天神的惩罚。"丈夫就赶走了她。她只好沿路讨饭，后来就不知道哪里去了。出自《冥报记》。

岑文本

唐朝中书令岑文本是江陵人。他从小信奉佛教，经常念诵《法华经·普门品》。曾经乘船航行在大江之中，船坏了，乘船的人都淹死了，他也沉到了水中，在水里听到有人说："只要诵佛经，一定不会死。"这样连续说了三遍。随即他随着波浪涌出水面，发现自己已经到了北岸，避免了一次死亡。后来他在江陵准备了斋饭，和尚们汇集到他家里吃饭。一个和尚单独等到最后才走，临走时对他说："天下正处在混乱之中，你会幸运得不遭受灾难，最终能够赶上太平，得到富贵。"说完走出门外就不见了。岑文本送走和尚也开始吃斋饭，从饭碗里吃出两枚舍利。后来他的经历果然同和尚所说的一样。出自《法苑珠林》。

郑　鲜

唐代郑鲜，字道子，他善于通过观察人的相貌来推测人的命运。他知道自己的寿命短，但没有办法可以延长。有一天，他梦见和尚问他："须延长寿命吗？如果想要延长寿命，可搞个大斋日，将抓获的动物放回大自然，诚心向善，还必须吃斋并遵守佛教的戒律，这样就可以延长寿命并获得福祉。"郑鲜因此信奉佛教，于是获得了长寿。出自《宣验记》。

张楚金

唐则天朝，刑部尚书张楚金为酷吏周兴构陷。将刑，乃仰叹曰："皇天后土，岂不察忠孝乎？奈何以无辜获罪。"因泣下数行，市人皆为歔欷。须臾，阴云四塞，若有所感，旋降敕释罪。宣示讫，天地开朗，庆云纷纠。时议言其忠正所致也。出《御史台记》。

罗道悰

唐司竹园罗道悰上书忤旨，配流。时有同流者道病卒，泣曰："所恨委骨异壤！"道悰曰："吾若生还，当取同归。"遂瘗之而去。及还，为大水漂荡，失其所在。道悰哭告之："请示其灵！"俄而水际沸涌。又咒曰："如真在此下，更请一沸。"又然。遂得之，志铭可验，负之还乡。出《广德神异录》。

陵空观

唐景龙四年，洛州陵空观失火，万物并尽，惟有一真人，岿然独存，乃泥塑为之。乃改为圣真观。出《朝野佥载》。

张楚金

唐朝武则天当皇帝的时候，刑部尚书张楚金被残害忠臣的酷吏周兴定计陷害。将要被杀头的时候，他仰天长叹说："皇天后土啊，你们难道就不分辨谁是忠臣孝子吗？为什么让没有罪的人获罪呢？"说着流下了几行眼泪，围观的老百姓都为他抽泣。不一会儿，阴云密布，似乎苍天有了感应，随后皇帝降旨免除了张楚金的罪名。刚刚宣布完这个消息，天上的阴云立刻散去，开阔明亮起来，交错出现了吉祥的五彩云。当时的人们都议论说是由张楚金的忠心和正直感动了天地的结果。出自《御史台记》。

罗道悰

唐朝司竹园的罗道悰给皇帝上书时违背了皇帝的意旨，被定罪后发配流放到边远的地方服劳役。当时流放的同伴中有一个人病死了，这个人在临死的时候哭着说："所遗憾的是将尸骨扔到了异地他乡！"罗道悰说："我如果能活着回去，一定将你的尸骨带回家乡安葬。"罗道悰便将他掩埋而离开了。等到罗道悰放还，准备回去的时候，掩埋同伴尸骨的地方被大水冲没，无法找到尸骨。罗道悰哭着祈求说："请你显灵为我指示一下方位！"一会儿水面就翻起了水花。他又祷告说："如果真是在这下面，请水面再翻涌一次。"果然水面又翻涌起来。于是他在这块水面的下面，将同伴的尸骨捞取上来，有墓上的志铭可以验证，于是背上这尸骨回了家乡。出自《广德神异录》。

陵空观

唐中宗景龙四年，洛州的陵空观发生火灾，所有的东西全都烧光了，只有一个高大的真人泥塑像岿然立那里，没有损坏。以后陵空观就改名为"圣真观"。出自《朝野佥载》。

皇甫氏

唐仆射裴遵庆，母皇甫氏，少时常持经。经函中有小珊瑚树。异时，忽有小龙骨一具，立于树侧。时人以为裴氏休祥，上元中，遵庆遂居宰辅云尔。出《广异记》。

田仁会

唐田仁会为郢州刺史，自暴得雨。人歌曰："父母育我田使君，精诚为人上天闻。田中致雨山出云，但愿常在不患贫。"出《广德神异录》。

徐州军士

唐王智兴在徐州，法令甚严。有防秋官健交代归，其妹婿于家中设馔以贺。自于厨中磨刀，将就坐割羊脚。磨讫，持之疾行，妻兄自堂走入厨，仓卒相值，锋正中妻兄心，即死，所由擒以告。智兴讯问，但称过误，本无恶意。智兴不之信，命斩之。刀辄自刑者手中跃出，径没于地，三换皆然。智兴异之，乃不杀。出《因话录》。

唐宣宗

唐大中初，京师尝淫雨涉月，将害粢盛。分命祷告，百无一应。宣宗一日在内殿，顾左右曰："昔汤以六事自责，以身代牺牲。虽甚旱，卒不为灾。我今万姓主，远惭汤德，

皇甫氏

唐朝仆射裴遵庆，他的母亲姓皇甫，从年少时就经常手持经卷念诵。她的藏经匣里有一棵小珊瑚树。不知道什么时候，忽然小珊瑚树的旁侧出现了一具立着的小龙骨。人们认为这是裴家吉祥如意的好兆头，果然到了唐肃宗上元年间，裴遵庆就当上了宰相。出自《广异记》。

田仁会

唐朝的郢州刺史田仁会在闹旱灾的时候，自己曝晒在太阳底下，为老百姓求来了雨。人们编了一首歌谣来赞颂他说："父母育我田使君，精诚为人上天闻。田中致雨山出云，但愿常在不患贫。"出自《广德神异录》。

徐州军士

唐朝王智兴镇守徐州，法令非常严格。有一个秋季守卫边防的官兵期限到了被替换回家，他的妹夫在家中准备酒菜为他庆贺。他妹夫自己在厨房里磨刀，准备就座后割羊脚用。刀磨好后，手里持着刀快步往外走，恰巧他的大舅哥从堂屋往厨房里来，两个人在仓促中相撞，他手中的刀尖正刺在他大舅哥的心脏上，当时就死了，他被人扭送到州衙门。王智兴亲自审问。可他只说自己是误伤，本没有恶意。王智兴不信，令将他杀头。行刑时，刀就从刽子手的手中自己跳出来，直接插入地下，连换了三把刀都是这样。王智兴感到奇怪，便决定不杀他了。出自《因话录》。

唐宣宗

唐宣宗大中初年，京城曾经连续下了一个多月的雨，将要威胁即将收成的庄稼。宣宗令对天祈祷，盼望天晴，但是多次祷告也没起作用。宣宗一天在内殿，看着左右说："当初商汤王以六事自责，以自身代替牺牲。虽然天旱，但最后却没有造成灾害。我现在身为天下百姓的主人，非常惭愧远远赶不上商汤的仁德，

而灾若是，兆人谓我何？”乃执炉，降阶践泥，焚香仰视，若自责者。久之，御服沾湿，感动左右。旋踵而急雨止，翌日而凝阴开，比秋而大有年。出《真陵十七史》。

李彦佐

李彦佐在沧景。唐太和九年，有诏诏浮阳兵北渡黄河。时冬十二月，至济南，郡使击冰进舟，冰触舟，舟覆诏失。彦佐惊惧，不寝食六日，鬓发白，至貌侵肤削，从事亦谬其仪形也。乃令津吏，不得诏尽死。吏惧，且请公一祝祷于河，吏凭公诚明，以死索之。彦佐乃令具爵酒，及祝传语诘河。其旨：“明天子在上，川渎山岳，祝史咸秩。予境之望，祀未尝匮，而河伯洎鳞介之长，当卫天子诏，何反溺之乎？或不获，予将斋告于天，天将谪尔。”吏酹冰辞已，忽有声如震，河冰中断，可三十丈。吏知彦佐精诚已达，乃沉钩索而出。封角如旧，惟篆印微湿耳。彦佐所至，令严务简，推诚于物，著声于官。如河水色浑驶流，大木与纤芥，顷刻千里矣。安有舟覆六日，一酹而坚冰陷，一钩而沉诏获，得非诚之至乎？出《阙史》。

而灾难一样，人们会怎样评价我呢?”于是他拿着香炉，走下台阶踩在泥水里，点燃香炉，抬头仰望苍天，忏悔责备自己的过失。过了很久，身上穿的龙袍都被雨水淋湿了，感动了左右。一会儿，大雨就不下了，第二天，多日积聚的阴云也散开了，到了秋天获得了丰收。出自《真陵十七史》。

李彦佐

李彦佐镇守沧景。唐文宗太和九年，皇帝发出公文命令将浮阳的兵马调到黄河以北。当时正是冬天的十二月份，队伍到了济南，郡府的官员令人敲击浮冰引导船只向前行驶，坚冰碰触到船，船倾覆，将皇帝的诏书掉到河里。李彦佐又惊又怕，连续六天不睡不吃，头发变白，相貌衰老肌肉消瘦，身边的僚属们也认不出他的容貌了。李彦佐令管理渡口的官吏打捞诏书，找不到诏书就都杀头。官吏害怕，请李彦佐向黄河祈祷，想要借李彦佐的至诚之心感动神灵帮忙，然后拼命打捞。李彦佐就令人准备酒和祷告辞，对着黄河祈祷，并传语诘责黄河。祷辞是:“圣明的天子在上，河流高山，祝官、吏官依次序行事。我的境内山川日月星辰的望祭，定期祭祀未曾欠缺，然而水神河伯你是黄河里鱼虾水族的首领，应当护卫天子的诏书，为什么反而将它淹没了呢? 如果你不把它还给我，我将斋戒后祷告上天，上天将会处罚你。”官吏将酒洒在冰上，祭祀结束，忽然河里发出像雷震一样的巨大的响声，河上的坚冰中间一下子断裂了三十丈。官吏们知道李彦佐的精诚之心已经传达到河伯那里，便将钩子伸到水中，一下子就将诏书钩了出来。诏书完好，封口如旧，只是上面的印章湿了一点。李彦佐管理政务，令出必行，办事简练，以诚处事，在官场声誉显赫。像黄河这样水浑流急，巨大的木头和纤细的草芥都可以在顷刻之间漂流千里。哪里会有船倾覆六天以后，祭祀一次坚冰就开了，用钩子钩一下就将诏书捞出来的事呢? 这难道不是李彦佐的精诚感应的结果吗? 出自《阙史》。

胡 生

列子终于郑，今墓在郊薮，谓贤者之迹，而或禁其樵采焉。里有胡生者，家贫，少为洗镜镀钉之业。遇甘果名茶美酝，辄祭于御寇之垄，似求聪慧而思学道。历稔，忽梦一人，刀划其腹开，以一卷之书，置于心腑。及觉，而吟咏之意，皆绮美之词，所得不由于师友也。

既成卷轴，尚不弃于猥贱之业，真隐者之风。远近号为胡钉铰。太守名流，皆仰瞩之，而门多长者。或有遗赂，必见拒也。或持茗酒而来，则忻然接奉。其文略说数篇，喜圃田韩少府见访云："忽闻梅福来相访，笑著荷衣出草堂。儿童不惯见车马，争入芦花深处藏。"又观郑州崔郎中诸妓绣样云："日暮堂前花蕊娇，争拈小笔上床描。绣成安向春园里，引得黄莺下柳条。"江际小儿垂钓云："蓬头稚子学垂纶，侧坐莓苔草映身。路人借问遥招手，恐畏鱼惊不应人。"出《云溪友议》。

刘行者

唐庐陵阛阓中，有一刘行者，以钉铰为业。性至孝，母亲患眼二十余年，行者恳苦救疗。一日，忽有衲僧，携净水铜瓶子，觅行者磨洗，出百金为酬，行者不受。告云："家有母亲患眼多年，和尚莫能有药疗否？"僧云："待磨洗瓶子了，与医。"磨洗毕，便出门，而行者随问之，僧云："但归去，已与医了。"言讫，失僧所在。行者奔还家，见母亲忽自床

胡 生

列子死在郑国，如今他的坟墓还在郊外的沼泽里，因为是名人贤士留下的遗迹，禁止人们在这里砍柴。乡里有个胡生，家境贫穷，年少时做些为别人磨洗铜镜、镀洗铜门钉子的活。他得到甘甜的水果、名茶或者是美酒，就供奉到列御寇列子的墓前，好像祈求他能够赐给聪明和学问。过了一年，他梦见一个人，拿着刀子将他的肚子剖开，把一本书放到了他的心脏里面。睡醒以后，他想要吟诗，吟诵出来的都是绮丽美妙的词句，但却不是从老师和朋友那里学来的。

虽然有了学问，但是他还不放弃磨洗铜镜、镀洗钉子的低贱职业，真是有隐士的风范。远远近近的人都叫他“胡钉铰”。太守等官员和一些社会名流都很仰慕他，出入他家门庭的多是道德修养为人称道的长者。送给他一些礼物，一定会被他拒绝。但如果送给他香茶或美酒，他就会欣然接受。简略地介绍下他作的几首诗，一首是描写高兴地迎接圃田县韩少府来访的诗：“忽闻梅福来相访，笑着荷衣出草堂。儿童不惯见车马，争入芦花深处藏。”还有观看郑州崔郎中家的女郎们绣样的诗：“日暮堂前花蕊娇，争拈小笔上床描。绣成安向春园里，引得黄莺下柳条。”另有一首是描写江边小儿垂钓的：“蓬头稚子学垂纶，侧坐莓苔草映身。路人借问遥招手，恐畏鱼惊不应人。”出自《云溪友议》。

刘行者

唐朝庐陵的市井中有个刘行者，以修补金属器物为职业。他生性至孝，母亲患眼病二十多年，他多方苦寻治疗的方法。一天，忽然来了个和尚，拿着一个装净水的铜瓶子，找刘行者让他磨洗，要给他一百两银子作为酬谢，刘行者不要。对和尚说：“我家里有老母亲患眼病多年，和尚你能有药治疗吗？”和尚说：“等你磨洗完瓶子，和你去医治。”磨洗完了，和尚拿起瓶子就走出门去，刘行者追上去问，和尚说：“你只管回家去吧，我已经医治完了。”说完，和尚就不见了。刘行者跑回家去，看见母亲忽然从床上

坠地，双目豁开。阖家惊喜，方知向者僧是罗汉。遂画其形影供养，至今存焉。出《报应录》。

王法朗

唐夔州道士王法朗，舌大而长，呼文字不甚典切，常以为恨。因发愿读《道德经》，梦老君与剪其舌。觉而言词轻利，精诵五千言，颇有征验。出《录异记》。

郗法遵

唐道士郗法遵居庐山简寂观，道行精确。独力检校，已历数年，全无徒弟。忽梦玄中法师谓之曰："汝无人力，甚见勤劳。今有二童子，所恨年小耳。"既觉，话于众。出山过民王家，有孩子，年才一晬，见法遵，抱其足不肯舍。遵去，昼夜啼号不息。遵复至则欣然。后数年，父母即舍为童子。又一小儿姓刘，眼有五色光。父母疑其怪异，因灸眼尾，其光遂绝。已四五岁，亦舍在观中。相次入道，果符玄中梦授之语矣。出《录异记》。

王　晖

西蜀将王晖尝任集州刺史。集州城中无水泉，民皆汲于野外。值岐兵急攻州城，且绝其水路，城内焦渴，旬日之间，颇有死者。王公乃中夜有所祈请，哀告神祇。及寐，梦一老父告曰："州狱之下，当有美泉。"言讫而去，王亦惊寤。

掉到地下，双眼豁然好了。全家人又惊又喜，这才知道和尚是个修行成罗汉的高僧。于是画了这个罗汉的图像供奉起来，这张画像现在还保存着。出自《报应录》。

王法朗

唐代夔州道士王法朗，舌头又大又长，说话吐字不怎么清楚，经常以此为憾。他因此而许下愿，诵读《道德经》，梦见道教的创始人《道德经》的作者老子用剪刀修剪他的舌头。睡觉醒了以后感觉说话流利，吐字清晰了，精读五千字的《道德经》，很有征验。出自《录异记》。

郗法遵

唐朝的道士郗法遵居住在庐山简寂观，道行很精深。独自修行已经数年了，没有收一个徒弟。一天他忽然梦见玄中法师对他说："你没有人帮助，很是勤苦辛劳。现在有两个童子可以做你的徒弟，只是遗憾太小了。"睡醒以后，他把这件事讲给别人听了。一天他出山路过一户姓王的人家，这家有个刚刚一岁的小孩看见他，抱着他的腿不让他走。郗法遵走了以后，这小孩昼夜啼哭不停。郗法遵再去，他又高兴了。过了几年，他的父母将他交给郗法遵做了道童。还有一个小孩姓刘，眼睛里向外放射五彩光芒。他的父母怀疑是怪异，用艾蒿点着后烧炙他的眼睛尾角，光芒就消失了。已经四五岁了，也被父母送到观里。两个孩子相继当了道童，果然符合玄中法师梦中所说的话。出自《录异记》。

王　晖

西蜀将军王晖曾经担任过集州刺史。集州城里没有水泉，老百姓都到城外取水。有一次，岐兵急攻集州城，并且切断了城外取水的道路，城里的人干渴，十天里，渴死了很多人。王晖便在半夜时分祈祷哀求神灵帮助。等他睡下，梦见一个老父告诉他说："州城监狱的底下，当有美泉。"说完就走了，王晖也惊醒了。

迟明，且命畚锸，于所指之处掘数丈，乃有泉流。居人饮之，蒙活甚众。岐兵比知城中无水，意将坐俟其毙。王公命汲泉水数十罂，于城上扬而示之，其寇乃去。是日神泉亦竭。岂王公精诚之所感耶？疏勒拜井之事，固不虚耳。王后致仕，家于雍州，尝言之，故记耳。出《玉堂闲话》。

李梦旗

伪蜀拔山军卒李梦旗经敌擒归岐阳，老母悲泣，因瞽双目。梦旗在岐阳，虔祈切至，愿见慈母，三载方还。梦旗刺股血点母眼，即时如故。乃知孝道感通，其昭然耳。出《儆诫录》。

孟 熙

蜀孟熙，贩果实养父母，承颜顺旨，温清定省，出告反面，不惮苦辛。父常云："我虽贫，养得一曾参。"及父亡，绝浆哀号，几至灭性。布苫于地，寝处其上，三年不食盐酪，远近叹服。因见鼠掘地，得黄金数千两，自此巨富焉。出《儆诫录》。

天亮以后，他令人拿着畚箕和铁锹在老人所指示的地方挖下去几丈深，果然有水流出。城里的人喝了以后，救活了许多人。岐兵都知道城内没有水源，所以想坐等他们渴死。王晖命令取来泉水几十罂，从城墙上洒下去给岐兵看，岐兵见城内有水，便退走了。当日神泉也干竭了。这难道不是王晖的虔诚所感动神灵的结果吗？疏勒拜井求水的传说，果然不是虚构的。王晖后来退休，迁到雍州，曾经提起这件事，所以记录下来。出自《玉堂闲话》。

李梦旗

伪蜀拔山军卒李梦旗被敌方抓住押到岐阳，老母亲在家中悲伤哭泣，导致双目失明。李梦旗在岐阳虔诚地祈祷，希望早日回家去看母亲，三年之后才回家。他刺破大腿，将血滴在母亲的眼睛里，一会儿，他母亲的眼睛又像当初一样能看见东西了。这才知道很明显是他的孝顺感应的结果。出自《儆诫录》。

孟　熙

蜀郡的孟熙，靠贩卖水果奉养父母，凡事看父母的眼色，顺从父母的旨意，冬天暖被，夏天扇席子，晚上侍候入睡，早上前往请安，出门要告诉去向，回来要拜见父母，孝顺周到，不辞辛苦。他的父亲常说：“我虽贫穷，但养了一个像曾参一样的孝子。”他父亲死了，他不吃不喝整日哭号，悲伤过度几乎危及生命。他在地上铺上草垫子，睡在上面，三年不吃盐和醴酪，远近的人们全都叹服。后来他看见老鼠在地上挖土，得到了好几千两黄金，从此巨富。出自《儆诫录》。

卷第一百六十三

谶应

历阳媪

历阳县有一媪，常为善。忽有少年过门求食，媪待之甚恭。临去谓媪曰："时往县门，见门阃有血，可登山避难。"自是媪日往之，门吏问其状，媪具以少年所教答之。吏即戏以鸡血，涂门阃。明日，媪见有血，乃携鸡笼走上山。其夕，县陷为湖，今和州历阳湖是也。出《独异记》。

孙权

溢口城，汉高祖六年灌婴所筑。建安中，孙权经住

历阳媪

历阳县有一个老太太，经常行善。一天，忽然有个少年上门讨饭吃，老太太对他很客气。临走的时候少年对老太太说："时时前往县衙门前看看，如果看见门槛上有血，可到山上去避难。"从此以后，老太太每天都去县衙门前看一看，守门的差人问她干什么，老太太将少年告诉她的话回答他。差人同她开玩笑，就将鸡血涂在门槛上。第二天，老太太见门槛上有血，便拎着鸡笼子躲上山去。当天晚上，县城陷落成为一个湖泊，就是如今和州的历阳湖。出自《独异记》。

孙　权

湓口城，汉高祖六年灌婴修筑。汉献帝建安年间，孙权曾住

此城，自标作井地，遂得故井。井中有铭石云：“汉六年，颍阴侯开此井。卜云，三百年当塞，塞后不度百年，当为应运者所开。”权见铭欣悦，以为己瑞。人咸异之。出张僧鉴《浔阳记》。

高颎

西京朝堂北头有大槐树，隋曰唐兴村门首。文皇帝移长安城，将作大匠高颎常坐此树下检校。后栽树行不正，欲去之。帝曰：“高颎坐此树下，不须杀之。”至今先天一百三十年，其树尚在。柯叶森竦，根株盘礴，与诸树不同。承天门正当唐兴村门首，今唐家居焉。出《朝野佥载》。

神尧

隋炀帝与神尧高祖俱是独孤外家，然则神尧与炀帝常悔吝。每朝谒退，炀帝背有词然。后因赐宴，炀帝于众，因戏神尧。神尧高颜面皱，帝目为阿婆面，神尧忿恚不乐。洎归就第，怏怅不已。见文皇已下，告文皇皆无言。次告窦皇后曰：“某身世可悲，今日更被上显毁云阿婆面，据是儿孙不免饥冻矣。”窦后欣跃曰：“此言可以室家相贺！”神尧不喻，谓是解免之词。后曰：“公封于唐，阿婆乃是堂主，堂者唐也。”神尧涣然冰释，喜悦，与秦、齐诸王私相贺焉。出《芝田录》。

在这座城里，他选定一块地打井，竟挖出了一口古井。井里有一块石碑，上面刻着："汉高祖六年，颍阴侯灌婴打了这眼井。有人预言，三百年以后这口井会淤积掩埋，填塞后再过不到一百年，会被顺应时代、有运气的人重新挖掘出来。"孙权看见碑上的铭文后非常高兴，认为这是自己吉祥瑞兆。大家都对这件事感到很惊奇。出自张僧鉴的《浔阳记》。

高　颎

西京长安百官议事的朝堂北头有一棵大槐树，从隋朝开始就长在唐兴村的村口。文皇帝移都到长安以后，兴修土木的将作大匠高颎经常坐在这棵树下监督指挥。后来栽树的时候觉得它同新栽的树排在一起不整齐，想把它砍掉。文皇帝说："高颎曾坐在这棵树下，不要砍掉。"到现在这棵树已经有一百三十岁，仍然存在。它枝叶繁茂，树根盘曲坚固，与别的树不同。承天门正对着唐兴村的树口，现在是唐氏所居了。出自《朝野佥载》。

神　尧

隋炀帝杨广和唐高祖神尧皇帝都是独孤氏的娘家，然而神尧皇帝经常对隋炀帝抱有悔恨之心。每次朝见退下后，隋炀帝背后都有说词。一次隋炀帝举行宴会，他当着大家的面同神尧皇帝开玩笑。他见神尧皇帝长得高额头，满脸皱纹，就说神尧皇帝是老太婆脸，神尧皇帝心中愤恨不乐。等回到府里，仍然不高兴。见文皇帝李世民等兄弟，讲给李世民等兄弟们听，他们都没说什么。他又讲给窦皇后说："我的身世本来就可悲，现在又被主上贬低我为老太婆脸，看来我的儿孙免不了要挨饿受冻了。"窦皇后高兴地说："这句话应该全家庆贺呀！"神尧不理解，以为是宽解安慰之词。窦皇后说："你被封为唐王，老太太则是堂主，堂主就是唐主。"神尧立刻解除了懊恼，高兴起来，与秦王、齐王诸王私下里相互庆贺起来。出自《芝田录》。

唐高祖

唐北京受瑞坛。隋大业十三年，高祖令齐王元吉留守。辛丑，获青石，若龙形，文有丹书四字，曰："李渊万吉。"齐王献之。文字映澈，宛若龟形。帝乃令水渍磨以验之。数日，其字愈明。内外毕贺，帝曰："上天明命，贶以万吉。宜以少牢祀石龟，而爵龟人。"因立受瑞坛。出《太原事迹杂记》。

太行山

唐武德初，太行山大声曰："唐国兴，理万年。"出《太原事迹杂记》。

桑条歌

唐永徽年以后，人唱《桑条歌》云："桑条苇女韦也乐。"至神龙年中，逆韦应之。谄佞者郑愔，作桑条乐词十余首进之。逆韦大喜，擢为吏部侍郎，赏缣百匹。出《朝野佥载》。

突厥盐

唐龙朔已来，人唱歌名《突厥盐》。后周圣历年中，差阎知微和匈奴，授三品春官尚书，送武延秀娶成默啜女，送金银器物锦彩衣裳以为礼聘，不可胜纪。突厥翻动，汉使并没，立知微为可汗。"突厥盐"之应。出《朝野佥载》。

唐高祖

唐公李渊在太原修建了一座受瑞坛。隋炀帝大业十三年，唐公李渊令儿子齐王李元吉留守太原。辛丑年，李元吉得到了一块龙形的青石，上面有四个红字："李渊万吉。"齐王将它献给李渊。石头上面的文字晶莹剔透，好像龟的形状。李渊于是叫人将它蘸上水在石头上磨，以验证字迹是否是天然形成的。磨了几天之后，字迹更加鲜明。朝廷内外都庆贺，李渊说："上天圣明的命令，赐给我万年吉祥。应当用猪和羊来祭祀石龟，并赐爵给献龟的人。"因此修建了这座受瑞坛。出自《太原事迹杂记》。

太行山

唐高祖武德初年，太行山传出很大的声响："唐朝国家兴盛，理应延续万年。"出自《太原事迹杂记》。

桑条歌

唐高宗永徽年以后，民间传唱着一首《桑条歌》的歌谣说："桑条苇女韦也乐。"到了唐中宗神龙年间，韦后应验这首歌谣得到了权势。有个花言巧语谄媚的小人叫郑愔，他作了十多首以桑条为题目的乐词献给韦后。韦后非常高兴，提拔他为吏部侍郎，赏赐给他百匹缣。出自《朝野佥载》。

突厥盐

唐高宗龙朔改元以来，民间传唱着一首名为《突厥盐》的歌谣。后来到了武则天圣历年间，朝廷派阎知微去和匈奴修好，授给他三品春官尚书，同时护送武延秀去娶突厥成默啜的女儿，带去的金银器物锦彩衣裳作为聘礼，多得数不清。后来突厥人翻悔，杀了所有的汉使，推举阎知微做他们的可汗，"突厥盐"得到了验证。出自《朝野佥载》。

封中岳

唐调露中，大帝欲封中岳，属突厥叛而止。后又欲封，土蕃入寇又停。至永淳年，又驾幸嵩岳。谣云："嵩山凡几层，不畏登不得，只畏不得登。三度征兵马，傍道打腾腾。"岳下遘疾，不愈，回至宫而崩。出《朝野佥载》。

杨柳谣

唐永淳之后，天下皆唱"杨柳杨柳漫头驼"。后徐敬业犯事，出柳州司马，遂作伪敕，自授扬州司马，杀长史陈敬之，据江淮反。使李孝逸讨之，斩业首，驿马驮入洛。"杨柳杨柳漫头驼"，此其应也。出《朝野佥载》。

黄獐歌

周如意年已来，始唱《黄獐歌》。其词曰："黄獐黄獐草里藏，弯弓射你伤。"俄而契丹反叛，杀都督赵翙，营府陷没。差总管曹仁师、张玄遇、麻仁节、王孝杰前后百万众，被贼败于黄獐谷。诸军并没，罔有孑遗。黄獐之歌，斯为验矣。出《朝野佥载》。

苾挈儿

周垂拱已来，京都唱《苾挈儿歌》词，皆是邪曲。后张易之小名苾挈。出《朝野佥载》。

安乐寺

唐景龙年，安乐公主于洛州道光坊造安乐寺，用钱

封中岳

唐高宗调露年间，高宗皇帝想去中岳嵩山封禅，正值突厥叛乱而停止。后来又想去封禅，又因为吐蕃入侵而停止。到了永淳年，高宗皇帝来到嵩山。当时流传一首民谣说："嵩山凡几层，不畏登不得，只畏不得登。三度征兵马，傍道打腾腾。"高宗皇帝在山下就得了病，没医治好，回到宫里就死了。出自《朝野佥载》。

杨柳谣

唐高宗永淳年以后，天下的老百姓都传唱"杨柳杨柳漫头驼"这句歌谣。后来徐敬业出事，先是他出任柳州司马，接着他伪造皇帝的文书，自己任命自己为扬州司马，把长史陈敬之杀了，依据江淮一带造反。朝廷派李孝逸去讨伐，砍下了徐敬业的脑袋，用马驮到洛阳，"杨柳杨柳漫头驼"，这件事正是这句歌谣的验证。出自《朝野佥载》。

黄獐歌

武周朝如意年以来，民间开始传唱一首《黄獐歌》。歌词是："黄獐黄獐草里藏，弯弓射你伤。"不久契丹族反叛，杀了都督赵翙，营房和都督府都被契丹人占领。朝廷命令总管曹仁师、张玄遇、麻仁节、王孝杰四人，前后带领一百多万兵马前去征讨，被契丹人在黄獐谷给打败。各军全都覆没，没有逃脱一支人马。这算是"黄獐之歌"得到验证了。出自《朝野佥载》。

苾挈儿

武后垂拱年间，京城里争唱《苾挈儿歌》的小调，全都是低俗的邪词。后来武则天宠幸了张易之，他的小名叫"苾挈"。出自《朝野佥载》。

安乐寺

唐中宗景龙年间，安乐公主在洛州道光坊建安乐寺，花费白银

数百万。童谣曰："可怜安乐寺，了了树头县。"后诛逆韦，并杀安乐，斩首悬于竿上，改为悖逆庶人。出《朝野佥载》。

乌鹊窠

唐神龙已后，谣曰："山南乌鹊窠，山北金骆驼。镰柯不凿孔，斧子不施柯。"此突厥强盛，百姓不得斫桑养蚕、种禾刈谷之应也。出《朝野佥载》。

鲤鱼儿

唐景龙中谣曰："可怜圣善寺，身著绿毛衣。牵来河里饮，踏杀鲤鱼儿。"至景云中，谯王从均州入都作乱，败走，投洛川而死。出《朝野佥载》。

挽天枢

唐景云中谣曰："一条麻线挽天枢，绝去也。"神武即位，敕令推倒天枢，收铜并入尚方，此其应验。出《朝野佥载》。

黄犊子

唐景龙中谣云："黄柏犊子挽纼断，两脚踏地鞋麟断。"六月平王诛逆韦。挽纼断者，韦欲作乱，鞋麟断者，事不成。阿韦是黄犊之后也。出《朝野佥载》。

骆宾王

唐明堂主簿骆宾王《帝京篇》曰："倏忽搏风生羽翼，须臾失浪委泥沙。"宾王后与徐敬业兴兵扬州，大败，投江水而死。此其谶也。出《朝野佥载》。

几百万两。当时流传的童谣说："可怜安乐寺，了了树头县。"后来唐玄宗诛杀韦后一党，同时杀了安乐公主，并将头悬挂在高竿上，将它贬为"悖逆庶人"。出自《朝野佥载》。

乌鹊窠

唐中宗神龙年以后，民谣说："山南乌鹊窠，山北金骆驼。镰柯不凿孔，斧子不施柯。"这是突厥强盛，侵犯中原，老百姓无法砍桑养蚕、种庄稼割麦子的征兆。出自《朝野佥载》。

鲤鱼儿

唐睿宗景龙年间的民谣说："可怜圣善寺，身着绿毛衣。牵来河里饮，踏杀鲤鱼儿。"到了景云年间，谯王李重福从均州进入京城叛乱，失败后逃走，跳进洛河里自杀了。出自《朝野佥载》。

挽天枢

唐中宗景云年间民谣说："一条麻线挽天枢，绝去也。"等到神武皇帝即位，就下令推倒"天枢"，将制造"天枢"的铜存放到为皇宫制造刀剑等金属器物的尚方官署。这件事就是民谣的应验。出自《朝野佥载》。

黄犊子

唐睿宗景龙年间民谣说："黄柏犊子挽纼断，两脚踏地鞋𩍐断。"六月平王便诛杀了韦后一党。"挽纼断"，是韦后要造反作乱，"鞋𩍐断"，是说造反不成功。韦后是黄犊子的后人。出自《朝野佥载》。

骆宾王

唐明堂主簿骆宾王所做的文章《帝京篇》里说："倏忽搏风生羽翼，须臾失浪委泥沙。"骆宾王后来和徐敬业在扬州起兵讨伐武则天，大败，投江水而死。这两句诗就是谶言。出自《朝野佥载》。

天后

唐太宗之代，有《秘记》云："唐三代之后，即女主武王代有天下。"太宗密召李淳风以询其事，淳风对曰："臣据玄象推算，其兆已成。然其人已生在陛下宫内，从今不逾四十年，当有天下，诛杀唐氏子孙，殆将歼尽。"帝曰："求而杀之如何？"淳风曰："天之所命，不可废也。王者不死，虽求恐不可得。且据占已长成，复在宫内，已是陛下眷属。更四十年，又当衰老。老则仁慈，其于陛下子孙，或不甚损。今若杀之，即当复生，更四十年，亦堪御天下矣。少壮严毒，杀之为血仇，即陛下子孙无遗类矣。"出《谈宾录》。

阎知微

唐麟德已来，百姓饮酒唱歌，曲终而不尽者，号为族盐。后阎知微从突厥领贼破赵定。后知微来，则天大怒，磔于西市，命百官射之。河内王武懿宗去七步，射三发，皆不中，其怯懦也如此。知微身上箭如猬毛，锉其骨肉，夷其九族，疏亲先不相识者，皆斩之。小儿年七八岁，驱抱向西市，百姓哀之，掷饼果与者，仍相争夺，以为戏笑。监刑御史不忍害，奏舍之。其"族盐"之言，于斯应矣。出《朝野佥载》。

长孙无忌

唐赵公长孙无忌，以乌羊毛为浑脱毡帽，天下慕之，

天 后

唐太宗时期，有《秘记》上载："唐朝开国三代以后，将会有一个姓武的女主武王取代占有李家天下。"唐太宗秘密地将李淳风找来，询问这件事，李淳风说："我根据玄象推测得出结论，这种征兆已经形成。这个人已经出现在陛下的皇宫里，从现在起不超过四十年，她可以据有天下的统治权，并且开始诛杀唐室子孙，几乎杀光。"唐太宗说："把她找出来杀了怎么样?"李淳风说："这是上天的安排，不应该进行破坏。皇帝的子孙即使不死，也不一定能争到皇位。况且据我推算这个女子已经长成，就在宫里，已经成为陛下的眷属。再过四十年，她又会衰老。老了会变得仁慈，她对陛下的子孙或许不会斩尽杀绝。现在如果杀了她，她还会托生复活，再过四十年，也可以统治天下。那时候她年轻毒辣，现在杀了她所结下的仇恨，到时候她会把陛下的子孙杀得一个也不剩。"出自《谈宾录》。

阎知微

唐高宗麟德年以来，老百姓喝酒的时候经常唱歌，歌唱完了而酒还未喝光的，称之为"族盐"。后来阎知微带领突厥的军队攻破了赵定。最后阎知微被抓来，武则天大怒，将他绑到西市，令百官用箭射他。河内王武懿宗走到距离阎知微七步远的地方，连发三箭，都没有射中，软弱胆小到如此地步。阎知微身上被射得像刺猬的毛一样，并且还割下了他的骨肉，诛杀了他的九族，就连远亲中互相不认识的也都被抓来杀掉。孩子才七八岁，也被抱到西市，老百姓可怜孩子，给他们一些糖果，孩子们互相抢夺，还当成嬉笑。监刑御史不忍杀害孩子，请示武则天留下孩子不杀。当初所说的"族盐"，也就是诛杀姓阎的意思，到这个时候得到了应验。出自《朝野佥载》。

长孙无忌

唐时赵公长孙无忌，用黑羊毛做成浑脱毡帽，天下美慕仿效，

其帽为赵公浑脱。后坐事长流岭南，浑脱之言，于是效焉。出《朝野佥载》。

魏王

唐魏王为巾子，向前踣，天下欣欣慕之，名为魏王踣。后坐死。至孝和时，陆颂亦为巾子，同此样，时人又名为陆颂踣。未一年而陆颂殒。出《朝野佥载》。

武媚娘

唐永徽后，天下唱《武媚娘歌》，后立武氏为皇后。大帝崩，则天临朝，改号大周。二十余年，武氏强盛。武氏三王：梁、魏、定等并开府。自余郡五十余人，几迁鼎矣。出《朝野佥载》。

孝和

唐咸亨已后，人皆云："莫浪语，阿婆嗔，三叔闻时笑杀人。"后果则天即位，至孝和嗣之。阿婆者，则天也；三叔者，孝和为第三也。出《朝野佥载》。

魏叔麟

唐魏仆射子名叔麟。识者曰："叔麟反语身戮也。"后果被罗织而杀之。出《朝野佥载》。

武三思

梁王武三思，唐神龙初，改封德靖王。识者言："德

将这种式样的帽子叫做“赵公浑脱”。后来他因事获罪被长期流放在岭南，用不着再戴毡帽，“浑脱”这个说法，这个时候应验了。出自《朝野佥载》。

魏王

唐魏王造了一种头巾，高挺而向前朝下折，天下人都欣然羡慕效仿，称这种式样的头巾为“魏王踣”。不久，魏王犯罪被处死了。到孝和皇帝时，陆颂也将头巾折成这种高而且向前倒的样式，人们又称这样的头巾为“陆颂踣”。不出一年，陆颂也死了。出自《朝野佥载》。

武媚娘

唐高宗永徽年以后，民间流传一首《武媚娘歌》，后来高宗皇帝立武媚娘为皇后。高宗皇帝死了以后，武媚娘临朝主持朝政，改国号为“大周”。武氏家族兴盛了二十多年。武氏家族的梁王、魏王、定王等同时开建府署，成立办事机构。还封了五十多个郡王，几乎篡夺了唐朝的江山。出自《朝野佥载》。

孝和

唐高宗咸亨年以后，人们都说：“不要随便说话，小心阿婆怪罪，三叔听到时笑死人。”后来果然武则天即位，最后孝和皇帝继承了皇位。阿婆，是指武则天；三叔，是指唐中宗孝和皇帝，因为他排行第三。出自《朝野佥载》。

魏叔麟

唐朝魏仆射儿子的名字叫叔麟。有识者说：“叔麟的反语就是身戮。”后来魏叔麟果然被编造罪名而杀害。出自《朝野佥载》。

武三思

梁王武三思在唐中宗神龙初年被改封为德靖王。有识者说：“德

靖鼎贼也。"果有窥鼎之志,被郑克等斩之。出《朝野佥载》。

孙 佺

唐孙佺为幽州都督,五月北征。时军师李处郁谏:"五月南方火,北方水,火入水必灭。"佺不从,果没八万人。昔窦建德救王世充于牛口谷,时谓:"窦入牛口,岂有还期?"果被秦王所擒。其孙佺之北也,处郁曰:"飧若入咽,百无一全。"山东人谓湿饭为飧。音孙。幽州以北,并为燕地,故云。出《朝野佥载》。

张易之

天后时,谣言曰:"张公吃酒李公醉。"张公者,斥易之兄弟也;李公者,言李氏太盛也。出《朝野佥载》。

饮酒令

唐龙朔年已来,百姓饮酒作令云:"子母相去离,连台拗倒。"子母者,盏与盘也;连台者,连盘拗盏倒也。及天后永昌中,罗织事起。有宿卫十余人,于清化坊饮,为此令,此席人进状告之,十人皆弃市。自后庐陵徙均州,则"子母相去离"也;"连台拗倒者",则天被废,诸武迁放之兆。出《朝野佥载》。

白马寺

唐神武皇帝七月即位,东都白马寺铁像头,无故自落于殿门外。自后捉搦僧尼严急,令拜父母等,未成者并停革,后出者科决,还俗者十八九焉。出《朝野佥载》。

靖，就是鼎贼。”后来他果然有篡权当皇帝的野心，被郑克等人斩杀了。出自《朝野佥载》。

孙佺

唐朝的孙佺为幽州都督，五月，他带领军队向北进攻。当时军师李处郁说：“五月，南方属火，北方属水，火入水必然熄灭。”孙佺不听，结果损失了八万人马。当年窦建德进入牛口谷救王世充，当时有人说：“窦入牛口，怎么还能回来？”果然被秦王李世民抓住了。这次孙佺往北进军，李处郁说：“飧如果进入咽喉，不会再保持完整。”山东人将粥饭叫做“飧”音孙，幽州以北，都是当年燕国的土地，所以李处郁这么说。出自《朝野佥载》。

张易之

武后时，谣言曰：“张公吃酒李公醉。”张公者，斥责张易之、张昌宗兄弟；李公者，是说李氏王朝太兴盛了。出自《朝野佥载》。

饮酒令

唐高宗龙朔年以来，老百姓喝酒的时候行酒令说：“子母相去离，连台拗倒。”子母，是指杯盏与托盘；连台，是说喝完酒后连托带盏一起翻转。等到武后永昌年间，罗织罪名陷害人的风气兴起。有十多个宫中禁军在清化坊喝酒，行起这个酒令，被同席的人告发，十多个人全都被处死。到后来，庐陵王迁移到均州，应验了“子母相去离”；“连台拗倒”是预示着武则天被废，武氏家族的人被定罪流放到边远地区。出自《朝野佥载》。

白马寺

唐朝玄宗神武皇帝七月即位，东都洛阳白马寺的铁佛像头，无缘无故自己掉下来，落到了殿门外。此后，朝廷捉拿僧尼严急，令他们和自己的父母相认回家，不允许再出家当和尚，新出家的捉住判刑，僧尼们被迫还俗的达到十之八九。出自《朝野佥载》。

李 蒙

开元五年春，司天奏玄象有谪见，其灾甚重。玄宗震惊，问曰："何祥？"对曰："当有名士三十人，同日冤死。今新及第进士，正应其数。"其年及第李蒙者，贵主家婿。上不言其事，密戒主曰："每有大游宴，汝爱婿可闭留其家。"主居昭国里，时大合乐，音曲远畅。曲江涨水，联舟数艘，进士毕集。蒙闻之乃逾垣奔走，群众惬望。才登舟，移就水中，画舸平沉，声妓篙工，不知纪极，三十进士，无一生者。出《独异志》。

李进周

天宝中，李进周颇有道术，多在禁署。徙居宫观，于所居院内，题诗不啻千言，皆预纪上皇幸蜀，禄山僭位之事。初亦不悟，后方豁然。略举一篇云："燕市人皆去，函关马不归。如逢山下鬼，环上系罗衣。"贵妃小字阿环，"山下鬼"，"嵬"字也。出《抒情诗》。

志公词

刘禹锡曰："逆胡之将乱中原，梁朝志公大师已赠词曰：'两角女子绿衣裳，却背太行邀君王，一止之月必消亡。'两角女子''安'字也，'绿'者'禄'也，'一''止'正月也。

李　蒙

唐玄宗开元五年的春天，司天监向玄宗皇帝报告说，日月星辰在天空形成的天象出现天谴的征候，而且灾难很严重。玄宗皇帝震惊，问道："什么灾难？"回答说："将会有名士三十人在同一天无故冤死。今年被录取的进士，正好应了这个数字。"那年被录取的进士李蒙，是公主家的女婿。玄宗皇帝没有说明事情的真相，只是秘密地告诫公主说："每当遇到大型的游乐活动或宴会，你要将你的爱婿留在家中，不要让他参加。"公主家住在昭国里，一天在江上举行隆重的祭祀典礼，合乐声传得很远。当时曲江正涨大水，江边停着连结一起的几条船，进士们聚集在船上。李蒙听到音乐声，从家里翻过院墙跑了出来，大家都在欢欣地观看。他刚上船，船就向江中心驶去，不一会儿，画船沉没了，歌女和船工不知道死了多少人，三十名进士全都淹死在江中，没有一个幸存者。出自《独异志》。

李进周

唐玄宗天宝年间，李进周颇精通预测事物的方术，多在宫内院活动。后来搬到道观里，在他所住的院子里，题了不下一千句诗，全都预示着太上皇去蜀避难，安禄山叛乱僭位的事。当初看了不理解，事后才豁然明白。这里暂举一首诗作为例子："燕市人皆去，函关马不归。如逢山下鬼，环上系罗衣。"杨贵妃的小名叫阿环，"山下鬼"是个"嵬"字，预示着杨玉环被缢死在马嵬驿。出自《抒情诗》。

志公词

刘禹锡说："胡人安禄山叛乱扰乱中原，梁朝志公大师在他的一首赠词中就已经提到过，说：'两角女子绿衣裳，却背太行邀君王，一止之月必消亡。''两角女子'是个'安'字，'绿'和'禄'在方言里为同一个字，'一'和'止'字加在一起是个'正月'的'正'字。

果正月败亡。圣矣符志公之寓言也。”出《刘公嘉话录》。

李怀光

马燧讨李怀光，自太原引兵，至实鼎下营。问其地，名埋怀村，乃大喜曰：“擒贼必矣。”出《国史补》。

王　铎

唐乾符中，荆州节度使晋公王铎，后为诸道都统。时木星入南斗，数夕不退，铎观之，问诸星者：“吉凶安在？”咸曰：“金火土犯斗，即为灾；惟木当为福耳。”或然之。时有术士边冈，洞晓天文，精通历数，谓晋公曰：“惟斗帝王之宫宿，惟木为福神，当以帝王占之。然则非福于今，必当有验于后，未敢言之。”他日，晋公屏左右密问，冈曰：“木星入斗，当王之兆。木在斗中，朱字也。”识者言唐世尝有绯衣之谶，或言将来革运，或姓裴，或姓牛。以“裴”字为绯衣，“牛”字著人，即朱也。所以裴晋公度，牛相国僧孺，每罹此谤。李卫公斥《周秦行记》，乃斯事也。安知钟于砀山之朱乎？出《北梦琐言》。

木成文

梁开平二年，使其将李思安攻潞州。营于壶口关，伐木为栅。破一大木，木中朱书隶文六字，曰：“天十四载石进。”

安禄山叛乱果然在正月失败被杀。事情的发展完全符合志公大师的寓言诗所做的预测。”出自《刘公嘉话录》。

李怀光

马燧讨伐李怀光，从太原带领兵马出发，走到实鼎一带准备宿营休息。马燧问宿营地的名字，别人告诉他叫“埋怀村”，他非常高兴，说：“擒获李怀光是必然的事情了！”出自《国史补》。

王　铎

唐僖宗乾符年间，荆州节度使晋公王铎，后来担任了诸道都统。当时木星侵入南斗六星的位置，几个晚上也没有退回去，王铎看到了，便问诸星象家说：“这种现象是吉还是凶？”大家都说：“金星、火星、土星侵入南斗星，便是灾祸；唯独木星侵入当是吉利的征兆。”王铎认为有道理。当时有个叫边冈的术士，洞晓天文，精通历数，他对晋公王铎说：“南斗是帝王的星宿，木星是福神，所以应当以它们来推测帝王的命运。但是这种星象不代表现在，而是代表将来的变化，不敢随便说出来啊。”过了几天，晋公王铎叫左右的人退下去，私下问边冈，边冈说：“木星进入南斗六星，是有人要当皇帝的预兆。木在斗中，是个‘朱’字。”另有有见识的人说，唐朝曾经有过关于“绯衣”的预言，有人说将来改朝换代，皇帝或是姓裴，或是姓牛。以“绯衣”代表“裴”字，“牛”字加个“人”字，就是“朱”字。所以后来的晋公裴度，相国牛僧孺，都因为这种传说和预言遭过陷害。李卫公李德裕贬斥《周秦行纪》，也是因为这件事。哪知道当在砀山灭掉唐朝的梁太祖朱温身上呢？出自《北梦琐言》。

木成文

五代梁太祖开平二年，太祖朱温派他的大将李思安攻打潞州。军队宿营在壶口关，砍伐树木修造栅栏。士兵们破开一根树干时，看到木头当中有六个红色的隶书字：“天十四载石进。”

思安表上之。其群臣皆贺，以为十四年必有远夷贡珍宝者。其司天少监徐鸿，谓所亲曰："自古无一字为年号者，上天符命，岂阙文乎？吾以丙申之年，当有石氏王此地者。移四字中两竖画，置'天'字左右，即'丙'字也；移四之外围，以'十'字贯之，即'申'字也。"后至丙申岁，晋高祖以石姓起并州，如鸿之言。出《稽神录》。

草重生

初董昌未败前，狂人于越中旗亭客舍，多题诗四句曰："日日草重生，悠悠傍素城。诸侯逐白兔，夏满镜湖平。"初人不晓其词，及昌败方悟："草重""董"字；"日日""昌"字；"素城"越城，隋越国公杨素所筑也；诸侯者，猴乃钱镠，申生属也；白兔昌，卯生属也；夏满，六月也；镜湖者，越中也。出《会稽录》。

唐国闰

伪蜀后主王衍，以唐袭宅建上清宫，于老君尊像殿中，列唐朝十八帝真，乃备法驾谒之。识者以为拜唐，乃归命之先兆也。先是司天监胡秀林进历，移闰在丙戌年正月。有向隐者亦进历，用宣明法，闰乙酉年十二月。既有异同，彼此纷诉，仍于界上取唐国历日。近臣曰："宜用唐国闰月也。"因更改闰十二月。街衢卖历者云："只有一月也。"其年十二月二十八日国灭。胡秀林是唐朝司天少监，仕蜀，别造《永昌正象历》，推步之妙，天下一人。然移闰之事

李思安为这件事写了一份奏表上报给朝廷。群臣都向皇帝祝贺，认为十四年必定有边远的国家向皇帝进贡珍宝。司天少监徐鸿暗地里对自己亲近的人说："自古以来没有以一个字为年号的，天赐祥瑞与天子，作为受命的凭证，还会缺少文字吗？我认为这预示丙申年，会有姓石的人在此地称王。将四字中的两竖移到'天'字的左右，就是个'丙'字；将四字的外框的'十'字贯穿就是个'申'字。"后来到了丙申年，后晋的高祖石敬瑭在并州兴起，果然同徐鸿说的一样。出自《稽神录》。

草重生

当初董昌没有失败的时候，有一个狂人在越中旗亭旅店的墙壁上题了四句诗："日日草重生，悠悠傍素城。诸侯逐白兔，夏满镜湖平。"当初人们不知道这句诗的意思，等到董昌败了才明白："草重"是个"董"字，"日日"是个"昌"字；"素城"代表越城，因为是隋朝越国公杨素所建造的；"诸侯"，猴是申生属，代表钱镠；白兔是卯生属，指董昌；夏满代表六月；镜湖指的是越中。出自《稽神录》。

唐国闰

前蜀后主王衍，在从唐朝世袭得来的宅院的位置上修建清宫，在供奉太上老君神灵的大殿里，悬挂了唐朝十八代皇帝的画像，乘天子车前去拜谒。有能看透事物的人说，供奉参拜唐朝皇帝，是归顺唐朝的先兆。此前司天监胡秀林编制日历报送给王衍，将闰月移到丙戌年正月。有个隐士也报送了一本日历，用宣明法计算，将闰月移到乙酉年十二月。由于出现分歧，两个人争论起来，后来仍采用唐朝的历法。左右亲近的大臣对王衍说："应该采用唐朝的闰月。"所以更改闰月到十二月。在街上卖日历的人说："只有一个月。"当年的十二月二十八日前蜀国灭亡。胡秀林是唐朝的司天少监，后来到前蜀任职，他编制了《永昌正象历》，推算的精妙准确天下第一。但是在这次确定闰月的事上

不爽，历议常人不可轻知之。出《北梦琐言》。

竹貂

竹貂者，食竹之鼠也。生于深山溪谷竹林之中无人之境，非竹不食，巨如野狸，其肉肥脆。山民重之，每发地取之甚艰。岐梁睚眦之年，秦陇之地，无远近岩谷之间，此物争出，投城隍及所在民家。或穿墉坏城，或自门阈而入，犬食不尽，则并入人家房内，秦民之口腹饫焉。忽有童谣曰："貂貂引黑牛，天差不自由。但看戊寅岁，杨在蜀江头。"智者不能议之。

庚午岁，大梁同州节度使刘知俊叛梁入秦，家于天水。天水破，流入蜀。居数年间，蜀人又谣曰："黑牛无系绊，棕绳一时断。"伪蜀先主闻之，惧曰："黑牛者，刘之小字；棕绳者，吾子孙之名也。盖前辈连宗字，后辈连承字为名，棕绳与宗承音同。吾老矣，得不为子孙之患乎？"于是害刘公以厌之。明年，岁在戊寅，先主不豫，合眼刘公在目前。蜀人惧之，遂粉刘之骨，扬入于蜀江。先主寻崩，议者方知貂者刘也，黑牛者刘之小字，戊寅岁扬骨入于蜀江之应。出《王氏见闻》。

没有算准，因为朝代的变更不是平常人能够轻易推算出来的。出自《北梦琐言》。

竹貂

竹貂，是一种吃竹子的鼠类。生长在没有人烟的深山溪谷的竹林之中，除了竹子它什么也不吃，竹貂的体型大如野猫，肉质肥嫩。山里的居民非常喜欢吃，但是挖地抓竹貂很不容易。李茂贞与朱温发生冲突的那一年，秦、陇一带，无论远近，山崖峡谷之间，竹貂争先恐后地往外跑，跑到城墙下的壕沟里和附近的老百姓家里。它们或是挖洞毁坏城墙，或是从门槛进入居民家里，狗无法吃尽它们，则一起进到人家房内，秦地的老百姓饱食了竹貂的肉。这时忽然流传一首童谣说："貂貂引黑牛，天差不自由。但看戊寅岁，杨(扬)在蜀江头。"有学问的人也不理解童谣的意思。

庚午年，大梁同州节度使刘知俊背叛大梁，带兵进入秦地，驻扎安家在天水。天水被攻破以后，又流窜进入蜀地。住了几年以后，蜀人又流传一首民谣说："黑牛无系绊，棕绳一时断。"前蜀先主王建听到后，害怕地说："黑牛是刘知俊的小名；而棕绳，是我子孙的名字。按家谱承续，前代以'宗'字辈起名，后代以'承'字辈起名，'棕绳'与'宗承'音同。我老了，能不为子孙担心吗?"于是王建将刘知俊杀了以消除隐患。第二年是戊寅年，先主王建心情不好，一闭上眼睛就见刘知俊在眼前。他很害怕，令人将刘知俊的骨头碎成粉末，扬到了蜀江里。不久先主王建死了，这时人们才知道，民谣里的"貂"是指刘，"黑牛"是刘知俊的小名，戊寅年将刘知俊的骨头扬到蜀江中，就是"但看戊寅岁，杨(扬)在蜀江头"的应兆。出自《王氏见闻》。

卷第一百六十四

名贤讽谏附

名贤

郭林宗

郭林宗来游京师，当还乡里，送车千许乘，李膺亦在焉。众人皆诣大槐客舍而别，独膺与林宗共载，乘薄笨车，上大槐坂。观者数百人，引领望之，眇若松、乔之在霄汉。出《商芸小说》。

李膺

李膺恒以疾不送迎宾客，二十日乃一通客。唯陈仲弓来，辄乘轝出门迎之。出膺《家录》。

名贤

郭林宗

郭林宗来到京城游玩，要回故乡，前来送行的车子有一千多辆，李膺也在其中。众人都只送到大槐旅店便告别回去了，只有李膺和郭林宗同乘一辆简陋笨重的车子，一直登上大槐坡顶。有好几百人伸着脖子观看，就像观看赤松子和王子乔两位神仙站立在云端。出自《商芸小说》。

李　膺

李膺常常因为疾病，总是不迎送客人，他们家平均二十天方才接迎一回。唯独陈仲弓来，李膺就乘车出门迎接。出自李膺《家录》。

李元礼谡谡如劲松下风。膺居阳城时，门生在门下者，恒有四五百人。膺每作一文出手，门下共争之，不得堕地。陈仲弓初令大儿元方来见，膺与言语讫，遣厨中食。元方喜，以为合意，当复得见焉。出《商芸小说》。

膺同县聂季宝，小家子，不敢见膺。杜周甫知季宝，不能定名，以语膺。呼见，坐置砌下牛衣上。一与言，即决曰："此人当作国士。"卒如其言。出《商芸小说》。

膺为侍御史。青州凡六郡，唯陈仲举为乐安，视事，其余皆病，七十县并弃官而去。其威风如此！出《商芸小说》。

膺坐党事，与杜密、荀翊同系新汲县狱。时岁日，翊引杯曰："正朝从小起。"膺谓曰："死者人情所恶，今子无吝色者何？"翊曰："求仁得仁，又谁恨也！"膺乃叹曰："汉其亡矣！汉其亡矣！夫善人天地之纪，而多害之，何以存国？"出李膺《家录》。

徐孺子

陈仲举雅重徐孺子。为豫章太守，至，便欲先诣之。主簿曰："群情欲令府君先入拜。"陈曰："武王轼商容之间，席不暇暖，吾之礼贤，有何不可？"出《商芸小说》。

徐孺子年九岁，尝月下戏。人语之："若令月无物，极当明邪？"徐曰："不尔，譬如人眼中有童子，无此如何不暗？"出《世说》。

李膺像挺立的松树下谡谡的劲风。李膺居住在阳城时，门下总有四五百个学生。李膺每当写完一篇文章，学生们都争着阅读，传来传去不会落到地上。陈仲弓当初叫大儿子陈元方来拜见李膺，李膺同他谈完话以后，让他到厨房去吃饭。陈元方心中暗喜，认为自己让李膺感到满意，当会能再相见。出自《商芸小说》。

李膺同县的聂季宝，出身低微，不敢来见李膺。杜周甫知道聂季宝科举考试不会被录取，将他的情况告诉李膺。李膺同聂季宝会面，坐在台阶下为牛御寒的蓑衣上面。李膺同聂季宝谈了一次话，便断定说："这个人将来会成为国家的栋梁。"后来果然如李膺所预料的一样。出自《商芸小说》。

李膺出任侍御史。青州六郡，只有陈仲举任乐安县太守，照常在官署处理政务，其余的都混乱不堪，有七十个县的县令弃官而去。李膺竟有如此威风！出自《商芸小说》。

李膺受到同党的牵连而遭受迫害，同杜密、荀翊一起被关押在新汲县监狱。过年这天，荀翊举起酒杯说："端正朝纲，必须从小事做起。"李膺对他说："死是人情所厌恶的事情，你现在为什么没有为难的神色？"荀翊说："追求仁义，得到仁义，还有什么可遗憾的！"李膺感叹地说："汉朝要灭亡了！汉朝要灭亡了！有道德的人是天地国家的基石，而如今多遭到了迫害，还以什么来维护保存国家呢？"出自李膺《家录》。

徐孺子

陈仲举一向敬重徐孺子。他被任命为豫章太守，刚一到任，就要去看望徐孺子。主簿对他说："大家都希望太守您先举行交接参拜仪式。"陈仲举说："周武王没等坐暖席子，就急着坐车去商容所居住的闾里，我礼贤下士，有什么不可以呢？"出自《商芸小说》。

徐孺子九岁的时候，一次在月下玩耍。有人对他说："如果月亮里没有月宫和桂树等物，那么会更加明亮吗？"徐孺子说："不是这样，就像人的眼睛里面有瞳仁，如果没有瞳仁，如何能不更加黑暗？"出自《世说》。

郑玄

郑玄在徐州，孔文举时为北海相，欲其返郡。教请恳恻，使人继踵。又教曰："郑公久游南夏，今艰难稍平。倘有归来之思，无寓人于室。毁伤其藩垣林木，必缮治墙宇以俟还。"及归，融告僚属："昔周人尊师，谓之尚父，今可咸曰郑君，不得称名也。"袁绍一见玄，叹曰："吾本谓郑君东州名儒，今乃是天下长者。夫以布衣雄世，斯岂徒然哉?"及去，绍饯之城东，必欲玄醉。会者三百人，皆使离席行觞。自旦及暮，计玄可饮三百余杯，而温克之容，终日无怠。出《商芸小说》。

蔡邕

张衡死月，蔡邕母始怀孕。此二人才貌甚相类，时人云："邕是衡之后身。"初司徒王允，数与邕会议，允词常屈，由是衔邕。及允诛董卓，并收邕，众人争之不能得。太尉马日磾谓允曰："伯喈忠直，素有孝行。且旷世逸才，多识汉事，当定十志。今子杀之，海内失望矣。"允曰："无蔡邕独当，无十志何损?"遂杀之。出《商芸小说》。

东国宗敬邕，不言名，咸称蔡君。兖州陈留，并图画蔡邕形像而颂之曰："文同三闾，孝齐参、骞。"出《邕别传》。

郑玄

郑玄在徐州，此时孔融任北海相，他很想请郑玄回到北海郡。诚恳地派人连续多次去徐州请郑玄回来。孔融还说："郑公长时间旅居南方，如今天下稍稍平定。倘若有回来的意思，没有居住的房屋。被毁坏的篱笆围墙和花园树木，一定要妥善修理，等着他返回。"郑玄回来，孔融告诉手下的官员说："过去周朝的人尊敬老师，称老师为'尚父'，如今大家可都称他郑君，不许直接叫他的名字。"袁绍一见郑玄，就感叹地说："我本以为郑君只是东州著名的学者，今天一见才知道他还是重厚自尊的长者。他以平民百姓的身份在当今之世受天下人崇敬，哪里是没有理由的？"郑玄要走了，袁绍在城东摆酒宴为他饯行，千方百计想让他喝醉。参加宴会的有三百人，他叫每个人都离席向郑玄敬酒。从早晨到傍晚，估计郑玄大概喝了三百多杯酒，但是他温文尔雅的仪态和风度整天都没有失态。出自《商芸小说》。

蔡邕

张衡死的那个月，正是蔡邕母亲怀孕的时候。他们二人的才能和容貌非常相似，当时的人说："蔡邕是张衡所托生的。"当初司徒王允好几次同蔡邕辩论，王允经常理屈词穷，因此怨恨蔡邕。等到王允诛杀了董卓，并且拘捕了蔡邕，如何处置蔡邕，大家争论不能决定。太尉马日磾对王允说："蔡邕忠厚正直，向来有忠孝的名声。况且又是旷世奇才，了解汉朝很多故实，应当让他整理律历、礼乐、刑法等'十志'。这个时候将蔡邕杀了，恐怕会令天下的人失望。"王允说："没有蔡邕独当一面，不能写定'十志'有什么损失呢？"于是把蔡邕杀了。出自《商芸小说》。

东国尊敬蔡邕，所以不叫他的名字，都称他为"蔡君"。兖州陈留那个地方还画了蔡邕的画像来颂扬他，说："他的文章同三闾大夫屈原一样好，孝顺与曾参和闵子骞齐名。"出自《蔡邕别传》。

崔仁师

唐崔仁师为度支郎中，奏财物数千言，手不执本。太宗怪之，令杜正伦赍本对唱，一无所误。出《神异录》。

张文瓘

宰相以政事堂供馔弥美，议减之。张文瓘曰："此食天子所重，以机务待贤才。吾辈若不任其职，当自陈乞，以避贤路。不宜减削公膳，以邀求名誉，国家所费不在于此，苟有益于公道，斯亦不为多也。"出《谈宾录》。

虞世南

太宗尝出行，有司请载副书以从。帝曰："不须。虞世南在，此行秘书也。"太宗称世南博闻、德行、书翰、词藻、忠直，一人而兼是五善。太宗闻世南薨，哭之恸曰："石渠东观之中，无复人矣！"世南之为秘书，于省后堂，集群书中事可为文用者，号为《北堂书抄》。今此堂犹存，而书盛行于代。出《国朝杂记》。

马　周

马周西行长安，至新丰，宿于逆旅。主人唯供诸商贩而不顾周，遂命酒悠然独酌，主人翁深异之。及为常何陈便宜二十余事，太宗怪其能。问何，何答曰："此非臣发虑，乃臣家客马周也。"太宗即日召之。未至间，遣使催促者数四。

崔仁师

唐朝的崔仁师任度支郎中，他向太宗皇帝汇报财务收支情况几千笔，手里不拿账本。太宗皇帝感到奇怪，令杜正伦拿着账本核对他所报的数字，竟没有一笔错误。出自《神异录》。

张文瓘

宰相因为政事堂供应的饭菜越来越丰盛，提议精减。张文瓘说："这顿饭是天子所重视的，因为国政大事等着贤才。我们若不担任这个职务，自然应当陈述，以避开贤士进取的道路。不应当削减工作餐，以换取个人的名誉。国家所浪费的不在这一顿饭，只要对公道有益，这也不算多。"出自《谈宾录》。

虞世南

太宗皇帝有一次出行，有关部门的官员请示要将书籍、公文的副本装到车上带着。太宗皇帝说："不用。有虞世南在，就是此行的秘书。"太宗皇帝称许虞世南博闻多见、品质高尚、读书广博、词汇丰富、忠诚正直，一个人具备五种长处。太宗皇帝听说虞世南去世，哭得非常悲痛，说："石渠、东观之中，不再有人了！"虞世南当秘书期间，在省后堂将群书中可以在今后写文章时引用的重要事物摘录编纂在一起，叫做《北堂书抄》。如今省后堂还在，《北堂书抄》也流行于世。出自《国朝杂记》。

马　周

马周西行去长安，中途走到新丰，住在一家旅店里。店主人只顾招待各有钱的商人，而顾不上马周，马周便叫小二拿来了酒，悠然自得地独自喝酒，店主人感到他是个很奇怪的人。等到他协助常何处理了二十多件积压已久、很难处理的公务，太宗皇帝奇怪常何有如此才能。问常何，常何说："这不是我的功劳，而是我们家的食客马周协助处理的。"太宗皇帝当天就急着召见马周。马周没有及时赶到，太宗皇帝多次派了人前去催促。

及谒见，语甚悦，授监察御史。奏罢传呼，置鼓，每击以惊众，时人便之。迁中书令，周病消渴，弥年不瘳。时驾幸翠微宫，敕求胜地，为周起宅，名医内使，相望不绝。每令常食以御膳供之。太宗躬为调药，皇太子临问。出《谈宾录》。

员半千

员半千本名余庆，与王义方善。谓曰："五百年一贤，足下当之矣。"遂改为半千。高宗御武成殿，召举人，问天阵地阵人阵如何。半千曰："师出以义，有若时雨，天阵也；兵在足食，且耕且战，地阵也；卒乘轻利，将帅和睦，人阵也。"上奇之，充土蕃使。则天即位，留之曰："境外不足烦卿。"撰《明堂新礼》上之。又撰《封禅坛碑》十二首。迁正谏大夫，兼控鹤供奉。半千以古无此名，又授者皆薄徒，请罢之。由是忤旨。出《广德神异录》。

严安之

玄宗御勤政楼，大酺，纵士庶观看。百戏竞作，人物填咽，金吾卫士白棒雨下，不能制止。上患之，谓高力士曰："吾以海内丰稔，四方无事，故盛为宴，欲与百姓同欢，

见面以后，太宗皇帝与马周相谈得非常愉悦，任命他为监察御史。等到朝见完之后，马周传呼下属摆上鼓乐庆贺。每击一下，鼓的敲击声都震惊了众人，大家都知道了这件事。马周任中书令以后，得了消渴症，多年医治不见好转。一次太宗皇帝到翠微宫，命令选一块好地方给马周建一座住宅，并且派名医和使臣不断去探望马周。太宗皇帝还常派人将皇宫里的饭菜送去给马周吃。太宗皇帝还曾经亲自为马周调药，皇太子也经常亲临问安。出自《谈宾录》。

员半千

员半千本名叫员余庆，他同王义方的关系很好。王义方对他说："五百年出一个品德才能出众的贤人，您当之无愧。"于是改名为"半千"。高宗皇帝到武成殿召集举人问天阵、地阵和人阵如何。员半千说："出师要顺应形势，主持正义，就像天上下雨，顺应天时，这就是天阵；兵马的粮食要充足，一边耕种，一边打仗，这就是地阵；士兵们轻视财利，作战勇敢，统帅要齐心协力，和睦相处，这就是人阵。"高宗皇帝对他的才能感到惊奇，任命他为出使吐蕃的使臣。武则天即位以后对他说："边境以外的事不必麻烦你去处理。"他撰写新建成的明堂典礼仪式上宣读的《明堂新礼》，呈上去，又让他撰写《封禅坛碑》十二首。任命他为正谏大夫兼任负责侍卫的控鹤供奉。员半千认为从古以来没有这个官职，又因为负责这项工作的都是些浅薄轻浮的人，所以请武则天收回控鹤供奉这项任命。由此而违抗了皇帝的旨意。出自《广德神异录》。

严安之

玄宗皇帝驾幸勤政楼，大摆酒宴，让士民百姓们观看。百戏争相上演，人们把道路和广场都塞满了，仪仗队的卫士们挥舞棍棒像雨点般殴打，也无法制止。皇帝很忧虑，对高力士说："我因为天下丰收，四方又没有战乱，所以排摆酒宴，要和老百姓同乐，

不知下人喧乱如此。汝有何方止之?”力士奏曰:“臣不能也。陛下试召严安之,处分打场。以臣所见,必有可观也。”上从之。安之至,则周行广场,以手板画地,示众人,约曰:“逾此者死!”以是终五日酺宴,咸指其画曰:“严公界!”无一人敢犯者。出《开天传信记》。

萧颖士

萧颖士,文章学术,俱冠词林,负盛名而湮沉不遇。常有新罗使至,云:“东夷士庶,愿请萧夫子为国师。”事虽不行,其声名远播如此。出《翰林盛事》。

萧　嵩

萧嵩为相,引韩休同列。及在相位,稍与嵩不协,嵩因乞骸骨。上慰嵩曰:“朕未厌卿,卿何庸去乎?”嵩俯伏曰:“臣待罪宰相,爵位已极。幸陛下未厌臣,得以乞身。如陛下厌臣,臣首领不保,又安得自遂。”因殒涕。上为之动容曰:“卿言切矣。朕思之未决,卿归私第,至夕当有使。如无使,旦日宜如常朝谒。”及日暮,命力士诏嵩曰:“朕惜卿,欲固留。而君臣终始,贵全大义,亦国家之美事也。今除卿右丞相。”是日,荆州始进黄柑,上以素罗帕包其二以赐之。出《柳氏史》。

没想到老百姓如此喧闹混乱。你有什么办法制止?”高力士说:“我没有办法。皇上试着把严安之找来处置,维持秩序。以我所见,必定有值得观看之处。”玄宗皇帝同意了。严安之来了以后,围着广场走了一圈,用上朝时手里拿的手板在地上画了一条线,给众人看,然后约定说:“越过这条线的人处死!”由此摆了五天酒宴,演了五天戏剧,老百姓都指着那条线说:“严公界!”没有一个人敢超越的。出自《开天传信记》。

萧颖士

萧颖士的文章和学问,都在文人学者中名列第一,享有盛名,但一直被埋没而没有当官的机会。曾经有个朝鲜半岛新罗国的使臣来到中原,请求说:“东方民族的官员和百姓想请萧颖士去做国师。”这件事虽然没有办成,但却由此可以看出,萧颖士的名声竟传播得那么远。出自《翰林盛事》。

萧　嵩

萧嵩当宰相,推荐韩休也做宰相。等到韩休当了宰相,稍与萧嵩不和,萧嵩因此向皇上辞官,要求回归故里。皇上安慰萧嵩说:“我没有讨厌你,你哪里用得着离开呢?”萧嵩趴在地上说:“我是待罪宰相,官当到了顶点。幸好陛下没有讨厌我,我才能请求辞官。如果陛下讨厌我,我脑袋不保,又怎么能够自己选择去留呢?”说着流下了眼泪。皇上受了感动说:“你说得很真切。我没有考虑好怎样决定,你回家去,到晚上应该有使臣去。如果没有使臣去,早晨你应当像往常一样来上朝。”等到黄昏,皇上命高力士将萧嵩找来对他说:“我很爱惜你,想要挽留你。而君臣始终如一,注重保全大义,也是国家的一件好事。今天任命你为右丞相。”正好有当天荆州进贡的黄柑,皇上用素罗帕包了两个赏给了萧嵩。出自《柳氏史》。

于休烈

于休烈，至性真悫，机鉴敏悟。肃宗践祚，休烈自中都赴行在，拜给事中，迁太常少卿，知礼仪使。中原荡覆，文物未备。休烈献《五代论》，肃宗甚嘉之，迁工部。在朝凡三十余年，历掌清要，家无担石之蓄。恭俭温仁，未尝见喜愠于颜色。而亲贤下士，推毂后进，虽位重年高，曾无倦色，笃好书籍，手不释卷。出《谈宾录》。

李廙

尚书左丞李廙，有清德，其妹刘晏妻也。晏方秉权，尝造廙。延至寝室，见其门帘甚弊，乃令潜度广狭，以竹织成，不加缘饰，将以赠廙。三携至门，不敢发言而去。出《国史补》。

郑絪

顺宗风噤不言，太子未立，牛美人有异志。上乃召学士郑絪于小殿，令草立储宫德音。絪搦管不请，而书"立嫡以长"四字，跪而呈上。顺宗深然之，乃定。出《国史补》。

独孤郁

独孤郁，权相之子婿也。历掌内外纶诰，有美名。宪宗叹曰："我女婿不如德舆女婿。"出《国史补》。

于休烈

于休烈，性情真诚谨慎，机敏颖悟。肃宗即位当了皇帝，于休烈从中都赶到肃宗即位的灵武，被任命为给事中，后来又改任为太常少卿，知礼仪使。中原遭到战乱破坏，文物书籍损失残缺，于休烈将自己收藏的《五代论》献出来，肃宗皇帝很嘉赏他，任命他为工部侍郎。于休烈在朝中任职三十多年，担任过许多重要显赫的官职，但家中却没有什么积蓄。一直保持恭敬、节制、平和、仁义，从来也不将喜怒表现在脸上。他礼贤下士，提拔年轻人。虽然他职位高、年龄大，但工作勤奋，不曾有疲倦之色，非常爱好读书，手中整天都拿着书本。出自《谈宾录》。

李 廙

尚书左丞李廙具有廉洁的品德，他的妹妹是刘晏的妻子。刘晏刚刚当官掌权，曾经去拜访李廙。被请到寝室，他看到李廙寝室的门帘非常简陋破旧，便暗中叫人测量了尺寸，用竹子编织了一个门帘，边缘上不加装饰，准备送给李廙。他多次带着门帘来到李廙的门口，都没敢进去说明，最后还是带了回去。出自《国史补》。

郑 絪

顺宗皇帝得了风噤病说不出话来，太子还没确立，牛美人对此有自己的想法。顺宗皇帝将学士郑絪找到小殿，令他起草确立太子的诏书。郑絪拿着笔不加请示，在纸上写了“立嫡亲长子”几个字，跪着呈送给顺宗皇帝。顺宗皇帝认为郑絪的主张很对，于是便将这件事确定下来。出自《国史补》。

独孤郁

独孤郁，是当朝宰相权德舆的女婿。历来负责管理皇帝的诏书公文，有很好的声名。宪宗皇帝感叹地说：“我的女婿不如权德舆的女婿。”出自《国史补》。

赵逢

太傅致仕赵逢，仕唐及梁，薨于天成中。文字德行，风神秀异，号曰玉界尺。扬历台省，入翰林御史中丞，梁时同平章事。时以两登廊庙，四退丘园，缙绅仰之。出《北梦琐言》。

讽谏

晏子

齐景公时，有一人犯众怒，令支解。曰："有敢救者诛。"晏子遂左手提犯者头，右手执刀，仰问曰："自古圣主明君，支解人从何而始？"公遽曰："舍之，寡人过也。"出《独异志》。

优旃

秦优旃善为笑言，然合于道。始皇尝议欲大苑囿，东至函谷，西至陈仓。优旃曰："善。多纵禽兽于其中，寇贼从东方来，令麋鹿触之足矣。"始皇乃止。及二世立，欲漆其城。优旃曰："善。虽百姓愁费，然大佳哉。漆城荡荡，寇来不能上。即欲漆之，极易，难为荫室。"二世笑之而止。出《启颜录》。

优旃侍始皇立于殿上。秦法重，非有诏不得辄移足。时天寒雨甚，武士被楯，立于庭中。优旃欲救之，戏曰："被

赵逢

太傅赵逢辞官不做，他在唐朝和后梁两个朝代任职，死于后唐明宗天成年间。他的文章和德行，风姿神韵俊秀超拔异于常人，被人们称为“玉界尺”。唐朝时在台省任职，入翰林任御史中丞，后梁时任中书门下平章事。因两个朝代都出任朝廷的重要官职，四次隐退丘园，被官员们所敬仰。出自《北梦琐言》。

讽谏

晏子

齐景公的时候，有一个人惹了众怒，齐景公命人肢解他，并且说：“有敢于解救他的人处死。”晏子于是左手抓着那个人的头发，右手握着刀，抬头问齐景公：“自古以来圣明的君主，肢解人是从哪里开始？”齐景公立刻说：“放了他吧，这是我的过错。”出自《独异志》。

优旃

秦朝的优旃很擅长说笑话，但是他说的笑话都符合一定的道理。秦始皇曾经讨论想建一个东起函谷关西到陈仓县的饲养动物的大园子。优旃说：“这个想法很好。多放些禽兽在园子里，贼寇如果从东方来，就让麋鹿用犄角把他们顶回去就足可以了。”于是秦始皇打消了这个想法。等到秦二世即位以后，想要给城墙刷上漆。优旃说：“好。虽然老百姓会愁钱费，但是这件事大有好处。将城墙刷上漆，宽广而平滑，贼寇来了爬不上去。想刷城墙非常容易，就是难造足够大的屋子遮盖漆墙。”秦二世笑着放弃了这个计划。出自《启颜录》。

优旃陪侍秦始皇站在大殿上。秦朝的法律严酷，没有诏令，卫士们不允许随便移动脚步。当时天气寒冷，正下着大雨，武士们拿着盾牌站在庭院里。优旃想要解救他们，便开玩笑说：“拿

楯郎，汝虽长，雨中立；我虽短，殿上幸无湿。”始皇闻之，乃令徙立于庑下。出《独异志》。

东方朔

汉武帝欲杀乳母，母告急于东方朔。曰：“帝怒而傍人言，益死之速耳。汝临去，但屡顾，我当设奇以激之。”乳母如其言。朔在帝侧曰：“汝宜速去，帝今已大，岂念汝乳哺之时恩耶？”帝怆然，遂赦之。出《独异志》。

简　雍

蜀简雍，少与先主有旧，随从周旋，为昭德将军。时天旱禁酒，酿者刑。吏于人家索得酿具，论者欲令与造酒者同罚。雍从先主游观，见一男子路中行。告先主曰：“彼人欲淫，何以不缚？”先主曰：“卿何以知之？”雍对曰：“彼有嫿具，与欲酿何殊？”先主大笑，而原舍酿者罪。出《启颜录》。

斛斯丰乐

北齐高祖尝宴群臣，酒酣，各令歌乐。武卫斛斯丰乐歌曰：“朝亦饮酒醉，暮亦饮酒醉。日日饮酒醉，国计无取次。”上曰：“丰乐不谄，是好人也。”出《谈薮》。

着盾牌的汉子，你们虽然长得高大，但是却在雨中站着；我虽然长得矮小，却在殿上不致被雨淋湿。”秦始皇听了，便命令武士们转移到屋廊下站立。出自《独异志》。

东方朔

汉武帝要杀死自己的奶妈，奶妈着急地向东方朔求救。东方朔说：“皇上正发怒，别人再来劝，你死得更快了。你临刑时，只要屡屡回头，我会想办法激皇上。”奶妈按照他的话去做了。东方朔在汉武帝身旁对奶妈说：“你应该赶快去死，皇上如今已经长大了，怎么还会记得你当初给他喂奶时的恩情呢？”汉武帝心里悲伤，于是赦免了奶妈的死罪。出自《独异志》。

简　雍

蜀汉的简雍，从小和先主刘备的关系很好，一直跟随在先主的左右，被任命为昭德将军。有一年天旱收成不好，先主命令禁止喝酒和酿酒，酿造酒的人要被判刑。有一名官吏从一户人家里搜出一套酿酒的器具，审理这个案子的人要把他同造酒的人一样治罪处罚。简雍和先主一同去道观游玩，看到一个男子在路上行走。简雍指着那名男子对先主说：“他要淫乱，为什么不把他抓起来？”先主说：“你怎么知道？”简雍回答说：“他有淫乱的器官，与藏酿酒具的人有什么不同？”先主大笑，于是免除了藏酿酒具的人的罪刑。出自《启颜录》。

斛斯丰乐

北齐的高祖皇帝有一次设酒宴招待文武群臣，酒喝到畅快的时候，高祖令大家唱歌奏乐助兴。武卫士斛斯丰乐唱道：“朝亦饮酒醉，暮亦饮酒醉。日日饮酒醉，国计无取次。”高祖说：“斛斯丰乐不奉承谄媚，是个好人。”出自《谈薮》。

高季辅

唐高季辅切陈得失，太宗特赐钟乳一剂，曰："卿进药石之言，故以药石相报。"寻更赐金背镜一面，以表其清鉴。出《谈宾录》。

李景伯

景龙中，中宗游兴庆池，侍宴者递起歌舞，并唱《下兵词》，方便以求官爵。给事中李景伯亦唱曰："回波尔时酒卮，兵儿志在箴规。侍宴已过三爵，喧哗窃恐非宜。"于是乃罢坐。出《国史异纂》。

苏　颋

玄宗时，以林邑国进白鹦鹉，慧利之性，特异常者。因暇日，以金笼饰之，示于三相，上再三美之。时苏颋初入相，每以忠谠励己，因前进曰："诗云，鹦鹉能言，不离飞鸟。臣为陛下，深以为志。"出《松窗录》。

黄幡绰

唐玄宗问黄幡绰："是勿儿得怜？"是勿儿，犹言何儿也。对曰："自家儿得人怜。"时杨妃宠极中宫，号禄山为子，肃宗在东宫，常危。上闻幡绰言，俯首久之。出《因语录》。

李　绛

宪宗时，中官吐突承璀有恩泽，欲为上立德政碑。碑屋已成，磨砻石讫，请宣索文。时李绛为翰林学士，奏曰：

高季辅

唐朝的高季辅恳切地向太宗皇帝陈述现行政策的优点和缺点，太宗皇帝特别赏给他一块钟乳石，说："你向我讲了像治病药石一样的话，所以我赏给你药石作为回报。"不久又赏给他一面背面是金子做成的镜子，以表彰他高明的鉴别力。出自《谈宾录》。

李景伯

唐中宗景龙年间，游幸兴庆池，陪酒的官员轮流起来唱歌跳舞，并演唱《下兵词》，以讨好皇帝，找机会加官晋爵。给事中李景伯也唱道："回波尔时酒卮，兵儿志在箴规。侍宴已过三爵，喧哗窃恐非宜。"唐中宗于是结束了宴会。出自《国史异纂》。

苏　颋

唐玄宗时，林邑国进贡了一只白鹦鹉，这只鹦鹉聪明伶俐的品性，跟其他鹦鹉很不一样。一个空闲的日子，玄宗将白鹦鹉装在金笼里，拿给三位宰相看，并且不断称赞这只鹦鹉。当时苏颋刚刚当上宰相，经常勉励自己要忠诚正直，于是走上前去向玄宗进言说："诗里面说，鹦鹉能言，不离飞鸟。我以为陛下应该牢牢记住这两句诗。"出自《松窗录》。

黄幡绰

唐玄宗问黄幡绰："什么样的儿子让人喜爱？"是勿儿，犹言什么样的儿子。黄幡绰回答："自己家的儿子让人喜爱。"当时杨贵妃在中宫很受宠爱，称安禄山为义子，肃宗做东宫太子，地位不稳。玄宗听了黄幡绰的话，低头沉思好久。出自《因语录》。

李　绛

唐宪宗时，宦官吐突承璀受到皇帝的恩惠，要为皇帝立一座德政碑，以颂扬皇帝的政绩。碑屋已经建成，碑石也已经打磨完毕，请皇帝下令征集碑文。当时李绛为翰林学士，他对宪宗皇帝说：

"大人者，与天地合其德，日月合其明，无立碑纪美之事，恐取笑夷夏。"上深然之，遽命拆屋废石。承璀奏："碑屋用功极多，难便毁拆。"欲坚其请。上曰："急索牛拽倒。"其纳谏如此。出《卢氏杂说》。

“高尚的人，德行与天地相合，与日月同辉，没有立碑来记录政绩的举动，这样做恐怕会被天下人耻笑。”宪宗皇帝认为他说得非常有道理，立即命令拆毁碑屋，废弃石料。吐突承璀向宪宗皇帝请示说：“碑屋用了很多功力才建成，不容易立即拆除。”还想坚持立碑的请求。宪宗皇帝说：“立即找来牛将碑屋拽倒。”宪宗皇帝听取意见的态度竟如此诚恳坚决。出自《卢氏杂说》。

卷第一百六十五

廉俭吝啬附

廉俭

陆　绩

吴陆绩为郁林郡守，罢秩，泛海而归。不载宝货，舟轻，用巨石重之，人号“郁林石”。出《传载》。

齐明帝

齐明帝尝饮食，捉竹箸，谓卫尉应昭光曰：“卿解我用竹箸意否？”答曰：“昔夏禹衣恶，往诰流言；象箸豢腴，

廉俭

陆 绩

东吴的陆绩任郁林太守，任期满了以后渡海回家。没带什么财宝，船太轻了，只好将一块巨大的石头装到船上压船，人们都将这块石头叫做“郁林石”。出自《传载》。

齐明帝

齐明帝一次吃饭的时候，拿着竹筷子，对卫尉应昭光说：“你理解我使用竹筷子的用意吗？”应昭光回答说：“当初夏禹穿破旧衣，劝勉了众人流传的话；使用象牙筷子会导致腐化的风气，

先哲垂诫。今睿情冲素，还风反古。太平之迹，唯竹箸而已。”出《谈薮》。

甄彬

齐有甄彬者，有器业。尝以一束苎，于荆州长沙西库质钱，后赎苎，于束中得金五两，以手巾裹之。彬得金，送还西库。道人大惊曰：“近有人以金质钱，时忽遽，不记录。檀越乃能见归，恐古今未之有也。”辄以金之半仰酬，往复十余，坚然不受。因咏曰：“五月披羊裘负薪，岂拾遗者也！”彬后为郫令，将行，辞太祖。时同列五人，上诫以廉慎，至于彬，独曰：“卿昔有还金之美，故不复以此诫也。”出《谈薮》。

高允

后魏高允字伯恭，燕太尉中郎韬之子。早有奇度，博通经史。神䴥中，与范阳卢玄、赵郡李灵、博陵崔鉴等，以贤俊之胄，同被诏征，拜中书侍郎领著作，与崔浩同撰书。及浩遇害，以允忠直不苟，特见原宥。性清俭，虽累居显贵，而志同贫贱。高宗幸其宅，唯草屋数间，布被缊袍，厨中盐菜而已。帝叹息曰：“古之清贫，岂有此乎？”赐之粟帛。出《谈薮》。

崔光

后魏自太和迁都之后，国家殷富，库藏盈溢，钱绢露积

是古代的先哲对我们的告诫。如今皇上您冲淡纯朴，恢复淳厚质朴的古风，营造太平盛世，只有用竹筷子了。”出自《谈薮》。

甄彬

南齐人甄彬，有出色的才能学识。他曾用一束苎麻到荆州长沙西库做抵押钱，后来拿钱去赎苎麻，回来在麻里发现了一条手巾包着的五两金子。甄彬发现金子就送还给了西库。管理西库的和尚非常吃惊地说：“最近有人用金子抵押钱，当时匆忙，没有记录。施主拾到后，还能送还，这恐怕是从古到今都没有的事情。”和尚就将一半金子送给他做酬谢，两个人推辞往复了十多次，甄彬坚决不肯接受。和尚赞叹地说：“五月天气仍然穿着皮袄、背柴草的人，竟然是拾金不昧的君子！”后来甄彬做了郫县县令，将要去上任之前，去向梁武帝辞行。当时去辞行的一共有五位同僚，梁武帝告诫他们要保持廉洁谨慎，唯独对甄彬说：“你昔日有还金的美名，所以对你就不用嘱咐这句话了。”出自《谈薮》。

高允

北魏高允，字伯恭，是燕太尉中郎高韬的儿子。他从小就有非凡的胸怀，博通经史。太祖神麢年间，他和范阳的卢玄、赵郡的李灵、博陵的崔鉴等人，以才德出众的世系一起被朝廷征召录用，被任命为中侍郎领著作，同崔浩一起撰写书籍。等到崔浩遇害，因为高允素来忠诚正直而不苟且，所以被宽赦。高允清廉俭朴，虽然多次担任重要官职，但志向同贫贱的时候一样。高宗皇帝到他的家里，见他家只有几间草房，几床布棉被和几件半新的袍子，厨房里只有咸菜而已。高宗皇帝感叹着说：“以往清贫的官员难道有他这样的吗？”于是赏给他一些粮食和布匹。出自《谈薮》。

崔光

北魏自从孝文帝太和年间迁移国都以后，国家殷实富足，国库里的物品多得快要装不下了，钱币和布匹也暴露地堆满

于廊庑间，不可校数。太后赐百官负绢，任意自量，朝臣莫不称力而去。唯章武王融与陈留侯李崇负绢过任，蹶倒伤踝。太后即不与之，令其空出，时人笑焉。侍中崔光止取两匹，太后问曰："侍中何少？"对曰："臣有两手，唯堪两匹，所获多矣。"朝贵服其清廉。出《洛阳伽蓝记》。

长孙道生

司空上党王长孙道生，代人，性忠谨俭素。虽为三公，而居处卑陋。出镇之后，子颇加修葺。及还叹曰："吾为宰相，无以报国，负乘是惧。昔霍去病以匈奴未灭，无用宅为。今强寇尚游魂漠北，吾岂可安坐华美乎？"乃令毁之。时人比之晏婴焉。出《谈薮》。

唐玄宗

肃宗为太子时，常侍膳。尚食置熟俎，有羊臂臑，上顾使太子割。肃宗既割，余污漫在手，以饼洁之，上熟视不怿。肃宗举饼啖之，上甚悦，谓太子曰："福当如是爱惜。"出《柳氏史》。

肃　宗

韩择木奏贺肃宗节俭，妓乐无绮绣之饰，饮食无珍羞之具。上因出衣袖以示之，曰："朕此三浣矣。"出《谭氏史》。

在走廊和房屋之间，东西多得无法清点。太后将多余的布匹赏给百官，让每个人任意取用，官员们都按照自己的能力，拿走布匹。只有章武王元融和陈留侯李崇，因为拿得太多而跌倒扭伤了踝骨。太后就不给他俩布匹了，让他们两个人空着手回去，遭到了人们的嘲笑。侍中崔光只拿了两匹布，太后问他："侍中为什么拿得这样少？"崔光回答说："我只有两只手，所以只能拿两匹，这已经够多的了。"朝中的人们都佩服他的清正廉洁。出自《洛阳伽蓝记》。

长孙道生

司空上党王长孙道生是代郡人，他生性忠诚、谨慎、节俭、朴素。虽然位为三公，但居住的宅第却非常简陋。他出外镇守以后，他的儿子将住宅稍做了修葺。等长孙道生回来后感叹地说："我身为宰相，没有什么报效国家的，很惭愧担任这么重要的职务。过去汉朝抗击匈奴入侵的名将霍去病曾经说过，匈奴没有消灭，不修建自己府第。如今强敌还在北面的沙漠地带游荡，我怎么可以安坐在华美的宅子里呢？"于是叫人拆除了新装修的设施。当时人们都将他比作春秋时以俭朴著称的齐国大夫晏婴。出自《谈薮》。

唐玄宗

唐肃宗做太子的时候，经常陪着玄宗皇帝吃饭。有一次御膳中准备了熟肉，其中有熟羊腿，玄宗皇帝回头让肃宗把羊腿分割开来。肃宗便将羊腿割开，手上沾了些油腻，他用饼将手上的羊油擦下去，玄宗皇帝看了不高兴。肃宗擦完手将饼吃了，玄宗皇帝非常满意，对肃宗说："福祉应当像这样爱惜。"出自《柳氏史》。

肃　宗

韩择木奏贺肃宗皇帝节俭，歌女跳舞的时候没有华丽的衣饰，饮食不吃山珍海味。肃宗皇帝于是伸出衣袖给他看，说："我这件龙袍已经洗过三次了。"出自《谭氏史》。

卢怀慎

唐卢怀慎，清慎贞素，不营资产，器用屋室，皆极俭陋。既贵，妻孥尚不免饥寒，而于故人亲戚，散施甚厚。为黄门侍郎，在东都掌选事，奉身之具，才一布囊耳。后为黄门监，兼吏部尚书，卧病既久，宋璟、卢从愿常相与访焉。怀慎卧于弊箦单席，门无帘箔，每风雨至，则以席蔽焉。常器重璟及从愿，见之甚喜，留连永日，命设食，有蒸豆两瓯，菜数茎而已，此外翛然无办。因持二人手谓曰："二公当出入为藩辅，圣上求理甚切，然享国岁久，近者稍倦于勤，当有小人乘此而进。君其志之。"不数日而终。疾既笃，因手疏荐宋璟、卢从愿、李杰、李朝隐。上览其表，益加悼惜。既殁，家无留储，唯苍头自鬻，以给丧事。上因校猎于城南，望墟落间，环堵卑陋，其家若有所营，因驰使问焉。还白："怀慎大祥，方设斋会。"上因为罢猎，悯其贫匮，即以缣帛赠之。出《明皇杂录》。

又云：卢怀慎无疾暴卒，夫人崔氏，止其儿女号哭，曰："公命未尽，我得知之。公清俭而洁廉，蹇进而谦退，四方赂遗，毫发不留。与张说同时为相，今纳货山积，其人尚在。而奢俭之报，岂虚也哉！"及宵分，公复生。左右以夫人之言启陈，怀慎曰："理固不同。冥司有三十炉，日夕为说鼓铸横财。我无一焉，恶可并哉！"言讫复绝。出《独异志》。

卢怀慎

唐朝的卢怀慎清廉谨慎，贞纯素朴，不经营钱财，他的器用和住宅都非常简陋。当官以后，妻子和儿女仍免不了挨饿受冻，但是他对待亲戚朋友，散施却非常大方。他任黄门侍郎，在东都负责选拔官吏的重要公务，可是随身的行李只是一个布口袋。后来他担任黄门监兼吏部尚书之职，卧病在床很长时间，宋璟和卢从愿经常一起去探望他。卢怀慎躺在一张薄薄的破竹席上，门上连个门帘也没有，每遇到刮风下雨，只好用席子遮挡。卢怀慎平素很器重宋璟和卢从愿，看到他们俩来了，心里非常高兴，留他们待了很长时间，并叫家里人准备饭菜，端上来的只有两瓯盆蒸豆和几根青菜而已，此外什么也没做。卢怀慎握着宋璟和卢从愿两个人的手说："你们二人应当入朝辅佐皇上，皇上寻求人才和治理国家的策略很急迫，但是统治的时间长了，皇帝身边的大臣就会稍稍有所懈怠，这时就会有小人趁机接近讨好皇帝。你们两个人一定要记住。"过了没几天，卢怀慎就死了。他在病情加重的时候，亲手写了份奏疏，向皇帝举荐宋璟、卢从愿、李杰和李朝隐。皇上看了报告，对他更加惋惜。死后，家里没有积蓄，只有一个老仆人自己做了一锅粥给帮助办理丧事的人吃了。皇上到城南打猎，来到一片破旧的房舍之间，有一户人家简陋的院子里，似乎正在举行什么仪式，便派人骑马去询问，那人回来报告说："卢怀慎死亡两周年的祭礼，那里正在设斋会。"皇上因此停止了打猎，怜悯他家贫穷，就派人赠送给他们一些布匹。出自《明皇杂录》。

另一种说法是：卢怀慎没有生病突然死了，他的夫人崔氏阻止儿女大声啼哭，对他们说："你们的父亲寿命还没有尽，我知道。他清正廉洁，不争名利，谦虚退让，各地赠送的东西，他一毫一丝都不留下来。他与张说同时做宰相，如今张说收受的钱物堆积如山，人还活着，而奢侈和勤俭的报应怎么会是虚假的呢！"到了夜间，卢怀慎又活了。左右的人将夫人的话告诉了他，卢怀慎说："道理不一样。阴间冥司有三十座火炉，日夜为张说鼓风扇火燃烧那些横财。而我没有一座，怎么可以相提并论呢！"说完又死了。出自《独异志》。

李勉

天宝中，有书生旅次宋州，时李勉少年贫苦，与一书生同店。而不旬日，书生疾作，遂至不救，临绝语勉曰："某家住洪州，将于北都求官，于此得疾且死，其命也！"因出囊金百两遗勉，曰："某之仆使，无知有此者，足下为我毕死事，余金奉之。"勉许为办事，余金乃密置于墓中而同葬焉。后数年，勉尉开封，书生兄弟赍洪州牒来，而累路寻生行止。至宋州，知李为主丧事，专诣开封，诘金之所。勉请假至墓所，出金付焉。出《尚书谭录》。

杜黄裳

李师古跋扈，惮杜黄裳为相，未敢失礼。乃命一干吏，寄钱数千缗，并毡车子一乘，亦近直千缗。使者未敢遽送，乃于宅门伺候累日。有绿舆自宅出，从婢二人，皆青衣褴褛。问何人，曰："相公夫人。"使者遽归，以白师古。师古乃折其谋，终身不敢失节。出《幽闲鼓吹》。

阳城

阳道州城，未尝有蓄积，唯所服用不可阙者。客称某物可佳可爱，阳辄喜，举而授之。有陈苌者，候其出始请月俸。常往称其钱帛之美，月有获焉。出《传载》。

李　勉

唐玄宗天宝年间，有个书生住在宋州旅店，当时少年李勉很贫穷，与这个书生住在同一个旅店。然而不到十天，书生疾病发作，竟重得无法医治，临死前对李勉说："我家住在洪州，准备到北都去谋求官职，没想到在这里得病就要死了，这就是命啊！"说完从口袋里拿出一百两黄金交给李勉，说："我的奴仆们没人知道我带了这些金子，请你拿它为我办理丧事，剩下的金子送给你。"李勉答应给他办理丧事，安葬了他，剩下的金子却秘密地放在墓中，一起掩埋了。过了许多年以后，李勉当上了开封县尉，书生的哥哥拿着洪州的公牒一路打听着书生的行踪。到了宋州，知道是李勉为书生办理的丧事，便专程赶到开封，询问金子的下落。李勉请假来到书生的墓前，取出金子交给了书生的哥哥。出自《尚书谭录》。

杜黄裳

李师古专横暴戾，欺上压下，但是对丞相杜黄裳却有所忌惮，不敢失礼。他令一个办事老练的差人，准备了几千贯钱和一辆价值上千贯的毡车，送给杜黄裳。这个差人没敢立即送去，而是先到杜黄裳家的宅门外观察了几天。一次他看到从宅院里抬出一顶绿色的轿子，后面跟了两个穿着破旧的青衣的婢女。他问旁边的人轿子里是什么人，旁边的人告诉他说："是宰相夫人。"差人急忙回去，将情况告诉了李师古。于是李师古放弃了贿赂杜黄裳的想法，终生不敢对杜黄裳失礼。出自《幽闲鼓吹》。

阳　城

道州有个叫阳城的人，家里不曾有什么积蓄，只是穿用的不缺。他家的门客如果说什么东西好什么东西可爱，他就高兴，拿着送给门客。有个叫陈苌的，等他出来同他要每月的生活费。常常到他那里夸赞钱帛之美，几乎每个月都有收获。出自《传载》。

城之为朝士也，家苦贫，常以木枕布衾，质钱数万，人争取之。出《传载》。

郑余庆

郑余庆清俭有重德。一日，忽召亲朋官数人会食，众皆惊。朝僚以故相望重，皆凌晨诣之。至日高，余庆方出。闲话移时，诸人皆嚣然。余庆呼左右曰："处分厨家，烂蒸去毛，莫拗折项。"诸人相顾，以为必蒸鹅鸭之类。逡巡，舁台盘出，酱醋亦极香新。良久就餐，每人前下粟米饭一碗，蒸胡芦一枚。相国餐美，诸人强进而罢。出《卢氏杂说》。

郑澣

郑澣以俭素自居。尹河南日，有从父昆弟之孙自覃怀来谒者，力农自赡，未尝干谒，拜揖甚野，束带亦古。澣之子弟仆御，皆笑其疏质，而澣独怜之。问其所欲，则曰："某为本邑，以民待之久矣，思得承乏一尉，乃锦游乡里也。"澣然之。而澣之清誉重德，为时所归。或书于郡守，犹臂之使指也。郑孙将去前一日，召甥侄与之会食。有蒸饼，郑孙去其皮而后食之。澣大嗟怒，谓曰："皮之与中，何以异也？仆尝病浇态讹俗，骄侈自奉，思得以还淳反朴，敦厚风俗。是犹怜子力田弊衣，必能知艰于稼穑，奈何嚣浮甚于五侯家绮纨乳臭儿耶？"因引手请所弃者。郑孙错愕失据，

阳城身为朝廷官员，家里却很清贫，他经常拿木枕和布被换钱达几万文，人们都争着购买。出自《传载》。

郑余庆

郑余庆清廉俭朴有高尚的品德。一天，他忽然请一些与他关系比较好的几个官员一起吃饭，大家都感到很奇怪。同僚因为他的威望高，都凌晨就赶来了。等到太阳很高了，郑余庆才出来。说了很长时间闲话，大家都饿了。郑余庆吩咐仆人说："去安排下厨师，要蒸烂去毛，别折断了脖子。"大家相互交换眼色，以为一定是清蒸鹅、鸭一类的菜。一会儿，摆上桌子，放上餐具，酱和醋也都很新鲜很香。过了很久吃饭，每人面前只有一碗米饭和一枚蒸葫芦。宰相吃得很香，大家勉强吃了下去。出自《卢氏杂说》。

郑　澣

郑澣以勤俭朴素要求自己。他出任河南尹的时候，他叔父家兄弟的孙子从覃怀来拜见他，他这个孙子在家乡务农自给，没有见过世面，拜揖之礼很粗野，衣服的式样也落后。郑澣的儿子和驾车的仆人都嘲笑他粗俗，只有郑澣可怜他。问他有什么要求，他说："我长期待在家乡，做老百姓很久了，想能够任一名县尉，那样便可以衣锦环游乡里了。"郑澣答应了他的要求。郑澣清廉的名声、高尚的品德，为世人所称许。办成这件事，给郡守写封信，这对于他就像胳膊带动手指一样容易。就在他的孙子将要离开的前一天，郑澣将外甥以及侄子招来和这个孙子一起吃饭。饭桌上有蒸饼，这个孙子将饼皮扒掉，只吃里面的瓤。郑澣见了非常生气，对他说："饼皮和里面的瓤有什么区别？我常常恼火浮薄的风气、荒谬的习俗，生活奢侈浪费自己享受，想能够恢复淳朴，让风气习俗淳厚起来。我可怜你在家乡出力务农穿破衣服，以为你一定会懂得种庄稼的辛苦，怎么比诸侯贵族家的穿华丽衣裳的无知子弟还虚浮不实呢？"说完让他将扔掉的饼皮捡起来。这个孙子惊慌失措，

器而奉之，澣尽食之。遂揖归宾闼，赠五缣而遣之。出《阙史》。

文　宗

文宗命中使宣两军中尉及诸司使内官等，不许着纱縠绫罗巾。其后驸马韦处仁见，巾夹罗巾以进。上曰：“本慕卿门户清素，故俯从选尚。如此巾服，从他诸戚为之，卿不须为也。”出《卢氏杂说》。

夏侯孜

夏侯孜为左拾遗，尝着绿桂管布衫朝谒。开成中，文宗无忌讳，好文。问孜衫何太粗涩，具以桂布为对，此布厚，可以欺寒。他日，上问宰臣：“朕察拾遗夏侯孜，必贞介之士。”宰臣具以密行，今之颜、冉。上嗟叹久之，亦效著桂管布。满朝皆仿效之，此布为之贵也。出《芝田录》。

裴　坦

杨收、段文昌皆以孤进贵为宰相，率爱奢侈。杨收女适裴坦长子，资装丰厚，什器多用金银。而坦尚俭，闻之不乐。一日，与其妻及儿女宴饮，台上用楪盛果实，坦欣然，既视其器内，有以犀为饰者，坦盛怒，遽推倒茶台，拂袖而出，乃曰：“破我家也！”他日，收果以纳赂，竟至不令。宜哉！出《北梦琐言》。

将装着饼皮的盘子捧给郑澣，郑澣接过来全都吃了。然后郑澣将这个孙子送回客房，送给他五匹缣，将他遣回了家乡去。出自《阙史》。

文　宗

文宗皇帝令中使通知两军中尉以及诸司使内官，一律不准戴纱縠绫罗头巾。命令传达下去以后，驸马韦处仁来朝见皇帝，巾服间夹着罗巾走了进来。文宗皇帝对他说："本来欣赏你的家庭清廉朴素，所以才挑选你做驸马。这样昂贵的巾服，允许别的亲戚穿戴，你不许穿用。"出自《卢氏杂说》。

夏侯孜

夏侯孜任左拾遗，曾经穿着绿色的用广西桂管布做成的衣衫去见皇帝。唐文宗开成年间，文宗皇帝没有什么规矩和忌讳，只是爱好文学。他问夏侯孜所穿的衣服为什么那么低劣粗糙，夏侯孜告诉文宗皇帝这是桂管产的棉布，并且说这种布厚，可以御寒。过了几天以后，文宗皇帝对宰相说："我观察左拾遗夏侯孜一定是个正直可靠的人。"宰相秘密调查夏侯孜的言行，称赞夏侯孜是今天的颜渊、冉求。文宗皇帝赞叹了很久，也学着穿起了桂管布做的衣服。满朝官员全都仿效起来，这种粗布因此而抬高了价钱。出自《芝田录》。

裴　坦

杨收和段文昌都是因为特别出色做了宰相，二人也都喜欢豪华奢侈的生活。杨收的女儿嫁给了裴坦的大儿子，陪嫁的财物丰厚，日常用具大多是金银做成的。而裴坦提倡节俭，知道了很不高兴。一天，裴坦和妻子儿女一起吃饭，桌子上有用碟子装着水果，裴坦很高兴，但是当他看到碟子里面有犀角做的装饰时，非常生气，立即推倒茶台，然后拂袖而去，说："这是在败坏我的家风啊！"后来，杨收果然因为收受贿赂，竟至不得善终。太应该了！出自《北梦琐言》。

温 琏

幽州从事温琏，燕人也。以儒学著称，与瀛王冯道幼相善。曾经兵乱，有卖漆灯檐于市者，琏以为铁也，遂数钱买之。累日，家人用然膏烛，因拂拭，乃知银也。大小观之，靡不欣喜。唯琏悯然曰："非义之物，安可宝之？"遂访其卖主而还之。彼曰："某自不识珍奇，鬻于街肆。郎中厚加酬直，非强买也，不敢复收。"琏固还之，乃拜受而去。别卖四五万，将其半以谢之。琏终不纳，遂施于僧寺，用饰佛像，冀祝琏之寿也。当时远近罔不推服，以其有仁人之行。后官至尚书侍郎卒。出《刘氏耳目记》。

仲庭预

旧蜀嘉王召一经业孝廉仲庭预，令教授诸子。庭预虽通坟典，常厄饥寒。至门下，亦未甚礼。时方凝寒，正以旧火炉送学院。庭预方独坐太息，以箸拨灰。俄灰中得一双金火箸，遽求谒见王。王曰："贫穷之士见吾，必有所求。"命告庭预曰："见为制衣。"庭预白曰："非斯意。"嘉王素乐神仙，多采方术，恐其别有所长，勉强而见。庭预遽出金火箸，陈其本末。王曰："吾家失此物已十年，吾子得之，还以相示，真有古人之风！"赠钱十万，衣一袭，米麦三十石。

温　琏

幽州从事温琏是燕地人。以儒学著称，与瀛王冯道幼的关系很好。曾经碰上兵荒马乱，有个人在市场上卖涂了漆的灯架，温琏以为是铁制的，于是花了很少的一点钱将它买了回去。过了几天，家里人准备用这个灯架点蜡烛，擦拭的时候发现这个灯架原来是银制的。全家的人都来观看，没有不高兴的。只有温琏忧伤地说："不义之物，怎么能当做宝贝？"于是他找到当初卖灯架的人，将灯架还了回去。卖主说："我自己都不知道它是银的，拿到市场上出售。您给足了钱，并不是强买去的，我不敢再收回来。"温琏坚持还给他，卖主表示感谢以后将灯架拿回去。到别处卖了四五万文钱，然后拿出其中的一半来酬谢温琏。温琏始终不收，卖主便将钱施舍给佛寺，用以装饰佛像，希望增加温琏的寿命。当时远近的人们没有不佩服温琏的，认为他有仁义的品行。后来温琏做官做到尚书侍郎去世。出自《刘氏耳目记》。

仲庭预

旧蜀的嘉王找了一名经业孝廉仲庭预，让他来教授自己的几个儿子。仲庭预虽然精通三坟五典，但是仍然贫穷得经常挨饿受冻。他到了嘉王门下，嘉王对他也没什么礼遇。当时天气刚刚转冷，嘉王派人将一只旧火炉送到学院给仲庭预取暖。仲庭预正独自坐在炉子旁叹息，并用铁筷子拨弄炉子里的炭，不久，从炉灰里发现了一双金子制成的火筷子，他立刻去求见嘉王。嘉王说："贫穷的人来找我，必然有什么要求。"叫人告诉仲庭预说："正在为你制作新衣服。"仲庭预辩白说："我来不是这个意思。"嘉王历来想要成为神仙，多方寻求长生不老的方法，怀疑仲庭预有什么另外的本领，勉强接见了他。仲庭预将金筷子拿了出来，讲述了发现它的过程。嘉王说："我们家里丢失这双金火筷子已经有十年了，你今天得到，还能拿着它给我们看，真有古人君子的风格！"随后，他赏给仲庭预十万文钱，一套衣服，三十石米麦。

竟以宾介相遇，礼待甚厚，荐授荣州录事参军。出《玉溪编事》。

吝啬

汉世老人

汉世有人，年老无子，家富，性俭啬，恶衣蔬食。侵晨而起，侵夜而息，营理产业，聚敛无厌，而不敢自用。或人从之求丐者，不得已而入内，取钱十，自堂而出，随步辄减。比至于外，才余半在。闭目以授乞者，寻复嘱云："我倾家赡君，慎勿他说，复相效而来。"老人俄死，田宅没官，货财充于内帑矣。出《笑林》。

沈　峻

吴沈峻，字叔山，有名誉而性俭吝。张温使蜀，与峻别。峻入内良久，出语温曰："向择一端布，欲以送卿，而无粗者。"温嘉其无隐。又尝经太湖岸上，使从者取盐水。已而恨多，敕令还减之，寻亦自愧曰："此吾天性也！"又说曰，姚彪与张温俱至武昌，遇吴兴沈珩。守风粮尽，遣人从彪贷盐一百斛。彪性峻直，得书不答，方与温谈论。良久，呼左右："倒百斛盐著江中。"谓温曰："明吾不惜，惜所与耳。"沈珩弟峻，有名誉而性俭吝。出《笑林》。

从这以后他对待仲庭预如贵宾，礼遇很丰厚，后来又推荐任命仲庭预为荣州录事参军。出自《玉溪编事》。

吝啬

汉世老人

汉代有个人，年老没有儿子，家里非常有钱，但是他生性俭朴吝啬，吃的穿的都很简单节省。他每天天不亮就起来，快到半夜才睡觉，细心经营自己的产业，积攒钱财从不满足，自己却舍不得花费。如果有人向他乞讨，他又推辞不了时，便到屋里取十文钱，然后从内堂往外走，边走边减少钱的数目，等走出门去，只剩下一半了。他心疼地闭着眼睛将钱交给乞丐，反复叮嘱说："我将家里的钱都拿来给了你，你千万不要对别人说，不要再让别的乞丐们仿效着都来向我要钱。"老头不久便死了，他的田地房屋被官府没收，财货则上缴了国库。出自《笑林》。

沈　峻

吴国的沈峻，字叔山，他有名誉，但生性俭朴吝啬。张温出使蜀国，临行前向沈峻告别。沈峻走进里屋很久，出来后对张温说："我刚才想找一块布料送给你，但是没有找到一块质量差的粗布。"张温称赞他诚实不加隐瞒。还有一次沈峻经过太湖岸边，叫随行的人去取盐水。过了一会儿，他觉得多了，叫人减少一些，不久他自己也惭愧地说："这是我的天性啊！"还有人说，姚彪和张温一起来到武昌，碰到了吴兴的沈珩。等候适合行船的风势时，粮食吃完了，派人向姚彪借一百斛盐。姚彪性格严峻耿直，接到借盐的书信以后没有立即答复，继续与张温说话。过了好一会儿，才对左右的人说："往江中倒一百斛盐。"然后又对张温说："盐我并不可惜，可惜的是给谁。"沈珩的弟弟沈峻有名声，只是天性吝啬。出自《笑林》。

李 崇

后魏高阳王雍，性奢豪，嗜食味，厚自奉养，一食必以数万钱为限，海陆珍羞，方丈于前。陈留侯李崇谓人曰："高阳一食，敌我千日。"崇为尚书令仪同三司，亦富倾天下，僮仆千人，而性多俭吝，恶衣粗食，食常无肉，止有韭茹、韭菹。崇家客李元祐语人云："李令公一食十八种。"人问其故，元祐曰："二韭十八。"闻者大笑。出《洛阳伽蓝记》。

南阳人

南阳有人，为生奥博，性殊俭吝。冬至日，女婿谒之，乃设一铜瓶酒，数脔獐肉。婿恨其单率，一举尽之。主人愕然，俯仰命益，如此者再。退而责其女曰："某郎好酒，故汝常贫。"及其死后，诸子争财，逐兄杀之。出《颜氏家训》。

夏侯处信

唐夏侯处信为荆州长史，有宾过之。处信命仆作食，仆附耳语曰："溲几许面？"信曰："两人二升即可矣。"仆入，久不出。宾以事告去，信遽呼仆。仆曰："已溲讫。"信鸣指曰："大异事！"良久乃曰："可总燔作饼，吾公退食之。"信又尝以一小瓶贮醯一升，自食，家人不沾余沥。仆云："醋尽。"信取瓶合于掌上，余数滴，因以口吸之。凡市易，必经手乃授直。识者鄙之。出《朝野佥载》。

李 崇

北魏高阳王元雍，性情豪奢，非常喜好美食，奉养丰厚，每一顿饭都要花费几万文钱，山珍海味，美味佳肴，在前面摆了一丈见方。陈留侯李崇对别人说："高阳王吃一顿饭所花的钱，够我一千天用的了。"李崇的官职是尚书令仪同三司，也是富裕可倾天下，家里的书童和仆人多达千人，但是他性情非常吝啬，吃的和穿的都很粗陋，他很少吃肉，平时只吃炒韭菜和韭菜酱。李崇家的门客李元祐对别人说："李令公一顿饭要吃十八个菜。"人们问都有什么菜，李元祐回答说："二韭十八。"听的人都大笑起来。出自《洛阳伽蓝记》。

南阳人

南阳有个人，平生积蓄丰厚，但生性非常吝啬。冬至那一天，女婿来拜见他，他只准备了一铜瓶酒，几片獐子肉。女婿怨他准备得粗率简陋，端起铜瓶一口就喝干了。退席后他非常惊讶，不得已吩咐人添酒加菜，如此这样添了两次。他生气地责备女儿说："你丈夫好喝酒，所以你们家常常贫穷。"等到他死了以后，几个儿子争夺财产，竟然将哥哥杀了。出自《颜氏家训》。

夏侯处信

唐朝夏侯处信任荆州长史期间，一天有客人来访。夏侯处信令仆人做饭，仆人趴在他耳朵旁问："需要和多少面?"夏侯处信说："两个人二升就可以了。"仆人进去以后，很久没有出来。客人因为有事告辞离开了，夏侯处信急忙喊仆人。仆人说："面已经和完了。"夏侯处信打着指响说："太费事!"过了一会儿他又说："可以全都烤成饼，等我办完公事以后回来吃。"夏侯处信曾用一小瓶装了一升醋，自己食用，家里人连一滴也吃不着。仆人说："醋没有了。"夏侯处信将瓶子倒扣在手掌上，控出几滴，全都用嘴吸进去了。凡是上街买东西，都必须是他亲自确认过才付钱。认识他的人都瞧不起他。出自《朝野佥载》。

柳　庆

广州录事参军柳庆，独居一室，器用食物，并致卧内。奴有私取盐一撮者，庆鞭之见血。出《朝野佥载》。

夏侯彪

夏侯彪，夏月食饮生虫，在下未曾历口。尝送客出门，奴盗食脔肉。彪还觉之，大怒，乃捉蝇与食，令呕出之。出《朝野佥载》。

郑仁凯

郑仁凯为密州刺史，有小奴告以履穿。凯曰："阿翁为汝经营鞋。"有顷，门夫着新鞋者至，凯厅前树上有䴕啄木鸟。窠，遣门夫上树取其子。门夫脱鞋而缘之，凯令奴著鞋而去。门夫竟至徒跣。凯有德色。出《朝野佥载》。

邓　祐

安南都护邓祐，韶州人，家巨富，奴婢千人。恒课口腹自供，未曾设客。孙子将一鸭私用，祐以擅破家资，鞭二十。出《朝野佥载》。

韦　庄

韦庄颇读书，数米而炊，秤薪而爨，炙少一脔而觉之。一子八岁而卒，妻敛以时服。庄剥取，以故席裹尸。殡讫，

柳 庆

广州录事参军柳庆，自己单独住一个房间，所用的东西和吃的食物都放在卧室里。有个仆人私自拿了一小撮盐，柳庆将他用鞭子抽得浑身是血。出自《朝野佥载》。

夏侯彪

有个人名叫夏侯彪，夏天吃的食物生了虫子，他一口还没吃过。一次因为送客人出门，仆人偷吃了一片肉。他回来发觉，非常生气，便捉来苍蝇给仆人吃，让仆人把吃的肉呕吐出来。出自《朝野佥载》。

郑仁凯

郑仁凯任密州刺史，有个小奴来告诉他鞋子磨破了。郑仁凯说："我替你找双鞋。"一会儿，看门人穿着新鞋走过来。郑仁凯厅前的树上有一鸀啄木鸟。窝，郑仁凯叫看门人上树去掏小啄木鸟。看门人脱鞋光脚爬上树去，郑仁凯叫小奴穿上看门人的鞋走了。看门人下来以后只好光着脚走路。郑仁凯脸上露出了得意的神色。出自《朝野佥载》。

邓 祐

安南都护邓祐是韶州人，家里非常富有，有奴婢上千人。家里的好吃的他常留着自己吃，也不肯拿出来接待客人。他的孙子私自吃了一只鸭子，邓祐以为他擅自破坏家产，打了他孙子二十鞭子。出自《朝野佥载》。

韦 庄

韦庄书读得很多，但却吝啬得厉害，要数米做饭，称柴烧火，烤熟的肉如果少了一片，他立即就能觉察出来。他一个八岁的儿子死了，妻子准备让儿子穿着平时穿的衣服装殓。韦庄却将衣服剥了下来，用一张旧席子将儿子的尸体裹了起来。掩埋完儿子，

擎其席而归。其忆念也,呜咽不自胜,唯悭吝耳。出《朝野佥载》。

王叟

天宝中,相州王叟者,家邺城。富有财,唯夫与妻,更无儿女。积粟近至万斛,而夫妻俭啬颇甚,常食陈物,才以充肠,不求丰厚。庄宅尤广,客二百余户。叟尝巡行客坊,忽见一客方食,盘餐丰盛。叟问其业,客云:"唯卖杂粉香药而已。"叟疑其作贼,问:"汝有几财而衣食过丰也?"此人云:"唯有五千之本,逐日食利,但存其本,不望其余,故衣食常得足耳。"叟遂大悟,归谓妻曰:"彼人小得其利,便以充身,可谓达理。吾今积财巨万,而衣食陈败,又无子息,将以遗谁?"遂发仓库,广市珍好,恣其食味。不数日,夫妻俱梦为人所录,枷鏁禁系,鞭挞俱至,云:"此人妄破军粮。"觉后数年,夫妻并卒。官军围安庆绪于相州,尽发其廪,以供军焉。出《原化记》。

王锷

王锷累任大镇,财货成积。有旧客,谕以积而能散之义。后数日,复见锷。锷曰:"前所见戒,诚如公言,已大散矣。"客请问其名,锷曰:"诸男各与万贯,女婿各与千贯矣。"出《国史补》。

他又将席子拿了回来。他想念儿子禁不住痛哭不止，只是太吝啬了。出自《朝野佥载》。

王叟

唐玄宗天宝年间，相州有一个老王头，家住在邺城。非常有钱，只有夫妻二人，没儿没女。他家里积攒的粮食近万斛，但是夫妻俩非常俭朴吝啬，经常吃剩饭剩菜，只要填充肚子，不追求丰富。他庄园里的房舍尤其宽广，有二百多家佃户。有一天，老王头散步走到旅店，忽然看见一个客人正在吃饭，桌子上摆的饭菜很丰盛。老王头问客人是干什么的，客人回答说："只是卖些杂粉香药。"老王头怀疑他做贼，又问他说："你有多少钱，吃的穿的这样好？"这个人说："只有五千文的本钱，每天吃掉利钱，保留本钱不动，不奢望有剩余的，所以可以吃穿常能够充足。"老王头突然受启发明白过来，回去对妻子说："那人只用得的那一点利钱，便生活得很好，可以说是明白道理。我们如今积攒财物好几万，而吃的穿的都陈旧腐败，又没有儿女，将来留给谁？"于是他打开仓库，广泛购买珍好物品，尽情食用美味。没过几天，夫妻两个人都做了一个同样的梦，被人抓了起来，戴上枷锁，遭受鞭打，一个人说："此人胆敢糟蹋军粮。"梦后几年，夫妻一同死了。朝廷的军队围攻相州的安庆绪，打开老王头的粮仓，充作了军粮。出自《原化记》。

王锷

王锷连续担任了几任镇守一方的大官，积攒了很多钱财。有一个老朋友，对他讲了应该将积攒的钱散发救济别人的道理。过了几天，这个人又见到了王锷。王锷对他说："你上次告诫我的话，的确像你说的，我已经将大部分钱财分散接济了别人。"这个人问王锷都接济谁了，王锷说："几个儿子每人各给了一万贯，女婿每人各给了一千贯。"出自《国史补》。

裴璩

裴司徒璩，性靳啬。廉问江西日，凡什器图障，皆新其制，闲屋贮之，未尝施用。每有宴会，即于朝士家借之。出《北梦琐言》。

归登

归登尚书，性甚吝啬。常烂一羊脾，旋割旋啖，封其残者。一日，登妻误于封处割食，登不见元封，大怒其内。由是没身不食肉。登每浴，必屏左右。或有自外窥之，乃巨龟也。出《北梦琐言》。

裴璩

司徒裴璩，生性吝啬。他察访江西的时候，家庭应用的各种器具，全都是新做的，他都放在闲屋里存放起来，从未用过。每次举办宴会请人吃饭，他不用自己的，就到别的官员的家里去借。出自《北梦琐言》。

归登

尚书归登，生性非常吝啬。曾煮一个羊脾，自己边割边吃，剩下的封存起来。一天他的妻子失误在封口处将羊脾割下一点吃了，他不见了封口，对妻子大发脾气。从那以后，他再也舍不得吃肉了。归登每次洗澡，必须叫左右的人都退出去。有人从外面偷看，发现他原来是一只大乌龟。出自《北梦琐言》。

卷第一百六十六

气义一

鲍子都

魏鲍子都，暮行于野，见一书生，卒心痛。子都下马，为摩其心。有顷，书生卒。子都视其囊中，有《素书》一卷，金十饼。乃卖一饼，具葬书生，其余枕之头下，置《素书》于腹傍。后数年，子都于道上，有乘骢马者逐之。既及，以子都为盗，固问儿尸所在。子都具言，于是相随往。开墓，取儿尸归，见金九饼在头下，素书在腹傍。举家感子都之德义。由是声名大振。出《独异志》。

杨　素

陈太子舍人徐德言之妻，后主叔宝之妹，封乐昌公主，才色冠绝。德言为太子舍人，方属时乱，恐不相保，谓其妻曰："以君之才容，国亡必入权豪之家，斯永绝矣。傥情缘

鲍子都

魏国的鲍子都有一天傍晚在荒野行走，遇到一位书生突然心疼痛。鲍子都下马，为书生按摩心脏。不一会儿，书生死了。鲍子都看到书生的口袋里有一册《素书》和十个金饼。他便卖了一个金饼，用所卖的钱将书生安葬了，并将剩下的九个金饼枕到书生的头下，《素书》放到书生的肚子旁边。几年以后，鲍子都在路上发现有个骑一匹黑白相杂的马的人追赶他。等到那人追上他以后，说他是强盗，不断地问鲍子都他儿子的尸体在哪儿。鲍子都将当时的情况都说了一遍，于是骑马人跟着他来到书生的墓前，挖开坟墓将书生的尸体取出来，看到九个金饼仍在书生的头下枕着，兵书还在书生的腹旁放着。书生的全家都非常感激鲍子都的德义，由此鲍子都声名大起。出自《独异志》。

杨　素

陈朝太子舍人徐德言的妻子是后主陈叔宝的妹妹，封乐昌公主，才貌极为出色。徐德言任太子舍人，正赶上时局混乱，徐德言担心不能保护妻子，对妻子说："以你的才华和容貌，国家灭亡了，一定会流落到权豪人家，我们会永远分离。倘若我们的情缘

未断，犹冀相见，宜有以信之。”乃破一镜，各执其半。约曰：“他日必以正月望卖于都市，我当在，即以是日访之。”

及陈亡，其妻果入越公杨素之家，宠嬖殊厚。德言流离辛苦，仅能至京。遂以正月望访于都市。有苍头卖半镜者，大高其价，人皆笑之。德言直引至其居，予食，具言其故，出半镜以合之，乃题诗曰：“镜与人俱去，镜归人不归。无复嫦娥影，空留明月辉。”陈氏得诗，涕泣不食。素知之，怆然改容，即召德言，还其妻，仍厚遗之。闻者无不感叹。仍与德言、陈氏偕饮，令陈氏为诗曰：“今日何迁次，新官对旧官。笑啼俱不敢，方验作人难。”遂与德言归江南，竟以终老。出《本事诗》。

郭元振

郭元振，年十六，入太学，薛稷、赵彦昭为友。时有家信至，寄钱四十万，以为举粮。忽有缞服者扣门云：“五代未葬，各在一方，今欲同时迁窆，乏于资财。闻公家信至，颇能相济否？”公即命以车一时载去，略无留者，亦不问姓氏，深为薛、赵所诮。元振怡然曰：“济彼大事，亦何诮焉！”其年粮绝，竟不成举。出《摭言》。

没断，还希望能相见，应该有一个信物。”于是徐德言折断一面铜镜，夫妻二人各拿一半。他又同妻子约定说：“将来你一定要在正月十五那天将镜子在街上出售，如果我还在，就会在当天去找你。”

等到陈朝灭亡了，他的妻子果然流落到越公杨素的家里，杨素对她非常宠爱。徐德言颠沛流离，辛苦辗转，才来到京城。他于是在正月十五这天到都城里的集市上寻找，果然有个老仆人出售半片镜子，而且要价非常高，人们都嘲笑他。徐德言直接将老人带到自己的住处，给老人东西吃，讲述了自己的经历，拿出自己的那半镜子和老人卖的那半镜子合在一起，并在镜子上题了一首诗：“镜与人俱去，镜归人不归。无复嫦娥影，空留明月辉。”乐昌公主陈氏看到题诗以后，哭哭啼啼地不肯吃饭。杨素知道后也伤感动容，就派人将徐德言找来，将妻子还给他，还送给他们许多钱物。听说这件事的人没有不赞叹的。杨素设酒宴与徐德言和陈氏一起饮酒，并叫陈氏也作了一首诗：“今日何迁次，新官对旧官。笑啼俱不敢，方验作人难。”然后陈氏和徐德言回到江南，一直白头到老。出自《本事诗》。

郭元振

郭元振十六岁入太学，与薛稷、赵彦昭结为朋友。一次他家里寄来家信，给他寄来四十万文钱，作为他上学吃饭等的费用。忽然有个穿着丧服的人敲开门对他说：“我有五代亲人没有安葬在一起，分别埋在不同的地方，现在想同时迁坟，但缺钱。听说您的家信到了，能帮忙借些钱吗？”郭元振便叫来人将自己家里寄来的钱全都用车子拉走，自己一点也没留，也不问那人的姓名，被薛稷和赵彦昭狠狠地嘲笑了一番。郭元振却愉快地说：“资助别人办理大事，有什么可嘲笑的！”郭元振当年因为没有钱用，竟没能参加科举考试。出自《摭言》。

狄仁杰

狄仁杰，太原人，为府法曹参军。时同僚郑崇资，母老且病，当充使绝域。仁杰谓曰："太夫人有危亟之病，而公远使，岂可贻亲万里之泣乎？"乃请代崇资。出《谈宾录》。

敬昭道

敬昭道为大理评事。延和中，沂有反者，诖误四百余人。将隶司农事，未即路，系在州狱。昭道据赦文而免之。时宰切责大理，奈何赦反人家口。大理卿及正等失色，引昭道，执政怒而责之。昭道曰："赦文云见禁囚徒，反者系在州狱，此即见禁也。"反覆诘难，至于五六，执政无以夺之，诖误者悉免。昭道迁监察御史。

又先是夔州征人舒万福等十人，行次巴陵，渡滩溺死。昭道因使巴渝，至万年驿，梦此十人祈哀，至于再三。乃召驿吏问之，吏对如所梦。昭道即募善游者，出其尸，具酒肴以酹之。观者莫不歔欷。乃移牒近县，备棺椟，归之故乡。征人闻者，无不感仰。出《大唐新语》。

吴保安

吴保安，字永固，河北人，任遂州方义尉。其乡人郭仲翔，即元振从侄也。仲翔有才学，元振将成其名宦。

狄仁杰

狄仁杰，是太原人，担任府法曹参军。当时同僚郑崇资的母亲年老多病，而郑崇资又要去极为边远的地方任职。狄仁杰对郑崇资说："老太太有危重的病，而你要出远使。怎么可以让母亲留在离你万里之遥的地方哭泣呢？"于是请求上级让自己代替郑崇资出使。出自《谈宾录》。

敬昭道

敬昭道任大理寺评事。唐睿宗延和年间，沂州有个人造反，裹挟连累了四百多人。朝廷准备将这些人押去开荒种地，在没有押送之前，便关在州府的监狱里。敬昭道根据朝廷赦免的公文将这些人减免罪行释放了。当时宰相责问大理寺为什么将造反的人免罪释放。大理寺卿和大理寺正惊慌失色，推给了敬昭道，执政者发怒责问敬昭道。敬昭道说："赦免的公文说赦免在押罪犯，现在造反的人仍然关押州府的监狱里，这也是在押罪犯。"上级反复责问了五六次，执政的官员也无法裁决，被裹挟连累的人都被赦免了。敬昭道后来改任监察御史。

还有，先前从夔州招募的兵士舒万福等十人，走到巴陵，渡江的时候全都被淹死了。敬昭道因为公事出使巴渝，中途到了万年驿站，晚上梦见这十个人哀求他，反复向他诉苦。他就把驿吏找来询问，驿吏所介绍的情况和他所做的梦一样。敬昭道便雇了一些会游泳的人，把这十个人的尸体捞了出来，置办了酒菜来祭奠他们。围观的人没有不感动得哭泣的。然后敬昭道又撰写了公文送给附近的县衙，让他们买了简易的棺材送来，将这十个人的尸体装运回家乡安葬。被招募的兵士们知道了，没有不感念他的恩义的。山白《大唐新语》。

吴保安

吴保安，字永固，是河北人，任遂州方义县尉。他的同乡郭仲翔是郭元振的堂侄。郭仲翔很有才学，郭元振想帮他做个名官。

会南蛮作乱，以李蒙为姚州都督，帅师讨焉。蒙临行，辞元振。元振乃见仲翔，谓蒙曰："弟之孤子，未有名宦。子姑将行，如破贼立功，某在政事，当接引之，俾其縻薄俸也。"蒙诺之。仲翔颇有干用，乃以为判官，委之军事。

至蜀，保安寓书于仲翔曰："幸共乡里，籍甚风猷。虽旷不展拜，而心常慕仰。吾子国相犹子，幕府硕才。果以良能，而受委寄。李将军秉文兼武，受命专征，亲绾大兵，将平小寇。以将军英勇，兼足下才能，师之克殄，功在旦夕。保安幼而嗜学，长而专经。才乏兼人，官从一尉。僻在剑外，地迩蛮陬，乡国数千，关河阻隔。况此官已满，后任难期。以保安之不才，厄选曹之格限，更思微禄，岂有望焉？将归老丘园，转死沟壑。侧闻吾子，急人之忧，不遗乡曲之情，忽垂特达之眷，使保安得执鞭弭，以奉周旋。录及细微，薄沾功效。承兹凯入，得预末班。是吾子丘山之恩，即保安铭镂之日。非敢望也，愿为图之。唯照其款诚，而宽其造次。专策驽蹇，以望招携。"

仲翔得书，深感之。即言于李将军，召为管记。未至而蛮贼转逼。李将军至姚州，与战破之。乘胜深入，蛮覆而败之。李身死军没，仲翔为虏。蛮夷利汉财物，其没落者，皆通音耗，令其家赎之，人三十匹。保安既至姚州，适值

正赶上南蛮作乱，朝廷派李蒙为姚州都督，率领军队前去讨伐。李蒙临出发前向郭元振辞行。郭元振才见了郭仲翔，对李蒙说："这是我弟弟去世后留下的儿子，还没有官职。你且带着他出征，如果能够杀敌立功，我会在朝廷想办法推荐他，让他领个微薄的俸禄。"李蒙答应了。郭仲翔很有才干，李蒙聘任他做了判官，帮助自己处理军务。

到了蜀郡，吴保安写信给郭仲翔说："有幸和你是同乡，你极富品格风采。虽然地远没能拜谒你，但心中对你常怀仰慕之情。你是国相的侄子，幕府中的大才。终究凭借自己的贤能，接受任用。李蒙将军文武兼备，接受命令出征，亲自掌控大军，将剿灭平定作乱的小股敌寇。凭借李蒙将军的英勇，加上你的才能，出师打败敌人，旦夕之间就会成功。我从小就爱好读书，长大专攻于经书。才学虽贫乏，却超过了常人，做了一个县尉。任官在偏僻剑门关外，偏远的少数民族聚集地，离家几千里地，有重重关山阻隔。况且我的任期已满，下一个职务不知道能任命什么。以我的不才，受到选拔官员的限制，再想求得微薄的俸禄，怎么能有希望？打算回归田园，老死沟壑了。听说你能急人之忧，不忘同乡的感情，希望能垂知遇的眷顾，保举我去军中服务，让我能执鞭持弓，以供驱遣。记下微末功劳，薄沾你们一份功劳。蒙受这胜利的成绩凯旋而返，能够封赏到一个最小的官职。便是你对我高山一样的恩情，也是我刻骨铭心值得纪念的日子。不敢抱有希望，希望你能考虑考虑。仅表达我的恳切心情，请原谅我的唐突。特意写了这封信鞭打劣马送去，以求得你的提携。"

郭仲翔接到吴保安的信，很受感动。便向李蒙将军请示，召用吴保安前来为管记。吴保安还没有赶到，敌人却反而逼近上来。李蒙将军率军到达姚州，于敌兵交战将敌兵打败。大军乘胜追击，深入敌人腹地，敌兵又杀了回来，将朝廷的军队打败。李蒙将军战败身亡，军队覆没，郭仲翔也被敌军俘虏。敌人想要换取汉人的财物，那些被俘的人员，都和家里通了音信，让家里人拿财物赎回，每人需要三十匹绢来换。吴保安赶到姚州，正逢

军没，迟留未返。而仲翔于蛮中，间关致书于保安曰："永固无恙？顷辱书未报，值大军已发。深入贼庭，果逢挠败。李公战没，吾为囚俘。假息偷生，天涯地角，顾身世已矣，念乡国窅然。才谢锺仪，居然受絷；身非箕子，且见为奴。海畔牧羊，有类于苏武；宫中射雁，宁期于李陵？吾自陷蛮夷，备尝艰苦。肌肤毁剔，血泪满池。生人至艰，吾身尽受。以中华世族，为绝域穷囚。日居月诸，暑退寒袭。思老亲于旧国，望松槚于先茔，忽忽发狂，腷臆流恸，不知涕之无从。行路见吾，犹为伤愍。吾与永固，虽未披款，而乡里先达，风味相亲。想睹光仪，不离梦寐。昨蒙枉问，承间便言。李公素知足下才名，则请为管记。大军去远，足下来迟。乃足下自后于戎行，非仆遗于乡曲也。足下门传余庆，天祚积善，果事期不入，而身名并全。向若早事麾下，同参幕府，则绝域之人，与仆何异？吾今在厄，力屈计穷。而蛮俗没留，许亲族往赎。以吾国相之侄，不同众人，仍苦相邀，求绢千匹。此信通闻，仍索百缣。愿足下早附白书，报吾伯父。宜以时到，得赎吾还，使亡魂复归，死骨更肉，唯望足下耳。今日之事，请不辞劳。若吾伯父已去庙堂，难可谘启，即愿足下，亲脱石父，解晏婴之骖；往赎华元，类宋人之事。济物之道，古人犹难。以足下道义素高，

前方军队覆没，便滞留在姚州没有返回。郭仲翔身陷蛮夷，辗转给吴保安写了封信说：“你还平安吧？先前承蒙你的来信，还没来得及回复，赶上军队已经出发。深入到敌人的巢穴，竟遭敌人挫败。李蒙将军阵亡，我成了囚虏。眼下苟延残喘，忍辱偷生，远在天涯地角，回首自己的遭遇已成过去，想到家乡是多么的遥远。才能不如锺仪，居然被拘禁；我不是箕子，却被迫成为奴隶。在湖边放羊，很像当年的苏武；希望像有人宫中射雁的故事一样，难道指望李陵？我自从身陷蛮夷，饱尝艰辛。身体遭受摧残，血泪流满了水池。人生最艰苦的，我都尝尽了。我是中原显贵世族出身，却成为极远地域的囚徒。日月流转，暑去寒来。思念旧国的老母亲，遥望祖先坟茔上的松槚，精神难以抑制，情绪郁结，悲痛流泪，却不知眼泪流到何处。行走在路上见了我的模样，会更加伤感可怜。我与你虽未推诚相与，但是同乡之情已在先前传达，情趣相近。很想一见你的仪态，经常睡梦中遇见你。当时李蒙将军问起你，我趁机说了你的情况。李蒙将军向来知道你的才学和声名，同意聘请你为管记。大军走远了，你来迟了。这是你在大军出征后赶到，不是我遗忘了你这个同乡。你的家门留有德泽，上天降福于积善之人，事情终究没有达到预期，却得以同时保全性命和声名。假若你早到李蒙将军麾下效力，我们一起参谋军事，那么极远地域的人，与我会有什么不同？我今天陷入困厄，力气用尽，办法没了。而蛮夷的规矩是允许亲友前来赎人。因为我是宰相的侄儿，不同于其他人，一再地苦苦相求，必须拿一千匹绢来赎。就是此信发出的时候，仍需要一百匹缣。希望你及早写信告诉我伯父，应当在限定的时间里，把我赎回去，使我丧失的灵魂能再返回到肉体，腐朽的身骨再生出肌肉，只能指望你了。今日所托之事，请不要怕辛劳而推辞。如果我的伯父上朝去了，难以通报，便请你亲自像晏婴解下左骖马，把越石父从牢狱中赎出来一样，将我从苦役中解救出来；使我能像春秋时的大夫华元从宋国伺机逃回一样逃脱归去。援助救济人的事情，从古以来都是很难办的。凭你的高尚道德，大仁大义，

名节特著，故有斯请，而不生疑。若足下不见哀矜，猥同流俗，则仆生为俘囚之竖，死则蛮夷之鬼耳，更何望哉！已矣吴君，无落吾事！”

保安得书，甚伤之。时元振已卒，保安乃为报，许赎仲翔。仍倾其家，得绢二百匹往。因住嶲州，十年不归。经营财物，前后得绢七百匹，数犹未至。保安素贫窭，妻子犹在遂州。贫赎仲翔，遂与家绝。每于人有得，虽尺布升粟，皆渐而积之。后妻子饥寒，不能自立，其妻乃率弱子，驾一驴，自往泸南，求保安所在。于途中粮尽，犹去姚州数百，其妻计无所出，因哭于路左，哀感行人。时姚州都督杨安居乘驿赴郡，见保安妻哭，异而访之。妻曰：“妾夫遂州方义尉吴保安，以友人没蕃，丐而往赎，因住姚州。弃妾母子，十年不通音问。妾今贫苦，往寻保安，粮乏路长，是以悲泣。”安居大奇之。谓曰：“吾前至驿，当候夫人，济其所乏。”既至驿，安居赐保安妻钱数千，给乘令进。

安居驰至郡，先求保安见之，执其手升堂，谓保安曰：“吾常读古人书，见古人行事，不谓今日亲睹于公。何分义情深，妻子意浅，捐弃家室，求赎友朋，而至是乎？吾见公妻来，思公道义，乃心勤伫，愿见颜色。吾今初到，无物助公，且于库中假官绢四百匹，济公此用。待友人到后，吾方徐为填还。”保安喜，取其绢，令蛮中通信者持往。

向二百日而仲翔至姚州，形状憔悴，殆非人也。方与保安相识，语相泣也。安居曾事郭尚书，则为仲翔洗沐，赐衣装，

显著声名，所以才有这个请求，丝毫不怀疑你的品质人格。如果你不怜悯我，同世俗一样袖手旁观，那我只能生是战俘，死是蛮夷的鬼了，还能有什么指望！吴君，不要使我的事情落空！”

吴保安接到信，很悲伤。这时郭元振已经死了，吴保安为了报答朋友的信任，决定设法赎回郭仲翔。他变卖了所有家产，买了二百匹绢前往南方。到达嶲州，十年不回家。在那里做买卖，前后得到七百匹绢，还是没凑够一千匹绢的数目。吴保安向来贫困，妻子仍待在遂州。吴保安倾家赎救郭仲翔，便和家里断绝了来往。每当做买卖有了收入，哪怕只是一尺布、一升米，也一点点积攒起来。后来他妻子挨饿受冻，没有办法独立生活下去，便带着幼小的儿子，骑着一头毛驴，前往泸南来找吴保安。在途中粮食吃光了，离姚州还有几百里地，她没有办法，便坐在路旁哭了起来，悲伤之情打动了过路的人。当时姚州都督杨安居沿着驿道去州府，看见吴保安的妻子在哭，感到奇怪就过去询问。吴保安的妻子说：“我的丈夫是遂州方义县尉吴保安，因为朋友被困在南方少数民族地区，所以设法去赎人，于是来到姚州。抛弃我们母子，十年不通音讯。我如今贫困，去寻找吴保安，粮食吃光了路还很远，所以悲伤地哭起来。”杨安居非常惊奇，对她说：“我到前面的驿站等你，资助你路费。”等她们到了驿站，杨安居给了吴保安妻子几千文钱，并安排车马送她继续向前走。

杨安居驱马到了州府，先找来吴保安相见，握着他的手来到堂上，对他说：“我常读古人的书，佩服古人做事，没想到今日亲眼见到了你的仁义行为。但为何朋友的情义重而妻子的情义浅，抛弃家室，去赎救朋友，做到这般地步？我遇到你的妻子，想到你的道义，心中殷切地想，希望能和你见面。我今天刚到，没有东西帮你，暂从仓库中借四百匹官绢，资助你办这件事。等到朋友回来以后，我再慢慢地偿还所借的绢。”吴保安很高兴，取了绢，令往蛮敌中通信的人运送过去。

又过了二百天，郭仲翔返回到姚州，他的形貌憔悴，大概没了人的样子。他刚和吴保安相互认识，说了几句话就痛哭起来。杨安居曾在郭尚书手下办事，就为郭仲翔洗了澡，送给他衣服，

引与同坐，宴乐之。安居重保安行事，甚宠之，于是令仲翔摄治下尉。仲翔久于蛮中，且知其款曲，则使人于蛮洞市女口十人，皆有姿色。既至，因辞安居归北，且以蛮口赠之。安居不受曰："吾非市井之人，岂待报耶？钦吴生分义，故因人成事耳。公有老亲在此，且充甘膳之资。"仲翔谢曰："鄙身得还，公之恩也。微命得全，公之赐也。翔虽瞑目，敢忘大造。但此蛮口，故为公求来。公今见辞，翔以死请。"安居难违，乃见其小女曰："公既频繁有言，不敢违公雅意。此女最小，常所钟爱。今为此女，受公一小口耳。"因辞其九人。而保安亦为安居厚遇，大获资粮而去。

仲翔到家，辞亲凡十五年矣。却至京，以功授蔚州录事参军，则迎亲到官。两岁，又以优授代州户曹参军，秩满内忧。葬毕，因行服墓次，乃曰："吾赖吴公见赎，故能拜职养亲。今亲殁服除，可以行吾志矣。"乃行求保安。而保安自方义尉选授眉州彭山丞。仲翔遂至蜀访之。保安秩满，不能归，与其妻皆卒于彼，权窆寺内。仲翔闻之，哭甚哀。因制缞麻，环绖加杖，自蜀郡徒跣，哭不绝声，至彭山，设祭酹毕，乃出其骨，每节皆墨记之，墨记骨节，书其次第，恐葬敛时有失之也。盛于练囊。又出其妻骨，亦墨记贮于竹笼。而徒跣亲负之，徒行数千里，至魏郡。保安有一子，仲翔爱之如

然后拉着他同坐，喝酒吃饭，歌舞相庆。杨安居敬重吴保安做的事，对他非常好，之后让郭仲翔代理他所管辖地区的一名县尉。郭仲翔在蛮夷地区待的时间很长，知道那里的详细情况，就派人到那里的部落买来十名女子，个个长得都很有姿色。买来以后，他辞别杨安居要回北方去，将十名女子送给杨安居作为酬谢。杨安居不接受，说："我不是市井小人，哪里是要报答呢？只是因为敬佩吴保安的仁义，所以才帮助他办成这件事。你有老母亲在北方，将她们换成吃饭的费用吧。"郭仲翔感谢地说："我能够回来，是你的恩情。小命得以保留，是你赏给我的。郭仲翔就是死了，也不敢忘记你的再生之德。但是这些蛮夷女子，是专门为你买来的。你今天推辞，我要以死请求你接受。"杨安居没有办法拒绝，看着十名女子中最小的一个说："你既然一再请求，不敢违背了你的好意。这个女子最小，我很喜欢。今天为了这个女子，接受你的赠送。"辞退了其余的九个人。吴保安也因为得到杨安居的优厚对待，得到一大笔钱粮回北方去了。

郭仲翔回到家，已经离开老母亲十五年了。他到了京城，因功被任命为蔚州录事参军，将母亲也接到蔚州。两年后，又因为成绩优秀授官代州户曹参军，任期满了的时候，他母亲死了。他安葬了母亲，穿丧服在墓地为母亲守孝，期满以后说："我依靠吴保安被赎了回来，所以才能担任官职奉养母亲。如今母亲死了，守孝已满，我可以去办我想办的事去了。"然后他便去找吴保安。而吴保安从方义县尉又被任命为眉州彭山丞。郭仲翔便赶往蜀郡寻他。吴保安任期满了以后，没有能够返回家乡，夫妻二人都死在彭山，棺材暂时停放在寺庙里。郭仲翔听说了，哭得非常悲伤。制作了丧服，带着环麻，持着丧杖，从蜀郡开始光着脚，一路哭着来到彭山，设酒菜祭奠完毕，将吴保安的骨头挖出来，每一节都用墨标上序号，用墨标记骨节，写上序号，是担心重新安葬时遗失。然后装到装殓的口袋里。又将吴保安的妻子的骨头也挖出来，也做上标记以后装到竹笼里。他光着脚，亲自背着两个人的骨头，徒步走了几千里，来到魏郡。吴保安有一个儿子，郭仲翔对他如同对待

弟。于是尽以家财二十万,厚葬保安,仍刻石颂美。仲翔亲庐其侧,行服三年。既而为岚州长史,又加朝散大夫。携保安子之官,为娶妻,恩养甚至。仲翔德保安不已。天宝十二年,诣阙,让朱绂及官于保安之子以报。时人甚高之。

初,仲翔之没也,赐蛮首为奴。其主爱之,饮食与其主等。经岁,仲翔思北,因逃归。追而得之,转卖于南洞。洞主严恶,得仲翔,苦役之,鞭笞甚至。仲翔弃而走,又被逐得,更卖南洞中。其洞号菩萨蛮,仲翔居中经岁,困厄复走,蛮又追而得之,复卖他洞。洞主得仲翔,怒曰:"奴好走,难禁止邪?"乃取两板,各长数尺,令仲翔立于板,以钉自足背钉之,钉达于木。每役使,常带二木行。夜则纳地槛中,亲自锞闭。仲翔二足,经数年疮方愈。木锞地槛,如此七年,仲翔初不堪其忧。保安之使人往赎也,初得仲翔之首主。展转为取之,故仲翔得归焉。出《纪闻》。

自己的弟弟。他于是花尽家财二十万，厚葬了吴保安夫妻，并立了一块石碑刻石颂扬吴保安的功德。郭仲翔在旁边搭了一间草庐，亲自在坟旁守孝三年。之后他被任命为岚州长史，又加官朝散大夫。他带着吴保安的儿子赴任官职，并给他娶了媳妇，对其关怀备至。郭仲翔感激吴保安之情始终不减。唐玄宗天宝十二载，他赴皇帝的殿庭，请求将自己的朱绂和官职让给吴保安的儿子接任当作回报。当时的人们都很敬佩他。

当初，郭仲翔被蛮敌抓住，送给蛮夷的首领做奴隶。主人很喜欢他，让他和自己吃一样的饭。一年以后，郭仲翔想念北方，伺机逃跑。被抓了回来，就卖到另一个部落。这里的洞主严厉凶恶，得到郭仲翔让郭仲翔干重活，用鞭子打他打得很厉害。郭仲翔逃跑，又被抓回来，再转卖到另一个部落。这里的洞主绰号叫“菩萨蛮”，郭仲翔待了一年以后，困苦不堪，再次逃走，又被追上抓了回来，又被转卖给另一个部落。这里的洞主得到郭仲翔，生气地说：“你喜欢逃跑，难道禁止不了吗？”他便叫人拿来两块木板，每块长数尺，令郭仲翔站在两块木板中间，用钉子从脚背钉入，脚背上的钉子穿到木头里面。每次役使，他常带着两块木板一起走。晚上则被关在地牢里，洞主亲自上锁。郭仲翔两脚上的疮伤，经过许多年才好。木锁地牢，这样过了七年，郭仲翔最初无法再继续忍受。吴保安派人去赎他，先找到他的第一个主人。然后辗转寻找，才使郭仲翔回归中原。出自《纪闻》。

卷第一百六十七

气义二

裴　冕

裴冕为王𫓹判官。𫓹得罪伏法，李林甫操窃权柄，咸惧之。𫓹宾佐数人，不敢窥𫓹门，冕独收𫓹尸，亲自护丧，瘗于近郊。出《谈宾录》。

李宜得

李宜得，本贱人，背主逃。当玄宗起义，与王毛仲等立功，宜得官至武卫将军。旧主遇诸涂，趋而避之，不敢仰视。宜得令左右命之，主甚惶惧。至宅，请居上座，宜得自捧酒食，旧主流汗辞之。留连数日，遂奏云："臣蒙国恩，荣禄过分。臣旧主卑琐，曾无寸禄。臣请割半俸解官以荣之，愿陛下遂臣愚款。"上嘉其志，擢主为郎将，宜得复其秩。朝廷以此多之。出《朝野佥载》。

裴冕

裴冕是王鉷的判官。王鉷获罪被杀，李林甫掌握了朝廷的大权，官员们都害怕他。王鉷的几个关系亲近的门客和下级都不敢靠近王鉷家门口，只有裴冕单独去为王鉷收尸，并亲自护送灵柩埋葬到郊外。出自《谈宾录》。

李宜得

李宜得本来是个身份低贱的人，背着主人逃跑了。后来在玄宗仗义起事时，他和王毛仲等人立了功，授官至武卫将军。他过去的主人在路上遇到他，快步躲到路旁，低着头不敢看他。李宜得令随行人员去叫他的旧主人，他的旧主人非常惊慌害怕。到了李宜得的住宅，他将旧主人让到上座，并亲自为旧主人端菜倒酒，旧主人紧张地流着汗推辞。李宜得留旧主人住了几天，然后上朝对皇帝说："我蒙受国家的恩情，得到的官职和俸禄太高了。而我的旧主人身份低贱，竟没有半点俸禄。我请示将我的一半俸禄和官职让给我的旧主人，希望陛下满足我这个愚蠢的请求。"皇上称道他的义气，提拔他的旧主人为郎将，李宜得仍保留原来的官职。朝廷从此嘉赏义气之风。出自《朝野佥载》。

穆 宁

穆宁，不知何许人，颜真卿奏为河北道支使。宁以长子属母弟曰："唯尔所适，苟不乏嗣，吾无累矣。"因往平原，谓真卿曰："先人有嗣矣，古所谓死有轻于鸿毛者，宁是也。愿毕佐公，以定危难。"其后宁计或不行，真卿弃平原，夜渡河。出《谈宾录》。

赵 骅

赵骅因胁于贼中，见一妇人，问之。即江西廉察韦环之族女也，夫为畿官，以不往贼军遇害，韦氏没入为婢。骅哀其冤抑，以钱赎之。俾其妻致之别院，而骅竟不见焉。明年，收复东都。骅以家财赡给，而求其亲属归之。议者咸重焉。出《谈宾录》。

曹文洽

曹文洽，郑滑之裨将也。时姚南仲为节度使，被监军薛盈珍怙势干夺军政。南仲不从，数为盈珍谗于上。上颇疑之。后盈珍遣小使程务盈驰表南仲，诬谗颇甚。文洽时奏事赴京师，窃知盈珍表中语。文洽愤怒，遂晨夜兼道追务盈。至长乐驿，及之，与同舍宿。中夜，杀务盈，沉盈珍表于厕中，乃自杀。日旰，驿吏开门，见血伤满地，傍得文洽二缄：一状告盈珍，一表理南仲冤，且陈谢杀务盈。德宗闻其事，颇疑。南仲虑衅深，遂入朝。初至，上曰："盈珍

穆　宁

穆宁，不知道是什么地方的人，颜真卿奏请朝廷授命他担任河北道支使。穆宁以长子的身份对同母弟弟说："你愿做什么就做什么，只要有后代子孙，我就没什么牵挂了。"然后他前往平原，对颜真卿说："我的先人有后代子孙，古人讲有人死得轻于鸿毛，我就是一个。我愿全力辅佐你，平定眼前的危难。"后来因为计策行不通，颜真卿放弃平原，夜间渡过黄河而去。出自《谈宾录》。

赵　骅

赵骅被胁迫待在贼兵之中，他见到贼营里有一位妇人，便走上前去询问。得知她是江西观察使韦环同族兄弟的女儿，丈夫是京官，因为不肯归顺贼军被杀害，韦氏陷入贼营充当婢女。赵骅同情她的冤屈，用钱将她赎了出来。然后让他的妻子将韦氏安排到别的院子里居住，始终不再和她见面。第二年，官军收复了东都。赵骅给了韦氏充足的物给，寻找到她的亲属，将她送了回去。知道这件事的人都称赞赵骅。出自《谈宾录》。

曹文洽

曹文洽是郑滑的副将。当时姚南仲为节度使，被监军薛盈珍倚仗势力，篡夺了军政大权。姚南仲不服，薛盈珍多次到皇帝那里说姚南仲的坏话。德宗皇帝心中颇多疑惑。后来薛盈珍派了下级官员程务盈驰送公文诬蔑姚南仲，诬告诋毁得很厉害。曹文洽正好有事禀报前往京城，暗中知道了薛盈珍公文中的内容。曹文洽非常愤怒，便日夜兼程追赶程务盈。到了长乐驿站，追上了程务盈，与他同住在一个房间。半夜，曹文洽杀了程务盈，将薛盈珍的公文扔到厕所里，然后自杀了。日已晚，驿吏开门，看到满地的鲜血和尸体，旁边放着曹文洽写的两封信：一封信状告薛盈珍，一封信替姚南仲鸣冤，并且写明了杀程务盈的原因。德宗皇帝听闻这件事，心中颇有疑虑。姚南仲怕德宗皇帝疑虑日深，于是入朝去见德宗皇帝。刚到，德宗皇帝对他说："薛盈珍

扰卿甚耶?”南仲曰:“盈珍不扰臣,自隳陛下法耳。如盈珍辈所在,虽羊、杜复生,抚百姓,御三军,必不能成恺悌父母之政,师律善阵之制矣。”德宗默然久之。出《谈宾录》。

阳城

阳城,贞元中,与三弟隐居陕州夏阳山中,相誓不婚。啜菽饮水,莞簟布衾,熙熙怡怡,同于一室。后遇岁荒,屏迹不与同里往来,惧于求也。或采桑榆之皮,屑以为粥。讲论《诗》《书》,未尝暂辍。有苍头曰都儿,与主协心。盖管宁之比也。里人敬以哀,馈食稍丰,则闭户不纳,散于饿禽。后里人窃令于中户致糠核十数杯,乃就地食焉。他日,山东诸侯闻其高义,发使寄五百缣。城固拒却,使者受命不令返,城乃标于屋隅,未尝启缄。

无何,有节士郑俶者,迫于营举,投人不应,因途经其门,往谒之。俶戚容瘵貌,城留食旬时,问俶所之,及其瘠瘁之端。俶具以情告。城曰:“感足下之操,城有诸侯近贶物,无所用,辄助足下人子终身之道。”俶固让。城曰:“子苟非妄,又何让焉?”俶对曰:“君子既施不次之恩,某愿终志后,为奴仆偿之。”遂去。

俶东洛茔事罢,杖归城,以副前约。城曰:“子奚如是?

扰乱你很厉害吧?”姚南仲说:“薛盈珍不是扰乱我,而是破坏皇帝的法制。如果允许薛盈珍这种人存在,即使是羊祜和杜预那样正直有才能的人复活,来安抚百姓和统率三军,也不能治理成和乐的太平盛世,和严律的军队、善战的军阵制度。”德宗沉默思考了很久。出自《谈宾录》。

阳 城

唐德宗贞元年间,有个叫阳城的人和他的三弟隐居在陕州夏阳山中,两个人发誓一辈子不结婚。他们每日吃豆子喝清水,睡草编的席子,盖粗布做的被,两个人和和乐乐地住在一间屋子里。后来遇到一个灾荒年,他俩隐藏踪迹不与同乡的人来往,怕有求于别人。他俩采集桑树和榆树的皮切碎了做粥吃。这种条件下仍讲论《诗》《书》,从来没有间断过。他们有一个仆人叫都儿,与主人一条心。人们将阳城比作三国时辞官不做的管宁。同乡的人都很尊敬同情他们,赠送给他们的食物渐渐多起来,他们却关起门来,不肯接受,或是撒给鸟吃。后来同乡人暗中让中等资产的人家送给他们糠谷十几杯,他们就地吃了。有一天,太行山以东的诸侯听闻他们的行为高尚,派使者送来五百匹缣。阳城坚决不收,使者依令不收就不回去,阳城只好将缣做好记号堆到屋子的角落里,从来也没打开过。

不久,有个有节操的人叫郑俶,迫于修坟茔,找亲友借钱没有借到,回来路过阳城的门前,进屋拜见阳城。郑俶一副悲愁病弱的样子,阳城留他住了十多天,问郑俶要去哪里,以及悲愁病弱的原因。郑俶将情况告诉了阳城。阳城说:“有感于你的品德节操,我这里有诸侯近来赠送的物品,放在这里没有用处,全都送给你,来助你尽人子的孝道吧。”郑俶坚持不要。阳城说:“你若不欺妄骗人,又为什么推让呢?”郑俶说:“你既然给了我这个不寻常的恩惠,我愿意办完事后,做你的奴仆以偿还你的恩情。”说完便走了。

郑俶在东洛办理完修坟茔的事以后,拄着木杖回到阳城这里,以履行他自己以前做的约定。阳城说:“你为什么这样?

苟无他系，同志为学可也，何必云役己以相依？"俶泣涕曰："若然者，微躯何幸！"俶于记览苦不长，月余，城令讽《毛诗》，虽不辍寻读，及与之讨论，如水投石也。俶大惭。城曰："子之学，与吾弟相昵不能舍，有以致是耶？今所止阜北，有高显茅斋，子可自玩习也。"俶甚喜，遽迁之。复经月余，城访之，与论《国风》，俶虽加功，竟不能往复一辞。

城方出，未三二十步，俶缢于梁下。供饩童窥之，惊以告城，城恸哭若裂支体。乃命都儿将酒奠之，及作文亲致祭，自咎不敏："我虽不杀俶，俶因我而死。"自脱衣，令仆夫负之。都儿行槚楚十五，仍服缌麻，厚瘗之。由是为缙绅之所推重。后居谏议大夫时，极谏裴延龄不合为国相，其言至恳，唐史书之。及出守江华都，日炊米两斛，鱼羹一大鬵。自天使及草衣村野之夫，肆其食之。并置瓦瓯榫杓，有类中衢樽也。出《乾䐋子》。

王　义

王义，即裴度之隶人也。度为御史中丞，武元衡遇害之日，度为人所刺，义捍刃而死，度由是获免。乃自为文以祭，厚给其妻子。是岁，进士撰王义传者，十二三焉。出《国史补》。

裴　度

元和中，有新授湖州录事参军，未赴任，遇盗，攘剽殆尽，告敕历任文簿，悉无孑遗。遂于近邑求丐故衣，迤逦假贷，

你如果没有其他的地方可以去，彼此之间一起治学就可以了，何必说要当奴仆来依靠我呢？”郑俶流着泪说：“要像你说的这样，我这个卑贱的人是多么的幸运！”郑俶在读书记诵、读上苦于不长进，一个月以后，阳城叫他背诵《诗经》，虽然郑俶不停地学习，可是一讨论，他就像水泼在石头上一样，一句也回答不上来。郑俶非常惭愧。阳城说：“你学习和我弟弟太亲近了没有止息，所以导致如此吗？现在所住的山北，有一幢宽敞的茅屋，你可以到那里自己学习。”郑俶很高兴，立刻搬了过去。又过了一个月，阳城去看他，与他讨论《国风》，郑俶虽然用功，但还是一句话也接不上。

阳城刚走出不到二三十步，郑俶就吊死在房梁上。送饭的童子看见了，惊慌地告诉了阳城，阳城哭得像肢体裂开。他便命都儿备酒祭奠郑俶，并且作了祭文前往祭祀，自己责备自己不通达：“我虽然没有杀郑俶，郑俶却是因我而死。”然后脱去衣服，让仆人打他。都儿用檟木荆条鞭打了他十五下，他再穿上丧服，将郑俶厚葬了。因此被贵族以及官员们推重。阳城在任谏议大夫时，极力向皇帝纳谏，认为裴延龄不适合当宰相，其言词极其诚恳，唐朝的史书上有记载。等他出任江华地方官，每天都做两斛米的饭和一大锅鱼汤，召集皇帝的使臣到村野之夫，让大家随便吃。并且准备了瓦瓯、樿杓等餐具，有些像街道上设酒，供行人自饮。出自《乾𦠆子》。

王义

王义是裴度的奴仆。裴度任御史中丞，宰相武元衡遇害的那一天，裴度遭人行刺，王义替裴度挡刀而死，裴度才躲过死亡的灾难。裴度做祭文哀悼王义，并给了王义的妻子很多抚恤。当年，进士为王义撰写传记的，竟有十二三人。出自《国史补》。

裴度

唐宪宗元和年间，有个新任命的湖州录事参军，没等去上任就遇到了强盗，将他的钱物都抢走了，就连委任的文薄也没给他留下。于是他便在京城附近收购旧衣服，然后想办法换成钱，

却返逆旅。旅舍俯逼裴晋公第。时晋公在假,因微服出游侧近邸,遂至湖纠之店。相揖而坐,与语周旋,问及行止。纠曰:“某之苦事,人不忍闻。”言发涕零。晋公悯之,细诘其事。对曰:“某主京数载,授官江湖,遇寇荡尽,唯残微命。此亦细事尔,其如某将娶而未亲迎,遭郡牧强以致之,献于上相裴公,位亚国号矣。”裴曰:“子室之姓氏何也?”答曰:“姓某字黄娥。”裴时衣紫褠衫,谓之曰:“某即晋公亲校也,试为子侦。”遂问姓名而往。纠复悔之,此或中令之亲近,入而白之,当致其祸也。

寝不安席,迟明,诣裴之宅侧侦之,则裴已入内。至晚,有赪衣吏诣店,颇匆遽,称令公召。纠闻之惶惧,仓卒与吏俱往。至第斯须,延入小厅。拜伏流汗,不敢仰视。即延之坐,窃视之,则昨日紫衣押牙也。因首过再三。中令曰:“昨见所话,诚心恻然。今聊以慰其憔悴矣。”即命箱中官诰授之,已再除湖纠矣。喜跃未已,公又曰:“黄娥可于飞之任也。”特令送就其逆旅,行装千贯,与偕赴所任。出《玉堂闲话》。

廖有方

廖有方,元和乙未岁,下第游蜀。至宝鸡西,适公馆。忽闻呻吟之声,潜听而微惙也。乃于间室之内,见一贫病

然后再返回到旅店里。这个旅店靠近晋公裴度的府第。这一天裴度休假，于是穿上便衣在府宅附近散步，就到了这个湖州录事参军住的旅店。裴度与这个叫湖纠的打过招呼以后坐下，与他交谈，问到他要去哪。湖纠说："我的凄惨遭遇，别人都不忍听。"说着哭了起来。裴度觉得他很可怜，详细询问他的遭遇。他回答说："我在京城任职数年，被授予了一个在湖州的官职，遇到强盗把我的东西抢光了，只剩下一条贱命。这还是小事，还有的是，我准备娶亲还没有去迎娶，未婚妻就被郡牧强抢去，献给了宰相晋公裴度，他的官职可是在这个国家里居第二位。"裴度说："你未婚妻姓什么？"回答说："姓某字，叫黄娥。"裴度当时穿着有钱人常穿的紫色衣服，他对湖纠说："我就是裴度的亲信校卫，试着帮你查查。"于是问了湖纠的姓名后走了。湖纠非常后悔，心想刚才来的人如果是裴度的亲信，回去和裴度一说，会招致灾祸。

湖纠当天晚上想着这件事睡不安稳，等到天明，他来到裴度的住宅附近观察，裴度已进了府内。到了傍晚，有个穿红衣服的公差来到旅店，非常急促，声称裴度让他去。湖纠听闻，心里非常惊慌害怕，急忙跟着差人一起前往。他们进了裴度的住宅片刻，被带到一个小客厅。他趴在地上吓得直出冷汗，不敢抬头看。裴度请他坐下，他偷着观看，正是昨天穿紫衣服的那个侍卫官。便再三谢罪。裴度说："昨天听了你说的话，心中很同情可怜你。今天姑且抚慰一下你的憔悴。"说着命人将箱子里的授官凭证交给他，重新任命了他湖州录事参军的官职。他高兴得要跳起来，裴度又说："黄娥立刻就可以还给你，同你一起去那里上任。"然后特意派人将他送回旅店，并给了他出门的衣物和一千贯钱，第二天这个人和未婚妻一起上任去了。出自《玉堂闲话》。

廖有方

廖有方在唐宪宗元和乙未年参加科举考试，没有被录取游历到蜀郡。走到宝鸡的西面，住在旅店里。他忽然听到有呻吟声，静听又听不见了。他从一间屋子里找到一个生了重病的贫困

儿郎。问其疾苦行止，强而对曰："辛勤数举，未遇知音。"眄睐叩头，久而复语："唯以残骸相托。"余不能言。拟求救疗，是人俄忽而逝。遂贱鬻所乘鞍马于村豪，备棺瘗之，恨不知其姓字。苟为金门同人，临歧凄断。复为铭曰："嗟君殁世委空囊，几度劳心翰墨场。半面为君申一恸，不知何处是家乡。"

后廖君自西蜀回，取东川路，至灵龛驿。驿将迎归私第。及见其妻，素衣，再拜呜咽，情不可任，徘徊设辞，有同亲懿。淹留半月，仆马皆饫。掇熊虎之珍，极宾主之分。有方不测何缘，悚惕尤甚。临别，其妻又悲啼，赠贶缯锦一驮，其价值数百千。驿将曰："郎君今春所葬胡绾秀才，即某妻室之季兄也。"始知亡者姓字。复叙平生之吊，所遗物终不纳焉。少妇及夫，坚意拜上。有方又曰："仆为男子，粗察古今。偶然葬一同流，不可当兹厚惠。"遂促辔而前，驿将奔骑而送。复逾一驿，尚未分离。廖君不顾其物，驿将执袂，各恨东西，物乃弃于林野。

乡老以义事申州，州将以表奏朝廷。文武宰僚，愿识有方，共为导引。明年，李逢吉知举，有方及第，改名游卿，声

少年。廖有方问他生了什么病，准备去哪里，少年吃力地说："我辛勤地参加了几次科举考试，未遇到赏识我的人。"少年看着他向他磕头，过了一会儿，又说："我死后只能将自己的残骸托付给你。"其余的话就不能说出来了。廖有方想要找人救治他，但是不一会儿这个少年就死了。廖有方就将自己所骑的马和鞍具一块贱卖给了村子里有钱的人，用所得到的钱买了棺材将少年安葬了，遗憾的是不知道这个少年的姓名。同是参加科举考试的同路人，却是两种命运，真是令人悲伤。廖有方为这个少年又做了碑文："嗟君殁世委空囊，几度劳心翰墨场。半面为君申一恸，不知何处是家乡。"

后来廖有方从西蜀回来，取道东川路，行至灵龛驿。驿站的官员将他迎到家中。廖有方看到驿站官员的妻子穿着白色的丧服，拜了两拜就呜咽哭泣起来，情绪不能控制，举止说话，如同对待自己的至亲。他们留廖有方住了半个月，就连仆人和马匹都吃喂得很好。吃的尽是山珍，极力表达了宾主之间的情义。廖有方不知道这是什么原因，心中非常不安。等到临别的时候，驿站官员的妻子又哭了起来，并且赠送给廖有方一驮子价值千百贯的丝织品。驿站的官员对他说："你今年春天所安葬的叫做胡绾的秀才，就是我妻子最小的哥哥。"到这时廖有方才知道那个死亡少年的姓名。他又讲了当时安葬少年的情形和怀念的话，但始终不肯接受所赠送的物品。驿站的官员和他的妻子坚决呈给他。廖有方又说："我作为一个男子，粗略地明白一些古今做人的简单道理。偶然安葬了一个多次参加科举考试的同路人，不应该接受这样厚重的物品。"说着便催马前行，驿站的官员也骑着马追着送他物品。两个人又经过一个驿站，仍然没有分手。廖有方不拿所赠送的物品，驿站的官员拽住他的衣袖不放手，二人各奔东西，赠送的物品竟扔到了野外。

乡里掌管教化的乡老将这件事上报给州里，州里又表奏给朝廷。文武宰僚知道了都想结识廖有方，互相介绍引见。第二年，李逢吉主持科举考试，廖有方被录取，他改名叫廖游卿，声名

动华夷，皇唐之义士也。其主驿戴克勤，堂帖本道节度，甄升至于极职。克勤名义，与廖君同远矣。出《云溪友议》。

传遍了全国，被公认为大唐的义士。那个驿站的官员戴克勤，也被宰相发公文推荐提拔为当地的节度使，晋升到了极高的位置。从此戴克勤的声名和廖有方的名字传得一样远。出自《云溪友议》。

卷第一百六十八

气义三

熊执易

熊执易赴举，行次潼关，秋霖月余，滞于逆旅。俄闻邻店有一士，吁嗟数次。执易潜问之，曰："前尧山令樊泽，举制科。至此，马毙囊空，莫能自进。"执易造焉，遽辍所乘马，倒囊济之。执易其年罢举，泽明年登科。出《摭言》。

李　约

李约为兵部员外，汧公之子也。识度清旷，迥出尘表。与主客张员外谂同官。并韦征君况墙东遁世，不婚娶，不治生业。李独厚于张。每与张匡床静言，达旦不寝，人莫得知。赠张诗曰："我有心中事，不与韦二说。秋夜洛阳城，明月照张八。"

约尝江行，与一商胡舟楫相次。商胡病，固邀相见，

熊执易

熊执易前往京城参加科举考试，走到潼关，秋雨连绵下了一个多月，无法行走，他滞留在旅店里。忽然听到隔壁房间有一个男子长吁短叹了数次。熊执易走过去询问，那人说："我是前尧山县令樊泽，去京城赴皇帝亲自拟定的考试。走到这里，马死了，口袋里的钱也花光了，没有办法继续前进。"熊执易回到自己的房间，将自己所骑的马和口袋里的钱全部拿出来送给樊泽。熊执易当年没有参加科举考试，而樊泽第二年参加了考试并被录取。出自《摭言》。

李　约

李约任兵部员外郎，是汧公的儿子。他见识开阔，超凡脱俗，与主客员外张谂是同事。和征君韦况一起避世隐居，不婚娶，也不经营产业。李约唯独同张谂的交情深厚。每当他同张谂躺在一张方正的床上聊天，整夜都不睡觉，别人对此都不了解。他作了一首诗赠给张谂："我有心中事，不与韦二说。秋夜洛阳城，明月照张八。"

李约曾行江上，紧随一胡商的船。胡商病了，坚决邀请他相见，

以二女托之，皆绝色也。又遗一珠，约悉唯唯。及商胡死，财宝约数万，悉籍其数送官，而以二女求配。始，殓商胡时，约自以夜光唅之，人莫知也。后，死胡有亲属来理资财，约请官司发掘，检之，夜光果在。其密行皆此类也。出《尚书故实》。

郑还古

郑还古，东都闲居，与柳当将军者甚熟。柳宅在履信东街，有楼台水木之盛。家甚富，妓乐极多。郑往来宴饮，与诸妓笑语既熟，因调谑之，妓以告柳。怜郑文学，又贫，亦不之怪。郑将入京求官，柳开筵饯之。酒酣，与妓一章曰："冶艳出神仙，歌声胜管弦。眼看白苎曲，欲上碧云天。未拟生裴秀，如何乞郑玄。莫教金谷水，横过坠楼前。"

柳见诗甚喜，曰："某不惜此妓，然吾子方求官，事力空困，将去固不易支持。专待见荣命，便发遣入京，充贺礼。"及郑入京，不半年，除国子博士。柳见除目，乃津置入京。妓行及嘉祥驿，郑已亡殁。旅衬寻到府界，柳闻之悲叹不已，遂放妓他适。出《卢氏杂说》。

江陵士子

江陵寓居士子，忘其姓名。有美姬，甚贫，求尺题于交广间，游索去万，计支持五年粮食。且戒其姬曰："我若五年

把两个女儿托付给他，两个女儿都长得异常美丽。胡商又交给他一枚珠子，李约全都答应了。等到胡商死了，李约将他遗留下来的钱财约有好几万贯全都登记好了如数送交给官府，并为胡商的两个女儿寻找配偶。当初，装殓胡商时，李约自己将那枚夜光珠放入胡商的嘴里入殓，别人并不知道这件事。后来死去胡商的亲属来清理胡商留下的财产，李约请来官府的人挖开坟墓检查，夜光珠果然还在。李约所做的事情，即使是别人不知道，都像这样讲义气。出自《尚书故实》。

郑还古

郑还古闲居在东都，与柳当将军很熟悉。柳当的住宅在履信东街，有楼台流水和茂盛的树木。家中非常富有，养了许多乐师歌妓。郑还古往来宴饮，同诸歌妓说笑熟悉后，便调戏歌妓，歌妓告诉了柳当将军。柳当爱惜郑还古有才学，又很贫穷，所以也不责怪他。郑还古要去京城谋求官职，柳当将军设宴为他饯行。酒喝到畅快的时候，郑还古为歌妓作了一首诗："冶艳出神仙，歌声胜管弦。眼看白苎曲，欲上碧云天。未拟生裴秀，如何乞郑玄。莫教金谷水，横过坠楼前。"

柳当见了这首诗很高兴，对郑还古说："我不可惜这个歌妓，然而你正要去谋求官职，需要花费很多精力，如果让歌妓随你去，本来你就不易支持。等你当了官，我便将她送到京城，充当贺礼。"郑还古入京不到半年，当上了国子博士。柳当在新任官员的名单上看到他的名字，立即准备贺礼送往京城。歌妓走到嘉祥驿站，郑还古已经死了。不久郑还古的灵柩运到府界时，柳当悲伤感叹不止，于是让歌妓嫁给了别人。出自《卢氏杂说》。

江陵士子

江陵住着一个读书人，忘了他的姓名。他的妻子长得很美丽，家里很贫穷，他要出门去交、广一带收集尺牍，准备了一些钱，估算够支持妻子生活五年的费用。他告诫妻子说："我如果五年

不归,任尔改适。”士子去后,五年未归。姬遂为前刺史所纳,在高丽坡底。及明年,其夫归,已失姬之所在。寻访知处,遂为诗,求媒标寄之。诗云:“阴云漠漠下阳台,惹着襄王更不回。五度看花空有泪,一心如结不曾开。纤萝自合依芳树,覆水宁思返旧杯。惆怅高丽坡底宅,春光无复下山来。”刺史见诗,遂给一百千及资装,便遣还士子。出《卢氏杂说》。

郑畋

郑文公畋,字台文。父亚,曾任桂管观察使。畋生于桂州,小字桂儿。时西门思恭为监军,有诏征赴阙。亚饯于北郊,自以衰年,因以畋托之,曰:“他日愿以桂儿为念,九泉之下,不敢忘之!”言讫,泫然流涕。思恭志之。及为神策军中尉,亚已卒,思恭使人召畋,馆之于第。年未及冠,甚爱之,如甥侄,因选师友教导之。畋后官至将相。黄巢之入长安,西门司空逃难于终南山。畋以家财厚募有勇者,访而获之,以归岐下。温凊侍膳,有如父焉。思恭终于畋所。畋葬于凤翔西冈,松柏皆手植之。未几,畋亦卒,葬近西门之坟。百官造二垄以吊之,无不堕泪,咸伏其义也。出《北梦琐言》。

章孝子

章孝子名全益,东蜀涪城人。少孤,为兄全启养育。母疾,全启割股肉以馈,其疾果瘳也。他日,全启出游,殂于

不回来,你可以随便改嫁。”读书人走了以后,五年没回来。前刺史于是娶了他的妻子,住在高丽坡底。又过了一年,读书人回来了,已找不到妻子。寻访到妻子的去向以后,他写了一首诗,托别人送去。诗道:“阴云漠漠下阳台,惹着襄王更不回。五度看花空有泪,一心如结不曾开。纤萝自合依芳树,覆水宁思返旧杯。惆怅高丽坡底宅,春光无复下山来。”刺史见到这首诗,便给了书生的妻子一百贯钱和一些衣物,将她送还给读书人。出自《卢氏杂说》。

郑畋

郑文公郑畋,字台文。他的父亲叫郑亚,曾经担任过桂管观察使。郑畋出生在桂州,小名叫桂儿。当时西门思恭为监军,皇帝下诏,征召西门思恭去京城。郑亚在城北郊为他设宴饯行,因为自己年老了,便将郑畋托付给西门思恭,说:“将来你如果能想着桂儿,我就是在九泉之下也不敢忘了你!”说完,扑簌地流下了眼泪。西门思恭记住了他的嘱托。等到西门思恭当上了神策军中尉的时候,郑亚已经去世,西门思恭派人将郑畋找来,让他住在家中。郑畋不满二十,西门思恭很喜爱他,对他像对待自己的外甥和侄子一样,还请来教师教导他。后来郑畋当官直至将相。黄巢攻进长安时,西门思恭逃难到终南山。郑畋用家财高价招募勇士,寻访到西门思恭,把他接回岐下,暖被扇席,供奉饮食,照顾得无微不至,像对待自己的父亲一样。西门思恭死在郑畋家里。郑畋将他安葬在凤翔西岗,墓地的松柏树都是他亲手栽植的。过了不久,郑畋也死了,也葬到了西门思恭的墓旁。官员们修建两个人的坟墓,以祭奠他们,在场的人没有不落泪的,都佩服他们二人的仁义。出自《北梦琐言》。

章孝子

章孝子的名字叫章全益,是东蜀涪城人。他从小丧父,由哥哥章全启养育。他们的母亲生病,章全启割下自己大腿上的肉给母亲吃,母亲的病果然好了。有一天,章全启出门游历,死在

逆旅。全益感天伦之恩，制斩缞之服，又以全启割肉啖母，遂以火炼指，以申至痛。仍以银字写《法华经》一部，日夕讽诵，仍通大义。后于成都府楼巷，舍于其间，傍有丹灶。不蓄童仆，块然一室。鬻丹得钱，数及两金，即刻一象。今华亭禅院，即居士高楼之所。人谓有黄白之术。尝言于道友曰："点水银一两，止一两银价，若丸作三百粒，每粒百钱，乃三十千矣，其利博哉。但所鬻之丹亦神矣。"居士到蜀之后，制土偶于丹灶之侧，以代执热之用。护惜不毁，殆四十年。大顺中物故，年至九十八。寺僧写真于壁，节度判官前眉州刺史冯涓撰赞以美之。出《北梦琐言》。

发冢盗

光启、大顺之际，褒中有盗发冢墓者，经时搜索不获，长吏督之甚严。忽一日擒获，置于所司。淹延经岁，不得其情。拷掠楚毒，无所不至。款古既具，连及数人，皆以为得之不谬矣。及临刑，傍有一人攘袂大呼曰："王法岂容枉杀平人者乎！发冢者我也。我日在稠人之中，不为获擒，而斯人何罪，欲杀之？速请释放！"旋出丘中所获之赃，验之，略无差异。具狱者亦出其赃，验之无差。

及藩帅躬自诱而问之，曰："虽自知非罪，而受棰楚不禁，遂令骨肉伪造此赃，希其一死。"藩帅大骇，具以闻于朝廷。坐其狱吏，枉陷者获免，自言者补衙职而赏之。出《玉堂闲话》。

旅店里。章全益感激哥哥的恩情，制作了丧服，又因为章全启曾割自己的肉给母亲吃，他便用火烧自己的手指，以体验哥哥的疼痛。他还用银字书写《法华经》一部，早晚诵读，不断领会其中的佛理。后来他在成都府的楼巷，建了一座房屋，里面设置一座炼丹的炉子。他不用仆人，独自住在这间屋子里。卖丹得钱，数目达到一两金子，便刻一座佛像。如今的华亭禅院，就是他当年炼丹奉佛的场所。人们称他有炼丹化为金银的"黄白之术"。他曾经对同他一样奉佛的人说："冶炼一两水银，只能得到一两银子，如果将它分作三百粒，每粒化为一百文，便是三万文，其利是非常大的。但是所炼的丹也非常神奇。"他到了蜀郡以后，做了一个泥人放在炼丹炉旁，用它取拿灼热之物。他小心护惜，不让泥人毁坏，大概用了四十年。唐昭宗大顺年间他死了，死的时候九十八岁。庙里的和尚将他的像画在墙壁上，节度判官前眉州刺史冯涓撰写文章纪念和颂扬他。出自《北梦琐言》。

发冢盗

唐光启、大顺年间，褒中县发生盗墓的事件，搜索了一段时间没有抓获罪犯，长吏催促破案很紧。忽然有一天抓到了罪犯，送到相关司所。拖延了一年，也没有招供。狱吏毒打逼供，无所不用。后来搜集到罪证，牵连了好几个人，大家都认为审判没有错误。等到行刑处死罪犯时，旁边有一个人捋起衣袖大声呼喊："王法怎么能允许错杀无辜的人呢！盗墓的人是我。我每天在人群之中，没有被抓住，而这个人有什么罪，却要被杀头？请快放了他！"随后拿出从墓中所得的赃物，经过检验，一点不差。办案的人也拿出赃物，检验没有错。

等到藩帅亲自审问先前抓住的罪犯，这个人说："我虽然知道自己无罪，但是经受不住没完没了的酷刑，于是叫家里人伪造了赃物，希望早点死。"藩帅听了非常恐惧，将情况上报朝廷。把审理此案的狱吏抓起来治罪，将被诬陷的人释放，自己出来自首的人补充录用为衙役，并获得奖赏。出自《玉堂闲话》。

郑雍

郑雍学士未第时，求婚于白州崔相公远。才允许，而博陵有事，女则随例填宫。至朱梁开平之前，崔氏在内托疾，敕令出宫，还其本家。郑则复托媒氏致意，选日亲迎。士族婚礼，随其丰俭，亦无所阙。寻有庄盆之感，又杖经期周，莫不合礼。士林以此多之，美称籍甚。场中翘足望之，一举中甲科。封尚书榜下。脱白，授秘校，兼内翰，与丘门同敕入。不数载而卒。出《玉堂闲话》。

杨晟

杨晟，始事凤翔节度使李昌符。累立军功，因而疑之，潜欲加害。昌符爱妾周氏，悯其无辜，密告之，由是亡去而获免。后为驾前五十四军都指挥使，除威胜军节度使，建节于彭州。抚绥士民，延敬宾客，洎僧道辈，各得其所。厚于礼敬，人甚怀之。李昌符之败，因令求周氏。既至，以义母事之。周氏自以少年，复有美色，恳有好合之请。晟告誓天地，终不以非礼偶之。每旦，未视事前，必申问安之礼。虽厄在重围，未尝废也。新理之郡，兵力不完，遽为王蜀先主攻围。保守孤垒，救兵不至，凡千日，为西川所破而害焉。有马步使安师建者，杨氏之腹心也，城克执之。蜀先主知其忠烈，冀为其用，欲宽之。师建曰："某受杨司徒提拔，不敢惜死。"先主嗟赏而行戮，为其设祭而葬之。出《北梦琐言》。

郑雍

学士郑雍未考取功名时，曾向白州崔相公崔远求亲。崔远刚刚同意，郑雍就有事去了博陵，崔远的女儿崔氏按惯例被召进宫中去做宫女。到了梁太祖开平年之前，崔氏在宫中假托有病，被敕令出宫，回到原来自己的家。郑雍又托媒人去求婚，选定日期迎亲。士族婚礼，根据自己财力的大小操办，也不缺少什么。不久妻子去世，郑雍便有了庄子鼓盆的体会，又执杖居丧一年，所做的事没有不合礼仪的。文人士大夫阶层对此很称赞，赞誉颇盛。参加科举考试翘足等待考试结果，一举考中甲科进士。出自封尚书榜下。脱下丧服，被任命为秘书监校书郎兼翰林，与同门一起被任命。没过几年他就死了。出自《玉堂闲话》。

杨晟

杨晟，一开始在凤翔节度使李昌符的手下任职。多次立下战功，因而受到李昌符的猜忌，暗中要加害他。李昌符所宠爱的小妾周氏，可怜他没有什么罪过，偷偷告诉了他，于是他逃走，免除了灾难。后来杨晟当了皇上驾前五十四军都指挥使，不久又官拜威胜军节度使，受命镇守彭州。他安抚百姓，尊敬宾客，从和尚和道士都各得其所。他提倡礼仪，尊敬贤士，人们都拥护他。李昌符失败，他便派人把周氏找来。到了以后，以义母的礼节来奉事她。周氏认为自己年轻，又长得容貌美丽，恳切请求和杨晟结合。杨晟对着天地发誓，始终对周氏没有任何无礼的行为。每天早晨，在没有去处理事务之前，必然先给周氏行问安的礼节。虽然是陷在敌人的围困之下，也从来没有间断过。因为新建的郡府兵力不足，突然被前蜀先主王建带兵围攻。杨晟守卫孤城达一千多天，终于因为没有救兵而被前蜀的军队攻破，杨晟遇害身亡。有个马步使安师建，是杨晟的心腹，城破以后被敌军抓住。先主知道他忠烈，希望他能为自己所用，想宽恕他。安师建说："我受杨司徒的提拔重用，不敢怕死。"先主赞叹着令人将他杀了，然后为他举行祭奠仪式，将他安葬了。出自《北梦琐言》。

王殷

王殷，梁开封尹瓒之犹子也。乾化中，为徐州连率。众叛拒命，杀害使臣，点阅市井而授甲焉。有亲随苗温与数辈，度其必不济，窃谋作乱，吏泄被擒，刳心而死。其妻配隶别部军校，殊不甘，挟短刃，割乳而殒。闻者无不嗟尚。出《玉堂闲话》。

王　殷

王殷，是后梁开封尹王瓒的侄子。后梁太祖乾化年间，他任徐州连率。士兵们叛乱抗拒命令，杀了朝廷的使臣，逐个清点市井流民，授给他们兵甲。王殷的亲信苗温数人，推测平叛不会成功，暗中谋划作乱，因为有人泄密而被抓住，挖心而死。苗温的妻子被强行分配给别部的军校，她不甘心，拿短刀割下自己的乳房而死。听了这件事的人没有不叹息的。出自《玉堂闲话》。

卷第一百六十九

知人一

陈　寔

陈寔尝叹曰："若周子居者，真栋梁之器。譬诸宝剑，则世之龙泉。"客有问陈季方曰："足下家君，有何功德，而荷天下重名？"季方曰："吾家君，譬如桂树，生于泰山之阿，上有万仞之高，下有不测之渊；上为甘露所沾，下为渊泉所润。当斯之时，桂树焉知泰山之高，渊泉之深！不知有功德与无！"出《世说》。

黄叔度

郭泰至汝南，造袁奉高，车不停轨，鸾不辍轭。诣黄叔度，乃弥日信宿。人问其故，林宗曰："叔度汪汪如千顷之波，澄之不清，挠之不浊，其器深广难测矣。"出《世说》。

陈寔

陈寔曾经感叹道："像周子居这样的人，真是栋梁之材。比作宝剑的话，那就是世上的龙泉剑。"有人问陈季方说："你父亲有什么功绩和德行，而敢担负天下如此大的声名？"陈季方说："我父亲就好比是一棵生长在泰山上的桂树，上面有万仞绝壁，下面有测不着底的深渊；他的枝叶承受甘露，根须被山涧中的泉水所滋润。可这时候，桂树怎么能知道泰山多高和山涧泉水多深呢！我不知道我父亲他是否有功绩和德行啊！"出自《世说》。

黄叔度

郭泰到汝南，造访袁奉高，车子尚未停稳，车铃声还在鸣响，就走了。拜访黄叔度，则等了两天两夜。人们询问什么缘故，郭泰说："黄叔度像浩瀚的千顷波涛，不会因为沉淀过滤而清澈，不会因为翻动搅拌而混浊，其气度的宽广难以测量。"出自《世说》。

郭泰

郭泰秀立高峙，澹然渊停。九州之士，悉懔懔宗仰，以为覆盖。蔡伯喈告卢子幹、马日磾曰："吾为天下作碑铭多矣，未尝不有惭，唯为郭先生碑颂无愧色耳。"出《世说》。

马融

郑玄在马融门下。融尝不解"割裂书七事"，而玄思其五，别令卢子幹思其二。融告幹曰："孔子谓子贡：'回也闻一知十，吾与汝弗如也！'今我与子，可谓是矣。"出《世说》。

蔡邕

蔡邕评陈蕃、李膺先后，曰："陈仲举强于犯上，李元礼严于摄下，易。仲举三君之下，谢沈《汉记》曰：三君者，一时之所重，窦武、刘淑、陈蕃。元礼八俊之上。"薛莹《汉书》曰：李膺、王畅、荀鲲、朱寓、魏明、刘佑、杜楷、赵典为八俊。出《世说》。

顾邵

顾邵尝独谓庞士元曰："闻子知人，吾与足下孰愈？"士元曰："陶冶世俗，与时沉机，吾不如子；论霸王之余策，览倚伏之要最，吾亦有一日之长。邵亦能为之乎？"出《世说》。

诸葛瑾兄弟

诸葛瑾、弟亮及从弟诞，并有盛名，各事一国。时以蜀得其龙，吴得其虎，魏得其狗。出《世说》。

郭　泰

郭泰譬如独自屹立高山之上，安然面临万丈深渊。全国有才能的人都尊敬仰慕他，认为他的才能和品德超出和覆盖了所有的人。蔡伯喈告诉卢子幹和马日磾说："我为天下的人撰写刻在碑石上的铭文很多，未曾不感到惭愧，唯独为郭先生所作碑文的颂扬之词没有丝毫感到惭愧的地方。"出自《世说》。

马　融

郑玄在马融门下学习，马融不知道什么是"割裂书七事"，而郑玄研究知道了其中的五件事，又另外让卢子幹想出了两件。马融对卢子幹说："孔子对子贡说：'颜回听到一便知道十，我和你都不如啊！'现在我和你可以说也就是这样呀。"出自《世说》。

蔡　邕

蔡邕评论陈蕃和李膺的排列顺序说："陈蕃敢于犯上，李膺严于治下，容易。陈蕃应排在'三君'的下面，谢沈《东观汉记》载：三君，指当时所推重的窦武、刘淑、陈蕃三人。李膺则应排在'八俊'的上面。"薛莹《汉书》载：李膺、王畅、荀绲、朱寓、魏明、刘佑、杜楷、赵典为八俊。出自《世说》。

顾　邵

顾邵曾经单独对庞士元说："听说你能识人，我和你谁胜过谁？"庞士元说："培育教化社会风俗，顺应时代潮流，我不如你；论说称王称霸的计策，观察祸福相倚伏的关系，我也稍有所长。顾邵你也能做这些事吗？"出自《世说》。

诸葛瑾兄弟

诸葛瑾、弟弟诸葛亮，以及堂弟诸葛诞，同时具有盛名，各自奉事吴国、蜀国、魏国。当时的人认为：蜀国是得到了一条龙，吴国是得到了一只虎，魏国是得到了一只狗。出自《世说》。

庞士元

庞士元至吴，吴人并友之。见陆绩、顾邵、全琮而为之目曰："陆子所谓驽马有逸足之用，顾子所谓驽牛可以负重致远。"或问："如目陆为胜邪？"曰："驽马虽精速，能致一人耳；驽牛一日行百里，所致岂一人哉！"吴人无以难。"全子好声名，似汝南樊子昭。"出《世说》。

武 陔

司马文王问武陔曰："陈泰何如其父司空？"陔曰："通雅博畅，能以天下声教为己任者，不如也；明练简至，立功立事，过之。"出《世说》。

裴 頠

冀州刺史杨淮二子，乔与髦，俱总角为成器。淮与裴頠、乐广友善，遣见之。頠性弘放，爱乔之有风韵。谓淮曰："乔当及卿，髦小减也。"广性清淳，爱髦之有神检。谓淮曰："乔自及卿，然髦尤精出。"淮笑曰："我二儿之优劣，乃裴、乐之优劣也。"论者评之，以为乔虽高韵而无检局，乐言为得。然并为后之双隽。出《世说》。

匈奴使

魏武将见匈奴使，自以形陋，不足怀远国，使崔季珪代当之，自捉刀立床头。事毕，令间谍问曰："魏王何如？"

庞士元

庞士元到了吴地，吴地的人都把他当朋友。他见到了陆绩、顾邵、全琮以后评价说："陆绩就像是劣马可以奔跑，有代步之用，顾邵如笨牛能负重走得很远。"有人问他："照你的评价陆绩更强一些？"庞士元说："劣马跑得虽然迅速，但只能乘坐一人；笨牛一天只能行走百里，但是所拉载的岂止是一个人呢！"吴人无法反驳他。庞士元又说："全琮看重声名，就像汝南的樊子昭一样。"出自《世说》。

武　陔

司马昭问武陔说："陈泰同他的父亲陈司空相比怎么样？"武陔说："渊博典雅，能以天下的声威和教化为己任这方面，不如他父亲；精明干练，立功处事上，比他父亲强。"出自《世说》。

裴　颀

冀州刺史杨淮有两个儿子，杨乔和杨髦，都是在很小的时候就具有一定的才干。杨淮和裴颀、乐广的关系很好，他叫两个儿子来拜见他俩。裴颀性格旷达豪放，喜欢杨乔有风度气质。他对杨淮说："杨乔将来能赶上你，杨髦稍差一点。"乐广性格高洁淳朴，喜爱杨髦的精神操守。他对杨淮说："杨乔自当能赶上你，但是杨髦更为出色。"杨淮笑着说："我两个儿子的优点和缺点，就是裴颀和乐广的优点和缺点。"有人评论说，杨乔虽然风度韵致好，但是缺少精神操守，还是乐广的说法比较准确。然而两个孩子都很出色，后来都成为杰出的人才。出自《世说》。

匈奴使

魏武帝曹操将要会见匈奴的使者，但他认为自己的相貌丑陋，不足以镇慑边远的国家，便叫崔季珪来代替自己，自己持刀侍立在床边。会见结束了，他派间谍问匈奴的使者："魏王怎么样？"

使曰："魏王雅望非常，然床头捉刀人，乃英雄也！"王闻之，驰杀此使。出《商芸小说》。

桓温

晋殷浩既废，桓温语诸人曰："少时与之共骑竹马，我弃去已，浩辄取之，故当出我下。"出《世说新书》。

谢鲲

明帝问谢鲲："君自谓何如庾亮？"答曰："端委庙堂，使百僚准则，臣不如亮；一丘一壑，自谓过之。"出《世说新书》。

唐太宗

贞观五年，上谓长孙无忌等曰："朕闻主贤则臣直。人固不自知，公宜论朕得失。"无忌曰："陛下武功文德，跨绝古今，发号施令，事皆利物。臣顺之不暇，实不见陛下有愆失。"上曰："朕欲闻己过，公乃妄相谀悦。今面谈公等得失，以为鉴诫。言之者可以无过，闻之者足以自改。"因曰："无忌善于筹算，应对敏速，求之古人，亦当无比。兵机政术，或恐非其所长。高士廉涉猎古今，心术聪悟，临难不改节，为官亦无朋党。所少者骨鲠规谏耳。唐俭言辞俊利，善和解人，酒杯流行，发言启齿。事朕三载，遂无一言论国家得失。杨师道性纯善，自无愆过，而情实怯懦，未甚更

使者说："魏王的高雅的仪容非常好，然而床榻边握刀的人才是个真正的英雄！"魏王听了，派人骑马追上这个使者，将他杀了。出自《商芸小说》。

桓温

东晋的殷浩被废为平民后，桓温对众人说："小时候我和他一同骑竹马玩耍，我抛弃的东西，殷浩就拾起来，所以他该当在我之下。"出自《世说新书》。

谢鲲

明帝问谢鲲："你自己说说同庾亮相比怎么样？"谢鲲回答说："规规矩矩地上朝当官，让百官效法，我不如庾亮；要讲纵情山水，我自己认为超过他。"出自《世说新书》。

唐太宗

唐太宗贞观五年，皇上对长孙无忌等人说："我听说主上英明，大臣才正直。人本来难以正确评价自己，大家当说说我的成就和过失。"长孙无忌说："陛下的战功和以礼乐教化治理国家的政绩，超过古今所有的帝王，发号施令，做出各项决策，都非常有效。我服从您都来不及，实在没有看见陛下有什么过失。"皇上说："我想要听听自己的过错，你这是随便奉承取悦于我。今天我要当面议论大家的成绩和过失，以作为今后的鉴戒。说的人不论对错都没有关系，听的人应该注意加以改正。"皇上接着开始评价说："长孙无忌善于精心谋划，反应敏捷迅速，就是古人中也应当没有能比得上你的人。但是用兵打仗的机要和治理国家之术恐怕不是你的长处。高士廉知识丰富，涉猎古今，内心聪慧，面临危难，也不改变自己的气节，做官也不结交朋党。所缺少的是不具有刚直规谏之气。唐俭说话爽快，善和解人，愿意喝酒，敢于讲话。奉事我三年，却没有一句话是议论国家治理上的得失的。杨师道性格纯朴善良，自然没有过错，然而性格实在怯懦，未经历多少

事，急缓不可得力。岑文本性道敦厚，文章所长，持论恒据经远，自不负于理。刘洎性最坚贞，言多利益，然其意尚，然诺朋友，能自补阙，亦何以尚焉？马周见事敏速，性甚贞正。至于论量人物，直道而言，朕比任使，多所称意。褚遂良学问稍长，性亦坚正，既写忠诚，甚亲附于朕，譬如飞鸟依人，自加怜爱。”出《唐会要》。

李　勣

武德初，李勣得黎阳仓，就食者数十万人。魏徵、高季辅、杜正伦、郭孝恪皆客游其所，一见于众人之中，即加礼敬。平武牢获郑州长史戴胄，释放推荐之。当时以为有知人之鉴。出《唐会要》。

又贞观元年，勣为并州都督，时侍中张文瓘为参军事。勣尝叹曰：“张稚珪后来管、萧，吾不如也。”待以殊礼。时有二僚，亦被礼接。勣将入朝，一人赠以佩刀，一人赠以玉带，文瓘独无所及。因送行二十余里，勣曰：“谚云，千里相送，归于一别。稚珪何行之远也？可以还矣。”文瓘曰：“均承尊奖，彼皆受赐而返，鄙独见遗，以此於悒。”勣曰：“吾子无苦，老夫有说。某迟疑少决，故赠之以刀，戒令果断也；某放达小拘，故赠之以带，戒令检约也。吾子宏才特达，无施不可，焉用赠为？”因极推引，后文瓘累迁至侍中。出《广人物志》。

事，在急发的事上不得力。岑文本性诚朴宽厚，持论常常引经据典，自然不违背事理。刘洎的性格最坚贞，说话大多涉及利益关系，但非常自负，然而如果是答应朋友的，他能够自己想办法弥补缺漏，也不是没什么不高尚的吗？马周处理事物敏捷，性情很忠诚正直。至于识别评价人物的本领，直爽地说，我给你们的差遣，完成的多称我心意。褚遂良学问稍好一点，性格也很坚定正直，表达忠诚，非常亲近依附于我，就像飞鸟如果靠近人，自然更加爱护。”出自《唐会要》。

李　勣

唐高祖武德初年，李勣得到黎阳粮仓，前来领取粮食的多达数十万人。魏徵、高季辅、杜正伦、郭孝恪都游历到这里，李勣在众人之中见了，便向他们招呼致意。他平定虎牢关时，捕获了郑州长史戴胄，李勣立即将戴胄释放并向朝廷推荐，当时人们都认为李勣有识别人才的能力。出自《唐会要》。

又，在唐太宗贞观元年，李勣担任并州都督，侍中张文瓘当时任参军事。李勣曾感叹地说：“张文瓘是管仲、萧何，将来的前程，我不如他。”用特殊的礼仪对待张文瓘。当时还有两个下属官员，李勣对他们也很礼敬。李勣将入朝，临行的时候，他分别赠送那两个下属官员一柄佩刀和一条玉带，唯独没有送给张文瓘任何东西。张文瓘送了他二十多里地，李勣说：“民谚讲，千里相送，终有一别。你为什么送得这样远呢？可以回去了。”张文瓘说：“大家都受到你的嘉奖，他们都得到你的赏赐而回去了，唯独我被遗忘，没有奖励给我任何东西，所以心中悒郁。”李勣说：“你不要受困于此，听我对你说。他们俩，一个处理事物优柔寡断，所以赠给他快刀，提示他，让他处事要果断；一个放荡不羁，所以赠给他玉带，警戒他要注意检点和约束。你的才能宏博通达，没有什么事情处理得不好，还需要赠送什么？”于是李勣对张文瓘极力推荐引进，之后张文瓘不断加官直至侍中。出自《广人物志》。

薛收

唐薛收与从父兄子元敬、族兄子德音齐名，时人谓之河东三凤。收与元敬俱为文学馆学士，时房、杜等处心腹之寄，深相友托。元敬畏于权势，竟不狎。如晦常云："小记室不可得而亲，不可得而疏。"出《谭宾录》。

王珪

贞观六年，上宴侍臣。谓王珪曰："卿识鉴精通，尤善谈论，自房玄龄等，咸宜品藻。又可自量，与诸子孰贤？"珪对曰："孜孜奉国，知无不为，臣不如玄龄；才兼文武，出将入相，臣不如李靖；敷奏详明，出纳惟允，臣不如彦博；刬繁理剧，众务必举，臣不如戴胄；谏诤为心，耻君不及尧舜，臣不如魏徵。至于激浊扬清，嫉恶好善，臣于数子，亦有微长。"太宗深然其言，群公亦各以为尽己所能，谓之确论。出《唐会要》。

王师旦

贞观十九年，考功员外郎王师旦知举，考张昌龄、王公瑾策下，太宗叹曰："二人咸有词华。"对曰："体性轻薄，文绝浮艳，必不成令器。臣不上拔者，恐变陛下风雅。"帝以为名言。后如其言也。出《谭宾录》。

薛收

唐朝的薛收与堂兄的儿子元敬、族兄的儿子德音有同样响亮的声名，被当时的人们称为“河东三凤”。薛收和薛元敬都是文学馆的学士，当时房玄龄和杜如晦等处在权力的要害之处，互相依托。薛元敬害怕他们的权势，不敢表示过分的亲近。杜如晦曾说过：“小记室这样的官员，不可以因为得到谁的恩惠就对谁亲近，得不到谁的恩惠就对谁疏远。”出自《谭宾录》。

王珪

唐太宗贞观六年，皇上设宴招待文武百官。他对王珪说：“你善于识别鉴定人才的优点和缺点，尤其擅长评论，从房玄龄开始，你都适当评价一下。再说说你自己，同他们相比较怎么样？”王珪回答说：“勤勤恳恳地处理国事，能做到的就不遗余力地去做，我不如房玄龄；文武兼备，出朝能当将军，入朝可以做宰相，我不如李靖；陈述奏报详细明白，平正公允地将皇帝的命令向下宣告，将下面的意见向皇帝报告，我不如温彦博；处理复杂烦琐的事务，能使各项事务井井有条，我不如戴胄；以直言规劝为任，以皇上不及尧舜为耻，我不如魏徵。至于冲去污水，浮起清水，嫉恶好善，我同各位比较也稍有长处。”太宗皇帝非常赞同他的评论，大臣们也认为他说出了自己的长处，是正确的评价。出自《唐会要》。

王师旦

唐太宗贞观十九年，考功员外郎王师旦主持科举考试，考核完张昌龄和王公瑾的政事、经义和文章以后，太宗皇帝感叹着说：“两个人的对答和文章都很有文采。”王师旦说：“秉性轻浮浅薄，文辞华而不实，必然不会成为优秀的人才。我不向上推荐，是担心改变皇帝文章教化的风气。”皇帝认为他说了句名言。后来的情况果然和王师旦所说的一样。出自《谭宾录》。

杨 素

封德彝之少也，仆射杨素见而奇之，遂妻以侄女。常抚座曰："封郎必居此坐。"后讨辽东，封公船没，众皆谓死。杨素曰："封郎当得仆射，此必未死。"使人求之。公抱得一板，没于大海中，力尽欲放之，忽忆杨公之言，复勉力持之，胸前为板所摩击，肉破至骨。众接救得之。后果官至仆射。出《定命录》。

王义方

员半千本名余庆，师事王义方。义方重之，尝谓曰："五百年一贤，足下当之矣。"因改名半千。出《谭宾录》。

选 将

李勣每临阵选将，必相有福禄者而后遣之。人问其故，对曰："薄命之人，不足与成功名。"君子以为知言。出《谭宾录》。

英 公

高宗时，蛮群聚为寇。讨之辄不利，乃以徐敬业为刺史。彼州发卒郊迎，敬业尽放令还，单骑至府。贼闻新刺史至，皆缮理以待。敬业一无所问，处分他事毕，方曰："贼皆安在？"曰："在南岸。"乃从一二佐吏而往，观者莫不骇愕。贼初持兵觇望，及见船中无所有，乃更闭营藏隐。敬业直入其营内，告云："国家知汝等为贪吏所苦，非有他恶，

杨　素

封德彝少年时，仆射杨素见了认为他有奇特之处，于是将侄女嫁给了他。杨素经常拍着自己的座椅说："封德彝将来必然坐上这个位置。"后来征讨辽东，封德彝所乘坐的船沉没了，众人都认为他已经死了。杨素说："封德彝将来要当仆射，这次一定没死。"派人去寻找。封德彝抱着一块木板，漂浮在大海中，力气用尽了想要放手，忽然想起了杨素说过的话，于是又用力坚持着。胸前被木板撞击摩擦得皮肉破烂，已经见到了骨头。众人去营救他将他救了上来。后来果然当上了仆射。出自《定命录》。

王义方

员半千原名叫员余庆，以师礼奉事王义方。王义方很器重他，曾经说过："五百年出一名德才兼备的贤士，你当之无愧。"于是改名为"半千"。出自《谭宾录》。

选　将

李勣每当临开战前选择出征的将官，必然挑选面相有福的人然后再派遣出去。人们问他什么原因，他说："命薄的人，不能成就功名。"有学识的人认为这是一句有见识的话。出自《谭宾录》。

英　公

唐高宗的时候，南蛮聚众为寇。朝廷派兵讨伐出师不利，于是派徐敬业为刺史。州府派兵马到城外接应，徐敬业令士兵们全部回去，自己单人匹马来到州府。贼寇听说新刺史到了，全都严阵以待。徐敬业一句也不问敌兵的情况，处理完其他事情以后才说："贼寇都在什么地方？"回答说："在南岸。"徐敬业便叫上一两名辅佐的官吏陪同前往，观看的人没有不惊奇害怕的。贼寇一开始拿着兵器观望，等看清徐敬业的船上没有兵马时，便又关上营门隐藏起来。徐敬业直接闯入贼营，告诉贼寇说："国家知道你们是被贪官污吏所逼迫的，没有其他的罪恶，

可悉归田，后去者为贼。”唯召其魁首，责以不早降，各杖数十而遣之。境内肃然。其祖英公闻之，壮其胆略，曰：“吾不办此。然破家者，必此儿也。”出《国史异纂》。

刘　奇

唐证圣中，刘奇为侍郎，注张文成、司马锽为御史。二人因申屠玚以谢。奇正色曰：“举贤无私，何见谢！”出《谭宾录》。

张　鷟自号浮休子

唐娄师德，荥阳人也，为纳言。客问浮休子曰：“娄纳言何如？”答曰：“纳言直而温，宽而栗，外愚而内敏，表晦而里明。万顷之波，浑而不浊，百练之质，磨而不磷，可谓淑人君子，近代之名公者焉。”

客曰：“狄仁杰为纳言，何如？”浮休子曰：“粗览经史，薄闲文笔，箴规切谏，有古人之风。剪伐淫祠，有烈士之操。心神耿直，涅而不淄。胆气坚刚，明而能断。晚途钱癖，和峤之徒与？”

客曰：“凤阁侍郎李昭德，可谓名相乎？”答曰：“李昭德志大而器小，气高而智薄，假权制物，扼险凌人，刚愎有余，而恭宽不足。非谋身之道也，俄伏法焉。”

又问：“洛阳令来俊臣，雍容美貌，忠赤之士乎？”答曰：“俊臣面柔心狠，行险德薄。巧辩似智，巧谀似忠，倾覆

全都可以回去种田，不回去的就按做贼人来处理。”然后又单独把贼寇的首领找来，责备他们为什么不早早投降，打了每人几十军棍，又放了回去。营寨内一片肃静，贼寇都被他的威风和胆量震慑住了。徐敬业的爷爷英公听闻了，称赞他的胆略说：“我也办不了这件事。然而破坏损毁家族声誉的，必定是这个孙儿。”出自《国史异纂》。

刘　奇

武后证圣年间，刘奇担任侍郎，署签批注张文成和司马锽为御史。两个人委托申屠玚去表示感谢。刘奇严肃地说：“推荐有才能的人没有私心，有什么可谢的！”出自《谭宾录》。

张　鷟自号浮休子

唐朝的娄师德是荥阳人，官职为纳言。门客问浮休子：“娄纳言这个人怎么样？”浮休子回答说：“娄纳言性格直爽又温和，宽厚又严肃，外表愚笨而内心聪慧，表面糊涂而心里明白。就像万顷波涛，浑却不污浊，又如百练生丝，磨却磨不坏，可称得上是正人君子，近代的名公了。”

门客又问：“如果狄仁杰任纳言怎么样？”浮休子回答说：“粗略地懂得经典历史，简单地会写一点文章，敢于恳切地直谏和规劝，有古人的风格。主张拆除滥设的祠庙，有刚烈之士的操守。心里耿介正直，近墨不黑。胆略气魄刚烈，处理事物明白而能决断。晚年喜爱钱财成癖，和晋朝的和峤是一类的人吧？”

门客又问：“凤阁侍郎李昭德，可以称得上名相吗？”浮休子回答说：“李昭德志向大而才能小，心气高而智慧浅，凭借权力控制形势，扼制关键来压人，刚愎自用有余，谦恭宽厚不足。不是谋身的正路。不久会受到国家法律的制裁。”

又问：“洛阳令来俊臣，气度雍容，相貌俊美，是个忠心赤胆之人吗？”浮休子回答说：“来俊臣表面善良内心狠毒，行为险恶德行寡薄。巧言辩解似乎有智慧，巧言奉承似乎有忠心，破坏颠覆

邦家，诬陷良善，其江充之徒欤？蜂虿害人，终为人所害。”无何，为太仆卿，戮于西市。

又问：“武三思可谓名王哉？”答曰：“三思凭藉国亲，位超衮职，貌象恭敬，心极残忍。外示公直，内结阴谋，弄王法以复仇，假朝权而害物，晚封为德静王，乃鼎贼也，不可以寿终。”竟为节愍太子所杀。

又问：“中书令魏元忠，耿耿正直，近代之名臣也？”答曰：“元忠文武双阙，名实两空，外示贞刚，内怀趋附。面折张食其之党，勇若熊罴；谄事武士开之俦，怯同驽犬。首鼠之士，进退两端；虺蜥之夫，曾无一志。乱朝败政，莫匪斯人。附三思之徒，斥五王之族。以吾熟察，终不得其死然。”果坐事长流思州，忧恚而卒。

又问：“中书令李峤何如？”答曰：“李公有三戾。性好荣迁，憎人升进；性好文章，憎人才笔；性好贪浊，憎人受赂。亦如古者有女君，性嗜肥鲜，禁人食肉；性爱绮罗，断人衣锦；性好淫纵，憎人畜声色。此亦李公之徒也。”

又问：“司刑卿徐有功何如？”答曰：“有功耿直之士也。明而有胆，刚而能断。处陵夷之运，不偷媚以取容；居版荡之朝，不逊辞以苟免。来俊臣罗织者，有功出之；袁智弘锻炼者，有功宽之。蹑虎尾而不惊，触龙鳞而不惧。凤跱鸱枭之内，直以全身；豹变豺狼之间，忠以远害。若值清平之代，则张释之、于定国岂同年而语哉？”

国家，诬蔑陷害忠良，是一个像江充一样狠毒的人吧？他像蜜蜂和蝎子一样毒害人，最后必被人所害。”过了不久，来俊臣当了太仆卿，被杀死在西市。

又问：“武三思可称为有名的王侯吗？”浮休子回答说：“武三思凭借他是皇亲国戚，职位竟超过了三公，表面谦和恭敬，内心极为残忍。外表公正耿直，内心隐藏阴谋，玩弄王法报私仇，凭借王权而害人，后来被封为德静王，却是个想篡夺皇位的奸贼，不会得寿终。”最后果然被节愍太子所杀。

又问：“中书令魏元忠，耿耿忠心，处事正直，称得上是当代的名臣了吧？”浮休子回答说：“魏元忠文武才能都缺乏，声名和实际都没有，外表忠贞刚强，内心趋炎附势。当面折辱张食其一党，勇敢得像熊罴；谄媚逢迎武士开之流，胆小得像一条笨狗。又像老鼠一样，进退迟疑不定。像毒蛇和蜥蜴一样，没有忠贞不贰的意志。扰乱朝廷、败坏政治的，就是这个人。他依附武三思，排斥李姓五王家族。以我仔细地推测，他最终不会有好结果。”果然他获罪被长期流放到思州，忧恨而死。

又问：“中书令李峤怎么样？”浮休子回答说：“李公性格上有三个乖张之处。他喜好荣迁，憎恨别人晋升；他喜欢写文章，憎恨别人文章写得好；他贪财，憎恨别人受贿。就像古时候有个女王，喜欢肥美的食物，禁止别人吃肉；喜欢丝绸，不要别人穿好衣服；喜欢放纵淫欲，憎恨别人蓄养声色。这也是李峤一类的人物。”

又问：“司刑卿徐有功怎么样？”浮休子回答说：“徐有功是个耿直之士。明智而有胆略，刚强并且能决断。即使是处在衰落和不顺利的时候，也不投机取巧、奉承上司以求得好处；处在政局变动的朝廷，也不用恭顺的言辞以求得保全自己。来俊臣罗织罪名的，徐有功外放他们；袁智弘捏造陷害的，徐有功宽宥他们。他踩着老虎尾巴而不惊惧，碰到龙的鳞片也不害怕。如同凤凰立在鸱枭中，因为正大光明而得以全身；又如豹子混杂在豺狼之中，因为忠诚而远离祸害。如果是赶上太平年代，那么张释之和于定国哪里能够与他相提并论呢？”

又问："司农卿赵履温何如？"答曰："履温心不涉学，眼不识文，貌恭而性狠，智小而谋大，趑趄狗盗，突忽猪贪，晨羊诱外，不觉其死，夜蛾覆烛，不觉其毙，头寄于颈，其能久乎？"后从事韦氏为逆，夷其三族。

又问："郑愔为选部侍郎，何如？"答曰："愔猖獗小子，狡猾庸人，浅学浮词，轻才薄德，狐蹲贵介，雉伏权门，前托俊臣，后附张易。折支德静之室，舐痔安乐之庭。鸰鸩栖于苇苕，鲂鲙游于沸鼎。既无雅量，终是凡材。以此求荣，得死为幸。"后果谋反伏诛。出《朝野佥载》。

李峤

御史裴周使幽州日，见参谋姓胡，云是易州人，不记名。项有刀痕，问之，对曰："某昔为番官，曾事特进李峤。峤奖某聪明，每有诗什，皆令收掌。常熟视谓之曰：'汝甚聪明，然命薄。少官禄，年至六十已上，方有两政。三十有重厄，不知得过否。尔后轗轲，不得觅身名。'"

胡至三十，忽遇孙佺北征，便随入军。军败，贼刃颈不断。于积尸中卧，经一宿，乃得活。自此已后，每忆李公之言，更不敢觅官。于寺中洒扫，展转至六十，因至盐州，于刺史郭某家为客。有日者见之，谓刺史曰："此人有官禄，今合举荐，前十月当得官。"刺史曰："此边远下州，某无公望，

又问："司农卿赵履温怎么样？"浮休子回答说："赵履温心不涉学问，眼睛不识文字，外貌谦恭而本性狠毒，智慧少而阴谋大，盘桓不前，行为苟且；莽撞唐突像猪一样贪婪，就像早晨的羊被诱骗出栏，不知道将要被宰杀，又像夜蛾扑向灯烛，不知道将要被烧死，脑袋寄放在脖子上，时间能长久吗？"后来赵履温追随韦后叛乱，被诛杀三族。

又问："郑愔任选部侍郎怎么样？"浮休子回答说："郑愔是个猖狂的小子，狡猾的蠢人，学识浅薄，言辞浮夸，缺少才能和品德，像狐狸一样蹲在贵族身旁，像野鸡一样拜伏在当权者的门下，前面依附来俊臣，后面投靠张易之。卑躬屈膝在武三思的门内，屈服舐痔在安乐公主庭中。就像鸱鸮栖息在芦苇丛中，又像鲂鲩游在开水锅里。既没有不凡的气度，终究是个平常的小人。靠这点本钱和本事钻营荣华富贵，只能求得一死。"后来果然因为谋反而被诛杀。出自《朝野佥载》。

李峤

御史裴周出使幽州时，见到一个姓胡的参谋，说是易州人，记不住名字了。脖子上有刀疤，裴周问他是怎么回事，他回答说："我当年是番官，曾经在特进李峤的手下做事。李峤夸奖我聪明，每当有诗作都叫我整理保存。他经常仔细地看着我说：'你很聪明，然而命薄。缺少官禄，一直到六十岁以后，才能当两任官。三十岁的时候，有一场很大的灾难，不知道能不能躲过去。以后坎坷不得志，不要勉强去谋求功名。'"

胡参谋到了三十岁那年，忽然赶上孙佺北征，便入军一同北征。北征军战败，他被贼兵一刀砍在脖子上，但脖颈没断。他躺在堆积的尸体当中，过了一夜，活了过来。从此以后，他每回忆起李峤的话，再也不敢谋求官职。在庙里洒水扫地，岁月辗转到了六十岁，他便来到盐州，在郭刺史家做门客。有个算命的见了他，对刺史说："此人有官运，今年应该推荐他，十月份以前能当官。"刺史说："这里是边远不被重视的州，我也没有升官的希望，

岂敢辄荐举人?”俄属有恩赦,令天下刺史各举一人。其年五月,郭举此人有兵谋。至十月,策问及第,得东宫卫佐官,仍参谋范阳军事。出《定命录》。

郑杲

唐圣历中,侍郎郑杲注韩思复太常博士,元希声京兆府士曹参军。尝谓人曰:“今年当选,得韩、元二子,是吏部不负朝廷矣。”出《谭宾录》。

卢从愿

唐景云中,卢从愿为侍郎,杜暹自婺州参军注郑县尉,后为户部尚书。卢自益州长史入朝,杜立于上,乃曰:“选人定如何?”卢曰:“亦由仆藻鉴,遂使明公展千里之足。”出《谭宾录》。

裴宽

尚书裴宽罢郡西归,溯流停午,因维舟暂驻。见一人坐树下,衣服故弊,因命与语,大奇之,遂为知心,曰:“以君才识,必自富贵,何贫也?”举一船钱帛奴婢贶之,客亦不让所惠。语讫上船,偃蹇者鞭扑之。裴公益奇之,其人乃张徐州也。出《幽闲鼓吹》。

韦诜

润州刺史韦诜,自以族望清华,尝求子婿,虽门地贵盛、声名籍甚者,诜悉以为不可。遇岁除日,闲无事,妻孥登城眺览,见数人方于园圃有所瘗。诜异之,召吏指

哪里敢推荐举人?”不久皇帝发下公文,叫全国的刺史每人荐举一人。当年五月,郭刺史推荐他,说他有行军打仗的谋略。到十月份,他参加政事和经文的考试被录取,初任命为东宫卫佐官,又参与谋划范阳的军事。出自《定命录》。

郑杲

武后圣历年间,侍郎郑杲批注签署韩思复为太常博士,元希声为京兆府士曹参军。他曾对别人说:“今年选拔官吏,得到韩、元两位人才,是吏部没有辜负朝廷。”出自《谭宾录》。

卢从愿

唐睿宗景云年间,卢从愿担任侍郎,杜暹从婺州参军改任郑县尉,后来又改任户部尚书。卢从愿自益州长史调入内朝,杜暹站在他上面,问他:“选拔官员如何确定?”卢从愿说:“由我来品评鉴别,所以使你得以迈开千里马的步伐。”出自《谭宾录》。

裴宽

尚书裴宽从郡西辞职归来,逆着河水行驶到中午,便暂停了船休息。他看见一个人坐在树下,衣服破旧,便走过去与这个人说话,心中非常惊奇,于是和这个人结成了知己,对这个人说:“以你的才识,必然得到富贵,为什么仍然很贫穷呢?”然后将一船的钱物和奴婢都赠送给了这个人,这个人也不推辞所送的东西。说完话上船鞭打那些困顿的人。裴宽更加惊奇,这个人就是张徐州。出自《幽闲鼓吹》。

韦诜

润州刺史韦诜,认为自己的门望清高显贵,曾挑选女婿,虽然有一些门第显要、声名显赫的,都觉得不行。赶上除夕日,闲着没事,他和妻子儿女登城眺望风景,忽然看见几个人正在园圃里掩埋什么东西。韦诜觉得很奇怪,便叫来一个差人,指着

其所，使访求焉。吏还白曰："所见乃参军裴宽所居也。"令与宽俱来。诜诘其由，宽曰："某常自戒，义不以苞苴污其家。今日有人遗鹿，置之而去。既不能自欺，因与家童瘗于后园，以全其所守。不谓太守见之。"诜因降阶曰："某有息女，愿授君子。"裴拜谢而去。

归谓其妻曰："尝求佳婿，今果得之。"妻问其谁，即向之城上所见瘗物者。明日复召来，韦氏举家视其帘下。宽衣碧衫，疏瘦而长，旧制，八品已下衣碧。入门，其家大噱，呼为鹳鹊。诜妻涕泣于帷下。既退，诜谓其妻曰："爱其女，当令作贤公侯之妻，奈何白如瓠者人奴之材？"诜竟以女妻之，而韦氏与宽偕老，其福寿贵盛，亲族莫有比焉。故开元、天宝，推名家旧望，以宽为称首。出《明皇杂录》。

裴谈

苏颋年五岁，裴谈过其父，颋方在，乃试诵庾信《枯树赋》。将及终篇，避"谈"字，因易其韵曰："昔年移柳，依依汉阴。今看摇落，凄怆江浔。树犹如此，人何以任？"谈骇叹久之，知其他日必主文章也。出《广人物志》。

那个地方，叫他去看一看。差人回来说："看到的地方是参军裴宽的住宅。"韦诜叫他把裴宽找来。诘问裴宽在干什么，裴宽说："我经常告诫自己，道义上不能接受贿赂而败坏家风。今天有人送来一只鹿，放下以后就走了。我既然不能自己欺骗自己，所以和家童将它埋在后面的园圃里，以便保全自己的坚守。没想到让太守看到了。"韦诜于是走下台阶对裴宽说："我有个亲生女儿，愿意许配给你。"裴宽拜谢后走了。

韦诜回去对妻子说："曾想挑选一个好女婿，今天果然找到了。"妻子问他是谁，他告诉妻子就是先前在城上看到埋东西的那个人。第二天又把裴宽找来，韦氏全家在门帘后面观看。见裴宽穿着八品以下官员的宽衣碧衫，又瘦又高，旧制，八品以下的官员穿绿色衣服。进了门以后，全家人一齐大笑，称裴宽是鹳鹊。韦诜的妻子在帷幕后面哭了。裴宽走了以后，韦诜对妻子说："爱护女儿，就应该让她做德才兼备的公侯的妻子，难道要找一个嫩白的如瓠瓜一样的奴才吗？"韦诜最终将女儿嫁给了裴宽，而他的女儿韦氏果然和裴宽白头偕老，福寿尊贵，亲族中没有人能比得上。所以唐玄宗开元、天宝年间，推选名家望族，裴宽被排在第一位。出自《明皇杂录》。

裴　谈

苏颋五岁时，裴谈来拜访他的父亲，正好苏颋在旁边，便叫他试着背诵庾信的《枯树赋》。快要背到文章的末尾了，苏颋为了尊重裴谈，避开"谈"字，将"谈"字念成个"任"字，朗诵到："昔年移柳，依依汉阴。今看摇落，凄怆江浔。树犹如此，人何以任？"裴谈惊叹很久，知道这个孩子将来一定会在文学上有所建树。出自《广人物志》。

卷第一百七十

知人二

姚元崇

姚元崇与张说同为宰辅，颇怀疑阻，屡以事相侵，张衔之颇切。姚既病，诫诸子曰："张丞相与吾不叶，衅隙甚深。然其人少怀奢侈，尤好服玩。吾身殁之后，以吾尝同僚，当来吊。汝其盛陈吾平生服玩，宝带重器，罗列于帐前。若不顾，汝速计家事，举族无类矣。目此，吾属无所虞，便当录其玩用，致于张公，仍以神道碑为请。既获其文，登时便写进，仍先砻石以待之，便令镌刻。张丞相见事迟于我，数日之后，必当悔。若却征碑文，以刊削为辞，当引使视其镌刻，仍告以闻上讫。"

姚既殁，张果至，目其玩服三四。姚氏诸孤悉如教诫。

姚元崇

姚元崇和张说同为皇上的辅政大臣，他们之间隔阂很深，多次以事相互侵扰，张说尤其憎恨姚元崇。姚元崇生病后，告诫诸子说："张丞相与我不和，矛盾很深。然而这个人从小生活奢侈，尤其喜欢服玩。我死以后，因为我曾是他的同僚，必然前来吊唁。你们多拿一些我平生喜欢的服玩，宝带和各种宝器，陈列到帐前。如果他不看这些东西，你们要迅速安排家里的事情，全家人都会遭到他的迫害。如果他注意到这些东西，你们就不用担心了，便当用他喜欢的东西送给他，然后请他为我撰写墓碑的碑文。得到他写的碑文以后，立即就上报给皇帝，要先将石料准备好备用，他写好碑文就让人尽快镌刻。张丞相识别事势的速度比我慢，数日之后，一定会后悔。他若收回碑文，就以刊刻为由，带着他来看镌刻的碑，要告诉他已让皇上知道了。"

姚元崇死了以后，张说果然来了，他看上了姚元崇的三四件宝器服玩。姚元崇的儿子们完全按照父亲的嘱咐去做了。

不数日文成，叙述该详，时为极笔。其略曰："八柱承天，高明之位列；四时成岁，亭育之功存。"后数日，果使使取文本，以为词未周密，欲重加删改。姚氏诸子乃引使者示其碑，乃告以奏御。使者复命，悔恨拊膺曰："死姚崇犹能算生张说，吾今日方知才之不及也远矣！"出《明皇杂录》。

卢齐卿

卢齐卿开元初为幽州刺史，时张守珪为果毅。齐卿特相礼接，谓曰："十年内知节度。"果如其言。出《谭宾录》。

薛季昶

左相陈希烈初进士及第，曾与人制碑文。其人则天时破家，因搜家资，见其文，以为与反者通，所由便以枷杖送陈于府，见河南尹薛季昶。陈神色无惧，自辩其事百余言。薛尹观而奇之，便引上厅，谓之曰："公当位极台铉，老夫当以子孙见托耳。"后陈位果至丞相。出《定命录》。

元怀景

燕公说之少也，元怀景知其必贵，嫁女与之。后张至宰相，其男女数人婚姻荣盛，男尚公主，女为三品夫人。出《定命录》。

没过几天，张说送来了写好的碑文，叙述姚元崇的生平，详细完备，文章写得非常好。大致的意思是称赞姚元崇："像支撑着天的八根柱子之一，位列在高超明智的贤人行列中；虽然岁月流逝一切成为过去，但他的教化政绩与功劳永存。"几天以后，张说果然又派使者来索要碑文，说是词句没有考虑周密，想要拿回去再作修改。姚元崇的儿子们就带着使者去观看已经刊刻完成的石碑，并告诉已经上报给了皇帝。使者回去向张说做了报告，张说十分悔恨，拍着胸说："死了的姚元崇还能算计活着的张说，我今天才知道自己的才能同姚元崇相比，还差得远呢！"出自《明皇杂录》。

卢齐卿

卢齐卿唐玄宗开元初年为幽州刺史，当时张守珪担任果毅将军。卢齐卿特以礼相待他，并对他说："你十年之内升任节度使。"果然同他说的一样。出自《谭宾录》。

薛季昶

左丞相陈希烈当初刚刚被录取为进士时，曾经给别人撰写了一篇碑文。这个人在武则天时获罪被抄家，在封查家产的时候，发现了那篇碑文的手稿，以为陈希烈与谋反的人有往来，办案人员便将陈希烈用枷杖捆缚着押送到衙门来见河南尹薛季昶。陈希烈丝毫没有害怕的神色，自己为自己辩护讲了很多话。薛季昶见了，认为他是个奇人，便将他请上厅来，对他说："你将来能达到丞相之位，我要把子孙托付给你。"后来陈希烈果然当上了丞相。出自《定命录》。

元怀景

燕国公张说年少时，元怀景知道他将来必然位高显贵，把女儿嫁给了他。后来张说做了宰相，几个儿女的婚姻都很显达兴盛，男子娶了公主，女儿为三品夫人。出自《定命录》。

张九龄

开元二十一年，安禄山自范阳入奏。张九龄谓同列曰："乱幽州者，是胡也。"后张守珪失利，九龄判曰："穰苴出军，必诛庄贾；孙武行令，犹戮宫嫔。守珪军令若行，禄山不宜免死。请斩之。"玄宗惜其勇，令白衣效命。九龄执谘请诛之。玄宗曰："岂以王夷甫识石勒也？"后至蜀，追恨不从九龄言，命使酹于墓。出《感定录》。

王 丘

开元八年，侍郎王丘拔山阴县尉孙逖、进士王泠然，不数年皆掌纶诰。侍郎崔琳收残选人裴敦复、於特卿、卢恺等十数人，皆入台省。众以为知人。出《谭宾录》。

杨穆弟兄

贞元中，杨氏、穆氏弟兄，人物气概，不相上下。或云："杨氏弟兄，宾客皆同；穆氏弟兄，宾客皆殊。"以此优劣，穆氏弟兄四人，赞、质、员、赏。时人谓赞俗而有格为酪，质美而多仁为酥，员为醍醐，赏为乳腐。出《国史补》。

李 丹

郎中李丹典濠州，萧复处士寄家楚州白田。闻丹之义，来谒之。且无佣保，棹小舟，唯领一丱岁女僮。时方寒，衣复单弊，女僮尤甚。坐于客次，女僮门外求火燎手，且持其靴去。客吏忽云："郎中屈处士。"复即芒屩而入，丹

张九龄

唐玄宗开元二十一年，安禄山从范阳来京城入朝上书。张九龄对同朝官员说："扰乱幽州的，就是这个北方的胡人。"后来张守珪打了败仗，张九龄在送给皇帝的判书上写道："司马穰苴带兵出征，必然诛杀庄贾；孙武发布命令，也要杀戮宫中的嫔妃。若要使张守珪的军令推行，安禄山的死罪不能免，请杀了安禄山。"玄宗皇帝爱惜安禄山作战勇猛，命令免去安禄山的官职，继续留用。张九龄执意请求杀了安禄山。玄宗皇帝说："怎么能以王夷甫识别石勒的例子来看待这件事？"后来玄宗皇帝逃到蜀郡，追悔没有听从张九龄的话，派人到张九龄的墓前祭奠他。出自《感定录》。

王　丘

唐玄宗开元八年，侍郎王丘选拔推荐了山阴县尉孙逖和进士王泠然，没过几年，他俩都担任了为皇帝起草文件的重要职务。侍郎崔琳选拔推荐了落选的裴敦复、於特卿、卢恺等十多个人，全都进入台省。众人都认为他们二人有识别人才的能力。出自《谭宾录》。

杨穆弟兄

唐德宗贞元年间，杨家弟兄和穆家弟兄，才能气质不相上下。有人说："杨家兄弟，门客个个相同；穆家弟兄，门客都不一样。"按照这点排穆氏弟兄的优劣：穆赞、穆质、穆员、穆赏。当时的人们认为穆赞世俗但得体，可比作奶酪；穆质貌美并且富有仁义，可比作酥油；穆员可比作美酒；穆赏可比作乳腐。出自《国史补》。

李　丹

郎中李丹掌管濠州，有个叫萧复的处士将家迁到楚州开荒种田。他听说李丹非常仁义，便前去拜见李丹。他没有雇工，自己划着一条小船，带着一个幼年女童。当时天气正冷，萧复衣服单薄破旧，女童更是。萧复坐在客厅里，女童到门外去找火烤手，将萧复的靴子也带了出去。接待客人的小吏忽然说："郎中怠慢先生了。"然后请他进去。萧复就穿着草鞋走了进去，李丹

揖之坐，略话平素。复忽悟足礼之阙，矍然，乃启丹曰："某为饥冻所迫，高堂慈母处分，令入关投亲知。无奴仆，有一小女僮。便令将随参谒。朝至此，僮骇恐惧公衙，失所在。客吏已通，取靴不得，去就疏脱，唯惶悚而已。"

丹曰："靴与履，皆一时之礼。古者解袜登席，即徒跣以为礼。靴，胡服也，始自赵武灵王，又有何典据？此不足介君子怀，但请述所求意。"遂留从容，复颐旨趋。乃云："足下相才，他日必领重事。"于是遣使于白田，馈遗复母甚厚。又饯复以匹马束帛。复后竟为相。出《乾𦠆子》。

郑　䌹

刘瞻之先，寒士也。十许岁，在郑䌹左右主笔砚。十八九，䌹为御史，巡荆部商山，歇马亭，俯瞰山水。时雨霁，岩峦奇秀，泉石甚佳。䌹坐久，起行五六里，曰："此胜概，不能吟咏，必晚何妨？"却返于亭，欲题诗。顾见一绝，染翰尚湿，䌹大讶其佳绝。时南北无行人，左右曰："但向来刘景在后行二三里。"公戏之曰："莫是尔否？"景拜曰："实见侍御吟赏起予，辄有寓题。"引咎又拜。公咨嗟久之而去。

比回京阙，戒子弟涵、瀚已下曰："刘景他日有奇才，文学

与萧复相互行礼以后坐下，说了些平常话。萧复忽然想起自己光着脚有失礼节，非常惊慌尴尬，便对李丹说："我为饥饿寒冷所逼迫，母亲吩咐，叫我入关投靠亲友。我没有奴仆，只有一个小女童。便让我带着她一起来拜见。到了这里，小童痴笨，害怕官府，竟然自己跑了。客吏已经通报，我拿不到靴子，来得草率，现在只有惶恐了。"

李丹说："穿靴子还是穿草鞋，都只是一种礼节。古时候脱了袜子坐在席子上，以光脚作为一种讲礼貌的表示。靴子是西北少数民族的服饰，据说是从赵武灵王的时代，人们才开始穿靴子，其实又有什么根据？这一点你不必介意，请你只管说出你来的意思。"便让萧复留下来闲聊，萧复照办了。李丹还对萧复说："你有做宰相的才能，将来必然担任重要的官职。"然后派人到萧复的家里，给萧复的母亲送去很多礼物。又为萧复设宴饯行，送给他马匹和布匹。后来萧复果然当了宰相。出自《乾𦠆子》。

郑絪

刘瞻的父亲，当初是个贫穷的读书人。十多岁的时候，他在郑絪的身边，管理笔墨砚台等书房用具。十八九岁的时候，郑絪当上了御史，前往荆部商山巡视，中途停在歇马亭，从高处往下观赏山水。当时正是雨过天晴，山峦奇秀，泉石分外好看。郑絪坐了很久，起来走了五六里地，说："如此美景，却没有作诗，若是吟诗，就是观赏到天黑又有什么关系？"于是又返回亭子，想要往亭子上题一首诗。他忽然发现亭子上已经题了一首绝句，墨迹还没有干，郑絪惊奇这首诗作得非常好。当时道路上没有行人，随行的人对郑絪说："刚才只有刘景走在后面，落后了二三里。"郑絪同刘景开玩笑说："莫非是你题的吗？"刘景行了礼说："实在是因为看见侍御史您欣赏风景作诗所引起的，所以特意作了这首拙诗题在上面。"说完承认错误又行了一个礼。郑絪赞叹很久才离开。

等郑絪这次巡视结束回到京城，他对自己的子侄郑涵、郑瀚等人告诫说："刘景他是个不同寻常的人才，将来有一天文学

必超异。自此可令与汝共处于学院，寝馔一切，无异尔辈。吾亦不复指使。”至三数年，所成文章，皆辞理优壮。凡再举成名，公召辟法寺学省清级。乃生瞻，及第作相。出《芝田录》。

苗夫人

张延赏累代台铉，每宴宾客，选子婿，莫有入意者。其妻苗氏，太宰苗晋卿之女也。夫人有鉴，甚别英锐，特选韦皋秀才，曰：“此人之贵，无以比俦。”既以女妻之。不二三岁，以韦郎性度高廓，不拘小节，张公稍悔之，至不齿礼，一门婢仆，渐见轻怠。唯苗氏待之常厚，其于众多贱视之，悒怏而不能制遏也。张氏垂泣而言曰：“韦郎七尺之躯，学兼文武，岂有沉滞儿家，为尊卑见诮！良时胜境，何忍虚掷乎？”韦乃告辞东游，妻罄妆奁赠送。延赏喜其往也，赆以七驮物。每之一驿，则附递一驮而还。行经七驿，所送之物，尽归之矣。其所有者，清河氏所赠妆奁及布囊书策而已。延赏莫之测也。

后权陇右军事，会德宗行幸奉天，西面之功，独居其上。圣驾旋复之日，自金吾持节西川，以代延赏。乃改易姓名，以“韦”作“韩”，以“皋”作“翱”，莫敢言之也。至天回驿，去府城三十里，上皇旋驾，因以为名。有人特报延赏曰：“替相公者，金吾韦皋将军，非韩翱也。”苗夫人曰：“若是

上必然有超人的成就。从今以后让他和你们共同上学院读书，住宿吃饭一切，和你们一样。我也不再把他当作仆人指使。”三年以后，刘景所做的文章，辞藻说理都十分出色。总共两次参加科举，考取了功名，郑细征辟他做了刑法的官署、太学两处的清要显贵的官。刘景所生的儿子就是刘瞻，长大了参加科举考试被录取，最后当了宰相。出自《芝田录》。

苗夫人

张延赏家几辈都做到了重臣之位，每次举行宴会招待客人，想要从客人中挑选一个女婿，可是没有让他满意的。他的妻子苗氏是太宰苗晋卿的女儿。她有识别人的能力，特别精准，只挑选了秀才韦皋，她说：“韦皋将来的尊贵，无人能与他相比。”于是将女儿嫁给了韦皋。不到两三年，因为韦皋性格清高，不拘小节，张延赏有点后悔，以至于对韦皋无礼，家中的奴婢仆人们也渐渐瞧不起他。只有苗夫人对他和往常一样的好，其他人大多轻视他，他心中的愁闷和气愤不能抑制。妻子张氏流着眼泪说：“韦郎是个七尺男儿，又文武全才，怎么能长期待在我们家中，让家里人和奴婢嘲笑！大好年华，怎么能忍心虚度？”韦皋便辞别张延赏家里的人，准备东游，妻子张氏将自己的嫁妆首饰全都送给了他。张延赏对于他的出走很是高兴，送给他用七匹马所驮的物品。韦皋每到一个驿站，他就叫一匹马驮着物品返回家中。经过七个驿站，张延赏所送的物品，又全回到家中。韦皋所带的东西，只剩下妻子所送的首饰和一个布口袋装着的一些书籍而已。这些是张延赏没有想到的。

后来韦皋代理陇右军事，逢德宗皇帝巡视奉天，西面的功劳，以他立的最大。皇帝很快回朝时，韦皋以金吾将军的身份去镇守西川，接替张延赏。他便改了姓名，将“韦”改作“韩”，“皋”改作“翱”，没有人敢叫他原来的姓名。到了天回驿，距府城还有三十里，皇上在这里还驾，因此命名为“天回驿”。有人特意报告张延赏说：“替换你的，是金吾将军韦皋，不是韩翱。”苗夫人说：“如果是

韦皋，必韦郎也。”延赏笑曰：“天下同姓名者何限，彼韦生应已委弃沟壑，岂能乘吾位乎？妇女之言，不足云尔。”初有巫咎姬者，每述祸祟，其言多中。常云：“相公当直之神渐减，韦郎拥从之神日增。”皆以妖妄之言，不复再召。苗夫人又曰：“韦郎比虽贫贱，气凌霄汉。每以相公所谈，未尝一言屈媚，因而见尤。成事立功，必此人也。”

来早入州，方知不误。延赏忧惕，莫敢瞻视，曰：“吾不识人。”西门而出。凡是旧时婢仆，曾无礼者，悉遭韦公棒杀，投于蜀江。独苗氏夫人无愧于韦郎，贤哉乎！贤哉乎！韦公侍奉外姑，过于布素之时。海内贵门，不敢忽于贫贱之婿。所以郭圆诗曰：“宣父从周又适秦，昔贤谁多出风尘。当时甚讶张延赏，不识韦皋是贵人。”出《云溪友议》。

杜鸿渐

丞相杜鸿渐，世号知人。见马燧、李抱贞、卢新州杞、陆相贽、张丞相弘靖、李相蕃，皆云并为将相。既而尽然。许、郭之徒，又何以加也？出《嘉话录》。

杜　佑

太司徒杜公，见张相弘靖曰：“必为宰相。”贵人多知人也如此。出《嘉话录》。

梁　肃

唐贞元中，李元宾、韩愈、李绛、崔群同年进士。先是，四君子之定交久矣，共游梁补阙肃之门。居二岁，肃未之面，

韦皋，必然是女婿韦郎。”张延赏笑着说：“天下同姓同名的人何其多，那个韦皋应该早已经死了，怎么会来接替我的位置？女人说的话，不会准确。”当初有个姓昝的老巫婆，每次讲灾祸，所说的多数都言中了。她常说：“护佑相公的神逐渐减少，跟随韦郎的神日渐增多。”都以为是荒谬怪诞的话，不再征召了。苗夫人又说：“韦皋以前虽然贫贱，但是英雄气概冲天。每每同你说话，从来没有说过一句奉承话，因而被怪罪。成事立功，必然是他。”

第二天早上新官入了州城，才知道苗夫人说得没错。张延赏非常忧惧，不敢抬头看。他说：“我不能识人。”说完从西门走了。凡是当初对韦皋无礼的奴婢仆人，都被韦皋用棒子打死，扔到了蜀江中。只有苗夫人无愧于韦皋，真是有远见！真是有远见！韦皋对待岳母超过了当初没有当官的时候。从此全国当官有钱的人家，不敢轻视贫贱女婿。因此郭圆作了一首诗说：“宣父从周又适秦，昔贤谁多出风尘。当时甚讶张延赏，不识韦皋是贵人。”出自《云溪友议》。

杜鸿渐

人们都晓得丞相杜鸿渐能鉴别人才。他见了马燧、李抱贞、新州的卢杞、陆贽、张弘靖、李藩之后，说这些人都会出将入相。后来全同他说的一样。许昭、郭泰之辈，又怎么比得上他？出自《嘉话录》。

杜　佑

大司徒杜佑见过宰相张弘靖说：“张弘靖将来一定能做宰相。”贵人大多像他这样会识别人才。出自《嘉话录》。

梁　肃

唐德宗贞元年间，李元宾、韩愈、李绛、崔群为同年被录取的进士。先前，他们四个人已经结交很长时间了，有一天他们四个人一起去拜访补阙梁肃。两年之内，梁肃都没有见他们的面，

而四贤造肃多矣，靡不偕行。肃异之，一旦延接，观等俱以文学为所称，复奖以交游之道。然肃素有人伦之鉴。观等既去，复止绛、群曰：“公等文行相契，他日皆振大名。然二君子位极人臣，勉旃，勉旃！”后二贤果如所言。出《摭言》。

吕温

初，李绅赴荐，常以古风求知吕温。温谓员外郎齐照及弟恭曰：“吾观李二十秀才之文，斯人必为卿相。”果如其言。诗曰：“春种一粒粟，秋成万颗子。四海无闲田，农夫犹饿死。锄禾日当午，汗滴禾下土。谁知盘中餐，粒粒皆辛苦。”出《云溪友议》。

顾和

张玄之、顾敷是顾和中外孙，皆少而聪慧。和并知之，而常谓顾胜，亲重偏至，张颇不厌。于时张年九岁，顾年七岁，和俱与至寺中，见佛般泥洹像，弟子有泣者、不泣者。和以问二孙。玄之谓：“彼亲故泣，彼不亲故不泣。”敷曰：“不然，由忘情故不泣，不能忘情故泣。”出《世说新书》。

刘禹锡

刘禹锡曰：“季龙挟弹弹人，其父怒之。其母曰：‘健犊须走车破辕，良马须逸鞅泛驾，然后能负重致远。大言童稚，不奇不惠，必非异器定矣。’”出《嘉话录》。

他们去了很多次,每一次都是四个人一同去。梁肃感到很奇怪,有一天接待了他们,见了之后,发现他们都以文学著称,又称赞他们的交友游学之道。梁肃向来有辨别、鉴定人的官禄命运的能力。会见过后,四个人要走,梁肃又叫住李绛和崔群说:"你们四个人文章品行相谐,将来都会功名大起,然而你们两位君子能够做官做到最高位置,努力,努力!"后来两个人果然同他说的一样。出自《摭言》。

吕温

当初,李绅被推荐去参加选拔官员的考试,曾经拿着自己所作的古风去向吕温请教。吕温对员外郎齐照和弟弟吕恭说:"我看了李绅的文章,此人将来必然成为九卿和宰相那样的高官。"后来李绅果然像他说的当了宰相。李绅送给吕温看的诗是:"春种一粒粟,秋成万颗子。四海无闲田,农夫犹饿死。锄禾日当午,汗滴禾下土。谁知盘中餐,粒粒皆辛苦。"出自《云溪友议》。

顾和

张玄之和顾敷是顾和的外孙和孙子,二人从小就很聪明,顾和都知道,但他常认为顾敷胜过张玄之,对顾敷比较偏向,张玄之很不服。张玄之九岁,顾敷七岁那年,顾和带着他俩上庙里去,看到佛祖的涅槃卧像,弟子中有哭的有不哭的。顾和问两个孙子这是为什么。张玄之说:"亲近佛祖的就哭,不亲近的就不哭。"顾敷说:"不是这样,修行比较深的,对于喜怒哀乐之事不动感情,淡然若忘的忘情者就不哭,不能忘情者就哭。"出自《世说新书》。

刘禹锡

刘禹锡说:"石季龙拿弹弓射人,他父亲非常生气。他母亲却说:'强壮的牛犊须驾车时撞破车前的辕木,好马须挣脱脖子上的缰绳把车弄翻,然后才能负重物,行远路。从立大事上说,儿童不出奇不聪慧,必然不是特殊的人才。'"出自《嘉话录》。

韩　愈

李贺以歌诗谒吏部韩愈。时为国子博士分司。时送客出归，极困，门人呈卷，解带旋读之。首篇《雁门太守行》云："黑云压城城欲摧，甲光向日金鳞开。"却插带，急命邀之。出《云溪友议》。

顾　况

尚书白居易应举，初至京，以诗谒著作顾况。况睹姓名，熟视白公曰："米价方贵，居亦弗易。"乃披卷，首篇曰："离离原上草，一岁一枯荣。野火烧不尽，春风吹又生。"却嗟赏曰："道得个语，居即易矣。"因为之延誉，声名大振。出《幽闲鼓吹》。

于　邵

于邵性孝悌，内行修洁，老而弥笃。初，樊泽尝举贤良方正，一见于京师，曰："将相之材也。"不五年，泽为节度使。崔元翰近五十，始举进士，邵异其文，擢首甲科，且曰："不十年司诰命。"竟如其言。独孤绶举博学宏词，吏部考为第一，在中书，升甲科，人称允当。出《谭宾录》。

李德裕

中令白敏中方居郎署，未有知者，唯朱崖相李德裕特以国器重之，于是缙绅间多所延誉。然而资用不充，无以

韩　愈

李贺拿着自己所作的诗歌去拜谒吏部的韩愈。当时韩愈任国子博士分司。他送走客人返回，感到非常困倦，这时门人呈上李贺的诗歌，韩愈一边解带一边漫不经心地阅读。看到首篇《雁门太守行》："黑云压城城欲摧，甲光向日金鳞开。"又把带子系上，急忙命人将李贺请来。出自《云溪友议》。

顾　况

尚书白居易当初去参加科举考试，刚到京城，便拿着自己所写的诗歌去拜见著作佐郎顾况。顾况看到白居易诗稿上的名字，凝视着白居易说："长安米价正贵，居住并不容易。"然后打开诗稿，看到第一首诗是："离离原上草，一岁一枯荣。野火烧不尽，春风吹又生。"不由得赞叹着说："能写出这样的诗句，居住下来就容易了。"由此顾况开始向别人推荐宣扬白居易的才学，白居易的名声传播开来。出自《幽闲鼓吹》。

于　邵

于邵生性对父母孝顺，对兄弟友爱，修身洁行，到老了，更加注重。当初，樊泽被推荐参加贤良方正科目的考试，于邵在京城一见到他便说："樊泽是将相之才。"不到五年，樊泽就当上了节度使。崔元翰快到五十岁，才被推荐参加考取进士，于邵很欣赏他的文章，录取他为甲科第一名，并说："不出十年，崔元翰会掌管起草皇帝发布的公文。"后来真如他说的一样。独孤绶被推荐参加博学宏词科的考试，被吏部录取为第一名，并推荐他参加中书省主持的甲科考试，人们称赞于邵荐人得当。出自《谭宾录》。

李德裕

中书令白敏中刚进入公署，没有太熟悉他的人，只有朱崖相国李德裕将他视作国家的栋梁十分器重他，于是官员之间也都开始为他宣扬传播声名。然而白敏中钱财不充足，没有办法

祇奉僚友。一旦,相国遗钱十万,俾为酒肴之备,约省阁名士数人,克日同过其第。时秋暮沉阴,涉旬霖沥。贺跋任员外府罢,求官未遂,将欲出薄游。与白公同年登第,羸驹就门告别。阍者方俟朝客,乃以他适对之。贺跋驻车留书,备述羁游之意。白览书曰:"丈夫处穷达,当有时命。苟不才者,以侥幸取容,未足为发身之道。岂得家畜饮馔,止邀当路豪贵!曩时登第贫交,今日闭门不接,纵使便居荣显,又安得不愧于怀?"遽令仆者命贺跋回车,遂以杯盘同酌,俄而所约朝客,联骑而至,阍者具陈与贺跋从容,无不惋愕而去。

翌日,于私第谒见。相国询朝士来者为谁,白公对以宾客未至,适有同年出京访别,悯其龙钟委困,不忍弃之,留饮数杯,遂阙祇接。既负吹嘘之意,甘从谴斥之罪。相国称叹逾时云:"此事真古人之道。由兹贵达,可以激劝浇薄。"不旬日,贺跋自使下评事,先授美官,白公以库部郎中入为翰林学士。未逾三载,便秉钧衡。其后五镇藩方,再居廊庙。蹈义怀仁,始终一致,流芳传素,士林美之。

大中初,边鄙不宁,吐蕃尤恣屈强。宣宗皇帝决于致讨,延英先问宰臣。公首奏兴师,遂为统帅,率沿边藩镇兵士数万,鼓行而前。时犬戎列阵于川,以生骑马数千匹,伏藏

敬奉同事和朋友。一天，相国给了他十万文钱，让他置办酒菜，邀请省阁的几位知名人士，在约定的日期一同到他的府邸去。当时正是晚秋，暮气沉沉，连续下了十多天的雨。贺跋员外职务到了任期，还没有谋求到新的官职，准备出外游历。他与白敏中是同年考中的进士，临行前牵着瘦马到白敏中的门前告别。看门人正等着接待宴请的客人，就回答贺跋说出去了。贺跋停下车马留下一封书信，信中详述了要远游他乡的意思。白敏中看了信说："大丈夫身处逆境或者顺境，当有时机。没有本事的人想要靠侥幸以求自己安身，不能够作为成名的正道。怎么能给牲畜吃喝，只邀请掌权的豪贵呢！从前考取进士贫困时候的结交，今日闭门不见，纵然安适地待在荣华显贵的位置，内心又怎能不感到羞愧？"立刻令仆人去把贺跋追回来，两个人便以杯盘同饮，不一会儿，白敏中所邀请的客人陆续骑着马来了，看门人告诉他们白敏中正在与贺跋闲话，这些人没有不又惊奇又是惋惜地走了。

第二天，白敏中去相国的家中拜见相国。相国询问昨天都有哪些官员前去做客，白敏中回答说客人没有去，恰好有同年考中进士的朋友离开京城之前去告别，因为同情他潦倒困顿，不忍抛弃，留他喝了几杯酒，于是没有迎接招待前去做客的官员。既然辜负了相国抬举自己的美意，甘愿接受相国的责备。相国李德裕称赞叹息了很久说："这件事做得真有古人的风格。由此而提拔你们，可以激励大家改造浮薄的社会风气。"没过十天，贺跋从使下评事提拔了个位高禄厚的官，白敏中以库部郎中入为翰林学士。又过了不到三年，白敏中便掌握了大权。后来又五次出任镇守边关的节度使，之后回到中央。他遵循仁义之道，始终如一，美好的声名四处传颂，赢得了上流知识界的赞誉。

唐宣宗大中初年，边境很不安宁，吐蕃尤其强硬直傲，不屈服。宣宗皇帝决定对他们进行讨伐，他先在延英殿上询问宰臣们。白敏中首先建议出兵讨伐，便任命白敏中担任征讨部队的统帅，率领边关各藩镇的兵马数万人，一路击鼓前进。当时犬戎率大军在开阔的平川摆开阵势，以精锐骑兵几千人埋伏隐藏在

山谷。既而得于牒者，遂设奇兵待之。有蕃中酋帅，衣绯茸裘，系宝装带。所乘白马，骏异无比。锋镝未交，扬鞭出于阵面者数四，频召汉军斗将。白公诫兵士无得而应之。俄而驻军指挥，背我师百余步而立。有潞州小将骁勇善射，驰马弯弧而出，连发两箭，皆中项。跃马而前，抽短剑，踣于鞍上，以手扶挟，如斗殴之状。蕃军但呼噪助之，于鞍脱绯裘，解金带，夺马而还。师旅无不奋勇。既而大战沙漠，虏阵瓦解，乘胜追奔，几及黑山之下。所获驼马辎重，不可胜计，束手而降四三万人。先是河湟郡界在匈奴者，自此悉为唐土。宣宗初览捷书云："我知敏中必殄凶丑。"

白公凯旋，与同列宰辅进诗云："一诏皇城四海颁，丑戎无数束身还。戍楼吹笛人休战，牧野嘶风马自闲。河水九盘收数曲，陇山千里锁诸关。西边北塞今无事，为报东南夷与蛮。"马相植诗云："舜德尧仁化犬戎，许提河陇款皇风。指挥文武皆神算，恢拓乾坤是圣功。四帅有征无汗马，七关虽戍已弢弓。天留此事还英主，不在他年在大中。"魏相扶诗云："萧关新复旧山川，古戍秦原景象鲜。戎虏乞降归惠化，皇威渐被慑腥膻。穹庐远戍烟尘灭，神武光扬竹帛传。左衽尽知歌帝泽，从兹不更备三边。"崔相铉诗云："边陲万里注恩波，宇宙群方洽凯歌。有地名王争解辫，远方戎垒尽投戈。烟尘永息三秋戍，瑞气遥清九折河。共偶圣明千载运，更观俗阜与时和。"出《剧谈录》。

山谷中。不久白敏中抓到了敌人送信的士兵，于是增派奇兵等待敌人进入圈套。敌人的阵营中有一个蕃军头目，披着红色的毛皮大衣，扎着镶着珠宝的腰带。所骑白马，神骏无比。没等开战，他便几次扬鞭驱马冲出阵前，频频向朝廷善战的将士挑衅。白敏中命令兵将不许随便应战。不一会儿，敌人指挥队伍停止前进，头目在距离白敏中的部队只有一百多步远处背立着。潞州兵马中有一员小将勇猛善射，他骑马拉弓冲出队伍，连射两箭，全都射中敌人的脖子。小将跃马上前，抽出短剑，将头目斜按在马鞍上，然后用手挟持着，二人做出如斗殴之状。蕃军只是鼓噪助威，小将在马上将头目红色的大衣和战袍脱下来，解下镶了珠宝的带子，头目夺马回归自己的队伍。兵将们受到鼓舞，全都奋勇向前。接着又和敌军在沙漠中展开大战，敌人的阵营被摧毁，朝廷的军队乘胜追击，队伍几乎追到了黑山脚下。所缴获的骆驼、马匹和军用物资，多得无法统计，停止抵抗投降的有三四万人。过去被匈奴侵占的河湟一带，从此全都收复为大唐的国土。宣宗皇帝刚刚看到捷报的公文便说："我知道白敏中必然能消灭凶恶的敌人。"

白敏中凯旋以后，和同为辅政大臣的几位宰臣给皇帝献诗，白敏中所作的诗是："一诏皇城四海颁，丑戎无数束身还。戍楼吹笛人休战，牧野嘶风马自闲。河水九盘收数曲，陇山千里锁诸关。西边北塞今无事，为报东南夷与蛮。"宰相马植献诗说："舜德尧仁化犬戎，许提河陇款皇风。指挥文武皆神算，恢拓乾坤是圣功。四帅有征无汗马，七关虽戍已弢弓。天留此事还英主，不在他年在大中。"宰相魏扶献的诗是："萧关新复旧山川，古戍秦原景象鲜。戎虏乞降归惠化，皇威渐被慑腥膻。穹庐远戍烟尘灭，神武光扬竹帛传。左衽尽知歌帝泽，从兹不更备三边。"宰相崔铉的诗是："边陲万里注恩波，宇宙群方洽凯歌。有地名王争解辫，远方戎垒尽投戈。烟尘永息三秋戍，瑞气遥清九折河。共偶圣明千载运，更观俗阜与时和。"出自《剧谈录》。

韦 岫

唐丞相卢携，大中初，举进士。风貌不扬，语亦不正，呼“携”为“慧”，盖舌短也。韦氏昆弟皆轻侮之，独尚书岫加敬，谓昆弟曰：“卢虽人物甚陋，观其文章有首尾。斯人也，以此卜之，他日必为大用乎！”尔后卢果策名，竟登廊庙，奖拔岫至福建观察使。向时轻薄诸弟，率不展分。所谓以貌失人者，其韦诸季乎？出《北梦琐言》。

知人僧

唐令公韦昭度少贫窭，常依左街僧录净光大师，随僧斋粥。净光有人伦之鉴，恒器重之。出《摭言》。

蔡 荆

唐蔡荆尚书为天德军使，衙前有小将顾彦朗、彦晖，知使院宅市买。荆有知人之鉴。或一日，俾其子叔向以下，备酒馔于山亭，召二顾赐宴。荆俄亦即席，约令勿起。二顾惶惑，莫谕其意。荆勉之曰：“公弟兄俱有封侯之相，善自保爱。他年愿以子孙相依。”因增其职级。洎黄寇犯阙，顾彦朗领本军，同立收复功，除东川，加使相。蔡叔向兄弟往依之，请叔向为节度副使，仍以丈人行拜之，军府大事，皆谘谋焉。大顾薨，其弟彦晖嗣之，亦使相。出《北梦琐言》。

韦 岫

唐朝丞相卢携在唐宣宗大中初年考中了进士。因为相貌和风度都不出众，说话又吐字不清，将“携”读成“慧”，大概是因为舌头短的原因。韦家兄弟都轻视和欺侮他，只有尚书韦岫对他很尊重，他对兄弟们说：“卢携虽然人长得很丑，但是看他的文章写得有首有尾。这个人如果按照他的文章来推测，将来必然有大的作为！”后来卢携果然通过考问政事和经义的测试，最终入朝担任了重要职务，他奖励提拔韦岫为福建观察使。先前轻视欺侮卢携的韦家兄弟，都没有什么出息。所说的以貌失人，是指韦家兄弟吗？出自《北梦琐言》。

知人僧

唐朝的中书令韦昭度年少时很贫穷，经常依赖左街僧录净光大师的救济，同和尚在一起吃斋粥。净光太师有品鉴人的本领，一直很器重他。出自《摭言》。

蔡 荆

唐朝的尚书蔡荆担任天德军使，他手下有两员小将顾彦朗和顾彦晖，负责使院的房屋购买。蔡荆有识别人才的能力。有一天，他让儿子蔡叔向以下在山上的亭子里摆上酒食，请二顾赴宴。过了一会儿，蔡荆也赶来入座喝酒，并且叫两员小将不要站起来。顾彦朗和顾彦晖非常惶恐和疑惑，不知道蔡荆是什么意思。蔡荆勉励他们二人说：“你们弟兄都有封侯的相貌，要善于爱护自己。将来我要把子孙托付给你们。”过后蔡荆提升了他们的职务和级别。等到黄巢侵犯皇宫的时候，顾彦朗率领本部人马收复失地立了功，被任命为东川节度使，加同中书门下平章事。蔡叔向兄弟去投靠顾彦朗，顾彦朗聘任蔡叔向为节度副使，并且以对待长辈的礼节来对待他，军中和府里的大事，都征求他的意见。顾彦朗死了以后，他的弟弟顾彦晖继承了哥哥的职位，仍然像哥哥一样，加同中书门下平章事。出自《北梦琐言》。

亚　子

后唐庄宗年十一从晋王讨王行瑜。初令入觐献捷，昭宗一见，骇异之曰："此子有奇表。"乃抚其背曰："儿将来之国栋，勿忘忠孝于吾家。"乃赐鸂鶒酒卮、翡翠盘。十三读《春秋》，略知大义。骑射绝伦，其心豁如，采录善言，听纳容物，殆刘聪之比也。又云，昭宗曰："此子可亚其父。"时人号曰"亚子"。出《北梦琐言》。

亚　子

后唐庄宗十一岁时跟随晋王讨伐王行瑜。第一次让他入朝报捷，昭宗皇帝见了他就惊奇地说："这个孩子的相貌奇特。"便抚摸着他的脊背说："你将来成为国家的栋梁，不要忘了忠于我们李家。"并且赏赐给他鸂鶒酒杯和翡翠盘。庄宗十三岁读《春秋》，就知道《春秋》的要旨了。他骑马射箭的技艺无与伦比，并且心胸开阔，善于听从正确的意见，有度量，能容人，大概十六国时的刘聪能赶得上他。又有一种说法，昭宗皇帝说："这个孩子可以仅次于他的父亲。"所以当时的人们都称他为"亚子"。出自《北梦琐言》。

卷第一百七十一

精察一

李子萇

汉李子萇为政，欲知囚情。以梧檟为人，象囚人形，凿地为陷，以芦为郭，卧木囚其中。囚罪正是，木囚不动；囚冤侵夺，木囚动出。不知囚之精神著木人邪？将天神之气动木囚也？出《论衡》。

袁　安

汉袁安为楚相。会楚王坐事，平相牵引，拘系者千余人。毒楚横暴，囚皆自诬。历三年而狱不决，坐掠幽而死者百余人。天用炎旱，赤地千里。安授拜，即控辔而行。既到，决狱事，人人具录辞状，本非首谋，为王所引，

李子萇

汉朝的李子萇处理政务，想要知道关押在监狱里的囚犯的情况。他便将梧木、槚木当作人，将木头刻成囚犯的形状，在地上挖一个坑作为监狱，用芦苇插成监狱的墙壁，然后将木人横放在里面。如果木人所代表的那个囚犯所判定的罪行正确，则木人不动；如果木人所代表的囚犯蒙受冤屈，木人就会自动跃出来。不知道是囚犯的灵魂附在了木人身上，还是天神之气在操纵木人？出自《论衡》。

袁安

汉朝的袁安是楚国的丞相。赶上楚王获罪，平白被牵连，拘捕囚禁了一千多人。这些人经受不住毒刑拷打，全都被迫自己认罪。经过了三年，也没有审理清楚这个案子，关押的人被拷打而死的一百多人。天因旱灾，几千里地看不到庄稼。袁安接受了审理此案的任务，立即骑马赶往那里。到了以后，审理案件，他让每个人如实陈述自己的情况，只要不是主谋，而是受到了楚王牵连的，

应时理遣。一日之中，延千人之命。其时甘雨滂霈，岁大丰稔。出《汝南先贤传》。

严遵

严遵为扬州刺史，行部，闻道傍女子哭而声不哀。问之，亡夫遭烧死。遵敕吏舆尸到，令人守之，曰："当有物往。"更日，有蝇聚头所。遵令披视，铁锥贯顶。考问，以淫杀夫。出《益都耆旧传》。

李崇

北齐顿丘李崇，陈留公诞之子。高祖时，为兖州刺史。兖州比多劫盗，崇乃村置一楼，楼悬一鼓。盗发之处，捶鼓乱击。四面诸村，始闻者挝鼓一通，次闻者复挝以为节，俄顷之间，声布百里。伏其险要，无不擒获。诸州置鼓，自此始也。世宗时，除扬州刺史。崇明察审，奸邪惮之，号曰"卧虎"。出《谈薮》。

魏先生

魏先生生于周，家于宋。儒书之外，详究乐章。隋初，出游关右，值太常考乐，议者未平，闻先生来，竞往谒问。先生乃取平陈乐器，与乐官林夔、蔡子元等详其律度，然后金石丝竹，咸得其所，内致清商署焉。太乐官敛帛二百段

即刻释放。一天之内，保全了上千人的性命。这时久旱的天气下起了滂沱大雨，当年的庄稼获得了大丰收。出自《汝南先贤传》。

严遵

严遵任扬州刺史，巡视部属时，听到路旁有女子在哭，但声音并不悲哀。严遵询问那个女子，女子回答说丈夫被火烧死了。严遵令差人用车将尸体运来，派人守着，他说："会有东西来到尸体旁边。"第二天，有苍蝇聚集在尸体的头顶。严遵令人拨开头发查看，发现有一铁锥插在死者的头顶。经过拷问那个女子，知道那个女子同别人淫乱将自己的丈夫杀了。出自《益都耆旧传》。

李崇

北齐时顿丘的李崇是陈留公李诞的儿子。高祖皇帝时，他担任兖州刺史。兖州一直劫匪很多，李崇于是叫人在每一个村庄修建一座亭楼，楼上悬挂一面鼓。劫匪抢掠之处，那里的人们便使劲敲鼓。四周的各村庄听到鼓声，先听到的立即敲一通鼓，远处的村子听到鼓声，也陆续敲一通鼓呼应，顷刻之间，鼓声响彻百里。然后派出队伍，埋伏在险要的地方，没有一次不将劫匪抓获的。各州设置鼓，是从这个时候开始的。世宗皇帝时，李崇出任扬州刺史。他调查处理案件明晰仔细，违法做坏事的人怕他，给他起了个绰号叫"卧虎"。出自《谈薮》。

魏先生

魏先生出生在北周，在南朝的宋国安了家。他除了学习儒家经典之外，还详细探究音乐理论。隋朝初年，他旅游到了关右，正赶上太常寺考核选拔音乐人才，参加评论的官员意见不统一，他们听说魏先生来了，便争相去拜访请教他。魏先生于是取出自己的标准乐器，与掌管音乐的乐官林夔和蔡子元等人详细判定音调，然后将弦制和管制乐器的音调和音阶调整准确，于是把它们献给了清商署。太乐官准备了二百段丝织品送给魏先生

以酬之。先生不复入仕，遂归梁宋，以琴酒为娱。

及隋末兵兴，杨玄感战败，谋主李密亡命雁门，变姓名以教授。先生同其乡曲，由是遂相来往。常论钟律，李密颇能。先生因戏之曰："观吾子气沮而目乱，心摇而语偷。气沮者新破败，目乱者无所主，心摇者神未定，语偷者思有谋于人。今方捕蒲山党，得非长者乎？"李公惊起，捉先生手曰："既能知我，岂不能救我欤？"先生曰："吾子无帝王规模，非将帅才略，乃乱世之雄杰耳。"李公曰："为吾辩析行藏，亦当由此而退。"

先生曰："夫为帝王者，宠罗天地，仪范古今。外则日用而不知，中则岁功而自立。尧询四岳，举鲧而殛羽山，此乃出于无私；汉任三杰，纳良而围垓下，亦出于无私也。故凤有爪吻而不施，麟有蹄突而永废者。能付其道，而永自集于时者，此帝王规模也。凡为将帅者，幕建太一旗，驱无战之师，伐有民之罪。乃雕戈既授，玉弩斯张，诚负羁之有言，那季良之犹在。所以务其宴犒，致逸待劳，修其屯田，观衅而动。遂使风生虎啸，不可抗其威；云起龙骧，不可攘其势。仲尼曰：'我战则克。'孟轲云：'夫谁与敌？'此将帅之才也。至有衷其才智，动以机钤，公于国则为帅臣，私于己则曰乱盗。私于己者，必掠取财色，屠其城池。朱亥为

作为酬劳。魏先生不想再当官，又回到江南，将酒、琴作为娱乐。

等到隋朝末年，战争兴起，杨玄感被打败，为他出谋划策的李密逃到雁门，隐姓埋名，做了一名教书先生。魏先生和他同在一个村里，由此互相有了来往。他们经常在一起讨论音乐，李密对音乐也有很高的造诣。魏先生便同他开玩笑说："我看你神情沮丧，目光散乱，心中矛盾，说话敷衍。神情沮丧是因为刚刚被打败，目光散乱是因为无处投靠，心中矛盾是因为心神未定，说话敷衍是害怕别人知道你曾经给叛乱的出过主意。如今正在搜捕叛乱者的余党，你莫非是个首领？"李密吃惊地跳了起来，握着魏先生的手说："你既然能知道，难道不能救救我吗？"魏先生说："你没有帝王的气概，也没有将帅的才智，只是个扰乱社会的草莽英雄。"李密说："请你分析下我的行藏，我也当从此隐退了。"

魏先生说："能够成为帝王的人，受宠于天地，能做古今的典范。对外不注意生活中的琐碎事物，心中只知道农业丰收和建立巩固业绩。尧征求分管四方的诸侯四岳的意见，四岳推荐鲧去治水，而鲧治水九年没有成功，被舜杀死在羽山，这些都是出于无私；汉朝任用张良、萧何、韩信三杰，采纳张良的计策，将项羽围困消灭在垓下，也是因为出于无私。所以凤凰有利爪和尖嘴然而不用作进攻的武器，麒麟有可以进攻的脚趾然而永远也不使用。能够符合于道，长久地自己掌控时机，这才是帝王的气概。凡是作为将帅的，帐幕前插着北斗旗，指挥着不滥用武力的军队，讨伐对百姓有罪的叛乱者。既然接受了雕饰的戈，拉开了玉制的弓弩，诚如信负羁所说的，又如杜保还在世，所以一定要设宴犒劳军队，以逸待劳，开荒种地养兵，观察敌人的破绽采取行动。于是便可以操纵控制战争形势，就像虎啸风起，没有人能抗拒他的威风；龙行云起，没有人能阻挠他的气势。孔子说：'我出战必胜。'孟子说：'谁能与我匹敌？'这才是将帅之才。就是说内心有才智，靠机谋采取行动，为公为国的人才能成为将帅，而为私为己的人，只能称为叛逆和强盗。为个人利益的人，必然抢夺财物和美色，屠城滥杀无辜。朱亥受人尊敬而被请为

前席之宾，樊哙为升堂之客。朝闻夕死，公孙终败于邑中；宁我负人，曹操岂兼于天下？是忘辇千金之贶，陈一饭之恩，有感谢之人，无怀归之众。且鲁史之诫曰度德，《连山》之文曰待时。尚欲谋于人，不能惠于己。天人厌乱，历数有归。时雨降而袄祲除，太阳升而层冰释。引绳缚虎，难希飞兔之门，赴水持瓶，岂是安生之地？吾尝望气汾晋，有圣人生。能往事之，富贵可取。”

李公拂衣而言曰：“隋氏以弑杀取天下，吾家以勋德居人表。振臂一呼，众必响应。提兵时伐，何往不下？道行可以取四海，不行亦足王一方。委质于时，诚所未忍。汝真竖儒，不足以计事。”遂绝魏生。因寓怀赋诗，为乡吏发觉，李公脱身西走。所在收兵，北依黎阳，而南据洛口，连营百万，与王充争衡。首尾三年，终见败覆。追思魏生之言，即日遂归于唐，乃授司农之官。后复桃林之叛。魏生得道之士，不志其名，盖文真之宗亲也。出《甘泽谣》。

李义琛

太宗朝，文成公主自吐蕃贡金数百，至岐州遇盗。前后发使案问，无获贼者。太宗召诸御史目之，特命李义琛前曰：“卿神清俊拔，暂劳卿推逐，必当获贼。”琛受命，

前席之宾，樊哙因为勇猛而被请为堂上之客。主张早上知道了理，晚上死也无憾的公孙述终败于邑中；信奉宁教我负天下人，不教天下人负我的曹操，怎么能够兼并天下？是忘了人家车上的千金之赠，想一饭之恩，有感谢之人，却无怀归之众。况且鲁史告诫说，要衡量自己的德行和能力，《连山》之文说，要等待时机。还想为别人谋划，而对自己又没有什么好处。上天和百姓都反对战乱，朝代的更换是有规律的。就像天降大雨清除妖邪之气，太阳出来融化坚冰一样。拿着绳子去缚虎，不要希望会像绑兔子一样获得成功，拿着瓶子进入水中，怎么会是安全的地方？我曾经观察发现在汾晋一带，会有圣贤出现。如果你能去投靠效力，可以取得富贵。”

李密手拂着衣服说：“隋炀帝靠杀伐取得天下，我以德行做人们的表率。振臂一呼，民众必然响应。带兵征伐，有什么攻不下的城池。大道推行可以取得江山，不成功也可以割据一方称王。置身于世，实在无法忍受。你真是个书呆子，不足以共同商量大事。”从此李密和魏先生断绝了来往。因为他寄托情怀作诗，被乡里的官吏发现，李密脱身向西逃走。他在所到之处招兵买马，北靠黎阳，南据洛口，修建了无数的营寨，他与王充争高下。前后一共打了三年，终于失败。这时他想起魏先生的话，当天便归顺了唐朝，被封为司农。后来他又在桃林发动叛乱。魏先生是个有高深学问和修养的人，没有记录他的名字和所作所为，他大概是魏徵的本家。出自《甘泽谣》。

李义琛

唐太宗朝，文成公主从吐蕃向太宗皇帝进贡黄金数百万两，押运到岐州时被盗贼劫去。先后派了几名官员专程去进行调查，都没有抓住盗贼。太宗皇帝将各御史召集到一起进行挑选，特意把李义琛叫到跟前说：“你的神采气概俊秀出众，暂时有劳你去进行调查，一定能够将盗贼抓获。”李义琛接受命令以后，

施以密计，数日尽获贼矣。太宗喜，特加七阶，锡金二十两。出《御史台记》。

蒋恒

贞观中，卫州板桥店主张迪妻归宁。有卫州三卫杨真等三人投宿，五更早发。夜有人取三卫刀杀张迪，其刀却内鞘中，真等不之知。至明，店人追真等，视刀有血痕，因禁拷讯。真等苦毒，遂自诬。上疑之，差御史蒋恒覆推。至，总追店人十五已上集。为人不足，且散。惟留一老婆年八十已上。晚放出，令狱典密觇之，曰："婆出，当有一人与婆语者，即记取姓名，勿令漏泄。"果有一人共语，即记之。明日复尔，其人又问婆："使人作何推勘？"如是者三日，并是此人。恒总追集男女三百余人，就中唤与老婆语者一人出，余并放散。问之具伏，云与迪妻奸杀有实。奏之，敕赐帛二百段，除侍御史。出《朝野佥载》。

王璥

贞观中，左丞李行廉，弟行诠，前妻子忠，烝其后母，遂私将潜藏，云敕追入内。行廉不知，乃进状。奉敕推诘峻急，其后母诈以领巾勒项，卧街中。长安县诘之，云："有

实施了巧妙的计策，数日之后将盗贼一网打尽。太宗皇帝高兴，特意将李义琛的官阶提升了七级，并赏赐给他二十两金子。出自《御史台记》。

蒋恒

唐太宗贞观年间，卫州板桥旅店的店主张迪的妻子回娘家了。晚上有卫州城负责警卫的杨真等三名卫士前来投宿，五更天又早早出发了。夜里有人拿他们的刀把店主张迪杀了，然后又把刀放回刀鞘中，杨真等三人一点都没察觉。天亮以后，旅店里的人追上杨真三人，检查他们的刀上有血迹，便把他们三人抓起来拷打审讯。他们三人经受不住严酷的折磨，只好自己被迫认了罪。皇上对这个案件产生了怀疑，派御史蒋恒重新进行审理。蒋恒到了以后，总共聚集了店内十五个人以上。因为人数不够，暂时解散，只留下一个八十多岁的老太太在店里。傍晚将老太太放出去，蒋恒派狱典秘密监视，蒋恒说："老太太一出去，一定有一个人同老太太说话，你就记住这个人的姓名，不要走漏消息。"果然有一个人同老太太说话，办案人员查明就记下了他的姓名。第二天老太太出去，这个人又问老太太："朝廷派来的官员怎样调查这个案件？"这样连续三天，都是这个人。蒋恒总共召集了男女三百多人，从中把与老太太说话的那个人叫了出来，其余的人全都遣散。经过审问，这个人全都招供了，承认他与张迪的妻子通奸，所以把张迪杀了。蒋恒将审理结果上报，皇上赏赐他丝织物二百段，并且提拔他为侍御史。出自《朝野佥载》。

王璥

唐太宗贞观年间，左丞相李行廉的弟弟李行诠与前妻的儿子李忠，同继母通奸，将继母偷偷藏了起来，然后谎称他的继母被皇上叫进宫去了。李行廉不知道事情的真相，便向皇上反映了这件事。长安县奉皇上的命令追查得很急，李忠的继母假装被人用披巾勒住了脖子，躺在大街中间。长安县的办案人员询问她，她说："有

人诈宣敕唤去，一紫袍人见留数宿，不知姓名，勒项送置街中。”忠惶恐，私就卜问，被不良人疑之，执送县。县尉王瓛引就房内，推问不承。瓛先令一人伏案褥下听之，令一人报云：“长使唤。”瓛锁房门而去。子母相谓曰：“必不得承。”并私密之语。瓛至开门，案下人亦起。母子大惊，并具承，伏法。出《朝野佥载》。

李杰

李杰为河南尹，有寡妇告其子不孝。其子不能自理，但云：“得罪于母，死所甘分。”杰察其状，非不孝子，谓寡妇曰：“汝寡居，唯有一子，今告之，罪至死，得无悔乎？”寡妇曰：“子无赖，不顺母，宁复惜乎？”杰曰：“审如此，可买棺木，来取儿尸。”因使人觇其后。寡妇既出，谓一道士曰：“事了矣。”俄持棺至，杰尚冀有悔，再三喻之，寡妇执意如初。道士立于门外，密令擒之。一讯承伏，与寡妇私通，常为儿所制，故欲除之。杰放其子，杖杀道士及寡妇，便同棺盛之。出《国史异纂》。

裴子云

卫州新乡县令裴子云好奇策。部人王敬戍边，留牸牛六头于舅李进处。养五年，产犊三十头，例十贯已上。敬还索牛。两头已死，只还四头老牛，余并非汝牛生，总不肯还。

人假传皇帝的命令将她唤去，有一个穿紫袍不知姓名的人留她住了几宿，又把她的脖子勒上，送到大街上。”李忠心中惊慌，偷偷地去算卦，被官府的侦探发现，产生了怀疑，将他抓送到长安县衙门。县尉王璥将他叫到屋里审问，他什么也没承认。王璥事先叫一个人藏在书案下偷听，又安排另一个人来说：“长使叫您。”王璥锁上门走了。李忠和他的继母互相约定说：“千万不能承认。”并且秘密商量对策。王璥回来打开门，书案下的人也出来了。李忠和他的继母大吃一惊，只好全都招认，接受了法律的制裁。出自《朝野佥载》。

李 杰

李杰任河南尹，有个寡妇状告她的儿子不孝顺。她的儿子不能自我辩解，只是说：“得罪了母亲，甘愿一死。”李杰观察他的状况不是个不孝顺的儿子，对寡妇说：“你寡居，只有这个儿子，今天告他，他罪该处死，你不会后悔吗？”寡妇说：“儿子是个无赖，不顺从母亲，有什么可怜惜的？”李杰说：“既然如此，你可以去买棺材，来收取他的尸体了。”然后派人偷偷地跟在她后面观察她。寡妇出去后，对一个道士说：“事情办完了。”一会儿，寡妇抬来了棺材，李杰还希望她能回心转意，再三晓谕她，寡妇还是坚持原来的意见。道士站在门外，李杰暗中派人将他抓来。一经审问，他全都承认了，原来是和寡妇通奸，常被她的儿子所制止，所以想要除掉她的儿子。李杰释放了儿子，将道士和寡妇用棍子打死，一同装到了寡妇买来的棺材里。出自《国史异纂》。

裴子云

卫州新乡县令裴子云好出奇策。他所管辖区的老百姓王敬去戍守边疆，留下六头母牛寄养在舅舅李进家中。李进养牛五年，生下了三十头牛犊，每一头都价值十贯钱以上。王敬回来后，问李进要牛。那六头母牛已经死了两头，李进只将剩下的四头老牛还给他，说剩下的不是他的牛所生的，霸占着不肯还给他。

敬忿之，投县陈牒。子云令送敬付狱禁，叫追盗牛贼李进。进惶怖至县。叱之曰："贼引汝同盗牛三十头，藏于汝家。"唤贼共对。乃以布衫笼敬头，立南墙之下。进急，乃吐款云："三十头牛，总是外甥牸牛所生，实非盗得。"云遣去布衫，进见是敬曰："此是外甥也。"云曰："若是，即还他牛。"进默然。云曰："五年养牛辛苦，与数头，余并还敬。"一县服其精察。出《朝野佥载》。

郭正一

中书舍人郭正一破平壤，得一高丽婢，名玉素，极姝艳，令专知财物库。正一夜须浆水粥，非玉素煮之不可。玉素乃毒之而进。正一急曰："此婢药我！"索土浆甘草服之，良久乃解。觅婢不得，并失金银器物余十事。录奏，敕令长安万年捉。不良脊烂，求贼鼎沸，三日不获。不良主帅魏昶有策略，取舍人家奴，选年少端正者三人，布衫笼头至街。缚卫士四人，问十日内已来，何人觅舍人家。卫士云："有投化高丽留书。"遣付舍人捉马奴，书见在。检云："金城坊中有一空宅。"更无语。不良往金城坊空宅，并搜之。至一宅，封锁甚密。打锁破开之，婢及高丽并在其中。拷问，乃是投化高丽共捉马奴藏之。奉敕斩于东市。出《朝野佥载》。

王敬很气愤，到县衙告状。裴子云令人将王敬关押起来，并派人去抓捕盗牛贼李进。李进既惊慌又害怕地来到县衙。裴子云训斥他说："盗贼带着你一同偷了三十头牛，藏在你们家里。"唤盗牛贼跟他对口供。然后将王敬的脑袋用布衫包上，让他站在南墙根。李进一着急，就说出了真情："三十头牛都是外甥的母牛所生的，实在不是偷来的。"令人摘掉王敬头上的布衫，李进一看是王敬，说："这是我外甥。"裴子云说："如果是，立即还给他牛。"李进不说话了。裴子云说："五年养牛辛苦，给你留下几头，剩下的全都还给王敬。"全县的人都佩服裴子云断案精细明白。出自《朝野佥载》。

郭正一

中书舍人郭正一在朝廷的军队攻破平壤以后，得到了一名高丽婢女，名字叫玉素，长得异常美丽，郭正一叫她专门管理财物仓库。郭正一每天晚上要喝一碗浆水粥，不是玉素煮的他不喝。玉素便在粥里放了毒药以后送给他。郭正一喝了粥以后有所察觉，急忙大喊："这个婢女想毒死我！"然后要来解毒的药物土浆和甘草服下，过了好长时间才把毒性解了。这时再寻找婢女玉素已经找不见了，并且丢失了十多件金银器物。将这件事抄录上报以后，皇帝命长安万年县捉拿。结果捕差们的脊背都用鞭子打烂了，兴师动众地抓她，三天了也没有抓到。捕差的主帅魏昶有了新的办法，他从郭正一的奴仆中挑选出三个长得比较端正的，用布衫把他们的脑袋罩上之后带到大街上。又抓了四个卫士，问他们在这十天以内，有什么人找过郭正一家。卫士说："有一个投降归顺的高丽人留下一封书信。"派人到郭正一家把养马的奴仆抓住，搜出那封信。打开后见上面写着："金城坊里有一所空宅院。"再没有别的话了。捕差前往金城坊搜查所有的空宅院。来到一所宅院前，看见院门锁得很严密。他们将门锁砸开以后进去，婢女玉素和那个高丽人都在里面。经过拷问得知，女婢玉素是那个高丽人和养马人一起隐藏的。奉皇帝的命令，将他三人押到东市杀了。出自《朝野佥载》。

张楚金

垂拱年，则天监国，罗织事起。湖州佐史江琛取刺史裴光判书，割字合成文理，诈为徐敬业反书以告。差使推光，款书是光书，疑语非光语。前后三使推，不能决。敕令差能推事人，勘当取实。佥曰张楚金可。乃使之。楚金忧闷，仰卧西窗。日到，向看之，字似，补作平看则不觉，向日则见之。令唤州官集，索一瓮水，令琛投书于水中，字一一解散。琛叩头伏罪。敕令决一百，然后斩之。赏楚金绢百匹。出《朝野佥载》。

董行成

怀州河内县董行成能策贼。有一人从河阳长店，盗行人驴一头并皮袋，天欲晓，至怀州。行成至街中见之，叱曰："个贼住！"即下驴来，遂承伏。人问何以知之，行成曰："此驴行急而汗，非长行也；见人则引缰远过，怯也；以此知之。"捉送县。有顷，驴主寻踪至，皆如其言。出《朝野佥载》。

张 鷟

张鷟为河阳县尉日，有构架人吕元伪作仓督冯忱书，盗粜仓粟。忱不认书，元乃坚执，不能定。鷟取吕元告牒，

张楚金

武后垂拱年间，武则天代行处理国政，兴起了一股编造罪名陷害别人的风气。湖州佐史江琛剪下刺史裴光书写的公文上的字，拼凑成了表达新的意思的文章，伪装成同徐敬业一起谋反的书信向朝廷告状。朝廷派官员审问裴光，认为落款署名是裴光写的，但怀疑内容不像是裴光说的话。前后派了三次审问，都不能决断。武则天下令派一名善于推究的官员，调查清楚真实情况。大家都说张楚金能行。于是派张楚金去审理此案。张楚金去了以后心情忧虑烦闷，独自仰卧在西窗下。太阳照了过来，他拿着那封伪造的书信对着阳光看，发觉字和字之间像是拼贴的，放平了则看不见，对着太阳则能看见。于是他将州府的官员召集到一起，让人拿来一瓮水，令江琛把信扔到水里，信上的文字一个个分散开来。江琛磕头承认了罪行。武则天下令打江琛一百大板，然后将他杀了。赏赐给张楚金一百匹绢。出自《朝野佥载》。

董行成

怀州河内县的董行成能够看出谁是盗贼。有一个人在河阳老店偷了一位旅客的一头驴和皮口袋，天快亮时，跑到怀州。董行成在街上看见了，呵斥道："盗贼站住！"盗贼立即下了驴，承认了偷驴的罪行。人们问董行成是如何知道的，董行成说："这人骑着驴走得非常快，又出了一身汗，不是走了很远的路；见了人就拉着缰绳远远地躲开，证明他心虚害怕；根据这些就可以判定。"董行成将盗贼纠送到县衙。不一会儿，驴的主人顺着踪迹找来了，实际情况和董行成说的一样。出自《朝野佥载》。

张　鷟

张鷟任河阳县尉期间，有个陷害别人的人吕元，伪造了仓督冯忱的信，诬陷冯忱盗卖仓库的粮食。冯忱不承认是自己写的，吕元却坚持说是冯忱写的，无法判定。张鷟取来吕元的状子，

括两头，唯留一字，问："是汝书，即注'是'字，不是，即注'非'字。"元乃注曰"非"。去括，即是元牒，且决五下。又括诈冯忱书上一字，以问之，注曰"是"。去括，乃诈书也。元连项赤，叩头伏罪。又有一客，驴缰断，并鞍失，三日访不获，告县。鷟推勘急。夜放驴出，而藏其鞍，可直五千钱。鷟曰："此可知也。"令将却笼头放之，驴向旧喂处。鷟令搜其家，其鞍于草积下得之。人伏其能。原缺出处，今见《朝野佥载》。

张松寿

张松寿为长安令，时昆明池侧有劫杀。奉敕，日内须获贼，如违，所由科罪。寿至行劫处，寻踪绪。见一老婆于树下卖食。至，以从骑驮来入县，供以酒食。经三日，还以马送旧坐处。令一腹心人看，有人共婆语，即捉来。须臾，一人来问："明府若为推逐？"即被布衫笼头，送县。一问具承，并赃并获。时人以为神明。出《朝野佥载》。

苏无名

天后时，赏赐太平公主细器宝物两食合，所直黄金千镒。公主纳之藏中，岁余取之，尽为盗所将矣。公主言之，天后大怒，召洛州长史谓曰："三日不得盗，罪。"长史惧，谓两县主盗官曰："两日不得贼，死。"尉谓吏卒游徼曰：

压住两头，只露出来一个字，问吕元说："如果是你写的字，你就注上一个'是'字；如果不是，就注上一个'非'字。"吕元注了一个"非"字。打开一看正是吕元写的状子，一连判断了五次。张鹜又压上伪造的冯忱的信，仅留下一个字，又问吕元，吕元注了一个"是"字。打开一看，正是伪造的那封信。吕元连脖子都红了，磕头承认了罪行。还有一次，一个旅客的驴的缰绳断了，驴和鞍子一块丢了，这个人自己找了三天没找到，报告了县衙。张鹜追查得很紧迫。偷驴的人在晚上把驴放了出来，而将鞍子留下藏了起来，因为鞍子价值五千文钱。张鹜说："有驴就能找到鞍子。"令人摘下笼头将驴放了，驴自动走向原来喂它的地方。张鹜令人搜查这户人家，从草垛底下找到了鞍子。人们都佩服张鹜的才能。原缺出处，今见《朝野佥载》。

张松寿

张松寿任长安县令时，昆明池旁发生了抢劫杀人案。张松寿接到命令，必须在限期内抓获罪犯，如果做不到，依法定罪。张松寿来到抢劫杀人的案发地点，寻找线索。看见有个老太太在树下卖食品。张松寿叫随行人员用马将老太太驮到县衙，好酒好菜侍候。过了三天，又用马送回原来坐着的地方。张松寿派了一名心腹前去盯着，如果发现有人和老太太说话，立即抓捕回来。过了一会儿，有个人过来问老太太："县令怎样判这个案子？"立即用布衫罩上脑袋扭送到县衙。一经审问，这个人全都承认了，和赃物一起缴获。当时人们认为张松寿断案有如神明。出自《朝野佥载》。

苏无名

武则天时，赏赐太平公主两食盒金银珠宝，值黄金几万两。太平公主收藏起来，年末去取，全部被盗贼偷走了。太平公主报告了武则天，武则天十分生气，招来洛州的长史说："三日内，抓不住盗贼，就治你的罪。"长史害怕，对下属两县主管缉拿盗贼的县尉说："两日内抓不住盗贼，就把你们处死。"县尉对吏卒游徼说：

"一日必擒之,擒不得,先死。"

吏卒游徼惧,计无所出。衢中遇湖州别驾苏无名,相与请之至县。游徼白尉:"得盗物者来矣。"无名遽进至阶,尉迎问故,无名曰:"吾湖州别驾也,入计在兹。"尉呼吏卒:"何诬辱别驾?"无名笑曰:"君无怒吏卒,抑有由也。无名历官所在,擒奸擿伏有名。每偷,至无名前,无得过者。此辈应先闻,故将来,庶解围耳。"尉喜,请其方。无名曰:"与君至府,君可先入白之。"尉白其故,长史大悦,降阶执其手曰:"今日遇公,却赐吾命,请遂其由。"无名曰:"请与君求见对玉阶,乃言之。"于是天后召之,谓曰:"卿得贼乎?"无名曰:"若委臣取贼,无拘日月,且宽府县,令不追求。仍以两县擒盗吏卒,尽以付臣,臣为陛下取之,亦不出数十日耳。"天后许之。

无名戒吏卒缓则相闻。月余,值寒食,无名尽召吏卒,约曰:"十人五人为侣,于东门北门伺之。见有胡人与党十余,皆衣缞绖,相随出赴北邙者,可踵之而报。"吏卒伺之,果得。驰白无名,往视之,问伺者:"诸胡何若?"伺者曰:"胡至一新冢,设奠,哭而不哀。亦撤奠,即巡行冢旁,相视而笑。"无名喜曰:"得之矣。"因使吏卒,尽执诸胡,而发其冢。冢开,剖棺视之,棺中尽宝物也。

"一天之内必须抓住盗贼,抓不到,先处死你。"

吏卒游徼很害怕,但是找不到破案的办法。他们在街上遇到了湖州别驾苏无名,大家一起把他请到县衙。游徼对县尉说:"找到偷东西的盗贼了。"苏无名快步走到台阶下,县尉迎上来问这是怎么回事,苏无名说:"我是湖州别驾,到这里献计策来了。"县尉训斥手下人说:"为什么诬蔑别驾?"苏无名笑着说:"你不要迁怒怪罪他们,他们或是有缘由的。我当官经历的地方,擒贼破案很有名。只要是小偷,到我面前,没有能逃过去的。他们这些人应该以前也有耳闻,所以把我请来,希望能解困局。"县尉很高兴,向他请教破案的方法。苏无名说:"我和你去州府,你可以先进去说明。"县尉同长史讲述了苏无名的情况,长史非常高兴,走下台阶握着苏无名的手说:"今天遇到您,就等于赏赐给我一条性命,请您讲一下我们应该怎么办。"苏无名说:"请你和我去求见天后,那时我将说明白。"于是武后召见了他,问:"你抓到盗贼了吗?"苏无名说:"如果委派我去抓贼,不要限定日期,并且放宽对府县的催促,叫他们暂时不要追查。还要把两个县缉盗的吏卒全都交付我指挥,我为陛下抓获盗贼,也不会超过几十天的时间。"武后同意了。

苏无名告诫缉盗的吏卒追捕放缓一下,让大家都知道这个情况。一个月以后,到了寒食节这天,苏无名把缉盗的吏卒全都召集起来,跟他们相约说:"十人五人一伙,到东门和北门等候。如果看见胡人和他们同伴十多个,全都穿着丧服,相随着出城往北邙山方向去,可以跟踪观察并派人告诉我。"这些人去等候,果然发现了一伙胡人。他们立刻派人骑马报告苏无名,苏无名赶去察看,问跟踪的人:"这些胡人干了些什么?"跟踪的人说:"胡人到了一座新坟之前,摆设供品进行祭奠,他们哭泣却声音并不显得悲伤。撤了祭物以后,便围绕坟墓观看,互相笑着交换眼色。"苏无名高兴地说:"找到了。"就令缉盗的吏卒将这伙胡人全部逮捕,然后挖开那座坟墓。坟墓挖开,打开棺材一看,里面装的全是丢失的金银珠宝。

奏之，天后问无名："卿何才智过人，而得此盗？"对曰："臣非有他计，但识盗耳。当臣到都之日，即此胡出葬之时。臣亦见即知是偷，但不知其葬物处。今寒节拜扫，计必出城，寻其所之，足知其墓。贼既设奠而哭不哀，明所葬非人也。奠而哭毕，巡冢相视而笑，喜墓无损伤也。向若陛下迫促府县，此贼计急，必取之而逃，今者更不追求，自然意缓，故未将出。"天后曰："善。"赐金帛，加秩二等。出《纪闻》。

赵涓

永泰初，禁中失火，焚屋室数十间，与东宫稍迫近，代宗深惊疑之。赵涓为巡使，令即讯。涓周立案验，乃上直中官遗火所致也。推鞫明审，颇尽事情，代宗甚嘉赏焉。德宗在东宫，常感涓之究理详细。及典衢州，年老，韩滉奏请免其官。德宗见其名，谓宰相曰："岂非永泰初御史赵涓乎？"对曰："然。"即日拜尚书左丞。出《谭宾录》。

袁滋

李汧公勉镇凤翔，有属邑编氓因耨田，得马蹄金一瓮。《汉书》武帝诏云："东岳见金，文有白麟神马之瑞。宜以黄金铸麟趾马蹄金，以叶瑞征。"盖铸金象马蹄之状。其后民间多效之。里民送于县署，公牒将置府庭。宰邑者喜获兹宝，欲自以为殊绩。

报告武后，武后问苏无名：“你是怎么靠过人的才智，抓住这伙盗贼的？”苏无名回答说：“我并没有别的计策，只是会识别盗贼。我刚到京城那天，是这伙胡人抬着棺材假装出葬的日子。我一看就知道他们是盗贼，只是不知道他们把东西埋在什么地方。现在寒食节扫墓，我估计他们必然出城，查到他们到什么地方，就可以找到埋东西的地方。盗贼祭奠后哭声不悲痛，说明墓中所埋的不是人。奠哭结束，他们围绕坟墓巡看，大家相视微笑，是高兴坟墓没有人动过。先前如果陛下您催促州府和县衙破案，这些盗贼着急害怕，必然会取出珍宝逃走，而现在我们不再追查，他们自然放松警惕，所以没有把宝物转移。”武后说：“很正确！”奖励给他金子和布匹，并且增加两级俸禄。出自《纪闻》。

赵涓

唐代宗永泰初年，宫中着火，烧毁了几十间房屋，因为失火的地点靠近东宫稍近，代宗皇帝对此非常惊疑。赵涓担任巡使，令他立即调查。赵涓周密地侦察验证，查明火灾是由值班太监遗落火种引起的。审问明察精细，事实摸得非常清楚，代宗皇帝很赞赏他。德宗皇帝当时为东宫太子，常常感叹赵涓推理详细。等到赵涓主管衢州，年岁已高，韩滉奏请皇帝想要免除他的官职。德宗皇帝见到公文上赵涓的名字，问宰相说：“这难道不是永泰初年那个御史赵涓吗？”宰相回答说：“是。”当天，德宗皇帝任命赵涓为监察百官、权势极大的尚书左丞。出自《谭宾录》。

袁滋

李汧公李勉镇守凤翔时，他所管辖的县有个编入户籍的农民，在田间锄草，挖出了一坛子马蹄形的金子。《汉书》载汉武帝诏令说：“东岳泰山见到黄金，上有祥瑞白麟、神马的纹路。应当用黄金铸成麟趾金、马蹄金，与瑞征相合。”大概把金子铸成马蹄的形状。之后民间多仿效这种做法。村里人把金子送到县衙，县衙用公文向州府报告，准备将金子送往州府。宰邑喜获这个宝物，想当做自己特殊的政绩。

虑公藏主守不严，因使置于私室。信宿，与官吏重开视之，则皆为块矣。瓮金出土之际，乡社悉来观验，遽为变更，靡不惊骇。以状闻于府主，议者佥云："奸计换之。"遂遣理曹掾与军吏数人，就鞠其案。于是获金里社，咸共证，宰邑者为众所挤，拥沮莫能自由。既而诘辱滋甚，遂以易金伏罪。词款具存，未穷隐用之所。令拘縶仆隶，胁以刑辟，或云藏于粪壤，或云投于水中，纷纭枉挠。结成，具司备狱，以案上闻。汧公览之亦怒。

俄而因有宴，停杯语及斯事。列坐宾客，咸共谈谑。或云效齐人之攫，或云有杨震之癖。谈笑移时，以为胠箧穿窬，无足讶也。时袁相国滋亦在幕中，俯首略无词对。李公目之数四曰："宰邑者非判官懿亲乎？"袁相曰："与之无素。"李公曰："闻彼之罪，何不乐甚乎？"袁相曰："甚疑此事未了，便请相公详之。"汧公曰："换金之状极明，若言未了，当别有所见，非判官莫探情伪。"袁相曰："诺。"

因俾移狱于府中案问。乃令阅瓮间，得二百五十余块，诘其初获者，即本质存焉。遂于列肆索金，镕写与块形相等。既成，始秤其半，已及三百斤矣。询其负担人力，乃二农夫，以竹舁至县境。计其金大数，非二人以竹担可举，明其即路之时，金已化为土矣。于是群疑大豁。宰邑者遂获清雪。汧公叹伏无已，每言才智不如。

他担心公家的仓库守护不严,便让人搬到自己家里。过了两宿,他和其他官吏重新打开看时,金子全都变成了土块。一坛金子出土时,乡里都去观看检验过,如今突然发生变化,没有不吃惊的。他们通报到州府官员那里,议论的人都说:“有人用奸计将金子换走了。”于是上级派理曹掾带了几个军吏来审理这个案子。挖出金子的乡里的里正等人都一起前来作证,宰邑受到众人的谴责,沮丧地不能自辩。不久诘问和污辱越来越厉害,就承认自己偷换了金子,认了罪。供词都有了,也未查清藏金子的地方。下令抓捕他家的仆役,刑法逼供,有的说埋藏在粪土里,有的说扔到水里了,纷纷违法曲断。审理结束,将这些人关到监狱,然后将审理结果上报。汧公李勉看了报告后很生气。

不久,因有宴会,大家在席间谈及此事。在座的宾客都把这件事当作笑谈,有的说宰邑是效仿齐人夺取黄金,有人说他有杨震的癖好。说笑了很长时间,都以为这只是个跳墙撬锁的案件,没什么出奇的地方。当时相国袁滋也在场,他低着头没有说话。汧公李勉用眼睛看了他几次以后对他说:“宰邑不是判官你的至亲吧?”袁滋说:“我和他没有关系。”李勉说:“讲了他的罪状,你为什么很不高兴?”袁滋说:“我非常怀疑这件事没完,请您详细调查。”李勉说:“偷换金子的事实非常清楚,如果说没完,是还有不同的看法,不是你无法调查清楚。”袁滋说:“可以。”

于是让人将这个案子移至袁滋府中审理。袁滋令人检查收藏坛子的房间,找到了二百五十多个金子形状的土块,诘问最初挖到金子的人,认定金子就放在里面。于是袁滋从各个商铺里找来金子,熔化铸成土块一样大小的金块。铸造完成以后,只秤了其中的一半金子,就已经是三百斤了。袁滋询问是什么人把金子送到县衙的,回答是两个农夫,用竹扁担抬到县衙的。计算一下,仅是这些金子里的大部分,也不是两个人能用扁担抬动的,袁滋明白了,金子在没有上路之时,就已经全部化成土块了。这下大家的疑虑都解除了。宰邑的冤案于是得到了澄清。李汧公李勉不停地表示赞叹和佩服,多次说自己的才智不如袁滋。

其后履历清途，至德宗朝为宰相。愚常闻金宝藏于土中，偶见者或变其质。东都敦化坊有麟德废观，殿悉皆颓毁。咸通中，毕诚相国，别令营造。建基址间，得巨瓮，皆贮白银。辇材者与工匠三四十人，当昼，惧为官中所取，遂辇材木盖之，以伺昏黑。及夜，各以衣服包裹而归。明旦开之，如坚土削成为银铤。所说与此正同。原脱出处，明抄本作“出献”二字，按见《剧谈录》卷上。

袁滋从这件事以后，一路担任清要官职，到了德宗皇帝即位以后，他当上了宰相。我曾听说金银宝物埋在土里，偶然发现以后有可能会变质。东都洛阳的敦化坊有一座废弃的道观麟德观，殿堂全都倒塌毁坏。唐懿宗咸通年间，相国毕诚令人在别的地方重新建造了一座麟德观。在挖地基的时候，挖出了一个巨大的坛子，里面装满了白银。运送建筑材料的和工匠有三四十人，他们发现银子的时候正是白天，害怕被官府没收，便用车运来木材把银子盖上，以待天黑。当天夜里，这些人各自用衣服包上银子回家。天亮以后打开一看，全都变成了像用坚实的土块削制成的银子形状的木棍。所说的和这个案件的情形一样。原脱出处，明抄本作“出献”二字，按见《剧谈录》卷上。

卷第一百七十二

精察二

韩　滉

韩滉在润州，夜与从事登万岁楼。方酣，置杯不悦，语左右曰："汝听妇人哭乎？当近何所？"或对在某桥某街。诘朝，命吏捕哭者讯之。信宿，狱不具。吏惧罪，守于尸侧。忽有大青蝇集其首。因发髻验之，果妇私于邻，醉其夫而钉杀之。吏以为神。因问，晋公云："吾察其哭声，疾而不惮，若强而惧者。王充《论衡》云：郑子产晨出，闻妇人之哭，拊仆之手而听。有间，使吏执而问之，即手杀其夫也。异日，其仆问曰：'夫子何以知之？'子产曰：'死于其所亲爱，知病而忧，临死而惧，已死而哀。今哭以死而惧，知其奸也。'"出《酉阳杂俎》。

韩 滉

韩滉在润州，一天夜晚和从事登上万岁楼喝酒。正喝得畅快的时候，他忽然停下酒杯不高兴了，对左右的人说："你们听到女人的哭声了吗？应当在附近的什么个地方？"有人回答说在某桥某街。第二天早上，韩滉令吏卒把哭的妇人抓来审问。连续两个晚上，案件没有结果。吏卒害怕韩滉怪罪，就守在妇人丈夫的尸体旁边。忽然有大绿苍蝇聚集在死者的头顶。于是拨开发髻察验，果然是这个妇女同邻居通奸，将丈夫灌醉以后，用钉子钉入他的头颅，将他杀害。吏卒认为韩滉是神明。询问韩滉，晋公韩滉说："我察觉她的哭声，急促但不害怕，像是因为害怕而勉强装出来的。王充在《论衡》里说：郑子产早晨出门，听到妇女的哭声，他抓住仆人的手仔细倾听。过了一会儿，派人将妇女抓来审问，果然是这个妇女杀死了丈夫。过了一会儿，仆人问郑子产：'夫子是如何知道的？'郑子产说：'死了自己所亲爱的人的正常表现是，知道他病了应该忧愁，快要死了的时候害怕，死了以后悲痛。这个女人在丈夫死了以后她的哭声里充满恐惧，所以知道其中必有奸情。"出自《酉阳杂俎》。

颜真卿

颜鲁公真卿为监察御史，充河西陇右军覆屯交兵使。五原有冤狱，久不决，真卿立辩之。天久旱，及狱决乃雨。郡人呼御史雨。出《传载》。

李景略

李景略，凉州人。寓居河东，阖门读书。李怀光为朔方节度，招在幕府。五原有偏将张光者挟私杀妻，前后不能断。光富于财，货狱吏，不能劾讯得实情。以景略验之，光伏辜。既而亭午，有女厉被发血身，膝行前谢而去。左右识光妻者，曰："光之妻也。"出《谭宾录》。

李夷简

李相夷简未登第时，为郑县丞。泾军之乱，有使走驴东去甚急。夷简入白刺史曰："闻京城有故，此使必非朝命，请执问之。"果朱泚使于朱滔者。出《国史补》。

孟简

故刑部李尚书逊为浙东观察使，性仁恤，抚育百姓，抑挫冠冕。有前诸暨县尉包君者，秩满，居于县界，与一土豪百姓来往。其家甚富，每有新味及果实，必送包君。忽妻心腹病，暴至困惙。有人视者，皆曰："此状中蛊。"及问所从来，乃因土豪献果，妻偶食之，遂得兹病。此家养蛊，前

颜真卿

鲁公颜真卿任监察御史，充任河西陇右军覆屯交兵使。五原那个地方有冤案，长时间没能澄清结案，颜真卿立刻调查了解。当地久旱无雨，等到冤案得到了平反昭雪，天空立即下起雨来。当地人称这场雨为“御史雨”。出自《传载》。

李景略

李景略，是凉州人。寄居在河东，闭门读书。李怀光出任朔方节度使，招聘他到幕府任职。五原有一个叫张光的副将心怀私念把妻子杀了，前后几个办案人员都没能调查清楚。张光很有钱，收买了狱吏，不能秉公调查获得实情。派李景略去审理，张光才服罪。不久到了正午，有个女鬼披散头发，浑身是血，跪着来到李景略面前拜谢后离去。左右有认识张光妻子的人说：“这正是张光的妻子。”出自《谭宾录》。

李夷简

宰相李夷简没有考中进士时任郑县县丞。泾原兵在京城哗变时，有一个送信的人骑着驴向东走得很急。李夷简进去对刺史说：“听说京城有变故，这个信使一定不是朝廷派出来的，请把他抓住审问。”果然是叛军推举的首领朱泚派出来给他弟弟朱滔送信的。出自《国史补》。

孟　简

原刑部尚书李逊曾担任浙东观察使，他的性情仁慈，抚育百姓，抑制官僚势力。前诸暨县尉包君，任期满了以后，居住在诸暨县边界附近，与一个土豪有来往。这个土豪家里非常富有，每当有新口味或新鲜水果，一定送给包君。一天，包君的妻子心腹发病，突然十分难受。别人看了，都说：“这症状是中了蛊毒。”等问包君这毒是从哪里来的，包君就说土豪送来水果，妻子偶然吃了，就得了这种怪病。别人告诉包君，这个土豪家里养蛊，前

后杀人已多矣。包君曰："为之奈何？"曰："养此毒者，皆能解之。今少府速将夫人诣彼求乞。不然，即无计矣。"

包君乃当时雇船携往。仅百余里，逾宿方达。其土豪已知，唯恐其毒事露，愤怒颇甚。包君船亦到，先登岸，具衫笏，将祈之。其人已潜伏童仆十余，候包君到。靸履柱毬杖，领徒而出。包未及语，诟骂叫呼，遂令拽之于地，以毬杖击之数十，不胜其困。又令村妇二十余人，就船拽包君妻出，验其病状，以头捽地，备极耻辱。妻素羸疾，兼有娠，至船而殒。包君聊获余命。

及却回，土豪乃疾棹到州，见李公，诉之云："县尉包某倚恃前资，领妻至庄，罗织搅扰，以索钱物，不胜冤愤。"李公大怒，当时令人赍枷锁追。包君才到，妻尚未殓，方欲待事毕，至州论。忽使急到，遂被荷枷锁身领去。

其日，观察判官独孤公卧于厅中睡次，梦一妇人，颜色惨沮，若有所诉者，捧一石砚以献。独孤公受之，意颇凄恻。及觉，因言于同院，皆异之。逡巡，包君到。李公令独孤即推鞫。寻其辩对，包君所居，乃石砚村也。郎惊异良久，引包君入，问其本末，包涕泣具言之。诘其妻形貌年几，乃郎梦中所见，感愤之甚。不数日，土豪皆款伏。

后已经害死过许多人了。包君问:“如今该怎么办?”人们告诉他说:“养这种毒虫的人,都会解毒。如今你应该迅速把夫人送到土豪家去求解药,否则就没有办法了。”

包君当时就雇了一条船,带着妻子前往土豪家。他们家距离土豪家仅一百多里,过了一宿才到达。这时土豪已经知道他们要去,唯恐自己养毒虫害人的事情泄漏,非常愤怒。包君的船到了以后,包君先上了岸,整理衣服,要去求救。土豪已经暗中埋伏了十多个仆人,等候包君的到来。土豪靸拉着鞋,拿着球棍,带着徒众出来。包君未说话,土豪开始大声叫骂,就叫人把包君拽倒在地,用球棍打了他几十下,包君抵挡不了他们。土豪又叫村里的二十多个妇女,上船把包君的妻子拉出来,查看了中毒的症状,然后揪着她的头发把头往地上撞,百般折磨羞辱她。包君的妻子本来就瘦弱多病,并且怀有身孕,回到船上就死了。包君暂且留下了一条性命。

等到返回家里,土豪就坐快船赶到州府,向观察使李逊告状,说:“县尉包君倚仗从前当过县尉,带着妻子来到他的庄院,虚构罪名,扰乱闹事,来诈取钱物,令他非常冤屈气愤。”李逊非常生气,当时就派人带着枷锁去捉拿包君。包君刚刚回到家里,妻子的尸体还没有装殓,正想等办完丧事再去州府理论。这时州里的差人忽然到了,给他戴上枷锁,将他押走。

这一天,观察判官独孤公躺在厅里打盹儿,梦见一个妇人,神色悲伤凄惨,似乎要对他说什么,捧着一个石砚献给他。独孤公接受了,心里对她很同情。等到醒了,将这个梦讲给同院听,大家都觉得奇怪。不一会儿,包君被押到了。李逊让独孤公当即审理。从包君的供词里得知,他所住的地方正是石砚村。独孤公心中惊奇了很久,他把包君叫进屋里,仔细询问事情的来龙去脉,包君哭着将事情的经过说了。独孤公问包君妻子的体形相貌和年龄,正是自己梦中所见到的妇人,心中既感慨又愤怒。数日之后,土豪承认了自己全部的罪行。

具狱过李公，李公以其不直，遂凭土豪之状，包君以倚恃前资，擅至百姓庄搅扰，决臂杖十下。土豪以前当县官，罚二十功。从事宾客，无不陈说。郎亦力争之，竟不能得。包君妻兄在扬州闻之，奔波过浙江，见李公，涕泣论列其妹冤死之状。李公大怒，以为客喧，决脊杖二十，递于他界。自淮南无不称其冤异，郎自此托疾请罢。

时孟尚书简任常州刺史，常与越近，具熟其事。明年，替李公为浙东观察使，乃先以帖，令录此土豪一门十余口。到才数日，李公尚未发，尽毙于州。厚以资币赠包君。数州之人闻者，莫不庆快矣。出《逸史》。

李德裕

李德裕出镇浙右日，有甘露寺主事僧，诉交代得常住什物，被前主事僧隐用却常住金若干两。引证前数辈，皆有递相交割传领，文籍分明。众词皆指以新得替引隐而用之。且云："初上之时，交领分两既明，及交割之日，不见其金。"鞫成具狱，伏罪昭然。然未穷破用之所，或以僧人不拘僧行而费之，以无理可伸，甘之死地。

一旦引宪之际，公疑其未尽，微以意揣之。人乃具实以闻曰："居寺者乐于知事。前后主之者，积年已来，空放分两文书，其实无金矣。群众以某孤立，不杂洽辈流，欲乘此挤排之。"流涕不胜其冤。公乃悯而恻之曰："此固非难也。"俯仰之间曰："吾得之矣。"

独孤公把审理狱状拿给李逊看，李逊认为他判得不公正，只凭土豪的原状，改判包君倚仗以前的资历，擅自到老百姓家里扰事，判臂杖十下。土豪以前当过县官，罚做二十天工。从事和幕僚等都为包君说话。独孤公也为包君据理力争，然而竟没有效果。包君妻子的哥哥在扬州听到判决结果，一路奔波，赶来浙东求见李逊，哭着述说妹妹冤死的惨状。李逊大怒，认为他是来做说客，判脊杖二十下，将他赶出州界。自此淮南一带没有不认为这个案子断得冤枉奇怪的，独孤公自此托病请求辞职。

当时尚书孟简任常州刺史，经常到浙东附近，对这件事知道得很清楚。第二年，他接替李逊担任浙东观察使，便先发出公文，令人逮捕土豪一家十多口人。孟简到任才几天，李逊还没有走，就把土豪一家十多口人处死了。他还赠送给包君许多钱物。几个州的人听到这个消息，没有不庆贺叫好的。出自《逸史》。

李德裕

李德裕出镇浙右的时候，有个甘露寺管事的和尚来告状，说就任交接的常住什物，被前管事和尚悄悄用去了金子若干两。还引证了前几任管事和尚，全部有相互之间的交接、传领的文薄账册，记载得十分清楚明白。大家都说是他这个新管事给悄悄用掉了。并且还说："新管事和尚刚管事时，交、领的东西的种类和数量很明确，等到正式交接那一天，却不见了金子。"审理完毕结案，新管事和尚认了罪。只是没有查清新管事和尚把钱花在了哪里，只好认定是新管事和尚不守戒律花费了，新管事和尚也无法申诉，甘愿一死。

一天要移交刑部的时候，李德裕怀疑这个案子还审理得不十分清楚，便私下推测此事。和尚告诉他实情说："庙里的和尚愿意管事。前后那些管事的和尚，多年以来，空设银两分、放的账目，其实没有金子。大家都孤立我，因为我不和他们同流合污，他们就趁机排挤我。"和尚痛哭流涕不胜冤屈。李德裕十分同情他，说："这件事本来不难。"他略微考虑一下又说："我有办法了。"

乃立促召兜子数乘，命关连僧人对事，咸遣坐兜子。下帘子毕，指挥门下，不令相见，命取黄泥，各令摸前后交付下次金样，以凭证据。僧既不知形段，竟模不成。公怒，令劾前数辈等，皆一一伏罪。其所排者，遂获清雪。出《桂苑丛谈》。

裴 休

裴休尚古好奇，掌纶诰日，有亲表调授邑宰于曲阜者。土人垦田，得古器曰盎。腹容三斗，浅项痺足，规口矩耳，朴素古丑。将蠹土壤者，既洗涤之后，磨砻之，隐隐有古篆九字带盎之腰。曲阜令不能辩。兖州有书生姓鲁，能八体书字者。召致于邑，出盎示之。曰："此大篆也。非今之所行者，虽某颇尝学之。是九字曰：齐桓公会于葵丘岁铸。"邑宰大奇其说。及以篆验，则字势存焉。

及辇致河东公之门，公以为麟经时物，得以言古矣。宝之犹钟玦郜鼎也。视草之暇，辄引亲友之分深者观之，以是京华声为至宝。公后以小宗伯掌贡举，生徒有以盎宝为请者。裴公一日设食，会门弟子，出器于庭，则离立环观，迭词以质。独刘舍人蜕以为非当时之物，近世矫作也。公不悦曰："果有说乎？"紫微曰："某幼专丘明之书，具载小白桓公九合诸侯，取威定霸，葵丘之会第八盟。又按《礼经》，诸侯五月而葬，同盟至，既葬，然后反虞，虞然后卒哭，

李德裕叫人赶紧找来只有坐席而没有轿厢的软轿数乘，命令把与此案有关的和尚找来对质，都让和尚坐上轿子。放下帘子后然后指挥门下不让他们相见，令他们取来黄泥，让每个和尚捏出各自经手交接过的金子的模型，以便作为证据。和尚们既然不知道金子的大小和形状，所以也就捏不成。李德裕很生气，令弹劾前几任管事和尚，这些和尚都一一认了罪。那个受排挤的和尚，得到了澄清。出自《桂苑丛谈》。

裴休

裴休崇尚古物喜爱珍奇的东西，他负责管理皇帝诏书的时候，他的一个表亲调任曲阜邑宰。当地农民开荒耕地，挖出一件叫“盎”的古代器物。这个盎的腹部容积大约三斗，短脖鸟足，圆口方耳，古朴笨重。将上面蛀蚀的泥土洗掉以后，磨擦干净，在盎的腰部隐约显现出九个古篆字。曲阜邑宰不认识。兖州有个书生姓鲁，能用八种字体写字。邑宰将这个书生找来，拿出盎让他辨认。他说：“这是大篆。不是现在仍然使用的字体，我曾经学过。这九个字是：齐桓公会于葵丘岁铸。”邑宰对他说的话感到很惊奇。等拿来篆体字的书籍来对照检验，觉得字迹的笔势一样。

邑宰用车把盎送到河东公裴休家里，裴休以为是春秋时期的器物，能说是古物了。珍爱它就像珍爱钟玦郜鼎一样。他在修改皇帝的诏书的空闲时间，就请交情深的亲朋好友前来观赏，从此京城都称它为旷世至宝。后来他以礼部侍郎的身份主管科举考试，学生中有人要求观赏盎。一天他摆酒宴，会集门下弟子，将盎拿出来摆在庭院中，大家并排站着围观，不时地发问。只有中书舍人刘蜕认为不是春秋时的器物，而是近代伪造的赝品。裴休不高兴地说：“有什么根据吗？”刘蜕说：“我从前专门研读过左丘明的著作，上面详细记载了齐桓公小白九次召集各路诸侯，树立威信，定下霸主地位，葵丘这次会盟是第八次结盟。又据《礼经》记载，诸侯五月安葬桓公小白，结成同盟的各路诸侯到了，就开始埋葬，然后举行拜祭，虞祭以后是早晨和晚上哭丧，

卒哭然后定谥。则葵丘之役，实在生前，不得以谥称。此乃近世矫作也。"裴公恍然而悟，命击碎，然后举爵尽饮而罢。出《唐阙史》。

崔碣

崔碣任河南尹，惩奸剪暴，为天下吏师。先是有估客王可久者，膏腴之室。岁鬻茗于江湖间，常获丰利而归。是年，又笈贿适楚，始返楫于彭门，值庞勋作乱，阱于寇域，逾期不归。有妻美少，且无伯仲息裔之属，妻常善价募人，访于贼境之四裔，竟无究其迹者。或曰："已戕于盗，帑其货矣。"

洛城有杨乾夫者，善卜称。妻晨持一缣，决疑于彼。杨生素熟其事，且利其财，思以计中之。乃为端蓍虔祝，六位既兆，则曰："所忧岂非伉俪耶？是人绝气久矣，象见坟墓矣，遇劫杀与身并矣。"妻号咷将去，即又勉之曰："阳乌已晚，幸择良晨，清旭更问，当为再祝。"妻诚信之。他日，复往布算，宛得前卦。乃曰："神也异也！无复望也。"仍言号恸非所以成礼者，第择日举哀，绘佛饭僧，以资冥福。妻且悲且愧，以为诚言，无巨细事，一以托之。杨生主办，雅竭其志。则又谓曰："妇人茕独，而衷财贿，寇盗方炽，身之灾也，

哭丧以后确定谥号。然而葵丘会盟确实是齐桓公小白生前的事情，那时还不能用谥号称谓他。所以这是一件近代伪造的赝品。”裴休恍然大悟，命人把盏打碎，然后举起酒杯一饮而尽结束了宴会。出自《唐阙史》。

崔碣

崔碣担任河南尹，惩治坏人和剪除暴力，成为天下官员的师表。先前有个贩卖货物的商人叫王可久，家庭非常富裕。每年在各地贩卖茶叶，经常赚得丰厚的利润而归。这一年，他又用箱子装着财物到楚地，这一天，他刚乘船返回到彭门，赶上庞勋领兵叛乱，于是被阻隔在贼兵控制的地区，超过了约定的日期没赶回家。他的妻子年轻貌美，又没有兄弟子女，她曾花钱雇人到贼兵占领的地区四处寻找丈夫，始终找不到到王可久的踪迹。有的人回来说：“他已经被强盗杀死了，把钱和货物抢走了。”

洛城有个叫杨乾夫的，以擅长算卦出名。王可久的妻子在一天早上拿着一块细绢去找杨乾夫，请他断决疑难。杨乾夫一向熟知他们王家的事，并且对王可久的钱财很眼红，于是便想借此机会算计王可久的妻子。他便拿出算卦用的蓍草为她虔诚地占卜，六位已显出征兆，他对王可久的妻子说：“你所担忧的莫非是你的丈夫吗？这个人已经死了很久了，卦象已经显示出了他的坟墓，遇到强盗把他杀了。”王可久的妻子大声哭着要离开，他就又劝她说：“太阳已经升得很高了，希望找个早晨好的时辰再来，我当再为你算一遍。”王可久的妻子十分相信他。过了几天，又前去算卦，仍然得到了和上次一样的卦象。杨乾夫于是说：“真是神异呀！不要再抱希望了。”并且告诉王可久的妻子说，只是悲伤不成礼仪，应该选择日期办理丧事，绘佛饭僧，来为你丈夫求得在阴间的福祉。王可久的妻子又悲伤又惭愧，以为杨乾夫对她说的全是真诚关心的话，便把办理丧事的大小事情全都托付给杨乾夫。杨乾夫操办丧事，尽心竭力，使王可久的妻子很满意。杨乾夫又对王可久的妻子说：“夫人一个人很孤独，而家里又很有钱，当前正闹强盗，容易招灾，

宜割爱以谋安适。"妻初不纳，夕则飞砾以惧之，昼则声寇以危之，次则役媒以饵之。妻多杨之义，遂许嫁焉。杨生既遂志，乃籍所有，雄据厚产。又逾月，皆货旧业，挈妻卜居乐渠之北。

明年，徐州平，天下洗兵，诏大憝就擒外，胁从其间者，宥而不问，给篆为信，纵归田里。可久髡裸而返，瘠瘁疥秽，丐食于路。至则访其庐舍，已易主矣。曲讯妻室，不知其所。展转饥寒，循路哀叫。渐有人知者，因指其新居。见妻及杨，肆目门首，欲为揖认，则诃杖诟辱，仅以身免。妻愕眙以异，复制于杨。可久不堪其冤，诉于公府。及法司按劾，杨生贿赂已行，取证于妻，遂诬其妄。时属尹正长厚不能辨奸，以诬人之罪加之，痛绳其背，肩扶出疆。可久冤楚相萦，殆将溘尽。命丝未绝，洛尹改更，则衔血赍冤于新政，亦不能辨。前所鞠吏，得以肆其毒于簧言。且曰："以狱讼旧政者，汉律在焉，则又裂膑，配邑之遐者，隶执重役。"可久双眦流血，两目枯焉。

时博陵公伊人燕居，备聆始卒。天启良便，再领三川。狱吏屏息，覆盆举矣。揽辔观风之三日，潜命就役所，出可久以至。乃敕吏掩乾夫一家，兼素鞠胥，同梏其颈。且命可久暗籍家之服玩，物所存尚夥，而鞠吏贿赂，丑迹昭焉。

应该忘掉死去的丈夫早一点嫁人。”王可久的妻子起初不答应，杨乾夫就晚上扔石头吓唬她，白天说有强盗威胁她，或者是请媒人去诱骗她。王可久的妻子赞赏他帮忙办理丧事的义气，便答应嫁给了他。杨乾夫满足了自己的心愿之后，就把王可久的一切占为己有，霸占了王可久的丰厚家产。又过了一个月，他卖掉了所有的旧产业，带着妻子居住到乐渠的北边去了。

第二年，徐州的战乱平息，天下停止了战争，皇帝诏令，只把发动战乱的贼兵头领抓住法办外，其余的胁从者宽赦不加追究，并且发放印章作为凭信，放归故里。王可久露顶光身而返，脊背上生了疥疮，一路要饭，回到家乡。回来寻找自己房屋，已经换了主人。他打听妻子的下落，也打听不出来。他辗转奔走，腹饥衣寒，一路哀号。渐渐有知道情况的，于是告诉了他妻子的新住址。他去找妻子和杨乾夫，妻子和杨乾夫站在门口，想要和妻子相认，杨乾夫骂他污辱他，并且用棍子打他，他只好逃走。妻子诧异地瞪大了眼睛，又制止了杨乾夫的行为。王可久无法忍受冤屈，去官府告状。等到官府开始审理时，杨乾夫已经行了贿赂，办案官员去他妻子那里取证据，然后诬蔑王可久胡说。当时河南尹正王长厚不能辨奸，给王可久加上了诬陷的罪名，让人痛打其背，王可久扶着别人的肩膀回去。他冤屈痛楚相加，几乎死去。命丝未绝，来了新任洛尹。王可久含血带冤地又去新洛尹那里告状，新任洛尹也不能辨奸。以前办案的官员用谎话任意中伤他，说：“诬告前任官员，按照汉朝延续下来的律法，就要打裂皮肉，发配远地，罚作苦役。”王可久哭得两眼流血，双目干枯。

当时博陵公崔碣这个人闲居在家，完完整整地听了王可久事件的始末。上天发了慈悲，行了方便，让崔碣又担任了河南尹，办理案件的吏卒屏住了呼吸，打翻的盆子被翻了过来。崔碣边骑马上任边了解情况，三天后，暗地里令人到牢里把王可久放出来。然后命吏卒突然逮捕杨乾夫全家，原来审理案件的官员，脖上一起上了枷锁。并且暗中令王可久清点家产，贵重器物还剩下不少，原来审理案件官员收受贿赂的罪行也调查清楚了。

既捶其胁，复血其背，然后擢发折足，同瘗一坎。收录家产，手授可久。时离毕作冷，衣云复郁。断狱之日，阳轮洞开，通逵相庆，有出涕者。沉冤积愤，大亨畅，于是曰："古之循吏，孰能拟诸。"出《唐阙史》。

赵和

咸通初，有天水赵和者任江阴令，以片言折狱著声。犹是累宰剧邑，皆以雪冤获优考。至于疑似晦伪之事，悉能以情理之。时有楚州淮阴农，比庄俱以丰岁而货殖焉。其东邻则拓腴田数百亩。资镪未满，因以庄券质于西邻，贷缗百万。契书显验，且言来岁赍本利以赎。

至期，果以腴田获利甚博，备财赎契，先纳八百缗。第检置契书，期明日以残资换券。所隔信宿，且恃通家，因不征纳缗之籍。明日，赍余镪至，遂为西邻不认。且以无保证，又乏簿籍，终为所拒。东邻冤诉于县，县为追勘，无以证明。宰邑谓曰："诚疑尔冤，其如官中所赖者券，乏此以证，何术理之？"复诉于州，州不能理，东邻不胜其愤。

远聆江阴之善听讼者，乃越江而南诉于赵宰。赵宰谓曰："县政地卑，且复逾境，何计奉雪？"东邻则冤泣曰："此

崔碣令对他们施加重刑，杖打前胸，把后背打得血肉模糊，然后揪起他们的头发，把他们的腿打断，全都埋在一个坑里。又把他们的家产没收，亲手送还给王可久。当时天气很冷，阴云密布。重新判决这一天，突然云层洞开，太阳出来，满街是欢庆的人们。有的人激动地哭起来。沉积的冤情和愤怒都在这一天得到了澄清和发泄，于是人们说："从古到今的官员，有谁能比得上博陵公崔碣！"出自《唐阙史》。

赵和

唐懿宗咸通初年，天水的赵和担任江阴县令，以用非常简单的语言判明复杂的案件出名。所以多次出任政务繁重县的县令，全都因澄清了许多冤案而获得优秀政绩。至于疑似晦暗不明和诈伪的事，他全能以情理调查得清楚明白。当时楚州淮阴有个农民，他们村的人都因为丰收有钱而去经商。他的东邻则购买了数百亩肥沃的田地。但是买地的钱不够，便把庄园房产的契据抵押给西邻，借贷了一百万文钱。写好了契据，又说第二年带上本钱和利息去赎回契据。

到了约定的日期，东邻果然因为买来的土地肥沃，获得了很高的利润，他准备好钱去赎契据，先交纳了八十万文。只是验看了契约，约定第二天把钱交齐，换回契据。因为只隔两宿，又是世交，所以东邻没有向西邻索要已经交纳的八十万文钱的收据。第二天，他拿够了剩余那部分数额的钱去西邻家，西邻竟不承认他已经交纳了八十万文。况且因为没有保人，又缺簿籍证明，所以西邻最终拒绝交还契据。东邻去县衙申冤，县衙为他进行调查，但找不到证据。宰邑对他说："确实怀疑你是冤枉的，但是官家办案所依赖的是证据，但是缺乏证据，有什么办法处理呢？"东邻又去州府告状，州府也无法审理，东邻无法忍受心中的愤怒。

东邻听说江阴县衙善于公正断案，便过江向南面的江阴县令赵和申诉。赵和对他说："县衙门级别低，并且又超过了我们管辖地界，有什么办法为你昭雪呢？"东邻含冤哭着说："你们这里

地不得理，无由自涤也。”赵曰：“第止吾舍，试为思之。”经宿召前曰：“计就矣，尔果不妄否？”则又曰：“安敢诬。”赵曰：“诚如是言，当为置法。”

乃召捕贼之干者数辈，赍牒至淮壖，曰：“有啸聚而寇江者，案劾已具。言有同恶相济者，在某处居，名姓形状，具以西邻指之，请梏送至此。先是邻州条法，唯持刀截江，无得藏匿。追牒至彼，果擒以还。”然自恃无迹，未甚知惧。至则旅于庭下，赵厉声谓曰：“幸耕织自活，何为寇江？”囚则朗叫泪随曰：“稼穑之夫，未尝舟楫。”赵又曰：“证词甚具，姓氏无差，或言伪而坚，则血肤取实。”囚则大恐，叩头见血，如不胜其冤者。赵又曰：“所盗幸多金宝锦彩，非农家所置蓄者，汝宜籍舍之产以辩之。”

囚意稍解。遂详开所贮者，且不虞东邻之越讼也。乃言稻若干斛，庄客某甲等纳到者；䌷绢若干匹，家机所出者；钱若干贯，东邻赎契者；银器若干件，匠某锻成者。赵宰大喜，即再审其事。谓曰：“如果非寇江者，何谓讳东邻所赎八百千？”遂引诉邻，令其偶证。于是惭惧失色，祈死厅前。赵令梏往本土，检付契书，然后置之于法。出《唐阙史》。

刘崇龟

刘崇龟镇南海之岁，有富商子少年而白皙，稍殊于

如果不给审理，我就没有办法申冤了。”赵和说：“你先住在我这里，我试着为你想想办法。”过了一个晚上，赵和把东邻叫来说：“方法有了，你果然没有说谎吧？”东邻说：“我怎么敢骗人？”赵和说：“诚如像你所说，我当为你执法。”

赵和于是召集了几个捕贼办案的能手，带着公文来到淮阴那地，对西邻说：“有一伙聚集在长江常抢劫的土匪，案件已经调查审理结束。其中有人供认有同伙帮助作恶，居住在某地，姓名长相，指的就是你，所以要把你从这里押走。先前我们邻州的法律规定，对持刀在江上抢劫的，不允许藏匿。所以带公文追捕到这，果然抓你回去了。”然而西邻倚仗自己并无劣迹，所以不怎么知道害怕。等到被带到县衙公堂上，赵和厉声问道：“能靠耕种织布养活自己，为什么要做江上的强盗？”西邻大叫冤枉，哭着说：“种田的人，没有上过船。”赵和又说：“供词非常具体明白，姓名也没有差错，你还要狡猾抵赖，那么必须使用重刑迫使你招认了。”西邻非常恐惧，把头磕出了血，似乎是承受不了冤屈的样子。赵和又说：“所抢劫偷盗的东西幸好大都是金银珠宝和绸缎布匹，不是农家所购买和积存的东西，你可以申报你的财产来进行核实辩护。”

西邻恐惧的心理稍微缓解了一点。于是详细开列了自己财产的清单，一点也没有料到东邻越境诉讼这一招。他交代有稻米若干斛，是佃户某甲等人交纳的；绸绢若干匹，是自己家的织机织的；有钱若干贯，是东邻交来赎契据的；银器若干件，是某银匠给加工制作的。赵和大喜，便进一步核查审理。对他说：“如果不是在江上抢劫的强盗，你为什么隐匿东邻所赎契据的八十万文钱？”于是把告状的东邻叫出来，让他们对质。这下子西邻又惭愧又害怕，脸上变了颜色，在堂上请求恕罪饶命。赵和令人把他押回家去，归还契据，然后按法处罚了西邻。出自《唐阙史》。

刘崇龟

刘崇龟镇守南海那年，有个富商子年轻且长得白皙，稍不同于

稗贩之伍。泊船于江，岸上有门楼，中见一姬年二十余，艳态妖容，非常所睹。亦不避人，得以纵其目逆。乘便复言："某黄昏当诣宅矣。"无难色，颔之微哂而已。

既昏暝，果启扉伺之。比子未及赴约，有盗者径入行窃。见一房无烛，即突入之，姬即欣然而就之。盗乃谓其见擒，以庖刀刺之，遗刀而逸，其家亦未之觉。商客之子旋至，方入其户，即践其血，汰而仆地。初谓其水，以手扪之，闻鲜血之气未已。又扪着有人卧，遂走出。径登船，一夜解维，比明，已行百余里。其家迹其血至江岸，遂陈状之。

主者讼穷诘岸上居人，云："某日夜，有某客船一夜径发。"即差人追及，械于圄室，拷掠备至，具实吐之，唯不招杀人。其家以庖刀纳于府主矣，府主乃下令曰："某日大设，合境庖丁，宜集于毬场，以候宰杀。"屠者既集，乃传令曰："今日既已，可翌日而至。乃各留刀于厨而去。"府主乃命取诸人刀，以杀人之刀，换下一口。来早，各令诣衙请刀，诸人皆认本刀而去，唯一屠最在后，不肯持刀去。府主乃诘之，对曰："此非某刀。"又诘以何人刀，即曰此合是某乙者。乃问其住止之处，即命擒之，则已窜矣。

于是乃以他囚之合处死者，以代商人之子，侵夜毙之于市。窜者之家，旦夕潜令人伺之，既毙其假囚，不一两

一般贱买贵卖的小贩。一天他的船停靠在江边，岸上有个门楼，里面看见有一个女子，年龄有二十多岁，长得非常美丽妖艳，不是平常所能见到的。这个女子也不躲避人，所以富商的儿子能够和她眉来眼去。并趁机和她说："我黄昏到你家里去。"女子面无难色，只是点头微笑。

天黑之后，这个女子果然开着门等富商的儿子。但还没等到富商的儿子前来赴约，有一个小偷径直进来偷东西。他看到一间屋子里没有点灯，便窜了进去，那女子就高兴地扑了上去。小偷以为来人抓他，便用屠刀刺了女子一刀，然后扔下刀逃跑了，女子的家人也没有发觉。不一会儿，富商的儿子随后来了，一进屋就踩到鲜血上，滑了一跤摔倒在地上。一开始他以为是水，用手一摸，闻到了一股血腥味。接着又摸到地上躺了一个死人，便赶忙跑出去。直接上了船，连夜解缆开船，船开了一夜，到天亮，已经驶出一百多里。女子家里的人循着血迹找到江岸，然后便向官府报了案。

主持办案的官员询问遍了住在江边的人，有人说："某日夜晚，有某一条客船夜里开走了。"办案官员立刻派人把富商的儿子追回，将他关到狱里严刑拷打，富商的儿子供出实情，只是不承认杀人。女子家里的人把捡到的屠刀交到官府，郡守下命令说："某日召开盛大宴会，全境的屠夫，都要集中到球场上，等着屠宰牲口。"屠夫们聚集以后，他又传令说："今天已经晚了，明天再来。现在各自把刀留到厨房里离开。"然后他又叫人把屠夫们的刀取来，用杀人那口刀换下一口。第二天早晨，令各屠夫们到衙门去取刀，众人都认领了自己的刀走了，只有一个屠夫留在最后，不肯拿刀离去。郡守问他为什么不取刀，他说："这不是我的刀。"又问他是谁的刀，屠夫说应该是某人的刀。又问清了刀的主人居住的地点，郡守立刻派人去抓，结果刀的主人已经逃走了。

于是郡守又令人将牢狱里应处死的犯人，假装成富商的儿子，天擦黑时公开处死在集市上。逃跑的杀人犯的家属，每天早晚都叫人打探官府的消息，既然已经将"杀人犯"杀了，没过一两

夕,果归家,即擒之。具首杀人之咎,遂置于法。商人之子,夜入人家,以奸罪杖背而已。彭城公之察狱,可谓明矣。出《玉堂闲话》。

杀妻者

闻诸耆旧云:昔有人因他适回,见其妻为奸盗所杀,但不见其首,支体具在。既悲且惧,遂告于妻族。妻族闻之,遂执婿而入官丞,行加诬云:"尔杀吾爱女。"狱吏严其鞭捶,莫得自明,洎不任其苦,乃自诬杀人,甘其一死。

款案既成,皆以为不缪。郡主委诸从事,从事疑而不断。谓使君曰:"某滥尘幕席,诚宜竭节。奉理人命,一死不可再生,苟或误举典刑,岂能追悔也?必请缓而穷之。且为夫之道,孰忍杀妻?况义在齐眉,曷能断颈?纵有隙而害之,盍作脱祸之计也?或推病殒,或托暴亡,必存尸而弃首?其理甚明。"

使君许其谳义,从事乃别开其第,权作狴牢。慎择司存,移此系者,细而劾之。仍给以酒食汤沐,以平人待之。键户棘垣,不使系于外。然后遍勘在城伍作行人,令各供通近来应与人家安厝坟墓多少去处文状。既而一面诘之曰:"汝等与人家举事,还有可疑者乎?"有一人曰:"某于一豪家举事,共言杀却一奶子,于墙上舁过。凶器中甚似无物,见在某坊。"

天，杀人者果然回了家。马上就被官府抓了起来。他全部招认了杀人的罪行，按法律被处以死刑。商人的儿子，夜入民宅，以通奸罪论处，打了一顿板子就释放了。彭城公审理案件可以说是明断的。出自《玉堂闲话》。

杀妻者

听几位年高望重的人讲：当年有个人出门回家，发现妻子被强盗杀死，身体都在，只是脑袋不见了。他又悲伤又害怕，于是告诉了妻子的娘家。妻子的娘家听了，就抓着女婿到官府，诬陷他说："杀死了我们的爱女。"狱吏严加鞭打，也没能调查清楚，这个人经受不住拷打，便屈打成招，自己承认杀了妻子，甘愿一死。

定案以后，大家都认为审理结果没有什么问题。郡守把案件后期的处理交给一位从事，从事对这个案件的审理有所怀疑而没判决。他对郡守说："我是幕府上飘浮的浮尘，没什么能力，勉强充当您的幕僚，应当尽职尽责。奉命处理人命案件，而人一旦死了就不能复生，如果误用了典型，哪里能追悔呢？请一定延缓下时期，让我查清这个案子。况且做丈夫的，谁忍心杀害妻子？更何况夫妻有举案齐眉的情义，怎么会割下对方的头颅？纵然是有矛盾要杀害，为什么不想办法逃脱追查呢？或者是推说病死了，或者是推托暴死的，何必留着尸体而扔掉脑袋呢？这里的道理很明显。"

郡守同意了从事对案情的判断，从事则另外找了一个房子，权且当作牢狱。慎重选择办案官吏，将那个被指控为杀妻的人，转移到这个地点关押，详细审问调查。仍然给这个人供应酒食和洗浴，向对平常人一样对待他。加强防守，关锁门户，用荆棘作矮墙，不让他逃脱。然后遍查全城以处理尸体、办理丧事为职业的人，叫他们各自说出近期给人家安葬多少坟墓，安葬地点等情况。又接着询问他们："你们给人家办丧事，有没有发现可疑的事情？"有一个人说："我去一个土豪家办理丧事，都说是一个奶妈被杀，凶手跳墙跑了。棺材里好像没装什么，现在还停在某坊。"

发之，果得一女首级。遂将首对尸，令诉者验认。云："非也。"遂收豪家鞫之，豪家伏辜而具款。乃是杀一奶子，函首而葬之，以尸易此良家之妇，私室蓄之。豪士乃全家弃市。吁！伍辞察狱，得无慎乎？出《玉堂闲话》。

许宗裔

蜀之将帅，鲜不好货。有许宗裔者，分符仗钺，独守廉隅。尝典剑州，民有致寇者，灯下认识暴客，待晓告巡。其贼不禁拷捶，远首其罪，囚而送州。宗裔引虑，缧囚纷诉。且言丝钩纨乃是家物，与被劫主递有词说。宗裔促命两家缲丝车，又各赍细纨卷时胎心，复用何物。一云杏核，一云瓦子。因令相退下细线，见杏核，与囚款同。仍以丝钩安车，量其轻重大小，亦是囚家本物。即被劫者有妄认之过，巡捕吏伏拷决之辜。指顾之间，为雪冤枉，乃良吏也。出《北梦琐言》。

刘方遇

镇州士人刘方遇家财数十万，方遇妻田氏早卒，田之妹为尼，常出入方遇家。方遇使尼发长，为继室。田有令遵者，方遇之妻弟也。善货殖，方遇以所积财，令令遵兴殖。方遇有子年幼，二女皆嫁。方遇疾卒，子幼，不能督家业。方遇妻及二女，以家财素为令遵兴殖。

从事派人打开棺材，果然得到一个女人的头。将这个头和当初发现的无头尸体对在一起，让告状的人辨认。那个人说："不是。"于是将土豪家的人抓来，土豪服罪招供了。原来是土豪杀了一个奶妈，将头装到棺材里埋了，用她的尸身换了那个良家妇人，藏到密室里。于是土豪一家在闹市中被处以死刑。唉！审理案件，能不谨慎吗？出自《玉堂闲话》。

许宗裔

蜀郡的将帅，很少有不贪图财物的。有个叫许宗裔的，虽然手握大权，却独守廉洁。他曾经掌管剑州，有个居民家中去了强盗，在灯光下看见了强盗的样子，天亮以后报告了巡行官兵。巡行官兵把他认定的人抓住以后，这个人经受不住拷打，只好违心地承认自己是强盗，被押送到州府。许宗裔慎重处理，被抓的囚徒不断申诉。囚徒说，所谓抢劫来的赃物缲丝工具是自己家里原有的东西，说的和被抢劫的人各执一词。许宗裔立刻命两个人当面对质核实，问他们各自家里的缲丝车上卷丝轴心用的是什么东西。一个说是杏核，一个说是瓦片。许宗裔令退下卷轴上的蚕丝，拆下轴心，见是杏核，与囚徒说的相同。然后又把缲丝车安装好，测量其轻重大小，也说明确实是囚徒家中的用具。因而证明了被抢劫的人认错了人，巡捕官差也有行刑逼供的错误。许宗裔在一指一瞥的短暂时间里，就澄清了一起冤案，真是一个好官啊。出自《北梦琐言》。

刘方遇

镇州士人刘方遇有家财数十万，他的妻子田氏死得早，田氏的妹妹是尼姑，经常出入刘方遇家。刘方遇让她留发还俗，娶她为继室。田令遵，是刘方遇的内弟。善于经商，刘方遇便将自己积攒的财产，交给他去经营。刘方遇有个儿子年幼，两个女儿都已出嫁。刘方遇病故，儿子太小，不能管理家业。刘方遇的继室夫人和两个女儿，将刘方遇的全部家产交给刘方遇的内弟经营。

乃举族合谋，请以令遵姓刘，为方遇继嗣。即令鬻券人安美，为亲族请嗣券书。即定，乃遣令遵服斩衰居丧。

而二女初立令遵时，先邀每月供财二万，及后求取无厌，而石、李二夫，教二女诣本府论诉云："令遵冒姓，夺父家财。"令遵下狱。石、李二夫族与本府要吏亲党上在府帅判官、行军司马、随使都押衙，各受方遇二女赂钱数千缗，而以令遵与姊及书券安美同情共盗，俱弃市。人知其冤。府帅李从敏，令妻来朝，惧事发，令内弟弥缝。

侍御史赵都嫉恶论奏，明宗惊怒，下镇州，委副使符蒙按问，果得事实。自亲吏高知柔，及判官、行军司马，并通货僧人、妇人，皆弃市。唯从敏初削官停任，中宫祈哀，竟罚一季俸。议者以受赂曲法杀人，而八议之所不及，失刑也。安重诲诛后，王贵妃用事故也。出《北梦琐言》。

全家于是在一起商量，决定请刘方遇的内弟改成刘姓，做刘方遇的继承人。就让书写契约文书的安美，为刘方遇家族的人撰写了请刘方遇的内弟继嗣刘方遇的契约文书。确定下来以后，便叫刘方遇的内弟服斩衰守丧。

刘方遇的两个女儿一开始把刘方遇的内弟田令遵确定为父亲的继承人时，每月向他索要两万文钱，到后来越要越没有满足，而她们两个姓石和姓李的丈夫，又教唆二人去官府告状，说："田令遵冒充姓刘，夺取了父亲的家产。"田令遵被逮捕入狱。刘方遇的两个女儿丈夫家里的人和官府的主要官员亲党上及判官、行军司马、随军都押衙等官员，分别接受了刘方遇两个女儿数千贯的贿赂，将刘方遇的内弟田令遵和刘方遇的继室夫人以及撰写契约文书的安美定为同案犯，一同在闹市杀头。人们都知道这个案子断得冤枉。府帅李从敏害怕事情败露，派妻子上朝中找内弟弥补漏洞。

侍御史赵都憎恨他们的丑恶行径，向皇帝报告，明宗皇帝又惊又怒，巡视镇州，派副使符蒙去调查这个案件，果然弄清实情。将负责办案的官员高知柔及判官、行军司马，以及送受贿赂的僧人、刘方遇的两个女儿等，全部在闹市处死。只有李从敏一开始被削官停职，王贵妃为他求情，最后改为只罚三个月的俸禄。人们议论这个案子以为，一开始因为收受贿赂违法冤杀人命，而重新审理也没有惩治李从敏，丧失了法律的尊严和尺度。这是安重诲被诛以后，王贵妃用权的缘故啊。出自《北梦琐言》。

卷第一百七十三
俊辩一

东方朔

汉武帝见画伯夷、叔齐形像，问东方朔是何人。朔曰："古之愚夫。"帝曰："夫伯夷、叔齐，天下廉士，何谓愚邪？"朔对曰："臣闻贤者居世，与之推移，不凝滞于物。彼何不升其堂、饮其浆，泛泛如水中之凫，与彼徂游。天子毂下，可以隐居，何自苦于首阳？"上喟然而叹。

又汉武游上林，见一好树，问东方朔。朔曰："名善哉。"帝阴使人落其树。后数岁，复问朔。朔曰："名为瞿所。"帝曰："朔欺久矣，名与前不同，何也？"朔曰："夫大为马，小为驹；长为鸡，小为雏；大为牛，小为犊；人生为儿，长为老；且昔为善哉，今为瞿所。长少死生，万物败成，岂有

东方朔

汉武帝观看伯夷和叔齐的画像，问东方朔画像上的两个人是谁。东方朔说：“古代很愚蠢的人。”汉武帝问：“伯夷和叔齐是天下有名的廉洁之人，怎么能说愚蠢呢？”东方朔回答说：“我听说，贤能的人活在世上，应该顺应时代发展，不阻碍在物上。他们为什么不坐到自己应该坐的位置上，畅饮琼浆，自由自在地就像在水中游泳的野鸭一样，和它们一起畅游呢？如果他们不想当官，天子脚下，京城附近，哪里不可以隐居，为什么要跑到首阳山去饿死呢？”汉武帝不觉也为之长叹了一声。

还有一次，汉武帝去上林苑游玩，见到一棵长得十分茂盛的树，他问东方朔是什么树。东方朔说：“名字叫‘善哉’。”汉武帝暗中叫人把这棵树砍下去一截。过了几年，武帝又问东方朔。东方朔说：“名字叫‘瞿所’。”汉武帝说：“你欺骗我很久了，名称为什么和以前的不一样？”东方朔说：“比如马，大的叫马，小的叫驹；鸡，长大叫鸡，小时叫雏；牛，大的叫牛，小的叫犊；人生下来叫儿子，长大叫老子。所以这棵树当初叫善哉，如今叫瞿所。大小生死，万物成败变化，哪有

定哉!”帝乃大笑。出《小说》。

匡衡

匡衡字稚圭,勤学而无烛,邻人有烛而不与,衡乃穿壁引其光,以书映之而读之。邑人大姓文不识,家富多书。衡乃为其佣作,而不求直,主人怪而问之,衡曰:“愿得主人书,遍读之。”主人感叹,资给以书,遂成大学。能说《诗》,时人为之语曰:“无说《诗》,匡鼎来;匡说《诗》,解人颐。”鼎,衡小名也。时人畏服之如此,闻之皆解颐欢笑。衡邑人有言《诗》者,衡从之,与语质疑,邑人挫服,倒屣而去。衡追之曰:“先生留听,更理前论。”邑人曰:“穷矣。”遂去不顾。出《西京杂记》。

边文礼

边文礼见袁奉高,失次序。奉高因嘲之曰:“昔尧聘许由,面无怍色,先生何为颠倒衣裳?”文礼答曰:“明府初临,尧德未彰,是以贱民颠倒衣裳耳。”出《世说》。

荀慈明

荀慈明与汝南袁少朗相见,问颍川士,慈明先及诸兄。少朗叹之曰:“但可私亲而已。”慈明答曰:“足下相难,依据何经?”少朗曰:“方问国士,始及诸兄,是以尤之。”慈明曰:

什么固定的!”汉武帝大笑起来。出自《小说》。

匡衡

匡衡,字稚圭,他勤奋好学但没有蜡烛,邻居家有蜡烛但不借给他,他便将墙壁凿了一个小孔,把烛光引过来,拿着书对着烛光读书。同镇有个大户人家文不识,家中收藏了很多书。匡衡为他干活,但不要工钱,他奇怪地问匡衡为什么,匡衡说:“希望能借来你的书,全都读一遍。”主人非常感叹,便资助匡衡书读,使匡衡成为一个大学问家。匡衡能够讲解《诗经》,当时的人们为他编写了一首歌谣说:“无说《诗》,匡鼎来;匡说《诗》,解人颐。”鼎,是匡衡的小名。当时的人竟是如此敬佩他,听他讲解《诗经》的人都开颜欢笑。镇上有个人讲解《诗经》,匡衡前去听讲,同那个人讨论《诗经》的疑难问题,那个人辩论不过他,对他十分佩服,羞愧地匆忙倒穿着鞋跑了。匡衡追上去说:“先生请留步,听我和你讨论刚才的问题。”那个人说:“我讲不出什么来了。”不顾匡衡而去。出自《西京杂记》。

边文礼

边文礼去拜见袁奉高,慌乱中穿反了衣服。袁奉高开玩笑说:“昔日唐尧聘用许由,许由脸上没有惭愧之色,先生您为什么慌乱地穿反了衣服?”边文礼回答说:“初次驾临您的官府,您像尧一样的品德尚未来得及表现出来,所以贱民我穿反了衣裳。”出自《世说》。

荀慈明

荀慈明与汝南的袁少朗见面,袁少朗问颍川的名人,荀慈明先提到自己的各位弟兄。袁少朗感叹地说:“只是偏爱于你自己的几个亲人而已。”荀慈明反问道:“你责难我,根据什么经典理论呢?”袁少朗说:“我方才问你谁是一国的有才德之士,可你却先提到了自己的各位弟兄,因为这个才责怪你。”荀慈明说:

“昔祁奚内举不失其子，外举不失其仇，以为至公；公旦周文王之子，诗不论尧、舜之德，而颂文、武者何？先亲之义也，春秋之义。内中国而外诸夏。且不能爱其亲而爱他人者，不当以是悖德乎？”出《世说》。

曹 植

魏文帝尝与陈思王植同辇出游，逢见两牛在墙间斗，一牛不如，坠井而死。诏令赋死牛诗，不得道是牛，亦不得云是井，不得言其斗，不得言其死，走马百步，令成四十言，步尽不成，加斩刑。子建策马而驰，既揽笔赋曰：“两肉齐道行，头上戴横骨。行至凶土头，峍起相唐突。二敌不俱刚，一肉卧土窟。非是力不如，盛意不得泄。”赋成，步犹未竟。重作三十言自愍诗云：“煮豆持作羹，漉豉取作汁。萁在釜下然，豆向釜中泣。本自同根生，相煎何太急。”出《世说》。

诸葛恪

孙权暂巡狩武昌，语群臣曰：“在后好共辅导太子。太子有益，诸君厚赏；如其无益，必有重责。”张昭、薛综并未能对。诸葛恪曰：“今太子精微特达，比青盖来旋，太子圣睿之姿，必闻一知十，岂为诸臣虚当受赏。”孙权尝问恪：“君何如丞相？”恪曰：“臣胜之。”权曰：“丞相受遗辅政，国富刑清，虽伊尹格于皇天，周公光于四表，无以远过。且为君叔，何宜言胜之邪？”恪对曰：“实如陛下明诏，但至于

“过去，祁奚推荐继承自己职位的人，对内不回避自己的儿子，对外不漏掉自己的仇人，人们都认为他是一心为公；历史上周公姬旦还是周文王的儿子，诗歌不歌颂尧舜，而歌颂文王、武王，是为什么呢？先推举自己的亲人，也是春秋以来提倡的道义。先统治平定天子脚下，才能去治理各个诸侯国。况且如果不能热爱自己的亲人，而只爱别人，不是也违背道德伦理吗？”出自《世说》。

曹 植

魏文帝曹丕曾经和弟弟陈思王曹植坐在同一辆车出去游玩，遇见两头牛在墙下斗架，一头牛斗不过对方，掉到井里摔死了。曹丕令曹植以死牛为题材作一首诗，但不许说“牛”字，也不许说“井”字，不许说它们相斗，也不许说牛死了，马走一百步，必须作完一首四十字的诗，如果一百步走完了作不出来，就杀头。曹植一边骑马往前跑，一边提笔写道：“两肉齐道行，头上戴横骨。行至凶土头，峍起相唐突。二敌不俱刚，一肉卧土窟。非是力不如，盛意不得泄。”诗作完了，还不到一百步。于是他又作了一首怜悯自己的三十字的诗：“煮豆持作羹，漉豉取作汁。萁在釜下然，豆向釜中泣。本是同根生，相煎何太急。”出自《世说》。

诸葛恪

孙权临时巡视武昌，对众大臣说：“以后你们要一起好好辅导太子。太子有进步，大家都有重赏；如果没有进步，众位都要受到重责。”张昭和薛综二人都对答不上。诸葛恪说：“当今太子精明细心，出类拔萃，等到您乘青篷车回还，太子聪明睿智，必然听到一就知道十，怎么能让大家无功受禄呢？”孙权曾经问诸葛恪说：“你与诸葛丞相比怎么样？”诸葛恪说：“我胜过他。”孙权说：“诸葛丞相受遗命辅佐处理政务，国家富足，刑法严明，民众安定，即使是昔日的伊尹遵循皇天的意旨，周公影响到四方极远的地方，也没有超过他多少。况且又是你叔叔，怎么可以说胜过他呢？”诸葛恪回答说：“事实确实如陛下您说的一样，但是至于

仕于污君，甘于伪主，暗于天命，则不如臣从容清泰之朝，赞扬天下之君也。”权复问恪：“君何如步骘？”恪答曰：“臣不如之。”又问：“何如朱然？”亦曰：“不如之。”又问：“何如陆逊？”亦曰：“不如之。”权曰：“君不如此三人，而言胜叔者何？”恪曰：“不敢欺陛下，小国之有君，不如诸夏之亡，是以胜也。”出《刘氏小说》。

车　浚

陆逊闻车浚令名，请与相见。谓曰：“早钦风彩，何乃龙蟠凤峙，不肯降顾邪？”答曰：“诚知公侯，敦公旦之博纳，同尼父之善诱。然蜥蜴不能假重云以升举，鹦雀不能从激风以飞扬，是以无因尔。”时坐上宾客，多是吴人，皆相顾谓曰：“武陵蛮夷郡，乃有此奇人也！”浚曰：“吴太伯端委之化，以改被发文身之俗。今乃上挺圣主，下生贤佐，亦何常之有？”逊叹曰：“国其昌也，乃有斯人。”出《刘氏小说》。

诸葛靓

诸葛靓在吴，于朝堂大会。孙皓问：“卿字仲思，为何所思？”对曰：“在家思孝，事君思忠，朋友思信，如斯而已。”出《世说新语》。

蔡　洪

晋蔡洪赴洛中，人问曰：“幕府初开，群公辟命，求英奇于仄陋，拔贤俊于岩穴。君吴楚之人，亡国之余，有何异才，

在昏庸的君主手下为官，甘心为非法的君主服务，违背天命，则不如我从容地效忠清明安泰的朝廷，为天下赞扬的君主效力。”孙权又问诸葛恪说：“你和步骘比怎么样？”诸葛恪回答说：“我不如他。”又问：“与朱然比怎么样？”诸葛恪也说：“不如他。”又问：“与陆逊比怎么样？”也回答说：“不如他。”孙权说：“你说不如这三个人，而说胜过你叔叔，这是为什么？”诸葛恪说：“不敢欺骗陛下，小国虽然有君主，不如灭亡的诸侯国，所以说胜过他。”出自《刘氏小说》。

车浚

陆逊听闻车浚有美名，把车浚请来相见。他对车浚说：“早就钦佩您的风采，为什么像龙一样盘曲而伏，像凤一样耸立不动，不肯归顺投降东吴呢？”车浚回答：“确实知道吴侯和将军像周公旦一样广招贤士，像孔夫子一样善于诱导。然而蜥蜴不能借助云彩而飞升，鹨雀不能凭借猛烈的风而飞扬，所以没有投靠。”当时在座的客人，大多是吴国人，都看着他说：“武陵郡，是蛮夷之地，还有这样的出奇人才！”车浚说：“吴太伯服饰上的变化，改变了披发纹身的习俗。如今东吴上面吴侯孙权英明，下面出现贤士辅助，这个局面也不常有吧？”陆逊赞叹说：“国家一定昌明，才会出现这样的人。”出自《刘氏小说》。

诸葛靓

诸葛靓在东吴，参加百官商量事情的会议。孙皓问他：“你的字叫仲思，为什么事情而思？”诸葛靓回答说：“在家中思孝，为君主效力时思忠，结交朋友时思信义，如此而已。”出自《世说新语》。

蔡洪

晋朝的蔡洪来到洛中，有人问他：“官署衙门刚刚开始办公，诸公受命选拔人才，正是从狭窄简陋之地寻求英才，从山乡隐居之处选拔贤俊。你是吴楚的亡国遗民，有什么出奇的本领，

而应斯举?”答曰:“夜光之珠,不必出于孟津之河;盈尺之璧,不必采于昆仑之山。大禹生于东夷,文王出于西羌,贤圣所出,何必常处?昔武王伐纣,迁顽民于洛邑,得无诸君是其苗裔乎!”又问洪:“吴旧姓何如?”答曰:“吴府君,圣朝之盛佐,明时之俊乂。朱永长,理物之宏德,清选之高望;严仲弼九皋之鸿鹄,空谷之白驹;顾彦先八音之琴瑟,五色之龙章;张威伯岁寒之茂松,幽夜之逸光;陆士龙鸿鹄之徘徊,悬鼓之待槌。凡此诸君,以洪笔为锄耒,以纸札为良田,以玄墨为稼穑,以义礼为丰年,以谈论为英华,以忠恕为珍宝,著文章为锦绣,蕴五经为缯帛,坐谦虚为席荐,张议意为帏幕,行仁义为室宇,循道德为墙宅者矣。”出《刘氏小说》。

范百年

宋梁州范百年因事谒明帝。帝言次,及广州贪泉,因问之曰:“卿州复有此水否?”百年答曰:“梁州唯有文川武乡,廉泉让水。”又问:“卿宅在何处?”曰:“臣居在廉让之间。”上称善。后除梁州刺史。出《谈薮》。

张融

吴郡张融字思光,长史畅之子,郎中纬之孙。融神明俊出,机辩如流。尝谒太祖于太极西堂,弥时之方登。上笑曰:“卿至何迟?”答曰:“自地升天,理不得速。”融为中书郎,尝叹曰:“不恨我不见古人,恨古人不见我!”融善草隶,

而来应聘荐举之事?”蔡洪回答说:“夜明珠不一定非得产在孟津的河中;大块的玉石,也不一定非得到昆仑山开采。大禹出生在东夷,文王出生在西羌,圣人贤士的出现场所,未必一定要在固定的地方。过去周武王讨伐殷纣王,把顽愚不服从统治的遗民动迁到洛邑,诸位大概就是他们的后代子孙吧!”那人又问:“吴国的旧臣都怎么样?”蔡洪回答说:“吴国的官员都是英明君主的得力助手,太平时代的有用人才。比如朱永长,处理事物的大德,慎重严谨的崇高威望;严仲弼,如同深远的沼泽里的天鹅,深谷中的白马;顾彦先,如同八种乐器中的琴瑟,又像五彩中的龙纹;张威伯,如同严冬的青松,黑夜里闪亮的光;陆士龙,就像飞舞徘徊的天鹅,如同等待敲响的响鼓。以上这些人,以笔当锄耒,以纸张作良田,以黑墨当庄稼,以礼义当丰收,以谈论为美好的名誉,以忠诚和宽恕作为珍宝,以撰写文章当作锦绣,以收藏经典著作当作布匹,以保持谦虚作为坐席,以建立理论作为帏幕,以提倡仁义作为房屋,以遵守道德作为墙壁。”出自《刘氏小说》。

范百年

南朝刘宋时梁州的范百年因事去见明帝。明帝在谈话中提到广州的贪泉,于是问范百年:“你们那里是否也有这种泉水?”范百年回答说:“梁州只有文川武乡和廉泉让水。”明帝又问:“你的住宅在什么地方?”范百年回答说:“我住在廉泉和让水之间。”明帝认为他回答得好。后来任命他为梁州刺史。出自《谈薮》。

张 融

吴郡的张融字思光,他是长史张畅的儿子,郎中张纬的孙子。张融聪明,俊逸出众,他反应机敏,对答如流。有一次他去太极西堂朝见太祖皇帝,迟了很长时间才赶到。皇上笑着问他道:“你来得为什么晚了?”他回答说:“我从地面升到了天上,按道理不应该太快。”张融任中书郎,他曾经感叹地说:“不遗憾我见不到古人,遗憾的是古人他们看不到我!”张融擅长写草书和隶书,

太祖尝语曰："卿书殊有骨力，但恨无二王法。"答曰："非恨臣无二王法，亦恨二王无臣法。"出《谈薮》。

庾杲之

齐武帝尝谓群臣曰："我后当何谥？"莫有对者。王俭因目庾杲之对，杲之曰："陛下寿比南山，与日月齐明，千载之后，岂是臣子轻所度量。"时人称其辩答。出《谈薮》。

王　俭

齐王俭字仲宝，金紫僧绰之子，侍中昙首之孙。少孤，幼有珪璋器，四五岁，与凡童有异。常为五言诗曰："稷契匡虞夏，伊吕翼商周。抚己愧前哲，敛衽归山丘。"故论者以宰相许之。后为吏部尚书，有客姓谭诣俭求官。俭曰："齐桓灭谭，那得有汝？"答曰："谭子奔莒，所以有仆。"俭赏之。帝常幸乐游宴，群臣奉乐。帝曰："好音乐，孰与朕同？"对曰："沐浴皇风，并沾比屋。亦既在齐，不知肉味。"帝称善。俭尝集才学之士，累物而丽之，谓之丽事，丽事自此始也。诸客皆穷，唯庐江何宪为胜，乃赏以五色花簟、白团扇。宪坐簟执扇，意气自得。秣陵令王摛后至，操笔便成，事既焕美，词复华丽。摛乃命左右抽簟掣扇，登车而去。俭笑曰："所谓大力负之而趋。"出《谈薮》。

太祖皇帝对他说："你的字非常具有骨架和力度，可惜缺少王羲之和王献之父子的章法。"张融回答说："不遗憾我缺少二王的章法，只遗憾二王缺少我的章法。"出自《谈薮》。

庾杲之

齐武帝曾对众位大臣说："我死以后，会给我追加个什么谥号呢？"没有人能回答。王俭就用目光示意庾杲之回答，庾杲之说："皇帝陛下寿比南山，像日月一样长久放射光辉，千年以后的事情，哪里是我们现在做臣子的所能猜测和确定的。"当时的人们都称赞他有机辩应答的才能。出自《谈薮》。

王　俭

南齐的王俭字仲宝，是二品大官王僧绰的儿子，侍中王昙首的孙子。他从小丧父，年幼的时候就品行端正，四五岁的时候，就和一般的儿童不一样。他曾经作了一首五言诗说："稷契匡虞夏，伊吕翼商周。抚己愧前哲，敛衽归山丘。"评论的人都说他能当上宰相。后来当上了吏部尚书，有个姓谭的客人来找他谋求官职。王俭说："齐桓公消灭了谭国，怎么还会有你？"那人回答说："谭国的子孙投奔了莒国，所以还会有我。"王俭表示欣赏。皇上经常游玩设宴，大臣们进献音乐助兴。有一次皇上说："喜欢音乐，谁和我一样？"王俭回答："沐浴皇风，吹拂了连排的房屋。也是已经待在了齐地，不知道肉的滋味。"皇上认为他回答得很好。王俭曾经召集有才学的人，指定事物，作诗赞美，叫做"丽事"，丽事就是从此开始的。一次大家都没词了，只有庐江的何宪最后得胜，王俭便奖赏他一块五色的花席子和一把白团扇。何宪坐在席子上，手里拿着扇子，十分得意。这时秣陵县令王摛来晚了，他一到立刻抓起笔，一挥而就，描写的事物美好，词句也华丽。王摛便令左右随行的人员上前抽出花席，抢下扇子，上车而去。王俭笑着说："这真是力气大，拿了就走啊！"出自《谈薮》。

周颙

汝南周颙隐居锺山，长斋蔬食。王俭谓之曰："卿在山中，何所啖食？"答曰："赤米白盐，绿葵紫蓼。"又曰："菜何者最美？"颙曰："春初早韭，秋暮晚菘。"颙历中书侍郎。出《谈薮》。

王融

魏使宋弁至，敕王融兼主客郎中。融问弁曰："秦西冀北，实多骏骥，而彼所献，乃驽骀之不若。求名检事，殊为未知。且将信誓有时而爽，而駉駉牧马，或未能嗣？"弁曰："不容虚为之名，当是不习水土。"融曰："周穆马迹，遍周天下，若骐骥之性，因地而迁，则造父之策，有时而蹶。"弁曰："卿何勤勤于千里？"融曰："卿国既名其优劣，聊以相访，若于千里必至，圣主将驾之鼓车。"弁不能答。出《谈薮》。

李膺

梁李膺有才辩。武帝谓之曰："今之李膺，何如昔时李膺？"答曰："臣以为胜。昔时李膺，仕桓、灵之朝；今之李膺，奉唐虞之主。"众皆悦服。出《谈薮》。

商铿

东郡商铿名子为外臣，外臣仕为廷尉评，铿入谢恩。武帝问："卿名子外臣，何为令其入仕？"铿答曰："外臣生于

周颙

汝南的周颙隐居在锺山，长期只吃素食粗食。王俭问他："你在山里，吃什么东西？"周颙回答说："红米白盐，绿葵紫蓼。"王俭又问："什么菜最好吃？"周颙回答："初春韭菜，晚秋白菜。"周颙曾经当过中书侍郎。出自《谈薮》。

王融

北魏的使臣宋弁来了，南齐王令王融兼任主客郎中。王融问宋弁说："秦西冀北一带，实际上有很多骏马，而你所进献的马匹，连劣马都不如。如果核查清楚，非常不理解。况且你们早就违背了立下的表示忠诚的誓言，难道牧马苑里，没有饲养出肥壮的骏马？"宋弁说："不要随便说不好，可能是因为水土不服。"王融说："周穆王骑马巡游的踪迹遍布天下，如果良马的本性随着地点而改变，那么造父驯养马的技术也会失败。"宋弁说："你为什么不断地讲千里马的事情？"王融说："你们国家既然知道马的优劣，我简单地了解一下，如果真送来了千里马，我们南齐王将用来拉车。"宋弁无法回答。出自《谈薮》。

李膺

萧梁时代的李膺有才而且善辩。梁武帝对他说："当今的李膺，能否比得上汉末的李膺？"李膺回答说："我自己认为胜过汉末的李膺。昔日的李膺为汉桓帝和汉灵帝那样昏庸的皇帝和没落的朝代效力，而当今的李膺为像尧、舜一样的英明君主奉事。"众人都佩服他的回答。出自《谈薮》。

商铿

东郡商铿给他的儿子取名叫"外臣"，"外臣"的意思是方外之臣，也就是隐居不当官的意思。外臣做官做到廷尉评以后，商铿入朝向梁武帝谢恩。梁武帝问他道："你给儿子取名叫外臣，为什么还让他入朝为官呢？"商铿回答说："我儿子外臣出生在

齐季，故人思匿迹，今幸遭圣代，草泽无复遗人。”上大悦。出《谈薮》。

萧琛

武帝尝以枣掷兰陵萧琛，琛仍取栗掷帝，正中面。曰：“陛下投臣以赤心，臣敢战栗于陛下。”琛尝于御座，饮酒于北使员外常侍李道固，不受，曰：“公庭无私礼，不容受卿劝。”众皆失色，恐无以酬。琛徐曰：“《诗》所谓：‘雨我公田，遂及我私。’”道固乃屈状受酒。琛历尚书左丞。出《谈薮》。

朱淹

后魏太皇太后冯氏崩，齐使散骑常侍裴昭明来吊，欲以朝服行事。主客问之，昭明曰：“不听朝服行礼，义出何典？”著作佐郎朱淹接对，谓之曰：“吉凶不同，礼有成数，玄冠不吊，童孺共知。昔季孙将行，请遭丧之礼，千载之后，犹共称之。卿远自江南奉慰，不能式遵成事，乃云义出何典，行人得失，何甚异哉！”昭明曰：“齐帝昔崩，李彪通吊，于时初不素服，齐朝不以为报，那见苦得邀迫。”淹曰：“彼朝不遵高宗追远之慕，乃逾月即吉。李彪行吊之时，齐之君臣，皆以鸣玉盈廷，朱紫照日。彪既不被主人之命，何容独以素服间厕衣冠之中哉？来责虽高，未敢闻命。我皇帝

南齐的末年，所以会不求上进，想隐居起来；如今有幸遇上了当代的太平盛世，山林荒野不会再有遗漏的人才隐士了。”梁武帝听了非常高兴。出自《谈薮》。

萧琛

梁武帝曾经扔红枣打兰陵的萧琛，萧琛也用栗子扔梁武帝，结果正打在梁武帝的脸上。萧琛说：“陛下投臣以赤心，臣才敢战栗地奉事于陛下。”萧琛曾经在梁武帝的座位旁向北使员外常侍李道固敬酒，李道固不接受，并且说：“宫廷议事的地方，不讲私下的礼节，我不接受你的劝酒。”众位官员的脸上都变了颜色，担心萧琛无法下台。萧琛不慌不忙地说：“《诗经》里面讲：‘雨我公田，遂及我私。’”李道固表示服气，接受了敬酒。萧琛曾经担任过尚书左丞。出自《谈薮》。

朱淹

北魏太皇太后冯氏驾崩，南齐的使臣散骑常侍裴昭明前来吊唁，想要穿平日上朝的礼服参加吊唁。北魏的主客质问他，裴昭明说：“不准穿朝服行礼，这个规矩出自什么典籍？”著作佐郎朱淹接过话茬，对他说：“吉事和凶事不同，礼节上就有不同的规矩，不能穿礼服戴礼帽参加丧事，这是连儿童都知道的。从前季孙将出门，问遭遇丧事的礼节，千年以后，仍然受到人们的赞扬。你自江南远道奉命前来吊唁，不能按规矩把事情办好，反而问礼节出自什么典籍，你作为使臣，不明白过失，多么让人奇怪啊！”裴昭明说：“当初齐朝皇帝驾崩，李彪去吊唁，当时并没有穿丧服，齐朝也没有怪罪他，哪像你们如此苦苦相逼。”朱淹说：“你们齐朝不怀念高宗皇帝，过了一个月就结束了居丧。李彪去吊唁的时候，齐朝的皇帝和大臣都已经穿起了腰间饰玉的礼服上朝议事了，太阳下尽是穿着鲜艳礼服的高级官员。李彪又没有接到主人的命令，怎么能独自穿上白色的丧服夹杂在穿礼服的人群之中呢？去的责任虽然重大，但不能不听从主人的安排。我们皇帝

仁孝之性，侔于有虞，谅暗已来，百官听于冢宰，卿岂得以此方彼也？”明乃摇手而言曰：“三皇不同礼，亦知得失所归。”淹曰：“若如来谈，卿以虞舜高宗非邪？”明对曰：“非孝无亲，请裁吊服。今为魏朝所逼，必获罪于本邦。”淹曰：“彼有君子，卿将命抗中，应有高赏；若无君子，但令有光国之誉，虽复非理得罪，亦复何嫌？南史董狐自当直笔。”高祖赏之，转著作郎。

齐又使员外郎何宪、主客邢宗庆来朝，遣淹接对。宗庆谓淹曰：“南北连和既久，而比弃信绝好，为利而动，岂是大国善邻之义？”淹曰：“夫为王者，不拘小节。中原有菽，工采者获多，岂得眷眷守尾生之信？且齐先王历事宋朝，荷恩积世，岂应便尔篡夺？”庆等相顾失色。何宪知淹昔从南入北，谓淹曰：“卿何不作于禁而作鲁肃？”淹曰：“我舍危就顺，欲追踪陈、韩，何于禁之有？”宪不能答。出《谈薮》。

崔光

后魏高祖名子曰恂、愉、悦、怿，崔光名子励、勗、勉。高祖谓光曰：“我儿名傍皆有心，卿儿名傍皆有力。”答曰：“所谓君子劳心，小人劳力。”上大嗟悦。出《谈薮》。

既仁义又孝顺，自要和舜齐等，从举行葬礼拜祭以来，到开始居丧的时候，文武百官全都听命于冢宰。你怎么能把我们这里认为成你们那里呢?"裴昭明摆着手说:"三皇，没有相同的礼节，我已经知道了得失利害。"朱淹说:"若是如此，你说虞舜和高宗谁对?"裴昭明回答说:"不孝不亲，请为我裁制丧服。今天被魏朝所逼迫，必然获罪于我们王朝。"朱淹说:"你们朝中如果有君子，你出色地完成使命，应该受到重赏;如果没有君子，只要是让国有争了光的荣誉，虽然不是无理而得罪了某些人，那又有什么关系？正直的史官董狐定会如实地记录这段历史。"他受到高祖皇帝的赏识，改任为著作郎。

齐朝又派员外郎何宪、主客邢宗庆来北魏，北魏令朱淹接待。邢宗庆对朱淹说:"南齐、北魏友好合作已经很久了，而你们抛弃信义，断绝友好，只顾自己的利益而采取行动，哪里是大国善待邻国的道义?"朱淹说:"作为称王的人，不拘小节。中原有豆类作物，善于采摘者收获就多，岂能只是依恋想往而像尾生那样死板地遵守信义？况且齐朝的先王在宋朝当官，几代受到宋朝的恩惠，怎么可以篡夺了宋朝的江山呢?"邢宗庆和何宪互相看着，脸变了色。何宪知道朱淹当初是从南齐来到北魏的，便对朱淹说:"你为什么不做于禁而做鲁肃呢?"朱淹说:"我舍弃危险而归向平顺，想要走陈平、韩信的道路，跟于禁有什么相干?"何宪不能回答。出自《谈薮》。

崔光

北魏高祖皇帝给儿子起名字，分别叫"恂""愉""悦""怿";崔光给儿子起名字，分别叫"励""勖""勉"。高祖对崔光说:"我儿子的名字旁边都有'心'，你儿子的名字旁边都有'力'。"崔光回答说:"所以说君子劳心，小人劳力了。"高祖非常高兴和赞叹。出自《谈薮》。

陈元康

北齐河阳陈元康，刀笔吏也，善暗书。尝雪夜，太祖命作军书，顷尔数十纸，笔不暇冻。太祖喜曰："此人何如孔子！"自此信任焉，故时人谓之语曰："三崔两张，不如一陈元康。"三崔：暹、季舒、昂也，两张：德微、纂也。出《谈薮》。

李　谐

北齐顿丘李谐，彭城王嶷之孙，吏部尚书平之子。少俊爽，有才辩。为黄门侍郎，除名，作《述身赋》。其略曰：独浩然而任己，同虚舟而不系。既未识其所以来，岂知其所以逝？于是得丧同遣，忘怀自深。遇物栖息，触地山林。虽类西浮之迹，何异东都之心？

除散骑常侍，为聘梁使。至梁，遣主客范胥迎接。胥问曰："今犹可暖，北间当少寒于此。"谐答曰："地居阴阳之正，寒暑适时，不知多少。"胥曰："所访邻下，岂是侧景之地？"谐曰："是皇居帝里，相去不远，可得统而言之。"胥曰："洛阳既称盛美，何事迁邺？"谐曰："不常厥邑，于兹五迁。王者无外。所在关河，复何怪？"胥曰："殷人毁厄，故迁相圮耿，贵朝何为而迁？"谐曰："圣人藏往知来，相时而动，何必候于隆替。"胥曰："金陵王气，肇于先代，黄旗紫盖，本出东南，君临万邦，故宜在此。"谐曰："帝王符命，岂得与中国比隆？

陈元康

北齐河阳的陈元康是个办理文书的笔吏，他擅长默写。有一个下雪天的夜晚，太祖皇帝命他作军事文书，他顷刻之间就写了几十张纸，笔上的墨都来不及结冰。太祖高兴地说："这个人多么像孔子！"从此对他十分信任，因此当时的人们说："三崔两张，不如一个陈元康。""三崔"指崔暹、崔季舒、崔昂，"两张"指张德微、张纂。出自《谈薮》。

李 谐

北齐顿丘的李谐，是彭城王李嶷的孙子，吏部尚书李平的儿子。他从小就英俊清朗，才智机警。任黄门侍郎，后削除官职，作了一篇《述身赋》。大概意思是：光明正大独来由己，像没有系上缆绳的小船一样自由漂荡。既然是不知道为什么而来，怎么能知道要去哪里？于是得失都不计较，并且越来越不介意。随处栖息，不管是山林还是荒野。虽有西去的行为，但与去东都的心思有什么分别？

之后，李谐被任命为散骑常侍，受命出使萧梁。到了萧梁，萧梁派主客范胥迎接。范胥问他："今天还算暖和，北方应当比这里稍冷一点。"李谐回答说："我们那里地处阴阳的中心，寒暑冷暖适时恰当，不知道有什么差别。"范胥说："如果出访你们那里，难道是什么风景名胜之地？"李谐说："那里是皇帝的居所，君主的乡里，可以笼统地说，两地相差得不大。"范胥说："既然称赞洛阳美丽繁华，为什么还要将都城迁到邺城？"李谐说："不常在一个地方建宅居住，于是多次搬迁，帝王也是如此。只要还在国家的山河上，那又有什么可奇怪的？"范胥说："殷朝人面临危难，所以迁都到圮耿，你们为什么迁移都城？"李谐说："圣人知道过去未来，按时机而行动，何必等待形势的变化呢？"范胥说："金陵的帝王之气，开始于先代，黄旗紫盖，帝王应运而生的气象，本来出自东南。君临天下万邦，所以应该在这里建都。"李谐说："帝王受命于天的征兆气象，哪里能同我们中原相比兴隆？

紫盖黄旗，终于入洛。"胥默而无答。江南士子，莫不嗟尚。事毕，江浦赋诗曰："帝献二仪合，黄华千里清。边笳城上响，寒月浦中明。"出《谈薮》。

卢　恺

礼部尚书范阳卢恺兼吏部选，达野客师为兰州总管，客师辞曰："客师何罪，遣与突厥隔墙？"恺曰："突厥何处得有墙？"客师曰："肉为酪，冰为浆，穹庐为帐毡为墙。"恺，中书监子刚之子也。出《谈薮》。

卢思道

武阳太守卢思道，常晓醉，于省门，见从侄贲。贲曰："阿父何处饮来？凌晨嵬峨。"思道曰："长安酒，二百价，不嵬峨，何嵬峨？"贲，燕郡公景仁之子，中书侍郎景裕之犹子，位历太常卿。出《谈薮》。

王元景

王元景尝大醉，杨遵彦谓之曰："何太低昂？"元景曰："黍熟头低，麦熟头昂。黍麦俱有，所以低昂矣。"出《谈薮》。

紫盖黄旗，气象终究还是在洛阳。”范胥沉默没有回答。江南的读书人，没有不佩服李谐的。事情结束以后，李谐在江边作了一首诗说：“帝献二仪合，黄华千里清。边笳城上响，寒月浦中明。”出自《谈薮》。

卢　恺

礼部尚书范阳人卢恺兼任吏部选，他推荐客师去当兰州总管。客师推辞说：“客师有什么罪，被送到和突厥只隔一道墙的地方？”卢恺说：“突厥什么地方有墙？”客师说：“肉为酪、冰为浆，天做帐篷，毡子做墙。”卢恺是中书监卢子刚的儿子。出自《谈薮》。

卢思道

武阳太守卢思道曾经早晨喝得大醉，来到官署门前，见到了他的堂侄子卢贲。卢贲问他：“叔叔在什么地方喝过酒，凌晨这么高大？”卢思道说：“长安的酒，二百文的钱价，不高大，何物高大？”卢贲是燕郡公卢景仁的儿子，中书侍郎卢景裕的侄子，担任过太常卿。出自《谈薮》。

王元景

王元景曾喝得大醉，杨遵彦对他说：“为什么又是昂头又是低头的？”王元景说：“黍子成熟了把头低下，麦子成熟了把头昂起。黍麦都有，所以又低又昂。”出自《谈薮》。

卷第一百七十四

俊辩二 幼敏附

俊辩

阳　玠

隋京兆杜公瞻，卫尉台卿犹子也。尝邀阳玠过宅，酒酣，因而嘲谑。公瞻谓：“兄既姓阳，阳货实辱孔子。”玠曰：“弟既姓杜，杜伯尝射宣王。”殿内将军陇西牛子充，寮友推其机辩，尝谓玠曰：“君阳有玠，恐不任厨。”玠曰：“君牛既充，正可烹宰。”又见玠食芥菹，曰：“君身名玠，何得复啖芥

俊辩

阳　玠

隋朝的京兆尹杜公瞻，是卫尉杜台卿的侄子。他曾经邀请阳玠到家里做客，酒喝到畅快的时候便互相开玩笑。杜公瞻说："大哥既然姓阳，春秋时鲁国的阳货实在污辱过孔子。"阳玠说："老弟既然姓杜，西周时的杜伯曾经射杀宣王。"殿内将军陇西的牛子充，被同事和朋友们公认为机敏善辩，他曾对阳玠说："你的阳物有疥疮，恐怕不能做菜。"阳玠说："你这头牛既然已经充实肥腴，正好可以宰杀烹烧。"牛子充又看见阳玠吃一种叫做"芥菹"的酱菜，于是对阳玠说："你的名字叫玠，为什么还能吃芥

菹?”对曰:“君既姓牛,何得不断牛肉?”有太仓令张策者,在云龙门与玠议理屈,谓玠曰:“卿本无德量,忽共叔宝同名。”玠抗声曰:“尔既非英雄,敢与伯符连讳。”太子洗马兰陵萧诩爽俊有才辩。尝谓玠曰:“流共工于幽州,易北恐非乐土。”玠曰:“放驩兜于崇山,江南岂是胜地?”录尚书晋昌王唐邕闻诸省官曰:“卿等宜道本州宝物。”定州人以绫绮为宝,沧州人以鱼盐为宝。及至玠,邕曰:“卿幽州人,以何物为宝?”答曰:“刺史严明,文武奉法,此幽州之宝也。”邕有愧色。出《谈薮》。

薛道衡

隋吏部侍郎薛道衡尝游锺山开善寺,谓小僧曰:“金刚何为努目?菩萨何为低眉?”小僧答曰:“金刚怒目,所以降伏四魔;菩萨低眉,所以慈悲六道。”道衡怃然不能对。出《谈薮》。

薛　收

唐薛收在秦府,檄书露布,多出于收。占辞敏速,皆同宿构,马上即成,曾无点窜。出《谭宾录》。

张后裔

张后裔在并州,太宗就受《春秋左氏传》。后因召入赐宴,言及平昔。从容谓曰:“今日弟子何如?”后裔对曰:“昔孔子领徒三千,徒者无子男之位;臣翼赞一人,即为万乘主。

菹?"阳玠回答说:"你既然姓牛,为什么仍经常吃牛肉?"太仓令张策在云龙门同阳玠辩论时理屈词穷,对阳玠说:"你本来就没有道德和胆量,只是和卫玠同名。"阳玠抗议说:"你既然不是英雄,怎么敢用同孙策一样的字号。"太子洗马兰陵的萧诩英俊豪爽,并且有才擅长机辩。他曾对阳玠说:"流放凶暴的共工到幽州,易北一带恐怕就不是安乐之地了。"阳玠说:"流放凶恶的驩兜于崇山,江南怎么会是美好之地?"录尚书晋昌王唐邕对各个官署的官员说:"各位可以说说本州的宝物。"定州人说当地的丝织品是宝物,沧州人说当地的水产和食盐是宝物。轮到阳玠了,唐邕问:"你是幽州人,以什么东西为宝物?"阳玠回答说:"刺史长官公正严明,文官武将遵纪守法,这就是幽州的宝物。"唐邕脸上露出了惭愧的神色。出自《谈薮》。

薛道衡

隋朝的吏部侍郎薛道衡曾游览锺山开善寺,他问小和尚:"金刚为什么怒张其目,菩萨为什么低头垂眉?"小和尚回答:"金刚怒目,所以降服四方妖魔;菩萨低眉,所以慈悲六道众生。"薛道衡惊愕地说不出话来。出自《谈薮》。

薛　收

唐朝的薛收在秦王府充当幕僚,秦王府发布的公文等,大多出自薛收之手。他撰写文章敏捷迅速,全都像是预先构思好了的,挥笔即成,从来不用加以修改。出自《谭宾录》。

张后裔

张后裔在并州,太宗皇帝请他来讲解《春秋左氏传》。然后召他入朝设宴招待他,他们说话间谈起了过去的事情。太宗皇帝跟他闲话说:"今天我这个学生怎么样?"张后裔回答说:"从前孔子门下有学生三千人,但是没有一个人得到过子、男以上的爵位;如今我只辅佐一个人,那就是万乘之主的皇帝了。

计臣此功，愈于先圣。”太宗大悦，即赐马五匹。后为礼部尚书，陪葬献陵。出《谭宾录》。

崔仁师

崔仁师为度支郎中，尝陛奏度支钱物数千言，手不执本。太宗怪之，令杜正伦赍本，仁师对唱，一无差殊。刑部以反逆缘坐，兄弟没官为轻，改从死。仁师议，以为父子天属，昆季同气，诛其父子，足累其心，此而不顾，何爱兄弟！既欲改法，请审商量。竟从仁师议。出《谭宾录》。

卢庄道

卢庄道，范阳人也，天下称为名家。聪慧敏悟，冠于今古。父彦与高士廉有旧。庄道少孤，年十二，造士廉。廉以故人子，引令坐。会有上书者，庄道窃窥览，谓士廉曰：“此文庄道所作。”士廉怪谓曰：“后生勿妄言。”为轻薄之行，请诵之，果通。复请倒诵，又通。士廉称叹久之。乃跪谢曰：“此文实非庄道所作，向傍窥而记耳。”士廉取他文及案牍，命读之，一览而倒诵。并呈示所撰文章，士廉具以闻。

太宗召见，策试擢第。年十六授河池尉。满二岁，制举擢甲科。召见，太宗曰：“此是朕聪明小儿邪？”特授长安尉。

盘算下我的功劳，超过了古代的圣人。”太宗皇帝非常高兴，立即赏赐给他五匹马。后来又任命他为礼部尚书，死后，太宗皇帝又令人将他葬到了皇家陵墓附近。出自《谭宾录》。

崔仁师

崔仁师担任度支郎中，曾向太宗皇帝报告钱物的收支情况数千笔，手里不拿账本。太宗皇帝觉得奇怪，令杜正伦拿着账本对照，然后由崔仁师大声唱对，结果没有发现一笔差错。刑部认为反叛罪犯的兄弟受牵连处罚，只籍没入官太轻，应当改为同罪犯一同处死。崔仁师认为，父子天性相连，兄弟同一血脉，诛杀了罪犯父子，足以震撼兄弟的心，如果如此还受不到教育，怎么能说爱兄弟呢！所以要修改法律，请求仔细商量。结果通过了崔仁师的建议。出自《谭宾录》。

卢庄道

卢庄道是范阳人，被天下公认为有学问的人。他聪慧敏悟，才智超过了古今所有的人。他的父亲卢彦和高士廉有旧交情。卢庄道从小丧父，十二岁的时候去拜见高士廉。高士廉因为他是故人的儿子，让他坐下。恰巧有人送来文章向高士廉请教，卢庄道偷着观看，然后对高士廉说：“这篇文章是我写的。”高士廉责怪他说：“小孩子不要说大话。”认为他行为轻薄，让他背诵，卢庄道果然背下来了。又让他倒着背诵，他又背下来了。高士廉称赞感叹不已。卢庄道跪下请罪说：“这篇文章实际上不是我做的，而是刚才在旁边偷看时记住的。”高士廉取来其他文章和官府文书叫他读，卢庄道全都能看一遍以后就能倒背下来。卢庄道拿出自己所做的文章请高士廉看，高士廉上报给皇帝。

太宗皇帝召见卢庄道，考问他政事和经义问题，录用了他。十六岁时便授予了他河池县尉的官职。任期满两年以后，他参加科举考试，又考中了甲科进士。太宗皇帝召见他时说：“这就是我的聪明的小儿童吗？”并特别任命他为长安县的县尉。

太宗将省囚徒，庄道年才二十。县令以幼年，惧不举，将以他尉代之。庄道不从。时系囚四百余人，俱预书状，庄道但闲暇，不之省也。令丞等忧惧，屡以为言，庄道从容自若。翌日，太宗召囚。庄道乃徐书状以进，引诸囚入，庄道对御评其罪状轻重，留系月日，应对如神。太宗惊叹，即日拜监察御史。出《御史台记》。

许敬宗

高宗东封，窦德玄骑而从。上问德玄曰："濮阳古谓之帝丘，何也？"德玄不能对。许敬宗策马前对所问，上意称善。敬宗退而告人曰："大臣不可无学，吾向见德玄不能对，心实羞之。"德玄闻之曰："人各有能有不能，善守其拙，不强所不知也。"李勣曰："敬宗多闻，信美矣；德玄之言，亦善也。"出《谭宾录》。

胡楚宾

胡楚宾属文敏速，每饮酒半酣而后操笔。高宗每令作文，必以金杯盛酒，令饮，便以杯赐之。出《谭宾录》。

裴琰之

裴琰之作同州司户，年才弱冠，但以行乐为事，略不为案牍。刺史谯国公李崇义怪之而问户佐，佐曰："司户达官儿郎，恐不闲书判。"既数日，崇义谓琰之曰："同州事物

太宗皇帝将要视察牢狱里的囚徒，卢庄道那年才二十岁。县令认为他太年轻，怕他不能应付处理，想要以别的县尉代替他。卢庄道不同意。当时牢狱里关押的囚犯有四百多人，全都有案卷材料，卢庄道就是有空闲时间也不去翻看。县令和县丞既忧虑又害怕，多次询问告诫他，卢庄道不慌不忙，沉着镇定。第二天，太宗皇帝召见囚犯，卢庄道不慌不忙地拿着案卷材料引导囚犯进来。他当着皇帝的面审理评议各个罪犯的罪行轻重，关押的时间，应对处理迅速正确有如神助。太宗皇帝十分惊异赞叹，当日就任命他为监察御史。出自《御史台记》。

许敬宗

高宗皇帝东游，举行祭天的典礼，窦德玄骑马跟随。皇帝问窦德玄说："为什么古时候把濮阳叫做'帝丘'呢？"窦德玄回答不上来。许敬宗赶马上前回答了皇帝的问题，皇帝认为他回答得好。许敬宗退回去对别人说："做大臣的，不可以没有学问，我刚才看见窦德玄回答不上来，心里实在替他害羞。"窦德玄听到以后说："人各有能和不能的，善于诚实地承认自己的笨拙，不强行假装明白自己所不知道的问题。"李勣说："许敬宗见多识广，的确很好；而窦德玄的话，也有值得称赞的地方。"出自《谭宾录》。

胡楚宾

胡楚宾写文章时敏捷迅速，每次都是喝得半醉以后再提笔。高宗皇帝每次命他写文章，一定先用金杯装上酒给他喝，然后就把金杯赏赐给他。出自《谭宾录》。

裴琰之

裴琰之担任同州司户的时候，刚刚二十岁，每天只是以玩乐为主要的事，不太关心处理公文。刺史谯国公李崇义心里怪罪他而去询问户佐，户佐说："司户是显达的官家的孩子，恐怕不娴熟于处理公文。"过了数日，李崇义对裴琰之说："同州的公务

固系，司户尤甚，公何不别求京官，无为滞此司也。"琰之唯诺。复数日，曹事委积，诸窃议以为琰之不知书，但遨游耳。

他日，崇义召之，厉色形言，将奏免之。琰之出，谓其佐曰："文案几何？"对曰："遽者二百余。"琰之曰："有何多，如此逼人！"命每案后连纸十张，仍命五六人以供研墨点笔。左右勉唯而已。琰之不之听，语主案者略言事意，倚柱而断之。词理纵横，文华灿烂，手不停缀，落纸如飞。倾州官僚，观者如堵墙，惊叹之声不已也。案达于崇义，崇义初曰："司户解判邪？"户佐曰："司户太高手笔！"仍未之奇也，比四五十案，词彩弥精。崇义悚怍，召琰之，降阶谢曰："公之词翰若此，何忍藏锋，成鄙夫之过！"是日名动一州。数日，闻于京邑，寻擢授雄州司户。出《御史台记》。

苏　颋

苏颋聪悟过人，日诵数千言。虽记览如神，而父瓌训励严至，常令衣青布襦，伏于床下，出其胫受榎楚。及壮而文学该博，冠于一时，性疏俊嗜酒。及玄宗既平内难，将欲草制书，甚难其人。顾谓瓌曰："谁可为诏？试为思之。"瓌曰："臣不知其他，臣男颋甚敏捷，可备指使。然嗜酒，幸免沾醉，足以了其事。"玄宗遽命召来。至时宿酲未解，

本来繁忙，司户这个职位尤为突出，你为什么不另外谋求个京城里的官当，没有必要滞留在这里。”裴琰之点头称是。又过了数日，司户应该办理的公文堆积，大家偷偷议论，以为裴琰之不会撰写公文，只会玩乐。

有一天，李崇义召见裴琰之，严厉地对他说，要请示朝廷将他免职。裴琰之出来问户佐：“有多少公文案卷？”户佐回答说：“着急处理的有二百多份。”裴琰之说：“我以为有多少呢，竟如此逼迫人！”他令人将每件等待处理的案卷后面附上十张纸，又令五六个人给他研墨点笔。左右的人勉强去做了。裴琰之不听详细情况，只让主办各个案卷事物的人员汇报事情的大概情况，他倚着柱子处理。词意奔放，文笔华美，手不停辍，写完的纸飞落下来。州府的官员都赶来了，围观的人像墙一样，惊异赞叹声不断。处理完的公文案卷送到李崇义那里，李崇义一开始还问：“司户会处理公文吗？”户佐说：“司户手笔太高了！”李崇义仍然不觉得裴琰之的奇异才能，等到他看了四五十卷，发现词句非常精彩。李崇义惊奇惭愧，将裴琰之找来，走下台阶谢罪说：“你的文章如此好，怎么忍心隐藏锋芒，让我犯不识人之过啊！”当天裴琰之的声名就震动了全州。数日之后又传到京城，不久被提拔为雄州司户。出自《御史台记》。

苏颋

苏颋聪颖敏慧过人，每天能背诵数千句诗文。虽然记诵如神，然而父亲苏瓌仍教诲管束严厉，经常让他穿上粗布短衣趴到床底下，露出小腿用榎木笞打。苏颋长大以后知识博通，在当时首屈一指，然而他天性放达超逸，喜欢喝酒。等到玄宗皇帝平定国内动乱，想要发布公告，很难找到合适的撰稿人。玄宗皇帝看着苏瓌说：“谁能够为我起草诏书文告？请你为我想一想。”苏瓌说：“我不了解别人，我的孩子苏颋文思非常敏捷，可供随时指使。只是他好喝酒，如果没有喝醉，足够完成这个任务。”玄宗皇帝立即命人去找苏颋。苏颋来的时候，隔夜喝的酒还没醒，

粗备拜舞，尝醉呕殿下。命中人扶卧于御前，玄宗亲为举衾以覆之。既醒，授简笔，立成。才藻纵横，词理典赡。玄宗大喜，抚其背曰："知子莫若父，有如此邪？"由是器重，已注意于大用矣。韦嗣立拜中书令，瓌署官告，颋为之辞，薛稷书，时人谓之三绝。

颋才能言，有京兆尹过瓌，命颋咏尹字。乃曰："丑虽有足，甲不全身，见君无口，知伊少人。"瓌与东明观道士周彦云素相往来，周时欲为师建立碑碣，谓瓌曰："成某志，不过烦相君诸子，五郎文，六郎书，七郎致石。"瓌大笑，口不言而心服其公。瓌子颋第五，诜第六，冰第七，诜善八分书。出《明皇杂录》。

王勮

王勮，绛州人，开元中任中书舍人。先是五王出阁，同日受册，有司忘载册文，百官在列，方知阙礼。勮召小吏五人，各执管，口授分写，一时俱毕。出《摭言》。

李白

开元中，李翰林白应诏草《白莲花开》序及《宫词》十首。时方大醉，中贵人以冷水沃之，稍醒，白于御前，索笔一挥，文不加点。出《摭言》。

柳芳

李幼奇者，开元中，以艺干柳芳。尝对芳念百韵时，

歪歪斜斜地勉强给皇帝磕了头，然后便吐到殿堂下。玄宗皇帝令太监将他扶到跟前躺下，亲自为他盖上被子。过了一会儿，苏颋醒了酒，就递给他一支笔，他接过来一挥而就。文章写得才思奔放，文辞典雅富丽。玄宗皇帝大喜，拍着他的脊背说："了解儿子莫过于父亲，就像这件事一样吗？"从此对苏颋很器重，准备委以重任。韦嗣立被任命为中书令时，由苏瓌署理官告文书，由苏颋修饰文辞，薛稷书写，被当时的人们称为"三绝"。

苏颋刚会说话时，有个京兆尹拜访苏瓌，让苏颋歌咏"尹"字，苏颋说："丑虽有足，甲不全身，见君无口，知伊少人。"苏瓌和东明观道士周彦云平素有往来，周彦云想为师傅立一块碑，对苏瓌说："要成全我的愿望，只不过麻烦你的几个儿子就可以了。五郎撰写碑文，六郎书写，七郎往碑上刻字。"苏瓌大笑，嘴上没说，心中很服周彦云。苏瓌的几个儿子，苏颋排行第五，苏诜第六，苏冰第七，苏诜善于书写八分体的字。出自《明皇杂录》。

王　勮

绛州人王勮唐玄宗开元年间担任中书舍人。以前五个皇子离开朝廷去自己的封地做藩王，当天接受皇帝册封称号，有关部门忘了携带册封的文书，百官已经站在了朝堂上，才想起来。王勮立即召集五个小官，每人手里拿一支笔，由王勮口授，五个人分别书写，一会儿工夫就将文书全部准备好了。出自《摭言》。

李　白

唐玄宗开元年间，翰林学士李白奉皇帝的诏令起草《白莲花开》的序言和《宫词》十首。当时李白正喝得酩酊大醉，宦官用冷水浇他，稍微清醒了，起来走到皇帝面前，要来毛笔一挥而就，文章都不用修改。出自《摭言》。

柳　芳

李幼奇在开元年间凭技艺去拜谒柳芳。曾对着柳芳念百韵诗，

芳已暗记，便题之于壁，不差一字。谓幼奇曰："此吾之诗也。"幼奇大惊异之，有不平色。久之徐曰："聊相戏耳，此君所念也。"因请幼奇更诵所著文章，皆一遍能写。出《尚书故实》。

王 藻

王藻、王素，贞元初应举，齐名第十四。每偕往还通家，称十四郎。或问，曰："藻、素也。"出《传载》。

韩 愈

李河南素替杜公兼。时韩吏部愈为河南令，除职方员外，归朝，问前后之政如何，对曰："将缣来比素。"出《传载》。

李 程

李相国程执政时，严謩、严休皆在南省。有万年令阙，人多属之。李云："二年不知謩。"出《传载》。

李吉甫

宪宗久亲政事，忽问京兆尹几员。李相吉甫对曰："京兆尹三员：一员大尹，二员少尹。"以为善对。出《国史补》。

王 生

或问罗浮王生曰："为政难易？"曰："简则易。"又问："儒释同否？"曰："直则同。"出《国史补》。

柳芳听的时候已默默记下，然后用笔题在墙壁上，与李幼奇的原诗一字不差。柳芳对李幼奇说："这是我作的诗。"李幼奇非常惊奇，脸上露出不平的神色。过了一会儿，柳芳慢慢地对李幼奇说："同你开个玩笑，这是你刚才念的诗。"然后又请李幼奇再读他所写的其他文章，柳芳全都能听一遍就背写下来。出自《尚书故实》。

王藻

王藻和王素在唐德宗贞元初年参加科举考试，并列考了第十四名。每当他们一块前往世交朋友家时，人们都称他俩为"十四郎"。有人问谁是"十四郎"，回答说："王藻和王素。"出自《传载》。

韩愈

河南李素代替杜公杜兼。这时吏部的韩愈由河南令改任职方员外郎，回到朝中，人们问他前后官员的才能和政绩怎么样。韩愈回答说："将继来比素。"出自《传载》。

李程

相国李程主持政务时，严謩和严休都在尚书省任职。万年县令出现空缺，很多人都想去。李程说："两年不知'謩'。"出自《传载》。

李吉甫

宪宗皇帝长时间亲自处理国家政务，忽然问有几名京兆尹。宰相李吉甫回答说："京兆尹有三名，一名叫'大尹'，两名叫'少尹'。"人都以为回答得极妙。出自《国史补》。

王生

有人问罗浮的王生说："主持处理政务容不容易？"王生说："简政则容易。"又问："儒家和佛教是否一样？"王生回答说："坦诚直爽则一样。"出自《国史补》。

辛丘度

元和十五年,辛丘度、丘纾、杜元颖同时为遗补。令史分直,故事但举其姓曰:"辛、丘、杜当入。"出《传载》。

温庭筠

会昌毁寺时,分遣御史检天下所废寺,及收录金银佛像。有苏监察者不记名,巡检两街诸寺,见银佛一尺已下者,多袖之而归。人谓之"苏扛佛"。或问温庭筠:"将何对好?"遽曰:"无以过'密陀僧'也。"出《尚书故实》。

柳公权

柳公权,武宗朝在内庭。上尝怒一宫嫔久之,既而复召。谓公权曰:"朕怪此人,然若得学士一篇,当释然也。"目御前蜀笺数十幅授之。公权略不伫思,而成一绝曰:"不分前时忤主恩,已甘寂寞守长门。今朝却得君王顾,重入椒房拭泪痕。"上大悦,锡锦彩二百匹,令宫人上前拜谢之。出《摭言》。

权德舆

权丞相德舆言无不闻,又善廋词。尝逢李二十六于马上,廋词问答,闻者莫知其所说焉。或曰:"廋词何也?"曰:"隐语耳。《语》不曰:'人焉廋哉!人焉廋哉!'此之谓也。"出《嘉话录》。

辛丘度

唐宪宗元和十五年，辛丘度、丘纾和杜元颖同时为后补官员。令史为他们排班，按旧例只举他们的姓氏，巧合成："辛、丘、杜当入。"出自《传载》。

温庭筠

唐武宗会昌年间，大肆拆毁寺庙的时候，皇帝派御史检查各地毁寺的情况，同时收集金银佛像。有个苏监察，已经记不清名字了，他巡视检查两条街上的各个寺庙，见到一尺以下的银佛像，多藏到袖子里带回家。人们都叫他"苏扛佛"。有人问温庭筠："以什么来对应这三个字？"温庭筠立即回答："没有比'密陀僧'更恰当的了。"出自《尚书故实》。

柳公权

唐朝的柳公权在武宗朝是内廷官员。皇上曾对一名宫内女官生了很长时间的气，不久又将她招来。对柳公权说："我对这个人很不满意，然而如果得到你的一篇作品，我就不再怪罪她了。"示意左右的人将御案上的几十张蜀郡产的笺纸递给他。柳公权几乎不加思索，立即写成一首绝句："不分前时忤主恩，已甘寂寞守长门。今朝却得君王顾，重入椒房拭泪痕。"皇上很高兴，赏赐给他二百匹锦缎，并令女官上前向他拜谢。出自《摭言》。

权德舆

丞相权德舆没有不知道的事情，并且还善于说"廋词"。他曾与李二十六郎在马上相遇，互相用廋词问话答话，旁边的人都听不懂他们所说的是什么意思。有人问："什么是廋词？"权德舆说："就是隐语。《论语》上不是说：'这个人怎么能隐藏得了呢！这个人怎么能隐藏得了呢！'就是这个意思。"出自《嘉话录》。

东方朔

汉武帝尝以隐语召东方朔。时上林献枣，帝以杖击未央前殿槛曰："叱叱，先生束束。"朔至曰："上林献枣四十九枚乎？"朔见上以杖击槛两木，两木林也，束束枣（棗）也，叱叱四十九也。出《东方朔传》。

又

东方朔常与郭舍人于帝前射覆。郭曰："臣愿问朔一事，朔得，臣愿榜百；朔穷，臣当赐帛。"曰："客来东方，歌讴且行。不从门入，逾我垣墙。游戏中庭，上入殿堂。击之拍拍，死者攘攘。格斗而死，主人被创。是何物也？"朔曰："长喙细身，昼匿夜行。嗜肉恶烟，常所拍扪。臣朔愚戆，名之曰蚊。"舍人辞穷，当复脱裤。出《东方朔传》。

李　彪

后魏孝文皇帝尝殿会群臣酒酣欢极，帝因举卮属群臣及亲王等酒曰："三三横，两两纵，谁能辨之赐金钟。"御史中尉李彪曰："沽酒老妪瓮注坻，屠儿割肉与称同。"尚书左丞甄琛曰："吴人浮水自云工，技儿掷袖在虚空。"彭城王勰曰："臣思解此是'习'字。"高祖即以金钟赐彪。朝庭服彪聪明有知，甄琛和之亦速。出《伽蓝记》。

班　蒙

唐太保令狐相绹，出镇淮海日支使班蒙与从事俱游大明寺之西廊。忽观前壁所题云："一人堂堂，二曜同光，泉深尺一，点去冰傍，二人相连，不欠一边，三梁四柱烈火然，除却双勾两日全。"诸宾幕顾之，驻足良久，莫之能辨。

东方朔

汉武帝曾用隐语招呼东方朔。当时上林苑献来一些枣，汉武帝用手杖敲击未央宫前殿的门槛，说：“叱叱，先生束束。”东方朔走过来说：“是不是上林苑献枣四十九枚？”东方朔见汉武帝以手杖敲击门槛两木，想到两木为“林”，束束相加为“枣”（枣），叱叱（谐音七七）为“四十九”。出自《东方朔传》。

又

东方朔曾和郭舍人在汉武帝面前猜谜。郭舍人说：“我想问东方朔一件事，东方朔猜着了，我愿意挨一百下板子；如果东方朔猜不着，请赏赐我帛布。”接着他出谜语说：“客来东方，歌讴且行。不从门入，逾我垣墙。游戏中庭，上入殿堂。击之拍拍，死者攘攘。格斗而死，主人被创。是什么东西？”东方朔回答说：“长嘴细身，昼伏夜出。喜肉怕烟，常所拍扪。臣朔愚笨，名之曰蚊。”郭舍人没话说了，当场脱掉裤子。出自《东方朔传》。

李彪

北魏的孝文帝曾在殿上举行盛大的宴会，宴请文武群臣，当酒喝得非常畅快高兴的时候，皇上举杯向群臣和亲王们敬酒说：“三三横，两两纵，谁能猜着赐金钟。”御史中尉李彪说：“沽酒老妪瓮注坻，屠儿割肉与称同。”尚书左丞甄琛说：“吴人浮水自云工。技儿掷袖在虚空。”彭城的王勰说：“我猜谜底是个‘习’（習）字。”孝文帝便把金钟赏赐给了李彪。官员们都佩服李彪聪明有见解，而甄琛和得也很快。出自《洛阳伽蓝记》。

班蒙

唐朝的太保令狐绹出镇淮海时，支使班蒙和从事一同游大明寺的西廊。忽然发现前壁上有题字：“一人堂堂，二曜同光，泉深一尺，点去冰傍，二人相连，不欠一边，三梁四柱烈火然，除却双勾两日全。”各位宾客和幕僚看了，站在那里很久，都无法解释。

独班蒙曰："一人，岂非'大'字乎？二曜者日月，非'明'字乎？尺一者十一寸，非'寺'字乎？点去冰，'水'字；二人相连，'天'字；不欠一边，'下'字；三梁四柱而烈火然，'无'(無)字；两日除双勾，'比'字；得非'大明寺水，天下无比'乎！"众皆洗然曰："黄绢之奇智，亦何异哉！"称叹弥日。询之老僧曰："顷年有客独游，题之而去，不言姓氏。"出《桂苑丛记》。

幼敏

陈元方

汉末，陈太丘寔与友人期行，过期不至，太丘舍去。去后乃至，其子元方，年七岁，在门外戏。客问元方："尊君在否？"答曰："待君不至，已去。"友人便怒曰："非人，与人期行，相委而去。"元方曰："君与家君期日中时，过申不来，则是无信，对子骂父，则是无礼。"友人惭，下车引之，元方遂入门不顾。出《商芸小说》。

孙　策

吴孙策年十四，在寿阳诣袁术。始至，俄而刘豫州备到，便求去。袁曰："刘豫州何关君？"答曰："不尔，英雄忌人。"即出，下东阶，而刘备从西阶上，但转顾视孙之行步，殆不复前。出《语林》。

只有班蒙说："一人，难道不是个'大'字吗？二曜是日月，不是个'明'字吗？尺一为十一寸，不是个'寺'字吗？点去冰，是个'水'字；二人相连，是个'天'字；不欠一边，是个'下'字；三梁四柱而烈火燃，是个'无'（無）字；两日除双勾，是个'比'字。连起来不就是'大明寺水，天下无比'吗！"大家恍然大悟说："这与杨修破解'黄绢幼妇'隐语的奇异智慧有什么不同呢！"大家赞叹了一整天。又去询问老和尚，老和尚说："去年有一个独自游览的客人题了这段隐语以后就走了，他没有说出自己的姓名。"出自《桂苑丛记》。

幼敏

陈元方

汉朝末年，太丘陈寔与朋友约定一同出门，过了约定的时间朋友没来，陈寔便自己走了。陈寔走了以后朋友才到，陈寔的儿子，七岁的陈元方正在门外玩耍。陈寔的朋友问陈元方说："你父亲在吗？"陈元方说："等你不来，已经走了。"陈寔的朋友便生气地说："不是人，与人约好一块走，却扔下别人自己走了。"陈元方说："你与父亲约定今天中午见面，过时不来，则是没有信用，当着儿子面骂父亲，则是无礼。"陈寔的朋友惭愧，下车去拉陈元方的手，陈元方走进门去不理他。出自《商芸小说》。

孙　策

东吴的孙策十四岁那年去寿阳拜见袁术。刚到，不一会儿豫州牧刘备就来了，孙策便要走。袁术说："刘豫州来和你有什么关系？"孙策回答说："没什么关系，英雄互相妒忌。"说完就往外走，他从东面台阶下去，刘备从西面台阶上来，只是转头看孙策走路的姿势，却不再往前走了。出自《语林》。

锺毓

锺毓、锺会，少有令誉。年十三，魏文帝闻之，语其父繇曰："令卿二子来。"于是敕见。毓面有汗，帝问曰："卿面何以汗？"毓对曰："战战惶惶，汗出如浆。"复问会："卿何以不汗出？"会对曰："战战栗栗，汗不得出。"又值其父昼寝，因共偷服散酒。其父时觉，且假寐以观之：毓拜而后饮，会饮而不拜。既问之，毓曰："酒以成礼，不敢不拜。"又问会何以不拜，会曰："偷本非礼，所以不拜。"出《小说》。

孙齐由

孙齐由、齐庄二人小时诣庾公。公问齐由何字，曰："齐由。"公曰："欲何齐邪？"曰："齐许由。"又问齐庄何字，答曰："齐庄。"公曰："欲齐何邪？"曰："齐庄周。"公曰："何不慕仲尼而慕庄周？"答曰："圣人生知，故难慕。"庾公大喜小儿答对。出《世说新语》。

陆琇

后魏东平王陆俟，代人也，聪悟有才略。子馥有父风，高崇见而赏之，谓朝臣曰："吾常叹其父智过其躯，此逾于父矣。"为相州刺史，迁太仆。馥子琇，年九岁。馥谓曰："汝祖东平王有十二子，我为嫡长，承袭家业。吾今年老，属汝幼童，讵堪为陆氏宗首乎？"琇对曰："苟非斗力，何患童稚！"馥奇之，立为嫡。出《谈薮》。

锺毓

锺毓和锺会从小就有美名。十三岁的时候，魏文帝听到了他俩的名声以后，对他们的父亲锺繇说："叫你的两个儿子来。"于是锺毓和锺会按命令来朝见魏文帝。锺毓的脸上有汗水，魏文帝问他："你脸上为什么有汗水？"锺毓回答说："战战惶惶，汗出如水。"又问锺会："你为什么不出汗？"锺会回答说："战战栗栗，汗出不来。"有一天，逢他俩的父亲白天睡觉，他俩一块偷散酒喝。他们的父亲觉察到了，仍然装睡观察他俩：锺毓先行礼后喝酒，而锺会是喝酒不行礼。父亲询问他俩，锺毓说："酒是礼仪用品，所以不敢不行礼。"又问锺会为什么不行礼，锺会说："偷本就是非礼的行动，所以用不着行礼。"出自《小说》。

孙齐由

孙齐由和孙齐庄二人小时候去拜见庾公。庾公问齐由叫什么名字，齐由说："齐由。"庾公问："想要和谁'齐'啊？"齐由回答："同许由齐。"庾公又问齐庄叫什么名字，齐庄说："齐庄。"庾公又问："想要向谁看齐啊？"齐庄说："和庄周齐名。"庾公问："为什么不仰慕孔子而仰慕庄周呢？"回答说："圣人生而知之，所以难以仰慕。"庾公对小孩们的回答非常满意。出自《世说新语》。

陆琇

北魏的东平王陆俟是代地人，他聪明而有才略。他的儿子陆馛保留了父亲的风范，高宗皇帝看见他、赏识他，对大臣们说："我经常感叹他父亲的才智超过了身体，而他的才智又超过了他父亲。"陆馛任相州刺史，后来又改任太仆。他的儿子陆琇才九岁。陆馛对儿子说："你祖父东平王有十二个儿子，我是嫡传长子，继承了家业。我如今已经老了，将来属于你这个小孩，你能否担当陆氏家族的首要继承人吗？"陆琇说："又不是斗力，何必担心年龄小！"陆馛很惊奇，把陆琇立为继承人。出自《谈薮》。

王　绚

宋王景文，僧朗之子，美风貌，善玄言。与谢庄、张畅、何偃，俱有盛名。于是景文本名彧，与明帝名同，故称字。长子绚年五六岁，警悟。外祖何尚之赏异焉，尝教读《论语》，至“郁郁乎文哉”，因戏之曰：“可改‘邪邪乎文哉’？”绚应声答曰：“尊者之名，安可为戏？便可道‘草翁之风则舅’。”《论语》曰“草上之风则偃”，偃尚之子也。绚卒于秘书丞。出《谈薮》。

萧遥欣

南齐曲江公萧遥欣少有神采干局。为童子时，有一小儿左右弹飞鸟，未尝不应弦而下。遥欣谓之曰：“凡戏多端，何急弹此？鸟自云中翔，何关人事？”小儿感之，终身不复捉弹。尔时年十一。士庶多竞此戏，遥欣一说，旬月播之，远近闻者，不复为之。出《谈薮》。

房氏子

唐韦陟有疾，房尚书琯使子弟问之。延入卧内，行步悉籍茵毯。房氏子袜而登阶，侍婢皆笑之。举朝以为韦氏贵盛，房氏清俭，俱为美谈。出《国史补》。

张　琇

张童子者名琇，审素之子也。开元二十二年，琇杀殿中侍御史杨万顷于阙下，复父仇也。初审素受赇事发，

王　绚

刘宋时的王景文是王僧朗的儿子，他相貌俊美，风度高雅，善于讲精微玄妙的语言。他和谢庄、张畅、何偃，都很有响亮的名声。王景文本来的名字叫王彧，因为与明帝同名，所以称他的字。王景文的长子王绚才五六岁，就非常机敏聪慧。他的外祖父何尚之很欣赏他，曾教他读《论语》。念到"郁郁乎文哉"一句，同他开玩笑说："可以改成'邪邪乎文哉'吗？"王绚应声回答说："尊贵人物的名字，怎么可以开玩笑？那么也可以说'草翁之风则舅'了。"《论语》上有"草上之风则偃"一句，而"偃"是何尚之的儿子。王绚死在秘书丞任上。出自《谈薮》。

萧遥欣

南齐曲江公萧遥欣从小就有神采和办事的才能。他还是儿童时，看见有一个小孩在附近用弹弓射杀飞鸟，没有不应声而落的。萧遥欣对他说："游戏的玩法很多，为什么要那么急把飞鸟打下来。鸟儿各自在云中飞翔，哪里碍着人的事了！"孩子受了感动，终身不再打鸟。当时萧遥欣才十一岁。当地的民众都愿意打鸟比赛取乐，萧遥欣这么一说，一个月内传播开来，远近的人们听了，从此不再打鸟。出自《谈薮》。

房氏子

唐朝的韦陟生病了，尚书房琯派子弟去探望。请入韦陟的卧房，行步的地上全都铺着毛毯。房氏子弟穿着袜子登上台阶走了进去，奴婢们全都嘲笑他们。满朝的官员都认为，韦陟的家庭尊贵富足，房琯的家庭清廉朴素，都是人们乐于称道的好事。出自《国史补》。

张　琇

张童子，名琇，是张审素的儿子。开元二十二年，张琇在京城里杀了殿中侍御史杨万顷，报了父仇。当初张审素受贿事泄露，

诏万顷按之。万顷按审素过入，故坐诛，家属徙边。琇会赦得还，时未冠，乃追复前怨，与其弟瑝手刃万顷于都城。闻者骇之。帝嘉其孝，将释之。有司以专杀抗论，琇坐死。时人哀之，葬于邙山，为疑冢焉，盖惧杨宗之所发也。故虞部员外郎顾云诔之曰："冒法复仇，信难逃于刑典；忘身徇孝，诚有契于《礼经》。且从古以来，谁人不死？得其死矣，夫可恨欤？"出《顾云文集》。

浑　瑊

浑太师瑊年十一，随父释之防冬。朔方节度张齐丘戏问："将乳母来否？"其年立跳荡功。后二年，拔石堡城，收龙驹岛，皆有奇效。出《国史补》。

皇上下诏令杨万顷审理此事。杨万顷查出张审素的过失，所以张审素获罪被诛杀，家属发配边远地区。张琇遇大赦回到京城时，还未成年，他于是复仇，和弟弟张瑝把杨万顷刺杀于京城。听到这个消息的人都感到惊讶。皇上赞赏他的孝心，想要释放他。办案机关以他是故意杀人提出异议，最后将张琇处死。当时的人们同情张琇，将他葬在邙山，没有标明坟墓的位置，大概是怕杨万顷家里的人掘墓。原虞部员外郎顾云写了一篇悼念张琇的文章说："冒犯法律复仇，实在难逃刑法的追究；舍身忘死尽孝，确实符合《礼经》。况且从古以来，谁人不死。死得其所，还有什么可以遗憾的呢？"出自《顾云文集》。

浑　瑊

太师浑瑊十一岁的时候，随父亲浑释之参加冬季边境防卫，朔方节度使张齐丘同他开玩笑说："带乳母来了吗？"当年浑瑊就立下了突袭破敌的功劳。两年后，在攻破石堡城和收复龙驹岛的战役中，他都建立了奇功。出自《国史补》。

卷第一百七十五
幼敏

贾　逵

汉贾逵五岁，神明过人。其姊韩瑶之妇，瑶无嗣，而妇亦以贞明见称。闻邻里诸生读书，日抱逵隔篱而听。逵静听无言，姊以为喜。年十岁，乃暗诵六经。姊谓逵曰："吾家穷困，不曾有学者入门。汝安知天下有三坟五典，而诵无遗句邪?"逵曰："忆姊昔抱逵往篱下，听邻家读书，今万不失一。"乃剥庭中桑皮以为牒，或题于扉屏，且诵且记，期年，经史遍通。门徒来学，不远万里，或襁负子孙，舍于门侧，皆口受经文。赠献者积廪盈仓。或云："贾逵非力耕所得，诵经口倦，世为舌耕。"出《王子年拾遗记》。

贾逵

汉朝的贾逵五岁的时候就聪明过人。他的姐姐是韩瑶的妻子，韩瑶没有子嗣，贾逵的姐姐以贞节贤明出名。她听到邻居家的孩子们读书，便每天抱着贾逵隔着篱笆听。贾逵静静地听别人读书，一句话也不说，姐姐很高兴。贾逵十岁的时候，便会背诵《诗》《书》《礼》《易》《乐》《春秋》"六经"。姐姐问他："我们家贫困，不曾有教书先生上门。你是怎么知道天下有'三坟''五典'等书籍，并且背诵得一句不差的？"贾逵说："回想当初姐姐抱我在篱笆下听邻居家孩子读书，我便记住了，所以如今全都能一句不差地背诵下来。"贾逵剥下院子里桑树的皮当作纸张，或者将字写在门扇或屏风上，一边诵读一边记忆，一年以后，便把各种经典著作和历史书籍全都通读了一遍。当时各地的学生不远万里来向他拜师学习，还有背着子孙住在旁边，贾逵都口授经文，认真地教这些学生读书。学生及家长所赠送的钱物和粮食装满了仓库。有人说："贾逵不是用力气耕田种地来取得收获，而是用嘴讲授经史，后世所谓'舌耕'的来历。"出自《王子年拾遗记》。

李百药

唐李百药七岁能属文。齐中书舍人陆乂。常遇其父德林宴集。有说徐陵文者云："刈琅琊之稻。"坐客并称无其事。百药进曰："《传》称郿人籍稻，注云：'郿国在琅琊开阳县。'"人皆惊喜云："此儿即神童！"百药幼多疾，祖母以"百药"为名。名臣之子，才行相继，四海名流，莫不宗仰。藻思沉郁，尤长五言。虽樵童牧竖，亦皆吟讽。及悬车告老，怡然自得，穿地筑山，文酒谭宾，以尽平生之志。年八十五。先是和太宗《帝京篇》，手诏曰："卿何身之老而才之壮？何齿之宿而意之新乎？"子安期，永徽末迁中书舍人，三代皆掌制诰。安期孙羲仲又为中书。出《谭宾录》。

王　勃

王勃字子安，六岁能属文。清才浚发，构思无滞。年十三，省其父至江西，会府帅宴于滕王阁。时帅府有婿善为文章，帅欲夸之宾友。乃宿构《滕王阁序》，俟宾合而出之，为若即席而就者。既会，帅果授笺诸客，诸客辞。次至勃，勃辄受。帅既拂其意，怒其不让，乃使人伺其下笔。初报曰："南昌故郡，洪都新府。"帅曰："此亦老生常谈耳。"次曰："星分翼轸，地接衡庐。"帅沉吟移晷。又曰："落霞与孤鹜齐飞，秋水共长天一色。"帅曰："斯不朽矣！"出《摭言》。

李百药

唐朝的李百药七岁能写文章。他的文章和中书舍人陆乂齐名。有一次他的父亲李德林设宴请客，有人谈论起徐陵的文章，说道："收割琅琊的稻谷。"在座的人都不理解，说没有这一回事。李百药在旁边进言道："《春秋》记载，郿国人耕种稻谷，注说：'郿国在琅琊开阳县境内。'"大家都惊喜地说："这个孩子真是神童啊！"李百药幼年多病，祖母给他起名叫"百药"。他是名臣的后代，继承了先辈的才能和品德，四海之内的著名人士无不仰慕他。他文章写得既华美又深刻，尤其擅长写五言诗。不论是砍柴的孩子，还是放牛的儿童，也都能吟咏。他告老还乡以后，更加怡然自得，掘地筑山，饮酒作文，谈论诗文，尽情实现自己的志向。他活了八十五岁。从前因为奉和太宗帝的《帝京篇》，太宗皇帝在写给他的诏书中说："你为什么身体老了，而才能和智慧仍是壮年；为什么牙齿旧了，而文章和思想富有新意？"李百药的儿子李安期，唐高宗永徽末年被任命为中书舍人，三代人全都负责起草管理皇帝的诏书。李安期的孙子李羲仲又做了中书舍人。出自《谭宾录》。

王　勃

王勃，字子安，六岁能写文章。他卓越的才能从深处发出，文思敏捷，构思没有任何阻碍。他十三岁的时候去江西看望父亲，赶上府帅在滕王阁举行宴会。府帅的女婿善写文章，府帅想要在宾客面前夸耀女婿。他叫女婿预先构思了《滕王阁序》，准备等到宾客聚会时当众写出来，就像是即席而作成的。到了宴会上，府帅果然分发纸张给各位宾客，大家都推辞不要。轮到王勃，王勃却接了下来。府帅见王勃违逆了他的意思，心里对王勃毫不谦让的态度很生气，便叫人观看王勃写了些什么。一开始，有人报告他说，王勃写的是："南昌故郡，洪都新府。"府帅说："这是老生常谈。"接着报告他说："星分翼轸，地接衡庐。"府帅沉默深思了很久。又来人告诉他说："落霞与孤鹜齐飞，秋水共长天一色。"府帅说："这已经是不朽的名作了！"出自《摭言》。

元嘉

元嘉少聪俊,左手画圆,右手画方,口诵经史,目数群羊,兼成四十字诗,一时而就,足书五言绝,六事齐举。代号神仙童子。出《朝野佥载》。

毛俊男

并州人毛俊诞一男,四岁,则天召入内试字,《千字文》皆能暗书,赐衣裳放还。人皆以为精魅所托,其后不知所终。出《朝野佥载》。

苏颋

苏瓌初未知颋,常处颋于马厩中,与佣保杂作。一日,有客诣瓌,候厅事。颋拥彗趋庭,遗堕文书。客取视之,乃咏《昆仑奴》诗也。其词云:"指头十颋墨,耳朵两张匙。"客心异之。久而瓌出,与客淹留。客笑语之余,因咏其诗,并言形貌,问瓌何人,非足下宗族庶孽邪。瓌备言其事,客惊贺之,请瓌加礼收举,必苏氏之令子也。瓌自是稍亲之。适有人献瓌兔,悬于廊庑之下。瓌乃召颋咏之,颋立呈诗曰:"兔子死阑殚,持来挂竹竿。试将明镜照,何异月中看。"瓌大惊奇,骤加顾礼。由是学问日新,文章盖代。出《开天传信记》。

刘晏

玄宗御勤政楼,大张乐,罗列百妓。时教坊有王大

元　嘉

元嘉很小的时候就聪明俊慧，能够左手画圆，右手画方，口中诵读文章，眼睛数着群羊的个数，心中构思四十个字的诗，一挥而成，脚趾夹笔书写五言绝句，六件事可以同时进行。绰号叫“神仙童子”。出自《朝野佥载》。

毛俊男

并州人毛俊生下一个男孩，四岁的时候被武则天召进宫去考他识字，《千字文》全都能背着写出来，武则天赏赐给他衣服以后放他回家去了。人们都认为这孩子是神灵鬼怪托生的，后来不知道他怎么样了。出自《朝野佥载》。

苏　颋

苏瓌一开始不了解儿子苏颋的才学，经常让他在马厩里和佣人一起干杂活。有一天，有客人来拜访苏瓌，等候在客厅里。苏颋抱着扫帚在庭院里走过，怀里掉下一个本子。客人取过来一看，是一首描写给绅门豪富做奴仆的南海国人的《昆仑奴》诗。诗里写道：“指头十颋墨，耳朵两张匙。”客人心中很奇怪。过了一会儿，苏瓌出来陪客人。客人在说笑的时候，念了这两句诗，并讲述了苏颋的体形相貌，问苏瓌是什么人，是不是苏瓌宗族里的庶子。苏瓌详细讲述了苏颋的情况，客人惊奇地祝贺他，让他重视对苏颋的培养，认为苏颋一定会成为苏家有出息的好儿子。从此苏瓌对苏颋稍稍好了一点。恰好有人送给苏瓌一只兔子，悬挂在房檐下。苏瓌叫来苏颋作歌咏兔子的诗，苏颋立刻写出一首诗说：“兔子死阑殚，持来挂竹竿。试将明镜照，何异月中看。”苏瓌非常惊奇，更加重视。从此苏颋的学问天天有长进，文章超过了同时代的人。出自《开天传信记》。

刘　晏

唐玄宗驾临勤政楼大张乐事，罗列百妓。当时教坊有个王大

娘者，善戴百尺竿，竿上施木山，状瀛州、方丈，令小儿持绛节，出入于其间，歌舞不辍。时刘晏以神童为秘书正字，年方十岁。形状狞劣，而聪悟过人。玄宗召于楼中帘下，贵妃置于膝上，为施粉黛，与之巾栉。玄宗问晏曰："卿为正字，正得几字？"晏曰："天下字皆正，唯'朋'字未正得。"贵妃复令咏王大娘戴竿，晏应声曰："楼前百戏竞争新，唯有长竿妙入神。谁得绮罗翻有力，犹自嫌轻更著人。"玄宗与贵妃及诸嫔御欢笑移时，声闻于外，因命牙笏及黄文袍以赐之。出《明皇杂录》。

林　杰

林杰字智周，幼而聪明秀异，言发成文，音调清举。年六岁，请举童子。时父肃为闽府大将，性乐善，尤好聚书，又妙于手谭，当时名公多与之交。及有是子，益大其门。廉使崔侍郎千亟与迁职，乡人荣之。杰五岁，父因携之门脚，至王仙君霸坛，戏问："童子能是乎？"杰遂口占云："羽客已归云路去，丹炉草木尽凋残。不知千载归何日，空使时人扫旧坛。"父初不谓眇岁之作，遽臻于此。群亲益所惊异，递相传讽，乡里喧然。自此日课所为，未几盈轴。

明年，遂献唐中丞扶。唐既伸幅窥吟，耸耳皆叹，命子弟延入学院。时会七夕，堂前乞巧，因试其乞巧诗。杰援毫曰："七夕今朝看碧霄，牵牛织女渡河桥。家家乞巧望秋月，穿尽红丝几万条。"唐惊曰："真神童也！"以是乡人群来求看，

娘，擅长用头顶百尺高竿，竿上放一个木山，形状好像海上的仙山瀛州、方丈，然后让小孩手里拿着红色的符节，出入于木山之间，歌舞不停。这时刘晏才十岁，因为是神童，被任命为秘书正字。他相貌丑陋，但聪明悟性过人。玄宗皇帝将他叫到楼中帘子下面，贵妃将他抱坐到膝盖上，为他涂脂抹粉，给他梳头。玄宗皇帝问他："你身为秘书正字，纠正了几个字？"刘宴说："天下字全都可以纠正，只是'朋'字不能纠正。"贵妃又令他歌咏王大娘的顶竹竿表演，刘晏应声说道："楼前百戏竞争新，唯有长竿妙入神。谁得绮罗翻有力，犹自嫌轻更着人。"玄宗皇帝和贵妃娘娘，以及诸位侍妾、宫女欢笑多时，声音传到外边，玄宗皇帝命人赏赐给刘晏象牙笏板和黄文袍。出自《明皇杂录》。

林　杰

林杰，字智周，幼时就十分聪明灵秀，出口成章，音调清脆悠扬。他六岁的时候，请求推荐童子科。当时他的父亲林肃是闽府的大将，天生乐善好施，尤其喜欢收藏书籍，又精通下围棋，当时的社会名流大多愿意和他结交。等到林肃有了林杰这个儿子，更加光耀门庭。廉使崔千任侍郎，多次升他职务，家乡的人都引以为荣。这时林杰五岁，父亲带着他访客，走到王仙君霸坛，有人开玩笑说："小孩子能行吗？"林杰当即随口作诗道："羽客已归云路去，丹炉草木尽凋残。不知千载归何日，空使时人扫旧坛。"他的父亲一开始也没想到，小孩子作诗竟能达到这样高的水平。亲属们更是惊异，相互传递朗诵，震动了附近的人们。从此他每天功课就是写诗，没多久就写满了卷轴。

第二年，林杰就将自己写好的诗轴进献给中丞唐扶。唐扶打开观看吟诵，听到的都十分惊叹，令子弟将他请入学院。当时正逢七月初七，女儿们都在堂前乞巧，唐扶便试着让林杰作乞巧诗。林杰拿起笔写道："七夕今朝看碧霄，牵牛织女渡河桥。家家乞巧望秋月，穿尽红线几万条。"唐扶惊奇地说："真是神童啊！"因为这个，附近的乡人们成群结队地前来观看神童林杰，

填塞门巷。杰又精于琴棋及草隶书,俱自天然,不假师受。唐因与宾从棋,或全局输者,令罩之勿触,取童子来,继终其事。杰必指踪出奇,往往返胜,曲尽玄妙,时谓神助。后复业词赋,颇振声问。有《仙客入壶中赋》云:"仙客以变化随形,逍遥放情。处于外则一壶斯在,入其中则万象俱成。飞阁重楼,不是人间之壮。奇花异木,无非物外之名。"

至九岁,谒卢大夫贞、黎常侍殖,无不嘉奖。寻就宾见日,在宴筵,李侍御远、赵支使容深所知仰,不舍斯须。《和赵支使咏荔枝》诗尤佳,云:"金盘摘下排朱果,红壳开时饮玉浆。"刘副史立作奇童传,刘制使重为序,以贻之。

至年十七,方结束琴书,将决西迈。无何七月中,一旦天气澄爽,书堂前忽有异香氛氲,奇音响亮。家人出户观,见双鹤嘹唳,盘空而下,雪翎朱顶,徘徊庭际。杰欣然舍笔,跃下庭前,抱得一只。其父惊讶,恐非嘉兆,令促放。逡巡溯空而去。亲邻闻兹,咸来贺肃曰:"家藏书栉比,乃类筵鳣之表祥也。"及夕,杰偶得疾,数日而终。则知杰乃神仙谪下人世,魂灵已蜕于鹤耳。不然者,何亡之速也?出《闽川士传》。

高定

高定,真公郢之子。为《易》合八出,以画八卦,上圆下方,八则为重,转则为演,七转而六十四卦,六甲八节备焉。著外传二十二篇。定小字董二,时人多以小字称。

把大门和街巷都塞满了。林杰还精通弹琴、下棋和书写草书、隶书，全都是天生就会，没有经过老师的传授。唐扶与客人下棋，有时候败局已定的时候，便叫人把棋局盖上，不许乱碰，然后叫林杰来，接过残局继续下。林杰往往能走出奇招，反败为胜，棋路非常精妙，人们都认为有神仙暗中相助。后来林杰又钻研辞赋，也颇声闻振气。他写的一篇《仙客入壶中赋》说："仙客以变化随形，逍遥放情。处于外则一壶斯在，入其中则万象俱成。飞阁重楼，不是人间之状。奇花异木，无非物外之名。"

到了九岁，他去拜见大夫卢贞、常侍黎殖，没有不夸奖他的。过了几天，引宾接见日，在宴席上，侍御李远和支使赵容被他仰慕，时刻跟着他们。他的一首《和赵支使咏荔枝》的诗尤其精彩，诗中说："金盘摘下排朱果，红壳开时饮玉浆。"副史刘立为他作了"奇童传"，制使刘重为他写了序，然后赠送给他。

林杰到十七岁时，不再弹琴看书，准备西行。没想到七月中旬的一天，天气澄净晴朗，书房前忽然有一股奇异的香气弥漫开来，又听到奇异的声响。家里的人跑出去一看，有两只仙鹤鸣叫着从天空盘旋而下，雪白的羽毛，朱红的头顶子，在庭院中徘徊。林杰高兴得放下笔，跑到庭前，抱住了一只。他的父亲感到很惊讶，担心不是吉兆，叫他赶快放开。不一会儿，两只白鹤冲向云霄而去。亲戚邻居们听到这个消息，都赶来向林肃祝贺，他们说："家中收藏的图书十分丰富，乃是丰盛富足的象征啊。"到了晚上，林杰突然得病，几天后死了。这时人们才知道，林杰原来是被贬到人间的仙人，那一天他的灵魂已经依附在仙鹤身上。不然的话，怎么会死得那么快？出自《闽川士传》。

高　定

高定是真公高郢的儿子。作《易经》，合八出来画八卦，上圆下方，八则为重，转则为演，七转而六十四卦，六甲八节全都具备了。著《易经》外传二十二篇。高定小名董二，时人多以小名称他。

初年七岁，读《尚书》至《汤誓》，问父曰："奈何以臣伐君？"答曰："应天顺人。"又问曰："用命赏于祖，不用命戮于社，岂是顺人？"父不能对。出《国史补》。

李德裕

李德裕神俊，宪宗赏之，坐于膝上。父吉甫，每以敏辩夸于同列。武相元衡召之，谓曰："吾子在家，所嗜何书？"意欲探其志也。德裕不应。翌日，元衡具告吉甫，因戏曰："公诚陟大痴耳。"吉甫归责之，德裕曰："武公身为帝弼，不问理国调阴阳，而问所读书，书者成均、礼部之职也。其言不当，所以不应。"吉甫复告，元衡大惭。由是振名。出《北梦琐言》。

白居易

白居易，季庚之子，始生未能言，默识"之无"二字，乳媪试之，能百指而不误。间日复试之，亦然。既能言，读书勤敏，与他儿异。五六岁识声韵，十五志诗赋，二十七举进士。贞元十六年，中书舍人高郢掌贡闱，居易求试，一举擢第。明年，拔萃甲科。由是习《性相近远》《求玄珠》《斩白蛇》等赋，为时楷式，新进士竞相传于京师矣。会宪宗新即位，始用为翰林学士。出元稹《长庆集序》。

当初高定七岁，读《尚书》，读到《汤誓》一篇，他问父亲说："为什么臣子要讨伐君主呢？"父亲回答说："执行天命，顺应民心。"高定又问："用天命则说是受赏于祖先，不用天命就杀戮于社祭前，这怎么是顺应民心呢？"父亲无法回答。出自《国史补》。

李德裕

李德裕才智出众，宪宗皇帝很赏识他，将他抱坐在自己的膝上。他的父亲李吉甫经常在同事面前夸赞他机敏善辩。宰相武元衡召见李德裕，问李德裕说："你在家喜欢看什么书？"想探探他的志向是什么。李德裕不回答。第二天，武元衡告诉了李吉甫，并开玩笑说："这个孩子是个痴儿。"李吉甫回去以后责备李德裕，李德裕说："武元衡身为皇帝的辅政大臣，不问如何治理国家、调剂阴阳，而问读什么书，读书是学校和礼部的职务。他的话不合适，所以我不回答。"李吉甫第二天又告诉了武元衡，武元衡非常惭愧。由于这件事，李德裕的声名迅速传播开来。出自《北梦琐言》。

白居易

白居易是白季庚的儿子，他刚生下来不久还不会说话的时候，就能默认"之无"二字，乳母考他，他能够准确地用手指认多次而不出现认错。隔一天再考他，仍然一样。会说话以后，他读书非常勤敏，与别的孩子不一样。五六岁时就懂声调韵脚，十五岁就能作诗赋，二十七岁被推荐参加进士考试。唐德宗贞元十六年，中书舍人高郢主持科举考试，白居易参加考试，一举便被录取。第二年，甲科选拔，他又被录取。因此他作了《性相近远》《求玄珠》《斩白蛇》等赋，均成为当时的典范文章，来京城参加科举考试的举子们争着传抄他的文章。正逢宪宗皇帝刚即位，他被任命为翰林学士。出自元稹《长庆集序》。

崔　铉

魏公崔相铉，元略之子也。为童儿时，随父访于韩公滉，滉见而怜之。父曰："此子尔来诗道颇长。"滉乃指驾上鹰令咏焉。遂命笺笔，略无伫思，于是进曰："天边心性架头身，欲拟飞腾未有因。万里碧霄终一去，不知谁是解绦人。"滉益奇之，叹曰："此儿可谓前程万里也！"

大历三年，侍郎崔郾下及第，果久居廊庙，三拥节旄。大中、咸通之中，时推清名重德。宣宗皇帝常朝罢，谓侍臣曰："崔铉真贵人，裴休真措大。"初李石镇江陵，辟为戎卒，一旦拂袖而去。既入京，登上第，俄升翰苑。李未离荆渚，崔既秉钧衡，李乃驰笺贺之曰："某早拜光尘，叨承眷与，深蒙异分，屡接清言。幸曾顾于厚恩，俯见循于末契。去载分麾南楚，拜节西秦。思贤方咏于《嘉鱼》，栖止实惭于《威凤》。宾筵初启，曾陪樽俎之欢。将幕未移，已存陶镕之下。光生邻部，喜溢辕门。岂唯九土获安，斯亦一方多幸。"乃掌记李骘之词也，于今播于众口。出《南楚新闻》。

李　琪

李琪名族也，父敬，唐广明中佐王铎滑州幕。琪生而敏异，十岁通六籍，遂博览文史，如寤宿习。十三，词赋诗颂，大为时贤亲赏。府帅王铎闻而异之，然每见所作，亦有疑志。

崔 铉

魏公崔铉宰相是崔元略的儿子。他孩童时跟随父亲去拜访韩公韩滉，韩滉见了很喜欢他。他父亲说："这个孩子近来作诗能力有很大进步。"韩滉便指着架上的鹰叫他歌咏。崔铉要来纸笔，几乎没有思索，就呈上来了。他的诗是："天边心性架头身，欲拟飞腾未有因。万里碧霄终一去，不知谁是解绦人。"韩滉更加惊奇，赞叹道："这个孩子可以说是有万里前程啊！"

唐代宗大历三年，崔铉在侍郎崔郾主持科举考试时被录取，果然长期在朝廷当官，多次担任重要职务。唐懿宗大中、咸通年间，当时推重崔铉的清誉厚德。宣宗皇帝曾罢朝回来对侍臣说："崔铉真是贵人，裴休真是贫寒的读书人。"当初李石镇守江陵，招募崔铉为士兵，一天早上崔铉拂袖而去。来到京城后，参加科举考试被录取，不久升入翰林苑。李石一直没有离开江陵，崔铉执掌权力以后，李石派飞骑送去贺信祝贺说："我早就仰慕你的风采，承蒙你的热心眷爱，深受你的特殊关照，多次听到你高雅的言论。有幸得到你的厚恩，低头就想起末流的我。去年你举旗南下荆楚，不久又奉节西行秦地。思贤才歌咏《诗经》里的《嘉鱼》，栖止实惭愧于唐太宗的《威凤赋》。当初在酒宴上，曾陪着你畅快地喝酒。将幕未移，已在你的教化之下。光生邻部，喜溢辕门。哪里只九土获安，这也让一方多获幸运。"这是掌记李骘记载下来的，如今已经通过众口传播开来。

出自《南楚新闻》。

李 琪

李琪出身名门望族，他的父亲李敬在唐僖宗广明年间辅佐滑州王铎为幕僚。李琪生下来就特别聪慧，十岁就懂了诗书礼乐春秋"六经"，然后又博览文史群书，如同领悟平常所学知识。十三岁的时候所作的辞赋诗颂，大为当时的贤士和亲戚朋友所赞赏。府帅王铎听到后感到奇怪，每次看到李琪的诗作，都持有怀疑之心。

铎尝留其父敬及幕府帅饮，密遣人以“汉祖三杰”赋题试之，俟毕持去。赋尾云：“得士则昌，非贤罔共。龙头之友斯贵，鼎足之臣可重。宜哉项氏之所以亡，一范增而不能用。”铎骇曰：“此儿大器也！”将欲发其文价，乃以赋示坐客，一席称奖。

他日总角谒铎，铎顾曰：“适蜀中诏到，用夏州拓跋思恭为京北收复都统，可作一诗否？”即秉笔立制云：“飞骑经巴栈，鸿恩及夏台。将从天上去，人自日边来。此处金门远，何时玉辇回。早平关右贼，莫待诏书催。”铎益奇之，因执琪手曰：“此真凤毛也！”时年十四岁。

明年丁母忧，因流寓青、齐间。然糠照薪，俾夜作昼，览书数千卷，间为诗赋。唐僖宗再幸梁洋，窃赋云：“哀痛不下诏，登封谁上书？”至昭宗庙，联中科第。又忽忽不乐，恨未得转四体，为训诰之语。及梁祖受禅，琪始自前殿中侍御史，擢翰林学士。出《李琪集序》。

刘神童

刘神童者，昭宗朝以乡荐擢第，时年六岁矣。帝召于便殿复试之，神童朗讽经书，初无微误，帝大称，因掇御盘果实赐之。左右侍臣俱有羡色。故都官郑谷赠之诗曰：“习读在前生，僧谭足可明。还家虽解苦，登第未知荣。时果曾沾赐，春关不任情。灯前犹恶卧，寱语诵书声。”出《郑谷诗集》。

王铎曾经留下李琪的父亲李敬在府内喝酒，暗中派人以“汉高祖手下三杰”为题目去测试李琪的赋，等到李琪作完了，拿回来交给王铎。赋的末尾写道：“得到人才就昌盛，不是贤士不要与之共事。像三国‘一龙三友’一样的朋友非常珍贵，如鼎足一样支撑局面的大臣要格外器重。项羽之所以失败灭亡是应当的，主要是有个范增却不重用。”王铎惊奇地说：“这个孩子能成大器啊！”想要抬高他文章的声价，便将他作的赋拿给座上的官员客人们看，大家全都称赞夸奖他。

有一天，李琪去拜见王铎，王铎看着他说：“正好蜀中的公文到了，任用夏州拓跋思恭为京北收复都统，你能以此为题材作一首诗吗？”李琪拿过笔立即写成一首诗：“飞骑经巴栈，鸿恩及夏台。将从天上去，人自日边来。此处金门远，何时玉辇回。早平关右贼，莫待诏书催。”王铎更加惊奇，握着李琪的手说：“你真是少有的人才啊！”这时李琪十四岁。

第二年，李琪的母亲去世，他家搬到青、齐一带。他烧米糠和木柴照明，将夜间当作白天，看了数千卷书，中间写些诗赋。唐僖宗再次巡视梁洋时，李琪私下写了一篇赋说：“哀痛不下诏，登封谁上书？”到昭宗时，李琪参加科举考试被录取。过后他又失意不高兴了，遗憾自己没有分别用四种字体书写训、诰等考试文章。等到后梁的太祖皇帝继承皇位时，李琪从前殿中侍御史，提拔为翰林学士。出自《李琪集序》。

刘神童

刘神童在昭宗朝，经乡荐参加科举考试被录取，当时只有六岁。皇帝将他叫到偏殿复试，他背诵经典始终没有一点差错，皇帝大为称赏，于是拿御盘中的水果给他吃。左右的侍臣均流露出羡慕的神色。原都官郑谷赠诗说：“习读在前生，僧谭足可明。还家虽解苦，登第未知荣。时果曾沾赐，春关不任情。灯前犹恶卧，寱语诵书声。”出自《郑谷诗集》。

路德延

路德延，儋州岩相之犹子也，数岁能为诗。居学舍中，尝赋芭蕉诗曰："一种灵苗异，天然体性虚。叶如斜界纸，心似倒抽书。"诗成，翌日传于都。会儋州坐事诛，故德延久不能振。光化初，方就举擢第，大有诗价。又为《感旧诗》曰："初骑竹马咏芭蕉，尝忝名卿诵满朝。五字便容过绛帐，一枝寻许折丹霄。岂知流落萍蓬远，不觉推迁岁月遥。国境永宁身未立，至今颜巷守箪瓢。"

天祐中，授左拾遗。会河中节度使朱友谦领镇，辟掌书记。友谦初颇礼待之，然德延性浮薄骄慢，动多忤物，友谦稍解体，德延乃作《孩儿诗》五十韵以刺友谦。友谦闻而大怒，有以掇祸，乃因醉沉之黄河。诗实佳作也，尔后虽继有和者，皆去德延远矣。诗曰：

情态任天然，桃红两颊鲜。乍行人共看，初语客多怜。
臂膊肥如瓠，肌肤软胜绵。长头才覆额，分角渐垂肩。
散诞无尘虑，逍遥占地仙。排衙朱榻上，喝道画堂前。
合调歌《杨柳》，齐声踏《采莲》。走堤冲细雨，奔巷趁轻烟。
嫩竹乘为马，新蒲掉作鞭。莺雏金旋系，猧子采丝牵。
拥鹤归晴岛，驱鹅入暖泉。杨花争弄雪，榆叶共收钱。
锡镜当胸挂，银珠对耳悬。头依苍鹘裹，袖学拓枝揎。
酒殢丹砂暖，茶催小玉煎。频邀寿花插，时乞绣针穿。
宝匣拏红豆，妆奁拾翠钿。短袍披案褥，劣帽戴靴毡。
展画趋三圣，开屏笑七贤。贮怀青杏小，垂额绿荷圆。
惊滴沾罗泪，娇流污锦涎。倦书饶娅姹，憎药巧迁延。
弄帐鸾绡映，藏衾凤结缠。指敲迎使鼓，箸拨赛神弦。
帘拂鱼钩动，筝推雁柱偏。棋图添路画，笛管欠声镌。

路德延

路德延，是儋州宰相路岩的侄子，几岁就能作诗。他在学舍曾作了一首歌咏芭蕉的诗说：“一种灵苗异，天然体性虚。叶如斜界纸，心似倒抽书。”诗写成以后，第二天就在京城流传开来。赶上路岩在儋州获罪被诛杀，影响路德延长时期无法出人头地。直到唐昭宗光化初年，他才参加科举考试被录取，从此诗的声价大增。这时他又作了《感旧诗》：“初骑竹马咏芭蕉，尝忝名卿咏满朝。五字便容过绛帐，一枝寻许折丹霄。岂知流落萍蓬远，不觉推迁岁月遥。国境永宁身未立，至今颜巷守箪瓢。”

唐昭宗天祐年间，他被任命为左拾遗。正逢河中节度使朱友谦离开朝廷镇守地方，征辟他去担任书记。朱友谦一开始颇以礼相待，然而路德延天性轻慢骄傲，办起事来多违背朱友谦的意思，朱友谦便稍与他有了分歧，路德延便作了一首五十韵的《孩儿诗》讽刺朱友谦。朱友谦知道后非常生气，有人乘机挑拨，朱友谦趁路德延酒醉将他沉到了黄河里。路德延的这首诗确实是佳作，虽然后来不断有人用原韵和诗，但都与路德延的诗相差太远。路德延的原诗是：

情态任天然，桃红两颊鲜。乍行人共看，初语客多怜。
臂膊肥如瓠，肌肤软胜绵。长头才覆额，分角渐垂肩。
散诞无尘虑，逍遥占地仙。排衙朱榻上，喝道画堂前。
合调歌《杨柳》，齐声踏《采莲》。走堤冲细雨，奔巷趁轻烟。
嫩竹乘为马，新蒲掉作鞭。莺雏金旋系，猧子采丝牵。
拥鹤归晴岛，驱鹅入暖泉。杨花争弄雪，榆叶共收钱。
锡镜当胸挂，银珠对耳悬。头依苍鹘裹，袖学拓枝揎。
酒殢丹砂暖，茶催小玉煎。频邀寿花插，时乞绣针穿。
宝匣拏红豆，妆奁拾翠钿。短袍披案褥，劣帽戴靴毡。
展画趋三圣，开屏笑七贤。贮怀青杏小，垂额绿荷圆。
惊滴沾罗泪，娇流污锦涎。倦书饶娅姹，憎药巧迁延。
弄帐鸾绡映，藏衾凤结缠。指敲迎使鼓，箸拨赛神弦。
帘拂鱼钩动，筝推雁柱偏。棋图添路画，笛管欠声镌。

恼客初酣睡，惊僧半入禅。寻蛛穷屋瓦，探雀遍楼椽。
抛果忙开口，藏钩乱出拳。夜分围榾柮，朝聚打秋千。
折竹装泥燕，添丝放纸鸢。互夸轮水硙，相效放风旋。
旗小裁红绢，书幽截碧笺。远铺张鸽网，低控射蝇弦。
吉语时时道，谣歌处处传。匿窗肩乍曲，遮路臂相连。
斗草当春径，争球出晚田。柳旁慵独坐，花底困横眠。
等鹊潜篱畔，听蛩伏砌边。傍枝拈舞蝶，隈树捉鸣蝉。
平岛跨跷上，层崖逞捷缘。嫩苔车迹小，深雪履痕全。
竞指云生岫，齐呼月上天。蚁窠寻径劚，蜂穴绕阶填。
樵唱回深岭，笙歌下远川。垒材为屋木，和土作盘筵。
险砌高台石，危挑峻塔砖。忽升邻舍树，逾上后池船。
项橐称师日，甘罗作相年。明时方在德，劝尔减狂颠。

韦庄

韦庄幼时，常在华州下邽县侨居，多与邻巷诸儿会戏。及广明乱后，再经旧里，追思往事，但有遗踪，因赋诗以记之。又途次逢李氏诸昆季，亦尝赋感旧诗。《下邽》诗曰："昔为童稚不知愁，竹马闲乘绕县游。曾为看花偷出郭，也因逃学暂登楼。招他邑客来还醉，才得先生去始休。今日故人无处问，夕阳衰草尽荒丘。"又逢李氏弟兄诗曰："御沟西面朱门宅，记得当时好弟兄。晓傍柳阴骑竹马，夜隈灯影弄先生。巡街趁蝶衣裳破，上屋探雏手脚轻。今日相逢俱老大，忧家忧国尽公卿。"

恼客初酣睡，惊僧半入禅。寻蛛穷屋瓦，探雀遍楼椽。
抛果忙开口，藏钩乱出拳。夜分围榾柮，朝聚打秋千。
折竹装泥燕，添丝放纸鸢。互夸轮水硙，相效放风旋。
旗小裁红绢，书幽截碧笺。远铺张鸽网，低控射蝇弦。
吉语时时道，谣歌处处传。匿窗肩乍曲，遮路臂相连。
斗草当春径，争球出晚田。柳旁慵独坐，花底困横眠。
等鹊潜篱畔，听蛩伏砌边。傍枝拈舞蝶，隈树捉鸣蝉。
平岛跨跷上，层崖逞捷缘。嫩苔车迹小，深雪履痕全。
竞指云生岫，齐呼月上天。蚁窠寻径劚，蜂穴绕阶填。
樵唱回深岭，笙歌下远川。垒材为屋木，和土作盘筵。
险砌高台石，危挑峻塔砖。忽升邻舍树，逾上后池船。
项橐称师日，甘罗作相年。明时方在德，劝尔减狂颠。

韦庄

韦庄小时候经常到华州下邽县寄居，多与胡同里邻居家的小孩在一起做游戏。等到广明之乱以后，他又回到旧里，回想往事，只剩下遗迹了，便作了一首诗作纪念。在途中他又遇到了小时候的朋友李家兄弟，于是又作了一首感怀旧事的诗。在下邽作的诗是："昔为童稚不知愁，竹马闲乘绕县游。曾为看花偷出郭，也因逃学暂登楼。招他邑客来还醉，才得先生去始休。今日故人无处问，夕阳衰草尽荒丘。"遇到李家兄弟作的诗是："御沟西面朱门宅，记得当时好弟兄。晓傍柳阴骑竹马，夜隈灯影弄先生。巡街趁蝶衣裳破，上屋探雏手脚轻。今日相逢俱老大，忧家忧国尽公卿。"